CRIME SCENE®
FICTION

CANDLES BURNING
© 2006 by Tabitha King and Michael McDowell

"You are my sunshine" by Jimmie Davis
© 1940 by Peer International Corporation

Publication rights for this Portuguese edition
arranged through RDC Agencia Literaria.

Imagens do miolo © Freepik, © Retina Conteúdo

Tradução para a língua portuguesa
© Regiane Winarski, 2024

Diretor Editorial
Christiano Menezes

Diretor Comercial
Chico de Assis

Diretor de Novos Negócios
Marcel Souto Maior

Diretor de MKT e Operações
Mike Ribera

Diretora de Estratégia Editorial
Raquel Moritz

Gerente Comercial
Fernando Madeira

Gerente de Marca
Arthur Moraes

Gerente Editorial
Marcia Heloisa

Editora
Nilsen Silva

Capa e Projeto Gráfico
Retina 78

Coordenador de Arte
Eldon Oliveira

Coordenador de Diagramação
Sergio Chaves

Designers Assistentes
Camila Suzuki
Jefferson Cortinove

Preparação
Denise Schittine

Revisão
Graziela Reis
Lúcia Maier
Victoria Amorim

Finalização
Roberto Geronimo
Sandro Tagliamento

Impressão e Acabamento
Gráfica Geográfica

DADOS INTERNACIONAIS DE CATALOGAÇÃO NA PUBLICAÇÃO (CIP)
Angelica Ilacqua CRB-8/7057

McDowell, Michael
  Chamas vivas / Michael McDowell, Tabitha King ; tradução de Regiane Winarski. — Rio de Janeiro : DarkSide Books, 2024.
  416 p.

  ISBN: 978-65-5598-364-7
  Título original: Candles Burning

  1. Ficção norte-americana 2. Ficção paranormal 3. Fantasmas I. Título II. King, Tabitha III. Winarski, Regiane

24-0187   CDD 813.6

Índice para catálogo sistemático:
1. Ficção norte-americana

[2024]
Todos os direitos desta edição reservados à
DarkSide® *Entretenimento* LTDA.
Rua General Roca, 935/504 — Tijuca
20521-071 — Rio de Janeiro — RJ — Brasil
www.darksidebooks.com

TABITHA KING & MICHAEL McDOWELL

CHAMAS VIVAS

TRADUÇÃO
REGIANE WINARSKI

DARKSIDE

Para Michael

CHAMAS VIVAS

Este livro foi feito em colaboração. Michael McDowell começou a escrevê-lo uma década atrás, mas morreu antes de terminá-lo. Sua editora, Susan Allison, me abordou por meio do meu agente, Ralph Vicinanza, com a ideia de finalizá-lo. Como eu faria isso? O manuscrito e as notas que Michael tinha deixado estavam incompletos, mas ele havia escrito centenas de páginas sobre a história. A forma como o desenvolvi não é a história que Michael decidiu contar, nem a que ele teria contado se estivesse vivo para encerrá-la. Todos os escritores sabem a diferença entre uma coisa e outra. A história que relato aqui foi extraída dos manuscritos de Michael.

Espero que a conclusão deste romance esteja à altura do que ele pretendia e que também satisfaça Laurence Senelick, seu companheiro de longa data, assim como Ann e James, irmãos do escritor. Laurence me apoiou de forma generosa, oferecendo-me anotações e fragmentos do original que haviam se perdido. A ele, minha mais profunda gratidão.

Agradeço a Julie Ann Eugley, Marsha DeFillippo, Barbara Ann McIntyre, Margaret Morehouse, Marcella Spruce e Diane Ackerly, que me ajudaram com pesquisas, agendamentos e me brindaram com almoços; a Dave Higgins, que faz a manutenção dos nossos Macs. Como sempre, aos meus primeiros leitores, Nora K., Kelly B., Owen, Joey, Steve, Sarah Jane, M., minha irmã mais velha, e M., minha irmã mais nova. Agradeço também à minha família pelo humor com que toleram minha irritação quando estou trabalhando. Agradeço a Douglas Winter, por que motivo ele sabe, e mando gritinhos para Lyn.

Obrigada, Ralph e Susan.

Mas, principalmente, obrigada, Michael. Foi uma experiência divertida. E estou com saudades.

KING & McDOWELL
CHAMAS VIVAS

1

Meu pai morreu de forma desagradável.

"Meu marido morreu", dizia minha mãe, deixando a voz engasgar antes de concluir, "de forma desagradável."

Pisar descalço em uma vespa — isso é desagradável. Tomar um gole de leite coalhado — isso é desagradável. O que aconteceu com meu pai não foi algo meramente desagradável. Foi assassinato. E um assassinato conturbado. Não como aquele cometido pelo mordomo em uma biblioteca, armado de um revólver; tampouco um jogo de detetive sem sangue, dor, e com um suicídio elegante para evitar o enforcamento no final.

Eu tinha 7 anos quando meu pai morreu. Não entendi a natureza de sua morte, nem aceitei seu caráter definitivo. Sua morte atingiu a mim, à minha mãe e ao meu irmão, mas a percepção de que a vítima havia sido meu pai veio somente com a passagem do tempo. As fotos do baú ensanguentado, que foram capa da última edição da *Crimes Sexuais Reais*, e as histórias que apareciam naquele tabloide de fofocas imundo e nos lixos similares — *Crimes Reais Selvagens*, *Repulsa do Século XX* — foram mantidas longe dos meus olhos até bem mais tarde.

Recentemente, eu li ou reli todos os recortes de jornais e periódicos e uma grande variedade de material conhecido sobre psicologia forense, como a publicação do dr. Meyers de 1975, *Patologia Sexual e o Impulso Homicida*, que incluía um capítulo chamado "Baú, Vassoura e Cutelo". Os detalhes indescritivelmente cruéis da morte do meu pai derrotaram rapidamente a atitude cínica com a qual eu havia me protegido. Agora, o eufemismo ridículo da minha mãe parece uma espinha de peixe entalada na minha garganta.

As mulheres que mataram meu pai foram encontradas. Elas foram julgadas, consideradas culpadas e sentenciadas à morte na cadeira elétrica. Mesmo na Louisiana de 1958, era raro mulheres serem executadas, mas o que elas fizeram com meu pai foi, na opinião do juiz, "uma atrocidade hedionda e inimaginável contra a natureza humana."

Mas as duas culpadas não morreram eletrocutadas.

Judy DeLucca foi assassinada na lavanderia da prisão — cortada da garganta até a virilha com uma lâmina embutida no cabo de uma escova de dentes. Quando Janice Hicks, presa em uma ala diferente da mesma prisão em Baton Rouge, soube da morte da amiga, começou a ofegar desesperadamente. Morreu antes que um médico pudesse ser chamado. A autópsia mostrou que seus pulmões estavam cheios de água.

Água do mar.

KING &
McDOWELL
CHAMAS VIVAS

2

Meu nome é Calley Dakin.
    Fui batizada como Calliope Carroll Dakin e, cada vez que eu perguntava à minha mãe por que ela escolhera Calliope, ela inventava uma mentira nova e descarada, que transitava entre a indiferença e o sadismo: Calliope era o nome da melhor amiga de faculdade que a traíra, ou da boneca de infância que sempre tivera um cheiro estranho, ou, por que não, do riacho proibido onde uma criança desobediente fora picada por uma cobra d'água e onde, depois, acharam o corpo dela com a cobra dentro de sua boca.
    Descobri sozinha que calíope é um instrumento musical, um órgão de ar comprimido do século XIX, utilizado nos circos; e que é, também, o nome de uma musa grega clássica da poesia épica. Na primeira oportunidade, informei esses fatos à minha mãe.
    "Eu não tinha ideia", falou ela com um tom seco e sarcástico. "Se ao menos eu tivesse tido noção..."
    Desde que eu era bebê, meu pai me levava ao circo sempre que um aparecia na cidade, assim, passei a conhecer o tipo de som que fazia um calíope. Ninguém podia chamá-lo de instrumento delicado, mas eu admirava o som alto que ele produzia.
    Minha mãe nunca ia conosco.
    "Tenho alergia a baboseira", dizia ela. Eu levei alguns anos para entender que *baboseira* não era um tipo de planta, como a ambrósia, que fazia as pessoas espirrarem e ficarem inchadas.
    Minha mãe era Roberta Ann Carroll. Os Carroll eram uma família tradicional e de muito prestígio no Alabama, com quase tanto poder quanto o governador do estado, mas não tão rica a ponto de as pessoas

dos outros estados saberem quem você era. Minha mãe nunca me deixou esquecer que eu era uma Carroll, e nem que eu me saía muito mal nessa função.

Mas meu sobrenome era Dakin.

Os Dakin eram pouco influentes no Alabama, tão pouco influentes quanto era possível sem que se fosse uma pessoa negra. "Os Dakin nunca chegaram a ser nada", mamãe sempre dizia. Não tinham nenhum valor. Sem história ou posição, eles podiam muito bem ter vindo do lado oculto da lua.

As únicas coisas que eles tinham eram o sotaque caipira e garotos. Não havia garotas Dakin, só uma família atrás da outra de mamãe Dakin, papai Dakin e quatro, cinco, seis, ou, no caso dos pais do meu pai, sete garotinhos Dakin.

Então por que Roberta Carroll se casou com Joe Cane Dakin?

Porque, ao contrário de todos os outros Dakin do Alabama, meu pai era rico.

Apesar de o nome dele realmente ser Joe, minha mãe o chamava de Joseph. Ela garantia que era de uma ignorância típica dos Dakin botar um apelido em uma certidão de nascimento. Os irmãos do meu pai se chamavam Jimmy Cane Dakin, Timmy Cane Dakin, Tommy Cane Dakin, Lonny Cane Dakin, Dickie Cane Dakin e Billy Cane Dakin. Minha mãe alegava que o nome do meio era esse porque todos haviam nascido em uma plantação de cana.

Meu pai me contou que, na verdade, foi a lição da mãe dele para todos os filhos, para que eles não se esquecessem da mancha de Caim na raça humana. O erro de ortografia não tinha importância. A ideia de ortografia como uma ciência rigorosa nunca fez muito sentido entre os semianalfabetos, como a mãe do meu pai, ou os analfabetos, como o pai dele. De fato, é uma ideia que agora começa a parecer uma afetação exótica. Já vi a assinatura do meu avô paterno em documentos do condado com diferentes grafias, como Cyrus, Cyris, Syris e até Sires Dakin. O Dakin ele acertava; era o nome de batismo que sempre era especulado. A mãe do meu pai assinou a Bíblia da família com uma caligrafia cuidadosa: Burmah Moses. Ela era órfã, criada em um orfanato controlado pelas Filhas do Faraó, uma ramificação peculiar e agora extinta da Estrela do Oriente, que, enquanto existiu, deu a todas as crianças de quem cuidava o sobrenome de Moses. Sem dúvida, sua alma de órfã, assim como os sapatos grandes demais que ela ganhara quando fora embora do orfanato, não conseguia evitar carregar a pedrinha antiga de um entusiasmo religioso.

Não conheci Cyrus, nem Burmah Moses Dakin, nem o irmão do meu pai chamado Tommy Cane Dakin, que morreu de coqueluche quando tinha 4 anos, nem o outro irmão, Timmy Cane Dakin, que morreu aos 20 e tantos anos por conta de um coice de mula na cabeça — deixando uma viúva e quatro meninos com menos de 7 anos.

Meu pai era o mais novo. Começou do nada, com os poucos estudos que o Alabama rural daquela época oferecia. Ele tinha um grande talento para consertar automóveis. Desde o começo da adolescência, ficava no jardim da casa repleta de janelões da mãe viúva, com seis ou sete Model T quebrados ou picapes remendadas com fios de arame. Ele recolhia peças em ferros-velhos e depenava os restos de carros batidos. Ninguém no Alabama rural tinha dinheiro durante o período da Depressão, e os donos das latas-velhas que ele fazia voltar a funcionar pagavam com escambos — uma galinha, uma saca de batata-doce, um presunto, um fardo de lenha — no lugar de dinheiro. As moedas de 25 e de 50 centavos e as notas de dólares chegavam suadas e lentas mas, depois que eram conquistadas, não escapavam da mão dele.

Um vendedor de automóveis de Montgomery, o sr. Horace H. Fancy, ouvira falar dele e lhe ofereceu um emprego de mecânico. Como Burmah Moses Dakin havia partido dessa para uma melhor pouco tempo antes, meu pai não tinha motivo para ficar onde estava. O sr. Fancy descobriu que meu pai era mais do que um mecânico com talento nato. Joe Cane Dakin era também um vendedor naturalmente talentoso — e tão honesto quanto uma tarde de agosto no Alabama é quente. As pessoas gostavam dele. Achavam que, pela primeira vez, não estavam sendo enganadas. O sr. Fancy entendeu que havia encontrado o homem que estava procurando, a pessoa que assumiria seus negócios quando ele se aposentasse. Ele ensinou ao meu pai tudo sobre o mercado de automóveis.

E não só sobre o mercado. O sr. Fancy garantiu que o meu pai tivesse uma ficha na biblioteca e estudasse. A esposa do sr. Fancy havia morrido, mas ele tinha uma irmã viúva, a srta. Lulu Taylor, que cuidava da casa para ele, e ela assumiu a tarefa de ensinar modos e dicção ao meu pai, além de tudo o que ele precisava para poder se passar por um cavalheiro do interior. A mamãe gostava de provocar meu pai falando que a srta. Lulu devia gostar dele, mas meu pai dizia que ela era só uma velha professora aposentada que sentia falta das salas de aula.

Em poucos anos, o papai comprou a loja do sr. Fancy e a tornou a maior concessionária Ford do Alabama. Ela foi tão bem-sucedida que um dia o próprio Henry Ford II ligou de Detroit e pediu ao meu pai para abrir uma concessionária em Birmingham, porque ninguém lá parecia saber vender carros Ford direito. Meu pai foi e fez. Quando tinha 32 anos — uma década antes de se casar com a minha mãe —, ele era dono de três concessionárias (em Birmingham, Montgomery e Mobile), que valiam mais de 3 milhões de dólares.

Um surto de pólio no verão de 1939 deixou meu pai com um jeito de andar lento e rígido e com o braço esquerdo enfraquecido. Ele não teve escolha senão lutar em casa durante a guerra. Quando a Guarda Nacional foi federalizada, o Alabama organizou uma Guarda Estadual para substituí-la. Meu pai se juntou a ela, ao lado de todos os velhos, garotos, sujeitos coxos ou com alguma imperfeição, que os militares não queriam. Eles deviam proteger o Alabama da invasão de um inimigo que era ousado a ponto de explodir navios no Golfo do México. Meu pai fazia parte do Comitê de Defesa Estadual que coordenou todas as atividades civis de defesa. Ele também cumpriu seu dever como guarda comum. Quando a guerra acabou e as fábricas voltaram a produzir para o consumo interno, meu pai começou a ganhar dinheiro de novo, e bem rápido.

Minha mãe e meu pai se conheceram logo depois da guerra, na Farmácia Boyer que ficava na cidade da minha mãe, Tallassee, não muito longe de Montgomery. Meu pai estava comprando um pacote de chicletes Wrigley, para ser educado, enquanto especulava se o sr. Boyer ainda pensava em trocar o velho Ford por um novo. Minha mãe entrou na farmácia para comprar um batom do qual não precisava. Ela sabia quem meu pai era. Ele não a conhecia, mas não demorou dez minutos para lhe garantir que aquele tom de batom era perfeito para ela. Mamãe tinha certeza de que, uma vez aberto o novo batom, ele não teria mais saída.

Enquanto construía as empresas, meu pai botou os irmãos para trabalharem nelas.

Tio Jimmy Cane Dakin trabalhava para o meu pai em Birmingham, os tios Lonny Cane e Dickie Cane ficavam na loja do meu pai em Mobile, enquanto o tio Billy Cane e a esposa, tia Jude, trabalhavam em Montgomery.

Minha mãe não aceitou se envolver muito com o lado da família dele, e ele tolerava o jeito como ela ignorava os Dakin, mas me levava escondido para vê-los. Se ele costumava levar meu irmão, Ford, para vê-los também, já havia parado quando eu nasci.

Eu gostava mais de Billy Cane, porque o tio Billy e a tia Jude eram loucos por mim. Por serem Dakin, eles só tinham um bando de meninos. A tia Jude era de uma família de várias meninas que, por sua vez, tinham só filhas mulheres, e ela também queria ter uma menina. Talvez por isso eu fosse especial para eles, por ser a primeira garotinha Dakin de que se tinha lembrança. Também acho que eles não se incomodavam com o fato de irritarem a minha mãe e a mãe dela, a quem Ford e eu aprendemos a chamar de Mamadee. Duvido que meus parentes Dakin se importassem de fazer alguns Carroll falecidos gemerem em seus túmulos.

Nas fotografias que vejo agora, meu pai não me parece familiar. É alguém que reconheço, não porque o conheci, mas porque examinei antigas fotos suas com muita atenção. Um homem de tamanho e altura medianos, cabelo louro e fino penteado para trás com Brylcreem, olhos claros no rosto de maxilar longo e queimado pelo sol, que olha para mim. O nariz era grande, aquilino e torto, como se tivesse sido quebrado, o que, provavelmente, tinha acontecido, embora ele nunca tenha chegado a me contar como isso ocorrera. As orelhas também eram grandes e estreitavam o rosto entre si, como um único livro entre suportes desnecessariamente grandes. Lembro que ele usava tanto um cinto quanto suspensórios. E nunca esqueci da sua voz: era a de um tenor country, suavizada pelo sotaque do Alabama. Sua música favorita era "You Are My Sunshine". Ele dizia "ino" no lugar de "indo" e comia o D, como acabamos fazendo quando não nos ensinam a falar direito.

Assim como nunca me contou como quebrou o nariz, meu pai nunca teve oportunidade de me contar por que se casou com minha mãe.

Uma hipótese é que ele achava que a amava. Ela era uma mulher jovem e bonita e queria que ele se casasse com ela. Depois da doença e da guerra, que o impossibilitaram de se alistar e lutar, talvez sua intenção fosse recuperar um pouco do vigor e da juventude. Talvez ele tivesse começado a achar que devia haver mais na vida do que ganhar dinheiro. Se não fosse um Dakin — se tivesse nascido em uma família como os Carroll —, teria tido uma mãe ou uma irmã que procuraria uma companheira adequada para ele. Mas ele era um Dakin sem irmãs, e, quando conheceu Roberta Ann Carroll, Burmah Moses Dakin já havia morrido de pobreza e excesso de trabalho há muito tempo. Se ele não tivesse se casado com a minha mãe, eu não teria nascido, nem Ford. E Joe Cane Dakin não teria sido assassinado em New Orleans em 1958.

KING & McDOWELL
CHAMAS VIVAS

3

Naturalmente, meu pai dirigia qualquer coisa que inventasse de tentar dirigir, logo de saída. Sempre que desejava promover um modelo, em qualquer ano, ele botava minha mãe atrás do volante. Ao vê-la dentro do carro, qualquer marido parecia pensar que, se comprasse um daqueles, sua esposa ficaria um pouco parecida com a minha mãe. E a esposa concordaria, se imaginando um pouco mais parecida com ela do que realmente era.

Naquela época, minha mãe não era só a mulher mais bonita do Alabama, ela era a sra. Joe Cane Dakin e isso significava que era rica. A aparência dela conquistou essa posição; e ela mereceu. Ser a sra. Joe Cane Dakin e dirigir um Ford era o máximo que ela estava disposta a fazer no sentido de trabalhar para ganhar a vida.

Em 1958, meu pai lançou a marca Edsel, e mamãe dirigia um modelo Citation de quatro portas e capota rígida, que tinha um motor grande e uma larga distância entre os eixos, pintura de três tons (dourado-metálico, preto e amarelo), estofamento dourado com pontinhos de dourado-metálico e acabamento de couro marshmallow. Meu pai sabia que o Edsel era um troço de aparência desajeitada, e minha mãe também sabia, mas ele era leal à Ford Motor Company. "A Ford Motor Company", afirmava ele, "paga as nossas contas."

Minha mãe não se dava ao trabalho de emitir opinião sobre isso. Já bastava Joe Cane Dakin pagar as contas. O mínimo que ela podia fazer era fingir que gostava do Edsel. Ela sempre sentia uma certa satisfação de representar um papel. Minha mãe acreditava que ser linda como uma estrela de cinema era o equivalente a ter o talento de uma estrela de cinema, embora ela nunca fosse, é claro, tão vulgar a ponto de se rebaixar ao trabalho árduo de se tornar uma atriz de verdade.

Quando meu pai quis ir a uma convenção de representantes Ford em New Orleans, ele nos levou pelos quinhentos e poucos quilômetros, partindo de Montgomery, no Edsel da minha mãe: ela no banco da frente, Ford e eu, no de trás. A convenção começaria na sexta, dia 14, e adentraria a semana seguinte, o que permitiria que os representantes aproveitassem a Terça-feira de Carnaval, no dia 18. E no dia seguinte, Quarta-feira de Cinzas, seria meu aniversário de 7 anos. Recebi a promessa de não apenas um bolo, mas também da *specialité du maison* do Hotel Pontchartrain, um quitute chamado "Torta de um quilômetro".

Ford pôde viajar porque a convenção caiu durante as férias escolares de fevereiro. Eu poderia ter ido de qualquer modo, porque minha presença no primeiro ano da sra. Dunlap não era tão estritamente exigida como a de Ford no sexto ano da sra. Perlmutter. Sempre que meu pai queria que eu lhe fizesse companhia em uma viagem a Birmingham, Mobile ou aonde quer que fosse, eu podia matar aula. A sra. Dunlap nunca falava nada. Como minha mãe gostava de fingir que meu pai nunca fazia nada que ela não mandasse, sempre que ele me levava junto, ela dizia que era ideia dela, afirmando que, se ela não tirasse uma folga de mim, Joe Cane Dakin teria uma esposa no hospício.

Enquanto meus pais estivessem em New Orleans, Ford e eu poderíamos ficar com Mamadee, em Tallassee. Mas meu pai disse que todo mundo precisava ver a Terça-feira de Carnaval de New Orleans um dia na vida. O que não foi dito, mas foi compreendido por todos nós, era que meu pai queria estar comigo para comemorar o meu aniversário. Se ele tivesse que se ausentar por um ou outro motivo, me levaria junto. Minha mãe não ficou muito feliz de nos levar, mas, de qualquer forma, ela acharia alguma coisa para botar defeito, e meu pai já sabia disso.

No carro, minha mãe comentou que já tinha ido a uma Terça-feira de Carnaval e que, se fosse de novo, preferia não ter filhos a incomodando. Ela fumava Kools, um a cada meia hora, e virava as páginas da *Vogue* mais recente enquanto contava de novo ao meu pai tudo que já tinha contado antes. Ele fumava Lucky Strikes a cada quinze minutos e não falava muita coisa.

No dia anterior, a Costa do Golfo esfriara tanto que nevou no cantinho mais oeste da Flórida, o cantinho que, se as linhas do mapa fossem retas, indicaria o Sudeste do Alabama.

Com as janelas fechadas por causa do frio, era mais difícil para mim ouvir o mundo fora do Edsel, mas isso me deixou mais ciente do que acontecia dentro do carro e com os seus ocupantes. Como eu os conhecia bem demais, me esforcei para ignorá-los.

Paramos na concessionária do meu pai em Mobile. Ele não conseguia passar por Mobile *sem* parar. Minha mãe me levou ao banheiro feminino e de volta ao Edsel, não por se importar se eu faria xixi na calça ou por eu estar enrolando; ela só me usou como desculpa para entrar e sair sem ter que conversar com as pessoas que trabalhavam para o meu pai.

Ford saiu do carro só por tempo suficiente para pegar uma Coca-Cola. Meu pai sempre chamava Coca-Cola de droga. Cada vez que ele fazia isso, minha mãe dizia que "droga" era gíria, e que Um Homem da Sua Posição devia saber que falar gíria o fazia parecer um caipira idiota.

Tio Lonny Cane Dakin saiu usando um macacão sujo de graxa e com uma grande mancha preta na bochecha esquerda. Lonny Cane se parecia muito com meu pai, caso meu pai estivesse em promoção em um brechó.

Apesar do frio, meu pai abriu todas as janelas antes de entrar para tirar a fumaça de cigarro do Edsel. Quando tio Lonny Cane se inclinou na janela aberta do lado da minha mãe, ela se encolheu e fez uma careta para as unhas dele.

"Pelo amor de Deus, Lonny Cane Dakin, não toque no meu carro com esses dedos!", sibilou ela. "Você vai sujar tudo de graxa."

Tio Lonny Cane ficou paralisado, com os punhos fechados, depois se afastou e as colocou nas costas, como uma criança que não quer admitir que não lavou as mãos antes do jantar. O rosto dele ficou vermelho sob a graxa, e ele abriu um sorriso tão grande de vergonha que vi todos os buracos entre seus poucos dentes de garoto pobre.

"Perdão, sra. Roberta", murmurou ele. Em seguida, esticou o pescoço magro e espiou o banco de trás, onde Ford e eu estávamos sentados.

Ford estava mais próximo de Lonny Cane, então me joguei em cima dele e soltei um grito rebelde pela janela. Minha mãe fez uma careta de reprovação. Ford praticamente engasgou com a Coca-Cola e me jogou no chão. A risada do tio Lonny Cane pareceu música de circo aos meus ouvidos; tinha o som agudo e rude da corneta de um palhaço.

"Estou ficando com uma dor de cabeça horrível", resmungou minha mãe. "Calley Dakin, feche a boca agora. Não quero mais ouvir a sua voz em toda a minha vida! Ford, vá dizer ao seu pai para andar logo e me trazer um analgésico!"

Ford tomou o cuidado de pisar na minha mão direita quando saiu do carro de novo.

Minha mãe cobriu os olhos com as mãos e gemeu.

Eu sussurrei, sentada atrás do banco da minha mãe: "Quer que eu cante uma música, mãe?".

Ela puxou o cotovelo de volta para a frente. Isso significava que ela não queria que eu cantasse. Eu cantava razoavelmente bem, mas ela nunca gostou da minha voz, não importava como eu cantasse.

Ford voltou e se sentou no banco de trás.

Meu pai abriu a porta do motorista e espiou dentro do carro. "Eu trouxe aspirina, Bobbie Ann, e drogas." Ele estava com três garrafas abertas no meio dos dedos grandes, segurando-as pelo gargalo.

"Não me chame de Bobbie Ann", repreendeu minha mãe. "E não use gíria, Joseph. Faça essa criança ficar sentada e quieta! Já falei que devíamos tê-la deixado em casa."

"Com a sua mãe? Só por cima do meu cadáver. E você não quis nem saber de chamar a Ida Mae", disse meu pai.

Minha mãe se enrijeceu como se eu a tivesse cutucado. Minha antiga babá, Ida Mae, era um assunto delicado entre eles, mesmo meses depois de minha mãe a despedir.

Meu pai hesitou, prestes a falar mais alguma coisa, mas se conteve.

Ford ergueu as sobrancelhas para mim com um ar de deboche enquanto tomava um longo gole da Coca-Cola. Ele tinha 11 anos e era praticamente só pernas e malvadeza até os ossos. Minha mãe gostava do Ford porque ele era um Carroll de verdade; havia tanto dos Carroll em Ford que ele já olhava para meu pai com desprezo por ele ser um Dakin. Mas Ford levava a personalidade Carroll um pouco mais longe; ele também olhava para a minha mãe com desprezo, por ela ter se casado com um Dakin. E mamãe gostava ainda mais de Ford por causa disso.

Meu pai se acomodou atrás do volante e me entregou uma das garrafas. "Eu ouvi aquele grito, Raio de Sol. Você deve ter ficado com sede."

Só percebi que estava com sede naquele momento. Mas Coca-Cola geralmente me faz arrotar, e eu arrotei, o que fez minha mãe gemer de novo e Ford cair na risada.

Como a minha mãe estava com dor de cabeça, a chance de ligar o rádio era quase inexistente. Quando meu pai e eu viajávamos, eu podia sentar no banco da frente e ele me deixava mexer no sintonizador e ouvir o que quisesse, no volume que o rádio permitisse. Mas quando a minha mãe estava conosco, nós raramente podíamos ligá-lo. Eu tinha que cantar para mim mesma, em pensamento, e era uma bênção poder fazer isso. Ida Mae Oakes me ensinou a procurar as bênçãos.

Apesar de ter tido permissão para levar uma caixa de sapatos com minhas bonecas de papel, eu não podia brincar com elas no banco de trás do Edsel, não com o Ford tão perto. Elas estavam na minha mala, no porta-malas do carro, junto com minha vitrola vermelha autografada do Elvis, que meu pai havia me dado no Natal, alguns dos meus discos de 45 rpm e o cartão do Dia de São Valentim[*] que eu havia feito para o meu pai na escola. Eu queria muito poder brincar com a minha boneca de papel Rosemary Clooney. Minha mãe não gostava que eu cantasse as músicas da cantora quando eu brincava com essa boneca, então eu tinha que sussurrá-las.

Como Ford não seguraria uma boneca de verdade nem morto, levei comigo minha boneca Betsy McCall. Ela era pequena, do tamanho ideal para segurar na mão. Mas, se eu tocasse nele com ela, ele tremia, se encolhia e ameaçava arrancar cada membro dela.

Mamadee assinava a revista *McCall's*. Ela levava para a minha mãe todos os meses depois de folheá-la. *Folhear* era a palavra que ela usava. Minha mãe não queria, e era por isso que Mamadee levava. E minha mãe pegava para não deixar Mamadee pensar que o que ela fazia era importante o suficiente para irritá-la. Elas se insultavam mutuamente com cortesias mais do que seria possível com um dicionário inteiro de palavrões.

As bonecas de papel Betsy McCall saíam em todas as edições da revista *McCall's*. O rosto da Betsy McCall era simples e delicado como um biscoito doce, com olhos grandes e separados como balas de tamarindo. Tinha uma boquinha sorridente no formato de botão de rosa e nenhum queixo, um penteado cacheado e, nas raras ocasiões que apareciam, orelhinhas delicadas e pontudas. Todos os meses, Betsy McCall Fazia *Alguma Coisa*. Betsy McCall Vai a um Piquenique, Betsy McCall Vai à Escola, Betsy McCall Ajuda a Mãe a Fazer Biscoitos. Sempre que ela fazia alguma coisa, era com nome e sobrenome, sempre com letras maiúsculas e um guarda-roupa específico.

---

[*] Equivale ao nosso Dia dos Namorados, celebrado no dia 12 de junho. Em alguns países, a data é comemorada no dia 14 de fevereiro. (As notas são da editora.)

Todos os meses, eu recortava Betsy McCall, o cachorro, os amigos e os parentes dela, e brincava com eles perto da Mamadee e da mamãe. Minha mãe dizia ao meu pai que eu amava tanto a Betsy McCall que ele devia comprar uma boneca Betsy McCall para mim de Natal, mesmo sabendo que eu queria uma boneca bebê. Eu tinha até mesmo escolhido o nome dela: Ida Mae. Mas ele comprou uma Betsy, e porque minha mãe tinha sido tão malvada, eu tive uma reação exagerada à boneca. Eu a levava para todos os lugares e choramingava se tivesse que deixá-la em casa. Como eu estava desprovida do privilégio de batizar minha própria boneca pelo fato de que Betsy McCall já tinha nome, dei a ela um nome do meio secreto: Cane.

Depois de um tempo, meu pai começou a falar com Ford sobre a ponte nova em New Orleans. Fiquei ouvindo o barulho dos pneus na estrada e os sons do motor, do ar-condicionado e da tensão da correia do alternador. Com as janelas fechadas, eu não conseguia ouvir os pássaros, os animais e as pessoas do lado de fora. A velocidade do Edsel deixava todos os sons para trás, cada um se misturando aos outros como gotas d'água saindo de uma mangueira com tanta força que machucava.

Eu dormi durante uma parte da longa viagem e sonhei com

swishzapswishzapswishzapswishzap

uma chuva barulhenta que ficava cada vez mais barulhenta até não haver mais nada além do som que ela fazia. Uma chuva forte faz o som que um dia eu descobriria que se chama "ruído branco". É melhor do que bolas de algodão nos ouvidos.

Ouvi meu pai cantar, como às vezes ele fazia quando viajávamos juntos ou quando eu estava indo dormir.

The other night, dear
As I lay sleeping
I dreamed I held you in my arms.
When I awoke, dear
I was mistaken
And I hung my head and cried;
You are my sunshine
My only sunshine
You make me happy

> *When skies are grey*
> *You'll never know dear*
> *How much I love you*
> *Please don't take my sunshine away.**

Parecia que meu pai estava cantando para mim enquanto eu dormia, fazendo uma brincadeira só nossa, porque estava chovendo. Era uma chuva tão forte que, mesmo dormindo, fiquei com medo. Parecia que eu me afogava naquela chuva implacável, o último suspiro de milhares de pessoas no meu pescoço, me puxando para baixo e me levando para a cidade dos mortos.

Acordei faltando meia hora para chegar em New Orleans, quando Ford se aproximou para me beliscar.

"Acorda, Dumbo. Estamos chegando. Você está toda babada", disse ele.

Ford estava mentindo. Os cantos da minha boca estavam meio úmidos, mas só isso. Eu sabia que estava

swishzapshlurrup

chovendo antes mesmo de pensar em olhar pela janela. Senti o cheiro, mesmo com a fumaça de cigarro onipresente. Estávamos dentro do meu sonho, dentro do carro, e, pelo que eu via, podíamos muito bem estar debaixo d'água.

Ford parecia entediado. Era o que mais gostava de fazer quando não queria fazer maldades de verdade, o que ele fazia demais. Ele não queria vir naquela viagem, mas também não queria ficar em casa, e, assim como a minha mãe, daria um jeito de achar tudo ruim. Ford se esforçou para ficar entediado quando começamos a ver New Orleans, mas percebi, pela forma como se empertigou, que a cidade atraía sua atenção. Minha mãe também prestava atenção, e parou apenas por um ou dois segundos enquanto pegava um novo cigarro.

---

* Na noite passada, querida, enquanto eu dormia, sonhei que tinha você em meus braços. Quando acordei, querida, vi que estava enganado, e abaixei a cabeça e chorei. Você é meu raio de sol, meu único raio de sol, você me faz feliz quando o céu está cinzento. Você jamais saberá, querida, o quanto eu te amo. Por favor, não leve meu raio de sol embora.

Eu me ajoelhei no banco e olhei pela janela do meu lado, para além do meu pai, pela janela dele e por tudo que dava para ver pelo para-brisa. A maior parte do que vi e ouvi foi chuva. As luzes dos outros veículos na estrada passavam em borrões amarelos e vermelhos, como chamas de velas oscilando em uma corrente de ar, por trás de uma janela molhada.

Havia bem mais em New Orleans do que em Mobile, Birmingham ou Montgomery, isso sem falar de Tallassee — embora Tallassee pudesse alegar ter um jogador da segunda base da liga principal, Fred Hatfield. Eu achava que New Orleans podia alegar ter tantos jogadores da liga principal que ninguém se dava ao trabalho de se gabar. Havia tanta gente, mas eu não conseguia ver ninguém, e nós éramos só mais quatro gotas de chuva. Eu sabia que essas pessoas estavam lá porque, quando soube que íamos para New Orleans, pesquisei no atlas do meu pai que mencionava a população de todos os lugares. Não era como se não desse para ouvi-las por causa da chuva, mas o que eu ouvia estava tão diluído a ponto de provocar um arrepio na minha nuca. Fiquei com medo. Não por mim. Por todas as pessoas que eu não conseguia ver, mas cujas vozes distantes cantavam para mim sob a tempestade, não em palavras, mas no terror que suscitavam.

KING & McDOWELL
CHAMAS VIVAS

4

O Hotel Pontchartrain se erguia por doze andares na St. Charles Avenue, e nos hospedamos no andar mais alto, na Cobertura B. Cobertura soava como um tipo de prisão para mim, mas meu pai disse que significava o melhor lugar. Eu ainda estava com medo quando o gerente do hotel nos levou de elevador. Acho que nasci odiando elevadores. Sempre que entro em um, tenho vontade de me sentar no chão, abraçar os joelhos e apertar os olhos para não ver as portas se fecharem. Já é ruim o bastante ter de ouvir o maquinário funcionar e ver na minha cabeça a barulheira e a movimentação das correias, correntes e engrenagens que podem falhar a qualquer momento, sem nenhuma maçaneta ou tranca à vista.

A Cobertura B acabou sendo um amontoado de quartos grandes com teto alto e um piano de cauda com uma chave, que minha mãe escondeu assim que estiquei a mão em sua direção. Havia uma televisão em cores, um bar com garrafas de vidro, móveis escuros com entalhes pesados, tapetes persas e cortinas estampadas com um forro fino e transparente nas janelas. Exceto pelo piano de cauda, nossa casa em Montgomery era parecida, só que maior, e a de Mamadee, em Tallassee, era maior ainda.

O gerente abriu algumas cortinas e persianas para mostrar as portas de vidro. Fomos até a varanda e olhamos para baixo. De lá, pudemos ver a St. Charles Avenue, escura com a chuva, e tão distante que fez eu me sentir meio tonta. Eu me afastei da amurada e entrei na sala. O piano ainda estava trancado. Um piano é uma câmara de eco, uma caixa de ressonância, e eu não podia fazer aquele instrumento me contar seus segredos, uma vez que minha mãe guardaria a chave durante toda a nossa estadia no Hotel Pontchartrain. Eu via meu rosto como um fantasma doente e derretido no espelho de acabamento preto brilhante. Parecia que eu estava em um caixão de adulto, grande demais para mim.

Minha mãe pediu jantar para mim e para o meu irmão, e eu a ajudei a desfazer as malas, pendurar suas roupas no armário e a vi se trocar para ir jantar com o papai. Ela usou o closet enquanto meu pai trocou de roupa no quarto. O vestido da minha mãe era acinturado com listras horizontais, reto e sem alças, com uma sobressaia transparente na parte de trás, que fazia as vezes de uma pequena cauda. Ela prendeu o cabelo em um estilo Grace Kelly e se maquiou como uma estrela de cinema, com as sobrancelhas arqueadas, muito rímel e batom escuro. Quando meu pai assobiou para ela e balançou os dedos para apagar o fogo, ela fingiu ignorá-lo, mas seus olhos brilharam.

Depois que eles saíram, Ford ligou a televisão para ver o Sargento Preston prender criminosos em nome da Coroa. No meu quarto, liguei minha Vitrola Autografada do Elvis. Enquanto me decidia, olhando para "Jailhouse Rock", "Teddy Bear", "The Twelfth of Never", "The Yellow Rose of Texas", "The Banana Boat Song", "Blueberry Hill" e "How Much Is That Doggie in the Window", ouvi um estalo e um gorgolejar, vidro contra vidro e um gole: Ford pegava bebida de uma das garrafas. Ele fazia isso em casa sempre que minha mãe e meu pai saíam, mas tomava o cuidado de tirar só um pouco para ninguém descobrir. Ford nasceu mais diabólico que a maioria dos Carroll.

Fiquei sentada no chão, ouvindo meus discos e brincando com as minhas bonecas de papel. Não era fácil criar uma história porque os discos só duravam três minutos e pouco, então eu tinha que botar a música de novo ou trocar o disco. Era difícil me concentrar. Mas, aos 7 anos, eu tinha mais do que apenas um pouco de disciplina. Eu estava grata por Betsy McCall. Ela era o que Ida Mae Oakes chamaria de "foco de atenção".

A Betsy McCall de janeiro tinha sido uma decepção. Era a Betsy McCall Faz um Calendário, e, pela primeira vez, não precisou de guarda-roupa especial. Mas Mamadee tinha nos oferecido a edição de fevereiro a tempo de eu levar na nossa viagem. Eu tinha uma daquelas tesourinhas sem ponta feitas para crianças pequenas. Era pequena demais para os meus dedos e a lâmina só servia para cortar gelatina. Mas um dia, quando a costureira da minha mãe, Rosetta, estava lá em casa, peguei uma tesourinha de verdade da cesta de trabalho dela. Com ela, recortei

Betsy McCall Vai a um Piquenique no Dia de São Valentim e enviei Betsy McCall para New Orleans no Banana Boat para um Piquenique em Blueberry Hill.

No silêncio que se seguiu após Elvis oferecer tornar Betsy McCall seu ursinho de pelúcia, a música tema do Zorro tocou na televisão. A música fez eu transformar a tesourinha em uma espada. Ela acabou sendo uma péssima substituta, pois o primeiro corte do meu Z arrancou a cabeça de Betsy McCall. Larguei os pedaços da minha boneca na caixa junto com a tesoura. Como Betsy McCall ia para a Casa de Calliope Carroll Dakin todos os meses, eu a via como descartável e tinha o costume de cortá-la e reagrupar os pedaços. Com mais recortes das propagandas da revista, cola e uma folha de papel, eu a transformava em um palhaço ou uma aberração de circo. Eu a enfiava na secadora para parecer que os pedaços dela voavam atrás da portinha, ou a misturava com ervilha, milho e purê de batata de um jantar congelado. Minhas colagens horrorizavam Mamadee, que dizia que eram provas de perturbação mental, desvio de caráter e de que não só eu era mais Dakin do que Carroll, mas que minha mãe havia permitido que Ida Mae Oakes me influenciasse por tempo demais. As declarações de Mamadee naturalmente conduziram a esforços ainda maiores.

Subitamente, a televisão silenciou. O elevador estava subindo.

Quando parou com um chiado, eu me enfiei na cama. Meu pai entrou e me deu um beijo rápido na bochecha.

Então sussurrou: "Raio de Sol, seu abajur ainda está quente e estou vendo seu pijama ali na mala. Depois que eu fechar a porta, saia da cama e troque de roupa, certo? E reze antes de dormir".

Abri um olho e pisquei para ele. Ele beijou o topo da minha cabeça e saiu.

Meu pai podia ser um Dakin, podia andar com a perna meio dura e não ter força no braço esquerdo, mas os olhos, os ouvidos e o cérebro funcionavam perfeitamente.

Eu tinha 7 anos e tudo o que eu sabia era que as coisas eram daquele jeito, que eram como deviam ser. E eu esperava que ficassem assim. Já era bem difícil ser Calliope Carroll Dakin.

Às vezes, eu fingia que era meu irmão e, quando olhava no espelho com minha cara de Ford Entediado, achava que ficava bem parecida com ele, por mais que mamãe e Mamadee dissessem que eu não tinha nada de Carroll em mim, que eu era inevitavelmente o pior tipo de Dakin possível.

Elas estavam certas.

Eu parecia meus primos Dakin, ossudos, desajeitados e bobos, mas com marias-chiquinhas que escondiam minhas orelhas. Ford dizia que minhas orelhas pareciam as portas abertas de um carro. Eu conseguia balançá-las como se fossem cotocos de um outro par de membros que haviam parado de crescer. Apesar do prazer que esse truque provocava nas pessoas, eu estava proibida de fazê-lo, principalmente na presença de Mamadee. Para ela, minhas orelhas eram a prova definitiva da degeneração Dakin.

Sem querer, eu deixava um rastro de destruição como uma trilha de migalhas atrás de mim. Se ficasse parada, conseguia minimizar o possível dano e a atenção indesejada que ele poderia atrair, e eu me dedicava a isso com afinco. Ida Mae Oakes me provocava e dizia: "Afinco é seu nome do meio, Calliope Dakin. Seu nome é Calliope Afinco Dakin, eu juro".

Como eu tive um nascimento difícil, fui uma criança problemática — eu gritava dia e noite — e minha mãe precisou se recuperar por um bom tempo, meu pai contratou Ida Mae Oakes para ser minha babá. Sua reputação em Montgomery era boa, pela forma impecável que cuidava de bebês problemáticos. O meu orgulho secreto era que Ida Mae ficou comigo mais do que com qualquer outra criança da qual ela cuidou, pelo menos até aquele momento.

Meu pai pagava o salário de Ida Mae e minha mãe dava ordens a ela, mas Ida Mae deixava claro que *seu trabalho era eu*. Não era Ford, tampouco os afazeres domésticos ou as tarefas que minha mãe lhe pedisse para fazer. Por muito tempo, minha mãe ficou aliviada o suficiente por não ter que cuidar de mim para querer fazer Ida Mae se dobrar à vontade dela. Sempre que Mamadee começava a falar que Ida Mae Oakes era insolente, que não lhe levava chá gelado quando ela queria, que não engraxava os sapatos de Ford, porque ela estava ocupada demais cuidando de mim, e que mamãe não sabia ser firme com essa gente, minha mãe reforçava que fora Ida Mae Oakes quem me fez parar de chorar incansavelmente.

Mamadee e mamãe não queriam saber como Ida Mae havia conseguido fazer isso, mas Mamadee desconfiava que ela diluía uma bebida alcoólica caseira no leite em pó que me dava. Elas concordavam que, se ela não tivesse me tirado de casa e me acalmado a ponto de viver com pessoas normais, as duas teriam ido parar em um hospício e provavelmente estariam lá até hoje. Claro que, se fossem levadas para um manicômio, elas não se permitiriam ficar sentadas de roupão com o cabelo despenteado, como acontecia com algumas pessoas.

Mamãe despediu Ida Mae Oakes entre meu aniversário de 5 e 6 anos, e lá estava eu, prestes a fazer 7 anos, e sempre sentindo falta de Ida Mae em algum momento do dia. Mamãe não sabia que eu escrevia cartas para Ida Mae Oakes e que meu pai as enviava para mim. As cartas que me eram endereçadas, meu pai me deixava ler quando estávamos à toa, passeando de carro, e depois as escondia na escrivaninha da concessionária de Montgomery. Era uma enganação e tanto, claro, mas papai ficou zangado com mamãe por ter despedido Ida Mae, e eu também. Meu pai dizia que devíamos manter a paz em casa, que minha mãe tinha os motivos dela e que eu os entenderia quando fosse mais velha. Nos olhávamos e sabíamos que ele queria dizer que mentir impediria que ele tivesse problemas com minha mãe. Ele sentia vergonha e se sentia diminuído, e eu sentia ódio da minha mãe por fazê-lo mentir, porque era muito mais sofrido para ele do que para ela. Eu mentiria o quanto fosse preciso pelo meu pai.

Apesar de sentir saudades de Ida Mae Oakes, imagino que ela não sentisse a minha falta. Ida Mae Oakes era profissional. Minhas cartas para ela eram como relatórios, para que ela soubesse que eu não tinha esquecido tudo que ela havia me ensinado. As cartas em resposta eram rápidas e educadas, mas tão impessoais quanto um recado que uma professora enviasse para casa. Ninguém que os lesse poderia acusá-la de me encorajar a desafiar minha mãe.

O grande truque que Ida Mae usava para me fazer parar de chorar o tempo todo era algo simples. Ela cantava para mim.

KING & McDOWELL
CHAMAS VIVAS

5

Era Dia de São Valentim. Meu pai deixou um cartão, desses comprados em loja, no meu travesseiro. O que deixei no travesseiro dele tinha um coração com borda de renda de papel e o máximo de purpurina que a cola conseguiu segurar. O que ele me deu tinha desenhos de corações feitos de doce, com inscrições como "Minha Pequena", "Querida" e outras coisas melosas do tipo, além de mais de dez balas de verdade dentro no envelope. Era uma piada entre nós: meu pai sabia minha opinião de que nada tem gosto pior e mais vagabundo do que aquelas balas em formato de coração, exceto as balas em forma de batom.

Minha mãe encontrou uma caixinha toda embrulhada com papel dourado-metálico e uma fita vermelha no travesseiro, ao lado do cartão do meu pai. Eram brincos de pérola. Ela deu um beijo nele, que riu e limpou o batom da cara com um enorme lenço branco de algodão.

Claro que ela colocou os brincos na mesma hora para ver como ficavam.

Enquanto se admirava com os brincos no espelho, minha mãe falou: "Não sei como você fez, Joseph, mas acho que você leu meu pensamento. Eu quis esses brincos desde o dia em que os vi pela primeira vez na vitrine do Cody's". Então olhou para o reflexo dele, que olhava o dela no espelho, e acrescentou: "Não pense que isso resolve as coisas, Joseph. Tenho certeza de que você jamais tentaria me subornar com quinquilharias, não é? Aceito os brincos como um presente dado de coração".

Meu pai parou de sorrir e afastou o olhar. O constrangimento, a raiva e o cansaço enrijeceram seu rosto. Eu nunca o vi mais triste, e fiquei com ódio da minha mãe por ela tirar o prazer dele de lhe dar um presente.

Meu pai passou o dia em reuniões. Ford foi com ele à maioria delas. Meu pai ouviu discursos, distribuiu apertos de mão, falou algumas vezes, distribuiu mais apertos de mão e disse: "Não, obrigado, acabei de comer uma", quando lhe ofereceram um aperitivo ou uma garota. Foi isso que Ford me contou. Ford achou engraçado. Entendi a parte da comida, mas não entendi por que alguém em uma convenção ofereceria uma garota ao papai, nem por que ele diria "já comi uma" quando deveria dizer "já tenho uma", se referindo a mim.

Minha mãe foi com meu pai ao almoço da convenção. Fiquei na cobertura com Ford. Ele tentou enfiar metade de um sanduíche na minha boca de uma só vez. Apertei bem os dentes enquanto ele espremia meus lábios com o sanduíche. Quando enfiei um dedo na parte mais funda da base do pescoço dele, ele fez um barulho de vômito, deu um pulo e saiu batendo a porta. Achei que eu tinha resistido muito bem, e isso fez com que o gelo que chupei para minha boca não inchar parecesse mais doce.

Quando minha mãe voltou, nem perguntou onde Ford estava. E eu não contei nada. Ele não havia me dito que ia sair, nem para onde, nem por que, e, afinal, ele tinha 11 anos e já ia a reuniões com meu pai. Eu não me importava em saber onde ele estava, desde que não me incomodasse.

Minha mãe não precisava fazer mais nada até a hora de se vestir para o grande jantar romântico do Dia de São Valentim e acabou me levando para fazer compras.

E foi por isso que meu pai foi assassinado.

Ainda estava

Plashplotzplashplotz

chovendo.

A água que quicava no chão nublava nossos tornozelos. Era como estar em um chuveiro frio e ainda de roupa. Deixei meus óculos no bolso do casaco para secarem. As gotas se acumularam no meu casaco leve de lã e começaram a penetrar no tecido. A chuva não fazia diferença para minha mãe. Ela estava com um guarda-chuva e não se importava se eu ficasse molhada ou não. Mais de uma vez, ela me disse que eu não derreteria.

Na época, minha mãe raramente comprava roupas em lojas — torcia o nariz para quase tudo que fosse pronto. Ela mandava Rosetta copiar roupas da revista *Vogue*. Elsa Schiaparelli era sua estilista favorita.

Além de usar cópias das roupas de Schiaparelli, minha mãe comprava chapéus, bolsas, luvas e meias de seda Schiaparelli de verdade. Certa vez, meu pai lhe deu um casaco de carneiro asiático legítimo da mesma estilista, com a etiqueta dentro para provar.

Minha mãe costumava fazer compras em lojas de antiguidades, ela gostava de ser rica e de comprar coisas das pessoas outrora ricas que agora estavam pobres demais ou mortas, e de comprá-las barato. E havia várias barganhas, pois era uma daquelas épocas em que o comércio de antiguidades estava fraco. Nos anos 1950 as coisas geralmente eram novas e podiam ser produzidas em grande quantidade. Minha mãe comprava miudezas: joias antigas, frascos de perfume e castiçais.

Ela gostava muito da luz de velas, que proporcionava à sua pele uma melhor aparência. Eu sabia disso pela forma como ela se olhava nos espelhos após acender velas por vários cantos da casa, inclusive na mesa quando jantávamos. Décadas antes de se tornarem moda na decoração, minha mãe as colocava no banheiro e no quarto. Naturalmente, as velas tinham que estar *em* alguma coisa.

Além dos cinzeiros, os castiçais também eram ótimos objetos para serem arremessados em crises histéricas. Minha mãe não era atleta, mas sempre tinha força para jogar um castiçal ou um cinzeiro. Felizmente, ela raramente acertava alguma coisa ou alguém que estivesse longe demais para segurar o pulso dela e atrapalhar o arremesso. Seus hábitos danificaram ou destruíram muitos cinzeiros e castiçais, assim como paredes, móveis e janelas, que foram substituídos com prazer. Os cinzeiros dela nunca vinham de lojas de antiguidades, ela encomendava os de cristal que cabiam na palma da mão, às dezenas, diretamente do melhor joalheiro do centro, onde meu pai havia comprado os brincos de pérola.

Fomos de um antiquário a outro. Cada loja era composta de um só aposento, abarrotado com enormes móveis de mogno, escurecidos por densas camadas de cera, adornados por abajures antigos, bonequinhos de porcelana e estranhos pedaços de metal. Nas paredes havia quadros velhos e feios de santos, retratos velhos e bonitos dos ricos de antigamente e gravuras velhas e emboloradas atrás de um vidro, que suava com a umidade da Louisiana. Até em Montgomery, Mobile ou Birmingham, cada loja estava sempre imóvel e úmida, e o proprietário era sempre uma velha senhora com pele branca feito leite, ou, às vezes, um homem de meia-idade com cabelo lustroso de pomada, que provavelmente era filho ou sobrinho da mulher com a pele de pétalas de narciso. A luz era fraca e suja nessas lojas, e a única coisa que eu podia fazer, enquanto minha mãe examinava tudo e a dona do lugar me vigiava, desconfiada, era tentar agarrar raios de sol refratados pelos prismas poeirentos pendurados nos antigos candelabros e abajures.

Assim que entrávamos em uma loja, minha mãe falava para eu não tocar em nada e ficar parada e quieta, caso contrário eu poderia sofrer uma punição terrível. O proprietário me encarava com medo de eu pegar um atiçador de lareira e sair correndo pela loja, gritando como uma louca e quebrando tudo que pudesse. Às vezes, eu desejava fazer exatamente isso. Sabendo como eu era desastrada, normalmente eu encontrava um canto afastado e fingia ser uma boneca enorme, imaginando partes de mim quebradas, meu cabelo todo desgrenhado e meus globos oculares completamente saltados, olhando em diferentes direções.

Na penúltima loja, a proprietária reagiu ao aviso da minha mãe com um assobio violento e gestos de expulsão direcionados a mim. Minha mãe ordenou que eu saísse, então fiquei em uma esquina, pingando e ouvindo os sons produzidos pela chuva ao cair sobre mim e sobre as diferentes coisas que estavam à minha volta. Nesse momento, eu me perguntei como seria o som da neve. Um dia eu pretendia ver a neve, ouvir e sentir seu beijo frio no meu rosto, mas, é claro, eu não podia esperar que isso acontecesse em New Orleans, onde acredito que nunca tenha nevado. A neve não soaria como uma folha caindo, mas como uma pena macia. Eu gostaria de ouvir os pássaros do lugar. Meu pai não tinha dito que havia araras selvagens em New Orleans? Eu gostaria de ouvir a voz das outras criaturas que moravam lá. Devia haver esquilos e, com certeza, como era um lugar úmido, ratos também. Ratos, gatos e cachorros, e alguém em New Orleans certamente tinha um macaco. Devia haver um zoológico. Mas a chuva escondeu qualquer sinal dessas possibilidades encantadoras. Um sopro repentino de vento jogou chuva no meu rosto e na minha nuca, o aguaceiro aumentou e eu tremi. Inclinei a cabeça para trás, abri a boca, e minha cara se molhou inteira. Até bebi água da chuva.

A loja que fomos em seguida tiquetaqueava. Ouvi distintamente o barulho, mesmo do lado de fora, na esquina. Quando o tilintar do sino de metal na porta que anunciou nossa entrada diminuiu de intensidade e o som do tique-taque voltou a dominar, tirei os óculos do bolso, onde estavam guardados e secos, e os coloquei. Uma parede inteira de relógios velhos, sendo que nenhum marcava a mesma hora, minuto e segundo, barulhava como um aviário de pássaros mecânicos.

Aquela loja também parecia ter mais castiçais do que a maioria, embora castiçais sejam fáceis de camuflar e normalmente mais numerosos do que nos damos conta em um primeiro momento. Em qualquer loja de antiguidades ou de tralhas, é só parar e olhar ao redor e eles estarão em toda parte: candeeiros e castiçais; lustres que nunca foram convertidos para a iluminação elétrica; candelabros de três, cinco e sete braços; arandelas de parede de metal e de vidro; *girandoles*; porta-velas de rubi, cobalto e cristal; castiçais antigos de estanho, de latão e de prata, escurecidos como almas perdidas. Portadores de iluminação nos séculos anteriores ao uso dos lampiões a óleo de baleia, a gás ou mesmo ao advento da eletricidade, os suportes de velas não são mais necessários e foram reduzidos a miudezas, tralhas, como um osso para o cachorro. Ocasionalmente, um deles ainda pode se tornar um objeto pesado, amassar uma parede ou tirar um pouco de sangue. O coronel Mostarda na biblioteca. Minha mãe no quarto dela.*

Mamãe passou muito tempo naquela loja. Sempre que passava mais de cinco minutos em uma loja, ela comprava algo, para o proprietário não achar que seus preços eram altos demais para a condição financeira dela ou que ela não era o tipo de mulher capaz de apreciar objetos raros e bonitos.

Por causa da chuva, não havia refração do sol pelos prismas do lugar. A loja estava vazia, exceto por mim, pela minha mãe e pelo homem de meia-idade atrás da mesa alta de professor escolar que servia de balcão. Ele não pareceu se importar com a nossa presença em sua loja. Passados dez minutos da nossa entrada ali, a porta da loja se abriu com o toque do sino.

O proprietário sorriu e disse para a dama que entrou pela porta: "Ah, estou muito feliz de te ver".

A dama lhe sorriu.

Não me lembro de como ela era. Bom. Às vezes eu acho que me lembro, mas não sei se minha memória é confiável. Talvez eu tenha dado para a moça, em minha mente, a cara que ela merecia, ou que eu precisava. Eu me lembro das pregas retas da saia dela, apesar de não recordar da sua cor ou estampa, e das galochas transparentes de plástico que ela usava sobre os sapatos, que eram de salto baixo. Naquela época, a

---

* Coronel Mostarda é um personagem do jogo de tabuleiro *Detetive*, em que os jogadores precisam descobrir o assassino, em que local o crime aconteceu e qual foi a arma utilizada.

maioria das mulheres tinha um par de galochas daquelas; inclusive minha mãe. Elas deveriam ser transparentes, para que o sapato dentro ficasse visível, mas nunca eram — nem os sapatos ficavam visíveis nem as galochas eram transparentes de verdade. As mãos dela estavam enluvadas, assim como as de mamãe. Da mesma forma que os chapéus, as luvas eram acessórios comuns, naquela época.

E me lembro do jeito como a mulher olhou para mim.

Só uma vez e por apenas alguns segundos. Ela olhou *para* mim. Não olhou para uma garotinha desajeitada que estava molhada, tentando não pingar em nada. Ela olhou para Calliope Carroll Dakin, fosse ela quem fosse aos 7 anos. Ela me olhou por um instante e, depois, para a minha mãe.

Então disse ao proprietário: "Tem uma garotinha molhada parada atrás da sua porta, sr. Rideaux. O senhor a conhece?".

"É minha", respondeu minha mãe.

A moça se virou abruptamente para o proprietário. "Estou procurando um castiçal, sr. Rideaux."

A atmosfera da loja ficou repentinamente instável, como se qualquer coisa pudesse acontecer. Minha mãe pegou o castiçal mais próximo — de vidro de cobalto, que custava apenas um dólar e meio — e levou até a mesa do proprietário.

Foi nessa hora que ela percebeu que estava sem sua bolsinha.

Minha mãe ficou constrangida, e mais, ficou nervosa. De alguma forma, ela conseguiu tropeçar muitas vezes. Garantiu ao sr. Rideaux que a bolsa estava *em algum lugar*, que realmente tinha dinheiro para comprar o castiçal (apesar de provavelmente nem querer a peça) e suplicou para que ele o guardasse até ela voltar com o dinheiro.

"Sua bolsa estava com a senhora antes?", perguntou ele, educadamente, mas em um tom tranquilo que sugeria que ele não se importava muito.

"Não me lembro."

A moça desconhecida se movimentava devagar, olhando e pegando um castiçal depois de outro, botando no lugar e sorrindo. Ela parou perto de uma arara empalhada magnífica que havia passado despercebida e roçou os dedos enluvados pela coroa escarlate e pelas costas do animal. Uma arara em New Orleans, afinal, mas tão inerte quanto qualquer castiçal. Ela olhou para mim de novo — um olhar direto, rápido e instigante.

"Devia estar, mãe, porque você comprou aquele camafeu, e eu vi você pegar sua bolsinha de moedas", comentei.

Minha mãe me olhou de cara feia. Eu não devia falar em público a não ser que fosse para ser educada com alguém ou dizer alguma coisa boa sobre ela.

"Deve ter ficado lá, na última loja em que a senhora entrou", sugeriu o sr. Rideaux.

"Provavelmente", concordou minha mãe. "Venha, Calley."

A moça estranha e o proprietário trocaram um olhar.

"Ah, deixe a garotinha aqui, ela está sendo um anjo", disse o proprietário.

Minha mãe olhou para ele e para mim, tentando decidir se aquilo poderia ser uma ameaça a mim. Se fosse, ela não permitiria. Mas eu estava molhada, com uma aparência infeliz e entediada, então ela cedeu.

"Bata nela se quebrar alguma coisa e pagarei em dobro quando voltar", falou minha mãe.

Assim, saiu com o guarda-chuva, e o sr. Rideaux ficou satisfeito de saber que ela tinha dinheiro para pagar o dobro do preço de qualquer coisa que ele tinha na loja.

Ninguém mais entrou ali. O sr. Rideaux estava sentado à mesa, escrevendo em um livro. A moça tornou a olhar para mim. Eu devia estar com cara de quem ia desmaiar, porque ela fez um barulhinho na garganta que fez o sr. Rideaux olhar para ela de novo.

Ele apontou para mim com a caneta: "Mocinha, vá se sentar naquela cadeirinha ali".

Eu me sentei na beiradinha do assento de tecido da cadeirinha de mogno. Meu cabelo, meu vestido e meu casaco ficaram secos enquanto eu via e ouvia a parede de relógios me dizendo todos aqueles horários desordenados. Uma animação brotou de dentro de mim. Ri alto. Os relógios não tinham nada a ver com o tempo, eram meros instrumentos, o estalar e tiquetaquear de prata, ouro e bronze dos ponteiros, um gracejo e uma rapsódia engraçada de mentiras. E a música estranha ficou ainda mais estranha, menos caótica e mais complicada; passou pela minha cabeça que um novo marcador de tempo havia entrado na música e a transformado.

Em uma espécie de transe em que eu estava, vi a boca da moça tremer e a sobrancelha esquerda do proprietário se balançar quando eles trocaram olhares. Senti os olhos deles em mim de tempos em tempos, mas não havia neles censura ou reprovação, somente um prazer tranquilo.

O barulho do sino na porta quebrou o encanto quando minha mãe a abriu. Ofeguei, como se meu coração tivesse parado no peito. E, naquele instante, todos os relógios nas paredes pararam de funcionar, deixando a loja subitamente tão silenciosa quanto as coisas velhas e mortas que ela guardava.

"Calley, por que você foi se sentar na cadeira antiga do sr. Rideaux?", perguntou minha mãe, marchando até a mesa do proprietário. "Sr. Rideaux, não achei minha bolsa, mas vou mandar meu marido fazer um cheque pela cadeira que Calley deve ter *estragado*, e claro que ainda quero o castiçal."

O sr. Rideaux sorriu para a minha mãe, e não acreditei no sorriso dele, mas minha mãe acreditou.

"A mocinha não estragou a cadeira. Eu a reservo para garotinhas molhadas que entram na minha loja, e não a venderia por nada. E não estou nem um pouco surpreso de a senhora não ter encontrado sua bolsa porque ela estava aqui o tempo todo", disse o sr. Rideaux.

Ele se levantou, tirou uma chave do bolsinho do colete e a usou para abrir o arquivo. Da gaveta de cima, tirou a bolsa Kelly marrom da Hermès da minha mãe.

Minha visão do sr. Rideaux lá da cadeira era total. Em nenhum momento eu o vi encontrar a bolsa da minha mãe, assim como em nenhum momento ele se levantou da cadeira, destrancou o arquivo e enfiou a bolsa da minha mãe lá dentro. Senti o olhar da moça desconhecida sobre mim. Não falei nada, e percebi que eu não sabia ao certo quanto tempo havia se passado enquanto eu estava em transe com os relógios. Era o que meu pai chamaria de mistério.

A moça falou de repente, sobressaltando minha mãe. "Eu a encontrei bem aqui."

E apontou para uma mesinha — mais de duzentos quilos de mogno e mármore da Geórgia entalhados, colados e polidos para sustentar um espelhinho a quinze centímetros do chão, para que as damas dos anos 1850 pudessem examinar o caimento das crinolinas. Mamadee tinha uma mesinha daquela, da qual morria de orgulho. Minha mãe e Mamadee costumavam me contar sobre as situações de orgulho pecaminoso uma da outra. Eu costumava ser tão condenada ao inferno pelo meu orgulho pecaminoso que sentia orgulho dele.

Minha mãe sorriu, segurou a bolsa contra o peito e a abraçou.

"Obrigada por salvar minha vida", disse ela à moça.

"Eu ia roubá-la, junto com sua filhinha, mas fiquei com medo de ser pega", brincou a moça.

"Quem ia querer a Calley?", perguntou minha mãe.

A moça abriu um sorriso caloroso. "Bem, garotinhas molhadas devem ser boas para *alguma coisa*." Ela se virou para o proprietário e falou: "Tem tanta mercadoria nova, sr. Rideaux, que não sei *o que* quero. Acho que vou ter que voltar um dia em que não esteja chovendo".

E saiu com um tilintar do sino, sem olhar para mim de novo.

"O senhor tem troco para cinquenta?", perguntou minha mãe ao sr. Rideaux. Antes que ele pudesse responder, minha mãe exclamou: "Ah, não, espere, acho que tenho duas notas de um".

O sr. Rideaux sorriu e começou a pegar as notas.

Minha mãe as segurou. "Então só posso comprar esse pedacinho de cobalto?"

"*Hoje* só pode comprar isso", respondeu ele, tirando delicadamente as duas notas da mão dela. "Mas pode voltar amanhã, e prometo que não vou deixá-la sair por menos do que os cinquenta que está guardando na bolsa."

Minha mãe riu delicadamente dessa prova de que o sr. Rideaux sabia que ela tinha dinheiro. "Então acho que vou ter que voltar."

Mas é claro que não voltamos.

KING & McDOWELL
CHAMAS VIVAS

6

O elevador sacudiu, suspirou e parou de repente, como alguém sendo enforcado. Minha mãe andava na ponta dos pés pela cobertura, calçando meias, com os saltos em uma das mãos, pendurados pelas tiras dos tornozelos. Ela entrou no meu quarto, segurou meu pé debaixo do cobertor e o sacudiu.

"Calley, acorde e abra meu zíper", sussurrou ela.

Eu me sentei e esfreguei os olhos como se estivesse dormindo, apesar de que, desde que ela e meu pai haviam saído, eu só os fechei um pouco antes de ela chegar ao meu quarto. Quanto mais eu tentava não pensar no tempo estranho que havia passado na loja que tiquetaqueava, mais perturbada eu ficava. Foi um alívio constatar que minha mãe havia voltado. Coloquei os óculos, tirei Betsy Cane McCall de onde estava, embaixo do travesseiro, desci da cama e fui atrás da minha mãe até a suíte e seu closet.

Minha mãe havia saído com um vestido de tafetá cobre tomara que caia e uma sobressaia pêssego transparente. Ela largou os sapatos no tapete enquanto tirava um dos brincos. Eu a vi guardar as joias nas caixas forradas de veludo e depois inclinar o queixo na direção do banco da penteadeira. Quando me ajoelhei nele, ela ficou de costas para mim, para eu poder alcançar o zíper escondido nas costas do vestido, que ia da gola até a cintura. Outro zíper, feito para que não fosse preciso forçar a costura da cintura e do quadril, ia da axila até a cintura por uns quinze centímetros. Ela poderia ter aberto aquele sozinha, mas se virou de lado com o braço erguido, então o abri também. O tafetá caiu com um ruído gostoso no tapete, e ela saiu delicadamente da roupa.

Fechei os zíperes do vestido, o coloquei no cabide acolchoado e o pendurei no armário. "Onde está o papai?"

Minha mãe tirou a anágua pela cabeça, jogou-a de lado e se virou para a penteadeira para acender um cigarro. "Tomando um último drinque e fumando um charuto com os rapazes."

Eu a vi soltar as meias de seda da cinta-liga. Minha mãe amava meias de seda.

"Mãos e unhas", pediu ela.

Estiquei as mãos.

"Calley, você andou abrindo ostras na minha ausência? Passe um creme nessas garras."

Obedientemente, passei um pouco do creme dela nas mãos.

Minha mãe se sentou na penteadeira para levantar um pé enquanto eu puxava a meia, como aprendi, enrolando-a com cuidado de cima até a ponta do pé. Em seguida guardei o par de meias em sua pequena bolsa de lingeries.

Depois que ela tirou a maquiagem e estava quase terminando de hidratar a pele, eu lhe pedi uma coisa: "Mamãe, vem dormir comigo hoje? Por favor".

Ela me olhou intensamente. "Por quê?"

"Porque eu quero."

"Não é porque você quer, Calliope Dakin. Você sempre tem algum motivo para me pedir um favor."

"Estou com medo."

"Com medo de quê?"

Dei de ombros.

"Uma garota grande como você. Com medo. Você é uma garota maluca. Eu vou ser uma daquelas pobres mulheres presas com uma filha doida pelo resto da vida."

"Por favor, mãe."

Ela olhou para o relógio na mesa de cabeceira. Eu ainda não conseguia olhar outro relógio.

"Se eu dormir aqui, seu pai vai entrar falando e vai me acordar."

Depois de apagar o cigarro no cinzeiro, ela foi comigo até o meu quarto.

Lá, caiu pesadamente em minha cama. "Me faça uma massagem nos pés. Eles estão me matando."

Era comum que minha mãe quisesse que eu lhe massageasse os pés. Ela se deitava com a cabeça no travesseiro e eu me encolhia ao pé da cama, aninhando os pés dela enquanto os massageava. E se eu fizesse isso por bastante tempo, ela pegava no sono na minha cama, e eu amava dormir com ela. Ainda não estava pronta para deixar de ser uma menininha. O som dos batimentos cardíacos dela era minha melhor cantiga de ninar.

Parei de massageá-los quando os olhos dela estavam fechados, mas ela falou na mesma hora: "Continue, Calley, senão vou voltar para a minha cama e esperar o mulherengo do seu pai lá".

Mas, quando parei de novo algum tempo depois, minha mãe não falou nada. Peguei Betsy Cane McCall no chão, onde a havia deixado, voltei para a cabeceira da cama, virei o travesseiro para ficar com o lado fresco, e caí em um sono leve e suado. A sensação não era de estar dormindo. Eu estava presa em uma escuridão apavorante, um mar de choro, lamento e perda. Eu estava debaixo daquela água escura de novo, a chuva batendo desesperadamente no vidro, e respirava aquela aflição e tristeza, a boca, os ouvidos e os olhos ardendo com o amargor.

Algum tempo depois, minha mãe me acordou. Estava de pé. Era óbvio que tinha ido verificar o quarto que dividia com meu pai.

"Já é uma da manhã, Calley, e seu pai não voltou. Ou ele está bebendo ou fugiu com uma vagabunda de New Orleans com sangue negro nas veias."

Como eu já tinha ouvido especulações desse tipo vindas da minha mãe em outras ocasiões em que meu pai não havia chegado, recebi os comentários com indiferença.

Ela voltou para a cama e me aconcheguei a ela. Então voltamos a dormir.

Acordei umas 7h, antes da minha mãe, e saí da cama para ir ao banheiro.

Minha mãe enrolou as cobertas em volta do corpo para eu não poder voltar para debaixo delas.

"Desculpa, mãe. Eu tinha que *ir*."

"É isso que acontece quando se bebe água à noite. Agora fique quieta e me deixe dormir."

Fui verificar o quarto principal. A cama de casal estava como a camareira havia deixado, impecável, pronta para ser ocupada.

Foi a minha vez de sacudir o ombro da minha mãe. "O papai ainda não chegou."

Ela rolou de leve na minha direção e ergueu a cabeça para me olhar. Apertou os olhos. Jogou as cobertas longe e pulou da cama.

"Joe Cane Dakin", disse ela, "você é um homem morto!"

Quando caminhou até o quarto principal, decidi que era hora de Ford acordar. Cutuquei a nuca dele com dois dedos. Ele rolou na cama com um travesseiro em uma das mãos e o jogou em mim. Eu o afastei.

"O papai passou a noite toda fora. Mamãe disse que está bebendo ou fugiu com uma vagabunda negra."

"Que besteira, Dumbo." Ford se deitou de novo e fechou os olhos.

Fui procurar minha mãe e a encontrei no closet.

"Ele sofreu um acidente, eu sei", sussurrou minha mãe, com um olhar rápido e lacrimoso em minha direção.

Então seguiu para o banheiro. Os canos estalaram e a água do chuveiro esguichou direto nos azulejos, sem o obstáculo do corpo da minha mãe para interromper o fluxo, pois ela deixava a água correr até ficar bem quente. Eu me sentei à penteadeira e movi as coisas de um lado para o outro, mas não mexi na maquiagem dela. Eu sabia que não devia, pelo bem dos meus dedos, nos quais ela bateria com um pente se me visse mexendo ali. No banheiro, minha mãe entrou no chuveiro, pelo que pude ouvir.

Ela saiu toda rosada e macia e me expulsou do banquinho da penteadeira, onde se sentou para cuidar do rosto. Eu a observei se maquiar, como fazia na maioria das manhãs. A intensidade da concentração me fascinava tanto quanto o que ela fazia. No meio, ela parou de repente, com o pincel do rímel na mão. E ficou se olhando.

"Vou ficar velha", disse ela, "e ninguém vai ligar para o que vai acontecer comigo."

"Eu vou!"

A expressão dela foi da autopiedade à irritação, e ela me expulsou com as mãos.

Eu estava no meu quarto, vestindo minha calcinha, quando a campainha tocou e corri para abrir a porta.

Ford olhou, da porta do quarto dele, e me avisou do que eu já sabia muito bem: que eu estava só de calcinha. Passou pela minha cabeça que, mesmo estando totalmente vestida, alguém podia mesmo assim dizer que eu estava só de calcinha, mas Ford fechou a porta antes que eu avançasse na discussão.

Era só a camareira levando a bandeja com o café e o brioche de que minha mãe precisava para enfrentar o dia. Reconheci a camareira, que era a mesma da manhã anterior. Um olhar desconcertado surgiu no rosto dela quando me viu quase sem roupa. Ao perceber que eu a constrangia, fui andando de costas até o quarto da minha mãe.

"Por favor, deixe na mesa", falei para ela, como se eu fosse a minha mãe, e, assim que falei, percebi como estava ridícula: uma garota de 7 anos, de calcinha, instruindo uma camareira como se fosse uma pessoa adulta.

Fui para o quarto de vestir da minha mãe para avisá-la que o café e o brioche haviam chegado. Ela gostava muito do brioche, pelo qual o Hotel Pontchartrain era famoso, assim como pela torta de um quilômetro.

Ela ainda estava sentada à penteadeira, fumando raivosamente um cigarro. Pensei que, quando meu pai chegasse, ele estaria encrencado.

"Mamãe."

"Calley, pare de desfilar pelada e trate de se arrumar agora mesmo!"

"Eu não estou pelada...", comecei.

Ela me bateu.

Eu não lhe daria a satisfação de me fazer chorar só por causa de um tapinha. Ela se virou para o espelho.

Fui até o meu quarto, pronta para dar uma surra em Betsy Cane McCall da qual ela jamais se esqueceria.

Betsy Cane McCall estava sentada em cima de um envelope rosa, em um dos travesseiros da minha cama desfeita. Com uma mãe que usava rosa Schiaparelli e perfume Shocking Schiaparelli, eu sabia diferenciar o tom de rosa de bom gosto e o aroma de bom gosto do *vulgar*, como mamãe e Mamadee diriam. O rosa daquele envelope não podia ser mais vulgar. O papel fedia com um odor que era ainda pior. Passou pela minha cabeça que era outro cartão para comemorar o Dia de São Valentim, talvez do meu pai. Ou Ford poderia ter feito algum de brincadeira, algo que me machucaria ou espirraria uma coisa horrível na minha cara. O envelope não estava endereçado nem tinha selo. Dentro, havia uma folha de papel combinando. A mensagem estava escrita à caneta, com tinta verde, e dizia:

Joe Cane Dakin é um Homem Morto se

Vocês Não Derem pra Nós

U$$$ 1.000.000,00 em Dinhero

Judy + Janice

**KING &
McDOWELL**
CHAMAS VIVAS

7

Judy era Judy DeLucca, a camareira que levara a bandeja com o desjejum para o quarto naquela manhã. Tinha 22 anos, olhos e cabelos castanhos. O nariz era meio torto para a esquerda, como se alguém destro tivesse dado um tapa muito forte nela.

Janice era Janice Hicks, 27 anos, olhos e cabelos castanhos. O rosto parecia achatado porque as bochechas eram gordas e se projetavam, e o nariz era uma bolinha entre aquelas bochechas volumosas. Tinha uma papada tão grande que não dava para saber onde acabava a mandíbula e onde começava o pescoço. E pesava 180 kg. Janice trabalhava na cozinha do Hotel Pontchartrain, fazendo o brioche que Judy levava ao quarto todas as manhãs.

Minha mãe ergueu as sobrancelhas pintadas quando lhe mostrei o bilhete dobrado. Ela o pegou e cheirou.

"Barato, querida, vulgar. Se você me pegar usando um perfume assim, pode me dar um tiro."

Ela o abriu e leu rapidamente. Seus olhos se apertaram.

"Calley, eu não gosto de brincadeiras."

Como se eu não soubesse.

Os dedos dela esmagaram o bilhete em uma bola apertada, que foi arremessada contra mim. Meu rosto doeu quando foi atingido.

Minha mãe me encarou. A vermelhidão da raiva sumiu do rosto dela.

"Ah... meu... Deus", sussurrou. Ela pegou o bilhete, o abriu e o analisou. "Você não escreveu isso, escreveu?" Os olhos dela agora estavam arregalados e, de repente, cheios de lágrimas. O bilhete tremia em suas mãos. Seus lábios ficaram trêmulos, e ela gritou como se alguém tivesse lhe arrancado o braço.

Ford correu até nós. Minha mãe estava descontrolada e histérica. Ele lhe serviu um copo de alguma coisa de uma das garrafas, fechou as mãos dela em volta e levou aos lábios dela. Isso a acalmou por alguns minutos, o suficiente para ela andar pelo quarto, à procura dos cigarros e do isqueiro.

Ford leu o bilhete rapidamente e me empurrou para fora do quarto. "Foi você que escreveu isto?"

Puxei a mão da dele. "Seu idiota! Minhas cartas são perfeitas!"

Minha caligrafia era (e ainda é) muito caprichada, cada letrinha cuidadosamente espaçada e do mesmo tamanho. Parece datilografada, e tinha mesmo que parecer, porque aprendi sozinha aos 5 anos, copiando as letras que Ida Mae Oakes datilografava em uma Smith-Corona velha. Ida Mae dizia que eu conseguiria se me concentrasse e que eu *tinha* que me concentrar. Aprender a me concentrar era mais importante do que aprender a escrever.

Minha professora do primeiro ano, a sra. Dunlap, queria que eu aprendesse a ligar as letras. Letras cursivas, como ela chamava. Eu fingia que era burra demais para conseguir. A burrice foi outra coisa que aprendi com Ida Mae Oakes, que me disse que se uma pessoa fica parada, quieta, prestando atenção e sem reagir, muita gente, especialmente quem é mais escandaloso, concluiria que aquela pessoa é burra, o que às vezes é bem útil. Uma pessoa podia ouvir gritos, ser punida ou até despedida, mas, se não quisesse fazer uma coisa, ser burra podia ser um jeito de não fazer essa coisa. Ou talvez a pessoa acabasse tendo tempo de decidir o que fazer, só se fazendo de burra.

Ford estava com a mão fechada, pronto para me dar um soco. "Mentirosa!"

"Babaca!"

"Se foi você quem fez isso, vou afogar sua cabeça na privada!"

E parou de repente. A raiva vacilou. Pela primeira vez, ele pareceu inseguro.

"O que a gente faz agora?" O sussurro dele revelou uma onda de choque e medo, o que, como uma pedrinha fazendo círculos na água, serviu para aumentar minhas próprias emoções.

Depois de levar para a mamãe mais da bebida que ele havia pegado na garrafa, tomando um bom gole no caminho, Ford a convenceu a chamar o sr. Richard, gerente do hotel. Enquanto esperávamos, Ford pediu o café da manhã.

Terminei de me vestir. Lembro que corri, porque de repente pareceu importante que eu estivesse vestida, e não só porque a calcinha me deixava vulnerável a tapas e desconfianças, mas porque eu precisava estar preparada para uma grande emergência, como um incêndio, uma enchente ou um tornado.

O sr. Richard saiu do elevador para a Cobertura B em um estado de calma gerencial, exalando tranquilidade e confiança de que tudo ficaria bem. Ele se anunciou, como se nunca o tivéssemos visto, e nos lembrou de que o nome dele devia ser pronunciado com sotaque francês: *Ree-shard*.

Minha mãe apagou o cigarro. Pegou o bilhete na mesa e jogou nele como se pegasse fogo. O sr. Ree-shard o examinou e o devolveu à mesa. Ford estava um pouco atrás da cadeira da minha mãe, com uma das mãos no ombro dela, que, de tempos em tempos, ela cobria com sua mão esquerda.

Eu fiquei mais afastada, tentando me manter invisível — o que era fácil, considerando que minha mãe e Ford me ignoraram. Só o sr. Ree-shard olhou para mim com inquietação. Ele tentou não olhar de novo, mas não conseguiu se controlar. Havia um certo medo nos olhos dele, e pena também. A reação dele a mim não era particularmente incomum, então não me incomodei. Eu tinha outros motivos para sentir ansiedade.

Minha mãe garantiu ao sr. Ree-shard que Ford e eu não éramos crianças que pregavam peças bobas. Por sua vez, ele garantiu à minha mãe que estava totalmente a serviço dela. O sr. Ree-shard ligou para outras pessoas que tinham ido à convenção — pessoas importantes da associação de concessionárias —, e depois de constatar que meu pai não estava bêbado no chão atrás do sofá do quarto ou na suíte de outra pessoa, telefonou para a polícia. Àquela altura, ele estava um tanto aflito — pela minha mãe, eu acho, e também um pouco por si mesmo, considerando que suas providências não haviam resolvido absolutamente nada até aquele momento.

A camareira levou nosso café da manhã completo, que ninguém comeu. Várias pessoas chegaram e saíram. A maioria das visitas era de colegas do meu pai, que também eram comerciantes de carros. Alguns foram acompanhados das esposas, todos preocupados, solenes e consoladores.

Quando a polícia chegou, o sr. Ree-shard conduziu todas as visitas até o elevador, para que um detetive da polícia de New Orleans entrevistasse minha mãe com alguma privacidade.

O detetive disse à minha mãe que sequestradores nunca assinavam os nomes reais em um bilhete de pedido de resgate. O que poderia ser burrice maior? Então, não adiantava procurar duas criminosas chamadas

Janice e Judy. A opinião imediata dele era que Ford e eu estávamos pregando uma peça maldosa e precisávamos de uma surra. Como nenhum de nós caiu no choro e confessou, minha mãe nos expulsou do quarto.

Ford conjecturou comigo que o detetive estava trabalhando para convencer a mamãe de que nós dois poderíamos ter inventado aquilo tudo e que o papai devia estar bêbado em algum lugar que não ali, talvez até em algum bordel.

"O que é bordel?", perguntei.

"É onde as vagabundas e meretrizes ficam." Ford usou o tom que ele empregava para indicar que eu era uma pessoa com deficiência intelectual.

Eu não sabia muito bem o que eram vagabundas, além de serem mães potenciais de outros filhos do papai ou, possivelmente, o tipo de mulher que fumava cigarros na rua. A palavra *meretriz* eu entendia como uma pessoa que merece alguma coisa, tipo "O ursinho Pooh é meretriz do mel" em uma historinha que Ida Mae me contava, na qual ele dizia que era merecedor de comer mel. Um bordel devia ser uma borda cheia de mel, onde uma rainha do mel reinaria. Eu não conseguia fazer nenhuma ligação entre vagabundas e palácios de mel. A palavra grande que a mamãe usava com frequência quando o papai se atrasava — *mulherengo* —, eu não consegui encontrar no dicionário porque procurei *m*olherengo. Meu melhor palpite era que "mulherengo" significava "injustificavelmente atrasado".

A esposa de alguém — cujo nome esqueci, isso se algum dia eu soube — cuidou de nós. Ela disse que nossa mãe estava apática e que, naquele momento difícil, tínhamos que ser filhos muito, muito bonzinhos. Ainda disse que mamãe tinha mandado chamar a Mamadee. O Dixie Hummingbird* faria uma parada especial em Tallassee para pegá-la. Era provável que ela nos levasse de volta para casa. Então a senhora não-sei-quem nos fez ajoelhar e rezar pela mamãe e pelo retorno do papai em segurança.

Foi uma oração sobre mim, não sobre o papai. As orações, a meu ver, estavam na mesma classe de magia mundana dos feitiços, do "se o chinelo ficar virado, sua mãe morre" e de jogar uma pitada de sal por cima do ombro. De todas as vezes que íamos à igreja, eu só sabia de cor o Pai-Nosso e a oração de antes de dormir. Eu pensava na oração de antes de dormir como a Oração de Uma Palavra Comprida e a recitava o mais rápido possível para irritar a mamãe:

---

* Trem inaugurado em 1947 que viajava originalmente de Cincinnati, no estado de Ohio, para New Orleans, na Louisiana.

Agora-que-está-na-hora-de-deitar-
Rezo-ao-Senhor-para-minha-alma-guardar-
Se-eu-morrer-antes-de-acordar-
Rezo-ao-Senhor-para-minha-alma-levar.

Por falta de ideia melhor, fechei bem os olhos e tentei dizer o Pai-
-Nosso da forma como decorei, mas adaptando o começo ao meu pai.

Meu papai, que estais no céu
Santificado seja o vosso nome
Venha a nós o vosso rei nu
Seja feita a vossa vontade
Assina a terra e o céu
Opainossodecadadia nosdaihoje
E perdoai as nossofensas
Assim como perdoamos a quem nos tem ofendido
E não nus deixeis cair em tentação
Mas livrainos domal
Pois seu é o rei nu
O poder e agora
Para sempre
Amém.

Murmurei de forma que aquela senhora não-sei-quem não reparasse em nenhum erro meu.

Ford disfarçou a repulsa até a senhora não-sei-quem se afastar, então murmurou: "Droga, eu não vou pra casa enquanto o papai não voltar".

Eu não precisava dizer para ele que eu não queria ir para casa em Montgomery, nem com Mamadee para o casarão dela, que tinha o nome de Ramparts, em Tallassee.

Ford tentou me dar ordens. "Dumbo, você tem que ser invisível. Tem que ficar de boca fechada. Se a Mamadee decidir que tem que comandar esse show aqui, ela vai nos ignorar."

Eu entendi a ideia quando a ouvi, mesmo tendo saído da boca normalmente mentirosa do Ford.

Ford tinha uma estratégia. Ele ficou ao lado da mamãe, segurando a mão dela, indo pegar bebidas geladas, panos molhados para a testa, lenços secos para quando chorava, analgésicos para uma possível dor de cabeça. E ela caiu direitinho.

KING & McDOWELL
CHAMAS VIVAS

8

Mamadee não chegou sozinha. Com ela estava o advogado do meu pai, Winston Weems. O advogado Weems era ainda mais velho do que Mamadee, que certa vez cochichou em meu ouvido que ele era a essência da retidão. E parecia mesmo. Ele era um homem cinza da cabeça aos pés. Por algum motivo que nunca entendi, as pessoas associam os rigorosos, os sem humor, os anêmicos e os velhos com retidão.

Mamadee tentou, de forma austera, tomar o controle da situação. A primeira exigência dela foi que fôssemos enviados para casa. Ela mandaria Tansy, sua empregada, ir nos buscar.

Mamãe se recuperou o suficiente para brigar com ela. "Não vou mandar meus filhos embora, mãe." Ela puxou Ford para perto e ele deixou, algo que normalmente ele não permitiria. "Ford tem sido meu homenzinho!"

Como Ford era bem mais Carroll do que Dakin, Mamadee não tinha como discordar.

"Bem, a Calley só atrapalha. Você não quer a presença irritante dela por perto, quer?"

Mamãe precisou pensar. Ford não disse nada, o que me obrigou a sair do silêncio.

Eu ofereci o que achei que seria uma prova contundente do quanto seria injusto me mandar embora antes que recuperássemos o papai.

"Eu não atrapalho! E não sou uma presença irritante! Eu encontrei o bilhete de resgate!"

O advogado Weems fixou o olhar de sapo em mim.

"Está vendo?", perguntou Mamadee à minha mãe. E franziu a testa. "Você não falou que estava na cama da Calley."

Os quatro me olharam. Os olhos de Mamadee ficaram frios e assustadores. Recuei.

"Pare de se encolher desse jeito ridículo, Calley!", exigiu mamãe rispidamente. E, para Mamadee: "Mãe, você sabe que a Calley escreve como uma máquina de escrever. E onde ela conseguiria aquele papel horrível e uma caneta de tinta verde?".

Mamadee observou que qualquer um, até uma criança, podia obter coisas assim na papelaria mais próxima. Como sempre, ela estava mais do que disposta a atribuir a execução de coisas erradas à minha inteligência.

O telefone tocou, me salvando da condenação incipiente de todas as acusações feitas contra mim. Ford atendeu. O tio Billy Cane Dakin e a tia Jude estavam no saguão do hotel.

Mamadee, Ford e mamãe não entenderam como eles haviam tomado conhecimento de que o papai estava desaparecido, pois a notícia não fora divulgada nem no rádio, nem nos jornais.

Mais tarde, Mamadee descobriria, na conta do hotel, o registro de uma ligação feita da Cobertura B para o número da casa do tio Billy Cane. Ela me acusaria de ter ligado, mas eu nunca admitiria.

Se alguém me mandasse embora, eu não iria simplesmente aceitar. Se tivesse o telefone de Ida Mae Oakes, teria ligado para ela também. Eu precisava de alguém — se não podia ser Ida Mae, então que fossem o tio Billy e a tia Jude. Nós três gostávamos mais do meu pai do que qualquer outra pessoa. No meu íntimo, eu estava convencida de que a força combinada do nosso desejo pela volta do meu pai faria a vontade se transformar em realidade. Não consigo lembrar, agora, se eu tinha visto *Peter Pan* na época, nem se a Disney já havia lançado o filme, mas eu tinha vivido os 7 anos de minha curta vida entre pessoas que acreditavam firmemente que, se elas desejassem muito alguma coisa, essa coisa certamente aconteceria.

Mamadee mandou tio Billy e tia Jude voltarem para casa e ficarem fora do caminho.

Para o choque de Mamadee, tia Jude firmou os pés abertos e nodosos. Tio Billy empertigou os ombros e fez uma cara séria e inabalável.

O advogado Weems tentou intimidá-los para que fossem embora, mas não obteve sucesso.

"Vocês ficam", disse minha mãe abruptamente para tio Billy e tia Jude.

Não sei se ela realmente os queria, mas talvez achasse que poderia precisar de aliados contra Mamadee e o advogado Weems. Talvez só quisesse ser do contra. Ela mandou o sr. Ree-shard encontrar um quarto barato para eles e depois os ignorou, exceto quando os mandava fazer alguma coisa.

No segundo dia do desaparecimento do meu pai, quando a polícia de New Orleans não o encontrara em bares, bordéis, hospitais ou necrotérios, mamãe, Mamadee e o advogado Weems concordaram com a polícia que eles deviam agir como se o pedido de resgate fosse real. O sr. Weems partiu para Montgomery, para buscar o milhão de dólares. Ele voltaria na segunda-feira com o dinheiro, em notas de baixo valor.

Foi nesse dia que o FBI entrou no caso. Eu já havia descoberto o melhor lugar para ouvir tudo. Os agentes disseram para minha mãe, Mamadee e o advogado Weems, e também para o tio Billy e a tia Jude, que assinar o bilhete como "Judy" e "Janice" era só um subterfúgio para fazer todo mundo achar que se tratava de duas sequestradoras. Na ampla experiência do FBI, às vezes mulheres sequestravam bebês ou crianças pequenas, mas nunca, *nunca*, sequestravam homens adultos. Os agentes garantiram à minha mãe, à Mamadee e aos detetives da polícia de New Orleans (que não pareceram muito felizes com a ajuda e a ampla experiência do FBI) que era certo que os sequestradores, se houvesse mesmo sequestradores, eram do sexo masculino. E, de acordo com a ampla experiência do FBI, não era porque havia dois nomes assinados no bilhete de resgate que necessariamente se tratava de dois sequestradores — uma gangue de cinco trabalhara em St. Louis um ano antes, por exemplo, ou também podia ser só um sequestrador.

Mamadee tinha uma pergunta para os agentes do FBI com ampla experiência. "O que vocês querem dizer com *se*?"

"Pode ser um golpe, madame", respondeu um agente. Ao mesmo tempo, outro limpou a garganta e acrescentou: "E às vezes o que parece um sequestro é só uma saída à francesa".

"O que é uma *saída à francesa*?", perguntei a Ford mais tarde.

"Fugir para o Rio de Janeiro para começar uma vida nova sem se divorciar nem nada. Normalmente a pessoa que faz isso leva todo o dinheiro, e talvez a secretária."

A ideia de que meu pai pudesse nos deixar de livre e espontânea vontade era mais do que eu podia imaginar. A ideia de que ele pudesse levar a secretária, a sra. Twilley, era algo incompreensível. Por que a secretária? Ela faria as ligações de longa distância dele para nós? Ela anotaria as cartas que ele ditaria para nós, com o código secreto de taquigrafia que ela usava? E por que era uma saída à francesa? Francesa era uma palavra grande, ligada a vários objetos e processos. Por exemplo, eu podia jogar uma bolinha de cuspe no bairro francês da varanda da Cobertura B.

Alguma coisa fazia meus olhos arderem e lacrimejarem.

"Sua chorona, não vou te contar mais nada!", ameaçou Ford.

"Eu não estou chorando! O que mais?"

"A outra coisa é que às vezes sequestro é um disfarce pra quando se mata alguém."

Minha garganta ficou apertada; meu estômago pareceu afundar até as costas. Assassinato era uma ameaça comum na nossa casa, mas, como na televisão, era um fingimento sem sangue. *Crimes Sexuais Reais* e similares eram tão irreais quanto as revistas com fotos de mulher. A ideia de que uma pessoa real pudesse matar outra pessoa real foi um verdadeiro choque para mim. Naquele momento, me senti boba, e pior, que minha bobeira podia ser letal. Eu tinha idade para entender pelo menos um pouco da maldade dos seres humanos. E era o meu pai que estava em jogo. Eu nunca contei para ninguém, mas fiz xixi na calça. A urina escorreu pelas minhas pernas até as meias. Meu macacão escondeu só a ponto de eu conseguir fugir do meu irmão.

Mas, antes disso, ele fez uma pergunta retórica para a qual, é claro, ele já tinha a resposta. "Sabe quem sempre é o primeiro suspeito?"

Balancei a cabeça.

"A esposa. Ou o marido, se for a esposa que sumir."

"A mamãe?", sussurrei.

Ford assentiu. Alguma coisa na ideia lhe agradava, ou então ele só estava gostando de me botar medo.

Dei um empurrão violento nele e corri para o meu quarto.

Enquanto isso, Janice Hicks fazia brioches na cozinha do hotel, e Judy DeLucca os levava até o nosso quarto todas as manhãs, junto com o nosso desjejum.

KING & McDOWELL
CHAMAS VIVAS

9

Judy DeLucca e Janice Hicks saíram do trabalho às duas da tarde, quando foram para casa e torturaram meu pai.

Janice morava com o irmão mais novo, Jerome, que também pesava mais de 130 quilos, em uma casa que era de uma tia e de um tio que ninguém via havia anos. Judy alugava um quarto na casa ao lado da dos Hicks. A senhoria de Judy tinha 82 anos e era surda, por isso nunca ouviu os gritos do meu pai.

Ninguém sabe por que as duas mulheres estavam no hotel à noite, quando meu pai foi visto pela última vez, nem como o tiraram de lá sem que ninguém notasse. O testemunho de Judy foi superficial, para dizer o mínimo.

Judy disse: "Eu bati na cabeça dele e o empurrei para dentro de um táxi. Daí disse para o motorista que ele era meu tio, que ele tinha uma placa na cabeça desde a guerra e que às vezes ficava tonto, então pedi para ele nos levar para casa".

Janice só disse: "Foi a Judy que o levou para a casa dela. Não tive nada a ver com essa parte. Eu tinha saído para comprar algumas coisas".

As coisas que Janice Hicks comprou foram um baú de metal, duas garrafas de álcool, cinco rolos de atadura, uma tesoura de unha e uma vassoura nova. Ela deu 15 centavos a um homem negro para carregar o baú enorme até a casa de Judy.

As duas mulheres cortaram todas as roupas do meu pai. Ele devia estar inconsciente, porque Judy usou pacientemente a tesoura de unha — apesar de haver uma tesoura bem maior na casa —, o que deve ter demorado muito. Com tiras do tecido da calça, do paletó e da camisa, e usando o cinto e a gravata, intactos, elas o amarraram na cama de Judy.

"Eu derramei álcool nos olhos dele", contou Janice, "mas isso não o cegou."

Isso foi no primeiro dia.

No segundo dia, quando Judy e Janice voltaram para casa depois do trabalho, a senhoria de Judy reclamou de um cheiro.

O cheiro era do meu pai, que havia ficado amarrado à cama durante toda a noite e a manhã, sem ter como se aliviar.

"Eu limpei naquela ocasião", disse Judy no tribunal, "mas a Janice falou, 'Judy, a gente não pode passar por isso de novo', então eu desci, peguei a vassoura nova e nós enfiamos no..." Judy corou de constrangimento. "No traseiro dele", disse ela por fim. "Depois nós amarramos um barbante no..." — Judy fez outra pausa. "Prepúcio", sugeriu o promotor, e Judy prosseguiu: "Pré-puxo? Meu pai chamava o dele de...", ela falou com o promotor em um sussurro alto, "*chapéu do papa*. Eu é que não queria que aquele homem fizesse xixi na minha cama de novo".

No terceiro dia, a força do intestino do meu pai expeliu o cabo de vassoura. O prepúcio havia rompido com a pressão da urina. Como ele chamou Judy e Janice de nomes muito feios — elas nunca revelaram quais —, Judy enfiou dois dedos na boca do meu pai, pegou sua língua e a puxou para fora. Janice atravessou uma lâmina de faca na língua dele e a deixou lá — a língua cortada do meu pai para fora e a lâmina e o cabo da faca pressionados na cara dele.

O quarto dia coincidiu com a Terça-feira de Carnaval. Quando voltaram do trabalho, Janice e Judy descobriram que meu pai tinha conseguido soltar a língua da faca — com o simples movimento de puxar a língua de volta para a boca, permitindo que a faca a cortasse. Ele cuspiu sangue no peito e no abdome por horas. Judy borrifou a cara do meu pai com inseticida até ele ficar cego. Em seguida, deu cinco cortes na orelha dele com a tesoura de unha.

No quinto dia, Janice e Judy viram que meu pai tinha defecado novamente no lençol. Talvez tenha sido surpresa para elas, considerando que meu pai não havia comido nada nos cinco dias anteriores e a única coisa que ele bebera fora o sangue que havia escorrido da língua cortada e a urina que Judy havia jogado dentro da boca dele quando torceu o lençol molhado.

"Ah, isso foi demais", disse Janice para Judy.

"Não te culpo por ficar com raiva dele", solidarizou-se Judy.

Elas desamarraram meu pai da cama e o colocaram no chão. Judy colocou um travesseiro na cara dele. Janice subiu em cima e o apertou contra o rosto do meu pai para ele parar de respirar. Seus 180 quilos sobre o tronco dele esmagaram todos os seus órgãos antes que tentasse respirar.

E foi assim que meu pai, Joe Cane Dakin, morreu, na Quarta-feira de Cinzas de 1958, em New Orleans, Louisiana.

No meu sétimo aniversário.

KING & McDOWELL
CHAMAS VIVAS

10

O sequestro se tornou de conhecimento público assim que o FBI entrou no caso. Publicidade é a única coisa que o FBI sempre faz bem.

Estávamos mais ou menos isolados na Cobertura B. O advogado Weems rondava como uma mosca-varejeira; os olhos desbotados de bolinha de gude me olhavam com tanta frequência que me dava arrepios. Às vezes, umas bolinhas de cuspe brilhavam no canto esquerdo de sua boca, como se ele estivesse faminto de mim.

Mamadee havia ocupado a cama de Ford, obrigando-o a dormir em um colchão e aguentar a indignidade de dividir o quarto com a avó. Ele ficou tão nervoso quanto uma vespa presa e me culpou por Mamadee ter escolhido o quarto dele e não o meu.

Eu teria dormido — se tivesse conseguido dormir — debaixo do piano ou na varanda se tivesse que dividir o quarto com Mamadee. O sentimento era mais do que mútuo; Mamadee se ressentia de compartilhar o ar comigo de tal forma que a pele dela pareceu adquirir um tom azulado, como se ela prendesse a respiração.

Quase todos os dias, uma enxaqueca deixava minha mãe prostrada no quarto escuro. Quando conseguia se levantar, sobrevivia de cigarros e uísque.

Tio Billy Cane e tia Judy, os únicos que conseguiam passar sem serem incomodados pela imprensa, levavam jornais, revistas ou qualquer coisa que o hotel não pudesse oferecer.

Na Terça-feira de Carnaval, quando eu tinha que estar na cama, ouvi por uma janela aberta a cacofonia das ruas. Era um barulho lindo. Ainda me lembro, e com mais clareza do que a maior parte daquela passagem bizarra da minha vida. Entre os ruídos, em determinado momento ouvi alguém cantar, embriagado, "You Are My Sunshine".

"You Are My Sunshine" é a música do estado da Louisiana. Meu pai me contou isso.

Raio de sol.

Vi mais chuva do que raios de sol em New Orleans. Os jornais e estações de rádio relataram que havia nevado no Alabama no dia em que partimos para a Louisiana, mas eu não estava lá para ver. Inventei uma história para mim mesma: meu pai tinha ido para casa tirar fotos da neve e em breve nos traria alguns flocos, para provar o milagre para nós, no dia do meu aniversário. Talvez a neve tivesse gosto de sorvete de baunilha.

Tio Billy e tia Jude levaram um bolo de aniversário e uma torta de um quilômetro para a cobertura e me deram. Ver o bolo não causou a empolgação e o prazer que eu lembrava dos aniversários anteriores. Eu não queria o bolo e menos ainda a torta. Fiz meu pedido e apaguei as sete velas amarelas com um sopro trêmulo, mas papai não voltou.

Meu tio e minha tia também me deram alguns presentes embrulhados em papel de palhaço — uma forma achatada que devia ser uma boneca de papel; um quadrado achatado que devia ser um ou dois discos; e uma caixinha que devia ter uma pulseira com pingente ou uma pulseira de pedrinhas polidas — mas só olhei para eles e fui para a porta esperar meu pai.

"Você não vai abrir os presentes?", perguntou tio Billy Cane.

Balancei a cabeça. "Estou esperando o meu pai."

Ford deu uma risadinha.

Mamadee se opôs. "Roberta Ann, você está mimando essa criança."

Em seguida, me pegou pelos ombros e me deu um de seus típicos sacolejos. Soltei um grito que acho que foi ouvido até no Alabama. Tio Billy Cane me soltou das garras de Mamadee, que o xingou de "caipira intrometido e lixo branco que não valia nada", mas ele a ignorou como se ela fosse um mosquito.

Tia Jude me pegou no colo para me levar ao meu quarto. Minha mãe foi atrás e parou na porta, hesitante.

Tia Jude botou a mão na minha testa quando se sentou na cama comigo no colo.

"Essa criança está transpirando. Está tremendo e batendo os dentes." Então lançou um olhar para a minha mãe e acrescentou: "Roberta, faça algo de útil. Pegue uma tacinha de uísque".

Minha mãe curvou uma sobrancelha diante da audácia da tia Jude, mas seguiu as instruções mesmo assim.

Tia Jude virou a tacinha de uísque na minha boca.

"Se ela vomitar, quem vai limpar é você", avisou minha mãe.

"A criança caiu doente de tão nervosa que está por causa do pai", falou tia Jude sem amargura, como se minha mãe não tivesse dito nada. "Seria bom chamar um médico. Ela não está bem, Roberta, não está nada bem."

Minha mãe deve ter ficado preocupada com a possibilidade de que seu comportamento como mãe fosse questionado, porque realmente chamou o médico do hotel.

Ele me examinou e teve uma conversa em voz baixa com minha mãe e com tia Jude, depois me deu alguma coisa, uma espécie de sedativo.

Não gostei de ele questionar minha mãe e tia Jude sobre meu estado mental. "Sra. Dakin, permita-me perguntar, mas essa criança tem mente fraca? É muito sugestionável? Estou vendo mais crianças assim a cada dia. Os pais ficam intrigados. Felizmente, a causa é fácil de identificar. Não deixe que ela veja televisão nem escute rádio, e jamais permita que leia gibis. A senhora deve estar passando por um momento muito complicado, mas preciso ser sincero: uma criança com essas tendências histéricas só vai ficar mais difícil quando se aproximar da puberdade. A senhora deve considerar tratamentos especiais. Se eu puder ajudar..."

Eu só queria que ele fosse embora e meu pai voltasse.

Mas aquele médico me prestou um enorme favor, pois o sedativo que ele me deu, além do uísque, é claro, me levaram a um sono longo e profundo.

O balanço da cama por causa do peso da minha mãe quando ela se deitou para dormir me acordou a ponto de eu poder fazer massagem nos pés dela, mas fiz isso em um estado de torpor. Só depois que ela caiu no sono e eu estava deitada ao lado dela foi que algo parecido com clareza mental voltou. De repente, fiquei desperta, ciente da minha mãe, de cada respiração, da realidade na qual eu estava inserida. O grito que me levou de volta à consciência doía dentro do meu crânio. Uma lâmpada queimando deve ser assim, pensei, e claro que a lâmpada sentia dor quando morria. Não havia mais medo em mim, só um silêncio nada familiar que se expandia, uma sensação de que não havia mais nada.

Na quinta-feira, o sexto dia desde o sumiço do meu pai, o segundo bilhete de resgate chegou.

Naquela manhã, Judy DeLucca o entregou para minha mãe, junto com o café e o brioche.

"Encontrei isso em frente à porta", disse ela para a minha mãe, estendendo-lhe um envelope rosa.

Mamadee e Ford ainda estavam deitados na cama e pudemos ler o bilhete novo sozinhas. Mamãe estava com olheiras profundas, como se estivesse doente. O perfume horrível no bilhete me deixou enjoada de novo. Mamãe fez uma careta, como se o cheiro também tivesse lhe feito mal. Ela abriu o bilhete.

> Joe Cane Dakin é um Homem Morto
> se Vocês Não Seguirem
> Nossas Instruções
>
> Janice + Judy

"Bem, *que* instruções?", perguntou minha mãe. "Que *malditas* instruções são essas?" Ela olhou para Judy como se perguntasse para ela. "E quem é Janice e Judy?"

"Bem, eu sou Judy", falou Judy.

"Ah, não estou me referindo a você", disse minha mãe, impaciente.

Em seguida amassou o bilhete e o jogou em mim. "Assim que eu terminar o café, Calley, vou ligar para o FBI."

Judy estava saindo do quarto de costas, mas minha mãe a fez parar.

"Você trouxe três brioches ontem, mas hoje só tem dois", afirmou.

"A Janice está tendo problemas com a temperatura do forno", explicou Judy. "Ele está desregulado. Cinco dúzias de brioches ficaram duras demais para servir."

"Diga pra Janice que não estou interessada nas dificuldades dela com o forno. Diga pra ela também que estou morrendo de preocupação com o meu marido sequestrado e que preciso de três brioches hoje, e não só de dois, pra manter as minhas forças."

Quando Judy saiu, falei para a minha mãe: "Talvez tenham sido elas".

Minha mãe passava manteiga em um brioche. "Talvez quem tenha feito o quê?"

"Aquela Judy e a Janice que faz os brioches. Talvez tenham sido elas que pegaram o papai."

Minha mãe brigou comigo. "Calley, eu estou vivendo um inferno. Não preciso dessa sua idiotice."

Um momento depois, ela perguntou: "Você acha que essa burra da Judy e aquela Janice, que pelo jeito não sabe mais nada a não ser cozinhar, escreveram esses bilhetes de brincadeira?".

"Mas onde está o papai?"

O rosto dela se fechou. Ela acendeu um cigarro enquanto pensava e foi passar maquiagem.

Assim que Mamadee e Ford apareceram para tomar o café da manhã, ela lhes mostrou o bilhete. O advogado Weems também o viu. Ele observou, como todos nós, que era bem parecido com o primeiro, e recomendou que o FBI fosse informado. Acabou cobrando pelo conselho e recebeu o que merecia: nenhum pagamento.

Um agente do FBI apareceu, pegou o bilhete e perguntou à minha mãe: "Que instruções são essas?".

"Eu me fiz a mesma pergunta. Perguntei à garota que trouxe o café da manhã e à minha filha de 7 anos, mas elas também não souberam responder. Não tenho ideia de que instruções devo seguir."

"Então vamos esperar as instruções."

"Espero que cheguem logo", disse minha mãe. "Porque quero ver se o FBI vai pagar pelo que esse hotel está custando."

Não chegou nenhuma instrução naquela noite, nem na manhã seguinte, quando Judy apareceu só com um brioche.

Minha mãe ficou tão furiosa que quase não conseguiu falar. Por um minuto pensei que ela apagaria o cigarro entre os olhos de Judy.

Judy viu que minha mãe ficou furiosa e afirmou rapidamente: "Aconteceu alguma coisa no forno. A Janice falou que ele quase explodiu na cara dela quando ela tentou acender a chama piloto".

"Não tem desculpa pra você me trazer esse brioche minúsculo e duro feito uma pedra e esse café intragável. Não com o preço desse hotel!", rosnou minha mãe.

Mas depois que Judy saiu, ela ligou para o FBI e disse: "Tem uma Judy qualquer coisa que é camareira deste hotel e uma Janice qualquer outra coisa que trabalha na cozinha. Não sei por que preciso fazer o trabalho de vocês, mas, se eu fosse J. Edgar Hoover, eu perguntaria pra elas o que elas fariam com um milhão de dólares se eles caíssem do céu".

Quando soube disso tudo, Mamadee primeiramente ficou incrédula, depois embasbacada. Como eu e minha mãe sabíamos, ela não tinha conhecimento de que a camareira e a cozinheira do hotel tinham os mesmos nomes das pessoas que haviam assinado os bilhetes. Nem Ford. Ele ficou chocado e com ainda mais raiva que Mamadee com o fato de que ninguém tivesse ligado uma coisa à outra.

"Eu tentei falar pra mamãe", arrisquei dizer para ele, mas, assim como minha mãe, ele não prestou atenção em mim.

"Como você não percebeu?", reclamou Mamadee com minha mãe, enquanto o advogado Weems franzia a testa em reprovação.

"Talvez porque tive o mundo inteiro me dizendo o que fazer nos últimos sete dias!", gritou minha mãe. "Aquela garota é uma imbecil, não consigo ver ela dando conta de sequestrar um cinzeiro!"

Àquela altura, Judy DeLucca e Janice Hicks haviam quebrado todos os ossos do meu pai e batido no cadáver dele por mais de quarenta minutos com o fundo de uma frigideira de ferro Black Maria roubada da cozinha do hotel e manipulada por uma de cada vez. Após apertar com força, cortar a cabeça, os dois pés, as pernas, as mãos e os braços com um cutelo, também roubado da cozinha do hotel, elas conseguiram enfiar a maior parte do meu pai dentro do baú. Quando foi presa, Janice estava com o pé esquerdo do meu pai na bolsa de imitação de pele de jacaré. A cabeça, o antebraço esquerdo e o pé direito permaneceriam desaparecidos.

Judy e Janice confessaram imediatamente o sequestro, a tortura, o assassinato e o esquartejamento de Joe Cane Dakin.

Judy disse para a polícia que haviam invadido o apartamento dela e que haviam roubado as partes que faltavam. O irmão mais novo de Janice, Jerome, escreveu uma carta para o *Times-Picayune* reclamando que a polícia não tinha feito nada para investigar o roubo no apartamento vizinho.

De forma nada surpreendente, os detalhes foram escondidos de mim na época. Não sei nem se minha mãe soube de tudo. Eu reconstruí a história por meio de uma colcha de retalhos dos jornais e periódicos da época, registros de tribunal e relatos de investigadores particulares. Nos impressos antigos e amarelados, nas fotos do meu pai, da mamãe sendo levada até a delegacia para interrogatório e de Judy DeLucca e Janice Hicks no julgamento, todos pareciam desempenhar papéis em um filme em preto e branco de James M. Cain.[*]

---

[*] James M. Cain foi um jornalista e escritor norte-americano, conhecido por suas obras de romance policial.

Em 1958, o mundo ainda era quase todo preto e branco, e não só em termos raciais. As pessoas ainda liam jornais e revistas e escutavam rádio. Apenas uma minoria tinha televisão, e quase todas eram em preto e branco. Desde o advento das transmissões em cores, é o passado que é mostrado em preto e branco, e os velhos tempos, em sépia. Mesmo que ainda esteja viva, uma pessoa fotografada em preto e branco agora está a morta aos olhos dos outros, como se filmes e impressos espelhassem o fantasma futuro.

Nem reconheço direito a minha mãe. Ela é tão jovem, jovem demais para ser minha mãe e de Ford. Nessas fotografias, ela é uma estrela de tabloide que nos faz lembrar das antigas fotos de Marilyn, recém-saída da adolescência.

Mamadee olha para a minha mãe e se vê trinta anos mais jovem. O cabelo em ondas brilhantes, uma estola de pele com um broche de diamante nos ombros, Mamadee é o fantasma da mamãe no futuro, se a mamãe viver aquilo tudo, acrescentando as mudanças da moda. O lábio superior de Mamadee está repuxado de amargura, e a coluna, rígida de ressentimento. Há um brilho de algo que parece pânico nos olhos dela, como se sentisse o salto frouxo sob os pés. Talvez seja só um efeito de luz da fotografia.

O advogado Weems, com o cabelo penteado para trás e vestindo um terno de três peças, aparentemente feito para um homem mais corpulento, poderia ser um congressista que interroga comunistas suspeitos perante o Comitê de Atividades Antiamericanas.

A maioria dos garotos que chega à puberdade não é bonita. Mas Ford era. Eu era jovem demais para perceber. Agora, vejo a percepção apurada de uma criatura selvagem, pronta para atacar com o estalo de um galho. As fotografias não o enquadram direito; alguma parte dele parece estar sempre em movimento. O filme é lento demais, o flash é fraco demais, o diafragma é pequeno demais para captá-lo fisicamente, era como se ele estivesse escapando daquele Ford e evoluindo para um novo modelo.

Observo os olhos apagados do meu pai nas fotos formais tiradas profissionalmente: as fotos da convenção ou as obtidas nos arquivos dos jornais do Alabama. Vejo agora que são como os meus. São os olhos de um fantasma, paralisados e inquietos. Os lábios mortos não me contam nada.

O que os artigos, os relatos, os capítulos nos livros e os testemunhos do julgamento não revelaram foi o motivo do sequestro.

Um milhão de dólares teria sido motivo, é verdade, mas só se Janice e Judy tivessem tentado receber o dinheiro. Elas sabiam que a mamãe o tinha. Todo mundo do hotel e todo mundo de New Orleans sabia que minha mãe estava com o dinheiro em notas de baixo valor em um baú levado pelo advogado Weems no Dixie Hummingbird, vindo de Montgomery.

Acho estranho que na época ninguém tenha observado que, coincidentemente, o baú que guardava o dinheiro era idêntico ao baú em que Janice e Judy se esforçaram de forma tão árdua e sangrenta para enfiar os restos do meu pai. Mesmo tamanho, mesma cor, mesmo fabricante. A guerra tinha acabado havia poucos anos e, considerando o número de tropas armadas, imagino que havia centenas de milhares de baús espalhados pelo país.

Quando perguntaram por que elas haviam escolhido meu pai para sequestrar, Janice disse: "Porque ele estava no 12º andar".

Quando perguntaram a importância do 12º andar, Judy não conseguiu dar uma resposta.

Quando perguntaram por que elas não haviam feito nenhuma tentativa de buscar o resgate, Judy respondeu: "Estávamos esperando a hora certa".

Quando perguntaram qual seria a hora certa, Janice só deu de ombros.

Por que elas torturaram meu pai?

Por que, mesmo morto, elas mutilaram seu corpo e esquartejaram o cadáver?

Por que, depois de terem o trabalho de esconder o tronco do meu pai em um baú pequeno demais para ele, elas deixaram o baú no pé da cama ensanguentada? Por falta de um homem negro em busca de 15 centavos para carregá-lo até o andar de baixo?

Em outros estados, em anos posteriores, Judy e Janice poderiam ter sido julgadas como loucas. Na Louisiana de 1958, Judy e Janice foram consideradas culpadas de sequestro e assassinato em primeiro grau. Elas admitiram todos os detalhes com que torturaram meu pai. Se deixaram alguma coisa de fora, seria impossível imaginar o que seria. Mas as duas mulheres morreram sem ninguém descobrir *por que* elas fizeram o que fizeram.

O que motivou o crime? Esse era o grande mistério, o motivo de ainda escreverem sobre o caso até hoje.

Mas a verdade é a seguinte: Janice e Judy não tinham ideia do motivo de terem feito o que fizeram. Houve um motivo, mas o motivo não era *delas*. Era de outra pessoa.

Em 1958, com apenas 7 anos, eu sabia por que meu pai tinha morrido.
Ele tinha morrido porque minha mãe e eu fomos fazer compras.
Ele tinha morrido porque nós entramos naquela loja que tiquetaqueava.
Ele tinha morrido porque a bolsinha Kelly marrom da Hermès tinha sumido e reaparecido depois, em um arquivo trancado.

No dia em que encontramos o bilhete, eu tentei explicar isso tudo para a minha mãe, mas ela me segurou pelos ombros, me sacudiu com força e gritou: "Que loja, Calley? Por que você está falando dessa bolsinha? Quem, em nome de Deus, é esse sr. Rideaux? Será que você não vê que sua mãe tem coisas mais importantes em que pensar?".

KING & McDOWELL
CHAMAS VIVAS

11

Dois dias depois que os restos mortais do meu pai foram recuperados, voltamos para Montgomery no Dixie Hummingbird. Foi minha primeira viagem de trem. Ainda havia muitas primeiras vezes na minha vida aos 7 anos.

Nós três ficamos sentados sozinhos nos fundos de um vagão, longe dos outros passageiros. Eles nos olhavam e cochichavam, mas nos deixaram em paz quando o trem começou a andar:

gotongotongoton

O baú com o dinheiro do resgate estava no nosso vagão. Minha mãe me fez sentar com os pés levantados durante todo o caminho, desde New Orleans. Talvez ela achasse que ninguém fosse desconfiar que uma garotinha com jeito de burra e orelhas grandes demais, com uma boneca Betsy McCall na mão, pudesse acobertar um baú cheio de dinheiro embaixo dos sapatos infantis, ou estar com a chave pendurada em um cordão vermelho de seda no pescoço. E eu estava mesmo apalermada, graças aos tranquilizantes que o médico do hotel me prescrevera e que ainda estavam presentes no meu corpinho de criança. A enorme facilidade da minha mãe para acreditar no que queria permitiu que ela fingisse que, apesar da cobertura nos jornais e nas rádios a semana toda, os passageiros que estavam conosco no vagão não sabiam do sequestro e do assassinato de Joe Cane Dakin. De modo geral, naquela época, os assassinatos não eram raros nem em New Orleans, mas o assassinato de um homem branco e rico sempre é notícia em qualquer lugar.

Minha mãe não havia levado um traje de luto apropriado para uma viúva, mas, enquanto esperava que o legista liberasse os restos mortais e a partida do próximo trem disponível, ela conseguiu um terninho preto, sapatos de salto pretos e um chapéu com véu, que precisava levantar de tempos em tempos para fumar. A maquiagem só fazia sua pele parecer mais pálida e seus olhos mais escuros e inchados de lágrimas. Quando falava, sua voz saía rouca, trêmula e distante.

Ford ficou com o rosto virado para a janela. Ele usava uma gravata preta nova com o terno azul-marinho de gabardine de ir à igreja aos domingos. Não chorou quando recebemos a má notícia, mas as suas unhas estavam roídas até o sabugo. Em todas as oportunidades que tinha, ele me dava socos, me fazia tropeçar ou me dava um cascudo. Em determinado momento, me empurrou para um canto longe dos adultos e disse que o papai tinha sido abatido como um porco e que seus membros tinham sido todos cortados. Que as duas mulheres que fizeram aquilo pretendiam cozinhar e comer o papai, que pegaram o sangue dele para fazer chouriço. Os detalhes excessivos só me convenceram de que ele estava mentindo, como sempre. Eu me soltei e fugi para a segurança das saias da tia Jude, e quase a derrubei quando a abracei.

Vesti tudo de preto que havia no meu guarda-roupa, ou seja, meu sapato boneca preto e meu cinto de couro preto. Algumas mães vestem as filhas como bonecas. Se minha mãe já tinha feito aquilo, desistira quando me tornei capaz de me vestir sozinha.

Todos os meus vestidos, saias e blusas eram semelhantes a uniformes escolares. Para essa viagem de volta, eu usava o vestido cinza com gola Peter Pan branca, sob um casaco de lã azul-marinho. O cordão vermelho de seda era comprido o suficiente para ficar embaixo do vestido sem ser visto. O vestido e o casaco eram as roupas que eu havia usado no dia em que saímos para fazer compras naquele dia chuvoso. Mamadee havia mandado lavá-los e passá-los na segunda-feira que se seguiu ao desaparecimento do meu pai. Sempre me perguntei se Judy DeLucca lavou e passou meu casaco e meu vestido. Eles foram devolvidos ao armário, protegidos com as capas de papel do Hotel Pontchartrain.

Quando entramos no Alabama, também olhei pela janela, mas não restava mais neve. Por mais que tentasse, eu não conseguia entender a magnitude da calamidade da qual havíamos sido vítimas, mal compreendia o que era a morte. Fosse o que fosse, acontecia mais com pessoas velhas. Eu já tinha visto isso. Mamãe e Mamadee eram enfáticas ao dizer que uma criança nunca era nova demais para ser arrastada para uma funerária ou um enterro. Eu não me lembrava das ocasiões específicas, só das pessoas velhas que dormiam nos travesseiros de cetim daquelas urnas pesadas. Lembro que não senti medo nem repulsa, tampouco qualquer tipo de sofrimento.

Mas meu pai não ficou grisalho, enrugado e murcho. Só saiu e não voltou mais. Todo mundo insistia que ele não ia voltar. Eu sabia que era infantilidade e por isso escondi, mas eu ainda me agarrava à fantasia de que ele voltaria. Eu estava exausta pela tensão incessante de ficar o tempo todo prestando atenção no barulho dos passos dele.

Um carregador apareceu com um carrinho de mão para tirar o baú do trem para nós. Era um homem de meia-idade que estava ficando careca e usava óculos de armação preta, tinha braços musculosos pelo peso do trabalho e usava o uniforme com orgulho. Ele piscou para mim e me deu a mão para que eu me sentasse no baú enquanto ele o empurrava

takatakataka

atrás da mamãe e do Ford. Minha mãe não reparou. Para ser sincera, ela estava com muita coisa na cabeça na ocasião, mas também foi o simples fato de que ela costumava ignorar pessoas de pele escura. Ford fingia que estava sozinho no mundo ou esperava que todos caíssem de joelhos e implorassem o perdão dele por existirem.

"Você conheceu meu papai?", perguntei ao carregador.

Ele piscou e inclinou a cabeça, em dúvida. Acho que viu no meu rosto alguma resposta para a pergunta não dita, porque sorriu e assentiu.

"Não pessoalmente, moça. Mas sinto muito pela sua perda. Ouvi falar que o sr. Dakin era um homem honesto nos negócios", respondeu ele baixinho para minha mãe não ouvir.

"Obrigada", falei, e repeti a fórmula que tinha ouvido nos velórios e enterros: "Vou sentir falta dele".

Eu poderia ter perguntado se ele conhecia Ida Mae Oakes, mas Mamadee estava ali, nos esperando, perto da saída do saguão. Assim que fomos informados de que o papai tinha morrido, ela voltou correndo para o Alabama antes de nós, como se já soubesse que teria uma crise de nervos. Foi tio Billy Cane Dakin quem acompanhou minha mãe para identificar os restos. O sr. Weems ficou um dia a mais para ajudar nos preparativos, então foi atrás da Mamadee.

"Calley Dakin, desça daí imediatamente", gritou Mamadee. "Por acaso você é uma pagãzinha? Roberta Ann Carroll Dakin, você poderia ter tido a decência de comprar um caixão para o sujeito!"

Mamadee achava que tudo que eu fazia era ruim, então não fiquei surpresa de ser repreendida novamente. Eu não entendi o resto porque ainda não sabia sobre o baú de Judy e Janice.

O véu preto da minha mãe escondia o rosto dela, mas não abafou nem disfarçou a fúria em sua voz. "Mãe, que vergonha de você. Você poderia ter tido a decência de me poupar dos seus comentários ridículos. Você sabe muito bem que o Joseph está em um caixão de mogno no vagão de bagagens."

Mamadee sabia. Ela só quis garantir que ninguém na estação ficasse sem perceber a notória viúva Dakin e seus filhos.

"Você poderia começar a agir como uma viúva de luto, Roberta Ann", repreendeu Mamadee.

"O que você sabe a respeito disso, mãe?"

Mamadee pareceu crescer, como nuvens que se apressam para formar um tornado. Por um instante, pensei que ela poderia se transformar em outra coisa, como o arcanjo que expulsou Adão e Eva do Jardim do Éden, que certa vez eu vira na ilustração de uma Bíblia. Mas ela permitiu se distrair, fingindo supervisionar a colocação da nossa bagagem no Cadillac parado do lado de fora da estação de trem.

Um homem de terno preto e luvas brancas, o agente funerário, também estava parado lá fora, com um rabecão de ré, aberto. Ele era uma pessoa que eu já tinha visto em meio às flores, aos círios e aos sussurros da funerária.

Ele rapidamente se dirigiu para perto da minha mãe e apertou a mão dela com intensidade, murmurando palavras de consolo. Esperamos na calçada enquanto carregadores levavam solenemente o caixão do meu pai em um carrinho de metal. O dispositivo era cheio de dobradiças e podia ser erguido e baixado, para que o caixão pudesse ser colocado facilmente na traseira do rabecão. Observar

creaketycrumpetythumpety

o movimento do caixão me ajudou a não pensar no que tinha sobrado do papai, que agora era sacudido e agitado dentro dele. Eu não acreditava que houvesse algo dentro. Os carregadores tiraram o chapéu para minha mãe e para o agente funerário.

O agente apertou novamente a mão da minha mãe e inclinou a cabeça para Mamadee antes de colocar o chapéu e correr para seu lugar no banco da frente do rabecão. O chofer uniformizado, um homem negro idoso que levava pessoas brancas para o necrotério branco e depois para o cemitério branco desde que Moisés nascera, dirigia o rabecão. Ele era um acessório, assim como muitas das pessoas negras em nossas vidas, indiscernível da função que exercia.

A única coisa que Mamadee dirigia era um Cadillac branco, que era trocado a cada três anos. Minha mãe nunca disse nada para ela, nem meu pai comentou sobre a deslealdade da marca automotiva de Mamadee, mas todos nós sabíamos. Seu Cadillac não prescindia de câmbio manual, porque ele economizava gasolina. Dirigir com câmbio manual era só uma das formas com as quais Mamadee informava ao resto do mundo que ela sabia o que era o quê. O único problema era que ela nunca aprendeu a usá-lo direito.

Quando estávamos todos no Cadillac, minha mãe no banco do passageiro, Ford e eu no banco de trás com o baú entre nós, Mamadee

grrrrrreech

girou a chave,

unk

puxou o câmbio e enfiou o pé ao mesmo tempo no acelerador e no freio. A marcha gritou e o carro pulou. A contínua agressão ao câmbio finalmente produziu um movimento para a frente,

screepped

para cima do meio-fio e

unnka

para baixo de novo

bunk

e para a rua.

"Achei essa coisa toda horrível e extremamente humilhante", afirmou Mamadee. "Nunca aconteceu nada assim com os Carroll. Como você pôde deixar isso acontecer?"

Já estávamos bem versados sobre a mancha indelével na reputação dos Carroll, pois Mamadee já havia expressado várias vezes o mesmo sentimento quando estava conosco em New Orleans. Desta vez, porém, minha mãe não aceitou calada. Ela estava esperando e planejava dar uma resposta à altura em um lugar onde ninguém importante pudesse ouvir. Minha mãe e Mamadee eram parecidas de muitas formas. Como ímãs com a mesma carga, apontados um para o outro, elas se repeliam mutuamente.

"Eu *não* deixei nada acontecer", disse minha mãe, demorando-se em cada palavra. "Ninguém me perguntou se podia sequestrar o Joseph, torturá-lo, assassiná-lo e tentar enfiá-lo num baú pequeno demais para ele."

Essa foi a primeira menção ao outro baú na minha presença. Olhei para Ford na mesma hora. Ele estava rígido e pálido — essa era a prova de que eu precisava para saber que o que ela disse sobre tortura e sobre enfiar meu pai em um baú era verdade. Ford alegou antes que meu pai tinha sido picado. A mera ideia das duas mulheres cortando a cabeça e os membros do meu pai me deixava atordoada.

Antes daquele momento, para mim, tortura significava falar quando alguém estava com dor de cabeça. Sempre que minha mãe estava com dor de cabeça e eu dizia duas palavras a uma distância em que ela pudesse ouvir, ela gritava: "Calliope Carroll Dakin, você está torturando sua mãe!".

Como eu não sabia que o tronco do meu pai tinha sido enfiado em um baú, até então eu não fazia ideia de que ele era idêntico àquele que continha o resgate. Mas minha imaginação logo saltou para a imagem do tronco do meu pai sendo enfiado no baú do resgate. Eu me vi enfiada em um espaço incomensuravelmente pequeno, sem poder me mexer, um lugar escuro e abafado. Um momento de terror me deixou sem ar; minha mãe tinha me feito sentar com os pés sobre o baú, com a chave no cordão de seda pendurado no pescoço, de New Orleans até lá. Mas ali estava o resgate intacto, o caixão e o rabecão, e a declaração explícita da minha mãe de que o meu pai estava no caixão. E, claro, eu estava acostumada às afirmações absurdas que eram marca registrada da Mamadee.

Mamadee continuou falando. "Se eu soubesse que isso iria acontecer, jamais teria permitido que você se casasse com aquele homem. As pessoas estão rindo, Roberta Ann, estão rindo, e é difícil para mim não rir com elas. E pensar que Joe Cane Dakin foi assassinado pela Mulher Gorda do circo."

Minha mãe ficou em silêncio por um momento. Ela devia ter tido pensamentos assim antes mesmo de Mamadee falar. Depois disso, para a minha mãe, o horror da situação sempre parecia se condensar naquela única peculiaridade.

Calley, ela dizia com aquele tom desesperado que fazia você querer se matar e levar alguns amigos junto, *sabe o que foi pior? O pior foi que aquela mulher pesava 180 quilos.*

"Você não me *deixou* casar com o Joseph", respondeu minha mãe.

"Eu fiz o que pude para impedir."

"Eu me lembro claramente de você dizer: 'Roberta Ann, se você não fisgar o Joe Cane Dakin, eu vou fazer isso'."

"Roberta Ann! Isso é mentira! Eu jamais seria tão vulgar!"

"Você sempre o achou um tolo do interior."

"Nunca!"

"Você continuou comprando Cadillacs. Fez isso de propósito para insultar meu falecido marido e a mim! Você acha que algum de nós achou que era outra coisa?"

"Você está perturbada, Roberta Ann." Mamadee falou com o tom sensato que sempre usava quando fazia alguém gritar. "Vou ignorar todas essas tolices que você acabou de dizer." Quando se sentiu em uma posição de superioridade, ela mudou de assunto. "Você já tem planos para o funeral, não é?"

"Achei que poderia tirar os sapatos primeiro", disse minha mãe com rispidez.

"Falando sério, Roberta Ann, que grosseria a sua. Seu filho está ouvindo. Você deveria fazer o enterro em algum lugar perto da família de Joe Cane Dakin."

"Por quê?" O tom da minha mãe deixava claro que ela não dava a menor importância para a resposta.

"Porque não vai ter tanta gente indo lá para xeretar!", exclamou Mamadee. "Sabe o que vai acontecer se for aqui em Montgomery ou em Tallassee? Seria melhor você alugar logo uma tenda de circo! E todos aqueles Dakin vão aparecer e lembrar ao mundo como você se casou mal!"

"Mãe", falou minha mãe com voz sofrida, "o enterro do Joseph vai ser em St. John's. O governador, a esposa e um diretor da Ford vão estar presentes. Assim como muitos parentes do Joe, e a única coisa a fazer é fingir que eles são tão bons quanto qualquer outra pessoa. Sabia que algumas mães tentam consolar os filhos nos momentos de dor?"

"Eu sabia que alguns filhos falam com respeito e gratidão com as mães", retorquiu Mamadee.

Minha mãe jogou o véu para trás, abriu a bolsinha — a Kelly marrom da Hermès —, remexeu nela, pegou um cigarro e o isqueiro e o acendeu. A fumaça saiu pelas narinas trêmulas em um fluxo furioso.

De tempos em tempos, eu olhava para Ford por cima do baú. Ele mostrou a língua para mim uma vez. Em outra, levantou as mãos ao lado da cabeça, como se fossem orelhas, e as abanou na minha direção. Em seguida, virou o rosto e ficou olhando cegamente pela janela. Quando vi seu reflexo, percebi que olhava para si mesmo.

Mamadee entrou com o Cadillac no caminho em frente a nossa casa e parou na curva, próximo à porta. Um silêncio se acomodou entre nós enquanto olhávamos para a casa. Era uma casa grande e bonita, minha mãe sempre dizia que era uma das melhores de Montgomery. Eu me lembro das árvores enormes, das colunas altas, das varandas largas e, dentro, de aposentos com pé-direito alto e candelabros iluminados pelo sol.

Havia um cavalete no pé da escada de entrada, com uma placa.

PROIBIDO ENTRAR

As palavras embaixo diziam alguma coisa sobre a ordem de alguém.

Uma guirlanda de fitas laranjas em torno de pilares e outra placa estavam em frente à porta. Identifiquei o aviso **INTERDITADO PELA POLÍCIA** repetido nas fitas, semelhante às decorações que eu já tinha visto desejando um **FELIZ ANIVERSÁRIO** ou um **FELIZ NATAL**.

"Por que você me trouxe aqui?", perguntou minha mãe com voz engasgada. "Você devia ter me contado!"

"Você acha que eu sabia?", questionou Mamadee. "Eu não ia querer sair do meu caminho, ia?"

Ninguém acreditou nela. Não havia nada mais característico de Mamadee do que sair do caminho dela para chutar alguém próximo e querido no estômago.

"Não acredito que a polícia revistou a minha casa. Ou foi o FBI?"

"Os dois. Vocês não podem ficar aqui." O tom de triunfo na voz de Mamadee não foi nem reprimido. "Vão ter que vir comigo e ficar em Ramparts."

Mamãe se recostou no banco e baixou o véu sobre o rosto.

"Sim, mamãe. Sim, mamãe. Sim, mamãe. Sim, mamãe. Está satisfeita?"

Mamadee se virou para ela. "Ora, Roberta Ann Carroll Dakin, o que você quer dizer? Como eu poderia me sentir feliz com o sofrimento da minha filha viúva e dos meus netos órfãos?"

Minha mãe não respondeu. Vi que ela decidira que não ia mais falar com Mamadee, ao menos por um tempo.

"E a Portia, a Minnie e a Clint?", perguntei.

Portia era nossa cozinheira, Minnie limpava a casa e Clint fazia pequenas tarefas.

"Fique quieta, Calley Dakin", ordenou Mamadee rispidamente. "Os criados não são da sua conta. Mas tenho certeza de que, considerando o jeito como as pessoas negras fofocam, eles deviam saber antes mesmo de você que Joe Cane Dakin estava morto. Despedi todo mundo assim que voltei de New Orleans!"

A fumaça do cigarro da minha mãe tremeu ainda mais violentamente com o abuso de poder de Mamadee.

Eu sabia, claro, que para os criados negros não havia nada mais importante do que fofocar sobre seus empregadores brancos — era um assunto muito popular entre Mamadee, mamãe e todas as amigas delas. As mulheres ainda estavam furiosas por causa da greve de ônibus, quando os criados negros foram para o trabalho a pé em vez de pegarem o ônibus por causa da srta. Rosa Parks. A srta. Parks se recusou a ir atrás, o que a fez ser presa, e todas as pessoas negras "tiveram um ataque". A maioria das empregadas, cozinheiras, choferes e jardineiros passou meses se atrasando para o trabalho, e respondeu coisas horríveis quando eles eram repreendidos. Agora, todos podiam andar na parte da frente do ônibus, mas todo mundo ainda estava tenso e quase não falava.

Eu me lembro do que meu pai disse para os lamentos da minha mãe quando tudo começou: "Bem, querida, esse ovo quebrou e a galinha não vai voltar a chocá-lo".

Me lembrei dessa fala porque minha mãe despediu Ida Mae Oakes no dia seguinte.

KING & McDOWELL
CHAMAS VIVAS

12

Ramparts observava a cidadezinha de Tallassee quase que do ponto mais alto. O casarão era cercado de vários hectares de carvalhos grandes e centenários, cobertos de musgo espanhol. Para todos os efeitos, Ramparts era o Museu Carroll, dedicado à eterna glorificação dos Carroll. Quase não havia parede sem retrato de algum Carroll, ou de múltiplos Carrolls: juízes Carroll, senadores estaduais Carroll, representantes de Estado Carroll, um congressista Carroll, um vice-governador Carroll, um procurador-geral do Estado Carroll, um general Carroll e três capitães Carroll.

Imagino que todos aqueles antigos Carroll eram como as outras pessoas, uma mistura de pessoas boas e ruins, forças e fraquezas. Era fato que a maioria teve pessoas escravizadas e todos foram bons segregacionistas — o tipo de branco com dinheiro que apoiava secretamente ou ignorava a Ku Klux Klan e suas formas de terrorismo. Quero dizer que eram hipócritas, como a maioria de nós.

Eu não conheci meu avô, Robert Carroll Sênior, porque ele morreu antes de eu nascer. Sua posição na Primeira Guerra Mundial foi de capitão, e Mamadee sempre se referia a ele assim, capitão Carroll. Minha mãe dizia que a cidade era pequena demais e que todo mundo se conhecia bem demais para Mamadee chegar a chamá-lo de general Carroll, mas que ela faria isso, se pudesse. Robert Carroll Sênior foi o único herdeiro do Carroll Trust Bank e de algumas outras propriedades Carroll — antigamente, havia fazendas e alguns moinhos de um tipo ou outro. Na verdade, havia até um condado com esse sobrenome no oeste do Alabama, mas se havia algum Carroll morando lá, Mamadee não falava com eles.

Embora o Carroll Trust Bank não tivesse quebrado na Grande Depressão, a fortuna Carroll sofreu, ou era o que Mamadee alegava em seus momentos mais avarentos. O capitão Sênior conseguiu ficar com o banco e com a mansão Ramparts, e também conseguiu dar a Mamadee os Cadillacs e uma herança grande o suficiente para não permitir que ela fosse para um abrigo. Mamadee fazia economias ínfimas por itens mesquinhos, enquanto justificava outros gastos maiores alegando valor. Duvido que ela tivesse passado necessidade, pois observei esse tipo de comportamento em muitas pessoas ricas. Talvez o que faz as pessoas ricas chorarem por moedas enquanto se permitem grandes luxos sem hesitar seja só uma pontada de vergonha, mas posso estar dando crédito a algo que não mereça crédito nenhum.

Na sala, o casarão Ramparts exibia um piano de cauda Chickering. Em todos os anos da minha curta vida ele permaneceu trancado, exceto uma vez por ano, quando o afinador ia afiná-lo. Mamadee não tocava e não deixava ninguém tocar. Minha mãe também não tocava, e eu nunca consegui descobrir se alguém da família algum dia havia aprendido a tocar piano. O que eu sabia era que aquele não era o único piano do mundo que era menos um instrumento e mais um pedestal muito grande e elaborado para castiçais, um vaso de flores ou um retrato de casamento em uma moldura de prata.

Meu aposento favorito de Ramparts era a velha biblioteca do capitão Sênior. Mamadee quase nunca entrava lá, para começar. O cômodo era chamado de biblioteca porque nele havia estantes, mas quase ninguém abria os livros que estavam nelas. Os livros velhos estavam se desfazendo, as beiradas das páginas se despedaçando, e as capas de couro, rachando e descascando. Cada vez que pegava um, eu espirrava. A maioria deles era sobre exploradores e continha ilustrações de mapas velhos em tons pastel: azul-anil, verde-menta, rosa, amarelo-manteiga. Desde essa época, eu gostava de observar mapas, essas magníficas ilusões que nos permitem saber onde estamos.

Na parede atrás da escrivaninha, havia vários retratos do capitão Sênior, todos com homens, armas e cachorros, e nenhuma com Mamadee. A fotografia de casamento dos dois ficava no saguão, e a de Mamadee com o vestido de noiva ficava no piano Chickering.

Havia uma vitrola de 1913 com uma placa dentro, que atestava que era da marca Victor Talking Machine, ao lado da poltrona de couro favorita do capitão Sênior — mesmo depois de tantos anos, ela ainda mantinha a marca das nádegas dele. Quando pequena, eu machuquei a boca várias vezes tentando girar a manivela para fazer o prato giratório da vitrola rodar. Como o caixão do meu pai, a vitrola — ou melhor, o gabinete dela — era de mogno, e eu sabia disso porque Mamadee e a empregada dela, Tansy, tinham me avisado, mais de uma vez, que não era para arranhá-lo.

Na parte que tinha o armário, havia discos grandes e pesados. Ninguém parecia se importar se eu *os* arranhasse. Eu brincava com eles desde que era pouco mais que um bebê. Eram pesados, com as bordas afiadas. Quando era pequena demais para carregá-los, peguei um e deixei cair nos dedos dos pés. Ainda me lembro de como meus dedinhos ficaram roxos.

Os discos de 78 rpm pareciam ter sido gravados no fundo do mar e eram maravilhosamente pontuados.

Poppetyshushshushpopshush

Apesar de mais tarde ter percebido que o gosto musical do capitão Sênior era muito prosaico na época, os discos ofereciam um ruído maravilhoso para os meus ouvidos. "Alabama Jubilee", "Hard Hearted Hannah", "Red River Valley", "Down Yonder", "The Tennessee Waltz" e "Good-night, Irene" são algumas das canções de que me lembro.

De um lado da lareira, ficava o rádio Westinghouse Superheterodyne do capitão Sênior, que ainda funcionava direitinho. Não havia televisão na sala e em nenhum outro lugar de Ramparts. Mamadee achava que a televisão era uma moda passageira, como os filmes em 3D. Pela forma como ela desviava do aparelho na nossa casa em Montgomery, eu desconfiava de que ela sentia medo dele.

Cheguei na biblioteca e tinha aberto o armário para pegar uns discos quando Mamadee botou a cabeça na porta e disse: "Calley, você vai arranhar esse armário. Suba e vá desfazer a mala".

Nós a visitávamos com tanta regularidade que já tínhamos nossos próprios quartos. O da minha mãe era o mesmo que usava na infância. Meu pai fazia brincadeirinhas sobre a cama sempre que íamos lá. Mamadee não alterou nada no quarto depois que minha mãe se casou com meu pai, o que exigia que meus pais dormissem na antiga cama dela, que, felizmente, era de casal. "Apertada", meu pai dizia, "mas aconchegante."

Para mim, a coisa mais interessante no quarto da minha mãe era a fotografia colorida dela presa na moldura do espelho da penteadeira. Na foto, ela usava uma blusa sem mangas e um short largo até os joelhos, típico dos anos 1940. Estava sentada na amurada da varanda, recostada a uma pilastra, abraçando os joelhos.

O cabelo estava dividido ao meio, com uma voltinha para fora, com aquele estilo de penteado da mesma década que nunca consegui entender. Não que fosse possível fazer no meu cabelo. Eu sabia que essa era a aparência da minha mãe quando ela conheceu meu pai.

O quarto do Ford tinha sido do irmão mais novo da minha mãe — Robert Carroll Junior. Havia aviões de madeira de balsa pendurados no teto e um exemplar emoldurado de *Invictus* pendurado acima da escrivaninha. E também uma pequena estante lotada de histórias de aventuras de meninos, cheias de Toms, Joes, Franks, Dicks e um monte de outros nomes parecidos. Eu me lembro vagamente de faixas nas paredes e de um diploma com uma moldura dourada.

O outro quarto, com camas de solteiro, tinha sido das irmãs mais velhas da minha mãe, Faith e Hope. Eu só sabia porque minha mãe certa vez me disse. Eu achava que elas estavam na cadeia, que era o pior lugar do mundo fora o próprio inferno, ou mortas. Havia retratos e fotos do Junior aqui, ali e em toda parte de Ramparts, mas não me lembro de nenhum retrato velho de Faith e Hope. Eu poderia ter ido dormir naquele quarto, mas as camas nunca eram feitas, os tapetes estavam enrolados e encostados nas paredes, e havia lençóis cobrindo todos os objetos. A madeira da moldura da porta no corredor estava curiosamente coberta de buracos de pregos. Concluí que, em algum momento, o quarto tinha sido fechado com tábuas. Não teria me surpreendido se isso tivesse acontecido e Faith e Hope tivessem sido deixadas para morrer de fome lá dentro como punição por desafiarem Mamadee. Possivelmente por algum arranhão no gabinete de mogno da vitrola.

O quarto que eu estava acostumada a usar ficava a um lance curto de escada dos outros, debaixo das calhas. Antes um quarto de criados, o espaço espremido tinha sido ocupado em algum momento pelo Junior, que talvez nunca tivesse dormido lá. O pé-direito alto daquele quarto na casa devia oferecer uma recepção melhor para os rádios dele. O quarto tinha uma única cama de ferro pintada de marrom, uma cômoda com um rádio Bakelite em cima e uma cadeira com escrivaninha de madeira que já tinha passado por dias difíceis. Na escrivaninha ficava um rádio de ondas curtas, uma variedade de panfletos e livros velhos sobre rádio amador e um toca-discos de maleta. Na haste do pequeno armário havia um saco com naftalina. No chão do armário, uma caixa laranja com discos, as capas de papelão todas marcadas com o nome Bob Carroll Jr.

A caixa de discos era melhor do que ouro de pirata para mim. Os discos eram todos bem mais recentes do que os do capitão Sênior; muitas das músicas ainda podiam ser ouvidas no rádio. A caixa continha gravações de Charlie Parker, Count Basie, Duke Ellington e Dizzy Gillespie, além de *hits* (como eram chamados nos programas de rádio) como "Don't Sit Under the Apple Tree", "Swinging on a Star", "Rum and Coca-Cola", "Sentimental Journey".

No meio dos discos, eu guardava um cinzel enferrujado, roubado da caixa de ferramentas no celeiro, para o caso de Mamadee fechar o quarto com tábuas comigo dentro. Eu era grande o bastante agora e conseguiria sair pela janela, então talvez nunca precisasse dele, mas deixei onde estava de cortesia para qualquer outra criança que Mamadee pudesse fechar com tábuas dentro do quarto um dia.

Debaixo da cama de ferro, havia um penico velho de porcelana, manchado e com a tampa rachada. Acima da cama, alguns livros empoeirados, com *Robert Carroll Jr.* escrito neles, estavam apoiados uns nos outros em uma prateleira de madeira caseira. Um era *Guia de Campo das Aves das Regiões Leste e Central da América do Norte*, do Peterson. Era uma primeira edição, publicada em 1934; não que uma primeira edição significasse alguma coisa para mim na época. Outro era *Aves da América do Norte*, também datado de 1934, com 106 ilustrações em cores dos quadros de Louis Agassiz Fuertes. Era um livro pesado e velho como a Bíblia, o que, para mim, só aumentava sua autoridade. *Árvores Norte-Americanas: Um Guia*, de Hall, era mais fácil de tirar da prateleira sem esmagar meu cérebro. O terceiro livro de aves era o mais recente, *Guia de Aves Audubon: Pássaros do Leste*, de Richard Pough, datado de 1946. Tinha lombada verde e cabia na mão. Havia mais três ou quatro, todos abordando o mundo natural, com anotações nas margens, feitas com uma caligrafia apagada, quase invisível. Eu olhava aqueles livros desde que consegui alcançar a prateleira, antes mesmo de saber ler. Felizmente, Mamadee nunca chegava perto daquele quarto, e eu não precisava ter medo de ela me pegar com os livros e tirá-los de lá, o que ela teria feito por medo de eu gostar deles.

Certa vez, ouvi Mamadee comentar com uma das mulheres com quem jogava bridge que, quando o Bobby dela morreu, a morte também matara o capitão Carroll, tão certo quanto dois e dois são quatro. Eu achei que isso significava que o capitão Sênior tinha ficado tão triste a ponto de morrer, um destino comum no desolado Alabama. Agora que meu pai estava morto — se é que estava mesmo —, eu tinha de me perguntar se *eu* podia me entristecer até morrer.

Quase na janela, um dos carvalhos antigos sussurrou e estalou, e nele os pássaros e esquilos continuaram com suas vidas diárias.

O jardineiro de Mamadee, Leonard, tinha colocado minha mala na cama, meu toca-discos no chão, e minha boneca Betsy Cane McCall e a caixa de bonecas de papel sobre a cama. Ele tinha aberto um pouco a janela para arejar o quarto, mas agora estava frio. Joguei o casaco na cama, abri a mala e uma das gavetas da cômoda, joguei o conteúdo de uma na outra e fechei as duas coisas. Enfiei a mala debaixo da cama, ao lado do penico. Restaram a boneca Betsy e as demais bonecas de papel. Levantei a tampa da caixa e olhei dentro. Betsy McCall Ainda Estava em Pedacinhos. Em Ramparts.

Meu estômago roncou. Corri até o andar de baixo e saí empurrando portas até a cozinha. Tansy imediatamente parou de picar as cenouras.

"Vai rancá as dobradiça desse jeito", disse Tansy. "Sua chata. Não quero sabê de criança na minha cozinha. Alguém pode se machucá."

"Estou com fome!", gritei. "Morrendo de fome!"

"Um milhão de chineses também. Chata."

Tansy cuidava da comida e do trabalho mais leve da casa, e encontrava defeitos no serviço feito pela sucessão de mulheres miseráveis que apareciam para fazer o trabalho pesado. Mamadee despediu todos os criados que já tivera ou fez com que se demitissem. Tansy, por sua vez, foi despedida ou se demitiu em todos os lugares onde trabalhou, e o único emprego que conseguiu foi em Ramparts. Elas teriam que aguentar uma à outra. Tansy dava motivo para Mamadee reclamar todos os dias, e Mamadee dava a Tansy alguém de quem se ressentir todos os dias.

Saí empurrando as portas e segui pelo corredor até a biblioteca.

Ford surgiu do nada e segurou meus pulsos. Ele me girou e empurrou minha cara na parede, segurando meu braço às costas. Abri a boca para gritar, mas ele me deu uma joelhada nas costas, e eu não consegui puxar o ar para os pulmões.

"*Shhhh*", sussurrou ele no meu ouvido, empurrando-me para o lavabo. Seu bafo estava com cheiro de uísque, o que significava que ele tinha invadido as defesas do armário de bebidas de Mamadee novamente. Ele me empurrou para o lado, fechou e trancou a porta. Finalmente, eu o vi. O cabelo estava desgrenhado e era evidente que ele tinha chorado. O nariz estava escorrendo, então ele limpou com as costas da mão.

"Estou ficando maluco", confessou ele em um grunhido. "Não aguento mais isso. A mamãe mandou aquelas mulheres matarem e cortarem o papai. Não sei como, mas foi ela. Você sabe. Você não perde o som do peido de um rato." Ele me ameaçou com o punho. "Me conta como e por que ela fez isso, senão eu juro que te mato, Dumbo. Eu corto essas suas orelhas idiotas, arranco elas dessa sua cabeça idiota e enfio tudo na sua garganta!"

"Ela não fez nada!" Baixei a voz a um sussurro. "A mamãe não fez o que você falou. Você é mentiroso, Ford Carroll Dakin, mentiroso e metido a valentão."

Então nos encaramos por um longo momento.

Ford falou: "E eu vou ser o próximo que ela vai matar. Você ia até gostar disso. Não duvido que até a ajudaria".

Balancei a cabeça em negação. "Claro que eu a ajudaria, mas a mamãe não vai te matar. Por que ela faria isso? Por que ela mataria o papai?"

"Dinheiro", sussurrou ele. "Se ela se livrar de mim, fica com todo o dinheiro."

Eu sabia que dinheiro era importante. Mamadee e mamãe falavam muito sobre isso. Eu só não conseguia ver como qualquer quantia de dinheiro explicava o que tinha acontecido com o papai, principalmente porque eu não tinha certeza absoluta *do que tinha acontecido* com o papai, além de duas mulheres malucas o matarem, esquartejarem e enfiarem a maior parte do seu corpo em um baú. Mamãe não tinha matado o papai; tinham sido aquelas mulheres. E aquelas mulheres malucas nunca foram buscar o resgate.

E embora minha mãe ameaçasse me matar tantas vezes que eu não podia nem levar a sério, eu sabia que ela nunca tinha ameaçado matar Ford, pelo menos não que eu tivesse ouvido. Ela era louca por ele; aos olhos dela, ele nunca fazia nada de errado.

"Dinheiro? Pode ficar com o meu. Pode ficar com aquele dólar de prata que escondi no meu quarto em casa." Repensei. Meu pai havia me dado aquele dólar de prata no meu aniversário de 5 anos. "Se você quiser de verdade." Agora, parecia que estávamos negociando. "Você podia me deixar ficar com aquele cartão do Fred Hatfield que você tem."

"Posso pegar aquele dólar de prata a hora que eu bem quiser. Você nunca vai ficar com o Fred Hatfield, melhor esquecer."

Fiquei aliviada; se ele tirasse o dólar de mim, eu não levaria a culpa por nenhuma negociação.

Ouvi os passos de Mamadee no corredor.

"Mamadee!", sussurrei.

Ford levou o dedo aos lábios. Nós dois ficamos paralisados. Mamadee parou na porta do lavabo.

"Calley? Ford? Ford, meu amor, você está aí? Eu te ouvi. Está passando mal, meu querido?" A maçaneta foi sacudida violentamente. "Destranque essa porta agora."

A janela solitária era alta e pequena demais para fugir por ela. Não havia saída. Ford nunca verificava se algum cômodo tinha saída. Ele me lançou um olhar de aviso e girou a tranca.

Mamadee parou na porta aberta com as mãos nos quadris. "O que está acontecendo?"

"Nada, senhora", respondeu Ford. "Nós queríamos chorar e viemos aqui para não incomodar ninguém."

Meu estômago roncou alto.

"Calley", disse Mamadee. "Quantas vezes já te falamos para não engolir ar?"

Ela envolveu Ford em um abraço do qual ele não conseguiu fugir com graciosidade. Fiquei lá só pelo tempo de apreciar o desconforto dele.

"Meu pobre menino órfão", murmurou Mamadee. "Não se preocupe, eu vou te proteger."

Passei por eles, saí pela porta e ouvi Ford chiar com tristeza, como um pneu furado.

Parei e me recostei na porta da biblioteca. Minha mãe estava lá, falando ao telefone.

"... nunca me informaram que a polícia faria buscas na minha casa. Nunca vi nenhum mandado de busca..." Houve uma pausa para uma resposta e mamãe continuou: "Como? Você não tinha nada que *me poupar*, sr. Weems. Não tinha que autorizar a invasão à minha casa. Você não tem poder de responder como meu advogado". A voz dela ficou aguda e trêmula. "Aquilo foi só para pegar o dinheiro do resgate! É melhor você explicar isso agora mesmo. Esteja aqui em uma hora."

O telefone foi colocado com força na base.

Mamãe assoou o nariz. "Meu Deus", murmurou ela.

Abri a porta e espiei dentro. Ela estava sentada na escrivaninha do capitão Sênior.

"Imagino que você ouviu tudo", disse ela. "Não dê atenção às palavras que usei. Eu estava nervosa. Não sei o que está acontecendo, mas não estou gostando nem um pouco."

"Mamãe, quer que eu faça massagem nos seus pés?"

Ela riu com incredulidade. "Sim, quero, Calley. Sim, eu quero."

Minha mãe levantou a saia e soltou as ligas. Puxei um pufe e me sentei nele para enrolar suas meias de seda e massagear seus pés.

"A única coisa útil que aquele velho idiota tinha para me contar era que seu falecido e amado pai era dono de um lote em um cemitério no fim do mundo. Francamente, essa é a cereja do bolo!"

Achei que lote era túmulo, mas o que significava ter um lote, um lote inteiro, em um cemitério, não ficou claro para mim. Eu só sabia que minha mãe não tinha gostado.

Todo o bem da massagem que fiz no pé dela foi para o lixo, assim como a refeição que Tansy havia preparado para nós. Uma ou duas horas depois, o sr. Weems não havia atendido ao chamado da minha mãe e ido a Ramparts, e ninguém atendia as ligações dela na casa dos Weems. O Edsel ainda estava voltando de New Orleans, por arranjo do tio Billy Cane Dakin, e Mamadee não deixou mamãe pegar a chave do Cadillac. Minha mãe ameaçou ir a pé até a casa do sr. Weems. Tallassee era, e ainda é, uma cidade muito pequena, de forma que nenhum lugar, nem mesmo Ramparts, ficava muito longe dos outros lugares. A reação de Mamadee foi trancar minha mãe no salão e ligar para o dr. Evarts, enquanto minha mãe atirava cinzeiros e castiçais, quebrando abajures e janelas com uma cadeira.

KING & McDOWELL
CHAMAS VIVAS

13

O dr. Evarts nasceu e passou a infância em Chicago. Fez faculdade em Nova York e estudou medicina em Boston. Tinha ido morar em Tallassee, Alabama, pelo simples fato de que lá não haveria nenhuma concorrência. Antes de ele chegar, o médico mais próximo ficava em Notasulga, a 35 quilômetros de distância. Com quase um monopólio em Tallassee, o dr. Evarts ganhava mais de 50 mil dólares por ano em 1958. A cidade fornecia o consultório. Ele garantiu uma funcionária para trabalhar ali ao se casar com uma enfermeira diplomada competente, eficaz e razoavelmente atraente. Foi um casamento sensato e prático — pode-se até dizer que tinha sido uma união por amor, se o amor por dinheiro da parte dele e por status social da parte dela fosse amor suficiente. Ele também era proprietário de um pequeno hospital onde alguns dos velhos e doentes ficavam depois que seus parentes queridos não podiam mais cuidar deles e para onde alguns dos bebês com dificuldades no nascimento iam para nascer ou morrer. O dr. Evarts recebia comissão de farmácias, vendedores de remédios e agentes funerários e dos grandes hospitais de Montgomery, quando mandava pacientes para lá, normalmente para cirurgias complicadas. Ele era recebido nos melhores lares como alguém quase igual. Não mais do que isso; afinal, ninguém o confundiria com um sulista.

Exceto pelas férias que tirava duas vezes por ano, ele ficava de plantão 24 horas por dia, todos os dias do ano. Pagava a um médico aposentado de Montgomery para cuidar dos seus pacientes nas férias, não por se importar tanto assim com as pessoas, mas porque não queria encorajar o roubo de pacientes por médicos gananciosos próximos de Tallassee.

Claro, ele tinha que aguentar Mamadee e os outros grandiosos — *grandiosos* era uma das palavras que meu pai usava para essas pessoas, o que me confundia (quando eu era pequenininha) e me fazia acreditar que todas as pessoas social e economicamente superiores de Tallassee eram minhas parentes por meio de Mamadee. Papai também os chamava de "figurões". Os grandiosos e figurões esperavam atenção e alívio imediatos e ainda reclamavam da conta.

O dr. Evarts também tratava as inúmeras doenças dos brancos pobres e abjetos do interior do Alabama quando eles tinham uns dólares sobrando. Pálidos, malformados e desamparados, esses infelizes viviam à margem de toda a sociedade, exceto do assistente social, do xerife e do médico. Eles eram acometidos de doenças que os professores do dr. Evarts haviam declarado como erradicadas. O dólar que ele pedia dessas pessoas por uma ida ao consultório mal cobria os custos, e essa mera razão fazia ele dormir o sono dos justos e corretos. O dr. Evarts não tinha uma consciência tão avançada a ponto de tratar das pessoas negras. O cuidado médico mais próximo para eles ficava em Tuskegee, e como eles iam até lá e conseguiam dinheiro para pagar pelo atendimento não era do interesse dele. Mais tarde, eu soube que, quando um homem negro cometia o erro de entrar no consultório dele, a sra. Evarts determinava se as reclamações do paciente podiam ser de sífilis e, nesse caso, o dr. Evarts o mandava para Tuskegee, para participar do estudo que acabou ficando famoso no qual a sífilis *não* era tratada. Ele não foi o primeiro nem o único médico branco a agir assim; todos os médicos brancos do condado concordaram em fazer o mesmo, como parte do estudo. Eu li que os médicos negros também concordaram com isso.

Ele era um homem de boa aparência, com uma cabeleira prateada — todas as mulheres diziam. Devia ter 40 e poucos anos quando o conheci. Antes do casamento, ele admirava a minha mãe, pelo menos era o que Mamadee alegava. Minha mãe sempre sorria de forma misteriosa quando o assunto surgia. Tenho minhas dúvidas, pois minha mãe tinha 10 ou 11 anos quando o dr. Evarts chegou em Tallassee. Boa parte do que sei sobre ele, aprendi quando criança, ouvindo o que mamãe, Mamadee e as amigas delas falavam dele. O resto eu descobri anos depois, quando pesquisava o assassinato do meu pai.

Mamadee tinha mandado Ford e eu para os nossos quartos. Ford ficou escondido atrás da balaustrada da escadaria no saguão, espiando e ouvindo. Eu saí por uma porta lateral e fui, de meias, até o carvalho mais próximo com vista para o salão — tateando. Consegui ver minha mãe claramente. Ela parou para acender um cigarro. Em seguida, começou a quebrar

Krikkrik

os pedaços de vidro que restavam nas molduras das portas. Fazia isso com o cigarro entre os lábios e segurando um candelabro de prata. Os pedaços, ao se quebrarem, faziam um som de ossos se partindo.

Dobrando a esquina de casa, o Lincoln preto de dois anos do dr. Evarts passou pelo cascalho da entrada. Mamadee abriu a porta pessoalmente antes que ele tocasse a campainha.

Mamadee enfiou a chave na fechadura e abriu a porta.

Minha mãe já havia enfiado o candelabro atrás da almofada de sofá mais próxima. Ela jogou o cigarro nos estilhaços das portas de vidro quebradas.

Mamadee parou, fingindo choque com a destruição.

O dr. Evarts botou a valise ao lado do sofá e falou com voz tranquilizadora: "Calma, Roberta Ann".

Desgrenhada, de pés descalços e pernas desnudas, ela deu um passo na direção do dr. Evarts e desmaiou nos braços dele.

"Ah, Lewis." Chorou. E, voltando o rosto para o teto, continuou: "Jesus, obrigada, obrigada por me mandar um amigo nesse momento de necessidade!".

Mamãe sabia, claro, que o dr. Evarts havia sido chamado. Ela ficou toda inerte e fraca nos braços dele, e ele a carregou até o sofá.

"Roberta Ann", disse o dr. Evarts com seriedade, "sua mãe é sua melhor amiga, você sabe. Você passou por uma situação horrível, não foi? Me perdoe, minha querida, eu fui negligente. Aceite minhas profundas condolências."

Mamadee entregou o lenço dela para a minha mãe, que limpou os olhos e permitiu que o dr. Evarts tirasse uma seringa da valise.

"Creio que você não conseguiu dormir desde que essa tragédia horrível começou, não é?", supôs enquanto enchia a seringa e espirrava um pouco de fluido pela agulha.

Ao ver a seringa, minha mãe se encolheu. "Não preciso do que tem aí, Lewis. Só preciso que aquele maldito advogado responda às minhas perguntas."

Com a seringa em uma das mãos, o dr. Evarts limpou o braço mais próximo dela com um pedaço de algodão. "Isso vai fazer você dormir, minha querida." E fez uma pausa para apreciar as pernas dela, que estavam expostas.

Mamãe puxou o braço. "Quem você acha que é, Lewis Evarts? Minha mãe quer que você me apague e me leve para o hospício, não é isso? Ela quer que todo mundo pense que estou louca. Bem, eu não estou. Estou tão sã quanto você, Lewis."

O dr. Evarts suspirou e pôs a seringa na mesa. "Roberta Ann, ninguém vai te botar no hospício. Agora deixe-me ajudá-la a dormir. Você vai se sentir bem melhor amanhã de manhã."

"Não! Pode pegar essa agulha e enfiar na minha mãe se quiser. Aí eu vou poder ir à casa do Winston Weems e ele *vai ter* que falar comigo, senão vou querer saber o motivo."

O dr. Evarts olhou rapidamente para Mamadee, que ficou com os braços cruzados, olhando para a minha mãe de cara feia.

"Win teve um ataque de vesícula", explicou o dr. Evarts para a minha mãe. "Estive lá há menos de uma hora. Ele não é jovenzinho, Roberta Ann. Tudo isso foi um choque horrível para ele também."

Minha mãe pareceu impressionada.

Do galho da árvore onde eu estava, ouvi a mentira na voz do médico. Minha mãe não pôde, é claro, mas ela supôs. Se nunca conseguia ouvir a mentira na própria voz, como poderia ouvir na de outra pessoa? Como poderia ouvir a verdade e saber que era verdade? Eu me perguntava se ela não havia passado a vida inteira supondo que todo mundo mentia sobre tudo o tempo todo, só porque tinha ouvido ruim para a verdade.

"Eu sabia", exclamou Mamadee. "Roberta Ann Carroll, você deu um chilique por causa de um homem velho que está doente demais para vir correndo atender ao seu chamado. O que seu pai pensaria de você, se comportando como se não tivesse aprendido nada?"

O dr. Evarts pegou a seringa de novo, e foi na direção do braço da minha mãe.

"Lewis", disse minha mãe. "Coloque essa coisa de volta na valise e me traga uma dose de uísque. Isso e um cigarro vão resolver meus problemas e eu vou dormir como um bebê."

O dr. Evarts assentiu e guardou a seringa.

"Lewis", protestou Mamadee.

"Sra. Carroll", falou o médico, se levantando, "acho que um pouco de uísque faria bem para todo mundo."

Mamadee lançou um olhar venenoso para ele. Uma das coisas que Mamadee continuou fazendo depois da morte do capitão Sênior — como mandar afinar o piano que ninguém tocava — e manter a casa abastecida dos melhores uísques. Todo mundo sabia. O seu círculo de conhecidos adorava o desafio de obrigá-la a ceder um copo. Ford pegava um pouco sempre que a visitávamos, só para provar que podia.

Mamadee foi até o bar de madeira do salão, onde, atrás das portas de vidro, havia dezenas de copos de cristal vazios. De dia, quando as cortinas estavam abertas, os cristais refratavam a luz em arcos-íris, assim como os prismas faziam nas lojas de antiguidades que minha mãe e eu visitávamos. As portas de vidro eram sustentadas por portas de mogno, bem parecidas com as da Cobertura B do Hotel Pontchartrain, em New Orleans.

Desajeitado, Ford subiu na árvore que estava escondida por uma das laterais da casa para olhar o salão comigo.

Mamãe dobrou as pernas embaixo do corpo no sofá e acendeu um cigarro. Mamadee pegou três copos e uma garrafa. Enquanto ela servia a bebida, o dr. Evarts admirou o uísque caindo nos copos.

Toquei na chave, pendurada no cordão que levava no pescoço. Estava com tanta fome que seria capaz de comê-la e ainda comer o cordão como sobremesa. Estava frio lá fora e eu estava tremendo. Deixei a árvore para Ford, desci e peguei meus sapatos.

Encontrei Tansy à mesa da cozinha, comendo uma porção da caçarola de frutas quentes que seria a nossa sobremesa. Sem esperar ser convidada, subi em outra cadeira. Tansy saiu de onde estava sentada para pegar um prato lascado e um copo fosco do armário onde ela guardava a louça para uso dela e de Leonard. Ela me serviu leite e colocou colheradas da caçarola em um prato. Acrescentou uma bola de sorvete de creme em cima e pôs o prato na minha frente, junto com uma colher.

Em seguida, se sentou novamente com um grunhido, observando-me engolir as frutas e esvaziar o copo.

"Tem espaço aí pra torta de frango?" Seu tom foi sarcástico.

Assenti veementemente.

Ela se levantou mais uma vez e pegou um pedaço da torta, ainda quente, que estava sobre o fogão. Também voltou a encher meu copo de leite. "A única que quer minha comida é você. O Senhor quer me deixar mais humilde. Nas palavras dele, 'toda vez que fizestes isso a um destes meus irmãos mais pequeninos, a mim mesmo que o fizestes'."

"Obrigada, Tansy. Você viu a neve?"

"Neve? Neve no Alabama?! Mentir é pecado, srta. Calley Dakin!"

Mudei de assunto. "Você tem fita adesiva?"

"E se eu tiver?"

"Preciso de um pedaço."

Ela me observou por um tempo, tentando decidir se eu era responsável a ponto de merecer a fita adesiva. Depois que limpei meu prato, esvaziei o copo de novo e agradeci mais uma vez, ela me deu um rolo de fita. Estava amarelada de tão velha.

"Não vai fazer nenhuma besteira com a minha fita adesiva", avisou ela.

Levantei a mão direita e fiz o gesto que havia aprendido com as garotas mais velhas no pátio da escola, com dois dedos levantados e o polegar na palma da mão, como fazem as escoteiras.

"Que vodu é esse?"

"Eu prometo", falei.

"Chata. Sua cara me cansa."

Eu a deixei resmungando na cozinha sobre crianças brancas mimadas e o que a mãe dela teria feito com ela se desperdiçasse comida, sem falar no luxo da fita adesiva.

Subi os dois lances de escada e fui para o meu quarto. A parte grudenta da fita estava quase toda seca e cheguei ao fim do rolo depressa. A fita fez um curativo feio e inútil. Não faria o pescoço e a cabeça da boneca de papel de Betsy McCall ficarem grudados nos ombros.

O quarto estava tão frio quanto lá fora. Eu estava empanturrada e só tive tempo de tirar o penico de debaixo da cama para que a torta de frango da Tansy, a caçarola de frutas, o sorvete e o leite reaparecessem lá dentro, meio maltratados.

Pouco depois de o carro do dr. Evarts ir embora, ouvi os pés descalços da minha mãe na escada e a porta do quarto dela bater no andar de baixo.

"Roberta Ann!", gritou Mamadee na escada, mas minha mãe não respondeu.

Desci os degraus com o penico na mão e bati na porta do quarto da minha mãe. Um momento depois, ela a destrancou e abriu. Em seguida, olhou para mim, registrou o penico na minha mão e fez uma careta.

Passei por ela e entrei no banheiro para me livrar de tudo.

Minha mãe parou na porta aberta do banheiro. "Suponho que a Tansy tenha deixado você comer como uma porca."

Enxaguei o penico na pia e usei o Listerine da minha mãe. "Quer que eu faça massagem nos seus pés, mãe?"

"Vou tomar um banho, Calley. Espere na minha cama. Vá buscar o seu pijama enquanto preparo tudo."

Não havia mais nada que eu pudesse desejar.

Meu pijama havia sido lavado pela última vez quatro dias antes no Hotel Pontchartrain. Eu o deixara no chão com meu vestido cinza, minha calcinha e minhas meias. Eu tinha uma calcinha limpa, então a vesti e fui até o quarto da minha mãe.

"Meu pijama está sujo", contei a ela quando me deixou entrar.

Ela soltou um longo suspiro e remexeu em uma gaveta até encontrar uma camiseta velha do meu pai. Era de algodão e estava macia de tanto ser usada. Em mim, parecia um camisolão enorme, mas pelo menos fiquei decente. Fiquei mais do que decente. Senti na mesma hora como se os braços do meu pai me envolvessem.

"Não use essa calcinha para dormir", disse minha mãe, como se eu não soubesse que usar calcinha à noite é horrível.

Então tirei e dobrei a peça, do mesmo jeito que a havia encontrado na gaveta: com a parte de baixo para cima e as laterais por cima, como um envelope.

No meio dos lençóis da minha mãe, abracei um travesseiro. Com a camiseta do meu pai me esquentando, percebi que estava tremendo antes, mas agora não estava mais. Meu estômago havia se acalmado. Talvez por estar me sentindo melhor, pensei em Ida Mae Oakes. Eu me permiti ter esperanças de que ela fosse me ver e me confortar. Talvez ela fosse direto a Ramparts, batesse na porta da cozinha e recebesse uma bebida de Tansy, mas insistisse em me ver primeiro. Ou talvez ela fosse ao funeral e à recepção.

Minha mãe precisou me acordar quando foi para a cama. E começamos um novo ritual.

Ela havia mandado Leonard botar o baú com o resgate trancado dentro de um outro baú, de cedro, aos pés da cama dela. Então pendurou a chave desse grande baú de cedro no cordão de seda vermelho que eu levava no pescoço. Naquela primeira noite na casa de Mamadee, quando me acordou de novo, ela abriu o baú de cedro e verificou a tranca. Minha mãe não me deixou tirar o cordão de seda do pescoço, então precisei me ajoelhar na frente dos baús para ela conseguir enfiar as chaves nas fechaduras. Era tão parecido com me ajoelhar ao lado da cama que senti que devia fazer minha oração noturna.

Naquela noite, sonhei pela primeira vez que tinha encontrado um baú parecido e levantado a tampa. Às vezes, nos meus sonhos — que tenho até hoje — eu encontro o resgate. Às vezes, encontro meu pai vivo, dobradinho como um palhaço dentro de uma caixa-surpresa, pronto para saltar e me surpreender. E, às vezes, encontro o que era de se esperar que eu sonhasse: o pesadelo, o pesadelo sangrento e profundamente *desagradável*.

KING & McDOWELL
CHAMAS VIVAS

14

Quando recolhi todas as minhas roupas sujas para dar para Tansy, fiquei com a camiseta do meu pai escondida embaixo do travesseiro, na cama do andar de cima.

Era domingo. Minha mãe mandou eu vestir meu macacão. Isso significava que nós não íamos à igreja, o que não fazíamos desde que saímos para ir pra New Orleans. Talvez nunca mais fôssemos. A gente só ia se ajoelhar todas as noites e todas as manhãs ao lado de um baú cheio de dinheiro em vez de fazer isso na igreja. Mamãe não explicou nada.

Ela acordou Ford com provocações e o fez descer para tomar café. Ele ficou sentado na cadeira, murcho, olhando com uma expressão vazia para a tigela de flocos de milho que Tansy havia colocado na frente dele. Minha mãe botou uma colher em sua mão. Ford mexeu o cereal, desanimado.

"Você está definhando", comentou minha mãe. "Só me faltava essa: dois filhos doentes."

Ford me olhou rapidamente, surpreso. Fingi vomitar na tigela dele para mostrar que eu também estava doente.

Tansy se afastou rapidamente, fazendo um barulho estranho. Ela fingiu que era um espirro, pegou um lenço no avental volumoso e assoou o nariz, mas acho que ela estava tentando não rir.

"Claro", disse minha mãe. "A Calley fez aquilo sozinha. Tansy, como você pôde deixar a Calley comer até passar mal? Não dê nem uma lambida de sobremesa para ela no jantar! Está ouvindo?"

"Sim, senhora", concordou Tansy, enquanto enchia a xícara de café da minha mãe.

Ford soltou a colher, que escorregou para dentro da tigela de cereais.

Tansy a pegou com uma pinça de gelo de prata. Porém, quando lhe entregou uma colher limpa, Ford a deixou cair na toalha de mesa.

"Ford, querido", suplicou minha mãe, "se você não comer, vai sumir até virar uma sombra."

"Quando a gente vai pra casa?"

Minha mãe se virou para Tansy. "Tansy, acho que seu brioche é muito melhor que o brioche do Hotel Pontchartrain."

O sorriso de Tansy veio e sumiu tão rápido que pareceu que nunca estivera lá.

Talvez a menção ao Hotel Pontchartrain tivesse lembrado a ela que a cozinheira que fazia o brioche era uma maníaca homicida. Quando vi o rosto de Tansy ficar sem cor, passou pela minha cabeça que minha mãe poderia ter sido mais delicada no elogio.

Ford deu um ou dois minutos à minha mãe e perguntou: "Vai quebrar umas janelas hoje?".

"Talvez. Quer ajudar?"

"Só se eu não receber proposta melhor."

Mamadee sempre tomava o desjejum na cama. Minha mãe ainda passava manteiga no brioche quando Mamadee desceu.

Na mesma hora, Ford suplicou para Mamadee lhe dar licença, e ela concedeu, com um beijo.

"Com licença, Mamadee", falei.

"Ainda está aqui, Calley?", perguntou Mamadee, vendo que Ford se afastava e olhando para ele tal qual um cachorro olha para um bife.

"Sim, senhora."

Seu olhar se deslocou glacialmente na minha direção até me encarar. Em seguida fez um som de repulsa — *tzzt*.

"Vou ficar feliz quando o Bom Deus fechar meus olhos e eu não tiver que olhar para esse seu beiço emburrado até o Dia do Juízo Final."

"Eu também", retorqui alegremente.

"O quê?"

"Vou ficar feliz quando você morrer."

Ela deu um tapa na minha cara e na parte de trás da minha cabeça.

"Que vergonha!" Levou as mãos ao peito e afundou na cadeira. "Eu alimento víboras com meu próprio seio!"

Depois de ter ouvido de mais de um pastor que o Bom Deus nunca nos envia provações impossíveis de suportar, tive vontade de ficar para ver se ela morria, mas, tendo em mente que talvez ela ainda tivesse forças para me bater ainda mais e clamar pelo auxílio de Deus, fui até a porta e fiquei parada do lado de fora.

O nervosismo passou na mesma hora.

"Juro que aquela criança não é humana. Um ser sobrenatural roubou o seu bebê e deixou a Calley no lugar", disse Mamadee para a minha mãe, com uma voz normal. "Winston Weems estará aqui às 11h30, depois da igreja."

"Ah." Minha mãe acendeu um cigarro. "A crise de vesícula passou?"

"É o que parece. Lembro como sofri com a minha. Eu implorei para o Lewis Evarts a tirar e acabar com o meu sofrimento, mas ele não quis, porque a operação é muito perigosa. Fiquei na cama do dia após o Dia de Ação de Graças de 1954 até a Páscoa de 1955, e achei que ia desmaiar e cair na igreja no Domingo de Páscoa."

As reminiscências médicas e cirúrgicas de Mamadee poderiam muito bem continuar; a lista incluía, além da vesícula, quatro partos, uma apendicectomia, pedras nos rins, uma histerectomia e enxaquecas crônicas, tudo bem mais grave em Mamadee do que em outras pessoas afligidas pelos mesmos males.

De cima do carvalho, fiquei observando Leonard recolher os pedaços da porta de vidro quebrada e varrer todos os estilhaços do lado de dentro e de fora. Ele mediu tudo e anotou números em um caderninho velho e ensebado.

Depois, saiu por uma hora e voltou com o pai velhinho dele. Papai Cook devia ser tão velho e surdo quanto Deus, mas ainda ajudava Leonard quando o serviço exigia dois homens. Não era tanto do trabalho que ele gostava, mas sim de dar ordens ao filho. Leonard estacionou a velha picape de ré o mais perto que conseguiu e os dois descarregaram várias folhas de compensado. Leonard disse ao Papai Cook o que fazer, e o Papai Cook, que não tinha ouvido uma sílaba, disse a Leonard o que fazer. O método deles pareceu funcionar direitinho.

Parecia que o salão ficaria escuro demais para o encontro da minha mãe com o sr. Weems.

O velho Weems chegou de carro exatamente às 11h30, trazendo consigo a enorme pasta de advogado. Na varanda, parou para secar a testa com um lenço.

Àquela altura, eu estava no telhado do lado de fora da janela do meu quarto, na sombra do beiral, de olho nele. Ford estava dentro de casa, na cama de ferro, folheando uma *National Geographic* e acendendo um isqueiro de metal que tinha encontrado atrás dos livros, na prateleira acima da cama. O isqueiro não funcionava porque estava sem fluido, mas o estalo era suficientemente irritante para diverti-lo.

"Ele chegou", falei.

Tansy recebeu o sr. Weems.

"Ele está com cara de doente?", perguntou Ford.

"Não mais do que o normal. Ainda está todo cinza."

Do alto do curto lance de escada, ouvi Tansy conduzir o sr. Weems para a biblioteca do meu avô. Mamadee surgiu para lhe dar as boas-vindas.

Assoviei para Ford. Ele largou a revista e nós dois descemos e ficamos entre um e outro lance de escadas, esperando que mamãe saísse do quarto.

Tansy subiu e bateu de leve na porta do quarto da minha mãe. Ela saiu com um traje estilo Lauren Bacall: uma calça de seda azul-marinho com cintura marinheiro e uma camisa listrada, calçando sandálias de salto. O cabelo estava preso, revelando o pescoço magro e as safiras com bordas de ouro brilhando nas orelhas. Ela não parecia uma viúva. Isso se dava, claro, pois a não ser pelo traje de luto comprado em uma loja, ela só tinha as roupas que havia levado para New Orleans.

Quando minha mãe e Tansy desceram as escadas, Ford e eu entramos no quarto da minha mãe e fechamos a porta com cuidado. O quarto dela ficava em cima da biblioteca. Como a lareira da biblioteca tinha a mesma chaminé que a lareira do quarto dela, só precisamos enfiar a cabeça e encostar a orelha nos frios ladrilhos de cerâmica.

"Sr. Weems", ouvi minha mãe dizer ao entrar na biblioteca do meu avô.

"Sra. Dakin", o sr. Weems cumprimentou com uma voz fria e seca como um osso velho cavado da terra. Eu me perguntei se o cheiro dele era parecido.

Havia um banco com encosto na biblioteca, com uma cadeira de cada lado. Minha mãe ficou na cadeira do lado mais perto de mim. Mamadee hesitou um momento e maltratou o banco. Não estou dizendo que Mamadee era muito gorda. Seu traseiro era bem avantajado, mas o restante do corpo só era um pouco rechonchudo. O que quero dizer é que o banco com encosto era meio delicado. O sr. Weems pousou as nádegas magrelas na outra cadeira.

"Espero que você esteja recuperado", disse minha mãe.

"Obrigado, minha querida. Estou." O sr. Weems tossiu, como se para ameaçar uma recaída. "Posso perguntar qual vai ser o horário de visitação?"

"Nunca. Não quero saber de todos os idiotas do Alabama xeretando o caixão do meu marido, tentando imaginar o que tem dentro e como ele ficou. O enterro vai ser depois de amanhã, às 10h."

O sr. Weems bateu com a ponta dos dedos nervosamente nos braços da cadeira.

"Eu falei com a polícia", falou ele, "e também com um agente do Departamento Federal de Investigação de Birmingham. O FBI quer entrevistá-la de novo assim que for conveniente para você. A busca na casa terminou. Não há objeção quanto à sua volta por parte da polícia e do FBI, no entanto, o titular de garantia tem objeção."

"Titular de garantia?" A voz da minha mãe falhou, mas se recuperou para afirmar: "Não há nenhuma dívida em relação àquela propriedade. Joseph a comprou à vista. Nós somos seus legítimos proprietários".

"Lamento ter de informá-la, prezada senhora, mas a casa não *é* totalmente sua. Seu falecido marido, que Deus o tenha, hipotecou a propriedade. Está em processo de execução há algum tempo. Se a tragédia não tivesse atrapalhado, a execução teria acontecido na Quarta-feira de Cinzas. O titular de garantia foi paciente por causa das circunstâncias."

Minha mãe deu um pulo. "Não acredito em você! É mentira! Ele teria me contado. Ele nunca escondia os negócios de mim. Você sabe muito bem que ele sempre quis que eu soubesse de tudo! Você mesmo o ouviu dizer que ele iria para o inferno se me deixasse viúva sem saber de nada, como muitos homens deixam as esposas! Tenho uma conta-corrente minha, e além de ele a manter abastecida, ele nunca me falou que gasto muito ou gasto mal!"

A batida de Tansy interrompeu a falação da minha mãe. Tansy entrou, carregando uma bandeja com xícaras tilintando. Ninguém disse nada enquanto ela os servia. Minha mãe acendeu um cigarro e caminhou, procurando um cinzeiro.

Quando o trinco da porta estalou com a saída de Tansy, minha mãe explodiu de novo. "Winston Weems, isso é muito esquisito, só pode ser loucura!"

"É *verdade*", declarou o sr. Weems com rigidez. "O titular de garantia é o Atlanta Bank and Trust of Atlanta, Geórgia. Evidentemente, seu falecido marido não queria que ninguém no Alabama soubesse de suas dificuldades financeiras. Realmente, foi muito prudente da parte dele."

Mamadee tomou um gole de café. Incrivelmente, ficou em silêncio.

"Quero ver a hipoteca. E o testamento do Joseph", exigiu minha mãe. "Imediatamente."

O sr. Weems suspirou. Um ruído de dobradiças e de couro velho soou em seguida, quando ele abriu a pasta para extrair um documento.

"Hipotecas", corrigiu ele. "As concessionárias também estão hipotecadas. Seu falecido marido estava vendendo o almoço para pagar o jantar. Na verdade, temo que estivesse envolvido em situações fraudulentas." O sr. Weems pareceu absurdamente satisfeito. "Veja você mesma."

Um peso de papel bateu na mesa de centro, seguido de uma movimentação dos papéis de cima.

"Aqui está o testamento. O texto é padrão. Como exigido por lei, você, como a viúva, receberá um terço dos bens."

Mamãe soprou a fumaça com força. "Que tipo de brincadeira é essa? Eu vi o último testamento do Joseph quando ele o atualizou. Não era nada padrão. Existem fundos fiduciários para as crianças e eu sou a legatária residual."

O sr. Weems prosseguiu: "Este último testamento foi feito em 17 de fevereiro deste ano. Não foi feito no meu escritório. Eu só o vi quando foi encontrado no cofre do seu falecido marido, aqui no Carroll Trust. Neste testamento, Ford Carroll Dakin é o legatário residual e fica com os outros dois terços."

A respiração da minha mãe não estava mais alta do que o sussurro do cigarro queimando.

"Infelizmente", continuou o sr. Weems, "não há bens. Não há ativos, só dívidas."

"Não é possível", exclamou minha mãe.

Houve um estalo na xícara de porcelana e um barulho de café sendo derramado. Minha mãe se servia de mais uma xícara, com a mão não muito firme.

"Mentiras. Mentiras e difamação. Como você ousa difamar o Joseph?"

"Você pode não acreditar em mim, Roberta Ann", respondeu o sr. Weems, "mas lamento genuinamente sua perda e estou genuinamente perplexo por descobrir o estado dos negócios do seu falecido marido. Mas a verdade é que ele deixou você com um terço de menos que zero, e o jovem Ford com dois terços de menos que zero."

Ele se levantou e fechou a fivela da pasta. "O titular de garantia me falou que você pode retirar alguns bens pessoais da casa com a minha supervisão. A lista está na pasta, junto com meu pedido de demissão. Tenha um bom dia, senhora."

Minha mãe deu um único passo para a frente e fez um movimento repentino. O líquido voou pelo ar e caiu em alguma coisa. Pelo som imediato, ficou claro que essa alguma coisa tinha sido a cara do sr. Weems. Mamadee ofegou quase na mesma hora.

Por um momento, só se ouviram fungadas, passos e o ruído do lenço do sr. Weems sendo tirado do bolso da camisa. Ele limpou a garganta e secou o rosto, a gravata e a camisa.

Minha mãe soprou fumaça com orgulho. Em seguida se serviu calmamente de outra xícara de café.

O advogado pegou a pasta e caminhou em direção à porta.

Mamadee o seguiu, murmurando: "Ela ficou muito constrangida, muito chocada, ela nunca conseguiria olhar nos olhos dele de novo. A pobre Roberta Ann se descontrolou, afinal, foi tanta dor e choque, não que isso seja desculpa...", e um monte de outras coisas assim.

Minha mãe fez um ruído de deboche e desprezo. As unhas arranharam a mesa de centro e o papel quando ela pegou o arquivo. Deu alguns passos até a escrivaninha e o peso da pilha de papéis fez um ruído ao cair nela. Ao se sentar, as rodinhas da cadeira chiaram.

Ela soltou um suspiro cheio de ódio. "Joe Cane Dakin, minha vontade é te jogar em um moedor de carne! O inferno vai parecer um ótimo lugar quando eu terminar!"

Tansy abriu a porta sem bater.

Cobrimos a boca para não rir e ouvimos a respiração pesada e os murmúrios indignados de Tansy enquanto ela limpava e esfregava o estofado e o tapete.

Ford e eu só falamos quando chegamos ao quarto em que ficava o rádio do Junior. Ele se deitou na cama e olhou para o teto.

"Que situação complicada", disse meu irmão. "Está acontecendo alguma tramoia. Precisamos de um detetive."

Eu me sentei aos pés da cama, ao lado de Betsy Cane McCall. "Mas não se trata de um filme que a gente está vendo na televisão."

Ele dobrou os braços sob a cabeça. "Sabe no que isso vai dar, Dumbo?"

Balancei a cabeça. "Não."

"Na Cadeira. No Assento Quente. Seu pai foi assassinado e quem mandou matá-lo foi a sua mãe."

Peguei Betsy Cane McCall e joguei nele.

"Mentiroso!"

Ele golpeou a minha boneca para longe.

"*Seu* pai", falei. "*Sua* mãe. Você vai para o inferno por mentir sobre a sua própria mãe pelo pior crime que existe."

"Você acha? Tem coisa pior. Você não tem idade pra saber o quê. Mas uma dessas coisas é ter orelhas como as suas."

"Pra ouvir melhor as suas mentiras", rebati.

"Você não é especial. É uma aberração. Uma Dakin retrógrada. Você sabe o que é retrógrado, não sabe?" Ele ficou de joelhos e fingiu que era um macaco. "*Huhhuhhuh*", macaqueou. Mas parou de imitar e botou os pés no chão. "Você é uma degenerada."

Balancei as orelhas para ele.

Ele deu um passo rápido na minha direção, me segurou pelos ombros e tentou me empurrar da beirada da cama. Meus óculos quase caíram do rosto. Eu o empurrei e chutei seu joelho. Seus lindos olhos de Carroll ficaram cheios de lágrimas.

Ele saiu cambaleando do quarto. Nunca aguentava a força com que eu reagia.

O estranho foi que ele não mencionou o dinheiro do resgate, e era mais estranho ainda o fato de que nem o advogado Weems, nem Mamadee, nem minha mãe falaram sobre isso. Era como se o assunto tivesse evaporado.

Arrumei os óculos no rosto e Betsy Cane McCall no travesseiro.

No começo da tarde, fui ver minha mãe.

"Vá embora", mandou minha mãe quando bati. Os olhos dela estavam repletos de preocupação. Ela parecia consumida pela tristeza.

Fui até ela e a abracei.

"Você está *surda*, Calley Dakin? Por acaso eu não pedi para você ir embora?"

Ela tocou nas chaves penduradas no meu pescoço e verificou o nó no cordão. O cordão era de uma de suas embalagens de sapatos.

"Calley, eu li aqueles papéis até quase ficar cega. Joe Cane Dakin está condenado ao fogo do inferno pelo que fez comigo. Esse cordão no seu pescoço com as chaves penduradas é tudo que temos nesse mundo, então é melhor você não perder."

Eu poderia ter perguntado sobre o dinheiro do resgate, mas nessa hora ouvi o barulho do motor do Edsel. Ela teria mentido, de qualquer jeito. Então corri para encontrar o tio Billy Cane Dakin.

15

"Por favor, por favor, por favor, mamãe", supliquei.

Percebi que ela não estava ouvindo. Ela retocava o batom e toda a sua atenção estava nos lábios refletidos no espelho.

Ela e Ford iam no Edsel até nossa casa em Montgomery para pegar as coisas que o sr. Weems tinha avisado que ela podia pegar. Com a minha mãe e o sr. Weems sem falarem um com o outro, Mamadee também ia, no Cadillac dela, para supervisionar minha mãe e garantir que ela não pegasse nada que não estivesse na lista do sr. Weems. Nós podíamos pegar nossas roupas e algo chamado "bens pessoais", que deduzi significar minhas bonecas de papel já recortadas dos livros. Supus que nossas roupas deviam ser do tamanho errado para as pessoas do banco da Geórgia que tinham executado a hipoteca.

Mamadee insistiu que as joias da minha mãe eram parte dos bens. Todas as peças que estavam no cofre da casa de Montgomery haviam sido recolhidas quando ele foi aberto com a procuração dada ao sr. Weems. Mas as joias que minha mãe havia levado para New Orleans estavam sendo usadas por ela ou na bolsa, e Mamadee e Winston Weems precisariam de um exército para tirá-las dela.

Ela mal olhou para mim. "Calley, se você não parar de reclamar, vou te dar um tapa."

"É um dólar de *prata*."

Ela olhou bem para mim enquanto fechava o batom. "É um dólar de *prata*", disse ela, me imitando com deboche. "Você pode me fazer o grande favor de se lembrar que tenho outras *preocupações* na cabeça?"

Tive certeza de que ela tentaria pegá-lo antes de Ford. O truque seria eu pegá-lo de volta. Eu não queria ir com ela para buscá-lo pessoalmente. Um sentimento de medo trêmulo me sufocava como um caroço de pêssego. Se a casa estivesse vazia da presença do meu pai, seria a prova de que ele havia partido para sempre. E se meu pai *estivesse* lá, ele ainda seria o meu pai? Ele poderia ser um fantasma ou coisa pior, se existisse coisa pior.

Enquanto eles estavam fora, subi no carvalho para ver Leonard e Papai Cook instalarem as novas portas de vidro, que substituiriam as que minha mãe havia quebrado. Eles sabiam que eu estava lá em cima, então não precisei tentar me esconder. Eles não se importavam se eu cantasse um pouco, então cantei, e às vezes eles cantavam comigo e riam, como se eu os deixasse felizes.

Tansy também estava de bom humor; ela levou café, sanduíches e bolo de limão para todo mundo. Leonard pegou uma cadeira de jardim para ela, e ela se sentou e lanchou conosco. Na verdade, eu me sentei na árvore, e ela botou meu sanduíche e uma garrafa de chá gelado em uma cesta. Então joguei uma corda e puxei a cesta lá para cima. Era mais divertido assim, e pela primeira vez Tansy pareceu não se importar de eu me divertir.

Depois que ficamos satisfeitos, desci e a ajudei a levar os pratos para a cozinha.

Tansy inclinou um pouco o queixo, apontando para o andar de cima, me disse que não estava sendo paga para cuidar de crianças e que era para eu sumir da frente dela antes que quebrasse alguma coisa.

Tanta comida me deixou sonolenta. Subi as escadas e me deitei na cama de ferro. Só acordei quando, nas profundezas de um sonho, ouvi o ruído do Edsel e do Cadillac voltando. A tarde havia passado, a luz no quartinho debaixo das calhas estava fraca. Limpei os cantos úmidos da boca na fronha. Apesar de o quarto estar fresco, eu estava suada. Estava tendo um pesadelo. Os braços do meu pai em volta de mim não me soltavam, a cabeça do meu pai caiu de cima dos ombros. Com o uniforme de camareira, Judy DeLucca e outra mulher gorda e enorme que eu não conhecia a pegaram e tentaram grudá-la de volta com uma tira enorme de fita adesiva. Senti vontade de chorar e chamar Ida Mae, mas minha garganta também estava cortada e colada com fita, e minha voz havia grudado como linha no lado da fita que cola.

De repente, todo mundo, menos eu, entrava e saía da casa, subia e descia a escada, entrava e saía dos quartos. Leonard, Tansy, Mamadee, mamãe e Ford carregavam caixas e malas. Foi chato de ouvir. Esperei que Leonard levasse uma mala ou caixa com as minhas roupas, talvez até alguns brinquedos. Por que um banco ia querer minha casa de bonecas? Mas ele não levou nada porque eles não haviam pegado nenhuma das minhas roupas ou coisas na casa de Montgomery. O que eu tinha era tudo o que teria.

Só quando eu olhasse nos olhos deles ou ouvisse suas mentiras, nas vozes ou nos silêncios, era que eu descobriria se minha mãe ou Ford haviam pegado meu dólar de prata primeiro. Fiquei aliviada. Eu cresceria e perderia as roupas e os brinquedos mesmo. Se minha mãe ou Ford não haviam pegado nada meu na nossa casa, que não era mais nossa, eles também haviam deixado para trás o que podia estar grudado nessas coisas. A própria poeira da nossa velha casa podia carregar um azar terrível e misterioso, uma maldição ou um assombro. Aquela casa era um armário de lembranças que eu precisava trancar até ter idade o suficiente para examiná-las com segurança.

**KING &
McDOWELL**
CHAMAS VIVAS

16

De um lado da igreja estavam o governador e a esposa, os prefeitos de Montgomery, Birmingham e Mobile, uma delegação da Ford Motor Company de Detroit, a maioria dos empresários bem-sucedidos do Alabama, dos grandiosos e figurões de Montgomery, Tallassee e das redondezas, o dr. e a sra. Evarts, os dois agentes do FBI de Birmingham, Mamadee, Ford, minha mãe e eu.

O mais interessante para mim do grupo de dignitários era o diretor da Ford Motor Company. O cabelo dele parecia pintado. Quando a luz batia nos óculos sem aro do jeito certo, ele parecia ficar com os olhos vazios como os de Annie, a Pequena Órfã. Seus lábios eram quase imperceptíveis, e os dentes pareciam mais velhos do que ele. Ele parecia ser frio ao toque, como um sapo. Achei que devia ser o sr. Henry Ford, o mais jovem, mas no dia seguinte descobri pelos jornais que o nome dele era sr. Robert S. McNamara. O *S* era de Strange, o que por si só era impossível de esquecer.

Do outro lado havia uns quatrocentos membros da família Dakin, ou foi o que minha mãe disse, mas Ford me contou depois que foram comerciantes menores e pessoas do campo que ocuparam boa parte daqueles bancos.

"Uns cem eram Dakin", falou Ford. "Cento e um, contando você, e cento e um e meio, talvez, contando você e o que sobrou do papai."

Ele não se incluiu na lista. Por mim, tudo bem Ford não querer ser contado como um Dakin.

Minha mãe sempre enfatizara a perversidade degenerada dos Dakin — e com isso ela queria dizer que eles não têm nenhum dinheiro. Então, em vez de prestar atenção ao pastor ou à mulher que tocava órgão, cujo cabelo incrivelmente laranja era ondulado como o de Mamadee, ou de pensar no meu pai morto e esquartejado dentro do caixão, fiquei olhando para o outro lado do corredor, para meus tios, suas famílias e todos os parentes que eu mal conhecia. Meus tios Dakin — Jimmy Cane, Lonny Cane, Dickie Cane, Billy Cane — estavam desconfortáveis com os ternos baratos e raramente usados, sentados solenemente como uma fila de velhos em cadeiras de balanço nas varandas do centro da cidade em uma noite de sábado. A pele deles era cheia de crateras como a superfície da lua. Suas esposas, as tias Dakin — Jude, Doris, Gerry, Adelina — tinham todas o peito reto, como se o conforto houvesse sido sugado delas junto com o leite materno. Apesar de nem todas serem magrelas, a gordura que elas carregavam parecia densa e firme. As flores nos chapéus estavam desbotadas, os vestidos femininos com cintos de plástico, gola de *rayon* e saias rodadas de todos os tamanhos e cores, desde que fossem escuras, eram vindos direto das araras da Sears. Meus primos, os filhos Dakin, eram numerosos e agitados. Eles não aceitaram bem os bancos duros de carvalho e os paletós herdados que pinicavam nos ombros ou eram curtos demais nas mangas. Havia tantos que ficava difícil se lembrar de todos os nomes e a quem cada um pertencia. Eles riam baixinho e encaravam a Ford e a mim. Não havia filhas Dakin.

Pelo menos naquele lado da igreja. Do nosso lado da igreja, tinha eu. Eu estava com luvas brancas novas e um chapéu palheta branco, igualmente novo, com uma faixa preta e as pontas da fita caídas atrás, que a mamãe teve que sair para comprar quando se deu conta de que eu não tinha nada para botar na cabeça nem nas mãos para o funeral. Como sempre, ela comprou um chapéu grande demais, para que coubesse junto com minhas marias-chiquinhas e minhas orelhas, que pinicavam sem dó por conta dos fios de palha. Quando tentei olhar em volta, Mamadee enfiou as unhas na minha nuca.

Claro que minha mãe esperava o pior dos Dakin, mas nenhum deles chorou ruidosamente, embora os lenços de bandana fossem usados para secar uma lágrima ocasional e eles assoassem o nariz com estardalhaço. Pelo menos não houve gritos de "Louvado seja Jesus". Quando eles olhavam para a minha mãe, era de soslaio.

Fora da igreja, antes de entrarmos nos carros para irmos ao cemitério, meus tios seguraram os chapéus nas mãos e puxaram os nós apertados das gravatas.

Tia Jude me abraçou e chorou. "Pobre criança! Sei que você está arrasada."

As outras tias murmuraram em concordância e bateram de leve na minha cabeça.

Minha mãe se apressou em dizer: "Essa garotinha não está nem perto de se sentir tão arrasada quanto eu. Nem perto".

Mas as tias não tocaram na minha mãe e não falaram com ela diretamente. Minha mãe confundiu isso com sinal de respeito por ela e por sua posição. Os Dakin também não deram atenção para o meu irmão nem para Mamadee e vice-versa.

Com chance de eles serem eleitores, o governador se aproximou e apertou a mão dos tios Dakin. Ele não deu atenção às tias Dakin. Era provável que elas votassem igual aos maridos ou não votassem.

Entramos no Edsel, que fora lavado da poeira da estrada logo cedo por Leonard. Minha mãe o dirigiu para irmos até o cemitério St. John, em Montgomery. Minha mãe não queria ir no Cadillac de Mamadee. Ela e Mamadee só se falavam para pedir para passar o sal, dizer "obrigada" ou qualquer outra cortesia ressentida que pudessem inventar.

O trajeto até o cemitério foi tão longo que eu cochilei. Quando o Edsel parou, eu acordei e vi que estávamos no campo. Minha mãe enfiou o chapéu na minha cabeça e ajeitei os óculos no rosto. Eu esperava um dos cemitérios frescos, verdes e cheios de sombra de Montgomery ou Tallassee. Mamadee havia dito que o enterro do meu pai seria um circo se não fosse lá no fim do mundo. Evidentemente, ela havia vencido a minha mãe nisso.

Mas não havia grama, só montinhos de ervas daninhas, que estavam enterradas na areia áspera, em meio a pedrinhas com pontas tão afiadas que eu as sentia através das solas dos sapatos estilo boneca. Concreto rachado marcava os retângulos afundados dos túmulos e todas as lápides estavam inclinadas para a frente, como se quisessem olhar melhor o homem, a mulher, a criança ou o bebê que celebravam. Em quase todos os túmulos havia um vaso de argila rachado ou uma garrafa velha de leite que exibia flores velhas e secas. As poucas árvores do local eram tortas, finas e pareciam meio mortas, como as árvores de papel que cortamos no jardim de infância para fazer a decoração de Halloween, permitindo que os morcegos e fantasmas tivessem alguma coisa no fundo além da lua. Em um pinheiro meio murcho, havia um corvo, que bicava com força a área embaixo da asa.

"Onde estamos?", sussurrei para Ford com a boca seca.

"No inferno", disse Ford. E acrescentou: "É aqui que os Dakin são enterrados".

Ele tirou meus óculos e os sujou com os polegares antes de jogá-los de volta para mim. Enquanto eu tentava colocá-los no rosto, ele me empurrou na direção da minha mãe.

Pisquei para enxergar pelas lentes sujas, alcancei minha mãe e segurei a mão enluvada dela. "Que lugar é esse, mãe?"

"A Terra Prometida. Onde seu pai comprou um lote. É assim que eles chamam. De Terra Prometida."

Eu não tinha idade para saber por que meu pai tinha comprado aquele lote, nem quando, e nem por que só havia comprado um lote individual e não um familiar. O mais importante para mim foi que, quando olhei ao redor, o Cadillac de Mamadee não estava em lugar nenhum, nem ela, nem nenhum dos grandiosos, notáveis ou figurões.

Mas os dois agentes do FBI haviam comparecido; eu os vi saindo do Buick sedã preto e tirando os chapéus. Um deles era meio careca. Eu soube que eles eram agentes do FBI assim que os vi chegarem em Ramparts de carro na segunda-feira. Eles se pareciam com os outros, os de New Orleans. O sr. J. Edgar Hoover devia ter percebido que, se todos fossem parecidos, ninguém repararia neles. Talvez os *homens* não reparassem neles. Qualquer mulher um pouco inteligente repararia na hora, dois homens parecendo terem tirado a roupa do mesmo armário.

Os dois agentes passaram boa parte da tarde de segunda com minha mãe, estavam muito interessados nos papéis que o sr. Weems havia entregado para ela, e mamãe teve de fingir uma dor de cabeça terrível para eles irem embora.

Ford, minha mãe e eu estávamos de um lado e a tribo de Dakin, do outro, assim como na igreja. Só que agora não era o corredor da igreja que nos separava, mas o caixão do meu pai, que era descido para o túmulo.

Aquele cemitério ainda é a imagem que tenho da vida — da morte — que vem depois da morte. Uma imagem borrada. Reconhecível, mas desprovida de qualquer sensação de conforto.

A mulher de cabelo laranja ondulado que tinha tocado órgão durante a cerimônia funerária se aproximou de nós com folhas moles de papel mimeografado com cheiro de pera. A armação de plástico verde dos óculos de gatinha era cravejada com pedrinhas brilhantes. Percebi que ela usava batom Tangee.

"Calley e eu vamos dividir", disse minha mãe.

"Não", respondeu a mulher com uma voz agradável, "a garotinha tem uma só para ela."

Ela entregou as folhas moles e eu peguei uma. Nem de cima nem de baixo, mas do meio da pilha mole. Como era comum no processo de mimeógrafo, as palavras estavam manchadas, e o estado sujo das minhas lentes não me ajudou a identificá-las. As luvas nas minhas mãos também faziam com que segurar o papel ficasse mais difícil.

Eram folhas com hinos religiosos. Quando foram distribuídas para todos os Dakin, um pastor — não o da St. John, mas um pregador leigo eloquente com dentadura comprada por correspondência e um terno brilhoso de tão gasto — recitou os versos de *To Everything There Is a Season*. É muito popular em enterros, supostamente para consolar quem está de luto, mas percebi, quando estava alguns anos mais velha, que era grotescamente inadequado.

Quando o pastor acabou de entoar, a mulher de cabelo laranja ondulado levantou a mão, como se todo mundo falasse e ela quisesse silêncio, embora ninguém estivesse fazendo nada além de limpar a garganta, assoar o nariz e se mexer no lugar.

Ela fechou os lábios e cantarolou uma nota.

E todos os Dakin começaram a cantar.

> *Tem uma terra mais linda que o dia,*
> *E por fé podemos vê-la avante;*
> *Pois o Pai nos espera com alegria*
> *E prepara nossa moradia distante.*

Eu cantei como meu pai costumava cantar. Minha mãe cantou muito alto, para sufocar minha voz. Ford pisou na lateral do meu pé, o que só me fez cantar ainda mais alto. Nenhum dos Dakin pareceu surpreso de eu saber cantar como meu pai. Nós todos cantamos ao *longe* rimando com *distante*, o que fez minha mãe olhar para o céu brevemente. Mas nenhum arcanjo da pronúncia correta decidiu nos punir com um raio.

> *Nesse doce porvir,*
> *Vamos nos encontrar nesse lindo lugar;*
> *Nesse doce porvir,*
> *Vamos nos encontrar nesse lindo lugar;*
> *Vamos cantar nesse lindo lugar*
> *As canções melodiosas dos benditos,*
> *E nossos espíritos não vão agonizar,*
> *Nem um suspiro pelo descanso infinito.*

Foi no refrão, depois dessa segunda estrofe, que me encrenquei. As palavras na minha folha mimeografada eram diferentes das de todo mundo.

Todas as pessoas cantaram o refrão como antes. Mas o que cantei era só meu:

> *Na escuridão da lua*
> *Tu subirás nesse lindo lugar*
> *Nas cinzas e na ruína*
> *E Teus ossos pararão de sangrar.*

Uuuukh, gritou o corvo no pinheiro murcho.

Assim que terminamos o refrão e todos os Dakin começavam a quarta estrofe, mamãe pegou a folha mimeografada da minha mão e sussurrou no meu ouvido: "Calley, o que você está fazendo?".

> *Ao caridoso Pai redentor,*
> *Ofereceremos nossa oração*
> *Pela dádiva gloriosa do amor,*
> *E as bênçãos da nossa consagração.*

Tentei pegar o papel de volta da mão dela, a folha mimeografada que escolhi do meio da pilha mole que a mulher de cabelo ondulado laranja havia me oferecido. A folha que eu tinha escolhido tal qual um voluntário da plateia escolhe uma carta no meio do baralho que um mágico oferece. A folha que continha uma mensagem destinada só para mim.

Mas minha mãe a jogou no buraco do caixão do meu pai, na terra. Ela caiu devagar, como a cabeça da Betsy McCall quando a cortei. Os tios Dakin desceram o caixão do meu pai na terra seca, cheia de pedras. A impressão que eu tinha era que eles não enterravam o meu pai, mas que cuidavam para que eu não pegasse de volta a folha mimeografada com cheiro de pera madura.

Eu me joguei sobre o caixão, só para ser puxada pelos braços compridos de um tio. Lutei como louca no aperto dos seus braços fortes.

"*You are my Sunshine*", cantei, "*you make me happy when skies are grey.*"

Tio Billy Cane Dakin me carregou para longe, me acalmando e me pedindo silêncio.

**KING &
McDOWELL**
CHAMAS VIVAS

17

A recepção funerária do meu pai foi na casa do tio Jimmy Cane Dakin — uma casa velha e grande no fim do mundo, fora dos limites de Montgomery. Quando vi a casa, percebi que Mamadee também devia ter vencido aquela batalha.

A casa do tio Jimmy Cane era coberta de tábuas sem pintura maltratadas pelo vento. Possuía portas estreitas, janelas baixas e estreitas com apenas duas vidraças cada, e três ou quatro janelas no telhado, que indicavam um excesso de aposentos no sótão, cômodos que deviam ser tão gelados no curto inverno do Alabama quanto abafados nos outros dez meses do ano. Uma varanda larga e empoeirada cercava três quartos da casa. A estrutura toda ficava sobre pilhas de tijolos de 1,5 m com areia escura embaixo, onde cobras faziam caminhos ondulados e erguiam dunas em miniatura. Um campo poeirento, que em outra estação teria uma plantação meio morta de algum vegetal intragável plantado pelo tio Jimmy Cane Dakin, pela sua esposa, Gerry, e pelo bando de meninos Dakin, cercava a casa.

Minha mãe não tinha nenhuma intenção de entrar. Ela parou o Edsel a alguns metros da casa. Tio Jimmy Cane Dakin levou, da varanda, uma velha cadeira feita de galhos, e a colocou ao lado do carro para minha mãe. Lá, ela abriu um sorriso triste e falou algumas palavras baixas por trás do véu para os Dakin quando eles se aproximavam, hesitantes, para lhe dar os pêsames.

Ford tirou a gravata e enfiou no bolso do paletó. Ele se recusou a olhar em volta e ficou sentado no banco de trás, com o chapéu puxado para cobrir boa parte do rosto.

Minha mãe disse: "Calley, entre e veja se me consegue algo gelado para beber. E tire os mosquitos do copo antes de botar qualquer bebida dentro, está ouvindo?".

Minha mãe falou essa última parte em um tom alto o suficiente para ser ouvido por um ou dois Dakins, mas baixo o suficiente para eles acharem que não foi de propósito.

Os tios, tias e primos Dakin se afastaram para eu passar, criando um caminho sinuoso até os degraus de madeira. Eles murmuraram e falaram comigo para me acalmar.

A porta de tela se abriu antes que eu tocasse na maçaneta. A mulher com o cabelo laranja ondulado, a mesma que tocou órgão na igreja St. John e distribuiu as folhas de hinos no cemitério Terra Prometida, me chamou para entrar.

Eu havia visitado a casa do tio Jimmy Cane Dakin meia dúzia de vezes com meu pai, mas aquela visita — a última, apesar de eu não saber — é a que permaneceu na minha memória. No Edsel, eu havia me esforçado para limpar as lentes dos óculos com a barra do vestido, mas, como não havia conseguido melhorar sua nitidez, continuei a ver tudo borrado. Os aposentos eram quadrados, de teto alto. O sol havia desbotado as cortinas de chita até ficarem quase sem cor. O papel de parede ressecara havia muito tempo; as estampas, desbotadas a ponto de nem ser possível identificá-las, formavam bolhas e descascavam das paredes de gesso. O linóleo no chão estava torto como uma colcha em uma cama malfeita. A pia da cozinha tinha uma saia caseira feita de uma toalha quadriculada puída, pois não havia armários de cozinha, só prateleiras abertas em suportes de ferro. Tia Gerry cozinhava em um fogão a lenha de ferro preto, passava roupa com o ferro que ficava na prateleira acima dos queimadores e guardava alimentos perecíveis em uma geladeira a gelo. A cozinha estava com um cheiro forte vindo dos beagles que dormiam atrás do fogão.

Olhei pelas portas abertas à procura de tio Jimmy Cane Dakin, tia Gerry, tia Jude ou tio Billy Cane — qualquer um serviria, desde que não fosse aquela mulher que eu não conhecia, que tinha me dado aquela folha mimeografada com cheiro de pera no cemitério. Meu estômago se embrulhou de inquietação.

"Eu não sou uma Dakin *de verdade*", confidenciou a mulher enquanto me conduzia para o interior da casa. "A sobrinha por casamento da minha meia-irmã se casou com um dos filhos adultos do Jimmy Cane

Dakin, mas ele morreu quando a picape dele bateu num cervo de chifres enormes na rodovia de Montgomery, e mais tarde ela morreu no parto de trigêmeos. Só um dos meninos sobreviveu, mas ele nunca foi bom da cabeça. Então, não sou uma Dakin como você, mas sou ligada à família, por isso acho que sou ligada a você."

Assenti em silêncio.

"Como Roberta Ann Carroll Dakin está aguentando a morte do seu pai?"

Soou estranho como ela chamou minha mãe de *Roberta Ann Carroll Dakin* em vez de *sua mãe*. A estranheza me deixou cautelosa na hora de responder.

"Todo mundo diz que é difícil pra ela."

"Isso mesmo", disse a mulher com o cabelo laranja ondulado — como se a pergunta tivesse sido *Qual é a capital da Dakota do Norte?*, e a minha resposta tivesse sido *Bismarck*. "A propósito", acrescentou ela, como se fosse uma recompensa por eu ter dado a resposta certa, "meu nome é Fennie."

"Fennie de quê?"

"Fennie Verlow. Eu já preparei um copo de chá gelado para Roberta Ann Carroll Dakin, que deve estar exausta por permanecer firme diante da desolação e da dor. Só vou acrescentar um pouco de gelo e você pode levar para ela."

Fennie voltou com alguns cubos de gelo de uma caixa de isopor na mesa da cozinha e colocou um a um no copo alto de chá adoçado.

"Leve para Roberta Ann Carroll Dakin, querida." Quando peguei o copo da mão dela, ela acrescentou: "E pode dizer para ela que tirei todos os mosquitos do copo antes de servir o chá".

Quando repeti a mensagem da sra. Verlow, os olhos da minha mãe se arregalaram por trás do véu, como se ela tivesse visto um fantasma. Os dedos não conseguiram segurar o copo e o chá gelado caiu na marca seca que o pneu fizera na terra arenosa. Minha mãe ficou tonta e pareceu derreter na cadeira. Tia Jude, tia Doris e tia Gerry correram até nós. Uma delas levantou o véu de mamãe por cima do chapéu para que elas pudessem bater nas bochechas dela, molhar a sua testa com lenços úmidos e lhe murmurar palavras de consolo.

Minha mãe voltou a si por tempo suficiente para falar com uma voz débil: "O dia de hoje foi mais longo do que eu esperava".

Seus olhos se reviraram. Ela teria caído da cadeira se a sra. Verlow não tivesse aparecido de repente para ajudar as minhas tias. As quatro a levantaram com delicadeza e a colocaram no banco da frente do Edsel.

A sra. Verlow sussurrou no ouvido da minha mãe. Ninguém estava perto o bastante para ouvir além de mim e de Ford, que tinha tirado o chapéu e se inclinado para a frente no banco traseiro.

"Você não pode dirigir este carro, sra. Dakin. Você é uma viúva desolada com dois filhos órfãos e nenhum homem no mundo para guiá-la, sustentá-la ou apoiá-la. Então, vá com calma, com segurança, e me deixe levá-la para casa. Durma bem e sonhe com Joe Cane Dakin, como se ele ainda estivesse vivo. Vou levá-la para casa em segurança."

A princípio, achei que minha mãe tivesse desmaiado de novo e não tivesse ouvido nenhuma das instruções acalentadoras da sra. Verlow, mas me enganei.

Minha mãe tinha ouvido o suficiente para dizer: "Você dirige. Eu só quero fechar os olhos. Não deixe Calley falar".

As tias Dakin terminaram de carregar o porta-malas do Edsel com as comidas das exéquias: carnes assadas, potes de sopa, caçarolas cobertas, latas fechadas com papel-alumínio contendo alimentos assados em camadas, bolos embrulhados, tortas cuja massa flutuava como lixo por entre os pedaços de frutas desconhecidas em xarope escuro, e garrafas de Nehi repletas de líquidos densos e açucarados e fechadas com rolhas. E todas aquelas comidas cheiravam a tinta queimada, linóleo torto, corpos sujos e resíduos de sebo animal.

Ford e eu ficamos sentados em silêncio no banco de trás, os dois tensos e cientes da condição da minha mãe. Ela respirava devagar, sem se mexer, enquanto a sra. Verlow ajustava o para-sol.

Quando passamos pela divisa de Tallassee, os olhos da minha mãe tremeram. Um momento depois, ela se espreguiçou, bocejou e começou a procurar os cigarros na bolsa Kelly marrom da Hermès.

"Calley", disse mamãe, "mostre a essa boa moça... seja ela quem for, e não me parece que seja uma Dakin... mostre a ela o caminho para a casa de Rosetta. Vamos deixar toda a comida na casa dela. Foi muita gentileza dos Dakin terem esse trabalho todo, mas nenhum de nós jamais vai comer nada que tenha sido preparado por uma mulher branca que não sabe escrever o próprio nome."

"Tia Jude sabe escrever o próprio nome", falei. "Papai disse que ela estudou até o décimo ano."

Ford exclamou: "Cala a boca".

"Amém", continuou minha mãe.

"Eu já sei o caminho para a casa da Rosetta", afirmou a sra. Verlow. "E, a propósito, meu nome é Fennie Verlow."

Minha mãe falou enquanto acendia o cigarro entre os dentes. "É um prazer conhecê-la."

Eu expliquei: "E ela também não é uma Dakin".

Ford tirou a gravata do bolso do paletó e bateu em mim com ela.

"Você acha que eu teria dito o que disse se ela fosse?", emendou minha mãe.

Minha mãe e Fennie Verlow riram juntas.

As filhas de Rosetta pegaram toda a comida e levaram para dentro de casa. Antes que o porta-malas estivesse pela metade, já havia crianças e mães vizinhas amontoadas na porta dos fundos. Quando tudo acabou, a sra. Verlow dirigiu até Ramparts.

"Calley, Ford, ajudem Roberta Ann Carroll Dakin a entrar", instruiu a sra. Verlow. "Ela ainda está longe de se sentir como ela mesma."

Ford e eu ajudamos minha mãe a subir as escadas — ela realmente estava meio trêmula ainda — e batemos na porta da frente até Mamadee abrir.

Assim que Mamadee me viu, ela disse: "É melhor que *outra* pessoa tenha morrido, Calley Dakin, porque não há outra desculpa pra você ter feito uma barulheira dessas!".

Nesse instante minha mãe oscilou, fazendo parecer que era ela que estava meio morta. Mas Mamadee não queria acreditar que mamãe não estava se aguentando.

"Roberta Ann Carroll", repreendeu ela, "levante essa cabeça, fique ereta e respire."

Ainda secando as mãos no avental, Tansy chegou e pegou o braço da minha mãe. Ford a segurou pelo outro lado e ambos a ajudaram a subir. Mamadee foi atrás, resmungando com a minha mãe o caminho todo, acusando-a de tentar ganhar solidariedade.

"Até parece que você é a primeira mulher no mundo a ficar viúva! Outras mulheres enterram seus maridos *todos os dias*", declarou ela.

Ri com a imagem que surgiu de repente na minha mente: multidões de mulheres de preto carregando pás, os caixões dos maridos ao lado dos buracos que as viúvas cavavam. Talvez cada uma delas tivesse mais de um marido para enterrar. Talvez os maridos não ficassem enterrados, mas cavassem a terra e saíssem das covas todas as noites, e as viúvas tivessem que enterrar todos de novo no dia seguinte.

Mas lembrei que a sra. Verlow estava do lado de fora, esperando que alguém a convidasse para entrar. As pessoas que faziam favores aos Carroll eram convidadas para entrar e a beber um copo de chá gelado. Se fosse branca, a alma atenciosa ganhava o chá na segunda sala. Se fosse negra, na cozinha.

Quando abri a porta da frente, a sra. Verlow não estava esperando por nada nem ninguém. A chave do Edsel estava sobre o capô.

**KING &
McDOWELL**
CHAMAS VIVAS

18

Minha mãe estava mesmo arrasada. Eu percebia como ela dormia mal à noite e comia pouco. Minha insônia não era muito diferente da dela, e eu vivia exausta. Quando eu comia, fazia-o com avidez, e então botava para fora as refeições e os lanches. Depois que isso aconteceu várias vezes, Mamadee me declarou incapacitada de me sentar à mesa e me baniu para a cozinha. Tansy deve ter sentido um pouco de pena de mim, porque me deu arroz branco puro e pêssego em calda, o que geralmente eu conseguia manter no estômago. Para garantir que todo mundo soubesse que estavam tirando vantagem dela, ela vivia resmungando por ter que preparar refeições diferentes.

Minha mãe passou os dias seguintes ao funeral escrevendo cartões para todas as pessoas que haviam enviado flores para o enterro, além de condolências, e repassando os papéis do meu pai entre nuvens de fumaça de cigarro. Os agentes do FBI voltaram a aparecer, às vezes para conversas curtas, outras para conversas longas. Minha mãe flertou com os dois agentes, e, pelas reações deles, ficou claro que ambos estavam encantados. Ou enganados.

Como era de se esperar, as enxaquecas da minha mãe a incomodaram tanto que ela tomou todo o estoque de analgésicos que havia em casa.

Certa noite, quando eu fazia massagem nos pés dela, minha mãe falou: "Encontrei sua amiga na farmácia".

"Que amiga?"

"Você sabe. Como é mesmo? A do cabelo laranja. Fannie."

"Fennie, eu acho. Sra. Verlow. Como a sra. Verlow poderia ser minha amiga, mãe? Ela é uma mulher adulta. O que ela disse?"

"Ah, ela só ficou falando como se achasse que eu sou alguém que se importa com ela. Me contou que a irmã tem uma casa na praia perto de Pensacola, como se eu ligasse se a irmã dela está viva ou olhando para o lado errado da tampa do caixão, e disse que a gente podia ficar um tempo lá."

"Onde fica Pensacola?"

Ela ignorou a pergunta. "Eu *nunca*, e quando digo *nunca*, penso na eternidade dos anjos. E eu *nunca* ficaria à mercê de uma Dakin."

Minha mãe esperava que eu a lembrasse de que Fennie não era uma Dakin de verdade. Fiquei em silêncio. Minha mente estava agitada, tentando descobrir onde ficava Pensacola, mas eu faria isso em outro momento, sem a minha mãe saber.

"E nem de ninguém, na verdade", concluiu ela, sem conseguir evitar um olhar rápido para o baú de cedro que guardava o baú menor.

Todo mundo sabia *tudo*, como sempre.

Todo mundo sabia que minha mãe tinha providenciado para que meu pai fosse enterrado como um cachorro morto em uma vala no meio do nada.

Todo mundo sabia que, se minha mãe tivesse tido coragem de fazer uma recepção depois do funeral, todas as pessoas ricas, poderosas e respeitáveis que haviam conhecido meu pai não teriam comparecido. por medo de se associarem a uma situação que envolvia uma suspeita de assassinato.

Todo mundo sabia que meu pai tinha cometido fraude com os próprios bens e minha mãe havia encomendado o assassinato dele, sem dúvida na esperança de, no último momento, ficar com o seguro de vida.

Todo mundo sabia que minha mãe tinha desviado os bens deles e depois organizado o seu fim.

Todo mundo sabia que minha mãe devia ter feito alguma coisa verdadeiramente terrível para meu pai revogar um testamento generoso e deixar minha mãe com o mínimo legal.

Até minha mãe estava com medo — apesar de ela nunca falar em voz alta — de ele ter feito aquilo para puni-la por alguma coisa que ela não tinha se lembrado de fazer ou alguma coisa que ela deixara de perceber na época que era tão horrível a ponto de justificar tal vingança. E ela estava com medo porque o FBI ficava remexendo nos papéis do meu pai e fazendo perguntas a ela. Minha mãe tinha muitos medos, muitos deles justificados.

Só uma vez eles questionaram em voz alta por que meu pai tinha me omitido do testamento. Rosetta, a mulher negra que costurava as roupas da mamãe, para quem havíamos levado as comidas oferecidas no funeral, estava no quarto prendendo alfinetes para marcar a cintura da minha mãe. Rosetta era a costureira dela desde a infância e continuou sendo mesmo depois que minha mãe se casou com meu pai e foi morar em Montgomery. Muito tempo antes, Rosetta foi costureira de Mamadee, mas elas tiveram um desentendimento. Foi para contrariar Mamadee que Rosetta continuou costurando para minha mãe e que minha mãe continuou a contratando para isso. Rosetta não esqueceu os detalhes da briga com Mamadee, mas bem antes já havia decidido ficar do lado da minha mãe.

Rosetta perguntou à minha mãe: "Mas por que o sr. Dakin, que sua alma descanse em paz, não deixou nada pra...?", e fez um movimento de cabeça na minha direção.

Eu estava de pernas cruzadas no chão, prendendo os retalhos que Rosetta havia me dado para vestir Betsy Cane McCall.

Pela expressão que minha mãe fez para mim, a pergunta era inédita para ela.

"Ele devia achar que a Calley não era filha dele", disse minha mãe. "Claro que eu também não acho que ela seja minha."

Fingi não ouvir a resposta, mas enfiei um alfinete na cabeça de Betsy Cane McCall.

Claro que eu era filha do meu pai. Minha mãe e Mamadee não me informavam em todas as oportunidades que tinham que eu era uma Dakin com D maiúsculo, sabia-se lá vinda de onde?

O fato é que *eu* fui excluída do testamento — apesar de não haver nenhum bem —, mas a minha mãe não foi. Se a minha mãe via tudo que tinha acontecido como uma tramoia contra ela, era natural que eu sentisse o mesmo, só que mais. Não significava muito para mim em termos de riqueza. Uma garotinha de 7 anos com uma moeda suada na mão é rica. Meu dólar de prata era mais importante para mim do que um resgate de um milhão de dólares. Mas agora que o assunto havia sido mencionado, não pude deixar de pensar se meu pai tinha se esquecido de mim. Ou pior. O único consolo era me agarrar à crença de que o testamento era falso.

Estar em Ramparts começou a parecer menos uma visita e mais um exílio. Eu sentia falta de ir à escola. Claro que não queria ir para nossa velha casa em Montgomery. Eu não sabia onde queria estar, só sabia que não era em Ramparts. Eu me imaginava em Pensacola, na Flórida, na costa do Golfo do México, onde a irmã de Fennie Verlow morava.

Ford foi ficando mais chato, detestável até, a cada dia que passava. Quando não tentava me fazer cair da escada, me prender em um canto para me bater ou puxar o meu cabelo, ele atormentava a minha mãe. Ele entrava onde ela estivesse, se sentava e ficava olhando para ela sem falar nada. Se ela falasse com ele, ele não respondia. Se tentasse dar um abraço ou beijo nele, ele se encolhia ou a empurrava.

No começo, minha mãe ficou intrigada. Mas a frieza e a rejeição dele começaram a assustá-la e perturbá-la. Eu podia até não ter certeza se minha mãe me amava, mas não havia dúvidas sobre os sentimentos dela por Ford.

Suas poucas horas de sono se revelaram quase uma completa insônia. Apesar de ter uma cama minha subindo aquele lance curto de escadas até o quarto em que fica rádio do Junior, eu sabia que eu podia ir dormir na cama dela depois de lhe fazer uma massagem nos pés todas as noites. De madrugada, ela se levantava várias vezes para ir ao banheiro fumar. Ela perdeu um peso que não tinha para perder. Quando passava a maquiagem de manhã, ela fazia longas pausas e ficava se olhando. Muitas vezes ela parecia se olhar de forma crítica. Outras, parecia olhar através do espelho, para outro tempo e lugar. A mancha escura em volta de seus olhos me assustava.

Houve um dia em que Ford não quis se levantar. Depois de ele molhar a cama, Mamadee chamou o dr. Evarts, que veio e conversou com ele. Em seguida conversou com minha mãe e Mamadee. Ele disse para elas que Ford estava profundamente abalado com a morte do papai e com a situação da família. Ford era sensível, explicou dr. Evarts, e o choque havia sido terrível para ele. Sem dúvida, Ford estava *traumatizado para o resto da vida* e precisava ser *tratado com luvas de pelica*.

O significado de *tratado com luvas de pelica* logo ficou evidente. Mamadee saiu, comprou uma televisão em cores para Ford e mandou instalar no quarto dele. Só para subir a escada com o aparelho foi necessária a colaboração de Leonard e do homem da loja. Ford começou a passar a maior parte do tempo na cama, vendo televisão. Tansy levava as refeições dele em uma bandeja.

Às vezes, Ford fingia que era sonâmbulo. Nesse estado, ele podia mijar pela janela. Ou entrar na cozinha e comer o que quisesse, tomar leite direto da garrafa, suco da jarra ou pegar açúcar do pote com uma colher e enfiar na boca. Ele podia deixar um copo ou prato cair no chão e ficar parado no meio dos cacos com uma expressão confusa, como se não soubesse onde estava nem como o prato ou copo tinham se quebrado.

Certa manhã, saí de casa bem cedo para não acordar ninguém e encontrei um bilhete debaixo do limpador do para-brisa do Edsel. O papel era rosa e estava escrito com tinta verde. Dizia:

Assassina

O papel rosa estava úmido, não de orvalho, mas de perfume. O perfume da minha mãe. Chocante. Corri de volta para casa e acordei minha mãe para ver. Ela ficou irritada por ser acordada nas poucas horas de sono matinal que costumava ter.

"Espero que seja importante", ameaçou ela, guardando os cigarros e o isqueiro no bolso do roupão.

O bilhete a despertou do jeito errado. Ela arrancou o papel de debaixo do limpador e o rasgou em pedacinhos.

E depois me bateu. "Se não foi você que fez isso, considere isso um aviso para não fazer igual."

Mas não foi o último bilhete. Eles apareceram na bolsa dela, no travesseiro, na moldura do espelho da penteadeira do quarto, até mesmo nos bolsos das suas roupas. Estavam todos escritos em papel rosa com tinta verde, e sempre traziam a mesma mensagem. Depois que os rasgava em pedacinhos e os jogava na privada, ela não admitia a existência deles. Ela trancou o seu perfume no baú de cedro. Quando achou que ninguém repararia, procurou papel rosa e uma caneta esferográfica verde por toda a casa. Nunca encontrou nenhum dos dois. Ela parecia não entender que, mesmo que os encontrasse, ainda não teria nenhuma prova de quem a atormentava.

Se até Ramparts não era um refúgio, ela não podia mostrar a cara em nenhum lugar de Tallassee — na farmácia, na missa de domingo — sem ser perseguida pelos sussurros que nem eram sussurros direito. Se as palavras eram baixas demais para ela entender, o tom era sempre audível e acusatório. Minha mãe mantinha a coluna ereta e a cabeça erguida, mas, na privacidade de Ramparts, ela ficava tensa. Cada dia era como tortura chinesa da água[*] (prática sobre a qual Ford havia lido em uma de suas histórias, com a qual me ameaçava sempre que se lembrava), cansando-a um pouco mais a cada vez.

---

[*] Método de tortura utilizado na Idade Média pelos chineses, que consistia em amarrar uma pessoa a uma cadeira e deixar pingar uma gota d'água por vez sobre sua testa durante horas, para enlouquecê-la ou matá-la por insônia.

Ficamos em Ramparts durante os dias e as noites quentes, durante as florações de cornisos e magnólias, a brotação das folhas, o retorno do zumbido das abelhas e da barulheira das aves se cortejando e fazendo ninhos — um período de uns dois meses. Na maior parte do tempo, eu ficava fora de casa. Minha mãe estava ocupada e ninguém parecia reparar se eu estava lá ou não. Eu não ligava se vissem; só queria estar longe de Ford e Mamadee — meus inimigos e atormentadores. Longe deles, eu conseguia me lembrar do meu pai. Longe deles, eu podia falar e cantar com a voz dele, para não esquecê-lo.

Minha lembrança de infância de Tallassee era de um lugar cheio de altos e baixos, no meio do qual uma grande muralha de água caía por cima de uma barragem e formava uma neblina. Os altos e baixos eram bem maiores; as casas, lojas e árvores eram bem mais amplas, e as ruas, bem mais longas, claro, para uma criança de 7 anos. Eu andava por toda parte. Nas margens dos velhos livros sobre pássaros e árvores na estante do Junior, eu marcava os que já conhecia e os que encontrava nas minhas caminhadas. Quíscalos e tordos, nogueiras e catalpas. Os nomes me agradavam. Parecia um pouco como estar na escola de novo.

Eu andava até o depósito da Estação Ferroviária Birmingham & Southeastern com frequência. "Encosta e Desliza", como meu pai chamava o lugar. Nenhum trem de passageiros parava mais lá — o de correspondências, no entanto, ainda o fazia — e o depósito estava quase abandonado. As janelas da velha construção eram altas e tinham parapeitos baixos, que me permitiam espiar pelo vidro, sujo como os olhos de uma mulher velha e cega. Na escola dominical e na igreja, eu tinha ouvido muitas vezes que vemos obscuramente através de um vidro. Quando espiei por aquelas janelas, entendi na mesma hora que *obscuramente* não era um objeto como óculos de sol ou binóculos, mas um advérbio que descrevia uma maneira de ver. Porque, naquele momento, eu estava vendo obscuramente atrás de um vidro.

KING & McDOWELL
CHAMAS VIVAS

19

Encontrar ovos perfeitos fez com que eu pegasse dezenove, no lugar dos doze que precisava. Tansy debochou de mim, mas a única real consequência da minha combinação de extravagância e falta de jeito seria uma cobertura de merengue digna do papa na torta de limão. Depois de decorar as cascas dos ovos com tiras de renda, eu os tingi com água, vinagre e corante alimentício. Quando secaram, fiz uma cesta de papel e peguei chumaços de musgo espanhol para fazer um ninho. Puxei as tiras de renda das cascas e achei o resultado exótico. Então, coloquei os ovos na cesta, com um cuidado semelhante ao que um joalheiro teria com um ovo Fabergé, e centralizei a cesta na mesa de jantar.

Era a primeira vez que íamos à igreja depois do funeral do meu pai, e, como era Páscoa, minha mãe usava uma roupa nova. Como Ford estava traumatizado pelo resto da vida, ele ficou em casa. Senão, teria ganhado um terno novo, do qual provavelmente precisaria, pois, apesar do terrível sofrimento, ele estava crescendo como hera. Mamadee estava com uma roupa nova. Rosetta, a costureira, estalou a língua quando descobriu que eu não tinha roupas novas, pois todo mundo sabia que roupas novas na Páscoa davam sorte enquanto as velhas davam azar. Mesmo aos 7 anos, eu achava o costume bobo, pois devia ser óbvio que qualquer pessoa com roupas novas tinha sorte suficiente para comprá-las, e roupas velhas eram sinal certo de pobreza, ou talvez maldade.

Coloquei meu vestido verde com os sapatos pretos, que foram bons o bastante para o enterro do meu pai, e ouvi de Mamadee que eu devia ficar agradecida por ter um chapéu e luvas que só tinha usado uma vez. Passei pela escola dominical toda agitada antes da missa e, durante a celebração de Páscoa, lutei contra um cheiro de lírios que era tão forte que chegava a ser sufocante. Acabei adormecendo por alguns segundos e acordei assustada. Um pensamento estranho surgiu em minha mente: se eu fosse Jesus, não estaria tendo nenhum sucesso em mover a pedra.

Quando voltamos da igreja, depois de tirar o chapéu e as luvas, fui diretamente para a mesa que estava posta para o jantar, pois queria admirar minha cesta de ovos. Mamadee foi atrás de mim, mas como ela fazia isso o tempo todo, eu não achava nada de mais. Achei que ela quisesse assegurar que eu não quebrasse nenhum cristal dela.

"Que lindo", murmurei para mim mesma.

Atrás de mim, Mamadee comentou: "Depois do orgulho, sempre vem a queda".

Ela me cutucou no ombro com o alfinete que havia tirado do chapéu.

De susto, eu gritei: "Meu Deus!".

Mamadee bateu na parte de trás da minha cabeça.

"O nome do Senhor? Na Páscoa?"

"A senhora me espetou com o alfinete!", exclamei.

"Não espetei!"

Eu poderia ter cuspido, mas levantei o queixo e declarei: "Eu te odeio".

Minha mãe viu e ouviu. Ela estava na porta da sala de jantar, com o chapéu na mão.

"Vá para o seu quarto, Calley", disse ela.

Quando passei, ela bateu na parte de trás da minha cabeça. Talvez achasse que Mamadee não tivesse batido com força suficiente.

"Ela é uma pagãzinha monstruosa", afirmou Mamadee. "Não sei como você ainda tem dúvida de que é a Calley que está escrevendo esses bilhetes para você."

"Eu não estou escrevendo bilhete nenhum", gritei da escada. "Eu nunca escrevi bilhete nenhum! Você está mentindo!"

Subi o restante da escada, dois degraus de cada vez. Eu sabia que estava na dianteira e que Mamadee não me alcançaria. Bati a porta do quarto em que ficava o rádio do Junior com tanta força que o vidro da janela rachou. A casa toda ecoou a batida. Ecoou mais ainda por causa do silêncio que veio em seguida.

Abri a porta de novo, marchei até o patamar da escada e gritei para essa nova quietude, que era digna de uma igreja: "Agora eu vou fazer xixi na cama! Alguém peça minha televisão em cores!".

Minha provocação não gerou resposta.

De volta ao quarto do Junior, empurrei o vidro da janela e saí para o telhado. Lá, me sentei de pernas cruzadas para pensar. Eu fugiria. Encontraria um dos meus tios Dakin. Um deles me acolheria — Billy Cane e tia Jude com certeza. Se a minha mãe não me queria, ela devia ter me deixado com eles de uma vez. Pensei em Ida Mae Oakes, mas, é claro, mesmo que eu soubesse onde encontrá-la, não poderia ir até ela. Se eu desse três passos na parte da cidade em que vivem os negros, algum adulto me pegaria pela mão, me levaria para longe e encontraria algum adulto branco que pudesse me devolver para a minha mãe. Ramparts era como o fim do mundo.

Um corvo, que estava em um carvalho duas árvores adiante, me encarou. Fiz contato visual. O corvo gritou um feio *cawww*. Gritei de volta. O corvo saiu voando como se o diabo o perseguisse. Alguns minutos depois, pousou no mesmo galho. Ficou andando com suas garras de um lado para o outro, decidindo em que parte do galho seria melhor se segurar. Permaneceu com os olhos frios grudados em mim. Com o intuito de fazer um teste, eu me mexi de repente. O pássaro pulou. Mas quando parei de novo, ele ficou onde estava.

Os corvos têm muita coisa para dizer uns aos outros, e algumas coisas são bem óbvias, como acontece com as pessoas. Tenho certeza de que um corvo avisa a todos os outros das redondezas quando um cachorro ou gato aparece.

Depois de alguns minutos quieta, para garantir ao corvo que eu não pretendia lhe fazer mal, grasnei para ele.

A ave ouviu com atenção e voou. Eu a vi largar uma bomba branca bem no para-brisa do Cadillac da Mamadee.

Quando voltei para dentro de casa, tirei a fronha do travesseiro e guardei dentro dela uma calcinha limpa, meias limpas, a camiseta do meu pai, Betsy Cane McCall e minhas bonecas de papel. Tirei o vestido e o joguei no chão. Chutei os sapatos para um canto. Pensei em cortar o cordão de seda do pescoço e jogar na privada ou pela janela, com chaves e tudo. Meu ombro doía. Olhei sob o vestido e achei um ponto de sangue no local em que fui perfurada.

Levei o vestido até o patamar da escada e o joguei no saguão.

"Mentirosa!", gritei.

Mais uma vez, ninguém respondeu. Era como se eu estivesse sozinha na casa.

Voltei para o meu quarto e me joguei de bruços na cama. O ar estava carregado do aroma de lírios.

Um raio de sol caiu sobre o meu rosto como uma mão gentil e quente. Flutuei, elegante e sem peso, por uma corrente. Um dedo do pé me mantinha presa à terra e minha única âncora era uma fita verde estreita. Eu era só uma orelha, uma orelha branca e carnuda, e a corrente que me balançava sussurrava uma música incessante com uma voz familiar.

Os sons de prataria e porcelana no andar de baixo, na sala de jantar, me acordaram, junto da sensação de fome. O odor do presunto cheio de cravos espetados subiu pela escada. Mamadee e minha mãe eram as únicas que jantavam. A única conversa à mesa consistia em murmúrios educados de "por favor, me passe alguma coisa", "obrigada" e "de nada".

Ninguém subiu para me levar algo para comer nem para me dizer que eu podia descer.

Toquei todos os discos de swing e bebop da caixa que havia no armário no volume máximo. De repente, o prato ficou mais lento e a agulha arranhou a batida, até que o prato parou de girar. Tirei o toca-discos da tomada e liguei um abajur para ver se a tomada estava com energia. Não estava. Verifiquei as outras tomadas do quarto e estavam todas sem energia. Alguém tinha desligado a eletricidade do quarto.

Elas deviam ter esquecido que eu não precisava de um toca-discos. Cantei todas as músicas de que consegui lembrar a plenos pulmões.

Fiz xixi no penico e joguei pela janela duas vezes.

Os discos estavam todos espalhados pelo chão. Quando os recolhi para guardá-los nas capas de papelão e enfileirá-los na caixa, vi uma coisa cintilar embaixo da cama. Fiquei deitada de bruços e me contorci para pegar.

Eu me joguei na cama e observei o que era. Era uma coisa feita de fios de seda trançados, como se fosse uma amarra chique de cortina muito fina e leve. Mas não era uma amarra de cortina. Um fio da trança exibia uma fivelinha dourada. Outro fio separado, em forma de Y, se prendia ao primeiro em três lugares. Parecia um par de suspensórios com um cinto, mas para alguém muito pequeno.

O fio em Y passou pela cabeça de Betsy Cane McCall com facilidade e ficou apoiado nos ombrinhos dela, mas a parte do cinto era grande demais. Consegui enrolar a parte do cinto em volta da boneca duas vezes. Em seguida, puxei um dos suéteres que ela tinha por cima e o objeto ficou escondido. Concluí que, em algum lugar, existia uma boneca em que ele caberia. Algo para se procurar na vastidão de Ramparts.

No crepúsculo do longo dia de primavera, eu estava com muita fome mesmo. Deitada na cama na escuridão crescente, ouvi os sons da minha mãe, Mamadee e Ford jantando com bandejas, cada um em seu quarto. Primeiro, fiquei furiosa, até me dar conta de que poderia ser uma boa hora para descer escondida até a cozinha.

E foi o que eu fiz. Como nem me dei ao trabalho de me vestir novamente, eu estava descalça e de calcinha. Entrei na cozinha vazia. O peru de Páscoa embrulhado em papel-alumínio foi a primeira coisa que vi quando abri a porta da geladeira. Embaixo dele, o presunto já estava cortado em fatias perfeitas. O cheiro despertou minha já intensa fome. Peguei uma fatia e mordi, mas na mesma hora fui tomada pela sensação de que era carne morta o que eu tinha entre os dentes. Carne morta e fria, tão fria quanto argila. O sal denso e ressecado e o gosto do xarope açucarado, com um pouco de resistência da pele aos dentes, cresceram na minha boca. Meu estômago se rebelou. Gosto de ficar tonta, vomitar e engasgar ao mesmo tempo. Cuspi o pedaço mordido na mão livre e joguei as duas porções de carne de volta na geladeira, embaixo do papel-alumínio. Minha boca ficou áspera, como se eu tivesse comido terra.

O que havia sobrado da torta de limão com merengue estava em uma prateleira baixa da geladeira. Peguei um pouco de merengue e recheio de limão e enchi a boca. A acidez do limão e a doçura do merengue superaram os gostos do presunto, e a frieza escorregadia do doce passou facilmente pela minha garganta apertada. O restante da torta desapareceu conforme fui comendo com as mãos até ficar satisfeita. Depois da torta, tomei chá gelado direto da jarra. Não foi uma refeição elegante. Havia pedaços de massa de torta, de recheio de limão e de merengue no chão em frente a geladeira, no local onde fiquei parada. Arrotei alto. Havia um pouco de torta em volta da minha boca. Passei a língua o máximo que consegui por toda a área para limpar o rosto.

Em seguida, fui até a sala de jantar para olhar meus ovos na cesta. Era a única cesta de Páscoa que eu ia ganhar. No ano anterior, o Coelho da Páscoa havia deixado uma cesta enorme de doces junto com um coelhinho de pelúcia. Ford me chamou de burra e me contou o segredo; e foi assim que descobri que meu pai era o Coelho da Páscoa. Lembrar-me disso me deixou chateada de novo — com Ford, por ter me contado; com minha mãe, por não ter providenciado uma cesta naquele ano; e com meu pai, porque ele não podia mais ser meu Coelho da Páscoa.

Tansy havia arrumado a mesa e minha cesta caseira era, de novo, a única coisa em cima dela. Quando me aproximei, vi que todos os ovos da cesta estavam esmagados. Por uma fração de segundo, não consegui respirar. Mas vi que, debaixo da pilha de pedacinhos, havia outro ovo, este inteiro, o único que sobrara. Limpei os pedaços de casca, peguei o ovo inteiro e o botei na palma da mão. Estava vazio e pintado, mas não tinha sido pintado por mim. Eu conhecia os meus ovos. E aquele era tão rosa quanto uma azaleia, com o desenho de uma teia muito verde.

Minha mãe saiu do quarto no andar de cima. Eu me virei para a porta da sala de jantar e esperei.

Ela parou e perguntou: "Calley, o que você está fazendo?".

Mostrei o ovo que tinha na mão. "Alguém quebrou os meus ovos. Encontrei este. Mas não é meu."

Minha mãe chegou perto e o pegou de mim. Mas mal olhou para ele. "Me parece igual aos outros."

"Bem, não é."

Ela fez uma careta para a cesta de cascas esmagadas. "Depois de todo o tempo que Tansy passou te ajudando com esses ovos, você quebrou todos."

"Não fui eu!"

Ela fechou os dedos em volta do único ovo inteiro e o esmagou. Por um instante, piscou rapidamente, abriu a mão e olhou. No meio dos fragmentos havia um pequeno rolo de papel. Ela virou os pedaços de casca na mesa e pegou o bilhete. Desenrolou-o e olhou rapidamente, como se olhar por tempo demais pudesse cegá-la. Tinta verde, papel rosa. Ela o entregou para mim.

"Se você está com tanta fome, coma."

Enfiei o bilhete na boca, mastiguei freneticamente e cuspi o papel babado nela. Então me virei e corri de novo. Ela nem foi atrás de mim.

KING & McDOWELL
CHAMAS VIVAS

20

Certa noite, no começo de maio, minha mãe e Mamadee estavam sentadas na varanda. Fumavam cigarros e se balançavam, lado a lado, em cadeiras de balanço altas, pintadas de verde. A lua crescente espiava pelas folhas do carvalho mais próximo da frente da casa.

Eu vejo a lua
E a lua me vê

Eu estava na árvore, me fingindo de tordo.

"Mãe", disse minha mãe, "estou sem dinheiro. Com tudo preso nessa confusão, preciso de algo para sobreviver. Você pode me emprestar um pouco de vez em quando até tudo se resolver?"

O silêncio de Mamadee foi longo demais. "Vou ter que ver o que tenho, Roberta Ann."

Minha mãe riu. "Você sabe até as moedas que tem na bolsa, mãe. Tenho que arrumar outro advogado, um de verdade. Você sabe que vai me custar um terço de tudo para contestar esse testamento."

Mamadee bateu as cinzas no ar com irritação. "Por que você não enfia na sua cabeça que não adianta contestar o testamento? Meu conselho, Roberta Ann, é que você fique de boca fechada de agora em diante sobre o testamento."

Minha mãe ficou furiosa e então respondeu: "Eu era só uma viúva, mãe, mas agora alguém me tornou uma vítima".

"É claro que você vê dessa forma", rebateu Mamadee, "mas não tenho certeza se é assim aos olhos de todo mundo."

"Do que você está falando?"

Quanto mais se demora para falar uma coisa desagradável, mais desagradável essa coisa é.

Minha mãe pediu para Mamadee dizer. "Me conta o que todo mundo nessa maldita cidade anda dizendo, mãe. Não pode ser pior do que as coisas que eu falei sobre essas pessoas, e eu sempre falo a verdade."

"Elas estão dizendo que você foi para New Orleans", revelou Mamadee com um tom condescendente, "com a intenção de assassinar seu marido. Que você contratou uma mulher gorda e a amiga dela para fazerem isso. Ele teria descoberto o plano e reescrito o testamento, só que você não sabia e mandou matá-lo mesmo assim, e agora é bem feito pra você, que ficou com uma mão na frente e outra atrás."

"É isso que as pessoas estão dizendo?"

"Só que a maioria das pessoas acrescenta alguns detalhes. E a única coisa boa que elas têm a dizer sobre você é que pelo menos você contratou mulheres brancas para torturá-lo, matá-lo e depois cortá-lo em pedacinhos."

As duas mulheres se balançaram em um silêncio furioso por um tempo, inspirando e expirando, como um par de dragões se ameaçando por sinais de fumaça.

Minha mãe esmagou a ponta acesa do cigarro na tampa de um pote que ela usava de cinzeiro. "Algumas pessoas devem mesmo dizer isso. Mas outras devem dizer outras coisas."

"Que outras coisas elas devem dizer?" O tom de voz de Mamadee deixava clara sua crença de que minha mãe ia inventar algo.

"Que a morte não teve nada a ver comigo, que Winston Weems e Deirdre Carroll encontraram uma forma de botar as mãos no dinheiro de Joe Cane Dakin. Que fizeram um testamento, pagaram a testemunha para jurar que Joseph o assinou e que vão fazer todo mundo acreditar que a culpada fui eu. Serei expulsa da cidade e você vai poder contratar outra gorda com sua amiga para matarem a esposa idiota do Winston Weems, assim você e o sr. Weems vão viver com a grana até apodrecerem."

"As pessoas não estão dizendo nada disso", disse Mamadee. "Imagino que você tenha contado essa mentira para os agentes idiotas do FBI."

"Faz mais sentido do que tudo o que você me disse."

"O que faz mais sentido, querida, é a parte sobre você sair da cidade."

A cadeira da minha mãe parou de balançar.

"Não acredito no que estou ouvindo. Mentira, eu acredito, sim. Você deu minhas irmãs como se elas fossem trapos velhos. Você nunca quis nenhuma de nós, só o Robert."

"Cuidado, cuidado, Roberta Ann. Se você mexer na lama, vai feder." Mamadee usou a abordagem de sempre: qualquer resistência aos planos dela evidenciava uma arbitrária falta de virtude. "Se você é egoísta demais para ter consideração por mim, pense no Ford. Aquelas duas mulheres vão ser julgadas daqui alguns dias. O escândalo vai ser revivido para vender jornais. Seria sábio da sua parte encontrar um lugar discreto para ficar. E não só até o julgamento passar, mas por uns dez ou doze anos. Você e a Calley. O Ford está em um estado frágil demais para ficar aos seus cuidados. Na verdade, tenho certeza de que qualquer juiz razoável acharia que o garoto está mal porque você é uma mãe incapaz."

Minha mãe prendeu a respiração.

Mamadee conhecia todos os juízes do Alabama. Muitos deles deviam as vestes pretas às contribuições dela às suas campanhas e à influência dela. Mamadee podia fazer as ameaças virarem realidade.

Minha mãe pegou um cigarro novo e o acendeu.

"Minha própria mãe." A primeira tragada dela no cigarro foi trêmula. "Algum dia você me amou, mãe?"

Mamadee desdenhava de qualquer pergunta. "Tenho vergonha de ter que lembrar minha própria filha que foi porque tenho um bom coração que eu paguei aquela conta caríssima do hotel em New Orleans, assim como as despesas do enterro do marido falido dela, e que ela e a filha dela comem à minha mesa e dormem debaixo do meu teto nesses últimos meses e botam coisas nas minhas contas por toda Tallassee. E, mais importante, Roberta Ann, eu não esqueci que você tem *um milhão de dólares* em um baú que, por direito, pertence aos credores dos bens de Joe Cane Dakin. E você ousa me pedir um empréstimo."

Minha mãe deu um pulo. Com o cigarro na mão direita trêmula, saiu andando para a escuridão dos carvalhos.

No silêncio solitário que restou, Mamadee balançou a cadeira com complacência. Tossiu de leve e riu.

Minhas irmãs, dissera minha mãe. *Como trapos velhos*. Para quem Mamadee deu as irmãs da minha mãe? E por quê? Talvez as respostas pudessem ser encontradas em Ramparts, dentro de um armário, no fundo de um velho baú, em um sótão, em um porão ou em um celeiro. Subitamente, Ramparts voltou a ficar interessante.

Mas eu devia saber que eu não tinha a menor chance de descobrir.

KING & McDOWELL
CHAMAS VIVAS

21

Minha mãe me sacudiu antes do nascer do sol, o dedo nos lábios para me calar. Eu já estava acordada, só estava de olhos fechados. Ela já tinha acordado havia um tempo, maquiado o rosto, ajeitado o cabelo e se vestido. Usava um terno sob medida e um chapéu elegante. Sem dizer nada, puxou as malas que estavam debaixo da cama.

Eu me vesti rapidamente e a ajudei a arrumar as coisas. Em certo momento, olhei para a penteadeira e a vi guardar uma caixa de joias discretamente. Não era dela.

Uma folha de papel na cômoda chamou minha atenção. Dizia: *Deirdre Carroll está autorizada a agir* in loco parentis *por mim, Roberta Ann Carroll Dakin, em relação ao meu filho menor de idade, Ford Carroll Dakin, até a sua maioridade.* Estava datilografada, exceto pela assinatura da minha mãe no final, então eu sabia que tinha sido algo feito pelo Velho Weems.

Nós abrimos o baú de cedro, pegamos o baú menor e descemos a escada com ele. A coisa era pesadíssima. Eu não tinha ideia de que dinheiro podia pesar tanto. Mover o aparador da Mamadee não teria sido mais difícil.

Minha mãe quebrou as unhas e rasgou as meias. De alguma forma, conseguiu não dizer nenhum palavrão.

Quando colocamos o baú no Edsel, eu já estava cambaleando. Minha mãe viu que eu precisava de um descanso, então eu me sentei no meio-fio por alguns minutos e examinei os arranhões, hematomas, batidas e cortes nas minhas pernas e pés. Meu macacão tinha me protegido um pouco, mas, como eu estava descalça, meus pés sofreram mais. Estavam sangrando nos múltiplos cortes e, além de machucados, muitas unhas também estavam pretas.

Minha mãe desceu com outra mala grande. Subi de novo com ela. Fizemos várias viagens com o restante da bagagem. O Edsel se acomodou nos amortecedores com o peso. Fizemos tudo sem trocar uma palavra.

Em voz baixa, ela me mandou pegar minha mala e ser rápida.

Subi e desci a escada em quatro minutos. Os livros na mala se moviam pesadamente a cada passo, tanto que cambaleei com o peso irregular deles e do meu toca-discos. Minha mãe saiu do lavabo do térreo, estava de pernas nuas.

Ela me parou com um olhar.

Colocar a mala e o toca-discos no chão quase me fez cair. Corri para o lavabo. As meias rasgadas da minha mãe estavam na lixeira.

Ela entrou e saiu da casa com passos leves. Quando saí, minha mala e meu toca-discos estavam onde eu os havia deixado. Com medo da minha mãe ir embora sem mim, eu os peguei depressa e saí tropeçando. A mala bateu nas minhas pernas, aumentando os hematomas que eu já tinha.

Minha mãe estava parada na frente do porta-malas aberto, segurando dois castiçais de prata de Mamadee enrolados em guardanapos de linho, que foram acomodados entre as malas. Havia outros objetos embrulhados em guardanapos que não estavam lá antes.

Meus tênis estavam nos bolsos do macacão, junto com a Betsy Cane McCall. Eu usava a camiseta do meu pai por baixo. A escova de dentes e o pente que levei para New Orleans ainda estavam no banheiro da minha mãe. Meu casaco ainda estava no armário do Junior. Eu gostaria de pegar todas essas coisas, além da caixa de discos, mas eu tinha uma certeza doentia e absoluta de que minha mãe me deixaria para trás se eu tentasse voltar para pegá-las.

Não havia espaço para as minhas coisas no porta-malas. Minha mãe tinha bagagem até no banco de trás. Tentei colocar meu toca-discos.

Ela chiou. Esticou a mão por cima de mim, pegou o toca-discos e o largou no chão. O impacto abriu a tampa e espalhou os discos no cascalho. Minha mãe pegou minha mala, ofegou com o peso inesperado e desequilibrado e a jogou no chão do banco da frente. Ela me pegou no colo, me jogou no Edsel e bateu a porta.

Desesperada para recuperar meu toca-discos, tentei abrir a maçaneta, mas minha mãe mergulhou no banco do motorista para esticar a mão e me trancar. Depois me deu um tapa forte que atingiu em cheio minha orelha esquerda e fez minha cabeça ecoar com a dor.

Quando minha mãe girou a chave na ignição, Mamadee apareceu na varanda. Ela ainda estava de camisola, quimono de seda e chinelos de pelica, com o cabelo prateado enrolado em bobes cor-de-rosa. Um creme branco oleoso cobria o rosto dela. A descarga do lavabo ou a batida da porta do carro devia tê-la acordado, ou talvez foi um instinto de que minha mãe a roubava descaradamente. Apertando o quimono sobre o peito, Mamadee correu até o lado do motorista do Edsel e bateu com força na janela.

Minha mãe puxou o isqueiro, enfiou o cigarro no aro vermelho e engatou a ré. Em seguida, abriu a janela devagar. A fumaça do cigarro saiu direto na cara de Mamadee.

Mamadee tossiu enquanto tentava falar. "Não acredito que você vai embora sem dizer nada! Nem uma palavra de para onde vai! Os homens do FBI vão querer um endereço, e os papéis da guarda do Ford precisam..."

Em seguida não disse mais nada.

Minha mãe olhou rapidamente para trás e enfiou o pé no acelerador. Mamadee quase caiu. Fui jogada para a frente, no painel; bati o rosto e voltei para trás, para a beirada do banco. Meu toca-discos foi esmagado como uma caixa de papelão adorada debaixo das rodas do Edsel. Minha mãe fez uma curva que fez o carro sair do cascalho, subir na grama e voltar para o caminho. Ao tentar me acomodar acabei caída no banco. Os pneus do Edsel cuspiram cascalho nas janelas da sala quando minha mãe meteu o pé no acelerador para sair dali.

Atrás de nós, Mamadee se abaixou, levantando as mãos para se proteger das pedrinhas e da terra que voaram em sua direção. Na luz filtrada do sol no horizonte, ela ficou branca da cabeça aos pés, como um fantasma. Nunca mais a vi na vida, mas tivemos notícias dela, minha mãe e eu. E, nessa ocasião, ela já era um fantasma de verdade.

**KING &
McDOWELL**
CHAMAS VIVAS

22

Sem ar para falar, e menos ainda para chorar em protesto, eu queria pegar o volante e jogar o Edsel de frente na árvore mais próxima. Um medo igualmente violento de que ela me largasse na beira da estrada e depois fosse embora tomou conta de mim. Ou, como agora parecia perfeitamente possível, de que ela talvez desse ré por cima de mim de propósito, como havia feito com meu toca-discos.

Minha orelha ainda ardia, dolorida. Encolhida no banco, desejei, com um desespero maior do que nunca, que meu pai estivesse ali.

Em uma estrada de terra vermelha saindo de Tallassee, minha mãe botou os óculos para se proteger do sol que nascia no céu azul sem nuvens. Se os mapas da biblioteca do capitão Sênior estivessem certos, o leste nos levaria para a Geórgia. Pensacola ficava mais ao sul. Minha mãe não devia saber aonde estávamos indo. Por que outro motivo dirigia para o leste?

A estrada passava por campos poeirentos, carvalhos sujos e casas abandonadas, cobertas de kudzu.* Minha mãe abriu as janelas e o cheiro do campo ressecado entrou no Edsel. Cachorros acorrentados a árvores dormiam nas fazendas, onde galinhas quase sem penas bicavam a terra apaticamente. Os mosquitos já voavam cegamente, saindo das valas dos dois lados da estrada. Certa vez meu pai me contou que cobras d'água criavam seus filhotes naquelas valas.

---

* Espécie de planta originária do Japão e muito comum em Atlanta, na Geórgia.

A familiaridade de me sentar no banco do carona, como eu fazia quando viajava com meu pai, me acalmou. Era assim que ele chamava esse assento: banco do carona. Cada quilômetro nos levava para mais longe de Mamadee. Meu toca-discos estava tão quebrado quanto Humpty Dumpty.* Eu não daria à minha mãe a satisfação de chorar abertamente por ele. Meus punhos se abriam e meu maxilar relaxava a medida que o Edsel seguia. Mamadee tinha ficado para trás. Essa era uma bênção que valia a perda do meu toca-discos.

Chegamos em um cruzamento onde não havia placas, casas, lojas, pessoas ou cachorros à vista. Não havia nem uma nuvem de terra vermelha para indicar que um veículo tinha passado por lá recentemente. Nem um melro no céu, nem um quíscalo, nem um estorninho, nem corvos de nenhum tipo — e, no Alabama, sempre havia algum pássaro preto no céu.

Minha mãe parou o Edsel no meio do cruzamento e desligou a ignição.

"O que eu faço agora? Meu lugar no mundo, meu filho querido, meu marido, tudo foi tirado de mim."

A voz dela tremeu. Ela realmente se sentia como uma vítima. Sua convicção sobre isso bastava para me fazer acreditar que, de alguma forma, ela era mesmo uma vítima.

"Você ainda tem a mim", lembrei a ela.

O olhar cínico que ela me lançou era o que eu esperava pela minha bajulação.

"Eu prometi ao seu pai", disse ela impacientemente, olhando para um lado e para o outro. "Nós podemos virar para a direita ou para a esquerda. Ou podemos ir em frente e ver aonde essa estrada de terra vermelha vai nos levar."

Eu queria saber o que ela havia prometido ao meu pai. Olhei para os dois lados, como ela, e para a frente. Ainda não havia nenhum pássaro e nem qualquer outra coisa no céu.

"Vamos para a dir...", comecei, mas mudei. "Não, vamos para a esquerda, mãe. Quero ir para a esquerda."

De repente, um bando de pássaros surgiu no céu.

"Conte os corvos", disse minha mãe.

---

* Personagem infantil retratada como um ovo antropomórfico.

"Um pela tristeza", cantarolei. "Dois para ir, três para a esquerda, quatro para a direita, cinco pare agora e passe a noite..."

"Ah, cale a boca", exclamou minha mãe. "Eu não quis dizer literalmente. Calliope Carroll Dakin, eu juro que você é retardada. Você entendeu tudo errado. Sempre entende tudo errado. Eu quase morri de vergonha quando você cantou a letra errada naquele cemitério horrível."

Minha mãe olhou para a esquerda. Suspirou, como se tivesse visto as Torres Esmeralda de Oz. Em seguida, olhou para mim, sorriu meio torto e balançou a cabeça, como se para me avisar que as Torres Esmeralda de Oz eram uma miragem e uma traição. Lançou um olhar rápido para a direita e também rejeitou aquele caminho.

"Eu quero ir em frente."

Fingi pensar um pouco. "Não podemos ir para a esquerda?"

"Não hoje." Minha mãe deu a partida.

O Edsel pulou, levantando uma poeira vermelha dos dois lados do carro.

Abri o porta-luvas e tirei o mapa rodoviário. Minha mãe esticou a mão direita na mesma hora. Nas minhas viagens com meu pai, eu estudava os mapas o quanto quisesse. Minha mãe estalou os dedos com impaciência. Dei os mapas para ela, que os transferiu para a mão esquerda e os jogou pela janela, um a um. Eu me virei no banco para vê-los voando atrás de nós, pássaros-mapas atrás do Edsel, batendo asas de papel marcadas por estradas.

O porta-luvas ainda tinha um manual e um cotoco de lápis. Peguei ambos e escrevi o nome das placas na parte de trás do manual, conforme passávamos por elas:

Carrville, Milstead, Goodwins, LaPlace,
Hardaway, Thompson, Hector, High Ridge,
Postoak, Omega, Sandfield, Catalpa, Banks.

Anos se passariam até que eu as visse novamente sem ser em um mapa dos estados.

Perto de Banks, minha mãe parou no acostamento. Fomos até um pequeno bosque de pinheiros para urinar. Em estradas tão vazias, nossa modéstia não corria nenhum risco. Tínhamos lenços de papel para nos secar, mas achei melhor não comentar sobre a ausência de um lugar para lavar as mãos.

Minha mãe se sentou atrás do volante e olhou para a estrada na direção de Banks. Retocou o batom no espelho. Puxou o cinzeiro e o esvaziou pela janela, na beira da estrada. Acendeu um cigarro novo. Quando ligou o Edsel novamente, fez meia-volta, na direção contrária a Banks. Passamos por Troy e entramos em Elba.

Nós havíamos percorrido mais de duzentos quilômetros. Eu queria os mapas de volta. Tinha quase certeza de que o caminho que havíamos tomado até Elba era duas vezes maior que o necessário, em parte por causa do desvio na direção de Banks. Eu não tinha ideia de por que Banks era do interesse da minha mãe.

Ela parecia incerta de qual direção tomar, então se agarrou ao fato de que passava da hora de almoçar e declarou que, se não comesse logo, desmaiaria. Na verdade, ela estava mais do que faminta; estava exausta.

Elba é uma cidadezinha pequena no condado de Coffee. A melhor coisa de lá, segundo minha mãe, era que não conhecíamos ninguém e ninguém nos conhecia. Ela estava enganada quanto a isso. A melhor coisa de Elba para mim era que ficava ao sul de Montgomery, e a pior era que não era longe o bastante.

Sem dúvida, as coisas mudaram desde aquela época, e Elba tem um Holiday Inn ou um Motel 6, ou talvez até algo grandioso como um Marriott Courtyard, mas, na época, a escolha era entre o Hotel Osceola, o Slattery's — que era conhecido pelas pessoas do lugar como "Pulgueiro", por causa das pulgas, pelo que minha mãe me contou — ou uma pensão. Minha mãe preferiria dormir no Edsel a dormir em uma pensão. Ela explicou que tudo e todo mundo em uma pensão tinha tanta vergonha de si mesmo que as persianas ficavam sempre fechadas; disse que todos os colchões já haviam testemunhado a morte de alguém e que todo mundo usava o mesmo banheiro, o que, junto com a comida horrível, criava uma constipação intestinal geral, e que esse era o único assunto das pessoas de uma pensão: ficarem grudadas no banheiro. "Prisão de ventre", falou ela.

O Hotel Osceola não tinha nem de longe a grandiosidade do Hotel Pontchartrain. Para a minha surpresa, quando entramos, minha mãe foi direto para a recepção e pediu o melhor quarto. O melhor quarto ficava no terceiro andar e era o único quarto do hotel que tinha banheiro privativo. Minha mãe voltou ao Edsel com o homem gordo da recepção e fez com que ele levasse uma parte da nossa bagagem — uma mala dela; a minha, vermelha e pequena; e o baú. Minha mãe me deixou no saguão enquanto acompanhava o homem com a bagagem até o quarto que havia escolhido, como se esperasse passar a noite lá. Fiquei decepcionada e preocupada. E se a minha mãe mudasse de ideia, desse meia-volta e dirigisse até Ramparts?

Ela desceu de novo e nós almoçamos no refeitório do térreo. De lá, pudemos olhar para a rua principal de Elba e especular sobre qual dos velhos, que estavam sentados com o queixo no peito nas cadeiras de balanço da varanda de uma loja do outro lado da rua, podia estar morto. Às duas horas, fomos as últimas clientes a serem servidas e estávamos sozinhas. Minha mãe tomou um copo atrás do outro de café gelado sem açúcar e ficou reclamando do calor, apesar de não estar nem um pouco quente.

Eu me lembro de pensar, mesmo naquela ocasião: é ótimo que a mamãe não se preocupe comigo porque, se achasse que era responsável por mim também, ela estaria com a cabeça pior.

"Que bom que temos o baú lá em cima, não é, Calley? Pode não ter salvado a maldita vida do seu pai, mas vai salvar a nossa."

Minha mãe estava tão chateada que falou "maldita" em um lugar público. Ela também disse "nossa", o que me tranquilizou um pouco.

No melhor quarto, ela ficou bem mais agitada. Pela primeira vez desde que o amarrara em mim, ela soltou do meu pescoço o cordão de seda com as duas chaves. Uma chave, é claro, era do baú de cedro que havia ficado em Ramparts; ela a jogou na coberta da cama. Depois disso, se ajoelhou na frente do baú menor para destrancá-lo.

Estava vazio.

Exceto pelas manchas escuras do sangue do meu pai.

Toda a cor sumiu do rosto dela. Ela se balançou nos saltos e se levantou. "Ah, meu Senhor Jesus!", gritou ela e correu para o banheiro.

Claro que fui atrás e a vi se ajoelhar na frente do vaso e vomitar todo o café preto e gelado que tinha no estômago.

Quando ela se endireitou, molhei uma toalhinha na pia e dei a ela, para que limpasse a boca. Em seguida, molhei outra e limpei o rosto quando ela se virou para mim. Os tremores dela me alarmaram. Eu queria correr para o telefone e pedir um médico à recepção.

Ela segurou meu pulso, suplicante. "Estava lá hoje de manhã, Calley! Você viu! Estava lá quando nos levantamos de manhã e pesava tanto que mal conseguimos carregar. A única chave estava no cordão que você tinha no pescoço e você nunca o tirou, tirou?"

"Não, senhora."

"*Tirou?*"

Eu não tinha tirado. E acreditei, na mesma hora, que o dinheiro não havia sido roubado do baú.

Depois que o tiramos de Ramparts e o colocamos no Edsel, nós entramos na casa. Então, alguém pegou o baú com o dinheiro dentro e botou no lugar o baú idêntico, que antes abrigara o tronco esquartejado do meu pai. Com 7 anos, eu ainda precisava assistir a muita televisão e muitos filmes para entender que o baú ensanguentado deveria estar em alguma delegacia em New Orleans. No fim das contas, eu só peguei essa informação em romances de procedimentos policiais no meio da minha adolescência. Se eu soubesse, talvez tivesse entendido que, se Mamadee podia subornar juízes no Alabama, ela também podia subornar policiais em New Orleans. Ainda acredito nisso.

Aos poucos, minha mãe se recuperou e permitiu que eu a ajudasse a se levantar e ir para a cama. Ela se afastou do baú e fechou os olhos para não vê-lo. Quando se deitou, voltei ao banheiro para molhar outra toalhinha com água fria. Eu a dobrei sobre seus olhos fechados e me sentei ao lado dela para segurar sua mão.

"Tire aquela *coisa* da minha frente!" As palavras da minha mãe saíram por entre os dentes trincados, por trás da toalhinha que lhe cobria os olhos.

Consegui empurrar e arrastar o baú até um armário e fechar a porta. O baú cheirava a sangue velho de açougue. O odor era tão horrível que não entendi por que não o sentimos assim que entramos no quarto, nem como mamãe e o homem que o levaram para cima não repararam.

"O que vamos fazer?", perguntou minha mãe com uma voz carregada de desespero.

"E a Fennie?" Acho que era a pergunta que minha mãe esperava ouvir de mim.

"O que a Fennie poderia fazer? Nós não sabemos nem o nome dela."

Mas, daquela vez, minha mãe tinha acertado o nome da Fennie. Ao dizer *nós não sabemos nem o nome dela*, minha mãe deixou implícito que não haveria problema se eu pudesse dizer o sobrenome da Fennie e, mais do que isso, soubesse alguma forma de lhe enviar um pedido de socorro.

"É Verrill", falei. Minha mãe não gostava quando eu a entendia bem demais. "Verrill. Não, não é bem isso. Verlow. É Verlow."

"Isso nos ajuda de alguma forma?"

Balancei a cabeça.

"Por algum motivo", disse minha mãe, "tenho a sensação de que Fennie Verlow não mora em Tallassee."

"Eu também nem tenho."

"Eu também tenho, Calley", corrigiu minha mãe. "Onde quer que aquela mulher more, deve haver um telefone, mas nós não temos o número, temos?"

"Não, senhora."

"Bem, se você quiser me ajudar, desça e arrume uma aspirina para a cabeça latejante da sua mãe."

"Eu preciso de dinheiro."

"Vá até lá embaixo e suplique, querida."

Fiquei parada, me sentindo enganada.

"É melhor você começar a treinar, porque, de agora em diante, vamos ter que mendigar coisas para todo mundo, todos os dias da nossa vida. Hoje é só pedir 20 centavos para uma cartela de aspirina para o primeiro cavalheiro com aparência gentil que você encontrar no saguão. Não peça a nenhuma mulher, querida, porque ela vai te dar 20 centavos, mas depois vai revirar tudo até descobrir exatamente quem é a mãe dessa garotinha."

Minha mãe tinha mentido. Ah, como a minha mãe tinha mentido. Nós não éramos pobres. Ela não mencionou as joias nem os itens de valor que ela pegou de Ramparts, nem o estoque secreto de dinheiro, possivelmente incluindo meu dólar de prata. E nós tínhamos o Edsel. Ela podia vendê-lo. Eu sabia qual era o preço de venda — uma quantia que, para uma menina de 7 anos, era uma fortuna indistinguível do milhão de dólares desaparecido do resgate.

Quando fechei a porta, o telefone tocou no nosso quarto. Aquele *triiiim* do telefone em um quarto de hotel de Elba, Alabama, onde ninguém sabia onde estávamos, me permitiu respirar de novo.

Era Fennie, claro; não precisei nem esperar para ter certeza.

Minha mãe atendeu com um "Alô" na sua voz mais doce — sempre reservada para estranhos.

Corri pelo corredor para não ouvir mais nada.

No saguão, não pedi 20 centavos para o remédio de dor de cabeça da minha mãe. Fui até a moça na calçada, na banquinha ao lado do hotel. Ela vendia Chiclets, Tiparillos e o jornal *Dothan Eagle*.

Franzi a testa, me assegurei que meus óculos estivessem meio tortos e falei: "Minha mãe está com uma dor de cabeça muito forte e me mandou aqui para comprar remédio, mas não me deu dinheiro. Ela disse para eu pedir para vocês botarem na conta do quarto, como fizemos em New Orleans uma vez..."

A moça era uma mulher jovem, pouco mais que uma garota. Talvez ela se sensibilizasse com um bebê, mas as crianças que andavam não ofereciam o menor interesse a ela. Ao me encarar e ver um fiapo de garota de inteligência questionável, ela quis mais se livrar de mim do que confirmar se eu era, de fato, a filha de uma hóspede registrada. Ela empurrou o remédio por cima da banquinha enquanto sorria de modo artificial para um lugar acima da minha cabeça.

Minha mãe não perguntou onde eu tinha conseguido o dinheiro do remédio. Ela estava com outras coisas em mente. Precisava pensar em como sair do Hotel Osceola com a grandeza adequada à sua posição enquanto, ao mesmo tempo, não pagava a conta.

"Nós vamos nos encontrar com a irmã da sua amiga Fennie, em Pensacola Beach", contou ela. "Quando falei que você nunca tinha visto o Golfo do México nem tinha brincado em areia branca, sua amiga Fennie não quis nem discutir. Então, por sua causa, acho que temos que sair *daqui* e ir para *lá*."

Eu sabia que minha mãe se apropriava do que Fennie Verlow provavelmente perguntara.

"Ah, nós podemos ficar aqui, mamãe."

"Não podemos, não. Se ficarmos aqui, vamos ter que pagar uma conta enorme. Vamos para a casa da irmã da sua amiga Fennie, em Pensacola Beach. Se não fizermos isso, você vai ter que descer e começar a mendigar bem mais do que 20 centavos para uma cartela de analgésicos."

"Como a Fennie soube que a gente estava aqui?"

"Ela tem parentes em Elba." Esse era o fim da ideia de que ninguém em Elba nos conhecia. "Pelo menos foi o que ela disse. Talvez uma dessas pessoas trabalhe na cozinha do hotel, seja camareira, ou faça as transferências telefônicas."

"Talvez. Então a gente pode entrar no carro e ir embora, como se fôssemos visitar alguém, e deixar tudo aqui, assim ninguém vai saber que fomos embora, e os parentes da Fennie podem cuidar de tudo quando as pessoas lá de baixo não estiverem olhando."

Minha mãe olhou para mim, achando graça e refletindo ao mesmo tempo.

"Eu sei o que aconteceu. Eu devia estar andando perto de uma vala um dia e um bebezinho esticou a mão e segurou a barra da minha saia, e esse bebezinho era você. Porque nenhuma filha minha de verdade recomendaria que eu roubasse ou mentisse."

"Me desculpe, mamãe."

"Espero que você esteja profundamente envergonhada, como convém a uma garotinha decente."

"Sim, senhora."

Foi exatamente isso que fizemos.

Ninguém nos impediu quando fomos embora do hotel sem bagagem e sem recibo. E a bagagem estava nos esperando quando chegamos na casa da irmã da Fennie.

KING & McDOWELL
CHAMAS VIVAS

23

O trajeto para o sul, de Elba até Pensacola, é de pouco menos de 320 quilômetros, apesar de não parecer tão longe no mapa. Tive tempo para imaginar por que o primeiro pensamento da minha mãe foi em Fennie. Observei com atenção e ouvi tudo que disse. Foi o medidor de gasolina que me convenceu de que ela não tinha a menor ideia do que estava realmente acontecendo.

Saímos do hotel pela porta da frente — sair de qualquer outra forma seria o equivalente (ao menos para minha mãe) a ser rotulada com o P de pobre. Em nossa grandiosa passagem pelo pequeno saguão do hotel até o Edsel, estacionado em uma das vagas em frente à sala de jantar, minha mãe se permitiu um debate verbal consigo mesma sobre se realmente queríamos visitar nossa tia (imaginária) Tallulah na Opp Road. Eu queria ter uma tia Tallulah, só para ter uma tia com esse nome. Por um momento insano, me perguntei se minhas verdadeiras tias, Faith e Hope, moravam na Opp Road, com o nome de Tallulah. Faith e Hope Tallulah, roupas de segunda mão.

Ninguém prestou atenção na atuação da minha mãe.

Eu sabia que ninguém nos pararia e que chegaríamos a Pensacola Beach. Eu esperava que a irmã da Fennie fosse como a Fennie. Até esperava que a própria Fennie estivesse lá nos esperando.

Minha mãe ainda suspirava pelo esforço da revolucionária decisão quando entrou atrás do volante e enfiou a chave na ignição. Ela olhou pelo retrovisor enquanto dava ré e, mesmo depois, sucessivas vezes. Por ter muita experiência, conseguiu apertar o isqueiro do carro e acender um cigarro usando as duas mãos, enquanto o nada grandioso Hotel Osceola se encolhia no espelho e ficava para trás. Ela segurou o cigarro entre dois dedos enquanto soprava fumaça.

"Fique de olho no xerife e apure os ouvidos pra ouvir um rifle sendo engatilhado, querida. Porque você vai ter que dizer pra sua mãe quando ela deve se abaixar", disse ela.

No banco de trás, fingi procurar o xerife. Inusitadamente, uma viatura policial apareceu bem na hora em que saíamos de Elba. Não chamei a atenção da minha mãe para o fato. O xerife não estava atrás de nós. Eu já tinha visto televisão o bastante para saber que os xerifes não atiravam nas pessoas por coisas menores, como dirigir em alta velocidade ou dar calote em uma conta de hotel. E, mesmo que fôssemos paradas, um mero policial, e até mesmo o próprio xerife, não teria a menor chance contra a minha mãe. Ela era capaz de fazer com qualquer homem comum o mesmo que fez com aqueles agentes do FBI. E, de acordo com as minhas observações na época, qualquer homem era comum.

"Nós atravessamos a fronteira da Flórida", disse minha mãe cerca de uma hora depois. "Pode se sentar e descansar os olhos, Calley."

Quando me sentei, por acaso olhei para o medidor de gasolina. Olhei de novo. Mostrava que o tanque estava vazio.

Eu poderia ter dito isso para a minha mãe, mas era provável que ela dissesse: *Ora, foi ótimo você ter me alertado quanto a isso, acho que devíamos parar no posto mais próximo, mas quem você acha que vai pagar a gasolina quando eu pedir ao homem simpático para encher o tanque desse Edsel bebedor de gasolina que seu pai me deixou?*

De alguma forma, eu seria culpada porque o tanque estava vazio. Ela podia fingir que não tínhamos dinheiro para enchê-lo.

E foi por isso que não falei nada. Quando o Edsel parasse de funcionar com os vapores de gasolina, ela teria que pegar um pouco de dinheiro do estoque secreto para comprar combustível. Talvez eu até conseguisse vislumbrar o meu dólar de prata.

Escrevi "Flórida" no manual e, debaixo da palavra, o primeiro nome de cidade que vi: *Prosperity*. Meu pai tinha me contado que "prosperidade" significava viver com muito conforto. Seria engraçado se ficássemos sem gasolina em Prosperity. E *Prosperity* ficou para trás, em todos os sentidos. Chegamos em *Ponce de Leon* e viramos para oeste, na direção do sol.

O pôr do sol pareceu incendiar os pinheiros altos no lado oeste da rodovia. Exceto por aquele momento perto de Banks e o outro, um pouco maior, em Elba, naquele dia dirigimos do nascer até o pôr do sol. E agora o medidor de gasolina dizia que havia um quarto de tanque. Devia haver algum problema com ele.

"O que é Ponce de Leon?", perguntei à minha mãe.

Ela jogou uma guimba de cigarro pela janela. "Uma fada do folclore espanhol. Por acaso eu pareço a *Enciclopédia Britânica?*"

Tentei imaginar de que maneira uma fada espanhola poderia ser diferente de uma fada americana. Nunca tinha passado pela minha cabeça que fadas pudessem ter nacionalidade.

Argyle. Defuniak Springs.

Argyle eu sabia o que era: o nome de uma estampa de suéteres e meias. "O que significa 'Defuniak'?", questionei minha mãe.

"Jogar uma criança pela janela do carro porque ela fez perguntas demais", respondeu ela.

O medidor desceu para vazio de novo. Apesar de eu observar com atenção, minha mãe não olhou para baixo nenhuma vez. O sol desapareceu atrás dos pinheiros irregulares e se pôs em um horizonte que minha mãe e eu não conseguíamos ver.

Minha mãe acendeu os faróis. O medidor do tanque de gasolina estava em um pouco mais da metade.

Crestview, Milligan, Galliver, Holt. Harold, Milton, Pace, Gull Pt.

Eu não fiz perguntas sobre esses lugares. Crestview e Gull Pt. eram nomes relacionados aos lugares em si; o primeiro fazia referência a um lugar onde devia ser possível ficar em um cume de terra e ter algum tipo de vista, enquanto o segundo, a um lugar pontudo e cheio de gaivotas. Os outros eram lugares cujos nomes homenageavam pessoas, e eu não conhecia nenhuma delas, apesar de haver um garoto na escola chamado Harold White, e de eu saber que um homem chamado Milt já tinha trabalhado para o meu pai na concessionária de Montgomery. Ele não dera certo. Em Gull Pt., o ponteiro do medidor tinha descido de novo, quase até zerar.

"Mamãe."

Ela não respondeu.

"Mamãe, você sabe pra quem a Mamadee deu as suas irmãs?"

Minha mãe me lançou um olhar furioso. Seu maxilar quase trincou.

"Bem que eu queria saber", mentiu ela. "Pra te botar no próximo trem, avião ou automóvel e te mandar direto pra quem as recebeu. Enviaria pelo correio, se tivesse o endereço."

Depois de dirigir mais de 160 quilômetros após sairmos de Elba, chegamos a Pensacola pouco depois das 21h. Eu estava com muita vontade de fazer xixi de novo. Minha mãe dirigiu pelo centro de Pensacola, subindo e descendo as ruas — *Zaragoza, Palafox, Jefferson, Tarragona, Garden, Spring, Barrancas, Alcaniz* — e, depois, tudo de novo. Alguns quarteirões se pareciam muito com o French Quarter, de New Orleans. Todas as lojas estavam fechadas e até os hotéis estavam com a maioria das luzes apagadas. Um relógio do lado de fora de um banco dizia que eram quase 22h. Por fim, conseguimos chegar à orla.

Minha mãe parou.

"É uma busca impossível. Só para me humilhar, porque sou sua mãe e a sua *amiga* Fennie Verlow tem ciúme da influência que tenho sobre você."

Naquela hora senti uma coisa que não poderia ter expressado aos 7 anos — que, se fosse verdade, seria a primeira vez que ela se importava de querer ter influência sobre mim. Eu me sentei e olhei ao redor, exagerando nos movimentos de cabeça e no tempo passado com a cara na janela.

"Você disse que a Fennie falou que a casa da irmã dela era em Pensacola Beach. Aqui só tem porto. Não estou vendo praia em algum lugar."

"Em nenhum lugar", corrigiu minha mãe, e ligou o motor. "Eu tinha esquecido, ela realmente disse Pensacola Beach."

Ela fez o retorno na frente de uma viatura da polícia de Pensacola.

"Espero que a maldita praia esteja perto, porque estamos quase sem gasolina", comentou ela.

O carro da polícia sinalizou para nós.

Minha mãe gemeu, mas encostou o carro na mesma hora.

A viatura parou na nossa frente. Um policial saiu e olhou para nós, pela janela aberta. Ele tinha o rosto largo e, quando tirou o chapéu, exibiu seu cabelo ralo. Em seguida, sorriu para a minha mãe com plena alegria.

"Boa noite, senhoritas", cumprimentou ele. "Acho que vocês se perderam."

Minha mãe sorriu, como fazia para um homem quando queria alguma coisa dele.

"Sim", falei. "Precisamos ir para Pensacola Beach."

"Silêncio", disse minha mãe, sem demonstrar nada da irritação habitual. "Minha filhinha está tão cansada, policial, que esqueceu as boas maneiras. Mas ela está certa. Estamos procurando a Pensacola Beach."

O policial me olhou com indulgência. "Estou vendo que ela está bem cansada. Você deve pegar a próxima à direita, depois à esquerda e à esquerda novamente. Isso vai levá-la de volta à Scenic Highway; você reparou nas placas?"

Minha mãe assentiu.

"Vire à direita na Scenic Highway, que vai levá-la pela Causeway até a Gulf Breeze. Então terá que seguir reto por uma pequena ponte, e assim chegará a Pensacola Beach."

"Minha nossa", exclamou minha mãe. "Não é o mesmo lugar que Pensacola. Por isso não conseguimos achar."

"Sim, senhora", concordou o policial. "É melhor ir logo e botar a menininha cansada na cama. Minha irmã Jolene tem uma da idade dela. São umas coisinhas fofas, não dão trabalho para ninguém."

Minha mãe bateu os cílios. O policial sorriu ainda mais ao recuar.

"Boa noite, senhoritas", se despediu ele, assentindo.

Então botou o chapéu de volta e ficou no acostamento, observando, enquanto nos afastávamos.

"Achei que ele ia me multar", disse minha mãe, olhando pelo retrovisor. "Pra fechar esse dia perfeito."

Viramos de volta para a estrada, que havia nos levado até Pensacola. A água escura refletia o brilho do luar. A estrada nos levou até uma ponte longa, que ia em direção à outra margem. A Causeway.

"Obrigada, sr. Policial", falou minha mãe e riu.

Quando atravessamos a ponte Causeway, a lua pairava sobre nós, no céu da noite.

Eu vejo a lua
E a lua me vê

Se a lua estava me vendo, era só por uma espiadela, pois o brilho da luz não passava de uma cortina levemente puxada.

Do outro lado, havia uma placa que dizia *Gulf Breeze*, e logo surgiu a pequena ponte que o policial mencionara, tendo, do outro lado, algumas construções escuras e aparentemente sem função. Ali era Pensacola Beach. À frente ficava a água escura. As frágeis pontas da lua sinalizavam para a direita.

"Direita!", avisei para a minha mãe. "Aqui, nós viramos à direita."

Desta vez, minha mãe não discutiu. Ela virou e continuou dirigindo. O asfalto acabou de repente. A rua foi ficando mais estreita, o cascalho mais solto, até só haver água escura dos dois lados, com cheiro de salmoura e camarão estragado. A rua sem pavimentação serpenteava entre areia pálida como a lua e grama preta, alta e áspera. O arco da lua estava bem acima de nós. Eu só o via quando enfiava o corpo pela janela e olhava direto para o céu. Não havia sinal de onde estávamos nem do que havia à frente.

Enfim o Edsel pipocou e tremeu. Minha mãe me puxou para dentro do carro, que tremeu de novo e parou. As luzes oscilaram como uma chama de vela.

"Sem gasolina numa estrada de terra no meio da noite", disse minha mãe. "E quem nos trouxe aqui, se não você e sua amiga Fennie?"

"Desculpe, mamãe."

"Você tem mesmo que pedir desculpas. Ela poderia ter feito a delicadeza de nos dizer que Pensacola Beach não é o mesmo que Pensacola e que fica em uma *ilha*, passando por duas malditas pontes, uma longa e uma pequena. Se eu soubesse disso, talvez tivesse parado para botar gasolina."

"Estou vendo uma luz."

"Onde?"

Apontei.

"Eu não estou vendo."

Minha mãe girou a chave na ignição. A luz fraca dos faróis tremeu e se apagou. Com um suspiro, ela apertou o botão para desligá-los. "Lá se vai a maldita bateria."

Estávamos na escuridão quase total.

"Ainda não estou vendo", afirmou ela.

"Eu estou."

Abri a porta do carro e, sem nenhuma intenção, caí na areia pálida.

"Não se machuque", avisou minha mãe. "Não preciso de uma criança machucada para aumentar os meus problemas."

Fechei a porta do carro. "É uma casa, mãe."

Na verdade, eu não tinha visto nem casa nem luz.

"Bata alto porque as pessoas podem estar dormindo."

Andei pela areia. Meus tênis se afundaram até a barra das meias. Meus pés começaram a coçar. Estavam sensíveis e doloridos da briga matinal com o baú.

Em meio à grama alta e cheia de sombras, eu me agachei para me aliviar. Em seguida, subi até o alto de uma duna, de onde vi a luz que menti que havia visto. A luz na janela da casa que eu sabia que era a da irmã da Fennie.

A cena foi tão básica quanto uma colagem infantil de pedaços de papelão escuro. Vegetação esparsa, dunas e areia, um luar doentio nas vidraças, varandas por todos os lados, meros fragmentos sobrepostos na escuridão. A nuvem que passava fez a lua piscar com malícia.

A luz na janela se apagou. A perda repentina me fez parar, mas, em um andar de baixo, uma nova luz do formato de uma porta torta se acendeu. Uma escuridão partiu a luz na mesma hora, como uma íris se abrindo, e uma silhueta sinuosa acenou para mim.

Uma voz chamou: "Estou te vendo, Calley Dakin! Traga sua mãe para mim agora, criança!".

KING &
McDOWELL
CHAMAS VIVAS

24

"Você deve estar delirando", disse minha mãe.

Ela podia desconsiderar a mensagem, mas, mesmo assim, tirou os sapatos de dirigir. Pegou os saltos, porém não os calçou. Segurando a bolsa Hermès junto ao peito com uma das mãos, parou para trancar o carro antes de segurar minha mão e me deixar levá-la. Uma nuvem eclipsou nossa miserável fatia de luar e nós seguimos em frente, parecia que cada passo nos faria cair da superfície da terra.

"Essa areia está cheia de escorpiões", reclamou minha mãe. "E essa grama é um paraíso para as pulgas. Vou tropeçar nessas dunas e quebrar a perna. Se eu não morrer de uma picada de escorpião, minha perna vai infeccionar e eu vou morrer mesmo assim. Você vai ficar órfã, uma órfã de dar dó. Vai ficar no orfanato até ter idade para se cuidar sozinha, porque ninguém vai querer te adotar. Jesus, o que era aquilo? Um urubu? Parecia grande o suficiente para poder carregar um homem adulto."

Assumi que isso era, para ela, como assobiar para passar no cemitério.

Quando chegamos no alto da duna, minha mãe parou de falar.

A lua reapareceu no céu e espalhou sua parca luz na arrebentação, colorindo de prateado a linda orla.

SssssssssSSSSSSsssssssssSSSSSSssssssss

Fiquei tão quieta de surpresa quanto a minha mãe.

Antes, eu só tinha visto as dunas e a casa, a luz na janela e a porta, a silhueta da mulher que me chamou. Eu não tinha visto o Golfo do México logo atrás, nem a água fazendo *ssssssssSSSSSSSSsssssssSSSSSSssssss*

na areia. Eu não tinha *ouvido* o Golfo do México — estou falando da maior parte do barulho dele, o da areia libertando a água. Antes, os únicos sons que eu havia percebido eram os meus, o balanço e o suspiro natural da vegetação. *Isso não é uma lembrança de infância com novo foco e refinamento.* Eu não tinha *ouvido* o golfo. *Ele devia* estar em silêncio. Não podia haver ondas trabalhando na praia, pois, daquela distância da casa, eu nunca teria ouvido a irmã da Fennie me chamar.

Minha mãe ficou em silêncio por outro motivo.

"Ah, Calley", sussurrou ela.

Ela estava tremendo. Apertei a mão dela, mas não adiantou.

"Mamãe, o que houve?"

"Nada, não houve nada, meu amor. Mas aquela não é a casa da irmã da Fennie."

"É, sim, mãe. Ela me chamou."

"É a minha casa, Calley. É a casa da minha avó. Eu morei lá quando minha mãe e eu estávamos brigadas. Foi onde eu fui feliz, Calley, o único lugar em que fui verdadeiramente feliz. Eu amava minha avó. Eu a amava tanto, Calley. Eu a amava mais do que você me ama."

Minha mãe nunca tinha falado da avó. E eu não sabia que minha mãe e Mamadee tinham vivido separadas antes da minha mãe se casar com meu pai, exceto pelo semestre em que minha mãe passou na faculdade. A informação foi tão surpreendente que sufocou todo o ressentimento pela alegação da minha mãe de que ela poderia ter amado a avó mais do que eu a amava.

"Você já morou aqui?"

Minha mãe riu. "Claro que não. A casa da vovó era em Banks. A vovó morreu quando a casa pegou fogo."

Minha mãe saiu andando pela duna. Tive que correr e escorregar pela inclinação para alcançá-la. Eu nunca tinha visto ela se mover tão rápido quando não era para ir de uma loja cara a outra.

"Ah, olha, Calley!" Minha mãe apontou para a luz amarela que brilhou de repente na mesma janela de cima que eu vira anteriormente. "A irmã da Fennie vai me botar no meu antigo quarto!"

A porta da frente estava entreaberta sobre o piso maltratado pelo tempo da varanda funda. Uma mulher de cabelo branco nos espiava pela porta. Foi ela que gritou para mim pela porta aberta da casa, à margem do Golfo do México.

Onde as ondas se calaram para que eu pudesse ouvir a voz dela.

"Batam os pés", instruiu a mulher.

Minha mãe pisou repetidamente no capacho para tirar a areia dos pés descalços.

Eu nunca tinha visto minha mãe obedecer a uma ordem com tanta rapidez e disposição — ainda mais uma ordem vinda de uma estranha. Bati os pés também para imitá-la.

"Sou Roberta Carroll Dakin", disse minha mãe, tentando espiar dentro da casa, por cima do ombro da mulher. "Você deve ser irmã da amiga da Calley, a Fennie."

"Sou Merry Verlow." A mulher deu uma leve ênfase na palavra *sou*.

"Pode chamá-la de sra. Verlow." Minha mãe deu um tapinha na minha cabeça.

Como se eu não soubesse que era assim que nos dirigíamos a todas as mulheres.

"Bem-vindas a Merrymeeting."

Minha mãe levou um susto. "Merrymeeting?"

A sra. Verlow fez um gesto amplo. "Minha casa."

Minha mãe estava em um estado de atordoamento distraído enquanto olhava ao redor, mas despertou e disse maliciosamente: "Estou muito feliz de você não ser uma Dakin".

"Admito que só ouvi falar dos Dakin pela Fennie, é claro", explicou a sra. Verlow, "que tem um tipo de parentesco com eles. Vocês são as primeiras que conheço e devo dizer que estou agradavelmente surpresa."

O desprezo pelos parentes do meu pai, principalmente por uma pessoa que nunca havia conhecido nenhum deles, caiu muito bem para a minha mãe. "Bem, você não ficaria tão agradavelmente surpresa se conhecesse os demais, porque eu não sou nem um pouco parecida com eles. Afinal, sou Carroll de nascimento."

"Ah?", disse a sra. Verlow. "Entrem. Imagino que seus pés devem estar quase caindo dos tornozelos, descendo da varanda e cavando um túmulo na areia." Ela parou quando passei por ela. "Calley, deixe esses tênis aqui."

No reflexo de um espelho acima de uma mesinha do corredor, vi o brilho de uma lágrima no rosto da minha mãe. O que provocou a lágrima foi uma coisa que minha mãe esperava, mas não tinha o direito de esperar — que, na casa de Merry Verlow, ela encontraria os mesmos móveis, os mesmos tapetes, as mesmas litografias desbotadas, a mesma rachadura no pilar central da escada dos quais ela se lembrava da casa da avó. Mas ela estava exausta demais para entender a existência de uma réplica ali, a quase 250 quilômetros da casa de sua avó, em pleno Golfo do México, da casa que tinha se reduzido a cinzas em Banks, Alabama.

Mas tudo que ela falou foi: "Que barulho é esse?".

"As ondas na praia." A sra. Verlow achou graça. "A maré está alta."

Minha mãe andou quase cegamente até a escada. Fiquei constrangida, pois éramos convidadas da sra. Verlow e ela não tinha nos convidado a subir. Minha mãe não falou nenhuma palavra de agradecimento por sua hospitalidade.

Devo ter feito uma cara de choque, pois a sra. Verlow deu um peteleco de brincadeira em uma das minhas marias-chiquinhas.

"Sra. Dakin", disse ela para a minha mãe, "vou pedir que deixe comigo a chave do seu carro. Ele precisa ser tirado de lá logo cedo, para liberar a passagem."

Minha mãe parou, remexeu na bolsa e botou a chave na mão esticada da sra. Verlow.

"As velas estão todas apagadas?", perguntou minha mãe vagamente.

"Eu cuido disso todas as noites", respondeu a sra. Verlow.

Minha mãe segurou no corrimão e começou a subir a escada tão lenta e cerimoniosamente quanto uma noiva entrando na igreja. Como se houvesse um noivo à sua espera.

A sra. Verlow apontou para a minha mãe. "Vá ajudar sua mãe a trocar de roupa, criança."

"Mas..."

"Ela sabe qual é o quarto dela. Hoje, e por enquanto, você vai dormir com ela."

"Obrigada, mas..."

"Suas malas que vieram de Elba estão no quarto. Eu guardei tudo. Sua mãe vai saber onde encontrar as coisas. Vocês duas vão dividir o banheiro no final do corredor com outros dois hóspedes. Eu sempre deixo uma luz acesa."

Falei subitamente: "Eu gosto do som das ondas".

A sra. Verlow sorriu. "Algumas vezes, parece que é a única coisa que dá pra ouvir. Em outras, elas quase não fazem barulho."

Ela apagou a luz do saguão.

"Minha mãe falou que essa casa era da avó dela, em Banks, no Alabama. Depois, pelo que ela disse, a casa pegou fogo."

"Você só tem 7 anos, criança. Já ouviu falar que vemos obscuramente através de um vidro?"

"Sim, já ouvi." Eu lembrei das janelas do depósito da estação ferroviária. "Minha mãe disse que ela foi feliz na casa da avó."

"Roberta Carroll Dakin, feliz? Aí está uma coisa que eu, você e os anjos do céu gostaríamos de ver um dia."

Talvez a sra. Verlow soubesse de tudo.

Ou talvez só estivesse repetindo baboseiras para uma garotinha que já tinha passado da hora de dormir, estava tonta por causa da longa viagem e das estranhas declarações de sua mãe.

Chegamos ao patamar da escada, onde uma janela em forma de diamante com contorno de quadradinhos de vitral dava vista para a infinita rodovia da praia, iluminada pela lua. Atrás dela, o Golfo do México se agitava, tão sombrio e profundo quanto o céu e sua lua crescente.

"Eu vejo a lua", sussurrou a sra. Verlow ao meu lado, "e a lua me vê".

Minha mãe me chamou baixinho, do andar de cima.

"Eu estou com ela, sra. Dakin", respondeu a sra. Verlow, no mesmo tom baixo. "Ela vai subir em alguns minutos. Quero dar a ela uma coisa para os seus pés."

"Ah, seria ótimo." Uma porta se fechou suavemente.

Continuei olhando a vista do patamar. "A sra. Fennie Verlow também vem?"

"O que você acha?"

Balancei a cabeça negativamente.

"Por que as garotinhas enfiam na cabeça que deveriam ser felizes? Há coisas muito mais importantes para elas se preocuparem."

Eu não fazia ideia de como ela havia passado do assunto da ausência da irmã dela, Fennie, para as minhas expectativas de felicidade. Eu não percebi que aquela era uma coisa estranha para se dizer até que anos se passassem.. Mas eu sabia que ela não estava falando de todas as garotinhas. Ela estava falando de Calliope Dakin e de mais ninguém.

"Tipo dizer as coisas certas", arrisquei.

"Isso mesmo."

"E cuidar da mamãe."

"Exatamente."

"E não fazer perguntas demais."

A sra. Verlow mexeu na minha maria-chiquinha de novo. "Roberta Carroll Dakin tem uma filhinha inteligente."

Balancei a cabeça, dizendo que não. "Minha mãe não me acha inteligente."

"A opinião de Roberta Carroll Dakin não significa nada para mim nem para a minha irmã, Fennie."

Ela me levou ao banheiro e pegou uma escova de dentes, um tubo de pasta, um sabonete, uma toalha pequena e outra de mão. Em seguida me deu um pote de creme cheiroso para os pés da minha mãe e se despediu com um casual boa-noite.

Escovei os dentes com capricho, mais do que o habitual, e lavei o rosto, o pescoço e as orelhas. A sra. Verlow precisava ver que eu era uma criança decente, meticulosa e obediente, para que não fossemos mandadas embora por minha causa. Pensei em Ford, preso lá no Alabama com Mamadee. Mais tarde, entendi que foi menos escolha dele do que pareceu. Mas, naquele momento, ele estava tão ausente quanto meu pai. Eu me perguntei se sentiria falta dele como sentia do meu pai, mas concluí que provavelmente não.

No pé da cama da minha mãe, comecei a passar creme nos pés dela, à luz de velas. Gentilmente, tirei os grãos de areia que haviam se alojado nas suas unhas dos pés. A areia havia arranhado o esmalte vermelho, e parecia que ela andara na ponta dos pés em meio a uma poça de sangue. Tentei identificar as formas dos móveis do quarto, me perguntando que cores apareceriam quando o dia chegasse nas cortinas, no tapete, no estofado, no papel de parede e nos quadros pendurados.

O mar lá fora não parou de suspirar. Ouvi uma voz que soou — ou pareceu soar — embaixo das ondas. Talvez estivesse cantando ou fazendo perguntas. Meus olhos começaram a se fechar e balancei a cabeça para não adormecer.

De dentro da casa, ouvi outros ruídos: os passos de Merry Verlow no corredor, uma porta se abrindo e fechando — a sra. Verlow indo dormir. Mas não estávamos sozinhas com Merry Verlow na casa. Detectei até a respiração de quem estava dormindo, uma tosse leve, roncos, o gemido de molas causado por alguém que se mexia na cama, um sussurro no lençol, um afofamento de travesseiro. Não reconheci nenhum desses ruídos como característicos das pessoas que eu conhecia.

Ida Mae Oakes se inclinou sobre mim e murmurou nos meus ouvidos, nos dois ao mesmo tempo, uma magia que ela sabia fazer; sua lenta cantiga foi o *shush* e o *slosh* das ondas na areia. Eu estava tão cansada.

"Pode parar", sussurrou minha mãe, apagando a chama da vela. "Venha aqui e coloque a cabeça no meu ombro."

Botei de lado o pote de creme e me deitei ao lado da minha mãe na cama. O volume duro de Betsy McCall no bolso do meu macacão me incomodou. Eu a tirei de lá e a enfiei debaixo do travesseiro.

Apurei os ouvidos para o

Nananenêqueacucavempegarpapaifoipraroçamamãefoitrabalhar

de Ida Mae vindo do golfo. Outra nota se intrometeu.

"Estou ouvindo alguém no quarto ao lado, mamãe", sussurrei. "Estou ouvindo alguém se mexendo e falando com alguém. Estou ouvindo asas."

"Claro que está, bobinha. É sua bisavó. Ela não consegue dormir antes das duas da madrugada e mantém todo mundo da casa acordado por causa disso."

KING & McDOWELL
CHAMAS VIVAS

25

Como dormi de roupa, de macacão e com a camiseta do meu pai, acordei me sentindo suja, meio como um pirata e estranhamente nua. Leve e solta. Nenhuma chave cutucava a base do meu pescoço com os dentinhos afiados, não havia cordão de seda pendurado nele.

Ruídos e o cheiro de café evocaram uma explosão instantânea e quase dolorosa de fome. Não comíamos desde o almoço em Elba, no dia anterior.

Fui até a janela mais próxima e entrei entre as cortinas e a vidraça. Os mistérios da noite anterior se definiram em uma manhã pálida comum, levemente encoberta pela sombra do ângulo baixo do sol nascente. À luz do dia, vi a duna entre a praia e a casa. A orla linda. O som do golfo não cessou durante a noite.

Fui até minha mãe e a cutuquei delicadamente.

"Mamãe, sinto cheiro de café!"

Ela abriu um olho com relutância, franziu o nariz e se sentou para se espreguiçar devagar.

"Senhor, que cheiro bom. Café. Bacon." Inspirou fundo. "E sinto cheiro de água do mar também." Ela pareceu quase feliz.

Afastou o lençol, pegou o roupão e os itens de higiene, e andou rapidamente pelo corredor.

Apesar de eu ter lavado o rosto e escovado os dentes antes de dormir, eu havia esquecido os elásticos no cabelo. Consequentemente, os elásticos e meu cabelo tinham virado um ninho de rato.

Quando minha mãe voltou do banheiro e me viu puxando cuidadosamente um fio de cada vez, ela quase me escalpelou, tirando os elásticos. Trinquei os dentes. Fazer caretas e chorar só pioraria as coisas. Ela passou um pente no meu cabelo e mais parecia que estava arrancando o que havia sobrado dele. Mas havia cabelo suficiente para prendê-lo de novo, sem deixar nenhum fio solto.

Ela se vestiu — uma blusa branca simples, uma calça escura e sandálias. Ajeitou o cabelo com fivelas, passou batom e estava pronta para uma entrada no estilo Loretta Young.

Seguimos o olfato pela escada até o saguão por onde havíamos entrado na noite anterior. À luz do dia, ele também se revelou como um aposento comum. Meus tênis ainda estavam lá, ao lado da porta, limpos e prontos para serem usados. Eu os calcei e fui atrás da minha mãe.

Ela não pareceu desorientada. Talvez por seguir o cheiro bom do café ou talvez porque a casa lhe fosse familiar, como ela havia dito. Ela foi direto para uma porta larga que não estava lá na noite anterior. Em meio aos sons que eu tinha ouvido mais cedo, estava o deslizar de portas de correr.

Minha mãe parou ao atravessá-las. "Quem são essas *pessoas*?"

Olhei para além dela. Havia várias pessoas estranhas tomando café da manhã em volta da longa mesa de mogno, servidas por uma mulher negra com uniforme de empregada. Os comensais pararam de comer e conversar e sorriram, dando-nos as boas-vindas.

De trás de nós, a irmã de Fennie surgiu ao lado da minha mãe.

"Sra. Verlow, essas pessoas não são *Dakins*, são?"

"Elas são minhas hóspedes."

"Suas hóspedes..." A voz da minha mãe hesitou. Ela respirou fundo e murmurou entredentes: "Hóspedes *pagantes*, você quer dizer..."

"Claro."

A ideia de que um parente ou até mesmo alguém ligado a nós de forma tão distante e obscura quanto Merry Verlow pudesse alugar os quartos da casa a estranhos era humilhante para a minha mãe — bem pior do que ser suspeita de conspirar no brutal assassinato do marido. Alugar quartos era a primeira admissão pública deplorável de necessidade financeira. De todos os devaneios que ocupavam o mundo da minha mãe, a crença de que o mundo inteiro esperava ansiosamente — não, planejava — sua queda da estrutura social podre em que ela nascera para governar era a mais ridícula. Mas eu só tinha 7 anos, e por mais que tivesse passado a não confiar na minha mãe e a sentir que não era amada por ela, eu tinha muito pouco conhecimento do mundo para não sentir o que ela sentia — ameaça por forças fora do meu alcance.

Nós não tínhamos para onde ir. Apesar do horror e da consternação, minha mãe esperava que Merry Verlow oferecesse um motivo pelo qual devêssemos ficar. Entrei em desespero. O que a sra. Verlow poderia dizer que aliviaria a minha mãe da humilhação e da desgraça que ela achava que era seu dever sentir e exibir?

"São todos ianques", murmurou a sra. Verlow para a minha mãe.

Era a única coisa perfeita, a única coisa certa, a única coisa que a sra. Verlow poderia dizer que seria o suficiente.

A clientela de Merry Verlow não era rica, mas tinha uma vida confortável. Os motivos para aquelas pessoas passarem semanas ou meses na praia eram variados e não tinham nenhuma importância para a minha mãe nem para mim naquele momento da minha jovem vida. Eu estava mais interessada na praia do que nos hóspedes da sra. Verlow. Eles eram só uma coleção de adultos que eu não conhecia. O que os tornaria suportáveis para ela era que eles não podiam levar histórias para ninguém que conhecíamos, ou foi nisso que minha mãe passou a acreditar rapidamente.

Com o sorriso mais encantador que já vi no rosto dela, minha mãe se sentou à cabeceira da mesa, assumindo na mesma hora o papel de anfitriã, com toda a sutil indicação de propriedade.

E se dirigiu às pessoas ali sentadas, dizendo: "Estou muito feliz de poder me juntar a todos vocês no café da manhã".

Os comensais murmuraram em coro um educado: "Seja bem-vinda".

Um deles perguntou à sra. Verlow se os jornais já haviam chegado.

A sra. Verlow levantou as mãos em uma imitação de consternação: "Ainda não! Acho que o tipógrafo não sabe que estamos esperando!".

Os hóspedes riram de forma simpática.

Depois de ocupar a cabeceira da mesa da sala de jantar, minha mãe guiou a conversa daquele primeiro café da manhã e de todas as refeições subsequentes que ela fez com os hóspedes.

Eu não tinha ideia de onde deveria me sentar. Olhei para a sra. Verlow em busca de orientação. Ela me empurrou na direção da empregada, que por sua vez me enxotou por uma despensa até a cozinha.

Outra mulher negra, com farinha até os cotovelos, sovava massa. As duas trocaram um olhar. Um dedo branco de farinha me enviou para uma mesinha no canto. Supus que era ali que as empregadas faziam as refeições.

Minha experiência era de que quase todas as pessoas negras, exceto as muito velhas, costumavam ser vagas na presença de brancos. As crianças brancas geralmente não eram incluídas nessa lista, e eu sabia que nessas situações as pessoas negras se permitiam ser mais falantes. Depois de algum tempo de conversa, eu já tinha ouvido o suficiente das duas mulheres que trabalhavam para a sra. Verlow para saber que a conversa delas era tão discreta e ainda mais obscura que a dos negros do Alabama e da Louisiana. A sintaxe, o sotaque, a dicção, a cadência e até o timbre — palavras que eu não conhecia na época, apesar de ter noção do seu sentido — da fala delas eram diferentes aos meus ouvidos, tanto em relação ao significado quanto à sutileza das formas. Não é minha intenção me referir a um subdialeto bem desenvolvido como ignorância ou estupidez — ou seja, eu abomino a ideia de retratá-las como personagens de *Amos and Andy*. Minha percepção de menina de 7 anos da fala delas é um meio-termo satisfatório.

"Senta", disse a cozinheira enquanto indicava a mesa. Depois esticou a mão quando passei e beliscou meu braço. "Magrela", murmurou ela para a empregada. "Não tem um caldo decente."

A empregada segurou uma risada com a mão, e botou o café da manhã na minha frente: suco de grapefruit, um ovo frito — sobre uma fatia de pão —, pedacinhos de bacon e uma linguiça no prato. Eu me perguntei como elas souberam que o ovo frito na fatia de pão era meu tipo favorito de ovo. O ovo na moldura de torrada tinha acabado de sair da frigideira de ferro; as carnes tinham vindo dos pratos devolvidos na cozinha por estarem frias ou serem rejeitadas pelos hóspedes. Eu era jovem demais e estava faminta demais para me sentir insultada. Só levantei o rosto quando toda a comida estava na minha barriga.

A empregada voltou da sala de jantar carregando uma bandeja cheia de pratos tirados da mesa. Quando os colocou na bancada, pegou uma caneca do armário, acrescentou uma quantidade impressionante de açúcar, serviu café e a cobriu com uma camada grossa de creme. E, para a minha surpresa, colocou bem na minha frente. Embora no passado eu tivesse roubado goles de café de xícaras abandonadas de adultos, eu nunca tinha ganhado café só para mim, menos ainda o banquete de uma caneca inteira.

Lá de dentro, a sra. Verlow entrou na cozinha com outra bandeja, de um único café da manhã. Alguém tinha tomado o desjejum no quarto ou mesmo na cama. Talvez ela própria. Os sons da casa eram novos demais para mim, então eu não sabia ao certo o número de moradores.

"Calley, esta é Perdita", disse a sra. Verlow, indicando a cozinheira.

A boca de Perdita se retorceu em um breve sorriso.

Depois a sra. Verlow apontou para a empregada. "Calley, esta é Cleonie."

"Cli-ouni", repeti.

Cleonie assentiu para mim enquanto colocava a bandeja na bancada, ao lado de uma pia.

"A Calley vai ajudar a lavar a louça, Cleonie. Ensine o jeito certo a ela."

Silenciosamente, Cleonie colocou um banquinho na frente da pia. Eu subi nele.

"Os cristal primeiro", instruiu Cleonie. "Depois, a prataria. Vira tudo e enche de novo. Depois disso, os prato, tigela, xícara, prato de servir. Vira tudo, enche. O prato de misturar, a panela, a frigideira. Seca tudo pra não ficar manchado nem enferrujado."

Cleonie virou flocos de sabão Ivory no fluxo de água quente da torneira na pia. Olhou ao redor. A sra. Verlow tinha ido embora.

"Menina, essas orelha dão inveja até nas graça. Você consegue voar com elas?"

"A falação da Cleonie June Huggins faz meus ouvido doer", disse Perdita com desprezo. "Você fala demais. Quanto mais você fala, menos faz. Deixa a menina em paz."

Cleonie colocou um copo com cuidado na água com sabão. "Melhor não quebrar nenhum copo. São os cristal de verdade dela." Ela se virou para Perdita. "Quem vai pagar pelo que ela quebrar? Ou vai sair do meu pagamento?"

Perdita fungou e jogou a massa na tábua como se fosse a pergunta da Cleonie. "Como eu vou saber? Pergunta pra sra. Verlow."

Cleonie olhou para mim com uma expressão crítica. "Você tem a maior cara de quem quebra copo." Ela me entregou um trapo limpo. "Me deixa ver como você faz."

Tirei o copo da pia com cuidado. O calor da água deixou minha mão vermelha, mas aguentei sem falar nada.

"Água quente é a única coisa que limpa direito."

Esfreguei o copo e o enxaguei. Ela o tirou de mim e secou com um pano de prato. Ergueu-o contra a luz. Baixou-o e olhou para mim solenemente pelo fundo do copo.

Consegui olhar pela janela por cima da pia. Para a minha surpresa e alegria, o Edsel estava estacionado lá fora, ao lado de alguns veículos. Um deles era um Ford Country Squire 1956. Um cupê prateado de marca desconhecida e com placa de Maryland estava próximo, a sra. Verlow inclinada na janela aberta do passageiro. Quem estava dirigindo era uma mulher, ou pelo menos usava um chapéu de mulher, um Fedora estiloso, em um ângulo que escondia o rosto.

"Adeus", falou a sra. Verlow, recuando um passo.

A mulher atrás do volante levantou a mão enluvada em um pequeno aceno e o sedã foi embora.

A sra. Verlow viu o carro se afastar, se virou e entrou na casa por uma porta que não dava para ver de onde eu estava.

Alguns minutos depois, ela apareceu na mesma área em frente à janela da cozinha, saindo de outra parte da casa. Ela havia enrolado um lenço na cabeça e tirado a saia e a blusa, e vestido um macacão parecido com o de um mecânico. Enquanto eu lavava os copos, ela começou a descarregar o Edsel em um carrinho. A facilidade com a qual ela levantava as caixas e bolsas mais pesadas revelou uma força física inesperada.

Havia muita louça para lavar e secar e muita bagagem para descarregar. A sra. Verlow desaparecia de tempos em tempos com o carrinho carregado. Eu ouvia as rodinhas subindo por uma rampa fora do meu campo de visão, mas que devia estar bem perto. Uma porta se abria, a reverberação das rodinhas mudava e o peso do carrinho era descarregado dentro de casa. Em algum lugar próximo dali havia outra escada, uma escada de fundos para Cleonie, Perdita e a sra. Verlow.

Minhas mãos foram ficando mais vermelhas e enrugadas, como se a pele estivesse encharcada demais para permanecer no lugar. Eu estava tão cansada quando terminei que não ligaria se a sra. Verlow dobrasse o Edsel magicamente, o colocasse no carrinho de mão e o fizesse desaparecer na casa.

Quando Cleonie saiu da cozinha, eu a ouvi na escada dos fundos. Atrás dela, o som de montes de lençóis caindo de um vão no alto até um cesto.

A sra. Verlow voltou, novamente vestindo o conjunto de saia e blusa. O lenço havia sumido. Reparei então, pela primeira vez, que o cabelo dela não era branco, como minha impressão inicial, mas louro-platinado, como o de Jean Harlow. Não era ondulado como o de Fennie. Ela o usava enrolado em tranças em volta da cabeça, fiapos escapavam e formavam uma auréola quase imperceptível. Mas a pele da sra. Verlow não era de uma mulher velha, tampouco a sua postura. Eu tinha pouco interesse na idade dela na época, mas, se me perguntassem, eu a reconheceria como nem tão jovem quanto a minha mãe nem tão velha quanto Mamadee.

Apesar de ela usar batom, o restante do rosto não tinha maquiagem. Como minha mãe me deixou atenta para joias, reparei que a sra. Verlow usava um anel dourado e um solitário no terceiro dedo da mão direita. Ela nunca falava de um marido, nem que tivesse morrido, nem que tivesse ido embora, nem que tivesse se divorciado, e eu nunca vi nenhuma foto dela com nenhum homem que pudesse se passar por seu cônjuge. Agora, claro, imagino muitos motivos pelos quais uma mulher solteira pudesse querer usar o símbolo do casamento. Na época, eu só esperava que alguém, algum sr. Verlow, fosse aparecer. Por ser jovem demais para entender direito as convenções, eu ainda não compreendia que era mais provável que Merry Verlow tivesse o mesmo sobrenome de solteira da irmã, Fennie, do que as duas tivessem se casado com homens com o mesmo sobrenome.

A sra. Verlow passou pela despensa e fez uma breve inspeção nos cristais e porcelanas que agora voltariam para o armário.

"A srta. Calliope Dakin trabalhou direito?", perguntou ela a Perdita.

Perdita olhou para mim, impassível. "Trabalhou."

"Que bom." A mão da sra. Verlow foi até um bolso na costura da saia e, quando a abriu, havia uma moeda de cinco centavos nela. "É melhor você guardar, Calley. Se você quebrar alguma coisa, vai ter que pagar."

Olhei para a moeda e balancei a cabeça.

"É melhor você guardar pra mim."

A sra. Verlow observou meu rosto e guardou a moeda.

"Vou fazer uma conta para você comigo. Vamos procurar sua mãe."

A sra. Verlow parou no corredor para pegar um punhado de exemplares do jornal local que estavam do lado de dentro da porta. Estavam amarrados com um pedaço de barbante, em um rolo grosso. A sra. Verlow soltou o nó e os esticou. A tinta preta manchava metade da primeira página. Aquela tinta era de um preto extraordinariamente feio, e eu me senti imediatamente enojada. Nenhum dos hóspedes quis tocar naquilo e os jornais não foram lidos.

Minha mãe havia tomado café na varanda com um pequeno grupo de hóspedes. Depois fizeram uma pausa para fumar e conversar. O dia estava bonito, esquentava de leve depois de uma manhã fria, e a vista da areia e do mar era adorável.

A sra. Verlow colocou os jornais em uma mesa de vime e pediu desculpas aos hóspedes, alegando que certamente havia acontecido algo desastroso na prensa dos jornais.

Normalmente, nem todos os hóspedes estavam interessados em ler as notícias, principalmente as locais. A maioria da clientela da sra. Verlow queria se afastar do mundo, ao menos por um tempo.

O mesmo problema da mancha de tinta do jornal aconteceu por vários dias seguidos, mas, subitamente, ele acabou se resolvendo. Algumas semanas depois, aconteceu de novo, mas em um único dia.

Certa vez, quando vasculhava as coisas que diziam respeito ao assassinato do meu pai, finalmente vi aqueles jornais sem manchas. O que a tinta cobria, é claro, eram os relatos do julgamento em New Orleans das duas assassinas e sua sentença.

O primeiro jornal também relatava que não havia sido encontrada nenhuma evidência que ligasse a viúva Dakin ao crime. Ela não havia comparecido ao julgamento e não pôde ser encontrada para comentar. O jornal também relatava uma estranha coincidência. Mas descobriríamos sobre esse fato por outro meio, em outra época. O último jornal manchado relatava as estranhas mortes de Judy DeLucca e Janice Hicks.

Na ocasião, não prestei atenção. Minha mãe nunca teve o hábito de ler jornais — pelo menos, não os jornais respeitáveis, e na época, nem mesmo os tabloides — e eu era nova demais para me importar com qualquer parte de um jornal além das histórias em quadrinhos. E, até onde eu sabia, o jornal local chegava atrasado, manchado e impossível de ler.

"Sra. Dakin", disse Merry Verlow suavemente. "Podemos falar um momento?"

Minha mãe sorriu graciosamente, apagou o cigarro em um cinzeiro e seguiu a sra. Verlow para dentro de casa, onde eu esperava.

"A Calley quebrou alguma coisa? Pode dar um tapa nela."

"Eu não acredito que bater em crianças as torne melhores", afirmou a sra. Verlow, "e não me melhora também."

Isso fez minha mãe se calar. Ela via a sra. Verlow, que havia lhe devolvido seu próprio quarto e instalado iluminação nele, como uma admiradora.

Então a sra. Verlow prosseguiu: "Botei um pouco de gasolina no seu carro e o levei para os fundos da casa. Por questão de conveniência, costumo pedir aos hóspedes que deixem as chaves dos carros comigo, pois nosso estacionamento é limitado e os carros podem precisar ser manobrados. Tomei a liberdade de tirar as coisas do seu e enviar a bagagem para o seu quarto. Você pode guardar o que quiser no sótão, que fica trancado, é claro. É só pedir a chave se quiser pegar alguma coisa que queira guardar lá. Se quiser subir agora e ver como é...".

A boca da minha mãe estava apertada de um jeito que queria dizer que ninguém a enganaria. "Vou fazer exatamente isso."

Ela começou a subir a escada.

"Vá brincar lá fora, Calley", pediu a sra. Verlow, sem olhar para mim.

E seguiu minha mãe escada acima.

KING & McDOWELL
CHAMAS VIVAS

26

Para dar tempo às duas mulheres de chegarem no quarto da minha mãe, eu me sentei no chão e trabalhei em nós inexistentes nos meus cadarços. Depois, deixei o tênis na porta e subi a escada, descalça.

Elas estavam perto da porta do quarto da minha mãe. Para a minha decepção, não fizeram sinal de que se mexeriam. Eu esperava que elas entrassem e fechassem a porta. Mas elas ficaram paradas, sem falar nada. Quando cheguei no alto da escada, minha mãe e a sra. Verlow estavam diante da porta aberta, me observando. Elas deviam ter ouvido meus passos subindo a escada.

Corri para o banheiro. Como a maçaneta não girou, percebi que estava ocupado, então virei para a minha mãe e para a sra. Verlow, em pânico.

A sra. Verlow apontou para a escada. "Embaixo da escada."

Eu me virei e desci correndo.

Atrás de mim, minha mãe falou: "Perdi as contas de quantas vezes mandei essa criança não esperar até o último minuto, sra. Verlow".

Eu tinha pouca escolha além de seguir com meu fingimento e entrar no banheiro embaixo da escada. A salinha era inevitavelmente escura, com teto inclinado, e estava desocupada. Passei alguns minutos fechada lá. Decidi que era melhor fazer logo e fiz. Valia prestar atenção no quanto eu ouviria de lá. Ao sair, tomei o cuidado de usar um pouco mais de força do que o necessário para fechar a portinha, para que o barulho fosse ouvido do andar de cima. Passei pelo saguão até a porta de tela da varanda, abri e deixei que batesse, como se uma criança tivesse corrido para fora.

Subi a escada de novo. A porta do quarto da minha mãe estava fechada.

Avaliei minhas opções. Ouvido colado na fechadura era uma posição ridiculamente exposta. Havia portas dos dois lados do corredor nas duas direções. A maioria era de outros quartos, até pequenas suítes, como eu logo descobriria. Segui pela parede, testando fechaduras o mais silenciosamente possível, me preparando para explicar para algum adulto que eu estava perdida e que não lembrava qual era o quarto da minha mãe. As fechaduras, uma após a outra, permaneciam imóveis.

Ao chegar na porta do quarto da minha mãe, prendi a respiração e passei. Dobrei a esquina do corredor. O mesmo terminava no patamar da escada dos fundos, que descia até a cozinha. Só uma porta alta quebrava o vazio da parede. Havia uma portinhola de metal nessa porta, na altura da cintura. Só podia ser o túnel da lavanderia, a fonte dos *barulhos* que eu tinha ouvido mais cedo. Quando tentei abrir a maçaneta da porta grande, descobri um enorme armário de lençóis. Entrei nele rapidamente e fechei a porta. A voz da minha mãe, em uma reclamação baixa e implacável, me ajudou a localizar a melhor posição, ou seja, a parede que o armário compartilhava com o nosso quarto.

As paredes do armário eram repletas de compartimentos na parte de baixo e de prateleiras abertas na parte de cima. Nas prateleiras abertas havia pilhas de toalhas amarradas com fitas. Usei a bancada para subir em uma prateleira a 1,80 m do chão. Uma camada de toalhas amaciava a madeira dura da prateleira, e as pilhas ao redor me protegiam de ser inadvertidamente descoberta — pelo menos era o que eu esperava. No meu bolso, Betsy Cane McCall formava um calombo incômodo, por isso a tirei e a coloquei no meio das toalhas. Assim, eu podia apurar os ouvidos.

"Eu sei o que havia no meu veículo", afirmou minha mãe, com a voz tensa. "Explique, por favor, por que não está tudo aqui."

"Mas está, sra. Dakin." A sra. Verlow não pareceu se sentir ameaçada.

Minha mãe bateu o pé. "Não vou ser roubada de novo!"

A sra. Verlow fez uma pausa breve e disse: "Já ouvi dizer que um ladrão não pode ser roubado".

"E o que isso quer dizer?"

"Quer dizer que lhe dei refúgio em minha casa como um favor para a minha irmã, Fennie. Mas esse favor tem um preço, sra. Dakin, como você pode facilmente entender. Você tem poucos recursos e, pelo que sei, não tem perspectiva de renda futura. Então, você tem duas opções: ou aceita meus termos ou vai ter que ir para outro lugar."

Minha mãe riscou o fósforo na caixa com uma intensidade selvagem. Uma chama surgiu e chiou, e ela acendeu o cigarro. "Mesmo que tudo o que você disse seja verdade, eu nem sei quais são os seus termos!"

A sra. Verlow lhe explicou.

Os passos de Cleonie ecoaram suavemente pelo corredor.

Prendi o ar de novo, na esperança de ela passar direto. A porta se abriu e ela entrou. Então começou a pegar lençóis de um armário. Em seguida, se virou para as toalhas. De repente, ela parou. Levantou as toalhas atrás das quais eu estava escondida com Betsy Cane McCall e ergueu uma sobrancelha quando me viu.

Levei o dedo aos lábios, em súplica.

Como um pássaro, ela inclinou a cabeça e ouviu o murmúrio calmo da sra. Verlow. Depois torceu os lábios em sinal de reprovação, colocou as toalhas de volta na minha frente e pegou outra pilha. A porta se fechou quando ela saiu.

Até uma mula poderia ver que minha sorte estava agarrada a um penhasco pelas unhas. Saí do armário de lençóis meio minuto depois que Cleonie fechou a porta. Antes que a segunda metade desse minuto tivesse se passado, eu já tinha saído de dentro da casa com Betsy Cane McCall.

Para além da primeira grande duna e da área irregular de grama alta, a água que banhava o Golfo do México trabalhava silenciosamente na areia. A luz da manhã e a maré baixa deixavam a praia tão larga quanto um deserto, qualquer que fosse a direção que se tomasse. Sem fôlego de tanto correr, parei no alto da duna para olhar em volta.

Atrás de mim, Merrymeeting permanecia imponente e solitária. Não havia outras casas para lado nenhum, só areia e aquela vegetação estranha.

Eu não estava particularmente interessada na casa. Mesmo sendo grande, eu estava acostumada. Mas, diferentemente de outras casas, aquela parecia ficar na ponta dos pés aos olhos de uma garotinha de 7 anos. Nesse sentido, era mais parecida com a casa do tio Jimmy Cane Dakin, erguida sobre tijolos, do que com a mansão Ramparts ou a nossa casa em Montgomery, que tinha alicerce de pedra e porões subterrâneos. Uma amurada de madeira cruzada cercava as varandas e escondia um espaço considerável embaixo da casa. Montinhos de arbustos de sempre-vivas ocupavam a parte de baixo da amurada. O tempo havia removido toda a cor da estrutura de madeira, das telhas e dos tijolos, e a casa parecia estranhamente sem substância. Uma antena de televisão insistentemente real aparecia no telhado. Ela me fez pensar em uma pauta musical. A antena significava que a sra. Verlow não achava que a televisão era uma modinha passageira. Eu ainda não tinha ouvido o som vindo de uma televisão, mas isso significava apenas que ela estava desligada.

Em um futuro próximo, eu descobriria as regras da sra. Verlow sobre o uso do aparelho de rádio, do toca-discos e da televisão Zenith em preto e branco que ficavam na salinha. Os hóspedes podiam ouvir rádio, o Stromberg Carlson da biblioteca ou algum que tivessem levado, mas precisavam maneirar no volume em respeito aos outros hóspedes. A televisão estava disponível por um tempo bem limitado à noite, com o programa sendo escolhido pela maioria.

Uma cortina tremeu. A sra. Verlow olhou para mim pela janela do quarto da minha mãe.

Dei meia-volta e corri duna abaixo até a praia. Alguns dos supostos hóspedes ianques também tinham ido se divertir. Uns já estavam acomodados em cadeiras de madeira e lona levadas da varanda para a praia. Outros apenas caminhavam.

Pequenos grupos de aves miúdas corriam em direção às ondas fracas que recuavam, para fugir em seguida, piando freneticamente, da onda seguinte. Eu me agachei à beira d'água para ver e ouvir. Seus nomes ainda me eram desconhecidos, mas as vozes eram hipnotizantes. Percebi o ruído dos mariscos embaixo da areia. A água molhou meus tênis, mas não me importei.

Depois de um tempo, levantei e bati a ponta dos pés nos calcanhares para ficar descalça. Se Mamadee me visse fazer isso, eu teria ganhado uma sova, com certeza. *Preguiçosa e descuidada com calçados caros, dois sinais de falta de caráter.* Tirei o tênis da água e o joguei nas dunas.

A areia parecia não ter fim. Comecei a correr pela beira d'água, sem destino ou vontade de parar. Só corri. Era um sentimento glorioso andar descalça na água rasa, na maior velocidade que consegui alcançar. A longa viagem de carro devia ter me deixado cheia de energia acumulada. Claro que eu estava sempre com energia acumulada. Aquela intensa energia da infância, tão descomplicada e irracional quanto os próprios elementos, era o que me movia.

Quando meu corpo finalmente começou a doer e fui mais devagar, fiquei fora do campo de visão da casa e de todas as almas vivas. De um lado, cintilavam as inquietas águas do golfo. De outro, dunas cochilavam ao sol. Atrás de mim e à minha frente, só areia e mais areia. Quando me virei na direção da qual eu tinha vindo, vi minhas pegadas na praia. Pulei, rodopiei e caí, me divertindo com a falsa trilha deixada pelos meus pés.

Ao longe, uma van pequena seguia pela estrada de terra além das dunas. Pelas janelas abertas, saía uma voz feminina baixa, que ia ficando cada vez mais grossa, com um sotaque parecido com o de Desi Arnaz:

Sou Chiquita Banana
E vim dizer
Que a banana tem jeito certo de amadurecer.

Voltei para o alto da duna para ver melhor a estrada. Uma van pequena e velha seguia em uma velocidade não muito alta na direção da casa. Na lateral, lia-se:

LAVANDERIA ATOMIC

O motorista da van da **LAVANDERIA ATOMIC** tinha um cabelo preto, bem curto. Quando cheguei mais perto, vi que ele era chinês. Ou japonês. Eu não sabia que havia outros tipos de asiáticos. Ford uma vez tinha me contado que os japoneses podiam ser distinguidos dos chineses pela direção, para cima ou para baixo, dos olhos puxados, mas eu não conseguia lembrar se o dos japoneses era para cima e o dos chineses para baixo, ou o contrário. De qualquer modo, supus que Ford estava mentindo, como era comum, então não me importei.

O motorista da van da **LAVANDERIA ATOMIC** acenou para mim quando contornou a lateral da casa, em direção à cozinha. Corri duna abaixo atrás dele e cheguei em casa a tempo de ver Cleonie se inclinar por uma janela aberta do segundo andar.

A música da Chiquita tinha dado lugar a uma propaganda de Bosco.

Bosco sabor chocolate
Faz bem demais para mim

O motorista da van desligou o rádio.
Ele se inclinou na janela da van e gritou: "Uhu, srta. Cleonie Huggins!".
Cleonie acenou e desapareceu dentro de casa.

O homem da van começou a descarregar cestas de vime com lençóis e toalhas passadas e dobradas. Ele era um homem pequeno e bem-arrumado, com uma calça e uma jaqueta brancas que pareciam de uniforme. Os sapatos eram marrons, bem engraxados. Ele me pareceu jovem — o que quer dizer que sua pele era lisa e seu cabelo não era branco —, mas, fora isso, ele era mais um adulto em um mundo repleto de adultos.

Pela porta da rampa, Cleonie surgiu carregando uma cesta de vime com lençóis sujos, que trocou por outra, de lençóis limpos. O homem da van comentou que o dia estava bonito; Cleonie concordou. Ela entrou e saiu da casa várias vezes para fazer a troca das cestas. Tentei ajudar, mas as cestas eram pesadas demais para mim.

"Você é pequena demais", disse o homem da van, como se isso fosse alguma novidade.

A descoberta de que Cleonie podia trocar as camas e limpar os banheiros, mas que não lavava as roupas de cama e banho foi momentaneamente interessante. A pesquisa (perguntei à sra. Verlow) revelou que a água do poço era preciosa demais para ser usada na lavanderia, e por isso, todos os lençóis, toalhas e roupas iam para a **LAVANDERIA ATOMIC**, em Pensacola.

Nos dias seguintes, descobri que Merrymeeting dependia do serviço de muitos comerciantes. Um caminhão de leite entregava leite, creme de leite, sorvete, manteiga e ovos e, na maior parte das vezes, jornal. Se o jornal não chegasse pelo caminhão de leite, podia chegar com a moça da correspondência, que naquela época de ouro ia duas vezes por dia e uma vez no sábado — ou com alguma das outras entregas. Pescadores da região — sendo um deles o marido de Perdita — levavam peixes e mariscos até a porta dos fundos para Perdita avaliar. A sra. Verlow encomendava a carne que Perdita quisesse em um açougue de qualidade em Pensacola, que entregava depois. As compras de mercearia também eram entregues lá. As pessoas da região costumavam bater na porta dos fundos com alguma iguaria sazonal. E enquanto esses negócios aconteciam, a casa da sra. Verlow ficava bem, portanto os seus hóspedes raramente sabiam tudo o que se passava.

Entrei na casa pela rampa, tropeçando atrás de Cleonie.

"Cleonie, onde fica o túnel da roupa suja?"

"Bem aqui." Ela indicou com o queixo um lugar à nossa frente.

Estávamos no corredor atrás da cozinha, ao pé da escadaria dos fundos que levava até o patamar onde ficava o armário de lençóis. A escada dos fundos permitia que Cleonie, Perdita e a sra. Verlow se movessem pela casa sem incomodar os hóspedes. Uma porta pequena e alta, como a que eu tinha visto no alto da escada dos fundos, ocupava a parede à nossa frente. A parte de baixo ficava na altura dos meus olhos. O puxador de madeira era fácil de alcançar, então abri a porta na mesma hora. Ali dentro havia um espaço cilíndrico forrado de metal. Na ponta dos pés, enfiei a cabeça dentro e olhei pelo tubo que subia para os andares de cima. Feita a inspeção, subi a escada. Cleonie foi correndo atrás de mim.

A porta do túnel de roupa suja daquele patamar estava fechada. Fora do alcance de Cleonie, eu a abri, soltei um grito rebelde e mergulhei de cabeça.

Meu estômago parecia cair mais rápido que o restante do corpo, mas mal tive tempo de notar isso, pois despenquei pelo buraco aberto até o primeiro andar. Caí de cara no chão. O impacto me deixou momentaneamente atordoada, como se eu tivesse dado de cara em uma parede, e sangue começou a jorrar do meu nariz. Meus óculos também caíram e me encolhi como um gambá.

Cleonie e Perdita chegaram de diferentes direções.

"Ela pulou", exclamou Cleonie para Perdita. "Whump!"

Meus olhos estavam desfocados, mas consegui ver a descrença de Perdita.

"*Premotiva*", murmurou ela. E me disse claramente: "Você é *premotiva*". "Zelo", disse ela para Cleonie, que saiu andando.

Quando Cleonie colocou um pano de prato com gelo no meu rosto, me dei conta de que Perdita tinha dito "gelo".

A sra. Verlow desceu a escada e avaliou a situação com um olhar rápido. Segurou minha mão e me puxou, me deixando de pé, e pegou meus óculos no chão com a outra mão. Depois, me empurrou na direção da escada.

"Isso fez muito barulho", disse ela enquanto me seguia escada acima. "Se alguém estivesse tentando dormir, a pobre alma acharia que o teto tinha caído."

"Sim, senhora", concordei enquanto segurava o pano com gelo no rosto inchado.

"Muito descuido seu", continuou a sra. Verlow. "Eu esperaria isso de um menino."

"Eu queria ser um menino", resmunguei.

"Bem, você não é, e que bom que não seja. Eu não suporto meninos. Vamos deixar as coisas bem claras, Calliope Dakin", a sra. Verlow falou sem nenhuma raiva aparente. "Você não vai se comportar como se fosse o diabinho da casa, uma criança sem mãe ou qualquer outra coisa que você tenha sido no passado. Enquanto estiver aqui, você vai ser a Calliope Dakin que vai ser pelo resto da sua vida, e essa Calliope Dakin", ela fez uma pausa quando chegamos no segundo andar e fechou a porta do túnel de roupa suja, "essa Calliope Dakin vai saber se comportar."

Funguei. "Eu achei que teria roupa suja no fim do túnel."

Ela me encarou. "Exatamente." E me devolveu os óculos. A armação de plástico estava quebrada no nariz. As partes de vidro estavam todas manchadas.

"Sra. Verlow, o que é *premotiva*?"

"*Premotiva?*"

"A Perdita me chamou de *premotiva*."

A sra. Verlow deu um sorriso apertado. "Primitiva. Uma pobre alma com a mente meio fraca."

Fiquei muito decepcionada. Eu esperava que *premotiva* fosse uma palavra que significasse algo como pirata ou audaciosa, ou *alguma coisa* selvagem e corajosa.

Chegamos à porta do quarto da minha mãe. A sra. Verlow bateu de leve com o nó dos dedos.

Ao abrir, o sorriso doce e artificial da minha mãe sumiu quando ela me viu e foi substituído por uma expressão de triunfo.

"Imagino", dirigiu-se ela para a sra. Verlow, "que a Calley conseguiu fazer com que você mudasse de ideia em relação a punição corporal."

"Não exatamente." A sra. Verlow me empurrou na direção da minha mãe. "Acho que superestimei a capacidade de uma criança da idade dela de ficar sem supervisão materna."

Com essa facada, a sra. Verlow me deixou à mercê da minha mãe, que fechou a porta logo em seguida.

"Bom", disse ela, "é mesmo impressionante como quem não tem filhos sempre sabe tudo que se pode saber sobre criar uma criança". Olhou em volta. "Onde está sua mala? Pegue roupas limpas e vá para a banheira, Calley, para não sangrar em tudo além desse pano e suas roupas. Quando o sangramento tiver parado, tome um banho."

Eu me agachei sobre a minha mala, que estava escondida em um canto escuro do quarto. Eu tinha duas calcinhas limpas e um macacão protegendo os livros da prateleira do Junior, além de várias roupinhas da Betsy Cane McCall — tinha mais roupas dela do que minhas.

Minha mãe olhou por cima do meu ombro por alguns segundos e bateu na parte de trás da minha cabeça.

"Foi isso que você trouxe?" Bateu no meu rosto. "Eu tenho cara de loja de departamento?" Estalou os dedos. "Acha que posso comprar mais roupas assim? Roupas custam dinheiro, Calley, muito dinheiro, e estamos pobres de marré agora. Pobres. De marré."

Puxei o lóbulo da orelha esquerda e a encarei de forma desafiadora.

"Nós... não... estamos... pobres... de marré", falei.

Ela me bateu no rosto de novo. "Eu devia comprar uma jaqueta vermelha e um chapeuzinho e deixar você passar por macaco de realejo. Pelo menos você poderia voltar para casa com algumas moedas no chapéu. Saia da minha frente."

KING & McDOWELL
CHAMAS VIVAS

27

Enquanto tomava banho, pensei nas condições da sra. Verlow e nas reações da minha mãe, que foram quase mais interessantes do que as condições.

Você vai morar aqui pelo tempo que eu quiser.

Vai obedecer às minhas regras.

Seu quarto e sua comida serão pagos pelos bens que vieram com você. Ou você pode escolher trabalhar, mas só aqui nesta ilha e com o meu consentimento.

Você não vai se comunicar com ninguém sem o meu conhecimento ou consentimento.

Você não vai fazer contratos nem incorrer em dívidas sem o meu conhecimento ou consentimento.

Você não vai sair da ilha nem viajar para uma distância superior a 80 quilômetros sem o meu conhecimento ou consentimento.

Você não vai abandonar a criança aqui. Entenda que ela é a única coisa entre você e um destino bem pior do que o que aconteceu com o seu falecido marido.

A criança vai frequentar a escola.

O alcance dos seus inimigos é largo e a hostilidade deles é persistente. Se você não concordar com isso, vai botar em perigo sua vida e sua liberdade.

Essas condições não são negociáveis.

A escolha é totalmente sua.

Minha mãe começou com desdém, fungou e riu, mas, no final, tremeu de raiva e medo.

Nada que eu pudesse imaginar era mais atraente para mim do que ficar onde estávamos. Como eu sempre tive medo de que minha mãe me abandonasse, não fiquei chocada de saber que a sra. Verlow também desconfiava que minha mãe pudesse fazer isso. A conversa sobre perigo, inimigos e hostilidade foi particularmente satisfatória. Não só confirmava minha sensação de precariedade, mas o fazia em um formato de conto de fadas: se você violar uma regra tão simples quanto falar com um estranho, será punida com um sono secular. O alívio de ter minha mãe fortemente presa a mim e àquele lugar foi imenso. A natureza dos perigos, dos inimigos e dos ressentimentos não precisou ser explicada. *Meu pai estava em sangrentos pedacinhos*. Alguém ou alguma coisa havia feito algo horrível conosco, e era inteligente supor que talvez os problemas ainda não tivessem terminado. Uma garota de 7 anos normalmente não pensa muito além do momento, mas um medo brutal me obrigou a pensar.

Depois de tomar banho e lavar o cabelo, lavei os óculos quebrados com água e sabão. Sequei as duas partes e as coloquei junto com Betsy Cane McCall no bolso do macacão limpo.

A sra. Verlow me flagrou no patamar da escada dos fundos de novo, colocando as toalhas sujas de sangue e minhas roupas no túnel de roupa suja.

"Criança, eu já vi pássaros enroscados em arbustos que estavam melhores do que o seu cabelo", disse ela. "Vá até sua mãe e peça para ela pentear e prender para você."

A porta do quarto da minha mãe estava trancada. Eu já tinha tentado abri-la. Meu rosto e minha cabeça doíam. Percebi que o latejamento em minha cabeça era o que a minha mãe chamava de dor de cabeça. Eu não conseguia nem pensar direito.

A voz da sra. Verlow se suavizou. "Você precisa de uma aspirina, Calley."

Ela me levou por uma porta até uma parte em L da casa e por um corredor até um quarto. Fiquei surpresa de vê-la abrir a porta de outro banheiro. Aquele quarto — o dela, percebi — tinha um banheiro particular. Ela saiu do banheiro com uma toalhinha molhada, um copo d'água e um comprimidinho laranja.

O comprimidinho deve ter sido o primeiro analgésico que eu tomei na vida. Não tenho lembrança disso existir na casa de Montgomery. O analgésico não era só laranja na cor; tinha a acidez de uma laranja e me provocou uma aspereza na língua que me arrepiou os braços.

Ela pegou um frasquinho na cômoda e virou umas bolinhas peroladas na palma da mão. Depois de esfregá-las, passou com delicadeza o produto do frasco no meu cabelo. Ela massageou meu couro cabeludo como eu fazia com os pés da minha mãe à noite. Minha dor de cabeça começou a passar. Penteou meu cabelo e o prendeu em marias-chiquinhas. Não doeu nem um pouco.

"Que tal umas fitas?"

Em um segundo, um pedaço comprido de fita amarela envolvia seus dedos. No seguinte, havia dois, soltando-se das lâminas da tesoura com um sussurro leve. A tesoura era muito afiada, tanto que poderia cortar um dedo ou um pé, e bem lubrificada, pois o eixo se mexeu com um som baixíssimo. A fita inteira caiu hipnoticamente em dois pedaços iguais no movimento das duas lâminas.

"Quem era a moça que foi embora hoje de manhã?"

"Achei que você não ia perguntar. Por que você acha que ela estava usando um chapéu para esconder o rosto?"

"Para eu perguntar quem ela era."

A sra. Verlow riu baixo. "Você é tão afiada quanto as lâminas desta tesoura, Calley Dakin."

Minha língua de repente pareceu grossa, a cabeça, pesada, e minhas pálpebras, impossíveis de abrir.

O som do sininho anunciando o jantar me despertou. Eu não lembrava que tinha adormecido. Meu pescoço estava tenso e úmido e eu estava com fome. Tive a sensação de que o som do sininho *era* a minha fome, ecoando dentro da minha cabeça e no meu estômago.

Agora aquecida pelo calor do meu corpo, a toalhinha molhada parecia um sapo velho e murcho na minha testa: eu a joguei longe. O travesseiro estava úmido por causa do meu cabelo. Meu sono foi tão pesado que até babei um pouco. Os lóbulos das minhas orelhas e a parte de trás delas e do meu pescoço estavam com uma casquinha de baba.

Desci da cama e entrei no banheiro para fazer xixi e lavar o rosto. Uma janelinha alta estava aberta para o ar salgado, deixando entrar a intrincada conversa dos pássaros, do vento e do mar. O aposento tinha um aroma complexo, algo que parecia um armário de temperos misturado com remédios.

As fitas amarelas nas minhas marias-chiquinhas brilharam no espelho acima da pia. Meu rosto estava inchado e cheio de hematomas. O amarelo das fitas era da cor errada e deixava meu cabelo mais pálido, meu rosto, mais horrível e os hematomas, mais visíveis. Minha cabeça doeu de novo só de olhar para o meu reflexo. Quando procurei meus óculos quebrados e Betsy Cane McCall no bolso, não achei nada.

Mas eu estava com tanta fome que parecia ter um buraco vazio no estômago.

Voltei para o saguão e para a sala de estar. Teria ido até a cozinha, mas a sra. Verlow estava à mesa, com a minha mãe e os hóspedes que queriam jantar, e ela me fez parar com um olhar exigente.

"Srta. Calley Dakin", ela me repreendeu, "você está atrasada. Peça licença e sente-se no seu lugar."

Ela indicou uma cadeira com um leve gesto da cabeça.

"Com licença", tentei dizer, mas a voz saiu grossa e rouca, como se eu estivesse resfriada.

Minha mãe deu uma risadinha.

Mais ninguém riu.

Ataquei o jantar como os lobos atacaram os assírios — foi essa a imagem que me veio à mente, lobos atacando assírios —, e comi tudo no prato que Cleonie botou na minha frente: bife de presunto, molho vermelho e pão de milho, creme de milho, batata gratinada e vagem cozida com carne de porco, e, de sobremesa, pudim de pão com arroz e creme batido. Tomei três copos de limonada. Para a decepção dos hóspedes, o horror e a humilhação da minha mãe, a expressão de desgosto de Cleonie e a aparente indiferença da sra. Verlow, desci meio tonta da cadeira e vomitei no tapete persa.

"Concussão", atestou a sra. Verlow brevemente. "Bote a criança na cama."

KING & McDOWELL
CHAMAS VIVAS

28

Quando os primeiros pássaros da manhã me acordaram, eu estava emaranhada em uma coberta no chão. Minha mãe dormia na cama. Sonhos horríveis deixaram minha noite febril. Eu não queria me lembrar de nenhum detalhe. Quando lembrei, desejei não ter lembrado.

Minha primeira sensação foi a de sede. Como estava muito cedo, eu podia usar o banheiro que dividíamos com outros hóspedes sem concorrência. Bebi água da torneira como o animalzinho pouco domesticado que eu era. Depois me aliviei.

Percebi que estava me sentindo mais leve. Depois de molhar o rosto e a cabeça, escovei os dentes para tirar da boca o gosto horrível dos pesadelos. Alguns fios de cabelo caíram na cuba, em cima da espuma de pasta cuspida.

Meu cabelo estava solto, as fitas e os elásticos, na cômoda da minha mãe, além do pente sem alguns dentes que ela havia me dado quando eu perdi o meu. Meu couro cabeludo parecia mais leve que de costume. Eu estava um horror, é claro: os olhos semicerrados de inchaço, o nariz parecendo uma batata mofada. Fiz uma careta no espelho e mostrei a língua para mim mesma.

Quando voltei para o quarto, pretendendo pegar minhas roupas e sair de novo, minha mãe estava acordando. Ela abriu um olho, me viu, gemeu e virou de lado, puxando um travesseiro sobre a cabeça.

Eu me vesti o mais rápido e silenciosamente que pude. Os elásticos, as fitas amarelas, o pente, tudo ficou esperando na cômoda. Parecia que me olhavam: os elásticos boquiabertos, o pente trincando os dentes irregulares, as fitas ondulando como línguas de cobra que queimariam quando mordessem. Saí sem tocar neles, com uma forte sensação de ter escapado.

Cleonie e Perdita já estavam na cozinha. A sra. Verlow conversava com elas, então pude sair pela porta sem ser vista nem ouvida.

A luz que surgia no horizonte iluminava a espuma das ondas, deixando-a com um tom muito alvo, puro e ofuscante. Um bando de pelicanos voando em formação passou quase silenciosamente sobre a minha cabeça, lançando sombras enormes sobre mim e sobre a areia branca. Pareciam muito próximos e muito grandes. Meu tamanho relativamente pequeno os expandia até ficarem enormes.

Nas duas direções da praia, observando à beira-mar, havia garças solitárias — *graça*. Subitamente entendi o que Cleonie havia dito aquele dia na cozinha. Quando me aproximei da que estava mais perto, ela pareceu indiferente a mim, mas, ao mesmo tempo, ciente da minha presença; vi isso em seus olhos e em seus batimentos acelerados. Era uma ave grande demais, mais alta do que eu, mas as pernas eram como palitos, o pescoço comprido e fino como meu pulso, a cabeça do tamanho do meu punho. Uma porção lisa de penas escuras em cima do crânio e as longas penas do peito se agitaram na brisa.

Um bando de pássaros ocupava a areia molhada depois que a onda recuava: pilritos-das-praias, pilritos-comuns, maçaricos-escolopáceos--americanos, narcejas-comuns, maçaricos-de-asa-branca, pernas-longas e alfaiates. Pelicanos, bicos-de-tesoura, andorinhas-do-mar e gaivotas caçavam perto da água.

Quando me agachei descalça na praia, uma brisa bagunçou meu cabelo e levantou uma mecha. Depois outra.

Um corvo grasniu alto e voou na minha direção. Passou por cima da minha cabeça com as garras esticadas, roçou-a de leve e foi embora. Não precisei ver as mechas nas garras dele para saber que tinha levado um pouco do meu cabelo. A sensação foi a ausência de dor e de resistência. Meu cabelo não parecia mais preso em mim.

Fiz um barulho para o corvo. Em um vórtice negro, mais doze corvos pairaram sobre mim, mergulharam, pegaram mais algumas mechas do meu cabelo e foram embora. Meu couro cabeludo parecia cada vez mais exposto. A brisa do mar mexia de leve as mechas cada vez menos densas. As aves ficaram brincando em volta da minha cabeça de forma acrobática, provocando, e as asas me abanaram por todas as direções, até eu não ouvir mais nada. Alguns dos gritos pareciam perguntas — *uhuh-uhuh?* Outros pareciam respostas — *brruhk*. Minha garganta ficou seca de conversar com eles, até que eles acabaram indo embora.

Consegui ouvir as outras coisas novamente: os outros pássaros, a grama alta nas dunas, o barulho e o suspiro da água, o movimento rápido dos caranguejos que saíam dos buracos na areia e a respiração úmida dos mariscos enterrados. E a barulheira alta de uma gaivota.

A praia e os pássaros me encantaram tanto que, se a fome não me levasse de volta para a casa, eu teria ficado lá o dia todo. Eu ainda não entendia a beleza de toda aquela orquestração que acontecia à minha volta.

Quando voltei, minha mãe estava novamente sentada à mesa da sala de jantar, com os hóspedes e a sra. Verlow.

Seus olhos se arregalaram quando ela me viu. Ela ofegou como se tivesse se engasgado com uma espinha de peixe. A sra. Verlow lhe entregou um copo d'água. Minha mãe limpou a garganta, bateu com o guardanapo na boca e recuperou a pose. Um pouco alarmados, os hóspedes mantiveram uma atenção inquieta no próprio café da manhã.

Eu me sentei em um lugar à mesa e agradeci a Cleonie quando ela botou um prato na minha frente.

"O que isso significa, Calliope Carroll Dakin?" A voz da minha mãe saiu meio estrangulada e muito baixa.

"O que significa?" Minha boca estava cheia de pãozinho fresco com manteiga.

Minha mãe respirou fundo. Àquela hora da manhã ela só passava batom, então o rosto corado não foi disfarçado. Todas as outras pessoas estavam concentradas na comida. A mesa poderia ser um refeitório de um mosteiro em voto de silêncio — não que eu soubesse na época que existiam refeitórios, monastérios e votos de silêncio.

"Saia da mesa", mandou minha mãe.

Coloquei o garfo sobre os ovos mexidos, desci da cadeira, peguei meu prato e fui para a cozinha ajudar a lavar a louça.

Ninguém falou nada sobre o fato de minha cabeça estar sem cabelo. Enquanto eu secava as mãos, Perdita me chamou. Com dobras complicadas, ela enrolou um guardanapo de linho na minha cabeça e o prendeu com um nozinho apertado na lateral. Deixou minhas orelhas expostas. Em seguida, virou o pano dos dois lados e dobras surgiram e cobriram minhas orelhas.

Na parede ao lado da porta da despensa havia um espelhinho que a sra. Verlow, Perdita e Cleonie usavam para se olharem quase todas as vezes que saíam da cozinha. Pela forma como repuxava os lábios para olhar os dentes, a sra. Verlow tinha horror a ficar com espinafre ou batom neles. Cleonie e Perdita só eram vaidosas mesmo — vaidosas como pavões. Elas sempre sorriam diante de seus reflexos. O prazer delas perante as próprias imagens me fez pensar em ambas como sendo as pessoas mais bonitas do mundo. Perdita colocou um banquinho embaixo do espelho para eu poder subir e me olhar. O guardanapo era branco como a neve, e, com meus olhos roxos e meu rosto inchado, eu parecia uma espécie estranha de corujinha de touca branca.

Minha mãe estava mais enfurecida do que um ninho de vespas quebrado com vara de marmelo. Eu sei porque fiz isso uma vez, quando ainda era pequena demais para saber o que estava fazendo, e fui picada tantas vezes que fiz xixi na calça. Mas não fiquei com medo. O que mamãe poderia fazer comigo? Me obrigar a fazer xixi na calça? Me deixar com o olho roxo? Arrancar o meu cabelo? Me esquartejar?

A sra. Verlow estava no corredor do andar de cima quando minha mãe me levou para o nosso quarto.

"Sra. Dakin, me perdoe", disse a sra. Verlow. "Esqueci de dizer que não permito punição física nesta casa."

"Desculpe, sra. Verlow." Cada palavra da minha mãe foi tão cortante quanto a tesoura da sra. Verlow. "Mas a Calley é minha filha e vou criá-la como achar que devo."

A sra. Verlow balançou a cabeça. "Não se esqueça do nosso acordo, sra. Dakin."

Minha mãe empalideceu. A mão foi até o pescoço. "Você não pode estar falando sério. Você tem que estar com raiva."

"Loretta Young de novo? Não desperdice seu talento de atriz comigo, minha querida. Você não vai usar nenhum tipo de punição física com a Calley debaixo do meu teto. Está entendido?"

Mamãe ficou rígida como Mamadee. Os dedos tremeram, desejando alguma coisa para jogar, olhos para arrancar.

A sra. Verlow pareceu nem notar. Desejou um bom-dia à minha mãe e foi embora.

Minha mãe passou por mim para entrar no nosso quarto e bateu a porta.

A sra. Verlow parou, a mão de repente acima das dobras do lenço em volta da minha cabeça como se fosse acariciá-la, mas não chegou a tocar em mim.

Entrei no quarto, ainda escuro contra o sol. Minha mãe estava sentada à penteadeira, prendendo fios soltos de cabelo. No espelho, ela apertou os olhos cheios de ressentimento para mim.

"Quer que eu faça massagem nos seus pés, mãe?"

Ela tirou os sapatos e se deitou na cama. "Não pense que sua Merry Verlow vai me enganar, Calley Dakin. E nem você. Conheço um jogo quando vejo um."

Hesitei.

"Faça massagem nos meus pés, Calley", disse minha mãe com impaciência. "O mínimo que você pode fazer é ser útil."

Isso, pelo menos, era um princípio bem estabelecido.

Depois de um tempo, minha mãe se acalmou e voltou ao seu assunto favorito: ela mesma. "Fiquei tão abalada que esqueci que você estava perdendo aula." Como se eu estivesse fazendo isso deliberadamente. E continuou: "Quando as aulas recomeçarem, você vai estudar. Pode não aprender nada, mas pelo menos não vai ficar no meu pé o dia todo".

Eu gostava da escola — ao menos a parte de aprender e de ficar longe da minha mãe. Enquanto isso, me distraí explorando a ilha.

Assim que saí de novo, atravessei a estrada e fui até o outro lado da ilha de Santa Rosa. A casa da sra. Verlow ficava em uma área estreita de uma ilha estreita, mas aquele lado da estrada era muito diferente do lado do golfo. No lado da baía, a areia se amontoava de forma caótica, como se dunas estivessem firmemente amarradas. Pinheiros e arbustos coroavam os pontos altos, e outros tipos de árvores e arbustos cresciam nas partes baixas. Algumas dessas partes baixas estavam molhadas e tinham seus próprios tipos de plantas e animais. As dunas velhas e desordenadas ocupavam áreas de pântanos de sal. O pouco de praia que havia era mais estreito e menos interessante, pois o corpo da ilha e a vegetação ofereciam uma certa proteção dos ventos do golfo. Entre a ilha e o continente havia a água mais tranquila da baía de Pensacola, com mais trânsito de barcos. Na margem inferior, Pensacola se espalhava como uma cidade de brinquedo.

A visão de Pensacola me lembrou de quando fomos embora de Tallassee, para longe de Ford e Mamadee. Eu não queria me lembrar disso. Também não queria me lembrar de ter perdido meu pai em New Orleans, nem da nossa vida antes dessa perda. Mais do que tudo, eu queria me agarrar ao meu pai vivo. Eu falava comigo com a voz dele, repetia coisas que ele tinha dito para mim. Ele ainda estava comigo; eu ainda ouvia a voz dele, mesmo tendo que imitá-la eu mesma. Eu não precisava dos motivos óbvios para me proteger da perda, do trauma e da dor. Como qualquer criança, eu vivia mais no momento presente do que a maioria dos adultos.

Minha travessia até o outro lado da rua me inspirou a perguntar à sra. Verlow se ela possuía um mapa da ilha. A resposta foi afirmativa. No pequeno escritório junto ao saguão, que parecia já ter sido um armário de casacos, havia uma mesa, uma cadeira e um arquivo. O arquivo guardava numerosas pastas para atender aos pedidos dos hóspedes: mapas da região, restaurantes, eventos, igrejas e assim por diante.

O mapa que ela me deu era simples, mas não podia ser diferente; a ilha de Santa Rosa é uma extensa faixa de areia e, na época, tinha uma estrada mais ou menos no meio. A extremidade oeste da estrada se chama Fort Pickens Road, e a outra, Avenue de la Luna. Na extremidade oeste, havia o forte abandonado de Fort Pickens, da Guerra de Secessão, e locais para acampamento; a extremidade leste da ilha de Santa Rosa era parte da Base da Força Aérea Eglin. Claro que eu tinha ouvido aviões, jatos e hélices, mas não pensei neles: Pensacola devia ter um aeroporto. Havia pontes em três locais da ilha, com amontoados de pequenos negócios, hotéis e motéis, e residências ao final da ilha. A ponte mais curta e mais a oeste ligava a ilha de Santa Rosa a uma pequena ilha intermediária, onde um vilarejo se batizara como Gulf Breeze. De lá, a longa Causeway chegava a Pensacola.

A divisão física da ilha e do continente era uma espécie de segurança. Eu teria apagado aquela ponte Causeway do mapa, se pudesse, mas pelo menos a baía que ela atravessava constituía uma espécie de fosso. Mamadee não sabia onde estávamos. A empregada e a cozinheira malucas do Hotel Pontchartrain jamais conseguiriam nos encontrar ali. A sra. Verlow era outro tipo de segurança, menos óbvio e de confiabilidade não testada, mas, sem dúvida, oferecia uma posição de recuo para a minha mãe.

Mesmo assim, quando perguntei à sra. Verlow se ela vira meus óculos quebrados e minha Betsy Cane McCall, ela me surpreendeu.

"Não sou responsável pelos seus pertences, srta. Calliope Dakin", respondeu ela severamente. "Eles são de sua total responsabilidade."

Claro que ela estava certa. Tive a sensação de que enxergava direito sem os óculos, e Betsy Cane McCall, bem — eu não sentia muita falta dela. Esqueci as bonecas de papel e a tesoura de Rosetta na caixa de sapato. A ilha de Santa Rosa era o melhor brinquedo que eu já tinha tido. Ou que viria a ter.

Um dia depois, quando quis roupas limpas, reparei que as roupas ensanguentadas e as toalhas que eu tinha jogado no túnel de roupa suja não haviam sido devolvidas. Quando perguntei a Cleonie se ela sabia onde estavam, ela franziu a testa e disse que nunca as tinha visto. Ela teria se lembrado delas por causa do sangue, explicou, e teria botado tudo de molho em água fria antes de enviar para a lavanderia. Procurei freneticamente, mas não consegui fugir da ira da minha mãe por eu ter conseguido perder uma das minhas poucas mudas de roupa, sem mencionar as toalhas da sra. Verlow. Minha mãe me fez dormir no chão por um mês.

**KING &
McDOWELL**
CHAMAS VIVAS

29

Apesar de os ferimentos das pessoas mais jovens cicatrizarem mais rápido naturalmente, a pomada que a sra. Verlow me deu acelerou meu processo de cura. Não sei o que era. Como todas as panaceias dela, vinha sem identificação em um potinho ou frasco. Tudo tinha cheiro de alguma flor ou erva.

Raramente havia mais no pote ou frasco do que o necessário, sendo a exceção mais imediata o bálsamo verde para pés da minha mãe, que a sra. Verlow providenciou em recipientes cilíndricos como velas gordas e pequenas. O conteúdo durava uma semana. A fragrância era nova para mim, mas não para a mamãe.

Minha mãe declarou que procurava aquele bálsamo havia anos. Era o que a amada avó dela usava. Devia ser uma receita antiga, ela me disse, pois o bálsamo para pés da avó dela era feito na farmácia da região. Ou a sra. Verlow tinha a receita ou alguém de alguma farmácia a tinha; o importante era que a sra. Verlow merecia tão pouco crédito pelo excelente bálsamo para pés quanto minha mãe era capaz de oferecer. Mas, de vez em quando, sempre que era conveniente para a minha mãe, ela elogiava veementemente o bálsamo para pés da sra. Verlow e especulava que renderia uma fortuna se fosse disponibilizado comercialmente.

Merrymeeting tinha duas salas. A sala pequena, relativamente menor, era, como falei, onde ficava a televisão e o console de rádio e vitrola. A coleção de LPs da sra. Verlow incluía música clássica, musicais e trilhas sonoras de filmes. Ela me deixava usar o toca-discos no fim da tarde, antes do jantar. A televisão Zenith no canto oposto não despertava muito a minha atenção. Pensacola só tinha uma estação de televisão, a WEAR, e os programas eram limitados. Eu sabia mexer na Zenith e ajustar as antenas, e costumava fazer isso para os hóspedes que queriam ver algum programa específico no começo da noite.

A sala grande exibia a maior estante da casa. Ao sair, muitos hóspedes deixavam livros para trás. Os exemplares esquecidos encontravam uma nova casa na grande estante da sala maior ou nas estantes menores do restante da casa. Quando cheguei, era a sra. Verlow quem guardava os livros, mas antes de eu voltar para a escola, assumi a tarefa. Nos primeiros dias, folheei a grande quantidade de livros sobre pássaros, conchas e plantas nativas.

A sra. Verlow me encontrou estudando um deles no chão atrás de uma poltrona grande de costas altas, pois não queria ficar no caminho nem incomodar ninguém. Ela me disse que eu podia levar os que estava estudando para o quarto da minha mãe, a não ser que algum hóspede os pedisse. Acrescentei-os aos livros que eu havia roubado do meu falecido tio. No quarto que dividia com a mamãe, eu tinha a gaveta inferior de uma cômoda para as minhas roupas. Meus livros couberam embaixo delas, ao menos por um tempo.

Mais tarde, a sra. Verlow me levou com ela em longas caminhadas para colher ervas e cascas de árvore usadas em remédios. Uma daquelas plantas era o arbusto que crescia em volta da casa. Assim que senti o cheiro, reconheci como um dos ingredientes do bálsamo para os pés da minha mãe. A sra. Verlow disse que o arbusto se chamava fedegoso-gigante por causa do tamanho das flores amarelas. Perdita e Cleonie o chamavam de *vela acesa*.

Por uma semana, a sra. Verlow mandou um drinque para a minha mãe todas as noites. Minha mãe dormia até tarde de manhã e acordava de bom humor. Eu conseguia sair todos os dias sem incomodá-la.

Sempre que eu massageava os pés dela na hora de dormir, minha mãe se lamentava por seus infortúnios e jurava que pegaria Ford e o dinheiro dela de volta e que a alma de Mamadee iria para o inferno. Para fazer tudo isso era preciso um advogado, claro; ela reclamava amargamente para mim que não tinha dinheiro para contratar um. E ela nem podia contratar um advogado da Flórida, porque os advogados da Flórida não podiam atuar no Alabama. Ela sabia disso porque tinha telefonado para uma empresa de advogados de Pensacola que encontrara na lista telefônica. Se consolou com a convicção de que, de qualquer forma, os advogados de Pensacola deviam ser todos bêbados ou profundamente incompetentes para proteger viúvas e órfãos.

Minha mãe era tão gentil e doce com a sra. Verlow que nenhum hóspede podia imaginar que ela a odiava. Mamãe tinha passado a vida em guerra com Mamadee. O que poderia ser mais fácil ou mais conveniente do que botar a sra. Verlow no lugar de Mamadee? Minha mãe jamais admitiria para si mesma que, na verdade, ela não era tão importante assim para a sra. Verlow.

Mamãe bancava a moça sulista para os hóspedes quando eles estavam por perto. Ela não falava sobre o que tinha acontecido com meu pai ou se apressava para revelar que eu era filha dela. A sra. Verlow me apresentava somente como a "Pequena Calley". Alguns dos convidados concluíram que eu pertencia a alguma fundação beneficente de caridade da sra. Verlow. Outros, por outro lado, mal reparavam que eu existia, o que para mim estava ótimo.

Eu nunca me incomodei com as tarefas do dia a dia. Elas faziam com que eu me sentisse parte do todo. Depois que eu lavava a louça ao fim de cada refeição, a sra. Verlow me mostrava a página de um caderno onde ela anotava cada moeda que eu ganhava. Até que meus ferimentos cicatrizassem — o que só levou alguns dias —, eu comi na cozinha.

Os hóspedes da sra. Verlow costumavam ir embora no sábado, e os novos chegavam na noite de domingo. Táxis chamados da cidade levavam os hóspedes que não tinham ido em veículo próprio, e o estacionamento ficava completamente vazio, exceto pelo Country Squire da sra. Verlow e o Edsel de mamãe.

Às 13h30 de sábado, Cleonie e eu deixávamos o bufê limpo e a mesa pronta para o jantar que Perdita costumava preparar. A sra. Verlow o serviria e daria folga para Perdita e Cleonie. Às 15h, os lençóis das camas já haviam sido trocados, os banheiros já haviam sido limpos e reabastecidos. Em seguida, o táxi para pessoas negras chegava para levar Cleonie e Perdita para a vida que elas viviam em Pensacola. Elas voltariam na noite de domingo, por volta das 21h. Nas outras seis noites da semana, elas dormiam em um quarto atrás da cozinha. Nele, havia um pequeno aposento com uma pia e uma privada.

Na cômoda velha e maltratada que as duas dividiam, havia fotografias de família que eu não tinha tido a oportunidade de analisar. Perdita e Cleonie eram senhoras respeitáveis que frequentavam a Igreja Metodista Episcopal Africana e oravam com tanta consciência quanto trabalhavam para a sra. Verlow.

A igreja delas não estava incluída, claro, na lista de igrejas da região e nos horários que a sra. Verlow oferecia aos hóspedes. A igreja mais exótica da lista era a Católica Romana St. Michael em Pensacola. Judeus, bahá'ís, mórmons e muçulmanos não entravam na lista, tampouco encantadores de serpentes ou *holy rollers*. Pensacola devia ter algumas dessas pessoas, que deviam ter seus lugares de adoração. Pensacola tinha na época, e tem agora, tantas igrejas quanto qualquer outra cidade, e qualquer um que não fosse pagão podia encontrar seu lugar. Os pagãos, claro, não têm do que reclamar.

Em sua defesa, a sra. Verlow não mostrava nenhum interesse nas afiliações religiosas nem nas práticas dos seus hóspedes. Se ela soubesse que alguns eram católicos, judeus ou budistas que praticavam a religião anonimamente, isso não a impedia de alugar os quartos para eles. Tenho certeza de que ela teria encontrado um jeito de rejeitar algum suspeito de encantar serpentes, não por nutrir algum sentimento especial por eles, mas para poupar os outros hóspedes de serem convertidos. Ela valorizava a privacidade dos seus clientes, o que podia ser observado por suas próprias regras idiossincráticas. Também estava disposta a levá-los e buscá-los no local de adoração da escolha deles.

Naquele primeiro domingo, não fomos à igreja.

Minha mãe disse: "Não posso levar você em público com essa cara pavorosa. Você não pensou em como isso seria inconveniente para sua mãe, não é?".

"Eu num tenho vestido", observei, "nem chapéu, nem casaco, nem luvas."

Ao ser lembrada que cheguei a Merrymeeting com pouco mais do que duas mudas de roupa na mala e que tinha perdido uma, minha mãe me olhou de cara feia.

"O vestido já não cabeu mais mesmo", comentei.

Ela repuxou os lábios. "Imagino que você ache que roupas boas cresçam em árvores. E pare de dizer *num* e *cabeu*. Você foi criada para saber falar direito. Juro que a Dakin em você destruiu toda a Carroll."

Minha mãe dormiu até meio-dia naquele domingo e depois passou a tarde na praia. Ainda não estava quente o suficiente para tomar banho de sol, mas ela decidira que estava pálida e doentia por causa da viuvez, por ter perdido um filho e por todos os outros choques terríveis que havia sofrido nos meses anteriores, e assim ficou, de maiô, tremendo em uma espreguiçadeira. Fiquei encarregada de buscar café ou outra revista em casa, e, infelizmente para ela, eu também era a sua única plateia.

Minha mãe explicou para a sra. Verlow a necessidade de ir a Pensacola comprar um vestido para mim. Na terça-feira, com os hóspedes todos acomodados, a sra. Verlow nos levou até a cidade em seu Country Squire. Ela garantiu que sabia onde ficava a melhor loja, que por acaso estava com uma liquidação de roupas de criança. Entre lisonjas e demonstrações das ofertas, a sra. Verlow fez minha mãe comprar não só três vestidos novos, mas um casaco, um sapatinho, meias, além de um chapéu, que era de palha e cabia direitinho sobre o guardanapo na minha cabeça, calcinhas novas, pijamas, macacões e camisetas, tudo novo. Todas as peças de roupa serviam em mim, mas eram em cores que me faziam parecer meio morta. Não me importei. Eu nunca tinha tido roupas bonitas, nem esperava ter. A coleção toda foi surpreendentemente barata, o que deixou minha mãe muito satisfeita. Claro que, depois de tantas compras, tive que massagear seus pés por um tempo mais longo naquela noite.

Minha mãe foi obrigada a me dar alguns centímetros de espaço no armário para pendurar meus três vestidos, mas me fez tirar os livros da gaveta para acomodar o restante das roupas. Ela ameaçou jogar os livros fora. Meus gritos atraíram a sra. Verlow, que os salvou, oferecendo-me a prateleira mais baixa e menos usada do armário de lençóis.

No domingo seguinte, primeiro de maio, a sra. Verlow nos levou gentilmente até a igreja anglicana. Uma névoa obscurecia a passagem de vez em quando, tão densa quanto a escuridão da noite na nossa chegada, mas a sra. Verlow sempre parecia saber onde estava.

Minha aparição com o guardanapo na cabeça debaixo do chapéu novo causou uma agitação na igreja. Minha mãe estava de preto, inclusive o véu. Quando saímos da igreja, o pastor segurou a mão da minha mãe na porta. Eu me joguei entre os dois e pisei nos dedos do sapato bem engraxado do pastor, produzindo uma careta satisfatória e a soltura da mão da minha mãe.

Na volta, a névoa deixou a casa da sra. Verlow tão borrada que parecia abandonada. As luzes estavam apagadas; a energia estava desligada. Por dentro, a casa parecia vazia como um celeiro velho. A luz difusa e fraca do dia escuro não penetrava nos cantos mais escuros da casa, já a umidade fria penetrava até os ossos.

A sra. Verlow me mandou até a cozinha para buscar os pratos frios que Perdita havia deixado para nós. Comemos na sala de jantar, com a luz de uma única vela amarela em um castiçal de prata que tinha vindo da casa de Mamadee. Não fui tola a ponto de mencionar que reconheci. O que me interessou mais foi que era óbvio que a vela era caseira — não do tipo rudimentar, mas feita com habilidade. Enquanto queimava, soltava um odor forte, mas não desagradável, que me fez pensar no bálsamo para pés da minha mãe.

Por menos que eu quisesse pensar nos termos da sra. Verlow, eu não era filha da minha mãe o suficiente para conseguir tirar dos meus pensamentos aquilo que era — desagradável. Ao contrário, quanto mais eu desejo não pensar em alguma coisa, mais eu penso. Aprendi a pensar o que tenho que pensar quando tenho que pensar. Naturalmente, pensamentos indesejados voltam, mas de forma menos irritante.

Depois que o jantar acabou, a sra. Verlow sugeriu um jogo de cartas.

Apesar de a primeira reação da minha mãe à sugestão de um jogo de cartas em um domingo ter sido uma sobrancelha escandalizada erguida, ela percebeu na mesma hora que seu ultraje era desperdiçado pela falta de plateia. Ela se sentou à mesa de cartas com uma modesta falta de entusiasmo. Minha mãe amava jogar cartas. Ela jogava mal e tinha mais azar do que todo mundo que eu conhecia. Mas, no mundo da minha mãe, ela era habilidosa, uma jogadora ímpar. Ao ter a oportunidade de exercitar sua habilidade, não perdeu tempo para agarrá-la. Além do mais, as cartas talvez proporcionassem influência sobre Merry Verlow.

Minha mãe, a sra. Verlow e eu nos sentamos na sala grande para jogar Copas. Meu talento no jogo de cartas na época era bem básico, mas eu já sabia que tinha que deixar minha mãe ganhar. Em vez de abrir um baralho novo, jogamos com um antigo, com as iniciais CCD atrás. Eram as minhas iniciais — embora as cartas tivessem pelo menos vinte anos e não servissem para nada além de roubar no jogo de paciência. Concentradas nas cartas e falando o mínimo possível, nós três mantivemos o clima silencioso da sala. Nossa única luz era a vela da sala de jantar que a sra. Verlow tinha levado consigo. A luz foi ampliada pelo espelho enorme da sala, pendurado na minha frente e pela lareira atrás de mim. A pequena chama ardia intensamente, o pavio queimado caindo tristemente na cera derretida empoçada. No espelho, parecia uma língua de fogo, queimando nas sombras profundas da lareira refletida. O aroma de vela queimada me lembrou o culto a que tínhamos ido na igreja e o funeral do meu pai.

Não vai fazer a menor diferença.

"O que não vai?", respondeu minha mãe vagamente, olhando para as cartas expostas, na esperança de derrotar o escárnio inesperado da sra. Verlow.

"Perdão?", disse a sra. Verlow.

A sra. Verlow e a minha mãe me olharam, embora o som da voz não tivesse nem o alcance nem o timbre de uma menina de 7 anos.

A sra. Verlow passou a pergunta para mim. "O que não vai fazer diferença, Calley?"

Não vai fazer a menor diferença para mim simplesmente porque eu morri.

Naquele momento estávamos nos olhando, todas as três. Nenhuma de nós falou nada.

Então, quem falou?

Estávamos sozinhas, nós três, naquela casa isolada.

Minha mãe empalideceu. Até a sra. Verlow pareceu consternada. Precisei lidar com a questão. E, para mim, Calliope Carroll Dakin, cujas iniciais estavam no baralho na mesinha triangular à nossa frente, ficou óbvio de quem era a voz que havia soado na sufocante sala da frente. Olhei no espelho. O rosto dela estava olhando, não para nós, mas como se fosse por uma janela. Os olhos dela estavam arregalados e lacrimejantes de pavor.

"Mamadee, é você?", perguntei.

Sim e não.

"Cale a boca!", repreendeu-me minha mãe.

Fiquei com os olhos grudados no espelho, mas, antes que pudesse falar para a minha mãe olhar, a voz de Mamadee falou de novo:

Não precisa ser grosseira, Roberta Ann.

Minha mãe pulou e andou na direção da porta, preparando-se para abri-la — apesar de saber tão bem quanto eu que a voz não vinha do corredor nem de nenhuma outra parte da casa.

Eu não estou aí fora, Roberta Ann.

Minha mãe parou com as mãos esticadas na direção da porta. E deu um passo para trás, como se a própria porta tivesse falado.

A sra. Verlow se levantou. "Você está aqui dentro?"

Ela parecia um mineiro cavando fundo para salvar uma criança caída em um poço desativado. Como quem quebra uma parede em ruínas, ela interrogou suavemente a escuridão morta: *Você está aqui dentro?*

Naquele momento entendi que nem a sra. Verlow nem a minha mãe viam Mamadee no espelho.

Não sei. Não sei onde estou. Mas sei que vejo quem me matou...
"Ela está mentindo. Minha mãe não morreu." Minha mãe me olhou intensamente. "Se minha mãe tivesse morrido, eu saberia."

"Você morreu?", perguntei em voz alta.

Minha mãe segurou meus ombros e me sacudiu com força. "Pare de fingir que é a minha mãe!"

Olhou em volta, como se houvesse algo escondido atrás dela. Os olhos estavam mais arregalados do que nunca. Ela tremia.

"Mãe!", choramingou ela. "Você não pode estar morta!"

De repente, a sala ficou mais fria, como se alguém tivesse aberto uma janela. A vela tremeu e se apagou. Fiapos finos de fumaça branca subiram do pavio.

A voz exclamou, ultrajada: *Roberta Ann Carroll, é meu castiçal que está aí na mesa!*

Minha mãe não se distrairia por meras questões de propriedade.

"Você quer que eu me sinta mal!", gritou ela. "Bem, você não pode fazer eu me sentir mal porque, primeiro, eu não matei você e, segundo, eu nem sabia que você estava morta e, terceiro, não acredito que você seja minha mãe porque não temos fantasmas na família! Não existem fantasmas Carroll!"

O fantasma — ou o que quer que fosse — não teve resposta para o fluxo de frases ilógicas proferidas pela minha mãe. Ela soltou os meus ombros. A sra. Verlow levantou e caminhou até a porta, com a intenção de nos tirar dali antes que alguma coisa acontecesse.

Abruptamente, Mamadee falou de novo, fazendo uma pergunta confusa e hesitante: *Roberta Ann, onde você está?*

"O que ela quer dizer?", sussurrou minha mãe para mim.

Respondi com a voz que as meninas de 7 anos usam quando estão recitando um verso de Páscoa na frente da igreja: "Estamos em Pensacola, na Flórida, Mamadee. Na casa da sra. Verlow. Ela é parente distante dos Dakin, mas sem relação de sangue".

Novamente, a voz soou suave e hesitante, dirigindo-se à minha mãe e ignorando a mim e à minha resposta.

Estou vendo uma cadeira, Roberta Ann, essa cadeira logo atrás de você — minha mãe bordou o estofado dela. Onde você a conseguiu? Porque eu sei que essa cadeira pegou fogo. Pegou fogo em 1942. Você está na casa da minha mãe de novo, Roberta Ann?

"Não!", gritou minha mãe. "Estamos em 1958, na praia de Pensacola!"

Você está em Banks, disse a voz de Mamadee, *e essa é uma casa que pegou fogo porque você foi descuidada com as velas, antes de a Calley nascer. Se você está aí é porque você está morta — vocês duas, na verdade — e fico feliz...*

"Ela não quer dizer isso", sussurrou minha mãe com um hálito quente no meu ouvido. "Ela não deseja que estejamos mortas."

"Por que você está feliz de estarmos mortas?", perguntei a Mamadee.

Porque aí, Calley, sua bruxinha malvada — Mamadee riu, a mesma gargalhada que dava quando lia no jornal matinal que alguém de quem ela não gostava tinha morrido antes dela —, *não vou ter que avisar sobre o que vai acontecer a você. Agora talvez eles me deixem voltar. Talvez...*

Acho que "eles" deixaram Mamadee "voltar", porque ela sumiu antes de completar a frase e nunca mais ouvimos a sua voz.

KING & McDOWELL
CHAMAS VIVAS

30

A mente da minha mãe se agarrou não ao que havia acontecido de fato, mas ao que o acontecimento poderia significar para ela. Se realmente tivesse sido o fantasma de Mamadee que havia falado, Mamadee estava morta. A ideia de Mamadee morta e enterrada deixou minha mãe em pânico; significava que a corda que ela passara toda a vida puxando se soltara de repente na outra ponta. A realidade da morte de Mamadee era algo inaceitável, algo que entalara na garganta dela como um rato na barriga de uma cobra. Antes que conseguisse digerir o que tinha acontecido, ela precisava entender por que tinha sido informada do fato — se fosse mesmo verdade — de uma forma tão extraordinária.

Como se isso não bastasse, o comentário enigmático de Mamadee, *não vou ter que avisar sobre o que vai acontecer a você*, era garantia de inquietação para nós. Minha mãe tinha que encontrar uma interpretação para a declaração sibilina que não fosse um prenúncio de desgraça.

Eu desejava afirmar que tinha sido mesmo a voz de Mamadee porque, se fosse, ela provavelmente estaria morta. Eu esperava que estivesse, com todo o meu coração pagão, e só fiquei decepcionada por ela não ter reclamado do calor e do fedor do inferno. Eu não conseguia pensar em um motivo para Mamadee falar a verdade, e não acreditava que ter morrido era uma razão forte o bastante para ela. Até hoje não encontrei motivo para acreditar que uma alma humana, que é enganosa até a essência, se torna verdadeira só por se divorciar do corpo. Eu sabia que tinha conversado com Mamadee. Segurei a língua, esperando o que aconteceria em seguida, aguardando minha mãe perceber o óbvio.

A sra. Verlow recolheu rapidamente as cartas espalhadas e as jogou no lixo. Depois pegou o castiçal.

"Senhor, que *frio*", disse. "Acho que vou me mimar com um chá quente. Se quiserem se juntar a mim, sei que a cozinha vai ser mais confortável do que essa sala escura e deprimente."

Com essa desculpa perfeitamente razoável para fugir da sala, fomos para a cozinha. Deve ter sido a única vez na vida que minha mãe foi de bom grado para uma cozinha. Fui tomada por uma convicção repentina de que Mamadee não tinha falado conosco para nos informar da sua morte ou para nos dar qualquer tipo de aviso, mas porque *eu* estava na sala com a minha mãe e a sra. Verlow. Do além-túmulo, ela apontava para mim um dos seus dedos ossudos com unhas meticulosamente feitas. Ela queria que a minha mãe e a sra. Verlow, talvez, acreditassem que eu era a fonte de uma enganação — ou que eu a havia matado. Ou as duas coisas.

A sra. Verlow pousou o candelabro na mesa. "Sente-se, sra. Dakin. Vou pegar um xale para nos aquecer do frio enquanto a água ferve. Quer um xale ou um suéter? Um para a Calley?"

Minha mãe assentiu.

A sra. Verlow encheu a chaleira, acendeu o fogo e nos deixou sozinhas por alguns minutos.

Eu peguei xícaras e pires, colheres, bule, açúcar e uma jarra de creme na despensa, como fora treinada a fazer.

A chaleira apitou como se para avisar do retorno da sra. Verlow. Ela sorriu para mim quando viu que eu já havia providenciado a arrumação da mesa. Em seus ombros, havia um delicado xale de lã cinza.

Ela levou o suéter preto de casimira da minha mãe para ela e, para mim, um suéter de lã mais áspera. Não era meu. Eu não tinha mais suéteres. O suéter que a sra. Verlow levou para mim estava cheio de bolinhas e visivelmente já tinha sido usado diversas vezes, ele tinha manchas vermelhas em um fundo amarelo que era estranho e feio. E o suéter fedia, de tanto ficar guardado no meio de naftalina e de outra coisa, um cheiro rançoso que me lembrou claramente uma latrina. Minha mãe vestiu rapidamente o suéter dela sem comentar que a sra. Verlow provavelmente entrara no quarto dela e abrira o seu armário para pegá-lo.

Enfiei as mãos nas mangas do suéter amarelo de estampa vermelha esquisita e, com um enorme esforço, passei os botões de arestas afiadas nos buracos muito apertados. O suéter não me esquentou. Na verdade, senti mais frio ainda. A lã pinicava minha pele, e ele era mal tricotado, caroçudo em algumas partes, frouxo e com buracos em outras, e tão apertado nas axilas que machucava a minha pele. Quando o vesti, tive certeza de que pertencera a uma criança já morta. Ouvi seus gritos enquanto ela se afogava no mar e a água a puxava incansavelmente para baixo. Quando tentei desabotoá-lo para tirar, meus dedos estavam tão frios que não consegui passar os botões pelos buracos de novo.

A sra. Verlow cantarolou enquanto fazia o chá e o servia. Reconheci a melodia.

"*You are my sunshine*", cantei com minha voz, "*my only sunshine.*"

"Pare, Calley!", gritou minha mãe. "Minha cabeça está me matando."

A sra. Verlow se inclinou na frente da minha mãe. Pegou uma das mãos dela, depois a outra, e as colocou em volta da xícara de chá.

"Segure o calor, Roberta Ann. Beba tudo. Vai ajudar sua pobre cabeça."

Minha mãe quis acreditar na sra. Verlow; eu vi em seu rosto.

A sra. Verlow se sentou de um lado da minha mãe enquanto eu me contorcia do outro.

A chama da vela era refletida sombriamente no meu chá; parecia queimar dentro do líquido. O chá preto queimou minha boca até a garganta. Era LapSang SouChong, e o seu sabor normal fora adulterado pelo gosto de cera e do pavio queimado. A superfície do chá na xícara se acomodou e olhei novamente para a chama da vela nela refletida; minha cabeça estava pesada e meus olhos, cansados. Meu couro cabeludo parecia sangrar em milhares de pontinhos; eu sentia os fios de cabelo saindo pelos folículos.

Minha mãe botou a xícara vazia na mesa e a sra. Verlow a encheu.

Minha mãe me olhou.

"Calley", disse ela com uma voz seca e feia, "você fez aquela voz, sei que fez. Para debochar de mim! Para debochar da sua pobre e querida mãe!"

Com um movimento lento de cabeça, neguei silenciosamente.

Uma especulação leve e divertida surgiu nos olhos da sra. Verlow enquanto ela nos olhava, de uma para a outra.

"Vamos", exigiu minha mãe. "Fale 'Não vai fazer a menor diferença' com a voz da Mamadee."

Olhei para a sra. Verlow e dei de ombros.

A sra. Verlow não pareceu surpresa, mas muito interessada.

"Não me chame de mentirosa", exclamou mamãe. "Não me faça parecer maluca, Calley!"

A sra. Verlow esticou a mão e tocou meu pulso, então disse à minha mãe: "Sra. Dakin, nós passamos por um choque. Pelo que você disse, concluo que a voz que ouvimos era da sua mãe. Por que você acha que a Calley estava falando com a voz dela? Nós duas estávamos olhando pra ela. Não vi os lábios dela se mexerem, exceto quando fez perguntas para a tal voz".

Minha mãe a ignorou. E disse meu nome com raiva. "Calley!"

"Hã? Mãe, eu não sei fazer a voz da Mamadee sem mover os lábios."

Os dedos da sra. Verlow apertaram meu pulso. "Mas você sabe imitar a voz da sua avó."

"*Roberta*", falei com a voz de Mamadee, "*onde você está?*"

Minha mãe tremeu.

"Essa é a voz da sua mãe?", perguntou a sra. Verlow.

"Sim", sussurrou minha mãe. "É idêntica."

"Mas eu tenho que mover os lábios", observei. "E não estou debochando."

"Diga alguma coisa com a minha voz", disse a sra. Verlow.

Eu disse: *"Diga alguma coisa com a minha voz".*

No silêncio que se seguiu, tomei um grande gole de chá. Falar com a voz de outra pessoa deixava minha boca seca. O chá queimou minha garganta sem aliviar a sede.

"Eu devia ter pegado o Ford e deixado ela", proferiu minha mãe. "Acho que ela está possuída."

Ignorei a provocação sobre eu estar possuída. Eu já tinha ouvido aquilo antes; não significava nada para mim.

"O Ford não queria vir", lembrei a ela. "Ele queria ficar com a televisão em cores. E com a Mamadee."

"Ford." A voz da minha mãe se elevou de empolgação quando ela finalmente se deu conta de qual era a primeira consequência da morte de Mamadee. "Vou pegar meu menininho de volta!"

Naquele momento, as luzes piscaram e se acenderam com a volta da energia elétrica. A chama da vela pareceu encolher.

A sra. Verlow esticou a mão sobre a mesa para apagá-la com os dedos.

Uma fumaça preta como almas em fuga saiu do pavio. O odor de cera queimada pairava no ar; o gosto na minha boca era queimado e oleoso. O odor, o gosto e as folhas de chá na minha xícara pareciam ser tudo que restava da visita. Percebi que as folhas no fundo da minha xícara formavam um desenho parecido com os feios borrões vermelhos do suéter que a sra. Verlow havia pegado para mim. Eu nunca tinha visto um desenho tão estranho. Qualquer estampa de bolinhas mantinha um distanciamento delas entre si, mas aquelas não só ficavam sozinhas, mas formavam ângulos e linhas curtas sem nenhuma simetria. Algumas pareciam pontos de sangue seco.

Minha mãe enfiou a mão no bolso da blusa para pegar o maço de cigarros. Amassado e com apenas três cigarros, ele não estava muito diferente da caixinha de fósforos presa entre o celofane e o alumínio. Ela estava racionando os cigarros, e sempre tentava pegar um com algum dos hóspedes novos, até a caminhada da manhã seguinte ao posto de gasolina da praia de Pensacola, onde iria para buscar mais. Começou a remexer nas coisas da cozinha, procurando um cinzeiro.

A sra. Verlow levou o bule até o fogão para acrescentar água quente.

A vela havia queimado em um novo formato, e a cera derretida era meio transparente. Toquei nela para confirmar o calor. Ficou com a marca dos meus dedos como se fossem tinta. Mesmo com o barulho das ondas quebrando e do vento crescente, ouvi o som de um motor distante, que eu reconhecia.

"Pode ficar com a vela se quiser, Calley, só sobrou um cotoco." A sra. Verlow se virou para nós de novo, segurando o bule. "E um cotoco nos é dispensável."

Nem ela nem minha mãe tinham me visto tocar na vela.

Minha mãe riu, soltando fumaça.

"Não dê fósforos na mão dela", avisou minha mãe, largando no cinzeiro o fósforo aceso que estava em sua outra mão quando a chama chegou perto dos dedos. "A não ser que queira que ela bote fogo na casa!"

A sra. Verlow se serviu de mais chá. Ela não voltou a se sentar, ficando de pé e olhando para mim.

"Você faz isso com frequência, Calley?", perguntou ela. "Bota fogo em casas?"

Balancei a cabeça em negativa. Perguntei-me se devia dizer para a sra. Verlow que a moça de chapéu estava voltando.

"Que pena", disse a sra. Verlow. "Eu poderia botar essa casa inteira no seguro e comprar fósforos pra você."

Minha mãe quase engasgou.

Quando se recuperou da tosse, exclamou: "Mas que diabos! Você está tentando dar ideias pra Calley?".

A sra. Verlow não respondeu. Botou uma de suas mãos na orelha para escutar melhor.

"Acho que um hóspede está chegando."

KING & McDOWELL
CHAMAS VIVAS

31

Do lado de fora, o mundo ainda estava mergulhado em névoa. Corri da porta da frente até o caminho dos carros, deixando minha mãe e a sra. Verlow me seguindo de forma mais digna. Não havia nada para ver, embora o ronco do motor continuasse se aproximando. Enquanto eu esperava, abraçando meu próprio corpo por causa do frio, o vento movia os frágeis fios de neblina. Meus dentes bateram e minha pele ficou arrepiada.

"Calley", gritou minha mãe.

Eu me virei na direção de sua voz.

Um fantasma gigante surgiu na minha frente. Minha respiração entalou na garganta. Quando a neblina tremeu e ondulou, o gigante tremeu e ondulou acima de mim, como se fosse me engolir.

O veículo chegou atrás de mim, o barulho da aproximação aumentando, a iluminação dos faróis se intensificando enquanto o fantasma gigante chegava mais perto. Uma buzina de automóvel soou violentamente.

Um sopro repentino dissolveu o fantasma gigante. O cupê da cor da neblina desacelerou lentamente e passou pela via láctea dos próprios faróis.

Corri para os degraus da varanda e encontrei a sra. Verlow sorrindo para o cupê enquanto minha mãe, ao lado dela, espiava com ansiedade. Quando entrei atrás da minha mãe e segurei a saia dela, ela arrancou o tecido dos meus dedos bruscamente.

"Pare de agir como um bebê", disse ela, prestando atenção na pessoa que chegava.

Como servas em um filme de época da BBC, minha mãe e eu ficamos de lado enquanto a sra. Verlow abria a porta do cupê prateado com placa de Maryland. Uma mulher saiu do banco do motorista.

Tudo na mulher era cinza, mas ela não parecia velha nem desbotada. Parecia mais velha do que a minha mãe e a sra. Verlow, mais jovem do que Mamadee, e não havia nada de burro nem de fraco nela. Ela não era um fantasma saído da neblina, mas uma mulher de densa substância humana. A presença dela me acalmou. O fantasma gigantesco que eu havia visto pareceu não ter sido nada além de uma ilusão.

Quando ela tirou as luvas de dirigir, vi que suas unhas eram extremamente bem cuidadas e a pele de suas mãos era mais jovem que a do pescoço. Obviamente, ela protegia e cuidava das mãos, apesar de não serem bonitas nem elegantes. Eram comuns, quadradas e com dedos curtos. Macias, é claro. Aquela mulher nunca tinha feito nenhum tipo de trabalho, nem havia se curvado para jogar tênis ou fazer jardinagem. Ela não usava anéis nem pulseiras.

Enquanto eu repassava essas lembranças, percebi que ela parecia alguém cujo rosto me era familiar. Anos se passariam antes que eu pudesse nomear aquele rosto.

A sra. Verlow a apresentou para nós naquela noite como sra. Mank.

O cabelo da sra. Mank era grisalho com fios pretos, cortado em ondas curtas e crespas. Os olhos também eram cinzentos, de um tom mais claro do que as pérolas em seu pescoço. As bochechas, pálidas de pó, eram cheias e redondas; o nariz, fino, longo e frio como mármore cinza. O rosa do seu batom era como o batom mais claro da minha mãe com uma cobertura de cinza. Seu vestido era composto por dois tons de cinza quase indistinguíveis: o debrum era cinza-pérola, e o tecido básico, mais prateado. Um cordão de duas voltas de pérolas cintilava no pescoço, e os lóbulos das orelhas exibiam pérolas enormes.

Os sapatos eram da cor de estanho polido; minha mãe me contou depois que eram feitos à mão. Ela também disse que eram do mesmo tamanho dos dela, 34. Eles podiam ser tamanho 34, mas o tamanho dos sapatos da minha mãe era 35, o que não a impedia de espremer o pé em sapatos menores. As meias da sra. Mank eram de seda, da cor de teias de aranha.

A sra. Mank abriu um sorriso caloroso. "Roberta Ann Carroll Dakin, finalmente."

O sotaque não era o familiar do Alabama, nem da Flórida, nem da Louisiana, nem de nenhum lugar que eu reconhecesse como obviamente estrangeiro — como o da moça da Chiquita Banana ou o exagerado sotaque inglês que eu conhecia da televisão e do rádio. Se as placas do carro dela eram de Maryland, como eu tinha observado, ela devia ser de Maryland, então o sotaque devia ser de Maryland também.

Desconcertada pelos recentes acontecimentos, minha mãe devia ter ficado mais do que um pouco impressionada pelo cupê prateado que a sra. Mank dirigia — uma marca estrangeira em uma época em que poucos americanos dirigiam carros importados —, pelas pérolas que a sra. Mank usava e pela mera presença dela.

A sra. Mank olhou brevemente para mim, da forma como a maioria das pessoas fazia, esperando pouco e aparentemente encontrando menos ainda.

Decidida a fazer a sra. Mank se sentir bem recebida, a sra. Verlow a acompanhou até os aposentos destinados a ela. Ela ficou com um banheiro e uma sala privativos, além do quarto, transformado em uma suíte ao destrancar as portas entre quartos adjacentes. A sra. Verlow me surpreendeu quando me pediu para pegar a bagagem da sra. Mank. Ela devia saber que era só uma valise e uma bolsa Gladstone (um termo que aprendi no curto período desde que havíamos chegado à casa da sra. Verlow). No começo, pareceram pesadas, mas depois que dei dois passos do porta-malas aberto do carro importado da sra. Mank, pareceram tão leves quanto estariam se estivessem vazias.

Após entregar a bagagem da sra. Mank, voltei para fechar o porta-malas do cupê. O automóvel me fascinava: era baixo, tinha uma frente comprida, a traseira achatada e dois lugares com calotas cromadas, tão diferente das marcas americanas que eu conhecia de vista. O Edsel parecia espalhafatoso ao lado dele. Enquanto o Edsel tinha um peso absurdo do cromo, um teto quadrado, rabo de peixe, faixas pintadas e faróis fundos e grandes como olhos de coruja acima do para-choque enorme, aquele veículo era... bonito, elegante e cheio de segredos. Enquanto o Edsel se projetava para a frente, como se quisesse invadir um espaço alheio, o carro da sra. Mank ocupava seu próprio espaço. O Edsel era como um caixote de linhas retas; o cupê da sra. Mank era todo cheio de curvas. Era cromado, claro, mas de forma elegante e nada convencional. Os faróis ficavam no capô, em cavernas com bordas cromadas. No capô e no porta-malas, um medalhão exibia um cavalo saltando, e outro medalhão exibia um cavalo alado de frente. No porta-malas, em letra cursiva, lia-se:

Como Pégaso, o cavalo alado. *Pegaso,* sem acento, devia ser a grafia estrangeira, mas de que lugar eu não tinha ideia. Tentei falar sozinha com a voz e o sotaque da sra. Mank: *Pegaso.* Evidentemente, não era uma palavra mágica, pois não houve nenhum acontecimento mágico — nenhum brilho repentino, nenhum som de piano, nenhum cavalo alado andando na areia.

O porta-luvas estava trancado, o que me impediu de aprender com manuais ou documentos que pudessem estar lá dentro.

O vento havia aumentado e ficado forte, destruindo a névoa. Balançou minhas roupas e tentou me arrastar até a praia. Mas não foi forte o suficiente para abafar o som de mais dois veículos que trafegavam na estrada de Pensacola Beach.

O suéter amarelo não oferecia calor. Parecia que encolhia em tiras apertadas no meu peito, pescoço e pulsos.

Corri até a cozinha para buscar uma tesoura e comecei a cortar os botões do suéter. Comecei pelos de baixo porque eram mais fáceis. As beiradas dos botões não tinham ficado frouxas desde que eu os enfiara nos buracos, e eles eram difíceis de segurar. Mas eu consegui, mesmo que tenha me cortado e sangrado um pouco ao enfiar as lâminas da tesoura atrás dos botões e dos fios que os prendiam à lã. Apesar de a lã afrouxar quando os botões caíram no chão, despregar o do alto foi ainda mais difícil, com meu queixo virado para baixo até quase tocar a ponta da tesoura. Os fios cederam de repente e o botão voou mais longe que todos os outros, indo parar no polegar da sra. Mank, como se estivesse preso em um fio elástico. *Não a ouvi entrar na cozinha.* Um terror imediato percorreu meu corpo; foi como tocar em uma tomada elétrica.

Ela estava parada no meio da cozinha, me observando. O rosto estava muito contraído, e a coluna, muito ereta.

O botão piscou entre os dedos dela e sumiu.

"Quem guarda, sempre tem", comentou ela. "Foi o que me disseram."

Então saiu majestosamente da cozinha pela porta vaivém da despensa. Enquanto ela seguia pela sala de jantar e pelo saguão até a varanda, fiquei ouvindo os seus passos. Eram tão audíveis quanto os de qualquer outra pessoa.

Peguei os outros três botões dos cantos para onde haviam rolado. O suéter ainda me apertava nas axilas. Eu o tirei com dificuldade, juntei os botões e o cotoco de vela dentro do suéter e procurei um lugar para esconder tudo. A cozinha logo ficaria agitada e não seria seguro guardá-los ali. Abri a porta do quarto de Cleonie e Perdita e botei meu embrulho dentro.

Lá fora, os recém-chegados saíam dos veículos.

No domingo anterior, eu havia ajudado a sra. Verlow a servir os comes e bebes. Eu pretendia fazer tudo sozinha agora, mas a visita estranha da voz de Mamadee e o fantasma gigante na neblina me deram um ímpeto maior; a longa lista de responsabilidades tirou da minha cabeça o choque imediato e a reflexão sobre esses acontecimentos. Corri até a sala, onde a cafeteira estava pronta, e a liguei na tomada. Voltei depressa para a cozinha. Assim que os hóspedes retornassem de seus quartos, eu deveria estar com tudo organizado na sala de leitura, tudo arrumado em volta da cafeteira na mesinha redonda: xícaras, pires, colheres, pratinhos e guardanapos. Eu precisava preparar o chá, completar a jarra com água quente, disponibilizar creme, cubos de açúcar, fatias de limão, pratos de doces, petiscos, e arrumar os sanduichinhos de pão de forma sem casca que Perdita havia deixado na geladeira. Nada que excedesse uma ou duas mordidas, para não estragar o jantar de ninguém.

Minha mãe foi a primeira a chegar. Ela fez um trabalho lamentável ao servir café para si mesma. Ainda tentava entender aquela misteriosa voz e as coisas ditas por ela. A falta de cigarros aumentava sua inquietação. Não fiquei surpresa quando ela franziu a testa para mim por cima da xícara quando a levou aos lábios.

"Vou servir o café para os hóspedes, Calley. Vá para outro lugar. Crianças deviam ser vistas, não ouvidas."

Eu não tinha falado nada. Esperava que a mão dela ficasse mais firme quando ela fosse servir alguém que não fosse ela mesma. Quando me virei para sair, quase esbarrei na sra. Mank.

"Senhor!", exclamou minha mãe. "Calley, peça desculpas por pisar no pé da sra. Mank!"

A sra. Mank sorriu friamente para mim, e ainda mais friamente para a minha mãe. "Não foi nada, sra. Dakin." Ela articulou claramente o "sra". "Essa garotinha é uma criaturinha ocupada, não é? Imagino que tenha mais coisas a fazer."

"Tem, sim", concordou minha mãe, satisfeita com a ideia.

Apesar de estar muito curiosa para ver como a minha mãe e a sra. Mank se dariam, eu também estava ciente de que a sra. Verlow precisava de mim. Em meu pensamento, quase a ouvia chamando meu nome.

Lá fora, nos fundos, a sra. Verlow enchia seu carrinho de bagagem. Corri até ela e a ajudei a empurrá-lo pela rampa até o corredor dos fundos.

"Espero que você cresça rápido", disse ela. "Mal posso esperar para você conseguir carregar algumas dessas malas para mim."

Fiquei mais ereta e tentei parecer maior. Saber que eu moraria na casa da sra. Verlow por tempo suficiente para crescer me animou.

Ela se afastou do carrinho para respirar.

"Sra. Verlow", perguntei, "você já viu um fantasma?"

A pergunta não pareceu surpreendê-la.

"Talvez."

Para mim, foi uma admissão. "De que tamanho era? Fantasmas podem ter tamanhos diferentes?"

Ela balançou a cabeça para mim. "Devagar, garotinha. Eu falei que talvez. Isso não me torna uma especialista."

Isso queria dizer que ela não queria me contar. E também que era provável que fantasmas tivessem tamanhos diferentes.

Escolhi outra pergunta. "Os jornais da Flórida imprimem *obichuários* de gente que morreu no Alabama?"

A sra. Verlow riu. "Obituários, você quis dizer?"

Concordei.

"Só se a pessoa que morreu no Alabama fosse muito importante ou tivesse morrido de um jeito muito estranho."

E se Mamadee não fosse tão importante quanto parecia ou fingia ser? Claro que nós não tínhamos ideia de como ela havia morrido, isso se ela realmente morrera, pensei.

Tentei outra abordagem. "Tem outro jeito de descobrir se uma pessoa morreu?"

"Uma ligação telefônica para o endereço da pessoa pode bastar. Ou para um amigo ou conhecido." Ela mudou de assunto. "Você é muito boa em fazer vozes."

Dei de ombros.

"Achei que você podia ser. Fennie mencionou alguma coisa..." A sra. Verlow não terminou a frase. "Sua mãe disse que você foi o bebê mais agitado do mundo."

Tudo que acontecia com a minha mãe era "o mais do mundo", nós duas sabíamos, então não falei nada. Estava pensando no que a sra. Verlow havia insinuado, que eu poderia ligar para o número de Mamadee e usar a voz de outra pessoa para perguntar se ela ainda estava na terra dos vivos ou se tinha ido receber a recompensa eterna do abraço quente de Satanás. Pensei em ligar para um dos meus tios Dakin.

Um deles saberia se Mamadee tivesse morrido. Eu teria que pedir o número à telefonista.

A sra. Verlow prosseguiu: "Você ouve extraordinariamente bem, não é?".

"Sim, senhora", concordei do jeito mais gentil e humilde que pude.

Ida Mae Oakes sempre dizia que se gabar de um dom era grosseria.

"Deve ser difícil se concentrar", comentou a sra. Verlow, como se falássemos de achar o tamanho certo de sapato.

Eu levei a maior parte dos meus então 7 anos para chegar até onde eu tinha chegado, para aprender a me fechar do mundo para conseguir pensar. Claro que, por volta dos meus 3 anos, eu já sabia que ouvia bem mais do que as outras pessoas, e que as outras pessoas não sabiam imitar sons como eu fazia, mais ou menos naturalmente. Ida Mae Oakes enchia meus ouvidos de bolas de algodão para me ajudar a bloquear uma parte do barulho incansável, depois eu mesma passei a fazer isso. Mais tarde, descobri que conseguia dormir se aceitasse o barulho, prestando atenção até flutuar nele. Quando contei a Ida Mae, ela disse que ficou aliviada, pois o preço do algodão estava aumentando e tinha os bicudos-do-algodoeiro, e por acaso eu tinha reparado em como as mãos dela tinham ficado ásperas e vermelhas de tanto colher algodão e tudo o mais? Ela me fez rir tanto que até chorei.

Eu pensava que talvez um dia eu encontraria alguém que ouvisse tanto e tão bem quanto eu, e que essa pessoa seria boa em imitar os sons que ouvia. O mais perto que cheguei de uma pessoa como eu foram os autistas com savantismo que encontrei: sei de seis que são cegos, e na primeira vez que escutam, conseguem tocar qualquer música no piano, adaptar qualquer música a qualquer estilo, tudo sem que alguém os ensine ou os ensaie. Quanto a mim, acho que o fato de eu ouvir bem demais é acidental. Quer dizer, *eu* consigo ouvir a imperfeição na minha própria imitação. Eu não sou musicista nem cantora, mas algo mais parecido com um toca-discos. E quanto à sensibilidade da audição, o barulho do mundo não só distrai, mas pode ser até doloroso e mortalmente exaustivo.

Mas eu só assenti para a sra. Verlow.

Então ela disse meu nome muito baixo, quase em um sussurro: "Calley? Calley, você ouve os mortos?".

Pisquei. A pergunta dela explicava bem mais do que eu podia responder.

"Sim, senhora", respondi, "mas não vale a pena ouvir."

Ela pareceu chocada. "Você quer dizer que não entende?"

Apertei os lábios. Parecia que eu tinha contado um segredo. Eu não ia contar a ela que tinha *visto* Mamadee no espelho também.

A sra. Verlow me olhou, avaliando-me por um momento.

Como eu não disse mais nada, ela se virou para o carrinho. "Acho que você consegue levar essa mala pequena aqui."

Era uma mala de apenas uma noite e não estava pesada, ao menos até eu estar a vários passos do alto da escada. Mas eu consegui levá-la até o quarto e, quando cheguei lá, desejei me apressar e crescer mais rápido.

Voltei para a sala, botei a louça suja em uma bandeja, ouvi os passos da minha mãe na varanda e a vi andando de um lado para o outro. A sra. Mank estava com ela. As duas fumavam — cigarros da sra. Mank, eu não tinha dúvida, pois minha mãe não dividiria seus últimos cigarros nem com um moribundo. Apurei meus ouvidos, mas elas não conversavam. Pareciam apenas fumar juntas — uma mulher mais jovem de preto e outra mais velha de cinza. Dois outros hóspedes faziam o mesmo, mas caminhavam pela praia, deixando trilhas de fumaça ao passar.

Fiquei perturbada — um pouco temerosa — ao pensar na minha mãe e na sra. Mank conversando, mas não sabia dizer por quê.

Os hóspedes haviam espalhado xícaras, pires, colheres e guardanapos por todos os cantos, pela sala e pelos outros aposentos do térreo. Recolhi tudo rapidamente e levei para a cozinha, onde já havia preparado a água. A sra. Verlow havia me instruído a contar todos os talheres e louças, então eu sabia que tudo que eu tinha levado para o chá havia sido recuperado. Mas minha mãe e a sra. Mank não sabiam que eu sabia.

Saí da forma mais silenciosa possível e fui para a varanda, o rosto tentando demonstrar a concentração de uma garotinha procurando colheres e xícaras esquecidas.

A varanda contornava quase toda a extensão da casa: da cozinha, nos fundos, até a frente, virada para o mar. Para a minha decepção, minha mãe e a sra. Mank haviam colocado cadeiras uma ao lado da outra e se sentado em silêncio para olhar os hóspedes, que caminhavam pela praia para conhecer o lugar ou talvez só para esticar as pernas após a viagem.

"Não tem louça nem talheres na varanda", disse a sra. Mank, sem olhar para mim. "Pegue essas suas orelhas enormes, Calley Dakin, e procure Merry Verlow, que sem dúvida vai saber ocupar essas suas mãozinhas, talvez até o seu nariz."

Minha mãe riu. Pareceu um dos barulhos do Ford.

Com raiva por ter sido ser flagrada, eu falei: "Não é justo todo mundo mandar em mim".

A sra. Mank riu de forma grosseira. "Só falta você querer votar."

O calor subiu no meu rosto. Minha pele transparente sempre me trai.

"Meu pai me disse que as pessoas que pisam nas outras", declarei devagar, "podem acabar sendo pisadas."

Minha mãe se sentou, ereta. "Ele nunca disse isso! Você é uma mentirosa horrível, Calley Dakin!"

Fiz uma reverência debochada e fui embora. Atrás de mim, minha mãe não parou de pedir desculpas pelo meu comportamento abusado. Por mim, tudo bem.

Na cozinha, subi no meu banco e lavei a louça. Fui cuidadosa e sequei tudo direitinho, depois guardei tudo na despensa para ser usado novamente depois do jantar. Por mais cansada que eu já estivesse, ainda tinha toda a louça do jantar para ser usada.

Subi no armário de lençóis. Lá, fiz um pequeno ninho, ao alcance dos meus poucos livros. Ninguém saberia onde eu estava; ninguém poderia me dar ordens para eu trabalhar. Eu não sabia explicar por que estava tão convencida de que um armário sem janelas em uma casa enorme devia ser seguro de vozes e aparições fantasmagóricas. Só me pareceu lógico. Como se sintonizasse uma estação de rádio, sintonizei os ouvidos aos sons do mar do golfo. O sussurro molhado, tão parecido com batimentos cardíacos, me fez adormecer em paz.

KING & McDOWELL
CHAMAS VIVAS

32

Menos de duas horas depois de o Edsel cuspir cascalho em Mamadee, ela dirigiu o Cadillac pelos três quarteirões e meio até o centro de Tallassee. Parou na frente da loja de roupas da sra. Weaver, entrou e anunciou que compraria todos os guarda-chuvas da loja. Quando a sra. Weaver reagiu com compreensível surpresa, Mamadee só respondeu imperiosamente que tinha seus motivos para comprá-los. A sra. Weaver pediu desculpas por só ter cinco guarda-chuvas à venda, mas acrescentou que ficaria feliz em dar o próprio com um bom desconto.

"Por que *diabos* eu ia querer o *seu* guarda-chuva velho?", respondeu Mamadee.

A sra. Weaver fungou discretamente, com a certeza de que Deirdre Carroll havia bebido, e antes do almoço, mas também ficou decepcionada. No entanto, isso só durou um momento, pois quinze minutos depois ela já havia se convencido de que realmente tinha sentido cheiro de uísque no hálito de Deirdre Carroll.

Mamadee colocou os cinco guarda-chuvas no porta-malas do Cadillac e foi até a loja de departamentos Chapman, onde comprou todos os guarda-chuvas disponíveis nos setores feminino e masculino e a sombrinha com franjas no departamento infantil. Ela deu as chaves do carro para um vendedor, disse que era para ele colocar todos os guarda-chuvas no porta-malas do Cadillac e que ela voltaria depois para buscar as chaves. Enquanto o vendedor guardava os guarda-chuvas no porta-malas do Cadillac, a sra. Weaver foi até a porta da loja e compartilhou sua crença de que Deirdre Carroll havia bebido antes do meio-dia. O vendedor observou que isso não seria nem um pouco surpreendente.

Meia hora depois, Mamadee voltou para a loja de departamentos acompanhada de um garotinho negro. A criança carregava cinco pacotes de papel pardo, cada um com um ou mais cabos de guarda-chuva à mostra. Mamadee tinha ido a todas as lojas e exigiu comprar todos os guarda-chuvas disponíveis. Na Pechincha do Ben Franklin, ela conseguiu sete; depois comprou dois na Harvester's Sementes e Rações, três na Bartlett Materiais de Construção, dois na Durlie Produtos Por Um Dólar e um no Piggly Wiggly, que havia restado de uma promoção da Morton Salt. Ela não achou nenhum à venda na Barbearia Dooling, na Sorveteria Tastee Freez, na Companhia Elétrica do Alabama, na Seguros Ranston, na Joalheria Smart, nem na Companhia Quantrill de Suprimentos Elétricos, Hidráulicos e de Gás, mas foi perguntar em todas.

Depois de pegar a chave do carro, Mamadee levou o garotinho negro com os quinze guarda-chuvas até o Cadillac. Quando ele fechou o porta-malas, Mamadee contou cuidadosamente não os prometidos 25 centavos, mas 33 dólares e 32 centavos. Ao entregá-los ao menino, ela disse para ele ir à casa dela mais tarde para ela compensar os centavos que faltavam.

Quando o garotinho negro se afastou em um estado de estupor por causa da sua inesperada riqueza, Mamadee entrou na Farmácia Boyer, o único estabelecimento comercial de Tallassee que ela ainda não havia visitado. Mas lá ela não pediu guarda-chuvas e foi diretamente para o balcão, para se posicionar impacientemente atrás de um fazendeiro idoso cuja surdez atrasava muito a compra de uma preparação de acácia registrada para a sua ainda mais idosa mãe.

O farmacêutico, sr. Boyer, ficou surpreso ao ver Mamadee no balcão. Ela sempre enviava uma empregada quando precisava encomendar uma receita ou queria encher ilegalmente o frasco azul de elixir paregórico. Quase nunca ia pessoalmente.

Depois de resolver a questão do fazendeiro velho e surdo, o sr. Boyer se preparou, sorriu com obséquio e perguntou: "Sra. Carroll, em que posso lhe servir?".

Mamadee levantou o queixo bem alto para mostrar a parte macia de baixo.

"Olhe este lugar", disse ela. *Lugar* era a palavra usada para se referir a um pequeno hematoma, mancha ou ferimento de origem indeterminada.

"Não dá pra ver nada daqui", comentou o sr. Boyer, intrigado. "Talvez seja melhor eu dar a volta."

O farmacêutico deu a volta no balcão e olhou com atenção embaixo do queixo de Mamadee. "Ainda não estou vendo nada, sra. Carroll."

"Bem, está aqui! Estou sentindo!"

Àquela altura, todo mundo que estava no balcão das sodas, na frente da farmácia, havia se virado para ver e ouvir.

O sr. Boyer começou a apertar o indicador na parte de baixo do queixo de Mamadee, mas ela deu um pulo para trás, alarmada.

"Não encoste! Só me dê alguma coisa pra fazer passar."

O sr. Boyer ficou desconcertado. Sua esposa saiu de detrás do balcão e foi para os fundos da loja.

"É uma bolha, sra. Carroll?", perguntou a sra. Boyer.

"Não é uma bolha", retorquiu Mamadee. "É um tumor. Eu sei que é um tumor."

"Também não vejo nada", disse a sra. Boyer com cuidado, tentando não soar ofensiva.

"Por acaso faz alguma diferença pra mim se você consegue ver ou não? Está coçando e eu quero cutucar, mas não se cutuca um tumor. Então, só preciso de alguma coisa pra botar nele, pra não cutucar e não infeccionar."

"Dê alguma coisa pra ela", murmurou a sra. Boyer para o marido.

O sr. Boyer não precisou de estímulo. Ele misturou uma base de creme, óleo de fígado de bacalhau, creme para assaduras de bebê e calamina e encheu um pote de vidro pequeno, datilografou uma etiqueta que dizia *Aplicar como desejar* e entregou a Mamadee. "Eu não devia lhe dar isto sem recomendação médica e posso acabar tendo problemas. São 2,75 dólares. Vou botar na sua conta."

Às 12h, toda Tallassee sabia que Roberta Carroll Dakin havia fugido de Ramparts. Às 16h, toda Tallassee sabia do comportamento peculiar de Deirdre Carroll no centro e na Farmácia Boyer. Por isso, o dr. Evarts não ficou surpreso quando Mamadee ligou para ele e mandou que fosse para a casa dela naquele instante.

"Tem cinco pessoas na minha sala de espera, as cinco com consulta marcada", informou ele.

O dr. Evarts pretendia julgar pela resposta a essa recusa o quanto Mamadee achava o caso sério.

"Se eu tiver que ir até aí", respondeu ela, "as pessoas na sua sala de espera não vão viver para se curarem. Está ouvindo?"

O dr. Evarts tinha ouvido sobre a partida de Roberta Ann Carroll Dakin com a filhinha esquisita e sem o filho, e sobre os guarda-chuvas de Deirdre Carroll. Ele via a fofoca como parte da vida na cidade, uma parte que o divertia e informava, mas sobre a qual não precisava agir. No entanto, depois que chegou em Ramparts, o dr. Evarts se deu conta de que as histórias que ele tinha ouvido não tinham sido exageradas. Ele encontrou a porta da frente aberta e, quando chamou Tansy, ninguém respondeu. Reparou que, para além da porta aberta, havia uma mulher doente lá dentro.

Então encontrou todas as portas abertas e guarda-chuvas abertos em todos os aposentos.

Havia guarda-chuvas abertos apoiados em cadeiras e pendurados em candelabros. Um deles estava enfiado no bolso fundo de um casaco de pele de raposa em um armário aberto. Outro ocupava a corneta do gramofone na biblioteca do capitão Sênior. Uma sombrinha infantil de franjinhas — o tipo de coisa que uma futura miss de 6 anos usaria apoiada no ombro no desfile de Páscoa — estava aberta, presa na sanca do teto, no patamar da escada.

No andar de cima, guarda-chuvas abertos, como morcegos pretos enormes, ocupavam as camas, penduravam-se em varas de cortinas ou protegiam as cômodas de uma chuva. O dr. Evarts parou para espiar o quarto de Roberta Ann. Parecia que ela havia revirado o próprio quarto como uma ladra. Olhou ao redor: a fotografia dela de shorts, mostrando as pernas, havia sumido. Isso o incomodou mais do que ele esperaria. Ele sempre gostou de olhar para aquela fotografia. Joe Cane Dakin, enquanto era vivo, recebeu os favores de uma mulher muito bonita. Por outro lado, o destino do pobre coitado não foi nada invejável, para dizer o mínimo.

Distraído, o dr. Evarts mal olhou pela porta aberta do quarto seguinte e passou direto por ela antes de registrar o que viu. Deu três passos para trás e olhou de novo.

O garoto, Ford, estava sentado na beirada da cama. Estava de terno e gravata. O cabelo estava bem penteado, úmido de pomada. Uma mala dividia a colcha com ele. Ele parecia entediado. O dr. Evarts não pôde deixar de refletir sobre como ele era um garoto bonito. Se beleza era uma benção, ele fora abençoado com a beleza e a graça da mãe, e com a obstinação dela e de Deirdre, o que quase certamente não era uma bênção.

"Demorou, hein?" Ford ficou de pé. "A velha bruxa ficou doida."

"Obrigado pelo seu diagnóstico", disse o dr. Evarts.

"De nada." Ford foi até a porta e indicou o corredor na direção do quarto de Deirdre. "E aí?"

A porta do quarto dela estava fechada. A fechadura estava emperrada com um cabo de guarda-chuva, uma coisinha vermelha e amarela com um cabo comprido, feita para ser colocada sobre o assento de um trator.

"Deirdre!", gritou o dr. Evarts, tentando tirar o guarda-chuva da fechadura, mas a ponta dele cedeu e quebrou. "É o dr. Evarts! Você está aí dentro, Deirdre?"

Ford se apoiou na parede e bocejou, com o rosto impassível.

Embora o dr. Evarts não estivesse ouvindo nada, ele não tinha dúvida de que Deirdre Carroll estava dentro do quarto. Ele girou a maçaneta, empurrou os painéis com o ombro, tentou tirar a ponta quebrada da fechadura, tudo em vão. Olhou ao redor, andou pelo corredor e pegou um guarda-chuva aberto que estava pendurado em uma arandela a gás. Era preto e sem nenhum enfeite, com um cabo de madeira escura, uma haste de aço frio, e forrado com uma seda preta, fina como crepe. Ele posicionou a ponta de aço no chão, empurrando o pé com força nas varetas finas do guarda-chuva, entortando-as até quebrarem, lutando para arrancar a lona tingida, até não sobrar nada além do cabo, da haste, de uma auréola fina de varetas e a ponta — tudo de que precisava.

Depois de enfiar a ponta de aço ao lado da outra, quebrada, na fechadura, o dr. Evarts a forçou até ouvir o som de todo o mecanismo do trinco se quebrar. Nesse momento, a maçaneta girou livremente em sua mão.

A ponta quebrada, que antes estava enfiada na fechadura, caiu. Estava vermelha, como se tivesse sido aquecida, e soltou fumaça, queimando o tapete do corredor.

Ford aplaudiu com umas poucas palmas, lentas e sardônicas.

O dr. Evarts o olhou. Se Deirdre Carroll estava mesmo do outro lado da porta, outra pessoa devia ter enfiado o guarda-chuva na fechadura, alguém que quisesse trancá-la no quarto.

"Onde está Tansy?"

Ford deu de ombros. "Fugiu."

Como o dr. Evarts suspeitava, Deirdre Carroll estava no quarto. Mesmo antes de vê-la, ele ouviu sua respiração — baixa, pesada, ofegante. Ela estava deitada imóvel na cama, com a cabeça um pouco virada na direção da porta. Quando o médico entrou, Deirdre Carroll não disse nada. Possivelmente não era capaz de falar por causa do tumor embaixo do queixo.

Era quase redondo, maior que uma bola de softbol e de uma cor preta como a fuligem que cobre as paredes de uma lareira quando só é queimado o tipo mais vagabundo de carvão. Fosse qual fosse a origem e a purulência que infeccionava lá dentro, o tumor escuro era maior e estava mais obscenamente inchado do que o pior crescimento canceroso que o dr. Evarts já tinha visto. A cabeça de Deirdre Carroll estava inclinada para trás. O tumor preto brilhante estava tão grande que comprimia a caixa torácica e a mandíbula. Era impressionante como ela ainda conseguia respirar, e não era de se admirar que ela não houvesse respondido aos seus chamados.

Os olhos de Deirdre se reviraram quando ela tentou vê-lo. Evitando contato visual, o dr. Evarts se aproximou da cama. A superfície do tumor estava preta como fuligem, mas era pele — a pele preta torrada de vítimas de queimadura que tinham que dormir sentadas porque era menos doloroso. E o tumor reluzia em algumas partes, em tons de roxo. Ao perceber que a sua boca estava contorcida de nojo, ele tentou sorrir, mas fracassou.

"Você devia ter me ligado antes", disse ele, esticando um dedo para tocar no tumor preto. Ela fez uma careta e se encolheu. Ele não conseguiu evitar o pânico nos olhos dela: *Por favor, não toque!* O mesmo pânico que a maioria das pessoas tinha de agulhas, facas ou fórceps de aço.

"Está tudo bem, Deirdre, você só vai sentir um pouco de pressão", afirmou ele, encostando de leve o indicador na pele preta e queimada do tumor.

Que estourou.

KING & McDOWELL
CHAMAS VIVAS

33

Enquanto eu suava por causa daquele pesadelo, percebi que tinha sonhado aquilo várias vezes e me esquecido depois. Mas, daquela vez, acordei com a convicção de que Mamadee havia mesmo morrido.

O guardanapo em volta da minha cabeça havia se soltado. Assim que as solas dos meus pés tocaram o chão, ele caiu. Não dei atenção. Eu só queria sair do armário escuro e lavar o rosto.

Quando fiz isso, o que vi no espelho do banheiro me sobressaltou. O cabelo que crescia na minha cabeça não era o meu antigo, loiro cor de areia. A cor estava bem parecida com a do cabelo da sra. Verlow. Mas meu cabelo era fino, bem mais fino do que o dela, e crespo. *Coisa de caipira*, pensei. Minha mãe vai ficar louca. Agora só faltavam olhos vermelhos. Meu cabelo novo ainda estava muito curto, o suficiente para enrolar no dedo indicador, mas parecia um comprimento impressionante considerando que havia crescido em tão pouco tempo. Minhas orelhas pareciam muito desnudas. Achei que eu estava muito parecida com um macaco loiro.

No andar de baixo, minha mãe encantava os hóspedes durante o jantar.

A sra. Verlow subiu pela escada dos fundos. Deixei a porta do banheiro fechada até ela passar e espiei. Ela estava com uma bandeja nas mãos. Na porta da suíte da sra. Mank, ela parou, bateu de leve e alguém a convidou a entrar.

Desci pela escada dos fundos até a cozinha. Cleonie e Perdita ainda não haviam voltado. Nesse instante, lembrei da minha trouxinha e corri até o quarto delas para pegá-la, mas ela havia sumido. A ausência inexplicável me assustou ainda mais, considerando que eu já estava tensa. Tentei me tranquilizar pensando que ninguém na casa, exceto eu mesma, entraria no quarto de Cleonie e Perdita. Elas não possuíam nada que pudesse ser roubado e, além disso, ninguém ia querer saber como era o espaço apertado e sujo onde elas viviam.

A sra. Verlow estava entre a cozinha e o salão de trás quando me virei após fechar a porta do quarto de Cleonie e Perdita com uma cautela exagerada.

Ela me viu e sorriu. "Quem é essa menina embaixo desse cabelo que mais parece um ninho de rato? É Calley Dakin ou uma garotinha nova que veio ocupar o lugar dela?" Mexeu no meu cabelo delicadamente, mais com satisfação do que com admiração. "Meu Deus, me faz lembrar do meu cabelo quando eu era criança. Acho que é um tom mais claro que o meu. Um dia ele vai ser lindo, mesmo que você nunca seja. Bem, Roberta Ann Dakin não vai gostar nem um pouco. É melhor você jantar aqui. Depois, volte para cima, para o quarto da sua mãe. Se meus hóspedes te virem, vão pensar que a casa deve ser um orfanato de macacos albinos. Ah, eu deixei xampu no banheiro pra você."

Ela não comentou nada sobre ter me visto fechando a porta do quarto de Perdita e Cleonie.

Pela primeira vez, a porta do quarto da minha mãe estava destrancada, e enquanto jantavam, pude lavar o cabelo, tomar banho e vestir o pijama. Penteei os nós e, com isso, grudei o cabelo molhado no crânio. Certamente ele ficaria eriçado de novo assim que secasse.

Eu estava de bruços na cama, estudando um guia de pássaros, quando minha mãe enfiou a chave na fechadura e a tirou de volta. Então puxou a porta com uma das mãos.

"Eu deixei esta porta trancada! Como você entrou?", perguntou ela ao mesmo tempo em que via meu cabelo e batia a porta sem derramar uma gota da bebida que segurava. "Meu Deus do céu!"

Resisti ao impulso de dizer *Ele não está aqui*. Em vez disso, sugeri: "Pode ser que você não tenha girado a chave até o final".

A sra. Verlow devia tê-la destrancado para mim. Eu que não ia entregá-la para a minha mãe.

"Você não passou por baixo da porta?"

Minha mãe botou a bebida na mesa e bateu em um bolso da saia. Com ar de triunfo, puxou um maço de cigarros quase cheio. Eu não lhe daria a satisfação de perguntar onde ou como ela o conseguira. Ela estava doida para contar, mas não contaria se eu não perguntasse. Ela fumou três cigarros, um atrás do outro, enquanto eu massageava seus pés.

"*Ela* descoloriu o seu cabelo e você não foi capaz de dizer 'não', não é? Você não espera que eu reivindique você como minha, espera?"

Com uma falsa docilidade, respondi: "Não, senhora".

"Isso mesmo", declarou minha mãe. "Eu juro. Só um cego confundiria você com qualquer coisa que não seja um Dakin agora."

Por mim, tudo bem, pensei.

"Acho que aquela mulher deve ter sangue Dakin; o cabelo dela é quase da mesma cor, só um pouco mais escuro por causa da idade. Fico pensando como ela faz para alisá-lo... Quer saber? Ela está tentando te transformar em filha dela."

Minha mãe pareceu bem satisfeita com a ideia de a sra. Verlow desejar alguma coisa dela.

"Eu nunca confiei em Merry Verlow. Nunca", disse ela. "Vou vê-la no inferno antes de deixar que ela tire minha filhinha de mim."

Certa de que posse era nove décimos da maternidade, minha mãe deu uma volta completa em meio minuto. Ela já estava de volta onde tinha começado, sem querer me reivindicar, mas sendo obrigada a fazê-lo, caso contrário, outra pessoa me levaria.

O que aquelas duas mulheres pensavam em fazer comigo, além de me colocarem para atender aos desejos delas, eu não sabia. Eu só esperava que não tivesse nada a ver com a história do rei Salomão e que não me partissem ao meio. O esquartejamento do papai já não tinha sido suficiente?

Eu não tinha mais medo da sra. Verlow do que tinha da minha mãe. A sra. Verlow esperava que eu fosse criada dela, mas pelo menos eu era uma criada paga. Ela me dizia "por favor" e "obrigada", o que era bem mais do que a minha mãe fazia. Se por um lado ela era a causa de eu ter perdido o meu cabelo e de ele ter crescido assim, minha mãe fazia questão de me vestir com roupas baratas de menino e dava a entender para as pessoas que eu era ruim da cabeça. Não havia diferença entre as duas para mim.

As mulheres iam ao salão de beleza para cortar, encaracolar, fazer permanente, descolorir, tingir e pentear o cabelo; o cabelo feminino pode ser arrumado de inúmeras maneiras. Para mim, importava mais o fato de que, desde que cheguei na casa da sra. Verlow, perdi um suéter que não era meu, seus botões cortados, um cotoco de vela, meus óculos e Betsy Cane McCall. As crianças entendem a ideia do *meu* — de propriedade — desde a primeira infância. Por toda a minha vida, comida, roupas, uma cama sob o teto, livros, música e brinquedos me foram oferecidos em quantidade nada excepcional, mas sempre de forma constante. O que eu vestia não me importava muito. Os brinquedos, os livros e a música me foram apresentados, respectivamente, para brincar, olhar ou ler e ouvir, para depois ficarem para trás, tão rapidamente quanto os meus sapatos. Mas eu não era uma criança descuidada. Eu não tinha o hábito de esquecer ou perder coisas. Eu tinha o suficiente da ambição Carroll — sempre irritada com Ford por pegar minhas coisas só para me aborrecer, ou com minha mãe, que fazia o mesmo quando eu parecia gostar muito de alguma coisa — para que eu deixasse de sentir a perda daquelas coisas pouco importantes. A Carroll em mim declarou que eu tinha sido roubada, e o que era roubado precisava ser devolvido.

Mas ser roubada era uma mera distração de ter ouvido o fantasma de Mamadee, visto esse mesmo fantasma no espelho da sala, sonhado com a sua morte e quase ter sido engolida por um fantasma gigante na neblina.

Na manhã seguinte, ajudei Cleonie a tirar a mesa do café da manhã. Só mamãe e a sra. Verlow ainda estavam tomando café quando a sra. Mank desceu da suíte. Na cozinha, Cleonie me deu uma xícara, um pires e um guardanapo para a sra. Mank e me mandou ir para a sala de jantar. Ela foi atrás de mim, carregando um bule de café fresco e uma bandeja cheia de iguarias cobertas por domos de prata. Quando coloquei a xícara e o pires na frente da sra. Mank, Cleonie lhe serviu café e encheu as xícaras da minha mãe e da sra. Verlow. Ela tirou a cobertura dos pratos e sumiu na cozinha novamente. Eu puxei uma cadeira e me sentei.

A sra. Mank usava um terninho azul-pavão de algodão, e seus sapatos cor de estanho. Os brincos eram de prata, com uma pedra da mesma cor da roupa; anos depois, eu aprenderia que se tratava de uma tanzanita. A sra. Mank sorriu de leve ao me ver e seu olhar se demorou uma fração de segundo em meu cabelo.

Minha mãe estava ocupada demais reparando em tudo o que a sra. Mank usava e calculando os prováveis preços daquelas peças para prestar atenção em mim. Mamãe usava uma calça de toureiro com uma blusa branca transpassada e uma jaquetinha preta, não exatamente um bolero, mas parecido. Nas orelhas, usava os brincos de pérola que meu pai lhe dera no Dia de São Valentim. Os pés estavam enfiados em sandálias pretas de salto grosso.

Enquanto a sra. Mank dava atenção total ao seu café da manhã, a sra. Verlow me deu um leve sorriso.

Minha mãe falou baixinho com a sra. Verlow: "Acho que eu devia fazer uma ligação interurbana".

"Ah, não", observou a sra. Mank, com os olhos ainda fixos no prato. "É uma péssima ideia."

Minha mãe enrijeceu na cadeira. Quem era aquela mulher que se achava no direito de dar conselhos a Roberta Carroll Dakin sobre o assunto que fosse? Pior ainda, quem era a sra. Mank para saber o que significava fazer uma ligação interurbana?

Inabalada, a sra. Mank mastigou, engoliu, limpou os lábios e finalmente olhou para a minha mãe. "A Merry me contou um pouco sobre o que aconteceu ontem."

O olhar fulminante da minha mãe se dirigiu para a sra. Verlow, mas o efeito foi o mesmo de uma solitária gota de chuva escorrendo por uma vidraça.

A sra. Verlow virou o sorriso para a sra. Mank. "Eu confio na sra. Mank, sra. Dakin. Não há ninguém em quem confie mais."

Pela forma como inspirou, eu soube que a minha mãe ia dizer alguma coisa terrível.

"Mamãe, talvez...", comecei a falar.

"Nós *não* precisamos ouvir você, Calley Dakin, porque, se isso é culpa de alguém, acredito firmemente que seja sua. Mamadee teria morrido, ido direto para o céu e nos deixado em paz se você não tivesse *insistido* em *conversar* com ela como se vocês duas estivessem num piquenique nos rios da Babilônia."

Eu estava ciente do olhar atento da sra. Verlow em mim e me senti reconfortada e acalmada por ele, sem saber o porquê.

Quando o jorro inicial de raiva da minha mãe se voltou para mim, ela conseguiu se dirigir à sra. Mank com um tom de voz ligeiramente civilizado: "Bem, sra. Mank, pode parecer *muito* estranho para você. *Você* acredita que tivemos uma visita inesperada e indesejada de um fantasma?".

"Claro que não", admitiu a sra. Mank, "mas Merry Verlow não mente, não para mim. Portanto, quando ela me diz que ouviu uma voz e que não havia como ser alguém na casa querendo enganá-las, eu acredito nela".

Minha mãe a desafiou como se não tivesse acabado de afirmar que Mamadee tinha falado conosco depois de morta. "Então você acredita em fantasmas."

"De jeito nenhum", disse a sra. Mank.

"Mas..."

Minha mãe pegou um cigarro enquanto a sra. Mank voltava a dirigir sua atenção ao café da manhã.

"*Isso* eu entendo." Minha mãe enfiou um cigarro entre os lábios com dedos trêmulos. "E..." Acendeu o cigarro e o tragou. Com ele na boca, concluiu: "Eu estou começando a achar que você pensa como eu". Sua voz soava sincera e aliviada. Minha mãe era capaz de acreditar, ao mesmo tempo, em duas coisas que se contradiziam. Isso não é uma capacidade rara, mas ela era talentosa. "Mas, se foi minha mãe que falou comigo do Outro Lado", prosseguiu, "por que eu não deveria ligar para ter certeza de que ela morreu?"

A sra. Mank voltou a limpar os lábios com delicadeza. Não sei como a cor do batom não se alterou.

"Você tem certeza de que foi sua mãe que falou com você de tarde."

"Sim", disse minha mãe. "Pergunte a Calley se não foi a Mamadee dela."

"Calley, foi sua Mamadee?"

Hesitei antes de responder: "Foi a voz dela".

"Está vendo?" Minha mãe encarou minha frase como um reforço.

"Não", respondeu a sra. Mank. "A Calley está dizendo uma coisa um pouco diferente, sra. Dakin. Ela disse que era a *voz* da sua mãe, não propriamente a sua mãe."

34

Eu poderia ter contado à sra. Mank, à sra. Verlow e à minha mãe naquele momento que eu *vi* Mamadee. Mas não contei. A escolha não foi algo planejado, só um instinto que me dizia para reter a informação. Aquilo era uma coisa que elas não sabiam, não sobre Mamadee, mas sobre mim.

"Mas quem mais seria!", exclamou minha mãe. "Ela me conhecia! Ela reconheceu a cadeira que a mãe dela bordou! Queria o castiçal dela..." E então parou abruptamente.

"Ela estava enganada sobre a cadeira, Roberta Ann", disse a sra. Verlow. "Porque você mesma me contou que a casa e as coisas que estavam dentro dela pegaram fogo muitos anos atrás."

Minha mãe me olhou como se pedisse ajuda.

"Pareceu que era a Mamadee", eu lhe garanti. "Mas talvez tenha sido outra pessoa... algum outro fantasma fingindo que era a Mamadee."

"Para quê?", perguntou minha mãe.

"Foi exatamente isso que pensei, sra. Dakin", declarou a sra. Mank. "Pode ter sido sua mãe que falou ou apenas a voz de um espírito maligno, de uma entidade, ou seja lá como queira chamar."

"O que um espírito idiota ia querer *comigo*?", perguntou minha mãe.

A sra. Mank riu. "Às vezes, nem eu mesma sei por que *eu* faço as coisas, então jamais poderia especular sobre os motivos que movem espíritos malvados, bons, nem mesmo essa garotinha. Mas, pelo pouco que sei dessa situação, peço que você não faça uma ligação interurbana para..."

"Tallassee", ofereci.

"Calley! Não dá pra segurar essa língua?"

Comecei a deslizar da cadeira. "Se vocês me dão licença", falei.

A sra. Mank me interrompeu. "Sra. Dakin, acho que a criança deveria ficar."

"Eu, não", disse minha mãe com rispidez. Em seguida tragou fundo e soltou a fumaça. "Mas, se você diz que deveria, sra. Mank, ela vai ficar. Calley, sente-se e fique quieta."

A sra. Mank continuou: "Sra. Dakin, imagine que você faça essa ligação interurbana para... Tallulah? Presumo que você ligaria para o número da sua mãe. Se ela atender, você vai saber que ela está viva. Mas o que você vai dizer para ela? 'Ah, eu só queria saber se você estava viva ou morta?' Você faria papel de boba, não faria?".

"Eu não precisaria dizer exatamente isso."

"Mas você não fala com a sua mãe desde que foi embora de Tallalulah. Se ligasse agora e ela atendesse, você daria a impressão de estar cedendo. É isso que você quer?"

"E se eu ligasse para outra pessoa em Tall-Tallulah?"

"Para perguntar: 'Você pode me dizer se minha mãe está viva ou morta?'." A sra. Mank tremeu de leve. "Considerando as circunstâncias da sua saída da casa da sua mãe e o jeito como as pessoas falam, sua ligação só seria segredo pelo tempo que a pessoa para quem você ligar levaria para desligar o telefone e ligar para outro número."

"Mas eu poderia ser sutil."

"E perguntar algo do tipo: 'Ah, o florista fez um bom trabalho com as flores que eu mandei colocar no pé do caixão da minha mãe?'."

Minha mãe assentiu em um sobressalto, dizendo que sim com a cabeça. Era exatamente o tipo de pergunta que ela teria elaborado.

"Mas, se você fizer essa pergunta e sua mãe não estiver morta, o que as pessoas vão pensar? Você poderia pegar outro caminho e dizer: 'Me conte, pela nossa amizade, como a minha mãe está? Estou tão preocupada com ela, e ela se recusa a aceitar a minha ajuda'. Se você perguntasse isso e ela tivesse sido enterrada uma semana atrás, todo mundo na cidade saberia que você nem ficou sabendo da morte dela."

"A Calley poderia ligar..."

"Eles saberiam que foi você quem mandou."

Os conselhos da sra. Mank até ali foram ao cerne do dilema da minha mãe. A preocupação maior era como a minha mãe pareceria aos olhos dos outros; se pareceria bem e tranquila.

A sra. Mank espetou o último pedaço de salsicha do prato e o ingeriu com o mesmo prazer que havia demonstrado antes. Por fim, o guardanapo tocou seus lábios de novo.

"Existe outro motivo para você não querer fazer essa ligação, sra. Dakin", afirmou ela.

"Qual?"

"Suponha que sua mãe esteja morta."

Minha mãe fez uma expressão triste. "É possível. Os obituários trazem, todos os dias, um monte de gente mais jovem que a minha mãe. Meu amado Joseph foi tirado de mim no auge..."

"Minhas condolências", disse a sra. Mank com um mínimo de sinceridade.

Minha mãe a encarou bravamente. "Obrigada. E agora, o quê?"

"Sra. Dakin, se sua mãe morreu, por que você não foi informada? Por que *alguém*, o advogado dela, por exemplo, não enviou um telegrama ou telefonou?"

"Porque ele não sabe onde estamos! Porque ninguém sabe que estamos aqui."

"A Fennie sabe", lembrou a sra. Verlow. "E, se sua mãe tivesse morrido e alguém estivesse tentando lhe encontrar, a Fennie diria que você está aqui comigo."

Levei um susto. Por que Fennie não ligaria para contar para Merry Verlow, para minha mãe ou para mim? Por que não ligar para a Fennie e perguntar diretamente para ela?

"Então a mamãe não deve ter morrido", concluiu minha mãe, escondendo a decepção com indiferença.

"Não necessariamente. E se seus amigos e parentes *não* estivessem tentando lhe encontrar?"

Minha mãe ponderou por um longo momento. Parecia o tipo de subterfúgio ao qual ela mesma costumava recorrer. "E por que eles não tentariam?"

A sra. Mank terminou de comer os ovos antes de responder: "Algo a ver com problemas de família, talvez. Ou com dinheiro. O testamento da sua mãe. Você estava em bons termos com o advogado da família?".

Minha mãe contraiu a mandíbula com severidade. "Não. Ele me roubou descaradamente. Ele e minha mãe. E também tiraram meu menino querido de mim."

"Imagine que esse advogado esteja armando uma cilada. Se você fizer a ligação, pode cair direitinho nela."

"Mas, se Winston Weems me trair *de novo*, devo ficar aqui sem fazer *nada*?"

"Claro que não", respondeu a sra. Mank. "Eu só falei que *você* não deveria fazer a ligação."

"E quem deveria fazer?"

"Uma pessoa que *eu* conheço. Da mesma profissão."

Minha mãe sorriu.

"Ela vai saber o que fazer", a sra. Mank garantiu à minha mãe.

Minha mãe parou de sorrir. "Uma advogada mulher."

A sra. Mank respondeu sem hesitar: "Em consideração à sua objeção a advogadas mulheres, sra. Dakin, nunca mais vou mencionar a questão".

Nesse momento, Cleonie surgiu para ver se alguém desejava mais café.

A sra. Mank cruzou o garfo e a faca sobre o prato e dobrou o guardanapo. Sorriu para Cleonie. "Acho que vou tomar essa xícara na varanda." Ela se levantou com um sorriso educado e, com a xícara cheia, foi em direção à porta.

Minha mãe esperava que a sra. Mank passasse uns quinze minutos tentando convencê-la a *permitir* que a amiga dela, a advogada mulher, dedicasse toda a sua carreira profissional à causa dela. Minha mãe não estava acostumada a não ter a última e sempre exagerada palavra. Em pânico, ela pegou a própria xícara e pulou da cadeira.

"Que ideia adorável!", exclamou.

A sra. Mank parou com uma das mãos na porta e a outra segurando o pires com a xícara de café. O vapor subia na direção do seu rosto e ela inspirou o odor da bebida. "Que ideia seria essa? Você está reabrindo a discussão, sra. Dakin?"

"Café na varanda", disse minha mãe "e sua amiga advogada... as duas coisas... eu estava distraída com a ideia de perder minha mãe tão depressa, logo depois do meu querido Joseph..." Então recorreu ao típico desamparo de uma princesa. "Estou tão nervosa! Você deve achar que eu sou uma imbecil, não é?"

Com um leve menear de cabeça expressando uma concordância educada com a última declaração da minha mãe, a sra. Mank foi para a varanda. Minha mãe foi atrás, seguida pela sra. Verlow e por mim.

Quando a sra. Mank se acomodou em uma cadeira do lado de fora, ela sorriu para mim como os adultos sorriem para crianças que eles abominam.

Nada poderia ter tranquilizado mais a minha mãe.

Depois que se acomodou, ela se dirigiu à sra. Mank com cuidado: "Sabe o que foi?".

"O que foi o *quê*?"

"O motivo de eu reagir daquele jeito quando você falou sobre sua amiga, a advogada mulher. Foi por causa de Martha Poe. Você sabe de quem estou falando, não sabe, Calley?"

Minha mãe queria que eu sustentasse a mentira dela.

"Você está falando da advogada mulher, mamãe?"

"Ora, de quem mais? Claro que eu sei que toda mulher que chega a ser advogada tem que ser inteligente, mais inteligente do que qualquer homem, mas acho que Martha Poe foi a exceção que prova a regra. O único motivo para Martha Poe ter clientes é que o padrasto dela é juiz no tribunal e decide todos os casos a favor da Martha, então provavelmente eu a contrataria também. Mas sozinha, Martha Poe não saberia nem resolver uma multa por excesso de velocidade. Ela foi o único motivo para eu ter dito o que disse."

A expressão da sra. Mank suavizou um pouco, como se ela aceitasse a explicação da minha mãe.

Eu sabia que Martha Poe não era advogada — ela era enfermeira em Tallassee e uma vez passou duas noites em Ramparts, quando Mamadee expeliu uma pedra nos rins.

"Eu andei pensando", continuou minha mãe, "outra coisa boa de uma advogada mulher é que provavelmente ela não vai cobrar tanto quanto um bom advogado."

A sra. Mank enrijeceu o corpo.

Minha mãe se corrigiu rapidamente: "Um bom advogado *homem*, eu quis dizer. Uma boa advogada *mulher* não cobraria tanto. Qual é o nome dela mesmo?".

"Adele", informou a sra. Mank sem emoção na voz. "Adele Starret."

"Adele é meu nome favorito", declarou minha mãe. "Se eu não tivesse batizado a Calley em homenagem a uma das musas, o nome dela teria sido Adele. Minha melhor amiga da faculdade se chamava Adele. Sra. Mank, posso contar com sua gentileza para falar com sua amiga Adele em meu nome?"

"Veremos", falou a sra. Mank.

"Quando?", insistiu minha mãe. "Porque, se não der certo com..."

"Eu vou ver, sra. Dakin. Mas agora quero apreciar meu café. Merry, minha querida, os jornais chegaram?"

Minha mãe tentou não pressionar a sra. Mank sobre a advogada, mas, quando a mulher dobrou a última seção do terceiro jornal que leu naquela manhã, mamãe ainda estava lá, tomando seriamente a sua quinta xícara de café e sem conseguir controlar direito um caso severo de agitação provocada pelo excesso de cafeína. Minha mãe deu um suspiro de mártir na expectativa de que a sra. Mank fosse *finalmente* dizer alguma coisa, mas a sra. Mank só abriu um sorriso superficial e educado para a minha mãe e para mim.

Minha mãe não conseguiu mais se conter. "Você vai ligar para ela ainda hoje?"

As sobrancelhas da sra. Mank subiram de forma zombeteira.

"Você vai ligar para Adele Starret? Sua amiga, a advogada mulher que vai me ajudar? Quer dizer, sua amiga, a sra. Starret, que *talvez* possa me ajudar. Se ela quiser. Se ela achar que pode valer a pena."

O sorriso da sra. Mank se aqueceu. "Ah, sim. Adele."

A sra. Verlow se levantou uma fração de segundo antes da sra. Mank e pegou a própria xícara e a da sra. Mank. Minha mãe se levantou rapidamente também, mas fui mais rápida e peguei a xícara dela.

"Calley e eu vamos levar isso para a cozinha", anunciou a sra. Verlow.

"Obrigada", agradeceu a sra. Mank. "Por favor, diga a Perdita que gostei muito do meu café da manhã, especialmente da salsicha. Não existe uma salsicha tão boa quanto a dela em nenhum outro lugar do mundo, e diga a ela que já provei muitas."

Acreditei na afirmação de que ela havia procurado *no mundo inteiro*. Até onde eu sabia, eu nunca tinha visto ninguém que tivesse conhecido o *mundo inteiro*, mas a sra. Mank teve o trabalho de enviar a Perdita um elogio detalhado.

No entanto, minha mãe não estava pensando nem nas salsichas nem nas viagens pelo mundo. "Você estava falando, sra. Mank..."

"Estava?"

"... sobre a sua amiga, a advogada."

"Ah, sim. Bem. Vou falar com Adele hoje. Se ela estiver disponível."

"Ah, muito obrigada..."

A sra. Mank assentiu e caminhou pela varanda.

No dia seguinte, minha mãe ficou no nosso quarto quase o tempo todo. Andando de um lado para o outro e fumando um cigarro atrás do outro, ela xingou a frieza irritante da sra. Mank; xingou a amiga da sra. Mank, a advogada mulher; xingou Merry Verlow e a irmã dela, Fennie, e todos os Dakin e os parentes deles de sangue ou por casamento; mas, com mais veemência, xingou Mamadee, viva ou morta, por todos os problemas que ela lhe causara.

Como a cozinha era o lugar na casa aonde minha mãe tinha menos chance de ir, eu passava muito tempo nesse cômodo. Lá, aprendi com Cleonie e Perdita que a sra. Mank era uma hóspede ocasional, que sempre ficava nos mesmos aposentos, fazia a maioria das suas refeições na suíte e a quem a sra. Verlow tratava como se fosse a rainha da Inglaterra.

"Uma vez, a sra. Mank fez um favor pra sra. Verlow", explicou Cleonie.

"E ela gosta da salsicha da Perdita", falei com sinceridade, "talvez tanto quanto eu."

Perdita não disse nada quando falei isso, mas, naquela tarde, meu chá gelado foi misteriosamente aquecido por um pouco de uísque.

Perdita me deu um aviso. "Toma cuidado, tá ouvindo? A sra. Mank num tolera agitação."

**KING &
McDOWELL**
CHAMAS VIVAS

35

Nos dias seguintes, eu aproveitei os raros momentos em que não havia ninguém por perto para tentar abrir a porta do escritório da sra. Verlow, na esperança de encontrar o número de telefone da Fennie, mas ela sempre estava trancada. Cada vez que eu arriscava me esgueirar por aquele corredor até o quarto da sra. Verlow com essa intenção, acontecia alguma coisa que me impedia: ou ela, ou Cleonie ou a minha mãe apareciam.

Era quinta de manhã quando minha mãe me informou que ela e a sra. Verlow pegariam o carro para ir a Pensacola. Elas iam fazer compras, pagar as parcelas do que Cleonie e Perdita haviam gastado com as despesas da casa e pegar algumas cartas importantes que a sra. Mank estava esperando.

Cheguei a pedir permissão para ir com elas.

"Calley, não. É minha decisão final. Acho que você pode achar alguma coisa para fazer aqui hoje."

Fiquei emburrada. "Não posso, não."

"Mais uma palavra...", ameaçou minha mãe, quase distraidamente.

Eu me balançava de cara feia na varanda quando minha mãe e a sra. Verlow saíram pela porta da frente.

"Que horas vocês voltam?"

"Umas 16h", respondeu a sra. Verlow.

"Por que você está perguntando?", minha mãe quis saber.

"Eu queria que vocês trouxessem alguma coisa pra mim."

Minha mãe fungou. "16h30. Talvez até 17h, dependendo do tamanho das filas. E acho que não vamos a nenhum lugar que tenha presentes para crianças, então não desperdice a tarde com *esperanças*, porque não quero ver você passar a noite *emburrada*." Ela olhou para a sra. Verlow com as sobrancelhas arqueadas, coisa da cabeça dela.

Elas entraram no Country Squire da sra. Verlow e saíram. Eu fiquei no balanço, fingindo estudar um guia de pássaros, para o caso de elas voltarem para fazer alguma coisa.

A sra. Mank estava em casa — eu teria visto ou ouvido se ela tivesse saído. Verifiquei as duas salas e a sala de jantar e escutei, em pontos estratégicos, os ruídos de todo o andar de cima.

Na porta do escritório da sra. Verlow, olhei para os dois lados, apurei os ouvidos e tentei girar a maçaneta. Não se moveu. Antes que eu pudesse afastar a mão, a maçaneta girou sem que eu fizesse esforço. Levei a mão às costas enquanto dava um passo para trás e começava a me virar para sair correndo. A sra. Mank enfiou a mão pela porta que se abria e me segurou pelo ombro.

Eu me senti como um lenço ao vento sendo puxado por uma mão enorme e poderosa. A porta se fechou e agora eu estava lá dentro.

Eu estava tão paralisada que eu mal conseguia respirar, quanto mais falar. *Eu não tinha ouvido a sra. Mank do outro lado da porta.* E agora eu era prisioneira dela.

Ela me soltou e meus pés descalços fizeram contato com o chão.

Ainda me sentia frágil. Ela estava tão perto que me obrigava a virar a cabeça para fitá-la. Quando se afastou, suas proporções começaram a voltar ao normal. Eu estava humilhada e com calor, mas começava a sentir o instinto de sobrevivência. Mil mentiras zumbiram como vespas na minha cabeça.

A sra. Mank se sentou na cadeira da sra. Verlow, atrás da escrivaninha. Ela usava óculos em forma de meia-lua com armação prateada.

"Sente-se e segure a língua."

Fiz o que ela mandou e me sentei no chão, com as pernas cruzadas. Eu tinha que olhar para cima para vê-la de novo. A salinha sem janelas pareceu menor do que antes, e nesse momento percebi que eu nunca tinha ficado lá dentro com a porta fechada.

Ela bateu na agenda de telefones da sra. Verlow que estava sobre a mesa. "Você não vai encontrar o número de Fennie Verlow aqui. A Merry não precisa guardar o número da irmã em uma agenda, assim como a Fennie não precisa anotar o número da Merry."

Eu me senti uma idiota. Claro que duas irmãs saberiam os números de telefone uma da outra de cor. Não havia surpresa no fato de a sra. Mank saber o que eu queria fazer e o que estava procurando. Eu sentia que ela me decifrava com a mesma facilidade com que eu conseguia ouvir um caranguejo andar na areia.

Tentei despistar. "Você não gosta muito da minha mãe, não é?"

"Da sua mãe?"

"Sim, senhora."

"Por que eu não gostaria da sua mãe?"

"Porque você sabe como ela é. Você sabe, não sabe?"

Ela abriu o sorriso frio para mim. "Isso quer dizer que você também sabe como Roberta Carroll Dakin é?"

Assenti.

"Mas me parece que você a ama muito, apesar das reservas que deve ter sobre a personalidade e a conduta dela."

"Ela é minha mãe. Eu tenho que amar."

"'Tenho que amar?' De quem é essa regra?"

"Da minha mãe."

"Eu não acredito nem por um minuto que você faça as coisas só porque sua mãe manda."

Antes que eu pudesse contar qualquer mentira para contrariar a afirmação dela, a sra. Mank prosseguiu: "Claro que Deus também diz para você amar sua mãe... na Bíblia, nas aulas dominicais da igreja e pela boca dos cristãos. Claro que acho justo dizer que o deus dos judeus e o Cristo que sofreu e morreu na cruz nunca tiveram que aguentar Roberta Carroll Dakin todos os dias".

As observações da sra. Mank me atordoaram. Elas me pareciam, ao mesmo tempo, sacrilégio e verdade.

Com uma indiferença tranquila, a sra. Mank perguntou: "Ah, você acredita em Deus? E na Bíblia? E em Jesus, no céu, no inferno, na comunhão dos santos e no perdão dos pecados?".

"Sim." Eu não estava mentindo. Nunca tinha passado pela minha cabeça que alguma daquelas coisas poderia não ser verdade.

"Sim, claro que acredita. Você só tem 7 anos. Tem que dizer que acredita na sabedoria dos mais velhos. Estou perguntando se você acredita nessas coisas todas — em Deus, na Bíblia, em Jesus, no céu e no inferno, no perdão dos pecados e na ressurreição do corpo?"

"Não." A palavra saiu da minha boca sem hesitar. Na mesma hora percebi que, se aquelas coisas fossem verdade, a sra. Mank não teria me perguntado se eu acreditava nelas.

"Você acredita nisso do jeito que acredita em si mesma, no que você pensa e no que sente?"

"Não." Pensei por um momento, antes de acrescentar uma coisa que não era totalmente verdade: "Eu também acredito em você".

"Você não tem motivo para isso." A sra. Mank prosseguiu: "A sociedade também diz que você tem que amar a sua mãe. Geralmente, é melhor ouvir a voz do povo do que a voz de Deus ou de Roberta Carroll Dakin, mas o povo nem sempre está certo. Pelo menos, não pra você".

"Mas eu amo a minha mãe." Eu me sentia frustrada e confusa. Eu tinha perguntas a fazer para a sra. Mank, mas o interrogatório dela me fez tirá-las da cabeça.

"E você deveria mesmo."

"Por quê?"

"Por que você *deveria* amar Roberta Carroll Dakin? E por que você a *ama*?" Antes que eu pudesse responder, a sra. Mank falou: "Você a ama porque ela é sua mãe. Porque você é criança e acredita como uma criança. Você acredita que precisa da sua mãe para sobreviver. Mas, pense bem, você deve saber que não é assim. Você já tinha pensado que seu pai poderia morrer antes do dia em que ele morreu? Ele morreu, e você ainda está viva".

Minha garganta se fechou e eu me arrastei pelo chão até me ajoelhar aos pezinhos da sra. Mank, que estavam dentro de sapatos feitos à mão.

"Por favor, não mata a minha mãe!", exclamei.

A sra. Mank olhou para mim, sua boquinha se retorcendo com desprezo.

"Eu não sou responsável pela vida da sua mãe. Nem você. Mas ela é."

Meus olhos estavam quentes com lágrimas não derramadas, seguras apenas por um instinto de que eu não devia revelar fraqueza.

"Se você machucar ela", falei, e comecei a balbuciar e chorar.

"Você vai fazer o quê?", questionou a sra. Mank com voz entediada. "Calley Dakin, eu não me importo se sua mãe vai viver, morrer, se vai ser arrebatada ou renascer como um pernilongo."

As palavras por si só não deveriam ter sido tranquilizadoras, mas foram. A sra. Mank não tinha planos de fazer mal à minha mãe. O horror das duas mulheres malucas que cortaram cada membro do meu pai que pairava sobre nós sumiu. Em relação a isso, eu acreditei na sra. Mank.

Apertei os olhos. Um lenço surgiu na frente do meu rosto, na ponta dos dedos da sra. Mank.

"Catarro, lágrimas e olhos vermelhos não caem muito bem em você, principalmente com essa aparência comum que você tem. É melhor você aprender a se controlar."

Sequei o rosto e assoei o nariz. Não ofereci o lenço de volta, que, de qualquer modo, era só um lenço comum, não tendo monograma nem sendo de algum tecido delicado. Eu nem achei que fosse da sra. Mank.

"Entretanto", disse a sra. Mank lentamente, "se deseja manter sua mãe viva, você precisa fazer com que ela fique aqui. Em outros lugares, os inimigos dela... os inimigos do seu pai... vão encontrá-la. Vou te contar um segredo, Calliope Carroll Dakin."

Uma pontada de pavor me enfraqueceu. Eu não queria saber um segredo. Já sabia muitos.

Ansiosa para fugir do indesejado conhecimento, balbuciei: "Eu sei qual é o segredo".

"Sabe?" A sra. Mank pareceu achar graça. "Bem, então acho que não preciso contar."

Se fiquei decepcionada? Pior. Foi como mergulhar pelo túnel da lavanderia: um instante de louca exultação pela minha coragem, destruído pelo pavor absoluto das consequências tão tolamente ignoradas. A certeza de que eu estava errada, de que devia ter ouvido, tomou conta de mim com a mesma certeza de que a sra. Mank havia me agarrado na porta do escritório da sra. Verlow.

Atordoada, a sra. Mank me botou para fora sem nenhuma cerimônia, da mesma forma que havia me feito entrar.

Eu tinha certeza de que a sra. Mank quis que eu fugisse do segredo. A manipulação era uma segunda linguagem para mim, aprendida no colo da minha mãe. Parecia mais natural para mim do que o comportamento direto. A sra. Mank também era uma pessoa manipuladora, a maior que eu já encontrara, e eu tinha medo dela, sem saber por que, sentia que quando ela mexia as cordinhas era mais perigoso do que a minha mãe ou Mamadee.

Não foi só o medo físico que me fez correr até a praia. Fui motivada pelo instinto de que lá eu conseguiria respirar.

Corri sem a alegria que costumava tomar conta de mim nas minhas corridas até a orla. Em meus dedos descalços, a areia estava quase fria. A sensação da areia fugindo dos meus dedos que se afundavam nela me fez sentir real de novo. O exterior. O exterior era uma coisa própria que nunca fingia ser outra. Não ligava para o que eu achava.

Um brilho preto na água chamou a minha atenção. Quando me aproximei para olhar o golfo, o brilho afundou na água, mas outro surgiu ali perto; eram golfinhos que brincavam. Segurei os joelhos e fiquei observando-os. A visão de seus permanentes sorrisos me acalmou; a barulheira dos meus batimentos cardíacos foi passando, tornando-se mais baixa.

Eu me joguei no chão e olhei para o céu; era metade de tudo, sem teto, e, mesmo com pássaros nele, era praticamente um enorme vazio.

Virei de lado para estudar a areia: incontáveis grãos perolados, tão cheia em si quanto o céu era vazio. A areia era mármore e, pelo que a sra. Verlow havia me dito, veio do Alabama e da Geórgia milhares de anos antes de alguém chamar esses lugares de Alabama e Geórgia, moída lentamente em infinitas partículas nos rios que a carregava. Mármore como a lápide de uma pessoa rica e sem vida. Veio à minha mente a imagem que a lápide do meu pai deveria ter: Joe Cane Dakin, RIP. Er-re-i-pê (*requiescat in pace*), descanse em paz.

Deixei o barulho da areia inquieta e do mar agitado me acalmarem. Uma brisa, uma sombra, um estalo de asas grandes no céu e não suportei mais. Subi pela duna até a grama alta — constituída por aveia beira-mar e capim-mombaça, pelo que eu tinha encontrado nos guias, entre outras espécies. Capim-mombaça. Minha mente estava embaçada, eu devia estar no lugar certo, pensei. Aveia beira-mar. Não tinha aveia nela. Elas constituíam a vegetação mais alta, com pontas descabeladas onde antes havia sementes. Havia outras plantas ainda sem nome para mim. A grama da praia não crescia em forma de tapetes, como acontecia nos gramados de terra. Ela brotava em novelos e montinhos e se amontoava no cume e na descida de trás de uma duna. Vinhas grossas que nos faziam tropeçar serpenteavam entre a grama. Na parte de trás da duna, arbustos com um odor doce cresciam em oásis de verde, verde-acinzentado e verde-azulado. A areia surgia no meio como rejunte entre azulejos. Apesar da ondulação natural da areia nas colinas e vãos, os grãos não eram soprados pelo vento como os da praia, nem rolavam nos pés tão livremente.

No alto da duna, no meio da vegetação, caí de joelhos e enfiei as mãos nos grãos cristalinos duros, abrindo um espaço na sombra. As gramíneas sussurraram para mim, tocando-me com carícias suaves e sinistras. A areia escorregou debaixo das minhas unhas e na minha boca, secando minha saliva. A sombra pontilhou meus braços e mãos e o sol jogou calor nas minhas costas. Eu rolei no buraco que tinha feito.

As ondas se quebravam na margem abaixo, a poucos metros dali. Inspirei o ar salgado. Meu coração e pulmões encontraram o ritmo da água. Vozes molhadas surgiram no meio de tudo, joviais e enroladas, recuando e avançando. Em seguida, elas se afogaram.

KING &
McDOWELL
CHAMAS VIVAS

36

"Calley Dakin! Calley Dakin!"

O eco do meu nome paralisou minhas memórias: a sra. Verlow me chamava. Meus olhos se abriram em um dia escuro; o crepúsculo havia chegado, mais fresco, mais silencioso e mais desolado. Mas, mesmo na sombra densa da grama alta, enxerguei tão bem quanto enxergaria se fosse meio-dia. Ainda melhor, sem aquele brilho ofuscante.

Na areia, havia um rato bem perto de mim, do lado do meu rosto. Ele lambeu a lateral da minha boca com a língua pequenina. Os seus olhos brilhavam, pretos, e a batida do seu coração era um baticum baixinho.

"Calley Dakin!"

Por medo de assustá-lo, não me mexi.

Ele deu uma última lambida no canto da minha boca e se sentou por um segundo. Parecia quase satisfeito.

A sra. Verlow avançou para cima de mim, surgindo de trás de uma duna, com a certeza de quem tinha um mapa de onde eu estava. O movimento da grama alta anunciou sua aproximação.

O rato pulou. Pareceu abrir um zíper na areia com as suas patinhas. O vão se preencheu assim que ele entrou e o local pareceu intocado, como de costume.

A sra. Verlow me olhou. "Não vou perguntar se você me ouviu te chamar."

Minha boca estava seca. Só consegui balbuciar um murmúrio: "Eu estava dormindo".

"Obviamente."

Eu me levantei. "Eu vi um rato! Era branco!"

"Claro que era. Os ratos de praia daqui têm essa cor. Você está atrasada para o jantar."

Ela se virou e saiu andando na direção da casa. Corri atrás dela, mas parei para olhar onde eu havia ficado, naquele ninho em meio à grama. A aveia beira-mar, o capim-mombaça e as gramíneas cujos nomes eu ainda não sabia arranhavam a praia e o céu. Era tudo uma coisa só, como os grãos de areia empilhados formavam as dunas, que, banhadas pelas águas do mar, formavam a orla, que, por sua vez, formava o golfo. Meu coração despencou; eu jamais encontraria isso de novo. Com um nó na garganta, corri atrás da sra. Verlow.

Meu medo foi desnecessário, como de costume. Ao longo dos anos, a lua me mostrou aquele vazio feito por mim mesma toda vez que eu olhava para lá. Só em noites de lua nova que tudo ficava escondido. Apesar de eu ver ratos de praia em alguns outros locais, nenhum voltou a aparecer para mim naquele lugar específico, mas as fases da lua eram totalmente visíveis para mim de lá. Ali, fiz dos guaxinins meus animais de estimação, treinando-os para me levarem ostras, para que eu pudesse trocá-las por restos de comida. Dali eu vi as tartarugas marinhas que vinham para a areia botar os ovos e enterrá-los. Quando as aveias beira-mar ofereciam sementes, eu sacudia os seus caules para alimentar as aves, chamando-as para se empoleirarem nos meus dedos. À noite, eu via as águas escuras rolarem em rendas de espuma ou, se estavam em um humor mais calmo, subindo e descendo tranquilamente, como o peito de alguém dormindo, sob as nuvens visíveis até no escuro.

Entretanto, naquela noite, depois de tomar banho e botar um vestido, eu cheguei muito atrasada à mesa. Minha comida estava fria, mas ainda apetitosa, ao menos para mim. Meu estômago roncava de fome, uma vez que minha última refeição fora no café da manhã.

Minha mãe me lançou um olhar irritado que indicava que eu receberia uma bronca mais tarde. A chegada de Cleonie no ombro direito da minha mãe com um prato de torta de limão com merengue a distraiu. No entanto, isso durou só alguns segundos, então minha mãe voltou a lançar olhares ansiosos para a sra. Mank.

A sra. Verlow se sentou do lado direito da sra. Mank. À esquerda da sra. Mank estava uma mulher que eu nunca tinha visto. Até então, cada semana oferecia hóspedes que me eram desconhecidos, às vezes chegando até no meio da semana. Naquele momento, a única coisa que eu percebi que a distinguia dos demais era a posição dela à mesa, bem próxima da sra. Mank. Ninguém me apresentou a ela e ela não prestou atenção em mim.

A visitante sem nome era uma mulher grande e abrutalhada, que pesava uns bons noventa quilos. Seu vestido, em tons fortes de amarelo e verde, estava repuxado nas costuras. Ela escolhera um vermelho vibrante para o batom e o passou por fora do contorno dos lábios, uma estratégia que eu já tinha visto antes — minha mãe explicou que era uma tentativa de fazer lábios finos parecerem mais cheios. Não adiantava, claro, e ficava ridículo, mas não era uma coisa incomum, e se eu perguntasse novamente a alguma mulher sobre seu batom, minha mãe me bateria. Havia linhas pretas de lápis que formavam arcos bem acima da posição normal das sobrancelhas, fazendo os olhinhos azuis da mulher parecerem permanentemente surpresos. Seu cabelo, arrumado com laquê em ondas apertadas, era da cor que minha mãe chamava de ruivo de merda.

O purê de batata frio com molho ressecado e o frango frito morno absorveram minha total atenção por um tempo, até que as pessoas começaram a empurrar as cadeiras e levarem o café ou chá para uma das salas ou para a varanda.

Vi o gesto da sra. Mank para a minha mãe, que se levantou apressadamente para segui-la. As quatro mulheres levaram seus cafés para a varanda em um silêncio educado.

Curiosa como eu estava, me levantei da cadeira, mas Cleonie segurou meu ombro com firmeza.

"Não tão rápido", disse ela. "Quem vai lavar?"

Ela riu da minha expressão e beliscou minha bochecha. Depois me entregou uma bandeja com um bule de café fresco, creme e açúcar.

"Agora, vai. A sra. Verlow vai querer isso."

A sra. Verlow queria que eu a seguisse. Eu me apressei e encontrei as mulheres acomodadas em cadeiras, formando um círculo, a uma distância discreta de alguns outros hóspedes que também apreciavam a noite de primavera na varanda.

Nesse trecho estreito da ilha e a um certo ângulo da casa, o lugar oferecia uma vista da lateral da baía até o golfo. A lua, que começava a minguar, estava quase nascendo; a luz já brilhava no leste, no horizonte ondulado, com a baía e o cume. A luminosidade branca feito leite diluía a escuridão da noite e acentuava a espuma fantasmagórica da água escura do golfo.

"Calley", a sra. Verlow me chamou, "coloque isso aqui."

Pus a bandeja na mesinha, no centro do grupo.

"Obrigada, querida", agradeceu ela. "Agora suma. Os pratos na cozinha não vão se lavar sozinhos."

Furiosa e frustrada, corri pela casa, passando pela sala de jantar e pela despensa até a cozinha. Meu banquinho estava junto à pia, que Cleonie já havia completado com água. Ela e Perdita estavam sentadas à mesinha delas, absortas enquanto jantavam. Passei por elas e saí pela porta dos fundos. A surpresa que vi no rosto delas me impulsionou de forma inesperada.

As cadeiras rangeram quando elas se ergueram, mas, antes que pudessem olhar pela porta ou sair, eu já estava embaixo do contorno de ripas da varanda. Segui agachada na direção do quarto, mas parei antes, para recuperar o fôlego. Rastejei os metros finais e me encolhi embaixo do piso.

Mamãe estava sentada na cadeira, inclinada para a frente. Ela era a única das quatro mulheres que usava sapatos de salto, exibindo os tornozelos. A sra. Verlow, a sra. Mank e a estranha não podiam mostrar os tornozelos com alguma vantagem. Olhei pelos vãos na madeira para as solas pontudas dos sapatos da minha mãe.

"Você sabe, sra. Starret, se minha querida mãe ainda está viva?", perguntou mamãe toda solene e respeitosa, como se estivesse em um funeral.

"Lamento informar que ela faleceu", disse a estranha, que devia ser a sra. Starret, parecendo não lamentar.

Minha mãe deu um pulo. "Sra. Verlow, preciso das chaves do meu carro. Se eu for embora agora, posso colocar flores no túmulo da minha mãe assim que amanhecer!"

A sra. Verlow não disse nada. A sra. Mank fungou.

"Muito bem", falou a sra. Starret. "Antes de você ir, quer saber como sua mãe morreu e por que você não foi informada sobre isso?"

Minha mãe esperava que alguém tentasse convencê-la a mudar de ideia. Hesitante, ela fez uma pausa.

"Talvez você também queira saber onde ela está enterrada", acrescentou a sra. Starret, "senão vai ficar correndo de um lado para o outro por toda Tallassee."

Minha mãe se desconcertou. "Por quê? Ela deve estar no túmulo da família. No cemitério de Tallassee. Nós sempre somos enterrados lá. Os Carroll, é claro. Você está dizendo que minha mãe *não foi* enterrada lá?"

A sra. Starret se mexeu na cadeira e enfiou a mão no bolso do vestido apertado.

Com certa dificuldade, tirou um caderninho de folhas pautadas.

"Sua mãe", contou ela, abrindo o caderno como se consultasse anotações, "foi enterrada no Cemitério da Igreja dos Últimos Tempos Sobre Nós."

Minha mãe gritou de raiva. Mas se lembrou de seu papel e se afundou na cadeira em um estado de choque mais controlado.

"Me perdoe, é que é uma surpresa horrível."

Tive de segurar uma risadinha. Pela primeira vez, minha mãe estava falando a verdade.

Para disfarçar, procurou seu lenço para esconder o momento de crise nada familiar.

"Minha pobre mãe deve estar rolando no túmulo. Por que ela foi enterrada em um cemitério de encantadores de serpentes?"

"Foi o único lugar que a aceitou." A voz da sra. Starret soou carregada com o úmido sabor da arrogância. "Mesmo lá, o sr. Weems teve que pagar o dobro do valor habitual para a tal igreja. Os mais velhos disseram que o Senhor ordenou que eles, como cristãos, não julgassem, então eles dariam um lote à sra. Carroll, mas haveria um custo para eles conduzirem rituais especiais para manter seus mortos santificados seguros de qualquer demônio que o cadáver talvez pudesse abrigar."

Minha mãe deu um gemido e tremeu ao pensar em receber ordens de encantadores de serpentes.

Então Adele Starret lhe contou, resumidamente, o sonho que eu tive com a morte de Mamadee.

**KING &
McDOWELL**
CHAMAS VIVAS

37

A história dos guarda-chuvas tornou quase impossível encontrar um lugar para enterrar Deirdre Carroll. Naquela manhã de quinta, o comportamento dela no centro, de comprar todos os guarda-chuvas que existiam na cidade, levá-los para casa e abri-los nos vários cômodos, foi um fenômeno bem mais perturbador para Tallassee do que o medo da transmissão daquela doença estranha, veloz e fatal que a contaminara. Deirdre Carroll, diziam, tinha ficado louca. Na prática, tinha sido uma bênção o fim dela ter chegado tão rápido. Aquela insanidade repentina e intensa fechou os portões de todos os cemitérios nos limites da cidade.

Adele Starret não contou para a minha mãe, mas eu sabia o que tinha acontecido em seguida. Não importava que eu tivesse sonhado com isso ou não; qualquer criança meio burra de 7 anos poderia ter previsto.

Leonard e Tansy se recusaram a botar os pés em Ramparts novamente. Nenhuma pessoa negra sensata consideraria fazer uma coisa dessas, e as tolas também não. Entre os brancos, sensatos ou idiotas, só cinco estavam dispostos a entrar na casa. O dr. Evarts entrou e continuaria entrando, e ninguém pensou mal dele por isso, pois sua condição de ianque o protegia de uma forma indefinida do mal em Ramparts, e ele era um Homem da Ciência, no fim das contas. Meu irmão, Ford, entraria, mas claro que ele achou que haveria algo lá para ele, afinal, era a propriedade da sua família. E Winstom Weems entraria, igualmente motivado pelo interesse pessoal, e também para proteger sua reputação como Homem de Negócios cabeça-dura. Homens como o dr. Evarts e o sr. Weems não podiam acreditar em assombrações, maldições e bruxarias, pois essas coisas deviam estar necessariamente fora do controle e da influência deles. O sr. Weems contratou dois homens brancos que fariam qualquer coisa por um trago, mas que ainda não estavam debilitados demais pelos vícios para levantar coisas pesadas.

Ramparts foi esvaziada em um fim de semana de quase tudo que era perecível, usável ou vendável (fora da cidade, onde não se sabia sobre a procedência de todas as coisas), sob a orientação do sr. Weems, do dr. Evarts e do meu irmão, Ford.

Um único móvel foi abandonado: a cama de Mamadee, com os lençóis ensanguentados já apodrecendo, que permaneceu no quarto.

E os guarda-chuvas. Correntes de ar excêntricas rolavam os guarda-chuvas abertos de um lado para o outro, nos aposentos vazios da casa. As pontas de metal batiam no piso e nas paredes *tique-tique-tique*, de forma tão regular e sincronizada quanto relógios que marcavam horários diferentes. A movimentação, os cliques e os estalos, os baques baixos, tudo ecoava pelo casarão, junto dos seus próprios chiados e gemidos.

Não havia dúvida de que Ramparts era assombrada. Do lado de fora, os carvalhos vivos tremiam, os ramos de musgo espanhol giravam e batiam como roupas de uma múmia que ressuscitou dos mortos. Crianças se desafiavam a ir até a varanda e olhar pelas janelas empoeiradas. Sob a palma de suas mãos, o vidro era tão frio que elas se afastavam. Uma infinidade de guarda-chuvas abertos se movia pelos aposentos em todas as direções, assustando as crianças, que saíam correndo, aos gritos. E poucas voltavam para olhar uma segunda vez.

38

Para minha mãe, saber se Mamadee estava viva ou não era coisa pequena em comparação à garantia de que Roberta Ann Carroll Dakin não podia ser culpada pelo que estivesse acontecendo em Tallassee. A certidão de óbito assinada pelo dr. Evarts dava como causa de morte de Mamadee exsanguinação provocada por um tumor na garganta. As hipóteses normalmente discretas do médico de que o tumor interrompeu o fluxo de oxigênio, causando hipóxia, que, por sua vez, levou a um distúrbio mental repentino e resultou na demência de Mamadee, foram espalhadas ansiosamente por Tallassee. Deirdre Carroll nunca foi uma pessoa querida na cidade, e sua morte horrenda, por mais divertida que fosse, fez com que a solidariedade dos moradores voltasse para a minha mãe. Em retrospecto, Roberta Ann devia ter testemunhado os primeiros sinais da demência da mãe e foi sensata em fugir, mesmo que essa fosse só a segunda coisa sensata que minha mãe fizera, a primeira tendo sido o casamento com Joe Cane Dakin, que terminou do jeito que terminou. Nem o fato de Roberta Ann e sua patética filha não terem voltado para comparecer ao breve funeral foi condenado, pois ninguém mais havia comparecido, além de Ford, do dr. Evarts e do sr. Weems. A sra. Weems e a sra. Evarts se recusaram veementemente a ir, alegando que não eram hipócritas. Deve ter sido o único momento brilhante de não hipocrisia na vida daquelas duas matronas, mas foi consistente com sua parcimoniosa prática de caridade.

"Ah, é terrível, tão terrível que não consigo nem imaginar", disse minha mãe.

Claro que não.

Adele Starret perguntou maliciosamente para a minha mãe se ela estava reunindo forças para dirigir até Tallassee.

Minha mãe respondeu na mesma hora. "Eu *vou*, mas de manhã, após ter tempo suficiente para me recuperar um pouco. Como já fui *privada* do consolo de estar no leito de morte da minha mãe, segurando a mão dela no momento do seu falecimento, como eu não tive *permissão* para chorar no funeral dela, como eu fui *impedida* de ver o caixão dela ser enterrado em um *cemitério de encantadores de serpentes*, não tem *ninguém* que vai me impedir de, pelo menos, estar lá quando o testamento da minha pobre mãe for lido! *Ninguém*, está me ouvindo?"

"Bem, você não precisa viajar até Tallassee", disse Adele Starret, "porque o testamento já foi lido, homologado e executado."

Minha mãe prendeu o ar, em choque.

Adele Starret apresentou um envelope comprido e estreito para a minha mãe. Com dedos rápidos, minha mãe tirou uma única folha dobrada. Na mesma hora seu corpo se enrijeceu e ela jogou o papel em Adele Starret.

"Por favor, leia para mim, sra. Starret", pediu ela, com um tremor na voz.

Adele Starret obedeceu.

Tudo que Deirdre Carroll, moradora de Ramparts, na cidade de Tallassee, condado de Elmore, Alabama, possuía, controlava ou lhe dizia respeito, todos os seus bens, propriedades e imóveis, haviam sido deixados para o neto, Ford Carroll Dakin. Até o vigésimo primeiro aniversário do menino, essa herança permaneceria sob a tutela de seus guardiões legais: Winston Weems, advogado, e Lewis Evarts, médico, de Tallassee, Alabama. A custódia de Ford Carroll Dakin foi entregue em documentos separados para o dr. Evarts até Ford Carroll Dakin completar 21 anos.

Para a filha, Roberta Ann Carroll Dakin, Deirdre Carroll havia deixado uma caneta, que estava dentro do envelope.

Minha mãe ainda estava com o envelope esquecido no colo. Lentamente, ela o virou, e um objeto cilíndrico rolou até sua mão aberta, supostamente a mencionada caneta. Perplexa, ela deixou o envelope cair no chão da varanda.

Adele Starret continuou lendo: "Para a filha de Roberta Ann Carroll Dakin, Calliope Carroll Dakin, Deirdre Carroll deixou duas vezes o que Calliope Carroll Dakin herdou do pai, o falecido Joe Cane Dakin".

Minha mãe pareceu não ouvir essa cláusula quando Adele Starret a declamou. Seus dedos haviam se fechado em volta da caneta. No silêncio que se seguiu à leitura do testamento feita por Adele Starret, minha mãe apertou o botão da caneta. A ponta surgiu, minha mãe fez uma careta para ela e a deixou cair. O objeto rolou delicadamente entre as tábuas e caiu na areia, sob o tablado de madeira.

"Não acredito que Lew Evarts fez isso comigo", murmurou minha mãe. E disse: "Minha mãe devia estar louca como um tordo em um fio desencapado quando escreveu essa coisa. Mas é esse o ponto, sra. Starret!".

"O quê?"

"Não foi a minha mãe que escreveu o testamento. Foi Winston Weems, aquela cobra enfiou a língua na tinta e falsificou a assinatura da minha mãe assim que ela morreu!"

"Eu fiz uma cópia do testamento no tribunal", contou Adele Starret, "e mandei um perito em caligrafia examiná-lo, junto com algumas amostras da caligrafia da sua mãe. Foi sua mãe, sim, que escreveu o testamento."

Eu me perguntei como Adele Starret agiu tão rápido para obter o testamento (e mandar que um perito especialista em caligrafia o examinasse), as amostras da caligrafia de Mamadee e a certidão de óbito para ficar a par de todo o desenrolar da história da morte de Mamadee desde que a sra. Mank lhe telefonou.

"Então ele apontou uma arma para a cabeça dela e exigiu que ela escrevesse o que ele ditava!"

"Ele não estava lá. Eu entrevistei as duas testemunhas e sua mãe estava sozinha."

"Quem foram as testemunhas?", perguntou minha mãe.

A sra. Starret mexeu na cópia do testamento. "Sr. Vincent Rider e uma pessoa chamada Martha Poe."

"Rider? Nunca ouvi falar. E Martha Poe? O que ela estava fazendo lá?"

"Talvez estivesse ajudando sua mãe com o testamento."

"Por que ela faria isso? Martha é enfermeira!"

"É mesmo?", questionou a sra. Mank. Ela estava tão quieta que quase esqueci que ela estava lá. Ela sorria, achando graça. "Eu achei que Martha Poe era outra advogada, como a Adele."

Normalmente, minha mãe lembrava e seguia suas mentiras. O fato de ela ter esquecido aquela era sinal de que estava realmente perturbada.

Ela hesitou um momento e falou de um jeito vago: "Acho que Martha estudou medicina e direito, no Huntington College, mas não conseguiu decidir a que se dedicar, se a curar pessoas ou tirá-las de problemas". Então mudou de assunto. "E aquele outro, Rider... É um estranho pra mim."

"O sr. Rider é novo em Tallassee", explicou a sra. Starret, "e talvez você não o tenha conhecido. Ele trabalha com pianos. Evidentemente, sua mãe pediu que ele avaliasse um piano que ela estava pensando em vender. Ele é um comerciante respeitável."

"Minha mãe jamais pediria a dois desconhecidos, sendo um deles um completo estranho, um vendedor de pianos, que fossem testemunhas de um documento tão importante."

"Ainda assim, as testemunhas confirmam que sua mãe escreveu o testamento todo, assinou, colocou no envelope junto com a caneta e o lacrou."

Minha mãe acendeu um cigarro com dedos trêmulos. Nada fazia sentido. Tudo era ruim.

O que a sra. Starret contou para a minha mãe em seguida foi bem pior. "Seu filho vai herdar uns 10 milhões de dólares da sua mãe."

Minha mãe rosnou, *rosnou* de verdade. "Minha mãe não tinha 10 milhões de dólares! Ela não tinha nada assim! Ela comprava fiado os Cadillacs dela!"

"Eu costumo estimar baixo nessas questões."

"Tudo o que você está dizendo é mentira!"

"Então não sou eu que estou mentindo", retorquiu Adele Starret. "É a U.S. Steel, a AT&T e a Coca-Cola, quando me dizem quantas ações sua mãe tinha."

Esperei minha mãe falar, protestar, questionar, arrancar alguma resposta atenuante de Adele Starret. Mas ela ficou em silêncio por um longo tempo. Xícaras estalaram, as mulheres tomaram café, minha mãe fumou.

Finalmente, ela disse: "Eu quero o meu garotinho. Sou a única responsável por ele. Eu só o deixei com a minha mãe porque ele estava doente e ela podia cuidar dele. Eu ia voltar para buscá-lo. Aquele velhote trapaceiro do Weems vai roubar a herança dele. Não tem algo que eu possa fazer?".

"Você o entregou para sua mãe em um documento assinado, e ela escolheu atribuir a guarda dele ao sr. Weems e ao dr. Evarts. Mas você pode, é claro, abrir um processo para obter a custódia. Você tem uma boa chance. A maioria dos tribunais veria com bons olhos um parente de sangue, e ainda mais a mãe, procurar obter a custódia de um menor em uma situação como a do seu filho. Claro que, se vencesse, você ainda teria que fazer um acordo com o sr. Weems e o dr. Evarts sobre o acesso à herança."

"Eu fui enganada duas vezes", exclamou minha mãe. "Primeiro, pelo homem com quem me casei, e depois pela mulher que me deu à luz. Não depende mais de você e de mim, sra. Starret, porque os dois estão mortos, fora do nosso alcance."

A sra. Starret ignorou a declaração teatral e passou à parte prática. "Que dia você foi embora de Tallassee?"

"Eu não fui embora. Minha própria mãe me expulsou da cidade. No dia em que ela morreu."

A voz da sra. Starret soou impaciente. "Que *dia* da semana sua mãe expulsou você de Tallassee?"

Minha mãe finalmente entendeu o que a sra. Starret queria saber. E respondeu: "Quinta-feira. Eu sei que era quinta-feira porque havia um tablete de manteiga novinho na mesa na quarta à noite, e a moça da manteiga passa na quarta-feira de manhã, e não havia manteiga na noite anterior".

"Então foi na quinta-feira, dia 24 do mês", questionou a sra. Starret.

"Sim. Quinta-feira, dia 24."

"*Quinta-feira*, dia 23", falou a sra. Starret, com precisão, "foi a data que ela colocou no testamento. Ou sua mãe errou o dia do mês, ou errou o dia da semana."

"Que maldita diferença isso faz? Minha mãe não lembrava nem do meu aniversário! E ela sempre achava que quinta era sexta."

"Eis a maldita diferença que isso faz", explicou a sra. Starret, falando como uma advogada de verdade. "Se ela fez o testamento no dia 23 e só errou o dia da semana, ela devia estar sã, e você está sem sorte."

Minha mãe se sentou mais ereta. "Mas, se ela errou o dia do mês, isso significa que ela escreveu o testamento na quinta-feira, dia que ela enlouqueceu e saiu comprando todos os guarda-chuvas da cidade. E se ela estava louca quando fez o testamento, então..."

"Então podemos contestá-lo", completou Adele Starret com grande satisfação.

KING & McDOWELL
CHAMAS VIVAS

39

Adele Starret deve ter reparado na discrepância de datas quando obteve o testamento. Ela poderia ter contado imediatamente para a minha mãe, mas não contou.

Minha mãe se sentiu revigorada de imediato. Mamadee podia estar morta, mas mamãe ainda podia lutar com ela, sem que Mamadee a retaliasse. Quando o dinheiro fosse dela de novo, minha mãe não só voltaria para o papel que ocupava na vida por direito, de mulher rica, como também teria Ford de volta.

Ela estava pronta para expulsar a sra. Starret para ir da varanda até o carro, tamanha era a urgência com que queria que a advogada mulher começasse a trabalhar.

A sra. Starret não se moveu com tanta facilidade, pois tinha outra coisa em mente. "Nós ainda não falamos sobre os honorários pelos meus serviços."

"Eu lhe daria um milhão de dólares, sra. Starret, só para que a justiça seja feita, mas, como você sabe, eu já fui roubada duas vezes neste ano e não tenho um centavo no meu nome", disse minha mãe.

"Eu entendo e estou disposta a esperar até chegarmos à resolução do caso. Os advogados costumam fazer isso. Chamamos de honorários de contingência." E continuou: "Meus honorários não chegarão a um milhão de dólares. Eu me satisfaço com *quinze por cento* do valor dos bens que vierem para você".

Depois de uma pausa, minha mãe argumentou: "Isso me parece muito".

"Lamento dizer que eu não negocio", contestou a sra. Starret.

Então se levantou. A sra. Verlow e a sra. Mank ficaram de pé uma fração de segundo depois.

"Obrigada, Merry Verlow", se despediu a sra. Starret. "Foi um prazer vê-la novamente."

"Mande lembranças a Fennie", respondeu a sra. Verlow.

"Obrigada, querida", disse a sra. Mank para a sra. Starret com um tom sombrio, quase um pedido de desculpas.

Minha mãe estava agitada demais para reagir de forma coerente.

Adele Starret já descia os degraus da varanda quando minha mãe a alcançou.

"Sra. Starret!" Minha mãe baixou a voz, e suas palavras saíram abafadas. "Eu entendi errado. Claro que você vai receber seus *quinze por cento*!"

"*Quinze por cento!*", repetiu a sra. Mank atrás da minha mãe.

Minha mãe deu um pulo. Ela não tinha reparado que a sra. Mank estava atrás dela, assim como a sra. Verlow.

Segurando a caneta que havia caído na areia, fui atrás delas embaixo da varanda, até chegar aos degraus. A borda embaixo da varanda tinha uma abertura ali por causa dos degraus, e como eu ainda era muito pequena, pude sair para as sombras sem ser vista. Sem fazer barulho, saí de onde estava e me sentei no degrau mais baixo, como se estivesse lá o tempo todo.

"Normalmente", disse a sra. Mank, "minha amiga Adele não aceitaria um caso assim. Ela só estava considerando como um favor para mim. Mesmo quando ela pega um caso desse tipo, casos com mais chance de sucesso, ela fica com, no mínimo, vinte e cinco por cento, o seu valor usual costuma ser um terço do total."

A sra. Starret, a sra. Mank e a sra. Verlow começaram a descer a escadinha, seguidas pela minha mãe. Desviaram de mim como se eu fosse um vaso de plantas ao lado da amurada. Dei um pulo e segurei a saia da minha mãe. Ela me olhou sem demonstrar surpresa ou interesse.

A sra. Mank e a advogada mulher pararam a poucos metros, absortas em uma conversa murmurada aparentemente casual. As duas riram. Estavam relembrando a refeição que haviam feito em Merrymeeting. Minha mãe não as ouvia, claro.

"Não fique aí parada como um poste", mandou minha mãe, "comece a rezar, porque, se a sra. Mank não conseguir fazer aquela advogada mulher contestar o testamento, nós duas vamos passar fome, e, como você é menor, vai definhar bem antes de mim." Minha mãe abraçou o próprio corpo. "Eu não aguento mais isso", declarou ela por fim. "Vou lá para dentro cortar minha garganta. Quando elas terminarem essa conversa, entre e me conte o que decidiram."

Minha mãe passou pela sra. Verlow, que observava a sra. Mank e Adele Starret tendo sua conversinha ao pé da escada. A porta de tela bateu com força depois que minha mãe entrou.

"A louça", disse a sra. Verlow sem me olhar.

Subi a escada e fui até o quarto, onde peguei o envelope, dobrei e enfiei em uma meia. A caneta foi para dentro de outra. Empilhei as xícaras e os pires e os levei para a cozinha. Cleonie e Perdita ignoraram minha entrada. Do meu banquinho, dava para ver o estacionamento onde a sra. Mank estava junto à janela aberta do motorista de um Cadillac amarelo de modelo antigo, ainda falando com a sra. Starret, que se encontrava atrás do volante. A cena era como a que eu tinha visto quando a sra. Verlow se despediu da sra. Mank. Por fim, a advogada girou a chave na ignição e saiu dirigindo, enquanto a sra. Mank observava.

Naquela noite, fomos para o nosso quarto o mais cedo que a dignidade nos permitiu.

No banheiro, fingindo que escovava os dentes e lavava o rosto, tranquei a porta e examinei a caneta e o envelope. No último, estava escrito:

Testamento com os últimos desejos de Deirdre Carroll

A ponta da caneta brilhava com tinta verde.

Minha mãe esperava no quarto.

"Me dê." Ela esticou a mão.

Tirei a caneta de uma das meias e o envelope dobrado da outra e os entreguei.

Ela observou o envelope por um longo momento antes de me olhar.

"Você sabe o que isso quer dizer?"

Assenti.

Minha mãe jogou o envelope na penteadeira e largou a caneta em cima dele.

"Não acredito!" Ela se sentou na beirada da cama e esticou uma perna.

Tirei os sapatos dos pés dela.

"Vá cuidar das suas mãos", exigiu ela.

Fiz o que ela mandou e, quando voltei, ela estava de pijama.

Ela pegou o cinzeiro e os cigarros e se recostou na cama. Depois me observou abrir o pote de bálsamo para pés.

"Eu fui uma tola", desabafou ela. "Eu acreditei que minha mãe me amava. Profundamente. Mas ela nunca me amou. Ela devia me odiar."

"Acho que sim", concordei, sentando-me ao lado dos seus pés.

Minha mãe balançou o cigarro para mim. "O que você sabe sobre isso? Você tem 7 anos. Sua mãe e seu pai te amaram todos os dias da sua vida. Você pode ser uma Dakin, mas você teve tudo que sempre quis. Seu pai te mimou demais."

Como eu queria que ela continuasse falando, pois eu sempre poderia descobrir alguma novidade no discurso descontrolado, eu não disse nada.

"Não sei por que estou surpresa", continuou ela. "Eu devia ter percebido. Eu achei que, quando fugi para a casa da minha avó, só estava tentando sair do controle da minha mãe. Eu devia ter pensado nas minhas irmãs e no que ela fez com elas. O único de nós com quem ela se importou foi o Bobby. E, depois, o Ford. Ela queria tirar o Ford de mim."

Correndo o risco de fazê-la se calar por ser interrompida, perguntei, em um sussurro: "O que ela fez?".

Minha mãe soprava círculos de fumaça para o alto. "A vovó foi buscá-las e a minha mãe disse 'já vão tarde'."

Pressionei as dobras dos dedos na sola do pé dela, como ela gostava, e sugeri: "Me conta sobre a bisavó".

Ela fechou os olhos. "Continue fazendo isso. Ninguém sabe como sofro com os meus pés. Eles estão em pura agonia hoje."

Alguns minutos se passaram e eu concluí que ela acabara de falar sobre o que eu queria saber.

"A minha avó", disse ela, com a mão livre no peito, "me amava. Ela me amava de verdade. Ela *aceitou* a Faith e a Hope, e me recebeu *de braços abertos* quando eu fugi para ela. Ela me aceitava como eu era."

"Mas por que ela as levou?"

Minha mãe me olhou com irritação e desejei não ter perguntado.

"Elas eram especiais", contou ela, com uma leveza deliberadamente falsa. "Muito especiais."

"Por quê?", insisti.

Minha mãe apertou os olhos na minha direção. "Nós estávamos falando sobre mim."

Eu me dediquei novamente aos pés dela.

"Eu ainda não tinha a idade que você tem agora quando a vovó as levou. Eu nem me lembro direito delas."

"O que a vovó fez com elas?"

"Criou", respondeu minha mãe. "Juro que você não pode ser minha filha, você é tão burra."

"Onde elas estão agora?"

Minha mãe apagou a guimba do cigarro no cinzeiro. "Eu tenho cara de Departamento de Pessoas Desaparecidas? Faça o que está fazendo e pare de fazer esse monte de perguntas ridículas."

"Sim, senhora", concordei.

Ela se acomodou e fechou os olhos de novo.

Minutos se passaram e a respiração dela ficou regular. Fechei o pote.

"Era para eu me chamar Charity", sussurrou minha mãe. "Você acha que eu tenho cara de Charity?"

Não respondi.

Tirei as roupas e vesti o pijama tentando ser o mais rápida e silenciosa possível.

Ela falou de novo. "Essa é a ideia de piada pra minha mãe. Debochar da vovó para deixá-la com raiva. Ha-ha-ha."

O som que ela fez em seguida foi um ronco suave e feminino.

Nos anos seguintes, as informações da sra. Starret eram sempre encorajadoras e esperançosas. Um acordo sobre os bens da Mamadee estava prestes a acontecer. O processo para recuperar a custódia de Ford estava encaminhado, de acordo com a sra. Starret, só que nunca parecia chegar perto de ser julgado. Embora minha mãe recebesse cartas, telegramas, papéis para serem assinados na presença de testemunhas, e às vezes uma ligação interurbana de meia hora da sra. Starret contando em que pé estava o caso, nem minha mãe nem eu voltamos a ver a advogada mulher.

Eu comecei esta história contando sobre a morte do meu pai e a pesquisa que fiz para reunir os detalhes que, à época, foram escondidos de mim. Ao longo dessa pesquisa, encontrei uma fotografia da amiga da sra. Mank, Adele Starret.

A fotografia a mostrava sentada a uma longa mesa. À esquerda dela estava Janice Hicks e, à direita, Judy DeLucca — as duas mulheres que sequestraram e mataram meu pai.

A fotografia tinha sido tirada no tribunal, da mesa da defesa.

Adele Starret era a advogada delas.

**KING &
McDOWELL**
CHAMAS VIVAS

40

Minha mãe entregou o Edsel para a sra. Verlow quase imediatamente. A perda não pareceu constrangê-la. Ela foi poupada dos gastos de manutenção e combustível, o que diminuiu seu custo de vida para pouco mais do que o necessário para cobrir sua sobrevivência. Nos anos seguintes, ela venderia as roupas sob medida ultrapassadas em uma loja de consignação e usaria o dinheiro para comprar roupas novas prontas, que agora não estavam mais abaixo dos seus padrões. Como a carteira de habilitação do Alabama havia vencido, ela pareceu esquecer de propósito como se dirige. Sempre que queria ir a algum lugar, dependia da gentileza da sra. Verlow e de hóspedes ocasionais.

Uma manhã, o Edsel sumiu. A sra. Verlow não deu explicações. Minha mãe não se rebaixaria para perguntar o que a sra. Verlow havia feito com ele, e a ausência do automóvel foi, para minha mãe, um alívio da lembrança de suas perdas.

Minha mãe e Mamadee haviam me ensinado desde o berço a lidar com a falta de afeto. Minha mãe e eu continuávamos a puxar as pontas da corda entre nós, mesmo que fosse só por uma questão de costume. Mas a tristeza não era uma coisa que vinha de forma natural para mim. Nesse sentido, eu era uma criança saudável: quase tudo sob o sol era novidade aos meus olhos e poucas coisas haviam realmente perdido a graça. Eu não precisava de promessas de felicidade para viver o presente.

Todos os dias, depois do café da manhã, uma lista de tarefas me aguardava. Ser útil fazia com que eu me sentisse necessária, e ser necessária fazia com que eu me sentisse mais segura. Saber que estava somando moedas no caderno de contabilidade da sra. Verlow era um pequeno prazer secreto — na minha opinião, o melhor tipo.

Meu cabelo continuou uma desgraça. Sempre que a minha mãe reparava nele, reclamava comigo sobre a prepotência de Merry Verlow de tingir e enrolar meu cabelo sem pedir permissão. Com o emaranhado de cabelos no meu crânio e minhas orelhas enormes, eu era uma criança de aparência engraçada, o que tem um pequeno benefício — uma aparência engraçada é desconcertante.

A sra. Verlow se esforçou para proteger a minha pele de frequentes queimaduras usando seus unguentos, com resultados nem sempre bem-sucedidos. Ela decidiu que eu tinha que usar um chapéu quando ia para fora, para proteger o meu rosto. Eu usava, ao menos quando ela estava por perto. Perdita fez os chapéus para mim, uma espécie de Panamá de palmeira trançada e um lenço com pontas para amarrar embaixo do queixo quando ventava, que podíamos soltar para lavar. Os chapéus dela não só protegiam meu rosto como também cobriam meu cabelo e minhas orelhas, além de abafarem um pouco minha audição, o que era um benefício extra para mim.

Para o corpo, quando ia lá fora eu usava camisetas de manga comprida embaixo do macacão, mas isso era difícil para mim. Eu enrolava as mangas e as pernas do macacão e queimava os braços, pernas e pés mesmo assim, ao menos quando estava longe do campo de visão da sra. Verlow. Quando ela me levava em uma de suas caminhadas aparentemente sem rumo, eu obviamente não fazia isso. Eu precisava das mangas e pernas do macacão, além das meias e tênis, pois, em algumas dessas caminhadas, ela seguia por trechos pantanosos, que no verão eram tomados por nuvens de insetos, e, na praia, por bichos de pé. A sra. Verlow me fazia levar para casa gravetos, flores, sementes, frutinhas e cascas de árvores, para depois identificá-los, olhando os livros. Apesar de, à primeira vista, a ilha parecer ter pouca vegetação, ela exibia uma variedade inesperada de plantas na parte de trás das dunas e nos vãos entre elas. Lá crescia um arbusto de alecrim, além de calaminta, conradina, orquídea coral e azaleia.

A lição mais imediata e mais importante era que nem tudo está nos livros. A segunda era que os arbustos odoríferos curiosos, de fedegoso-gigante, que cercavam os alicerces de Merrymeeting, eram selvagens; a sra. Verlow mandou transplantá-los de vários locais da ilha. Eram do gênero *senna* ou *cassia*, exclusivas da ilha e naturalmente menores devido às condições climáticas rigorosas. *Cassia alata* var. *santarosa* não estava nos livros que eu tinha ao meu dispor, nem em nenhum que eu havia examinado depois. A sra. Verlow usava todas as partes da planta (raiz, galhos, vagens e flores, que surgiam em maio) para fazer seus preparados.

Antes de as férias escolares de verão acabarem, eu comecei a conhecer um pouco melhor a família imediata de Cleonie e Perdita. O marido de Perdita, Joe Mooney, possuía um barco e pescava para sobreviver; como mencionei, ele costumava fornecer pescado para a mesa de Merrymeeting. Joe tinha filhos de um casamento anterior, garotos grandes, que pescavam com ele. Depois de perder a mãe dos meninos, ele os criou sozinho enquanto eles eram pequenos. Ele e Perdita não tinham filhos.

Cleonie sempre chamava o marido de "sr. Huggins", o que me levou a pensar que ele fosse solene como um pastor. Só que ele a chamava de "sra. Huggins", e a formalidade da maneira que se tratavam era apenas uma piada entre eles. O nome de batismo dele era Nathan e ele trabalhava em uma madeireira que importava troncos de mogno em Pensacola. Ele trabalhava lá desde menino, exceto pelo período de serviço militar. Era chefe de uma equipe — de gente negra, claro — que tirava os troncos das docas. Os Huggins tinham três meninas, mais velhas do que eu, e um menino, Roger, que tinha mais ou menos a minha idade. Todos moravam em uma casa com a mãe do sr. Huggins, e a mãe, o pai e o avô de Cleonie.

Quando eu descobri que os Huggins tinham um cachorro e que Perdita tinha dois gatos em casa, implorei à sra. Verlow por um bichinho. Tentei ser modesta no pedido: um gatinho já estava bom.

"Ah, Calley, lamento ter que dizer não. Os gatinhos viram gatos, e os gatos comem ratos e aves."

Eu não tinha pensado nos hábitos alimentares dos gatos.

"Então um cachorrinho?"

A sra. Verlow abriu um sorriso triste.

"Cachorrinhos crescem e viram cachorros", falei. "O que eles fazem?"

"Dormem nos móveis", respondeu ela. "Deixam pelo para todo lado. Roem coisas. Fedem a cachorro quando estão secos e a cachorro molhado quando estão molhados. Ficam velhos e morrem e fazem a gente morrer de tanto chorar."

"O que tem de tão ruim nisso?"

Ela balançou a cabeça. "Pode acreditar em mim, Calley. Você tem que tomar cuidado com o que ama, porque o amor tem seu preço."

Ela encerrou assunto. Eu deixei para lá, achando, como qualquer criança, que poderia fazê-la mudar de ideia alguma hora.

Por mais curiosa que eu estivesse com os Huggins e os Mooney, eles estavam apenas minimamente interessados em mim. Eram simpáticos comigo, mas tinham sua própria vida. Cleonie e Perdita assumiram uma certa autoridade sobre mim, me repreendendo como fariam com os próprios filhos, mas não era porque *queriam* se envolver com a minha criação. Elas tinham padrões, e um deles era que toda criança, negra ou branca, respeitava os mais velhos.

Mas eu acabei passando muito tempo com Roger, que costumava passar as férias escolares com a mãe em Merrymeeting, até a nossa adolescência. Ele dormia em um colchão no quarto de Cleonie e Perdita durante a semana e, como elas, ia para casa aos domingos.

Não vou dizer que éramos amigos, mas nos dávamos bem. Como ele era menino e sete meses mais velho do que eu, se sentia no comando. Naturalmente, discordávamos em algumas coisas. Quando o conheci, balancei as orelhas para ele, o que o impressionou profundamente. Roger retribuiu exibindo o jeito como dobrava os dedos para trás e como deslocava os braços. Eu também fiquei muito impressionada, e não foi só por educação.

A sra. Verlow tinha acordos com os guias que trabalhavam para pescadores de mar aberto que às vezes eram hóspedes; ela não queria ter o trabalho da manutenção de barcos de mar aberto, nem de construir uma doca maior, que um desses exigiria. A propriedade de Merrymeeting ia do golfo até a baía, atravessando a ilha, e na baía havia uma prainha e uma doca. A sra. Verlow possuía uns esquifes e uns veleiros lá. Uma criança de 7 anos teria dificuldade de manter, sozinha, a prainha limpa, a doca arrumada, os barcos protegidos e as velas em ordem; mas trabalhando em conjunto com uma segunda criança, isso era possível. Naquele primeiro verão na ilha de Santa Rosa, arrumar a prainha foi uma das primeiras tarefas atribuídas a Roger e a mim, como uma equipe, pela sra. Verlow.

Tínhamos tarefas separadas em casa, mas, em algumas ocasiões, fazíamos juntos, porque quatro mãos tornavam o trabalho mais leve.

Os quartos muitas vezes não acomodavam toda a bagagem dos hóspedes, principalmente dos que ficavam várias semanas. Assim, Roger e eu tínhamos que transportar diferentes tipos de bagagem até o sótão, para armazenamento temporário. As bagagens maiores costumavam ser esvaziadas nos armários e cômodas nos quartos dos hóspedes, então, era comum que as outras fossem mais desajeitadas para carregar do que necessariamente pesadas.

Quando cheguei no topo da escada, vi Roger junto a um baú. Era um baú de estilo militar — como poderia ser diferente? —, mas estava vazio, então conseguimos carregá-lo. Nós o colocamos no chão, no alto da escada.

Uma corrente comprida, feita de contas de metal, do tipo que era comum em lâmpadas e ventiladores de teto, estava pendurada na escuridão acima. Quando puxada, acendia uma série de lâmpadas suspensas nas vigas. Apesar de não terem lustre, as lâmpadas eram de baixa potência e estavam escurecidas por uma camada de poeira. Graças à luz que nunca penetrava em todos os cantos, o sótão parecia enorme para a gente. Na minha lembrança, ainda parece.

Apesar das escotilhas embaixo das cornijas, feitas para aliviar o calor acumulado, o sótão era abafado em todas as estações do ano. Quando paramos no alto da escada, ouvi o arrulhar de pombos, a agitação de penas e um arranhar de unhas miúdas. Embora lotado de objetos inanimados, o sótão estava vivo com muitas criaturas: mariposas, aranhas, moscas, besouros, vespas, insetos, morcegos, pássaros e ratos.

Enfiamos o baú no espaço disponível mais próximo e parei para olhar em volta. Roger e eu trocamos um olhar arrependido; por mais que quiséssemos explorar, nós não ousávamos perder tempo. A sra. Verlow esperava nossos serviços.

Nós teríamos outras oportunidades de visitar o sótão e, com o tempo, conforme fomos ficando mais velhos, teríamos livre acesso à chave que a sra. Verlow guardava em uma certa gaveta da escrivaninha do escritório. O sótão nunca ficava lotado, e nós sempre encontrávamos coisas que não lembrávamos de ter visto antes. Os hóspedes não só deixavam bagagem armazenada durante as visitas, mas também usavam o sótão como depósito temporário quando viajavam para outros lugares. O depósito temporário às vezes virava permanente, por motivos que desconhecíamos. Um hóspede que talvez nunca voltasse, que tivesse esquecido a bagagem lá, ou que a tivesse abandonado deliberadamente. O sótão guardava mais do que bagagem, claro. Guardava tudo que um sótão deveria guardar e muito mais.

Alguns dos hóspedes da sra. Verlow vinham, iam e nunca voltavam; alguns apareciam de tempos em tempos, e outros eram bem regulares. Uns ficavam uma semana, enquanto outros se demoravam um mês ou um mês e meio. A sra. Mank era imprevisível. Sua maior ausência foi de cinco meses, enquanto a mais curta, de um fim de semana. Nós a víamos pelo menos três vezes por ano. A sra. Verlow sempre sabia com antecipação que a sra. Mank estava chegando, mas ela só me dizia quando estava na hora de arrumar a suíte.

Eu esperava que um dia víssemos Fennie Verlow. A sra. Verlow telefonava para Fennie em intervalos de poucos dias, e cartas e pequenos pacotes chegavam para Merry Verlow, endereçados com a caligrafia de Fennie. Falava-se em visitas, mas a sra. Verlow nunca visitava a irmã, Fennie. Não me lembro de a sra. Verlow ir tão longe a ponto de não poder voltar para dormir em Merrymeeting.

Ela nunca discutia nem desafiava a minha mãe na atuação dela de dama da casa na frente dos hóspedes. Com o tempo, até os hóspedes perenes, que sabiam que as coisas não eram daquele jeito, passaram a acreditar que sempre foram. Minha mãe conduzia a conversa em todas as refeições, sem permitir discussões sobre religião, política, dinheiro ou sexo. Suas regras geravam algumas conversas sem graça — os clichês de sempre sobre o tempo e as lembranças da minha mãe da época em que ela era uma beleza sulista, logo depois da guerra, e muitas vezes parecia que ela estava falando sobre a Guerra de Secessão em vez da Segunda Guerra Mundial —, mas, em muitas ocasiões, os hóspedes ficavam meio compelidos a falar de si mesmos.

Os hóspedes da sra. Verlow costumavam ser razoavelmente bem-educados — às vezes muito educados — e quase sempre falavam bem. Artistas e fotógrafos, amadores e profissionais costumavam sentar-se à mesa dela, assim como religiosos, acadêmicos, professores, músicos e muitos outros profissionais. Uma porção substancial dos hóspedes de Merry Verlow era constituída também por observadores de pássaros, um grupo com o qual tive afinidade imediata. Conforme os nomes no livro de hóspedes iam mudando, novos assuntos eram introduzidos e os antigos continuavam. Enquanto minha mãe sofria com as conversas sobre pássaros, arte, música e muitas outras coisas irrelevantes para as vontades e necessidades de Roberta Ann Carroll Dakin, eu absorvia tudo. O que resultou, para mim, em um nível de estímulo que eu jamais teria na minha casa se meu pai não tivesse sido assassinado e eu e minha mãe não tivéssemos sido expulsas.

KING & McDOWELL
CHAMAS VIVAS

41

O primeiro dia de aula chegou. Andei até a estrada e entrei no ônibus, que, exceto pelo motorista, estava vazio. Eu seria a primeira a entrar e a última a sair, pois era a que morava mais longe da escola.

Assim que saí do campo de visão de Merrymeeting, tirei o chapéu caseiro. Era uma das poucas coisas que podia fazer para não me tornar alvo de deboche. Eu não podia fazer nada em relação à minha aparência, e menos ainda sobre o inevitável conhecimento de todos da história do assassinato e esquartejamento do meu pai. Quantos mais novas são, menos inibições sociais as crianças têm. Na mesma hora que cheguei, me perguntaram diretamente se era verdade que meu pai tinha sido sufocado até a morte e cortado em pedaços. Meu primeiro instinto foi agir como se eu não tivesse entendido a pergunta.

Uma testa franzida, "Hã?", e o anúncio bobo de que eu tinha visto um rato na praia convenceram as crianças que haviam feito a pergunta de que eu era mais burra que uma porta. Meus colegas de turma não insistiram, felizmente, e o início do período letivo ofereceu mais emoções do que o frisson por sangue associado à recém-chegada. Quando fiquei um pouco mais velha, me dei conta de que meu instinto estava certo: se eu começasse a descrever o assassinato do meu pai, jamais seria dissociada dele.

A parte do aprendizado não exigiu esforço e foi divertida; já a parte social da escola parecia uma queimadura de sol constante para mim. Ciências e idiomas eram disciplinas fáceis, tanto que, quando eu tinha 10 anos, fui levada para aulas mais avançadas dessas matérias. A inabilidade social era esperada dos que eram considerados "gênios" em algumas matérias. Meus colegas de escola ficavam tão intrigados com a minha evidência de intelecto quanto com as minhas orelhas grandes — mexer as orelhas, afinal, era considerado um verdadeiro talento, junto com conseguir encostar a ponta da língua no nariz ou fazer barulho de peido com o sovaco. Os meus professores, em sua maioria, eram iguais aos meus colegas, só que adultos; eles desconfiavam de qualquer criança que dava sinais de ser mais inteligente do que eles, e o comportamento não conformista era enxotado com a mesma rapidez com que se enxota uma mosca. Naturalmente, havia outros como eu, de algumas formas: com defeitos físicos evidentes, ou que eram intelectualmente lentos ou rápidos demais, em comparação à norma. Todos os grupos sociais têm castas; eu aceitei a minha com um certo alívio, pois isso me desculpava da ansiedade de ser alguém e alguma coisa que eu não era. Minha capacidade de ouvir meus colegas sussurrando e as confidências dos professores uns para os outros também me davam uma vantagem útil para me defender.

Meus estudos formais na ilha se acomodaram em uma repetição sonhadora e sem remorsos nas manhãs e começos de tarde, cinco dias por semana, 38 semanas por ano. Eu raramente pensava nisso, exceto quando estava lá.

Minha melhor escola foi a ilha de Santa Rosa. Mais velha e mais nova do que os residentes humanos, ela estava sempre se refazendo no tempo infinitesimal e infinito, imensurável por meus sentidos humanos limitados. As grandes tempestades que vivenciei naquela costa exposta — Irene, em outubro de 1959; Hilda, em 1964, o primeiro furacão de verdade da minha vida; a tempestade tropical sem nome que aconteceu em junho de 1965; o Furacão Betsy, no outono do mesmo ano; e Alma, em junho de 1966 — me assustariam, fariam com que eu me sentisse pequena e me deixariam eufórica, tudo ao mesmo tempo. Mas não menos do que a visão de uma garça à beira d'água no litoral maltratado pela tempestade, com uma pata apoiada em um galho de pinheiro caído. Não menos do que os passarinhos brincando de correr das ondas calmas, o maria-farinha espiando de dentro do túnel, o caranguejo-eremita espiando de dentro da concha, a flor da salsa-da-praia, pálida como um narciso, ou as marcas das garras dos pássaros na areia.

Como uma escola comum poderia chegar aos pés disso?

Para a minha mãe, atuar em Merrymeeting não era suficiente. Naquele primeiro outono, ela descobriu uma trupe teatral pequena em Pensacola e se escalou imediatamente como uma estrela. A descoberta de que a trupe havia montado *A Casa de Chá do Luar de Agosto* na temporada anterior a deixou arrasada. Só a convicção de que o show precisava continuar permitiu que minha mãe lutasse contra uma enxaqueca excruciante. Ela se consolou com a expectativa de fazer um teste para a nova produção que a trupe planejava: *Anastasia*. Durante horas, ela arrumou o cabelo e botou seus melhores brincos de diamante. Seu sotaque ficou com um toque estrangeiro, mas era impossível dizer de que lugar exatamente. Um inglês britânico constipado era o único elemento que eu conseguia citar; era provável que o resto nunca tivesse sido ouvido nem conhecido em nenhum continente ou planeta.

Ela voltou do teste com a sempre ameaçadora enxaqueca com força total e com os pés doloridos, o que a deixara sofrendo literalmente da cabeça aos pés.

Ao ver como o rosto da minha mãe estava pálido e contraído, a sra. Verlow enviou uísque e gelo para o nosso quarto.

"Que atencioso da parte dela", disse minha mãe, com o antigo sotaque do Alabama, e tomou meio copo de uma vez.

Lágrimas escorreram pelo seu rosto quando lhe massageei os pés à luz de velas naquela noite.

"Eu devia saber", desabafou ela. "Todos esses grupinhos de teatro são uma panelinha, uma panelinha sem nenhum talento. Me passe o cinzeiro, querida. Aquelas pessoas... que falta de classe. Elas não reconheceriam talento nem se ele chegasse e batesse na cabeça delas com um Oscar."

Com a minha massagem, ela esticou e flexionou os dedos dos pés, gemendo baixinho.

"Eu tenho cara de substituta? Eu tenho que ficar esperando na coxia que aquela chata empolada que nem fala direito caia do palco?" Soprou fumaça de cigarro para o alto. "Pelo menos eles vão fazer *Um Bonde Chamado Desejo* agora. Eu *sou* Blanche DuBois. Olhe só pra mim."

Apesar de sempre depender da gentileza de estranhos, minha mãe não era Blanche DuBois e nem conseguiu empurrar a rival do palco com a força do pensamento em *Anastasia*. Cada vez que ia a Pensacola para um ensaio, ela voltava com enxaqueca e dor nos pés. Em certa noite, chegou em um estado em que mal conseguia andar.

A sra. Verlow chamou o dr. McCaskey, que ordenou que minha mãe repousasse. Esse foi o fim de sua curta carreira no teatro. As enxaquecas cessaram, assim como as dores nos pés. Quando foi acometida por uma nova crise de dor, o médico a chamou para fazer raios X dos pés.

O dr. McCaskey não encontrou nada nos pés da minha mãe que usar sapatos de um tamanho maior não pudesse resolver. O diagnóstico a deixou furiosa. Ela me fez jurar que, mesmo que ela estivesse no seu leito de morte, eu jamais chamaria aquele charlatão.

No dia 21 de novembro, uma nuvem de fumaça ondulou sobre Pensacola. Minha mãe, a sra. Verlow e eu nos sentamos em um esquife virado na praia e vimos as docas da cidade em chamas. Dava para sentir o gosto de fuligem no ar. O fogo se espalhou pelos atracadouros e vomitou fumaça e cinzas, os carros e barcos de bombeiros tocaram as sirenes, as mangueiras e canhões jogaram água nas chamas, e as figuras de homens, encolhidos pela distância e pela enormidade do incêndio, pareciam diabretes em meio ao fogo do inferno. A cacofonia de sons também era infernal; parecia que, se desse para ouvir o canto dos amaldiçoados, seria exatamente daquele jeito. A água da baía refletia pilares de chamas, ondulando e dançando, como um mar de velas afogadas.

KING & McDOWELL
CHAMAS VIVAS

42

As migrações de pássaros que aconteciam na primavera e no outono atraíam muitos hóspedes. Dentre os regulares, os Llewelyn estavam entre os presentes quando minha mãe e eu chegamos, mas não dei atenção a eles na época, assim como eles não deram a mim. O dr. Gwilym Llewelyn era um dentista aposentado que pedia que todos o chamassem de Will. A sra. Gwilym Llewelyn era enfaticamente a sra. Llewelyn. Seu status de esposa, enfatizado com a insistência de ser a "sra. Llewelyn", era uma brincadeira; seu nome de batismo era Lou Ellen, o que era muito poético para ela.

Quando voltaram, no outono de 1958, os Llewelyn repararam no meu interesse em aves. O entusiasmo deles era contagiante, o prazer em relação a tudo que tivesse a ver com pássaros era tão intenso e imediato que me senti à vontade com eles. Assim que descobriram que eu era excelente em imitar o som de aves, eles praticamente me adotaram. O dr. Llewelyn insistiu em examinar meus dentes e limpá-los com um pequeno kit dentário que ele tinha, e me deu uma pasta com flúor, que deve ter salvado meus dentes da rica dieta em açúcar de Merrymeeting. A sra. Llewelyn às vezes me levava com ela para fazer compras, com a desculpa de que precisava de mim para carregar os pacotes. Nessas expedições, ela comprava sapatos e roupas que cabiam em mim e me oferecia almoços e chás em Pensacola e Milton.

Nos Natais, eu enviava aos Llewelyn um cartão que eu mesma fazia, com uma garça de origami dentro, para eles pendurarem na árvore, e eles me enviavam um cartão comprado em loja, seis escovas de dentes, um suprimento de pasta e um calendário. No meu aniversário, não ganhei só um cartão, mas também um presente, que era sempre o que a sra. Llewelyn chamava de "frívolo". Uma vez, foi uma saia poodle, com a anágua necessária para usar por baixo, para que quando eu andasse pelos corredores da escola parecesse que estava velejando em um barco. Em outro, os Llewelyn enviaram um diário feminino com um cadeado frágil e um kit de papéis de carta, com carimbos e uma agenda de telefones. Os presentes deles eram coisas comuns que meus colegas deviam ganhar de avós, tias ou tios dedicados, e eu sempre me sentia menos órfã quando os abria.

De meados de março a junho, a praia oferecia um descanso do inverno do norte. De junho a setembro, nossos vizinhos do verão sulista ardente procuravam alívio no frescor relativo da praia. O fluxo diminuía um pouco em outubro e caía mais em novembro, dezembro, janeiro e fevereiro, mas nunca parava completamente, pois os hóspedes iam para Merrymeeting por motivos que não tinham muito a ver com o clima. Até no Dia de Ação de Graças e no Natal, que a maioria das pessoas costumava passar em casa, alguns hóspedes se abrigavam em Merrymeeting. Os Llewelyn sempre partiam a tempo de passar as festas com a família. A sra. Mank nunca passava as festas conosco.

De todos os hóspedes de Merrymeeting, a variedade mais excêntrica era a dos que apareciam para o Dia de Ação de Graças e para o Natal.

Pelo que eu me lembro, todos os anos um casal de idosos chamado Slater chegava na terceira semana de novembro e ficava até o primeiro dia de janeiro. A sra. Slater amava bridge. Se não conseguia formar uma mesa, ela tricotava. O sr. Slater estava sempre procurando alguém com quem jogar xadrez ou pinocle. Os dois eram muito competitivos, e muitas vezes eu os via trapacear nos jogos. Para pessoas de idade, seus reflexos com cartas, pinos e agulhas de tricô eram impressionantes.

Um homem extraordinariamente alto, magro e de membros longos, o sr. Quigley, tinha o hábito de chegar um dia antes do Dia de Ação de Graças, ficar uma semana e voltar para uma segunda semana no Natal. Ele jogava bridge com a sra. Slater ou xadrez e pinocle com o sr. Slater. Eu tinha a impressão de que ele também sabia que eles roubavam e que se divertia, ao permitir. Ele pintava pequenas aquarelas, retratando, em geral, paisagens marinhas.

A dra. Jean Keeling, uma mulher muito dada à leitura, passava as duas últimas semanas de dezembro e todo o mês de janeiro em Merrymeeting. Quando não estava lendo livros de ficção científica, ela ouvia ópera no Stromberg Carlson e escrevia muitos cartões e cartas. Ela jogava bridge e outros jogos com os Slater e, como eles, era rápida com as cartas, mas, assim como o sr. Quigley, parecia não se importar se vencia ou não. Ela era gentil e me dava os livros quando os terminava, mas não era uma pessoa particularmente sociável. Tinha um amigo próximo no grupo, que era o padre Valentine.

Um padre velho e cego, chamado de padre Valentine, chegava no dia primeiro de novembro e ficava até o dia 15 de fevereiro. Supostamente, ele era episcopal e aposentado, mas não era nada frágil. Ele me pagava por hora para ler para ele, o que melhorou muito minha capacidade de leitura e meu vocabulário, sem contar meu conhecimento da Bíblia, de teologia e de filosofia. Felizmente para mim, o padre Valentine também gostava de histórias de mistério, e, por intermédio dele, aprendi as bases da literatura policial. Ele era loquaz, para não dizer indiscreto, de uma forma direta, nem um pouco infantil ou maliciosa.

Mas suas ocupações não eram o que tornava nossos hóspedes mais excêntricos, nem o hábito de passar datas que costumam ser de festas familiares em Merrymeeting. Era o fato de todos serem inflexíveis e extremamente supersticiosos, de formas diferentes. Eles falavam e discutiam sobre essas crenças de forma tão casual quanto outras pessoas falavam sobre o tempo. Parecia que alguém estava sempre jogando sal sobre o ombro esquerdo ou fazendo algum ritual esquisito para evitar algum mal causado por um acontecimento aparentemente insignificante.

A cama do padre Valentine tinha que ser colocada com a cabeceira para o sul, para garantir vida longa.

Cada um dos outros exigia a cabeceira da cama voltada para o leste, para obter riquezas, e via a insistência do padre Valentine pelo sul como mera superstição, com boas chances de dar azar.

Todos faziam nós nos lenços por vários motivos, cada um com as suas próprias explicações.

Padre Valentine me informou que o colar de contas de âmbar que a dra. Keeling sempre usava a protegia de problemas de saúde.

Ele também me contou que a única conta azul de vidro presa em um alfinete que a sra. Slater sempre usava na gola da blusa era para afastar bruxaria.

O sr. Quigley e o padre Valentine, que fumavam, nunca acendiam três cigarros com o mesmo fósforo.

O sr. Quigley pedia meia cebola embaixo da cama quando ficava resfriado.

A dra. Keeling via isso como superstição ridícula.

Velas eram uma fixação geral.

Uma vela acesa tinha que queimar na janela, começando na véspera de Natal e adentrando toda a noite. Daria azar no ano seguinte se a vela se apagasse e sorte se não se apagasse.

Ver-se em um espelho iluminado por velas geraria uma maldição. Eu era neutra em relação a essa, pois já tinha me visto em espelhos iluminados por velas e não senti nenhuma maldição específica.

Ver uma pessoa querida em um espelho iluminado por velas podia ser o primeiro sinal da morte dela. Nisso eu acreditava. Eu tinha visto Mamadee no espelho da sala antes da confirmação do falecimento dela.

E havia uma que dizia que ver uma pessoa querida que se sabia estar morta em um espelho iluminado por velas significava que sua própria morte estava perto. Bem, eu não tinha certeza sobre Mamadee na hora que a vi, então achei que ainda não precisava escrever meu testamento.

Todos os pequenos rituais geravam uma atmosfera nervosa, como se todos andassem na ponta dos pés porque alguém no andar de cima estava prestes a morrer.

Toda hora minha mãe me mandava parar de falar. Eu fugia com frequência, embora o vento frio do golfo fizesse meus ossos doerem, meus pulmões se contraírem e meu nariz escorrer. Quase nunca eu me lembrava do lenço, então as amarras do chapéu ficavam sempre duras de catarro seco porque eu limpava o nariz nelas.

No nosso primeiro Natal em Merrymeeting, a sra. Verlow só começou os preparativos na véspera, quando ela voltou de Pensacola com uma árvore de Natal artificial.

Eu fiquei muito aliviada, pois a ausência contínua dos preparativos habituais sugeria que as festas não aconteceriam em Merrymeeting. Minha mãe me mandou parar de ser boba; nós estávamos de luto, pobres de marré, e o Natal tinha virado uma data comercial. Nós observaríamos o verdadeiro significado religioso do Natal.

Raramente havia crianças entre os hóspedes de Merrymeeting, então me perguntei se a sra. Verlow havia comprado a árvore só por minha causa. Era branca e parecia uma antena de televisão de telhado decorada com escovinhas. Minha mãe achou vulgar. Nós sempre tivemos árvores de Natal de verdade.

A árvore de mentira para mim era ótima. Nós a montamos na sala grande. A sra. Verlow me deu um spray de um fluido transparente que ela havia preparado — "retardante de chamas", ela explicou — e eu o borrifei na árvore. O fluido tinha cheiro de pinheiro com um toque de hortelã. Eu me perguntei por que uma árvore de metal tinha que ser protegida do fogo, mas essa era só uma das muitas coisas peculiares que os adultos faziam, como jogar sal por cima do ombro ou fingir que não usavam o banheiro.

A decoração que a sra. Verlow levou para casa com a árvore falsa consistia em um fio de luzes coloridas que deveriam parecer pequenas velas em lamparinas vitorianas que borbulhavam quando quentes, e em doze bolas prateadas e douradas do tamanho de ovos de ganso. Eu consegui quebrar oito das bolas brilhantes. A árvore ficou parecendo meio nua.

A sra. Verlow a observou por um momento, suspirou e foi até a gaveta da escrivaninha onde ficavam as cartas. Remexeu e pegou um baralho velho e oleoso. Jogou-o para mim. Reconheci quando as cartas ainda estavam no ar que aquelas eram as mesmas que usávamos quando ouvimos a voz de Mamadee.

Eu as segurei com força. A sra. Verlow queria convidar Mamadee para falar de novo?

"Jean", a sra. Verlow chamou a dra. Keeling, que estava refestelada em uma poltrona acolchoada no canto.

Como os outros hóspedes e a minha mãe, a dra. Keeling havia observado a montagem e a decoração da árvore, mas sem participar. Ninguém havia participado.

"Você não sabe de algo para fazer com cartas?", perguntou a sra. Verlow.

A dra. Keeling arqueou uma sobrancelha e deu de ombros.

"Calley", disse ela, "me traga essas cartas, por favor."

Eu levei as cartas para ela, e ela as tirou da caixa desbotada e meio rasgada e colocou em sua mão direita com um único movimento fluido. Em seguida, deixou a caixa cair no colo. Tirou uma carta do baralho e deixou o restante no braço da poltrona. Seus dedos pareceram brilhar — pensei ter visto uma fagulha de verdade — e de repente havia um passarinho rígido e estranho na palma da mão dela. Ela o ofereceu a mim.

Uma dobradura inteligente metamorfoseou o rei de copas naquele pássaro anguloso e nada natural.

"Garça", falou a dra. Keeling. Seus dedos pairaram sobre o restante do baralho, se moveram e brilharam, e outro pássaro surgiu na palma da mão dela. "Origami."

"Um pássaro", disse minha mãe para o padre Valentine. "A Jean fez um pássaro com uma carta de baralho."

Todos sorriam, inclusive a minha mãe.

"Que coisa mais inteligente", exclamou mamãe.

A dra. Keeling fez a garça seguinte em câmera lenta, para eu poder ver como era. Em seguida, me guiou um passo de cada vez pela dobradura da minha primeira garça.

Todos aplaudiram, o sr. Quigley assobiou com os dedos compridos e ossudos, e todo mundo riu.

Sentada no chão, transformei o resto do baralho em garças de origami enquanto a dra. Keeling passava uma agulha em cada pássaro e deixava um aro de linha. Depois, eu pendurei cada um na árvore, com a ajuda do sr. Quigley para os mais altos.

Tudo estava tão alegre que abandonei meu medo de provocar fantasmas.

Quando a sra. Verlow apagou as luzes e acendeu as da árvore, todos aplaudiram, riram de novo e concordaram que tudo parecia mágico. Em seguida, as luzes da árvore de Natal piscaram, provocando um murmúrio geral de alarme.

KING & McDOWELL
CHAMAS VIVAS

43

Calliope, chamou uma voz de mulher diferente das vozes de todas as mulheres na sala. A voz era grave, carinhosa e com um toque de humor.

Minha mãe deu um pulo da cadeira com um grito e olhou em volta, assustada.

Outro país dando notícias, continuou a voz, que parecia emanar da árvore falsa. *Roberta Ann, se controle. Eu não gostaria de ter que pedir a alguém para te dar um tapa para te tirar dessa histeria. Você se lembra da nossa conversa sobre a indelicadeza de Shakespeare? Pronto, agora você sabe que sou eu. Só eu saberia isso.*

"Vovó?", sussurrou minha mãe, mais ou menos para a árvore.

Calliope, disse a voz, *lamento dizer que dobraduras de papel não são seu forte. Ainda assim, a árvore ficou encantadora e excêntrica.*

"O que você quer, vovó?", perguntou minha mãe. "Por que está aqui?"

Para fazer o papel, respondeu a voz. Uma risadinha metálica adorável, como as notas agudas de um piano, tremeu no ar. *Do fantasma dos Natais passados, querida criança.*

Minha mãe deu um grito de frustração. "Você está falando em forma de charada!"

Você pode dizer isso, concordou a voz. *Deixe a criança ficar acordada hoje para garantir que a vela na janela não se apague. Eu não gostaria de ser responsável pelas consequências se a chama se apagar.*

A sra. Verlow falou abruptamente na escuridão: "Como você quiser".

Ela me pareceu com medo.

Obrigada, disse a voz. *Calliope, a batida de uma asa, uma respiração, a brisa de uma porta se fechando podem trazer mais consequências do que escuridão. Há algo mais temível do que uma vela apagada? Uma poça de cera morna viscosa pontilhada de sujeira de uma chama apagada? Prometa para mim.*

Eu hesitei, mas respondi baixinho: "Prometo".

As luzes da árvore de Natal piscaram de novo. A sra. Verlow acendeu rapidamente as luzes da casa. A árvore parecia falsa e vagabunda.

A sra. Verlow olhou ao redor. "Bem", falou ela calmamente, "acho que está na hora da sidra quente."

"Isso mesmo", concordou o padre Valentine. "Não há nada como sidra quente para fazer um espírito seguir seu caminho. Eu nunca vi uma mulher mais linda, de nenhuma idade. Quem era aquela mulher extraordinária? E quando ela morreu?"

"Você viu a minha bisavó?", perguntei ao padre Valentine.

"Claro que vi." Ele riu. "Não adianta ser cego se não for para ver o que os que enxergam não veem."

Minha mãe levantou as mãos e exclamou: "Vocês são todos loucos".

O sr. Quigley e o sr. Slater se levantaram para mover uma cadeira para perto da janela do saguão onde a vela estava acesa.

"Calley não vai ficar sentada a noite inteira tomando conta daquela vela idiota", disse minha mãe.

"Vai, sim", retrucou a sra. Verlow, o que produziu um visível alívio para todos, exceto para a minha mãe.

"Eu sou a mãe dela..."

"Sra. Dakin", começou a sra. Verlow, "eu não sou ruim da cabeça. Por favor, não diga o óbvio."

"Eu vou decidir quando ela vai pra cama..."

A sra. Verlow não falou nada. Ninguém falou. Minha mãe olhou em volta, agitada. Todos mantinham uma atitude cuidadosamente solene e reprovadora, menos eu. Eu estava quase fazendo xixi na calça.

"Com licença", gritei, com a voz tomada pelo pânico, e corri para o lavabo embaixo da escada.

O padre Valentine soltou uma gargalhada atrás de mim e a tensão entre os adultos se dissipou na hora.

Quando voltei, nenhum dos hóspedes disse uma palavra sobre o que havia acabado de acontecer. Eles me ignoraram com um fervor quase religioso, como se fosse eu o fantasma na casa. Muito se falou da sidra quente e dos temperos que a sra. Verlow acrescentou nela. Toda a conversa deles parecia um chocalho aos meus ouvidos, um *cliqueclique-snicksnick* repleto de pânico.

Quando chegou a hora de dormir, minha mãe subiu sozinha, sem dizer nada.

A sra. Verlow me levou um penico e uma garrafa térmica com café.

"Calley Dakin, se você começar a sentir sono, dê um tapa na própria cara. Belisque entre os seus dedos." Ela enfiou um alfinete na gola do meu pijama. "Se tudo der errado, se espete com este alfinete. Entre os dedos das mãos, dos pés, em qualquer lugar sensível."

As duas portas de correr da sala grande ficaram abertas, permitindo que eu visse a árvore de Natal artificial. A sra. Verlow tinha apagado as luzes da sala, mas deixado a árvore acesa. Não era uma cena de cartão de Natal, pois os ganchos da lareira exibiam meias comuns. Uma das meias pretas de náilon do padre Valentine, uma das meias de seda da minha mãe, uma das meias de algodão marrom de tricô do sr. Quigley, uma das meias azul-marinho do sr. Slater, uma das meias de náilon da sra. Slater, uma das meias brancas velhas de lã da dra. Keeling, uma das meias até os joelhos da sra. Verlow e uma das minhas meias de algodão cor-de-rosa. Aquilo tudo era coisa minha; eu perguntei à sra. Verlow se íamos pendurar meias. Raramente ela ficava desconcertada, mas aquela pergunta a abalou, embora ela tenha tentado disfarçar a confusão com um *é claro*. Isso me fez perguntar se a sra. Verlow comemorava o Natal e se ela *acreditava em Papai Noel*.

Ficar acordada a noite toda foi mais trabalhoso do que eu havia imaginado. Depois que todos foram para a cama, ficou bem chato. Eu não podia ler nem fazer nada que tirasse meus olhos da vela acesa na janela. Tomei o café muito adoçado e ouvi a casa e as pessoas que nela estavam.

Minha mãe tossiu, apagou o último cigarro do dia e comentou para ninguém: "Droga, meus pés estão doendo e onde está a Calley? Olhando uma vela idiota". E depois: "Pelo menos eu *sei* que a vovó está morta".

As orações murmuradas do padre Valentine eram frequentemente pontuadas por flatulências.

Os roncos do sr. Quigley eram audíveis para qualquer pessoa com audição normal.

A sra. Verlow virou as páginas de um livro por mais de uma hora, até que finalmente ouvi o clique do abajur e o suspiro de quando ela relaxou no travesseiro, com um murmúrio suave dos lençóis.

A sra. Slater beijou o sr. Slater e os dois se viraram, um para longe do outro, e puxaram a coberta cada um para o seu lado.

As unhas dos pés da dra. Keeling estalaram quando cortadas por uma tesoura. As unhas cortadas fizeram um estalo seco em um pratinho de vidro. Quando os cortes cessaram, ela usou uma lixa, e jogou as unhas cortadas em um pedaço de papel que estava na cômoda, dobrou com cuidado e o guardou na gaveta de lenços, para queimar de manhã. Em seguida, ela se ajoelhou ao lado da cama e rezou.

Agoraqueestánahoradedeitarrezoparaminhaalmaguardar seeumorrerantesdeacordarrezoparameusossoslevar.

Sob as cobertas, caiu imediatamente no sono.

Vi a vela queimar e fui ficando sonolenta. Eu me espetei com o alfinete. Oscilando e tremendo, a chama da vela subia acima do pavio, cera era derretida, e o filete de fumaça se espalhava a cada respiração que eu dava.

Calliope, disse a voz da minha bisavó, vinda da vela, e suspirou, *o que uma pessoa precisa fazer para ter uma conversa em particular...*

"Bisavó?"

Que formalidade é essa. Me chame de Cosima.

"Sim, senhora. Cosima."

Criança, você precisa receber com a vela acesa na mão a primeira pessoa que bater na porta na manhã de Natal.

"Sim, senhora."

Nem tudo que você ouvir é verdade. Não diga "sim, senhora", por favor.

"Não, senhora."

Outra forma de lidar com isso é vendo a verdade como uma coisa escorregadia. Cuidado com as pessoas em quem você escolhe confiar. Não confie em ninguém integralmente.

"Nem na senhora?"

Esses comentários engraçadinhos só servem para fazer eu perder meu tempo, garotinha.

"Perdão", falei.

Ah, isso não é necessário. Você é o vórtice, minha querida criança, o olho do furacão. Isso não é culpa sua, mas, bem... o tempo. Forças que fluem naturalmente, por assim dizer. Estou te confundindo?

Assenti.

Ah, proferiu ela. *Bem, você ainda é criança. Como eu queria poder ficar por tempo suficiente para contar tudo...*

"O papai", exclamei repentinamente.

Silêncio, criança!, ordenou ela. *Se você chamar um segundo fantasma, um de nós vai desaparecer!*

"Mas..."

Mais é o sinal de somar!

A chama da vela aumentou e balançou violentamente por um segundo. Nesse momento, achei que se apagaria e fui tomada por uma onda de pânico. Mas a chama se firmou, encolheu e ficou normal de novo.

"Minha vela queima nas duas pontas", afirmou Cosima, *"e não vai durar a noite toda; mas, ah, meus inimigos, e ah, meu amor; ela emana uma luz linda."* Ela riu como se estivesse muito satisfeita consigo mesma. *Calley, aponte para a vela.*

Um leve empurrão no meu braço levou meu dedo até a chama. Puxei a mão rapidamente. A queimadura da chama doeu, me fez fazer uma careta, tremer e enfiar o dedo dolorido e queimado na outra mão fechada.

Queime com força e intensidade, Calley, sussurrou de algum lugar acima do meu ombro.

O choque da queimadura me deixou mais acordada do que em um mero estado desperto. Uma onda de energia me deixou intensamente ciente não só da substância do mundo material à minha volta, mas de que eu não estava sonolenta nem cansada. Sei agora que não há nada de sobrenatural nesse tipo de estado mental; eu só estava vivenciando a clareza e a sensação de super-realidade, comum aos que ficam acordados a noite toda. Desconfio que o sentimento seja um vício para as pessoas noturnas. Mas, na ocasião, achei que era a forma como o fantasma de Cosima devia se sentir nesse mundo.

Um olhar para a prateleira acima da lareira na sala me mostrou que as meias estavam pesadas agora. Por um instante, achei que cada uma estava preenchida por um pé. Pisquei, e as meias estavam carregadas de pequenos objetos misteriosos. Como isso aconteceu sem que eu visse, eu não conseguia imaginar.

Pelas beiradas das cortinas, vi que a escuridão havia diminuído o suficiente para eu enxergar. O dia de Natal estava começando.

KING & McDOWELL
CHAMAS VIVAS

44

Ao primeiro *tlém-tlém* mecânico da campainha, eu quase caí da cadeira. Meu movimento repentino fez a chama da vela tremer, e uma ansiedade violenta me paralisou no lugar. Só consegui respirar quando a chama ficou ereta de novo. A única vez que eu tinha ouvido a campainha antes foi quando eu brinquei com ela. Era uma daquelas campainhas antigas de sino de metal que fazia um barulho metálico encantador quando era tocada. Pela constante exposição ao sal marinho, o sino estava com um tilintar meio rouco. Eu me lembro bem do gosto estranho de água do mar que ele tinha. Durante toda uma manhã, estudei seu mecanismo, e minha mãe me pegou lambendo sua superfície. Ela me aconselhou a nunca mais tocar na campainha, com o risco de minhas mãos serem cortadas, e a não lambê-lo mais, pois isso faria minha língua ser cortada também. A sra. Verlow, Cleonie e Perdita nunca reclamaram; na verdade, tive para mim que elas acharam graça, ao menos até minha mãe ameaçar cortar minha língua.

A campainha fez mais um barulho salgado, *tlém-tlém*! No andar de cima, as pessoas adormecidas começaram a se mexer em resposta.

Com o dedo queimado, encontrar um jeito de pegar o castiçal com minha mão dominante foi um esforço. O ato de segurar o castiçal intensificou a dor. Felizmente, eu estava a poucos passos da porta.

Girei a chave na fechadura com a mão mais fraca. A parte da tranca se abriu e eu tentei a maçaneta. Ela cedeu lentamente. Tive certeza de que a campainha tocaria de novo, furiosa como a dor lancinante na ponta do meu dedo. A porta gemeu nas dobradiças e eu espiei o primeiro visitante do dia.

No vento frio do golfo, havia uma mulher encolhida, tremendo, as mãos enfiadas nos bolsos de um casaco fino. Seu rosto parecia congelado — entalhado em algum plástico semitransparente, como a Virgem Maria que brilhava no escuro que o sr. Quigley deixava no painel do seu Chevy Bel Air. Pelos óculos grossos repletos de neve, seus olhos muito abertos mais pareciam olhos petrificados em cubos de gelo do que olhos de uma pessoa viva. O batom espesso e brilhante em volta da boca formava a caricatura dos lábios. Um lenço chique e fino com lantejoulas envolvia seu pescoço. Ela usava tênis de lona sujos com bordas emborrachadas.

Deixei a porta se abrir e lhe ofereci o castiçal.

Ela tirou a mão esquerda do bolso e o segurou. Na mesma hora, a chama da vela oscilou e se apagou. Seu olhar encontrou o meu e sua cabeça se inclinou de leve. Os nós dos dedos estavam vermelhos e rachados do frio, as unhas, azuladas. Como o rosto, as mãos poderiam ser feitas do mesmo plástico da santa.

"Feliz Natal", falei.

Com voz rouca e grave que só entendi porque ela falou devagar, ela disse: *Mas é mesmo? Aqui é... Merrymeeting?*

Assenti, entorpecida. Minha bisavó havia me avisado sobre aquela visita. Assim como Mamadee, ela não estava segura de sua localização. Mas eu não precisava deduzir que ela era algum tipo de fantasma, pois ouvi em sua voz. Afinal, eu ouvia as vozes dos mortos desde o meu nascimento e seria peculiar se, a cada dia que passasse, meus sentidos na distinção entre essas vozes e as vozes dos vivos não ficasse mais apurado.

Eu sou Tallulah Jordan, disse ela.

Cheguei para o lado e ela entrou. Então fechei a porta para interromper a entrada do vento.

"Ninguém, além de mim, já está acordado", falei. "Vou fazer café fresco."

Eu adoraria, respondeu ela.

Ou ela era um fantasma que tomava café ou aprovava que eu fizesse um pouco.

Na cozinha, fiz sinal na direção da mesinha de Cleonie e Perdita. Tallulah Jordan colocou o castiçal em cima dela. Puxou uma cadeira e a virou, sentando-se de costas e me observando preparar o café.

"Posso fazer chá, se preferir", falei.

Não, não, café é a coisa certa para mim. Ela tirou os óculos, limpou e secou com um guardanapo de linho antes de colocá-los de volta.

Preparei o café com uma das mãos embaixo da axila. Por mais desajeitado que fosse, eu tinha menos chance de derrubar alguma coisa se não usasse a mão com o dedo queimado. Enquanto passava o café, preparei torradas com manteiga. Quando botei o prato na frente dela, ela comeu as torradas como se não comesse há uma semana. Ou anos. Ela lambeu os lábios. Servi suco de laranja para acompanhar as torradas. Ela pegou a caneca de café com avidez quando a ofereci.

Aproveitei a oportunidade para observá-la enquanto podia. Pelo barulho no andar de cima, eu sabia que logo seríamos interrompidas.

Ostentando punhos e dedos ossudos e ressecados, um rosto magro, anguloso e enregelado, e a calça presa com um cinto de couro muito surrado, ela parecia a morte em um dia ruim. Tallulah Jordan não estava só mal alimentada, estava esquelética. Frágil. Seu cabelo estava duro, congelado e cheio do sal vindo do golfo. Os fios eram pretos, daquele preto profundo que mais parece tintura.

Eu lhe servi uma segunda caneca de café, ciente de que ela me observava, da mesma maneira que eu havia feito com ela.

Como você chama?, perguntou ela. *Qual o problema na sua mão?*

"Calliope Carroll Dakin. Sou mais Dakin do que Carroll." Não respondi à segunda pergunta.

Ela quase sorriu. Esticou a mão e pousou a minha, a que estava com o dedo queimado, em sua palma. Em seguida, beijou meu dedo. Na mesma hora, a dor passou. Ela soltou minha mão e eu me afastei devagar, olhando para o dedo, para ela e para o dedo de novo. A queimadura ainda estava lá, mas não havia mais dor.

Quando ergui os olhos de novo, a vela na mesa estava acesa mais uma vez.

Ouvi os passos da sra. Verlow na escada dos fundos. Meu olhar foi atraído para a porta pela qual ela entraria e fiquei rígida como um cabo de vassoura.

Uma mão fria e ossuda segurou meu punho. Quase dei um pulo. Se eu estivesse sentada naquela cadeira ao lado da janela de novo, *teria* caído.

Tallulah Jordan me olhou com atenção enquanto segurava meu pulso.

Escute o livro, disse ela, com a voz rouca.

A porta da escada dos fundos se abriu no mesmo instante que minha mão se soltou do toque.

A sra. Verlow parou abruptamente. Seu rosto ficou sem cor e ela farejou o ar, como se sentisse cheiro de fumaça.

"Eu queimei a torrada", falei.

A sra. Verlow franziu a testa, sem acreditar.

Caminhei na direção dela, com a intenção de fugir e subir o mais rápido que pudesse. Ela segurou meu pulso quando passei e o soltou, como se tivesse tocado em algo quente, e olhou para a palma da mão como se eu a tivesse queimado.

"A campainha", proferiu ela.

Não houve pergunta em sua voz, mas respondi como se houvesse.

"Fui eu", confessei. "Desculpa."

Ela sabia que eu estava mentindo. Eu não queria saber o que mais ela sabia. Ou não sabia. Ela tremia de raiva e, o que era mais interessante, de medo.

"Você deixou a vela apagar", afirmou ela.

"Não, senhora."

O "senhora" não a comoveu. "Quem estava aqui, Calley?"

Bocejei, agitada. "Ninguém."

Ela pareceu enojada comigo, e nesse momento não tive dúvida de que ela sabia que quando eu respondi *ninguém*, estava falando a verdade, no sentido mais literal do termo.

"Saia da minha frente, Calley Dakin", ordenou a sra. Verlow, "e, quando eu te vir de novo, quero a verdade."

Corri para a escada dos fundos.

Que livro? Qual?

Olhei para trás para ter certeza de que ela não me observava. Então entrei no armário de lençóis e toalhas e fechei a porta sem fazer barulho, para não despertar a atenção da sra. Verlow.

Rapidamente meus olhos se ajustaram à escuridão e consegui identificar a forma escura da corrente com a bolota de cerâmica na ponta que acendia a luz dentro do armário. Dei um puxão. A bolota e a corrente estavam mais sinistramente frias do que deveriam. Eu gostava de puxar as cordinhas que acionavam o acendimento das lâmpadas, de senti-las esticadas, e depois soltá-las devagar, esperando o instante em que a lâmpada acendia ou apagava. E então, assim que a lâmpada acendeu, eu vi onde estava e aonde queria ir. Puxei a corrente uma segunda vez para deixar o armário escuro de novo. Nenhum ponto de luz apareceria na parte de baixo da porta.

Fiquei de joelhos e fui até minha prateleira de livros.

Como eu poderia ter certeza de que Tallulah Jones quis dizer um daqueles livros quando ela me mandou *escutar o livro?* Algumas pessoas chamavam a Bíblia de O Livro. Ela disse *escute*, não *leia*.

Passei os dedos pelas lombadas. Quando toquei no *Guia de Aves Audubon*, o dedo queimado na chama da vela doeu imediatamente. Por reflexo, puxei-o para longe. E parou de doer. Parou de arder. Eu me preparei e toquei com cuidado na lombada do guia de pássaros de novo. Desta vez, não houve dor.

E uma voz disse: *Esse aí.*

Não foi a voz de Tallulah Jones, nem da minha bisavó, nem de Mamadee. Foi a voz de Ida Mae Oakes, a voz doce e reconfortante de Ida Mae Oakes. Meus olhos se encheram de lágrimas e eu quase chorei. Tirei o livro da prateleira e o abracei com força.

Eu havia ficado a noite toda acordada. Subi na minha prateleira favorita e me acomodei em um ninho confortável de toalhas e travesseiros de penas. Botei o livro embaixo do travesseiro. Nem pensei em vestir o pijama, escovar os dentes, nem nada. A estranha oração da dra. Keeling surgiu na minha cabeça. Ouvi minha bisavó Cosima falar de novo:

> *Agora eu acordo para o dia*
> *Que com raios ardentes se inicia*
> *Se eu viver até a tarde começar,*
> *Acenderei uma vela para o luar.*
> *Se eu viver o dia inteiro até o final*
> *Cantarei uma canção linda para o sol.*

À minha volta, ouvi o marulhar das ondas, indo e vindo, suspirando como asas enormes,

shushabrush, shushabrush shushabrush.

KING &
McDOWELL
CHAMAS VIVAS

45

O relógio pareceu ter parado no dia do Natal, pois quando desci a escada de novo no começo da tarde, as meias ainda estavam penduradas nos ganchos e nenhum presente embaixo da árvore artificial havia sido aberto. Pela primeira vez, me dei conta de que os adultos não tinham dificuldade para adiar a hora de abrir os presentes. Uma indiferença dessas à animação da manhã de Natal me chocou e me fez sentir pena por isso significar tão pouco para eles. Naquele instante, percebi que aquela era uma linha divisória clara entre ser criança e ser adulto. Os adultos eram pessoas que haviam perdido a ávida e inocente alegria das manhãs de Natal.

Ainda usando as roupas do dia anterior e, certamente, com cara de sono, não me senti propensa a lamentar meu futuro, graças à fome de uma criança sadia em crescimento que não se alimentava desde o jantar da véspera de Natal. Enchi a barriga na cozinha e fui para a sala, onde a árvore parecia esquecida, os frutos estranhos e extravagantes pendurados escassamente nela.

Padre Valentine estava sentado sozinho em sua poltrona favorita, usando os óculos escuros de cego, sem fazer nada. Ele me ouviu entrar, claro, e sorriu.

"É Rip Van Calley?" Ele riu. "Quando desci hoje de manhã, achei que você estaria sentada aqui com tudo aberto."

"Feliz Natal", falei.

"Para você também", respondeu ele. "Deve ser um bom Natal por ser na casa de Merry Verlow. Acho que gosto do cheiro da fumaça dessa lenha tanto quanto do calor que vem dela. Nostálgico."

"O que é isso? Nostálgico?" Mexi na minha meia, pendurada no gancho da prateleira da lareira.

"É a sensação de querer que uma coisa fosse como antes, mas que, é claro, não é mais. Traga minha meia, Calley. Estou cansado de esperar."

Padre Valentine nunca hesitava na hora de brincar e de ser infantil, e, quando ele o fazia, havia um tremor em sua voz que era tão bom quanto uma piscadela. Era um alívio que um adulto estivesse ao menos disposto a fingir um pouco da empolgação natalina.

Usando um pufe como apoio para conseguir alcançá-la, peguei a meia dele. Estava misteriosamente volumosa, mas, apesar de o tecido estar tão esticado a ponto de ficar transparente, não consegui identificar o que havia dentro.

Ele a pegou com avidez e tateou com ostentação.

"Maravilha", exclamou ele. "Exatamente o que eu queria. Que atencioso."

Como se fosse um sinal, os demais hóspedes aos poucos se encaminharam para a sala, me cumprimentando com votos de "Feliz Natal" e tirando sarro do padre Valentine e de mim, porque já pegávamos nossos presentes.

A dra. Keeling parou ao lado da poltrona e perguntou: "O que você tem aí?".

"Quem tem que saber disso sou eu, você que tente descobrir", afirmou padre Valentine, apertando as mãos em volta da meia. "É meu e você não pode pegar."

"E nem quero", respondeu a dra. Keeling, "mas eu pegaria, se quisesse."

"Chega de brigar, vocês dois", mandou o sr. Quigley. "Hoje não." Ele soltou minha meia e me entregou.

A sra. Verlow e minha mãe chegaram por último, depois dos Slater.

Eu me agachei no tapete persa com a meia aos meus pés. Havia uma caixa retangular dentro dela, os cantos agarrando-se ao tecido, exigindo que eu soltasse um de cada vez. Eu estava segurando a caixa quando a sra. Verlow entrou. Ela parou, virou a chave do interruptor, e as luzes da árvore de alumínio se acenderam como doze chamas de velas. As garças na árvore se balançaram de leve, como se estivessem em uma corrente de ar, mas talvez tenha sido uma ilusão de ótica causada pelas múltiplas fontes de luz que emanavam da árvore prateada.

A meia se enroscou na caixa retangular, que era do tamanho de um maço de cigarros. A sra. Verlow se curvou acima de mim para segurar a ponta da meia e a caixa caiu na minha mão.

Ela sorria para mim. Se minutos atrás estava com raiva ou desconfiada, não havia mais nenhum sinal disso.

"Feliz Natal", desejou ela, e abriu os dedos da mão livre.

Duas pilhas ocupavam a palma da mão dela.

Rapidamente, rasguei o papel da caixa, a abri e vi um rádio.

Todos os hóspedes riram e aplaudiram.

"Eu não quero ficar ouvindo essa sanfona o dia todo", avisou minha mãe. "Está me ouvindo, Calley?"

Em algum lugar dos meus ouvidos internos, ouvi a mensagem da minha mãe como alfinetadas.

A sra. Verlow piscou para mim.

Eu não me lembro de mais nenhum presente que me deram naquele Natal, exceto o suéter e o gorro que a sra. Llewelyn me enviara. Parece que não houve brinquedos de verdade — adequados à minha idade, pelo menos. Nem bonecas, nem livros infantis, nem discos de músicas de criança, nada extravagante como uma bicicleta. Mas minhas lembranças dos Natais posteriores com os mesmos hóspedes me garantem que o que eu recebia eram lembranças improvisadas, como algo que seus pais poderiam comprar em um quiosque de aeroporto, na volta de uma viagem, após se esquecerem de comprar um suvenir de verdade: um baralho novo dos Slater, provavelmente um dos vários que eles sempre levavam; um livro de ficção científica já lido da dra. Keeling; uma paisagem marinha de aquarela barata do sr. Quigley; e um Papai Noel de chocolate do padre Valentine.

Minha mãe sempre me disse que nós não tínhamos dinheiro para presentes de Natal. Todos os anos, eu fazia alguma coisa na escola para ela — um enfeite de cartolina, um anjo de papel, um sachê feito de retalho de tecido e preenchido com agulhas de pinheiro e alecrim, que eram comuns na ilha, ou um pote de papel machê, feito de jornal e pintado com cores primárias que descascavam quando a tinta secava.

Quem me dava alguma coisa que eu realmente queria era sempre a sra. Verlow, além de outros presentes de que eu precisava. Às vezes, eu achava que amava a sra. Verlow mais do que amava a minha mãe, e até mesmo desejava que ela fosse minha mãe, em vez de Roberta Ann Carroll Dakin. Claro que eu sempre sentia culpa por amá-la mais do que à minha mãe e por desejar uma coisa daquelas. Eu também tinha mais medo dela do que da minha mãe, porque, conforme fui crescendo, comecei a ver minha mãe cada vez mais como um cão que late, mas não morde.

Naquele Natal, naquele primeiro Natal, eu soltei as garças de papel da árvore artificial e as levei para o armário de lençóis, onde, em um canto bem alto e difícil de alcançar, do qual quase caí quando fui tentar subir, eu as guardei na mesma caixa em que havia colocado o suéter e o gorro da sra. Llewelyn. Se eu guardasse aquelas garças que já tinham sido cartas de baralho, se tivesse a vela certa, talvez pudesse fazer mais perguntas à minha bisavó Cosima. Se eu fosse corajosa o suficiente. Eu queria que, se ela tivesse que falar comigo, ela fizesse sem se valer de nenhum truque, como todas as outras vozes sussurrantes ou trêmulas que eu ouvia. Claro que eu me esforçava muito para ignorá-las, mas agora que conhecia a voz dela pelo nome, eu a reconheceria. Claro. Como eu poderia ser tão burra? Ela se apresentou a mim. A prova seria quando eu ouvisse a voz dela de novo e a reconhecesse como sendo dela.

E então, estranhamente, ou talvez não tão estranhamente assim, considerando o que eu havia aprendido, a visita da minha bisavó, minha vigília, minha visitante e o que ela me disse naquele Natal sumiram da minha cabeça. Eu só lembrava de tudo isso em sonhos. Quando sonhava, eu prometia a mim mesma que lembraria de tudo quando acordasse, mas eu não lembrava. Precisei de muitos sonhos para finalmente lembrar. Para lembrar que eu tinha que *escutar o livro*.

KING & McDOWELL
CHAMAS VIVAS

46

O funcionamento e a manutenção de Merrymeeting exigiam uma quantidade enorme de trabalho que a sra. Verlow se esforçava imensamente para esconder. Nada incomodava mais os hóspedes do que um encanamento com defeito, mas, ao mesmo tempo, os melhores canos e acessórios do mundo eram continuamente testados por uma sucessão de hóspedes pagantes. Depois de perder um encanador de confiança para um raio em um piquenique de igreja, a sra. Verlow procurou e testou vários encanadores da região. E ficou insatisfeita com todos, até encontrar Grady Driver.

Mas antes, ela demitiu o pai dele. Na primeira visita a Merrymeeting, Heck Driver conseguiu furar um cano e estragar uma parede, não por incompetência, mas porque as Coca-Colas que ele bebeu, uma seguida da outra, enquanto reclamava do calor, estavam misturadas com um rum barato. A destruição do papel de parede de um quarto de hóspedes pelo cano que vazou no banheiro ao lado foi uma consequência previsível. A sra. Verlow deu uma bronca em Heck Driver; ele a xingou, e ela não só o despediu e se recusou a pagá-lo, como disse que lhe mandaria a conta do conserto.

Uma hora depois que Heck Driver saiu aos tropeços, deixando as ferramentas onde estavam e dirigindo embriagado, a van enferrujada voltou com um garoto ao volante. Eu o conhecia da escola: Grady Driver, filho de Heck, que era sofrivelmente tímido e cronicamente sujo. Ele tinha sido mandado para casa várias vezes em virtude de uma infestação de lêndeas no cabelo e tinha repetido de ano algumas vezes. Assim, apesar de ele ser dois anos mais velho do que eu, nós estávamos na mesma turma.

Grady bateu na porta da cozinha e pediu para falar com a sra. Verlow.

Quando ela chegou à porta, ele pediu desculpas pelo erro do pai, usando uma fórmula que já sabia de cor.

"Meu pai me enviou pra pedir perdão, sra. Verlow, e pra pedir para a senhora não usar isso contra ele porque quando ele veio, já estava passando mal, porque comeu peixe frito estragado ontem à noite, mas não queria deixar a senhora na mão. Vim perguntar também se eu não posso limpar a sujeira e pegar as ferramentas dele."

A sra. Verlow permaneceu plantada na porta, com os braços cruzados embaixo dos seios.

"Vou deixar sua mentira passar porque é compreensível que você queira defender seu pai. No entanto, o sr. Driver estava bêbado. Você chegou tarde para limpar a sujeira, minhas empregadas já fizeram isso, e só um encanador competente pode consertar o cano furado. Mas pode pegar as ferramentas dele."

"Foi uma acidência, sra. Verlow", insistiu Grady.

A sra. Verlow revirou os olhos. "Fale direito, jovem. Acidente! Foi um acidente."

Grady engoliu em seco e repetiu: "Foi um acidente".

"Não foi acidente", disse a sra. Verlow.

Grady pareceu confuso. Ele tinha o mesmo tipo corporal de Roger, com membros compridos e desajeitados, mas mal nutrido para seu tamanho, com uma expressão impassível, do tipo que as pessoas costumavam interpretar como estupidez ou falta de intelecto.

"Os verdadeiros acidentes são surpreendentemente raros. A maioria dos acontecimentos que as pessoas chamam de 'acidente' é previsível. Repetidas vezes, quando é feito um exame detalhado do dito 'acidente', ele revela incompetência, fraude, embriaguez ou uma combinação de alguns desses fatores como causa real. O único aspecto 'acidental' da besteira que seu pai fez foi o fato de ele ter feito aqui, porque eu tive o azar de o contratar hoje."

Grady passou de confuso a perplexo e a confuso de novo.

A sra. Verlow ergueu as mãos. "Pegue as ferramentas do seu pai!"

Eu me esgueirava pela cozinha para ver o que pudesse ver e ouvir o que pudesse ouvir. Quando a sra. Verlow saiu e Grady ficou hesitante na passagem, eu o puxei.

"Eu te mostro", falei.

Ele me seguiu pela escada dos fundos e pelo corredor. Cleonie e eu tinhamos secado e limpado o local e até arrumado as ferramentas na caixa do sr. Driver, mas não havíamos conseguido consertar o cano. A sra. Verlow desligara o registro do banheiro, para ninguém usá-lo.

Para a minha surpresa, Grady fez um exame detalhado da situação. Em seguida, pegou algumas ferramentas do pai e começou a trabalhar. Nem preciso dizer que fiquei fascinada, não só pela abordagem ousada de Grady em face do problema, mas também pelo que ele fez. Em quinze minutos, consertou o cano miserável e me pediu para mostrar onde ficava o registro. Quando a água foi ligada de novo, o banheiro voltou a funcionar.

Pedi à sra. Verlow para fechar os olhos e me deixar levá-la até o local, onde ela abriu os olhos e viu um banheiro limpo e em pleno funcionamento, e um Grady Driver sorridente, embora ainda lamentavelmente sujo.

"Eu posso consertar essa parede aí, sra. Verlow", sugeriu Grady, "se a senhora tiver uns pó de gesso."

A sra. Verlow balançou a cabeça, sem acreditar.

"Meu jovem, estou impressionada. Volte amanhã para consertar a parede. Vou precisar comprar o material."

Grady guardou as ferramentas do pai.

A sra. Verlow o observou por um momento, suspirou e foi embora.

Eu fui atrás dela até o escritório. Ela me olhou, incerta, e eu estiquei a mão.

"Ele fazeu um bom trabalho", falei para ela.

Ela repuxou os lábios. "Você sabe usar a gramática melhor do que isso, Calley Dakin."

Eu me corrigi. "Sim, senhora, ele fez um bom trabalho."

Ela abriu uma gaveta, onde guardava o dinheiro miúdo. Vi seus dedos hesitarem e pegarem uma cédula. Então a entregou para mim.

Eu a peguei e saí correndo. Grady estava guardando a caixa de ferramentas do pai na van. Da mesma forma que a sra. Verlow me entregou a cédula, eu a entreguei a Grady.

Surpreso, ele olhou para a nota de 5 dólares, coçou a cabeça e a pegou.

"Muito agradecido", disse ele, conjurando toda a sua dignidade como um pseudoadulto.

"Ei", questionei, "você tem piolho?"

Na mesma hora, ele voltou a ser criança e se revoltou comigo.

"Ei", rebateu ele, "você voa com essas orelhas?"

"Nossa, que original, quantas vezes você acha que eu ouvi isso? Minhas orelhas são presas no meu corpo. Você tem bicho no cabelo porque não lava."

"Eu não tenho bicho!" Ele subiu na van e bateu a porta. "Eu não tenho bicho!"

Para provar minha superioridade, cruzei os braços e o observei ir embora. Ele devia estar com piolho de novo, coçando a cabeça daquele jeito.

Entrei em casa e fui direto lavar o cabelo.

**KING &
McDOWELL**
CHAMAS VIVAS

47

Atraída pelo rosnado e pelo ruído do motor, corri até o cume da duna para olhar: um Corvette preto e creme avançava rapidamente em direção a Merrymeeting. Talvez a sra. Mank tivesse trocado o Porsche. Eu não queria ver a sra. Mank, mas o Corvette chamou minha atenção. Quando cheguei na área de estacionamento, o motor havia sido desligado. O motorista estava ao lado, tirando os óculos de sol. Ele apertou os olhos para mim e sorriu.

Era um dos agentes do FBI que entrevistaram minha mãe repetidas vezes em Ramparts. Estava com bem menos cabelo do que na época, mas eu o reconheci mesmo assim, e ainda que não o reconhecesse de imediato, o faria quando ele falou.

"Como vai, srta. Dakin?", cumprimentou ele. "Por que está escondida debaixo desse chapelão?"

Não respondi à pergunta. Tinha coisas mais importantes em mente.

"Eu te conheço."

Ele riu. "Você é esperta. Acredito que só tinha 7 anos na última vez que te vi. Você cresceu."

"Você não está com o terno do FBI."

Ele balançou a cabeça. "Até os agentes do FBI tiram férias, querida. Sua mãe está?"

Eu não queria dizer. E se ele tivesse ido nos prender e a camiseta havaiana e a calça cáqui fossem só um disfarce para me fazer pensar que ele estava de férias?

"Não dizer nada, querida, é a mesma coisa que dizer sim", disse ele.

Eu o desafiei. "Você é esperto pra um agente do FBI."

Ele piscou para mim. "Eu sou grande demais pra levar uma surra. Mas você não é, ainda não."

"Eu tenho 11, quase 12", repliquei, "e estou grande demais pra levar uma surra também."

Ele riu e perguntou: "A sra. Verlow está em casa?".

Não vi mal em responder imediatamente. "Sim, senhor."

"Me mostre o caminho", pediu ele com uma pequena reverência.

Eu também fiz uma reverência e estiquei a mão na direção da frente da casa.

Ele me seguiu até a varanda e subiu os degraus até a porta de entrada.

A sra. Verlow estava no escritório, com a porta aberta. Ela se levantou ao ouvir passos na varanda e saiu no saguão sombreado.

"É o sr. O'Hare?", perguntou ela.

"Sempre", respondeu ele.

A sra. Verlow esticou a mão e ele a apertou.

"Bem-vindo."

"É um prazer, senhora."

"Ele é agente do FBI", contei para ela.

A sra. Verlow inclinou a cabeça, sem entender.

"É o meu trabalho", disse o sr. O'Hare. "A srta. Dakin e eu somos velhos conhecidos."

O sorriso de Merry Verlow desapareceu.

"Eu achei que tivesse vindo como hóspede", afirmou ela, em um tom defensivo.

"E vim. Estou de férias, senhora."

"Não vou permitir baderna, sr. O'Hare."

"Não vai haver nenhuma", informou ele. "Estou aqui apenas por motivos pessoais. A senhora deve estar ciente de que a investigação do caso Dakin foi arquivada há muito tempo."

"De fato. Ainda assim, preciso pedir que o senhor prometa que não vai incomodar nenhum hóspede desta casa com esse assunto."

"Pode deixar", concordou o sr. O'Hare. "Me chame de Gus."

"Ele me perguntou se minha mãe está em casa."

A sra. Verlow olhou para cada um de nós.

"É verdade", admitiu ele tranquilamente. "Não vou negar que desejo ver a sra. Dakin novamente."

A sra. Verlow me olhou de novo. "Calley, traga sua mãe aqui, por favor."

Saí correndo. Mesmo não conseguindo ouvir a televisão, eu sabia que a minha mãe estava em frente a ela. Era hora de *Queen for a Day*.

Minha mãe se irritou com o chamado.

"É importante", falei para ela.

Fazendo beicinho e resmungando, ela apagou o cigarro e me seguiu até o saguão.

A sra. Verlow e o sr. O'Hare estavam onde eu os havia deixado, e eu soube que nenhum dos dois havia dito nada enquanto eu chamava minha mãe.

"Sra. Dakin", cumprimentou o sr. O'Hare.

Minha mãe parou quando o viu. Seus olhos se arregalaram e uma das mãos foi até o pescoço.

"Gus O'Hare", disse ele. "Nós nos conhecemos em circunstâncias não muito boas."

Minha mãe assentiu. Ela estava rígida, lutando contra a vontade de fugir da situação.

"Me perdoe, sra. Dakin, eu nunca pensei mal de você e, na verdade, você ocupou meus pensamentos de uma forma positiva desde aquela época. Soube por acaso que você estava aqui. Eu tinha um período de férias e queria vê-la de novo. Para dizer que nunca pensei mal de você."

A sra. Verlow fez um ruído estranho na garganta.

Minha mãe sorriu de leve.

"Eu não vim aqui importunar", explicou o sr. O'Hare. "Eu ficaria feliz em passar os poucos dias livres que tenho neste lugar adorável e ter o prazer de trocar algumas poucas palavras com você, sra. Dakin. Mas se quiser que eu vá embora agora mesmo, eu irei."

Minha mãe sorriu lentamente. "Me parece justo."

"Tudo bem", falou a sra. Verlow bruscamente. "Vou levá-lo até seu quarto."

Gus O'Hare fez uma pequena reverência para a minha mãe, acenou a cabeça de leve na minha direção e seguiu a sra. Verlow.

Minha mãe revirou os olhos para mim. Eu cobri a boca. Nós duas fomos na ponta dos pés para a sala de televisão, onde ela ligou novamente o aparelho e pegou os cigarros.

"Acho que conquistei o coração de alguém", ela sussurrou para mim e riu. Não pude deixar de rir também.

"Ele dirige um Corvette", contei para ela.

"Minha nossa! Admita", continuou ela, baixinho, "ele até que é bonitinho."

Não foi o que minha mãe disse e nem como ela disse, mas eu finalmente tinha idade suficiente para entender que ela podia voltar a se casar qualquer dia daqueles.

Minha mãe sempre atraiu os homens. Era esperado que muitos dos hóspedes homens da sra. Verlow olhassem para ela com apreciação. No entanto, a maioria dos hóspedes da sra. Verlow eram casais. Os poucos homens solteiros que iam a Merrymeeting raramente eram o que a minha mãe consideraria um bom partido.

Para o meu alívio, a minha mãe exibira previamente muito tato em relação aos admiradores casados e aos ocasionais solteiros. Não seria bom que a esposa de alguém ficasse alarmada, e a sra. Verlow não toleraria nem um sinal de escândalo. Portanto, minha mãe nunca aceitava um elogio de um homem casado sem o direcionar de volta à esposa dele, e seus flertes com homens solteiros eram tão castos quanto os de Doris Day — ao menos debaixo do teto da sra. Verlow e no campo de visão e audição de Merrymeeting. A sra. Verlow era cínica demais, tenho certeza, para esperar modelos de virtude; ela só queria que as convenções fossem levadas em conta, assim como uma certa hipocrisia decente.

Obviamente, eu ignorava comportamentos e conflitos de natureza sexual, e ainda veria a afetação da época como a palhaçada ridícula que era. Mas eu não era nova demais para ver minha mãe em ação, encantando homens e mulheres para fazerem o que ela queria. Eu era muito pequena para me sentir intimidada e não tinha muita curiosidade nos primeiros dois ou três homens solteiros que demonstraram interesse na minha mãe. E também não tinha esquecido que estávamos presas naquela ilha. Os hóspedes partiriam mais cedo ou mais tarde. De qualquer modo, os primeiros flertes foram breves.

O sr. O'Hare continuou a se comportar com uma cortesia distinta para com a minha mãe. Ele corria para puxar a cadeira para ela no jantar e se sentava ao seu lado. Não forçava a conversa, mas, com um maneirismo estritamente sulista, falava tanto com a minha mãe, quanto com a sra. Llewelyn, do seu outro lado, e com o sr. Llewelyn, sentado à frente. Seu interesse em pássaros parecia verdadeiro e substancial, sem ser especialista demais, o que agradou aos Llewelyn. Ele tentou atrair minha mãe para a conversa sobre pássaros, descrevendo vários que havia visto, todos bem comuns e reconhecíveis para ela, fazendo coisas que pareciam incríveis aos olhos dela: corvos que desamarravam fios e martins-roxos mais espertos do que esquilos em alimentadores de pássaros, esse tipo de coisa.

Minha mãe adorava a atenção, claro. Ao mesmo tempo, avaliava o sr. O'Hare com cuidado. Ele estava ciente da avaliação dela, mas continuava tranquilo e inabalável. Não tentou se exibir, o que o teria tornado ridículo, nem se referiu de forma alguma ao contato anterior dos dois. A sra. Verlow observou isso com aprovação.

Às vezes, o sr. O'Hare falava comigo, dirigindo-se a mim como "srta. Calley", e com o calor na voz de um velho amigo da família. Ele perguntou sobre os meus estudos e atividades e expressou prazer ao saber do meu interesse por pássaros. Minha cautela diminuiu.

Ele convidou minha mãe para ir ver o pôr do sol na praia. Ao vê-los se levantarem da cadeira na varanda, a sra. Verlow foi para a cozinha, onde eu estava, lavando a louça.

"Calley", murmurou ela, "o sr. O'Hare está levando sua mãe para ver o pôr do sol. É melhor você ir lá para fora e escutar a conversa. Vou te esperar no meu quarto para você ir me contar."

A sra. Verlow nunca havia me pedido para espionar ninguém. Apesar disso, não hesitei; minha mãe ia sair da nossa vista na presença de um homem autorizado a prender pessoas.

KING & McDOWELL
CHAMAS VIVAS

48

A sra. Verlow estava esperando o meu retorno. Ela levou o dedo aos lábios quando passei por ela na porta do quarto.

"Ele mostrou estrelas para a minha mãe", relatei sem fôlego. "Não que minha mãe conseguisse ver, mas ela fingiu."

A sra. Verlow indicou uma garrafa térmica de café e duas xícaras em uma mesa lateral que ficava entre a cadeira de balanço e uma cadeira comum. Eu me sentei na comum, e ela, na de balanço.

"Ele acha que a minha mãe é inocente e foi enganada para perder o dinheiro do meu pai."

A sra. Verlow suspirou.

"Ela acredita nele", falei.

"Mas você não", disse a sra. Verlow.

"Minha mãe acredita no que quer acreditar. Eu não acredito nele exatamente. Acredito que ela seja inocente, senão não precisaria acreditar nele."

A sra. Verlow teve um sobressalto e se encostou, segurando os braços da cadeira de balanço.

"Ora, ora", murmurou ela.

"Ele não tem prova", continuei com desdém, para a sra. Verlow não achar que eu estava decepcionada.

Ela soltou os braços da cadeira e se balançou de leve.

"Não dá pra provar uma negativa", afirmou ela vagamente.

Era uma forma interessante de elaborar a situação, mas eu teria que esperar para pensar nisso.

"Minha mãe perguntou se ele sabia alguma coisa sobre o Ford. Ele fugiu da pergunta. Acho que ele sabe."

"O que ele quer exatamente?", perguntou a sra. Verlow.

"Ele diz que quer restaurar a boa reputação dela, conseguir o Ford de volta para ela e ver ela feliz como deveria estar."

A sra. Verlow riu. "Um perfeito cavalheiro gentil."

Eu ouvi "cavaleiro".

Ela entendeu minha confusão na hora. "Cavalheiro, com o H", esclareceu ela. "Um homem nobre, bem educado, que quer cuidar dela como se ela fosse uma princesa de contos de fadas."

Achei que era uma forma de dizer que o sr. O'Hare tinha se apaixonado pela minha mãe.

A sra. Verlow desdenhou dele. "Ele é um tolo."

Ela serviu meia xícara de café para mim e nos sentamos juntas, em um silêncio contemplativo.

Por fim, ela disse: "Eu nunca quero pegar você escutando minhas conversas particulares".

Botei a xícara na mesa. "Às vezes eu não consigo evitar, sra. Verlow."

Ela assentiu. "Vamos dizer assim: eu nunca quero descobrir que você me ouviu falando algo e depois repetiu o que eu falei para outra pessoa."

Na mesma hora, me perguntei por quê, e, se eu fizesse isso, o que ela faria a respeito.

"Não me provoque, Calley", avisou ela, como se pudesse ler minha mente. "Agora vá para a sua cama."

Minha mãe não estava no nosso quarto. Eu a encontrei na salinha, com o sr. O'Hare. Cada um estava com um copo de uísque com gelo na mão e com um brilho nos olhos. Eu fingi que tinha ido dar um beijo de boa-noite na minha mãe.

Quando ela foi se deitar, eu estava de pijama, pronta para fazer massagem nos pés dela. Ela tirou os sapatos e se sentou no banco da penteadeira para desprender a cinta-liga, soltando as meias para eu enrolá-las com cuidado até seus pés.

"Gus O'Hare", murmurou ela, como se o nome a fizesse se sentir aquecida. "Que homem gentil. Claro que eu já sabia… não importa, não quero pensar naquela época horrível."

De manhã, eu estava na praia antes de o sol nascer, junto com os Llewelyn, o sr. O'Hare e mais dois hóspedes que queriam observar os pássaros.

A sra. Llewelyn tinha me dado um dos antigos guias de pássaros dela, e naquela manhã eu estava com o livro no bolso do meu macacão. Ela sabia que eu tinha um guia *Audubon* ainda mais antigo, mas que não o carregava mais. Erroneamente, deduziu que eu o perdera e esperou até achar que eu tivesse idade suficiente para não perder um novo, dando-me o seu antigo. Fiquei feliz com o presente. Eu tinha outros, deixados por outros hóspedes, mas não a faria se sentir idiota contando isso. Na verdade, eu ainda tinha o mais antigo, mas havia me convencido de que era *tão* velho, que o simples ato de tocar nele, e principalmente abri-lo, o desmancharia.

Enquanto andávamos lenta e silenciosamente pela grama alta até o cume da primeira duna, posicionei-me ao lado do sr. O'Hare.

"Minha mãe gosta de você", falei baixinho para ele.

Ele me olhou, seu rosto irradiava prazer.

"Eu gosto dela. E gosto de você também, Calley."

"Você não me conhece", respondi. "Talvez você não goste tanto de mim se me conhecer melhor."

Hesitante, ele fez uma pausa para me olhar.

"Onde está meu irmão Ford, sr. O'Hare? O que ele está fazendo?"

O sr. O'Hare pegou o binóculo pendurado no pescoço e observou o céu.

"Ele foi para uma escola. Uma escola muito boa."

"Ele não gosta nem um pouco da minha mãe?"

O sr. O'Hare me olhou, com o rosto sério. "Seu irmão acredita que sua mãe foi responsável não só pela morte do seu pai, mas também da sua avó, a sra. Carroll. Não sei se ele vai perdoá-la algum dia."

Ele levou o binóculo aos olhos.

Não contei à sra. Verlow que o sr. O'Hare sabia sobre meu irmão, Ford. Eu tinha perguntas demais que esperava que fossem respondidas.

Por que Ford culpava minha mãe pela morte de Mamadee? Mesmo se minha mãe tivesse matado Mamadee, eu duvidava que Ford consideraria isso imperdoável. Como eu, ele nunca amou Mamadee. Era Mamadee que era louca por ele, e a única coisa que ele fez por ela foi manipulá-la para conseguir o que queria.

Claro que se a minha mãe tivesse algum envolvimento no assassinato do meu pai, isso sim *era* imperdoável, mas, para acreditar nisso, Ford devia saber alguma coisa que eu não sabia. Por um lado, eu achava que isso era possível. Por outro, Ford era um Carroll e, portanto, nem um pouco digno de confiança.

O sr. O'Hare ficou duas semanas em Merrymeeting, cortejando minha mãe. Ele a levou para jantar no Martine's e no Driftwood, a uma corrida de cachorros e ao cinema. Minha mãe não ficou muito entusiasmada em me incluir, mas o sr. O'Hare também levou nós duas ao Goofy Golf e para comer no Famous Diner. Isso foi o suficiente para me fazer ver Gus O'Hare como Jesus Cristo em um Palito de Picolé. Minha mãe me daria um tapa na cara se eu usasse essa expressão. Quando a ouvi no parquinho da escola, fiquei fascinada e ansiosa para encontrar uma aplicação para ela. Gus O'Hare se encaixou perfeitamente.

KING &
McDOWELL
CHAMAS VIVAS

49

Minha mãe estava deitada de bruços em uma espreguiçadeira trançada como uma estrela-do-mar inerte. O maiô verde, com decote profundo nas costas, estava desamarrado para expor os ombros ao sol. Terminei de passar bronzeador nas costas dela e fui para as pernas.

Perguntei: "Mamãe, o sr. O'Hare vai voltar pra nos ver?".

"Não pra *nos* ver, Calley", respondeu ela, a voz vibrando com uma arrogância maliciosa. "O sr. O'Hare vai voltar pra *me* ver. Homens adultos não se interessam por meninas da sua idade. Quando ele voltar, espero não te ver pendurada nele, como você insiste em ficar."

"Nunca", murmurei para a bunda vestida de verde da minha mãe.

"Não me responda."

"Não, senhora", concordei. "Mamãe, você sente saudade do papai?"

Houve um longo silêncio, tão longo que achei que ela tivesse decidido não responder. Ela enfiou a mão embaixo da espreguiçadeira, onde tinha colocado um cinzeiro, um isqueiro e o maço de Kool. Acendeu um cigarro e enfiou o filtro pelo buraco de um trançado da espreguiçadeira para tragar.

E disse: "Querida, eu nem me lembro direito do rosto dele. Parece um pesadelo que aconteceu com outra pessoa".

Falas de um filme, de um livro ou de um programa de televisão, talvez até um que eu tivesse visto com ela. Coisa de Loretta Young, talvez.

"Eu me lembro de como o papai era", falei, "e do som da voz dele. Quer ouvir?"

"Não", replicou minha mãe rispidamente. "Não quero. Não sei o que eu fiz para merecer tanta maldade sua comigo. Eu não tive uma vida fácil, sabia?"

Eu poderia argumentar sobre isso também. Poderia dizer que desde a morte do papai ela não havia passado fome nem precisado trabalhar para ganhar dinheiro, menos ainda se oferecido para ajudar alguém ou usado sapatos de segunda mão que não cabiam nos seus pés, ou não ter nem esse tipo de sapato, como acontecia com Grady Driver.

"O sr. O'Hare fala sobre o papai...?"

Minha mãe me interrompeu: "Não. Por que ele ia querer falar sobre essa história velha e desagradável?".

Botei o óleo de bronzear na areia ao lado dela.

"Nem consigo imaginar", falei com a voz da minha mãe.

Minha mãe rolou de lado e se sentou, quase perdendo o cigarro enquanto fazia isso.

Dei um passo para trás, para fora do alcance dela.

"Se eu pudesse, bateria na sua boca!"

Ela era preguiçosa demais para fazer esse esforço. Dei as costas para ela e saí andando, deixando-a queimar, de uma forma ou de outra.

Gus O'Hare voltou para o fim de semana prolongado do Dia do Trabalho. Minha mãe cuidou para que não houvesse oportunidade de eu ser incluída nos passeios deles. Gus propôs que fôssemos todos ao drive-in. Minha mãe resistiu um pouco, mas, com medo de correr o perigo de parecer intransigente, acabou cedendo. Uma dama sulista, claro, nunca deve ser vista como irracional para um pretendente.

O sr. O'Hare pegou o Lincoln preto da sra. Verlow emprestado. Fui colocada no banco de trás, com um travesseiro e um cobertor, para que pudesse dormir quando estivesse cansada. O primeiro filme, *Marcados pelo Destino*, não podia começar antes de escurecer, e isso só aconteceu perto das 21h. Consegui ficar acordada o filme todo, mas pouco me lembro dele agora. Lembro-me de Hayley Mills e de desejar que meu nome fosse Hayley e não Calley. O filme seguinte foi *O Fantástico Super-homem*. Nesse, peguei no sono.

As vozes deles me trouxeram de volta à consciência.

Gus: "Você deve se preocupar com a Calley".

Minha mãe fez um ruído não comprometedor.

"Deve ser difícil para ela com aquelas orelhas. Eu até acho bonitinhas, mas aposto que as outras crianças caçoam dela."

"O mundo é um lugar difícil. Ela vai ter que ser durona para sobreviver nele."

"Isso é uma grande verdade. É disso que gosto em você, Roberta Ann. Você encara o mundo de frente, não é?"

Minha mãe ronronou.

"Mas você é a mãe dela e a ama tanto que quer acreditar que sempre vai poder protegê-la. Ela vai crescer, Roberta Ann. E um dia você não vai mais estar aqui para isso. Ela vai ter que se cuidar sozinha. Seria crueldade não fazer tudo que você puder para dar a ela a chance de lutar."

"O que você está dizendo?"

"Não se ofenda. Eu tenho um dinheiro guardado. Ficaria feliz em usá-lo com a Calley, para consertar as orelhas dela. Querida, vai ser impossível para ela conseguir um emprego decente com aquelas orelhas. As pessoas pensam que ela é burra, mas ela não é, você sabe que não é. Ela tem uma mente ótima."

"Pode parar por aí", interrompeu minha mãe. "Eu nunca aceitei caridade nem dinheiro emprestado de ninguém, Gus O'Hare. E não será agora que vou aceitar."

Ela já tinha aceitado, claro, e voltaria a aceitar.

Foi preciso muita discussão, mas Gus O'Hare acabou colocando um cheque de 2 mil dólares nas mãos dela. O argumento vencedor, ele achou, foi a insistência dele em dizer que, em sua devoção a mim, minha mãe pudesse rejeitar uma oportunidade de felicidade para si mesma — à qual ela parecia ter mais do que direito depois de tudo o que havia passado. Minha mãe gostou de ser retratada como uma vítima das próprias virtudes. Quando pegou o dinheiro, ela teceu um mundo de mentiras sobre ir a médicos comigo.

Minha mãe nunca perdia a oportunidade de pedir que lhe dessem ou comprassem uma revista, se nela houvesse alguma matéria sobre cirurgia plástica. Eu as lia com a mesma frequência que ela e tinha uma boa noção do que era possível e do que não era. Eu não queria que consertassem minhas orelhas. O máximo que qualquer cirurgião poderia fazer seria prendê-las para que não balançassem. Elas continuariam grandes como sempre. Era uma ilusão de Gus O'Hare que algum médico pudesse reduzi-las magicamente a uma proporção normal. Como eu não devia ter conhecimento de que minha mãe estava aceitando dinheiro de Gus, não podia fazer nenhuma objeção abertamente.

Durante o inverno e a primavera seguintes, Gus O'Hare nos visitou em todos os grandes feriados, passando uma semana em cada passagem por Merrymeeting. Ele tentou dar à minha mãe o anel de noivado de sua falecida mãe na véspera de Natal. Minha mãe o experimentou e fingiu admirá-lo. Qualquer um podia ver que o valor do anel, de ouro doze quilates com uma pequenina granada, era puramente sentimental. Minha mãe nunca havia gostado de granadas. Ela nunca ligava para nada que qualquer um pudesse ver que tinha mais valor sentimental do que real.

Ao vivenciar a viuvez de forma tão trágica, ela ficou tão enlutada que nunca considerou abrir o coração para outro homem. Foi um choque — bem, ela precisava de mais tempo. Quando Gus pediu que ela aceitasse o anel como um anel de amizade, ela corou e secou os olhos. No fim, conseguiu evitar a aceitação imediata.

Gus foi corajoso, o pobre otário, e a admirou pela fidelidade a um homem morto, da mesma forma que admirava os sacrifícios maternos que ela fazia por mim. Ele queria minha mãe para si, claro, e podia muito bem ficar com ela no que dependesse de mim.

Ele voltou no sábado antes da Páscoa. Dei um jeito de ele ir andar na praia comigo para ver um possível ninho de águia-pesqueira e confessei que as crianças da escola implicavam comigo por causa das minhas orelhas. Acabou surgindo o assunto de que eu não tinha ido a médico nenhum para me consultar sobre as orelhas e que, de fato, minha mãe não tinha feito nada nesse sentido.

Minha traição precipitou a primeira de várias conversas tensas entre eles. Claro que minha mãe ficou *arrasada* por ele não confiar mais nela, e insultada e perplexa por ele ter se revelado um mercenário. Ela fez as coisas de um jeito que ela virou a vítima, e ele escreveu uma carta longa e patética implorando perdão. Eu senti pena do Gus, mas também achei que cedo ou tarde ele acabaria descobrindo a verdade que eu o poupara de meses de enganação.

Minha mãe o perdoou, claro, mas o perdão não incluía misericórdia. Ela o mandou embora, um homem de coração partido, que se culpava por ter perdido uma mulher maravilhosa. Fiquei mais triste do que era capaz de admitir. Se fosse para eu ter um padrasto, eu gostaria que tivesse sido o Gus. Ele teria sido um ótimo padrasto. Acho que minha mãe teve um pouco de misericórdia com ele, pois ela só lhe arrancou 2 mil dólares. E não o desposou.

Eu nunca perguntei o que ela fez com o dinheiro.

KING &
McDOWELL
CHAMAS VIVAS

50

"Você já viu dois cachorros fazendo aquilo na estrada, não viu?"

"Sim, senhora."

"Bem, agora você também está pronta pra isso", disse minha mãe.

Ela tirou um absorvente interno da caixa na penteadeira e jogou para mim. Eu já tinha visto aquele item por anos, mas não tinha a menor ideia do que era. Se já não era constrangedor o suficiente perguntar à minha mãe o que o sangue queria dizer, eu me questionei como pude ter sido tão burra de nem ao menos ter tentado descobrir o que eram os absorventes internos.

Eu estava ciente de que a minha mãe e outras mulheres adultas ficavam "indispostas" de vez em quando, com um incômodo mais ou menos regular. Mas só percebi que o sangramento estava envolvido nisso quando, depois de um dia que tive cólicas, quando estava tomando um banho quente, um filete de sangue escorreu da minha virilha e se juntou à água do banho. Achei que o sangue era por causa de algum arranhão que eu não tinha visto.

Quando eu me sequei, a toalha saiu do espaço entre as minhas pernas com outra marca de sangue. Fiquei preocupada com aquela manchinha. O exame ansioso, constrangido e até ridículo que fiz no meu próprio corpo não revelou corte algum na pele.

Aparentemente, durante o verão, eu tinha desenvolvido pequenos calombinhos no peito, na região dos mamilos, que se tornaram mais escuros. Eu os escondia usando uma regata por baixo da blusa ou da camisa. Algumas garotas voltaram para a escola em setembro com esses carocinhos também, mas eu ainda era moleca demais para prestar atenção às risadinhas incessantes e aos sussurros entre as minhas colegas de turma que eram mais avançadas. Quanto mais velhas ficávamos, mais as garotas da escola pareciam endoidecer com a questão da feminilidade. O que eu podia dizer para elas?

Como Alice, eu crescia em um ritmo desenfreado. Se eu quisesse usar minhas roupas ao máximo, tinha de comprá-las um número maior, porque, ao fim de um mês e meio, elas já ficavam pequenas. Eu quase não tinha tempo e nem curiosidade para examinar com mais atenção os fios pálidos que cresciam nas minhas axilas e a penugem que despontava no meu púbis, mesmo que soubesse o que significavam. Eu fazia xixi por uma abertura entre as pernas, sem esforço e regularmente, e nunca tinha vivenciado a menor dificuldade para fazer isso. Eu tinha unhas para limpar e cortar, cabelos para lavar, dentes para escovar e areia para espanar do corpo antes de entrar em casa.

Quando contei para a minha mãe que havia um pouco de sangue na água do meu banho e lhe mostrei a toalha, ela revirou os olhos.

"É a sua maldição", disse ela, enojada. "Quantos anos você tem?"

Ela olhou para os dedos como se fossem responder.

"Estou com 12 anos", lembrei a ela.

"Droga." Ela fez uma careta quando pegou o copo de uísque. "É só o que me faltava. Como se minha vida já não estivesse difícil o suficiente. Não tenho idade pra ter uma filha de chico."

Em seguida, ela falou aquilo sobre os cachorros.

Eu não prestei muita atenção porque estava tendo uma epifania: por que as outras garotas achavam a palavra *chico* tão engraçada, por que sussurravam sobre uma maldição e por que todos os meses isso tinha um significado específico para as mulheres adultas.

Examinei o absorvente.

"É pra enfiar lá dentro", falou minha mãe com impaciência. Em seguida remexeu na caixa dentro da gaveta, tirou um folheto e me entregou.

Era um folheto com instruções. Voltei para o banheiro, me sentei no vaso e o li. Os desenhos que indicavam as minhas partes femininas interiores eram novidade para mim. Ciente de que ainda não entendia direito minha própria anatomia, tentei repetidamente enfiar o absorvente na vagina. Senti um incômodo parecido com dor e não tive certeza se tinha feito aquilo direito.

A sra. Verlow ainda estava no escritório dela, no andar de baixo. De pijama, roupão e chinelos, bati delicadamente na porta dela.

Ela pediu para eu entrar sem nem olhar para mim de trás da escrivaninha. Eu me lembrei da sra. Mank ali, naquele mesmo lugar.

"Minhas cólicas", disse a ela. "Eu estou com a maldição."

A sra. Verlow se sentou mais ereta.

"Ah", exclamou ela. "Minha nossa. Primeira vez? Que pergunta idiota. E você só tem 12 anos." Ela se levantou e contornou a escrivaninha para segurar a minha mão. Fomos até o quarto dela. Quantas vezes eu fui lá, quantas vezes ainda iria, para ser ungida com as panaceias dela, receber um dos comprimidinhos laranja ou ser reconfortada pelo seu jeito eficiente e profissional?

Ela me deu um copo d'água e dois comprimidos. Eram vermelhos; eu nunca tinha visto nada parecido, mas achei que fossem algum tipo de aspirina. Eles arranharam minha garganta quando os engoli, e tomei o copo inteiro de água.

"Uma bolsa de água quente pode ajudar com as cólicas", explicou a sra. Verlow. "Agora, vá se deitar."

Eu agradeci e saí e, quando cheguei no quarto que ainda dividia com a minha mãe, a dor começou a melhorar. Fiz massagem nos pés dela e me deitei ao seu lado.

Na manhã seguinte, a sra. Verlow deu um quarto só para mim, um cantinho esquisito que antes era usado como depósito. Eu o limpei, Roger e eu levamos uma cama para lá, afixamos uma prateleira na parede para organizar os meus livros e pronto. Meu próprio quarto, coisa que eu não tinha desde os 6, quase 7 anos. Desde que meu pai estava vivo. A Calley de 6 anos, quase 7, desejava dormir com a mãe. A de 12 anos ficou animada por dormir sozinha. Sem dúvida, minha mãe também ficou.

A sra. Verlow me levou até a farmácia e comprou um absorvente interno de tamanho menor, que, segundo ela, era para mocinhas. Foi ela quem pagou.

Ela também começou a me dar uma vitamina que ela mesma preparava. Continha ferro, explicou ela, pois o sangramento mensal podia deixar uma mulher anêmica.

Felizmente, minha primeira menstruação foi curta e bem leve, e continuou sendo assim por muitos anos, nunca mais do que um leve incômodo. Eu pude continuar sendo moleca e para mim aquilo estava de bom tamanho. Eu não encarei isso como "me tornar mulher". Apesar de viver em um corpo de mulher, eu ainda era criança e pensava como tal.

KING & McDOWELL
CHAMAS VIVAS

51

Roger Huggins começou ajudando a soltar os barquinhos e a amarrá-los de volta, depois, saindo de barco com as pessoas que se sentiam inseguras, isso quando os dias estavam calmos. Havia golfinhos para ver e tainhas que pulavam na baía. Passear de barco pela costa era um passeio agradável e tranquilo para quem ficava nervoso nas águas profundas. Roger pegou gosto em mostrar para um ou outro hóspede onde pescar tainhas ou em que lugar ficava uma praia secreta onde era possível pegar caranguejos.

A sra. Verlow reparou que ele tinha talento para dirigir barcos e trabalhar como guia, e, quando Roger fez 13 anos, ela adquiriu um veleiro maior e uma lancha maior ainda, mesmo que modesta, para ele operar. Ela não pagava muito, mas encorajava os hóspedes a serem generosos com as gorjetas.

Se ciência espacial às vezes é trabalhar com encanamentos, trabalhar com encanamentos não é ciência espacial. Grady já dominava o básico aos 12 anos. Nos breves períodos em que seu pai, Heck, estava sóbrio, ele conseguiu ensinar algumas coisas ao filho, e, quando surgiam problemas, Grady levava suas dúvidas para os professores das oficinas. A sra. Verlow virou cliente dele, desde que nunca levasse o pai junto. Em pouco tempo, o garoto conhecia o encanamento de Merrymeeting melhor do que qualquer outra pessoa.

Estar em Merrymeeting fez Grady conhecer Roger. Grady sabia um pouco sobre barcos e desejava aprender a velejar. Em pouco tempo, ele se tornou o mais assíduo companheiro de Roger nessas atividades. Se um hóspede era particularmente inábil com um barco, era comum que Grady e eu ajudássemos Roger. Primeiro que Grady e eu falávamos inglês americano branco do sul de um jeito quase compreensível, e embora Roger pudesse fazer um esforço nesse sentido, ele preferia ficar calado.

Isso não quer dizer que nós três éramos Huck, Tom e Jim, percorrendo as águas em jangadas. O que tínhamos em comum era o trabalho diário e a idade aproximada. Às vezes fazíamos piadas, discutíamos sobre o trabalho e sobre música e reclamávamos dos nossos pais. Minto. Roger nunca reclamava dos pais. Ele conhecia minha mãe, claro, e nós dois ficávamos chocados pela situação de pobreza e miséria que a família de Grady enfrentava. Grady nunca reclamava de ser pobre; ele só se ressentia de apanhar do pai e dos cinco tios.

Desde que Roger e eu carregamos pela primeira vez um baú até o sótão, passamos a ir lá pelo menos uma vez por semana. De vez em quando, depois de levar alguma coisa lá para cima, aproveitávamos alguns momentos de folga e nos divertíamos mudando malas, móveis e outras tralhas de lugar, para abrir espaço. Quase todas as semanas, nós pegávamos alguma bagagem no sótão para levar para algum hóspede que estivesse indo embora. A familiaridade diminuiu o clima sinistro do lugar. Tornou-se só um armário enorme. Raramente alguma coisa chamava a minha atenção ou a de Roger: um cartão-postal largado no chão, uma pena de corvo, uma árvore de Natal de alumínio velha, que fora substituída por uma árvore de verdade. Nada disso era importante ou assustador. As curiosidades pareciam nunca acabar; nós sempre descobríamos coisas que não havíamos notado antes.

As tarefas de Grady com os encanamentos nunca o haviam levado ao sótão, mas ele ouvia as histórias que Roger e eu contávamos sobre o lugar. Era a única parte de Merrymeeting que Grady não conhecia tão bem quanto Roger e eu. Começou a parecer estranho ele nunca ter estado lá.

No verão que antecedeu nossa entrada no ensino médio, nós escolhemos o dia da Five Flags Fiesta, que acontecia todos os anos, quando Cleonie e Perdita tinham o dia de folga e todos os hóspedes da sra. Verlow passavam o dia na celebração, para que o Grady finalmente visitasse o sótão pela primeira vez.

Quando a casa ficou silenciosa, partimos para a nossa missão. Para que nenhum dos garotos ficasse encrencado caso fôssemos descobertos, levei a chave que tinha tirado do escritório da sra. Verlow. O sótão estava insuportavelmente quente, é claro. Eu estava de regata e um short largo. Os garotos estavam só de short. Nós levamos uma jarra de chá gelado que eu tinha preparado, batizada com uísque roubado. Nós levamos uns cigarros, tirados de um ou outro maço esquecido em algum lugar da casa e guardados para a ocasião. Grady tinha um isqueiro, eu tinha alguns cotocos de velas e copos de papel para o chá, e Roger estava com o timer da cozinha.

Na mesma hora, um suor grudento cobriu nossos corpos e nossas roupas. Abrimos uma lona velha no chão e nos sentamos perto de uma escotilha para fumar e tomar o chá gelado, doce e batizado. Grady acendeu três cotocos de velas. As velas velhas e usadas nos pareceram mais sofisticadas do que lâmpadas elétricas. Derretemos cera na lona até conseguirmos grudar os cotocos em pé.

Grady subiu em uma mesa quebrada e olhou ao redor para avaliar o espaço.

Nós tínhamos um plano. Depois do primeiro cigarro e da primeira rodada de bebida, íamos explorar. Cada um pegou um cotoco de vela e foi em uma direção diferente. Colocamos o timer para tocar em dez minutos, e, durante esse tempo, tínhamos que encontrar alguma coisa para mostrar aos outros.

Eu levantei lonas, abri gavetas emperradas e remexi nelas. Ouvi Roger e Grady fazendo a mesma coisa. Debaixo de uma lona, encontrei uma espécie de totem, um objeto que dava na minha cintura, com sete pares de olhos de coruja de sobrancelhas franzidas, um acima do outro. Minha primeira reação foi me afastar dos olhares malevolentes. Ao aproximar a vela, vi que o totem na verdade era uma cômoda estreita com gavetas rasas. A madeira escura decorada formava as sobrancelhas franzidas das corujas e os olhos eram os puxadores. Ri da minha inocência. Ao abrir as gavetas, fiquei surpresa de ver que cada uma continha várias coisas. Peguei um único objeto. Não pensei, só o peguei, fechei a gaveta e me afastei, como se alguém pudesse tentar pegar.

Minha descoberta cabia na palma da mão. Voltei ali para perto da escotilha bem antes dos dez minutos. Dois minutos depois, Roger se sentou ao meu lado. Ele manteve uma das mãos nas costas e fez um movimento com a outra pedindo um cigarro. Acendi mais um, do nosso precioso estoque, dei uma tragada e o passei para ele. Quase no limite dos dez minutos, Grady surgiu da escuridão, também com as mãos nas costas.

Roger estava com uma colher. Era uma colher de prata, e na ponta do cabo havia a caricatura do rosto de um garoto negro, com lábios grossos e cabelo crespo. Havia uma frase gravada na colher: "Lembrança de Pensacola".

Grady estava com um macaco feito de casca de coco. Eu que o fizera, quando tinha 7 ou 8 anos, com um coco verde que tinha ido parar na praia.

"Meu antigo macaco", contei. "O nome dele é Ford."

Os meninos riram.

"Ford?", perguntou Grady.

"Meu irmão."

"Eu não sabia", disse Grady, e Roger bateu com a colher no coco.

"Nós sabemos que você não sabe", afirmou Roger.

"Tudo bem", falei. "Acho que nunca mencionei ele."

Grady ficou constrangido por ter tocado em um ponto que ele e Roger achavam que era sensível. A única surpresa para mim foi que eu tive mais sentimentos pelo macaco, como artefato da minha infância, do que pelo meu irmão.

Eu abri o punho com uma empolgação triunfante que me fez rir. Na palma da minha mão, um ovo dourado do tamanho de uma moeda de 25 centavos cintilava no ninho de fios de seda trançados.

Os garotos fizeram "Uau".

Eu abri a mão e deixei o ovo rolar das pontas dos meus dedos, deixando para trás a trança de seda. Eu esperava que ele fosse ficar suavemente pendurado na trança, mas ele parou quase imediatamente. Primeiro, achei que estava preso no tecido, mas, com o ovo em uma das mãos e a trança na outra, vi que havia duas tranças. A mais comprida, na qual o ovo estava preso, possuía uma fivelinha dourada e parecia um cinto. A outra estava atada a ela em três pontos, parecendo um suspensório. Minha primeira impressão era de que se tratava de um pingente de criança, mas eu estava enganada.

"O que é isso?", murmurou Grady.

Eu lhe passei o objeto.

Ele o empurrou na palma da mão. "Parece uma coleira. Grande demais para um rato, mas pequena demais para um gambá."

Ele o entregou para Roger.

"Talvez para uma ratazana", sugeriu Roger. "A 'corda para balançar'..."

Eu e Roger rimos. Grady coçou a cabeça, fazendo-me lembrar da época em que ele tinha piolhos. Grady nunca passou da fase de mover os lábios enquanto lia.

Roger me devolveu o objeto e eles me deram a vitória da primeira rodada. Pude beber o dobro de chá por isso. Enquanto eu bebia, observei o ovo. Não era uma peça só. Havia uma pequena dobradiça de um lado, de cima a baixo, e uma mais discreta do outro. Percebi que parecia um medalhão, e empurrei a parte do alto, o anelzinho dourado por onde a trança passava. O ovo se abriu, como um livro.

"Caramba", exclamou Grady.

Roger soprou o ar de forma explosiva.

Eles se aproximaram de mim e, juntos, olhamos o ovo aberto.

De um lado, a parte interna dele exibia uma fotografia pequenininha, daquelas antigas e meio apagadas. A mulher da foto usava um penteado que eu sabia que se chamava Gibson. O decote era bem baixo, o que deixava o pescoço parecendo o de um cisne sob o cabelo preso, pesado e elaborado.

Ficamos meio tontos por um longo momento.

"Ela é a cara da sua mãe", disse Grady, "quando sua mãe era mais nova."

Roger assentiu. "Como se a sua mãe estivesse com uma roupa e um cabelo de outra época."

Só que a minha mãe nunca sorriu assim na vida, pensei.

Desviei o olhar para o outro lado do medalhão. Delicadamente gravado com letras bem desenhadas, estava o nome CALLIOPE.

Quando mostrei aos garotos, eles reagiram com mais surpresa e espanto.

"É o seu nome!", bradou Roger. "Escritinho!"

Grady assentiu estupidamente e perguntou: "Bem, é esse o nome dela? Calliope?".

"Sei lá." Bebi o que restava do meu chá gelado e coloquei o medalhão em forma de ovo com o fio de seda no bolso do short.

Na rodada seguinte, o timer foi colocado para quinze minutos. Nós tínhamos que ir em direções diferentes.

Grady voltou com uma garrafa de Pepsi azul. Ele disse que seu tio Coy tinha uma e alegava que tinha sido feita antes da Primeira Guerra Mundial.

Eu peguei um prato. Era um suvenir decorado, com uma Flórida amarela no meio. A imagem do estado era contornada por coisas como pelicanos, peixes saltitantes e flores tropicais.

No bolso de um casaco pendurado em um cabide velho de chapéus, Roger encontrou um punhado de entradas velhas para a pista de corrida de cachorros.

Empate, concluímos.

Na terceira rodada, eu andei tanto que tive a sensação de que o tempo se esgotava. Eu me virei e mergulhei nas profundezas do sótão — e quase arranquei um olho ao tropeçar no cabide de chapéus que o Roger havia encontrado. Eu o segurei para impedir que caísse e me levasse junto e acabei abraçada nele. Depois que recuperei o fôlego, soltei o cabide e dei um passo para trás. O casaco havia caído no chão. Amarrado em um dos braços do cabide havia um lenço fino e cintilante. Parecia tão familiar que achei que devia ter sido da minha mãe.

Cheguei bem no final da rodada, com o lenço enrolado na cabeça.

Roger estava com um castiçal de vidro azul.

Grady arrumou um chicote de cavalo.

Os garotos admiraram o lenço, não sem me provocar, mas concordamos que a terceira rodada foi do Grady. O prêmio dele foram três copos de chá gelado enquanto Roger e eu tomávamos um. Fumamos outro cigarro antes de começar a quarta rodada, para a qual tivemos sete minutos. Roger e eu giramos Grady e o empurramos em uma direção. Roger me girou e me empurrou. Ele foi em outra direção.

Bati os tornozelos em várias coisas e precisei tirar dos olhos as pontas soltas do lenço. O tecido estava tão molhado de suor quanto meu corpo. Até as palmas das minhas mãos estavam úmidas. Eu as sequei no short, mas não adiantou, pois ele estava tão suado que grudava no corpo. Olhei em volta em busca de algum material para secar as mãos e vi um tapete que cobria um baú. Coloquei o cotoco de vela com cuidado sobre uma pilha de malas e me ajoelhei ao lado para secar as mãos nas fibras do tapete persa desbotado. Com as mãos um pouco mais secas, comecei a me levantar. Uma dor intensa explodiu na minha cabeça. Caí de joelhos e fiquei de quatro, suportando a dor cada vez mais lancinante. Caí de bruços, como se, ficando mais rente ao chão, a dor na cabeça diminuísse. Meus olhos lacrimejavam, mas meu rosto estava tão suado que nem fez diferença. Gotículas escorreram pelo meu rosto e pingaram da mandíbula e do queixo.

Fechei os olhos. Após um momento, o sofrimento pareceu diminuir. Ouvi Roger e Grady conversando onde havíamos estendido nossa lona.

Puxei os joelhos e me levantei. Uma pontada no crânio. O lenço em volta da cabeça parecia mais apertado. Mexi no nó que o prendia, mas o tecido estava molhado demais para se mover. Desisti de tentar desfazer o nó e fiquei de pé. Eu só queria voltar e admitir minha derrota. Quando pisquei para tirar o borrão molhado dos olhos, vi uma pessoa. Não era Grady. Não era Roger. Era outra pessoa. Reconheci a forma como um reflexo meu. Vi a moldura ao redor. A poucos metros, em cima de uma mesa cheia de coisas, havia algo emoldurado debaixo de uma superfície de vidro. Era uma moldura grande, mais volumosa do que pesada. A peça inteira parecia ser do tamanho da janela do patamar da escada, a que continha um vitral. Estava coberta de poeira, e fiz uma careta por causa da sujeira, mas me dei conta de que a poeira absorvia a umidade dos meus dedos e das minhas palmas.

Abracei minha descoberta e corri até a lona, quando o timer apitou.

Roger assobiou porque eu cheguei muito perto de passar do limite.

Segurando a moldura do que quer que fosse aquilo, eu me agachei com eles.

Grady mostrou uma caixa de cartas de baralho dobradas em formato de garças. Cada uma tinha um pedaço de barbante, o que deixava óbvio que tinham sido feitas para serem penduradas.

Roger estava com um guarda-chuva preto velho, parecendo uma coisa que um agente funerário levaria para proteger pessoas em um enterro na chuva.

Meio desajeitada por causa do tamanho da moldura, virei minha descoberta para que eles pudessem ver. Tentei vê-la também, mas não consegui, então a apoiei na parede e fiquei de frente para ela.

"Uau", exclamou Roger.

"Amém", disse Grady.

Esfreguei o vidro sujo.

Era um pôster emoldurado.

Ouçam o Calíope a Vapor Dexter Bros.

-><-

O Maior Show do Sul

-><-

Circo Três Anéis

-><-

Emoções e Diversão e Atrações Fantásticas

Em volta da legenda, que ocupava o centro do pôster, havia várias atrações de circo exibidas em cores extravagantes.

Um desfile de elefantes com uma mulher vestida de lantejoulas no dorso do primeiro dos grandes animais.

Puxado por cavalos, um calíope sobre rodas, e uma mulher manejando teclas do órgão.

Um homem de cartola e casaca sorrindo em um holofote.

Um homem de bigode, calça justa e chicote, cercado de leões domesticados.

Uma mulher muito pintada, usando brincos grandes de argola dourada e oferecendo uma bola de cristal a quem olhasse.

Uma mulher extremamente gorda sentada em uma balança.

Palhaços, todos amontoados e caindo de uma carruagem em forma de abóbora que era puxada por ovelhas.

Outro homem de casaca, segurando uma cartola com um coelho saindo de dentro.

Uma mulher de cabelo laranja, meia-calça e um espartilho equilibrando-se descalça em uma corda bamba. Levei a vela para perto do pôster e espiei a equilibrista. Sua semelhança com Fennie Verlow era chocante. Eu me perguntei se me lembrava mesmo tão bem das feições de Fennie. A mulher não podia ser Fennie Verlow, pois o pôster era antigo demais. Os trajes e os cabelos sugeriam que ele era do começo do século XX.

Limpei mais a poeira e aproximei a vela. Examinei cada figura humana do pôster com atenção. Os lenços da vidente eram bem parecidos com os que estavam em volta da minha cabeça. O nome Tallulah surgiu no meu pensamento, mas ele não trazia nenhuma informação útil além das sílabas nuas. Eu conhecia a mulher gorda na balança? O homem magrelo se esticando como borracha? Poderia ser o sr. Quigley? O mestre de cerimônias de cartola e casaca: o padre Valentine? A mulher no calíope era uma cópia idêntica da atual rainha Elizabeth, pensei. Não, ela se parecia mais com a sra. Mank. Balancei a cabeça, impressionada, percebendo que era a sra. Mank que se parecia com a rainha Elizabeth — sempre fora assim.

A mulher sobre o elefante estava com as pernas, que usavam meias arrastão, cruzadas, como uma encantadora de serpentes. Com uma pontada no coração, percebi que seu rosto era uma aproximação grosseira da mulher que o medalhão oval exibia na fotografia. Ela segurava uma vela acesa em uma das mãos e na outra, uma arara vermelha. Havia um desenho meio apagado no pássaro, que parecia uma coleira. Na mesma hora, entendi a natureza dos aros de seda no meu bolso, onde o medalhão oval estava pendurado. Não era uma coleira de ratazana, mas de uma ave grande como uma arara.

Nós três nos aproximamos para olhar o pôster.

"Isso é antigo", disse Grady. "Tem uns cem anos."

"Mais do que isso", constatou Roger.

"A Calley ganhou", concluiu Grady.

Roger assentiu, fazendo que sim.

Nós nos sentamos sobre os calcanhares e tomamos outra rodada de chá gelado. O gelo já tinha derretido e o uísque estava com um gosto meio diluído. Nossa sede estava maior e bebemos com avidez enquanto continuávamos a examinar o pôster.

"Eu estou imunda", falei. "Se a sra. Verlow me vir assim, ela vai querer saber por quê."

Decidi descer e me limpar. Mas, quando comecei a me levantar, precisei me sentar de novo.

Roger exclamou: "Oh-oh".

"Bêbada?", perguntou Grady.

"Não", insisti.

"Melhor ficar sentada, então", aconselhou Grady.

"Eu vou derreter", falei. Eu me inclinei para a frente para apagar a minha vela.

Os garotos não esperavam a repentina escuridão à minha volta. Eles deram um pulo e riram para disfarçar o susto momentâneo.

Tomei o que restava do chá gelado. Enjoada e tonta, fechei os olhos.

Grady e Roger me guiaram até a escada, me dizendo onde colocar os pés. "Para baixo. Agora, o outro."

"Aqui é o banheiro", informou Grady. "Melhor você parar e jogar uma água na cabeça."

Eles me levaram lá pra dentro e fiquei de joelhos. Grady empurrou minha cabeça pela lateral da banheira e Roger abriu a torneira. A água caiu na minha cabeça e desceu pelas minhas costas. As pontas do lenço fino caíram no meu rosto e dentro da banheira.

Quando a torneira foi desligada, um deles enrolou uma toalha na minha cabeça e eles me sentaram ao lado da privada.

"O que a gente vai fazer com ela?", perguntou Grady a Roger.

"Não podemos deixar ela aqui", respondeu Roger.

Os dois me carregaram até a praia e me levaram para o mar, até a altura da minha cintura. Eles me seguraram como se fossem aparadores de livros. A luz do lado de fora estava com um brilho ofuscante. Meus olhos lacrimejavam e tudo estava borrado.

"Um, dois, três", contaram os garotos e me afundaram na água. Ouvi Grady dizer "Eu te batizo em nome do Senhor". Roger riu. Em seguida me puxaram de volta como um peixe morto. Eu me inclinei nos braços deles e vomitei.

"Pronto", disse Grady, "acho que você vai se sentir melhor."

Eles me deitaram na grama alta. Roger se agachou ao meu lado, segurando a minha mão e falando comigo baixinho.

Depois de alguns minutos, Grady voltou com um copo d'água, aspirinas e toalhas.

Eu tremia. Eles me enrolaram e me deram o remédio. Grady me abraçou entre as suas pernas, deixando-me apoiar a cabeça em seu ombro.

Fechei os olhos.

Ouvi o ruidoso barulho das águas bravias do golfo. O vento incessante. Uma pulsação, uma respiração. Quanto mais eu prestava atenção, mais ouvia "You Are My Sunshine", as notas reverberando das múltiplas gargantas de metal de um calíope.

KING & McDOWELL
CHAMAS VIVAS

52

A sra. Verlow não caiu na história de que eu estava com insolação e nem que eu tinha tido intoxicação por comer uma ostra estragada.

"Eu já ouvi essa mentira de ostra estragada antes", disse ela para Grady.

"Sim, senhora", concordou ele.

Eu os ouvi do lado de fora do meu quarto, onde Grady e Roger tinham me colocado, com toda a minha glória ridícula.

Um impulso incipiente de ajudar Grady me fez cair da cama e rastejar no chão. Ele e a sra. Verlow entraram correndo pela mesma porta que haviam acabado de usar para sair.

Por ser burro e fofo demais para me abandonar, Grady estava sentado ao lado da minha cama quando a sra. Verlow e a minha mãe voltaram da Fiesta. Os pés da minha mãe doíam tanto que foi a sra. Verlow quem teve que descobrir por que Grady Driver estava sentado no meu quarto e o que eu estava fazendo deitada, parecendo uma maluca, em um lençol encharcado de suor.

Eu me deitei novamente na cama e a sra. Verlow mandou Grady embora. Ela se sentou ao meu lado e observou o nó do lenço fino. Pacientemente, ela o soltou. No mesmo instante, minha cabeça relaxou.

Com as pálpebras semicerradas, eu a vi examinar rapidamente o lenço. Com uma leve expressão de desgosto, jogou-o no cesto que eu usava como lixeira. Uma pergunta tentou se formar na minha cabeça.

"Quanto uísque você me deve?", perguntou ela.

"Meio litro."

"Você deve ter tomado a maior parte", concluiu ela, com verdadeira satisfação. "Não vou conseguir te salvar da massagem nos pés da sua mãe. Tente não vomitar nela."

"Sim, senhora."

"Agora tome um banho e tente não se afogar. Beba bastante água. O Grady disse que te deu aspirina."

"Sim, senhora."

A sra. Verlow foi até a porta. Olhou para mim.

"O Grady foi um cavalheiro?"

Gemi. "O que isso quer dizer?"

"Você sabe o que quer dizer."

"A senhora está me perguntando sobre a pureza da mulher sulista?", perguntei com a voz da minha mãe.

"Que engraçadinha você é", disse a sra. Verlow em um tom que deixou claro que ela não achava isso.

"O Grady é burro demais pra tocar em mim dessa forma, se é isso que a senhora quer dizer. Ou de qualquer outra forma, aliás. Olha pra mim, pelo amor de Deus. Eu sou feia."

"O Grady também é", replicou a sra. Verlow. "Mas a feiura nunca impediu o sexo de acontecer."

"Haha. O Roger estava lá. Ficou tomando conta."

Isso deixou a sra. Verlow com muita raiva.

"Engraçado, haha", ironizou ela.

Se a frieza fosse medida em cubos de gelo, as palavras da sra. Verlow teriam gelado todo um copo d'água.

Ela voltou para perto da cama e se inclinou sobre mim para dizer: "Nunca mais quero ouvir falar de você andando por aí com Roger Huggins, com ou sem Grady Driver. Você quer que o garoto seja enforcado numa árvore daqui? Pense na mãe dele se não conseguir pensar em outra coisa além de si mesma".

Ela saiu batendo a porta, com suas palavras ecoando à minha volta. Eu a ouvi subir a escada até o sótão e se movimentar no andar de cima.

Em 1955, uma gangue de filhos da mãe vestindo lençóis brancos havia assassinado um garoto de 15 anos chamado Emmett Till por assobiar para uma mulher branca. É bem provável que Emmett Till não tenha realmente assobiado para aquela mulher, nem feito algum comentário inadequado, nem nada do tipo.

Eu podia ter só 13 anos, mas não podia alegar que não conhecia aquela história de terror. Roger havia me mostrado o exemplar da revista *Life* com as fotos, que o pai guardara para tentar esconder dele. Nathan Huggins não comprara aquele exemplar na banca de jornais. E se aquele exemplar foi vendido em alguma banca de Pensacola, era improvável que fosse vendido para qualquer homem negro que houvesse pedido. O exemplar do sr. Huggins chegou a ele por um primo de Chicago. Roger o encontrou sem querer. Seu pai o viu chorando com a revista na mão e eles tiveram uma longa conversa.

Eu fiquei arrasada. Eu me obriguei a levantar e tomar um banho. Na banheira, senti vontade de afundar na água e não voltar mais.

Fui para o quarto da minha mãe e fiz massagem nos pés dela enquanto ela me contava sobre o dia que tivera na Fiesta. Claro que foi horrível para os pés dela. Enquanto ela falava, desejei me deitar na cama ao lado dela e ouvir seus batimentos cardíacos, sua respiração entrando e saindo dos pulmões, e adormecer.

Minha mãe parou de falar. Apagou a guimba do cigarro no cinzeiro.

"Calley, meu amor", disse ela, "você está com uma cara péssima. Está menstruada? Suba aqui, deite-se na cama."

Ela também se deitou entre os lençóis e os puxou em volta de mim. Estava quente demais para usar cobertor; mesmo o lençol só era suportável porque o ventilador não parava de girar no teto.

Então ela começou a ressonar delicadamente, a pulsação se alternando com o barulho do ventilador. *Setenta batimentos cardíacos por minuto*, pensei. Seus pulmões estavam um pouco carregados, mas já havia tempo que estavam assim. Não parecia que pioravam. *Ela está mais magra*, pensei. *Não, a pele dela está mais flácida*.

Eu estava sufocada de tanto que a amava. Eu precisava desesperadamente de uma mãe para amar.

Apesar de não dormirmos mais no mesmo quarto, continuei a massagear seus pés nem sei por quanto tempo.

Minha mãe frequentemente ia ao meu quarto tarde da noite, me acordava com uma sacudida, como se a casa estivesse pegando fogo, e exigia saber a minha opinião sobre a probabilidade de Adele Starret contestar o último testamento de Mamadee. Ela temia que, se Adele Starret agisse de forma agressiva demais contra os bens de Mamadee, o advogado Weems poderia fazer parecer para Ford que a mãe dele estava tentando tirar a herança dele. E se ela perdesse o processo? Ela também estaria abrindo mão do amor do filho e acabaria sem nada. Eu disse para mim mesma que eu não tinha como *saber*, que ela já tinha perdido o amor do Ford, isso se algum dia ela o tivera, mas, mesmo nos meus momentos de mais raiva, eu não conseguia ser cruel a ponto de dizer isso.

Minha mãe estava particularmente aliviada de termos tão poucas notícias de Adele Starret. Ela se convenceu de que, assim que meu irmão, Ford, chegasse à maioridade, tudo entraria nos eixos de novo. Quando ele estivesse livre da autoridade legal daquele *ladrão*, daquele *mentiroso*, daquele advogado *imundo* que o Winstom Weems era, Ford assumiria o controle do que tivesse restado da fortuna da família e levaria minha mãe de volta ao seu lugar de direito na sociedade.

Ford ainda estava vivo, eu não tinha dúvida. Eu não ouvia a voz dele entre as vozes que as águas do golfo me traziam.

Meu sono era destruído por pesadelos. Não eram pesadelos novos, o que os tornava ainda mais assustadores, afinal, eu sabia para onde eles iam, mas, ainda assim, não conseguia escapar deles. Entretanto, ao acordar de manhã com o *tlém-tlém* da velha campainha nos ouvidos, estava clara na minha mente a lembrança de abrir a porta para o fantasma que se chamava Tallulah Jordan, e que portava o lenço que eu havia encontrado no sótão.

KING &
McDOWELL
CHAMAS VIVAS

53

Merry Verlow começou a vigiar atentamente a chave do sótão. Todas as vezes que eu tinha alguma coisa para levar ou buscar, ela ia junto. Não me dava tempo para enrolar e procurar o pôster de novo. Sempre havia uma outra tarefa urgente a fazer. Como eu queria muito cair nas graças dela, prometi a mim mesma que o encontraria depois, mas o depois acabou sendo bem depois.

A escola de ensino médio onde eu estudava era um lugar esquisito — a construção era nova e, por isso, não tinha história e nada nela fazia muito sentido. Pelo menos metade dos alunos eram filhos de militares, o que fazia o corpo estudantil mudar constantemente. Dos moradores da região, nenhum de nós era tão rico, viajado ou eloquente quanto os filhos dos militares. Nosso foco nunca estava na escola, mas nas nossas famílias, nos empregos que tínhamos de manhã, antes das aulas, ou depois, no início da tarde.

Meus cursos e aulas eram organizados de forma que eu pudesse sair todos os dias às duas. Grady também saía às duas; ele trabalhava como encanador o dia inteiro, antes e depois da escola.

Ele morava com o pai, ao lado da casa do avô e atrás da casa dos cinco tios. O pai e os tios dividiam dois barcos que viviam quebrados, dos quais obtinham uma renda ocasional. Cada um tinha uma picape que vivia com defeito, com a qual eles vendiam os poucos peixes e mariscos que conseguiam pescar na beira da estrada, para pessoas que não os conheciam e não teriam como encontrá-los se passassem mal com a comida. Todos eram divorciados, viúvos ou abandonados, ou alguma combinação disso.

Depois de morar por tanto tempo em uma casa cuidada por mulheres, o pouco que eu sabia sobre o que os homens pensavam, como reagiam e se comportavam, eu tinha que deduzir a partir da convivência com os nossos hóspedes homens. Grady e a família dele eram outra tribo. Eles me lembravam os quase esquecidos Dakin. Eu não me recordava de nenhum dos meus tios ser divorciado ou viúvo, mas todos eram famosos por beber, arrumar encrenca, irem presos, sofrerem acidentes de carro, falirem, passarem fins de semana ocasionais na cadeia da cidade e encontrarem Jesus em cada evento religioso itinerante que passasse perto de onde eles moravam. O poder das esposas deles — desdentadas e maltratadas pela vida — era tão real quanto o poder de Cleonie sobre Nathan Huggins, ou de Perdita sobre seu Joe Mooney.

Uma noite de sábado, no verão entre o primeiro e o segundo ano, Grady e eu ficamos bêbados com uma caixa de Straight Eight. A praia era o lugar perfeito para fazer bagunça. As brincadeiras, provocações e mãos dadas viraram mãos no traseiro e as coisas só melhoraram a partir daí. Claro que nós éramos desajeitados e ignorantes e fizemos tudo errado na primeira vez, mas o desejo bastou para superar o constrangimento, como costuma acontecer.

Nós éramos gratos por termos um ao outro, ah, sim — Grady por ser extremamente tímido e eu porque era nova demais para saber que ter uma aparência estranha não é impedimento para a atividade sexual. A sra. Verlow estava certa. Nossa amizade nos permitia a franqueza necessária para admitir que *amor verdadeiro* não era um fator ali. Eu não era namorada de Grady, só tinha o equipamento básico de qualquer namorada, e ele não era meu namorado, só tinha o equipamento, blá-blá-blá. Nós tínhamos desejo e curiosidade e isso bastava.

Na primeira vez — crianças idiotas que éramos —, fomos imprudentes, passamos por maus bocados, mas no final aprendemos e nos safamos. Depois disso, Grady roubava camisinhas do pai e dos tios, então não precisávamos nos preocupar com essa questão, exceto pelas vezes em que uma rasgou e outra escorregou, então passamos por outro deus nos acuda, assim como todos que dependem de preservativos.

Minha mãe e eu éramos incapazes de manter uma trégua por mais que algumas horas. O único motivo para não nos matarmos era porque eu a evitava ao máximo. No começo, ela não percebeu, mas, quando percebeu, deixou bem claro que eu estava errada. Depois disso, ela tentou bancar a mártir. Nada adiantou comigo. Meu coração já estava sepultado em mármore do Alabama.

O fingimento da minha mãe de que eu não era filha dela aconteceu com mais frequência depois que eu menstruei e se intensificou ainda mais quando ela se interessou por outro homem. Depois de Gus O'Hare, lembro que ela saiu com um fotógrafo de vida selvagem; depois com um antigo piloto da Marinha que tinha voltado para revisitar seus dias de glória em Pensacola; e depois um engenheiro de rádio, Ray Pinette. Eu aprendi alguma coisa com cada um deles, principalmente com o Ray. Tentei encontrar algo em cada um deles de que gostar. E tentei ficar longe dos holofotes de mamãe.

Ela foi à corrida de cachorros, ao cinema, jantar fora, fazer passeios longos e românticos no carro dos namorados. Fumou o tanto que quis e bebeu muita bebida cara. Só ficava infeliz quando não conseguia o que queria, e isso aconteceria com ou sem namorados. Mais cedo ou mais tarde, a verdadeira Roberta Ann Carroll Dakin aparecia para acabar com qualquer paixão e meter os pés pelas mãos.

Quando comecei meu segundo ano do ensino médio, ela fez uma séria tentativa de conseguir seu segundo marido: um oficial de Eglin, ou seja, um coronel. Tom Beddoes havia se divorciado duas vezes, em virtude de seus esforços para cumprir os padrões militares de infidelidade. Ele tinha aprendido a lição, pelo que disse para a minha mãe, e só queria encontrar uma mulher cristã decente e com coração misericordioso para passar o resto da vida com ele. Minha mãe passou a usar uma corrente com um crucifixo de ouro pendurada no pescoço.

Mas ela ficou dividida.

O soldo do coronel Beddoes era excelente, com muitas vantagens e oportunidades, além de uma aposentadoria precoce com incríveis possibilidades no complexo industrial militar. A palavra *coronel* era como calda de chocolate nos lábios da minha mãe, assim como a palavra *capitão* costumava ser nos da minha avó. Mas as Forças Armadas eram integradas, principalmente a Força Aérea, que possuía até *oficiais* negros. Como esposa de oficial, ela seria compelida a socializar com eles.

A integração chegava pouco a pouco a Pensacola, desde que Harry Truman pôs fim à política de segregação racial nas Forças Armadas. Os segregacionistas correram para abrir escolas particulares só para brancos, claro; a maioria sob a égide do Jesus de olhos azuis e branco como um lírio — e não só em todo o Sul, mas nas cidades do Norte também.

No entanto, como a área de Pensacola era cheia de militares na ativa, as escolas públicas não puderam resistir à expectativa do pessoal militar por escolas integradas.

Quando a minha mãe descobriu que Roger Huggins ia se transferir da sua antiga escola de ensino médio só para pessoas negras para a minha, ela ficou horrorizada. Quase tão terrível quanto a ideia de integração era o fato de que ela era obrigada a calar sua indignação pois dependia dos serviços de Cleonie e Perdita.

Ela ficou sem palavras quando, certa noite, Nathan Huggins dirigiu até Merrymeeting no nosso antigo Edsel. Os para-choques e o capô tinham sido substituídos e estavam de cores diferentes — vermelho e azul —, mas era sim o nosso antigo automóvel. O sr. Huggins o achou à venda na beira de uma estrada de terra em Blackwater. Como nunca o tinha visto, ele não fazia ideia da história até eu gritar de prazer ao vê-lo. Minha mãe insistiu que nós nunca tivemos um Edsel. A sra. Verlow andou em volta do carro e balançou a cabeça, impressionada e com desprezo, mas não disse nada.

O sr. Huggins não questionou a negação da minha mãe nem a óbvia reprovação da sra. Verlow. Ele pegou Cleonie e Perdita e as levou para casa depois do trabalho e começou a transportá-las para todos os lugares. Elas deixaram de morar em Merrymeeting durante a semana: mais mudanças.

Minha mãe ficou satisfeita ao saber que Roger estava extremamente infeliz na escola. Ele sentia falta da namorada, uma garota doce e muito inteligente chamada Eleanor, que não se transferiu com ele. A sua antiga escola era mais perto de casa. Bastava eu olhar para ele para saber que se sentia isolado e vulnerável perante a indiferença deliberada e pétrea da maioria e a perseguição imbecil de um grupo de cabeças-ocas resistentes. Apesar de a sra. Verlow me avisar de que a melhor coisa que eu podia fazer por Roger era ficar longe dele, tentei ajudá-lo. Roger me agradeceu e me disse que a melhor coisa que eu podia fazer por ele era deixá-lo em paz para que se adaptasse sozinho.

Depois de dez semanas, ele pediu transferência de volta. Eu sabia que esse era o acordo que ele havia feito com a mãe e o pai. Nunca me senti tão impotente e frustrada. Cheguei a acusar Grady, que era totalmente inocente, de não ajudar na integração de Roger. Depois que pedi desculpas a ele pelo meu ataque, Grady ficou sentado em silêncio comigo na praia por muito tempo.

Ele comentou: "O Roger não devia ter que ficar infeliz sem motivo. Você está fazendo com que ele se sinta mal. Se você quiser ser infeliz por uma causa, vá em frente".

Quis acusar Grady de ser igual aos cabeças-ocas, mas não consegui.

Ele passou um braço em volta de mim e desgrenhou meu cabelo enrolado com carinho.

"O pastor disse que tem hora para tudo", afirmou Grady. "As coisas se ajeitam ou não se ajeitam. Uma pequena Calley não pode fazer tudo sozinha."

Minha mãe mal conseguia conter o triunfo, embora não tivesse feito nada para afetar o resultado, de qualquer forma.

Pela primeira vez na vida, eu falei: "Ah, cala a boca, mãe".

Isso a deixou de queixo caído.

Eu era grande demais para ela me bater. Talvez eu batesse nela de volta.

Como o fim do ensino médio estava próximo e eu era claramente mais Dakin do que Carroll, a vontade dela de lavar as mãos da responsabilidade sobre mim aumentava cada dia mais.

O aniversário de 21 anos de Ford aconteceria em poucos meses.

Minha mãe era incapaz de fechar a matraca sobre a fortuna que cairia na mão do filho e Tom Beddoes sabia muito bem disso. Mas minha mãe não se mostrou menos atraente para ele por isso. Ele estava tão interessado que a interrogou com atenção e lhe deu conselhos legais que não vinham de Adele Starret.

Eu não ligava se minha mãe iria embora, não por mim mesma, pelo menos, mas eu não tinha esquecido o aviso de que, se ela saísse da ilha, ficaria sem proteção. Não era porque eu estava sem paciência com a falação da mulher nos meus ouvidos, o fedor do tabaco dela e a sua pretensão, que eu queria vê-la sofrer. Eu queria muito que ela se casasse de novo e fosse morar em Eglin, que não ficava na ilha, mas tinha guardas armados no portão.

Havia uma boa chance de eu ficar com o quarto dela, que era bem melhor que o meu buraco. Eu o pintaria de uma cor clara e trocaria os móveis por outros que não parecessem ter vindo de Tara. Esses pensamentos passaram pela minha cabeça assim que decidi que queria ir embora da ilha; eu queria ir para a faculdade e conhecer o mundo. Claro que pretendia voltar; a ideia de que Merrymeeting e a ilha de Santa Rosa não seriam minha casa para sempre simplesmente não existia.

Em uma manhã de sábado, encontrei Merry Verlow no escritório, com a porta aberta. Eu me sentei na única outra cadeira. Ela olhou para mim e voltou a olhar os cálculos.

"Alguma coisa, Calley?", perguntou ela, distraidamente.

"Sim, senhora. Eu quero ir pra faculdade..."

Ela ergueu o olhar e me interrompeu: "Claro que quer. Você vai fazer a graduação em Wellesley e depois vai para Harvard fazer mestrado. Você vai morar na casa da sra. Mank em Brookline, que, se você olhar em um mapa de Massachusetts, é um subúrbio de Boston, com fácil acesso para as duas faculdades. A sra. Mank tem uma boa opinião do seu potencial".

Eu raramente me envolvia com a sra. Mank, e só fazia algumas coisinhas para ela; mas, ocasionalmente, ela dizia que queria caminhar na praia antes ou depois do jantar e pedia que eu a acompanhasse, para me ensinar um pouco de astronomia.

E era exatamente isso que ela fazia. A sra. Mank se sentava na praia, em uma cadeira dobrável velha e enferrujada, comigo aos seus pés, e me mostrava uma estrela, uma constelação ou um planeta, ou então observava a fase da lua. Eu aprendi a identificar a Estrela Polar na ponta da Ursa Menor e, de lá, Betelgeuse e Rígel, e como localizar a Espiga, seguindo a constelação do Corvo. Eu aprendi o suficiente para conhecer o céu noturno e, com frequência, o céu diurno, onde a lua fria pairava pálida e emaciada no fundo azul ou Vênus ardia nos limites do mundo.

Demorei um minuto para recuperar o fôlego. O olhar da sra. Verlow havia se voltado para as contas.

"E sobre sair da ilha?"

"O que tem?" A caneta dela rabiscou alguma anotação nos papéis.

"É seguro?"

Ela riu com deboche. "Claro que é seguro. Fica tudo dentro das fronteiras dos Estados Unidos, todo mundo fala inglês ou algo parecido, e você tomou todas as suas vacinas. Fique longe de manifestações raciais e você vai ficar bem."

"E os inimigos da minha mãe?"

A caneta da sra. Verlow fez um rabisco no ar. "Ah, ela sempre vai fazer novos inimigos, onde quer que esteja."

Fiquei um tempo em silêncio, reunindo coragem de insistir, mesmo que isso significasse fazer papel de boba.

"Meu pai foi assassinado", falei baixinho, e, apesar de me esforçar para falar com calma e como uma pessoa adulta, meus lábios me traíram e tremeram.

A sra. Verlow olhou para mim de novo e botou a caneta na mesa. Enfiou a mão no bolso do suéter. De lá, saiu um lenço limpo, que me ofereceu em silêncio.

Assoei o nariz.

"É uma dor que vai te acompanhar pelo resto da vida, Calley. Só posso dizer que com o tempo ela vai melhorar. O destino de Roberta Carroll Dakin está nas mãos dela, como sempre esteve. Se ela for tola e ele também, talvez ela se case com o coronel Beddoes, e não terá nenhuma objeção da minha parte. Eu ficaria feliz de ter o quarto de volta. Mas seu irmão talvez tenha algo a dizer sobre isso."

Meu irmão. Eu não pensava nele havia séculos; quem era obcecada por ele era a minha mãe.

"Como você sabe?", questionei.

A sra. Verlow não respondeu à pergunta. Em vez disso, voltou sua atenção para os papéis.

"Vá, Calley. Você tem trabalho a fazer e, como você pode ver, eu também."

"Por que a senhora não me responde? Tem tanta coisa que eu preciso saber", exclamei.

"Que pena", disse ela. "Mas você vai ter que esperar muito por isso."

Alguns dias depois, quando voltei da escola, corri para o andar de cima para jogar os livros no quarto, e lá estava minha mãe, ocupada, remexendo em uma das minhas gavetas.

"O que você está fazendo?"

O choque inicial por ser pega de surpresa se transformou em uma postura de inocência desafiadora.

"Eu preciso de um absorvente interno", afirmou ela, com voz irritada. "Fiquei sem nenhum e nem percebi."

Ela estava mentindo e sabia que eu sabia. Fiz um enorme esforço para não expulsá-la do meu quarto com um empurrão.

"Por que você não levanta essa bunda da cadeira e vai ao mercado comprar?"

"Não vou nem me dar ao trabalho de te responder."

Ela passou por mim.

"Você não vai encontrar dinheiro, por mais que procure", falei.

No teto do armário triangular torto do meu quarto, um espaço no qual eu não conseguia mais ficar de pé ereta, havia um esconderijo. A iluminação do armário era só uma lâmpada suspensa no teto. Eu só precisava soltar o aro da lâmpada, puxar um pouco o fio e tirar a sujeira e o cocô de rato em volta do buraco no teto do armário. O espaço acomodava uma latinha com meu dinheiro, só em forma de notas, que fora adquirido mais como gorjeta dos hóspedes do que pelo depósito na minha Conta de Moedas. Com o fio esticado para erguer a lâmpada, o aro preso no lugar e a lâmpada sempre suja, o esconderijo ficava adequadamente disfarçado. Minha mãe nunca tocaria na lâmpada nem mexeria nos fios, pois tinha medo de levar um choque elétrico. Se um dia ela tivesse que trocar uma lâmpada, preferiria ficar no escuro.

Minha mãe apertou a boca, o batom formando linhas nas bordas do lábio superior. Ela ainda não estava nem perto de ser velha, mas passava tempo demais se bronzeando, convencida de que isso fazia a pele pálida ficar mais esticada. Ela não estava sozinha, claro; vários anos haviam se passado até que os médicos começassem a alertar as pessoas sobre os perigos do excesso de sol. Claro que qualquer idiota podia olhar para a pele dos que trabalhavam no sol e ver os danos, mas as pessoas acreditam em qualquer coisa que lhes convenha.

"Como você ousa me chamar de ladra?!"

"Sempre que eu tinha uma moeda você fazia isso", respondi. "Como você ousa remexer nas minhas gavetas?!"

"Eu não remexi!", exclamou minha mãe, com grandes lágrimas de crocodilo nos olhos. E saiu correndo do quarto.

Fechei a porta e larguei os livros na cama.

Eu queria o futuro que Merry Verlow e a sra. Mank conspiravam juntas para me dar? Wellesley? Harvard? Esses nomes apareciam em revistas. Elas me permitiriam seguir meus próprios interesses ou já haviam determinado o que eu me tornaria? Aqueles lugares distantes me chamavam, claro, e minha única outra opção eram as universidades estaduais ou, até mesmo, nenhum estudo adicional. Eu não tinha respostas sobre o meu próprio futuro, só um monte de perguntas.

Onde estava a lua hoje? No quarto minguante? Olhei o pequeno calendário lunar na gaveta da minha mesa de cabeceira, onde eu o guardava, dentro de um caderno.

A gaveta do meio da minha cômoda ainda estava aberta. Não havia nada dentro além de dois pijamas de algodão da Sears. Quase tudo no meu armário tinha etiqueta da Sears. Às vezes eu comprava roupas em um brechó, e essas, quase sempre, tinham uma etiqueta da Sears. Ou da Montgomery Ward — que Grady chamava de Monkey Ward. A sra. Llewelyn continuava me enviando alguns suéteres tricotados à mão, mas era bem mais provável que botasse dinheiro em um cartão de Natal agora. Ela pedia desculpas e dizia que não tinha como saber meu gosto agora que eu era adolescente e que a moda havia mudado radicalmente. Mas o dr. Llewelyn continuava enviando escovas, pastas de dente e fios dentais.

Meu pai tinha sido assassinado. Eu nem tinha uma foto dele. E estudaria em Wellesley e Harvard, moraria com a sra. Mank, minha mãe se casaria com o coronel Beddoes, e meu irmão talvez tivesse algo a dizer sobre isso.

Eu devia falar com ele, pensei. Queria ouvir o que ele teria a dizer, não só sobre a minha mãe se casar de novo, mas sobre tudo. Ele estava praticamente adulto agora, e eu também. Talvez o buraco na minha vida não fosse tanto a ausência do meu pai, mas do Ford. E eu nem sabia como entrar em contato.

KING & McDOWELL
CHAMAS VIVAS

54

Grady me encontrou agachada na praia, dando pedaços de um sanduíche de creme de amendoim a um guaxinim para poder pegar ostras. Grady segurava duas cervejas geladas pelo gargalo. Era fim de tarde e eu não precisava do meu chapéu.

"Oi", cumprimentou ele.

"Oi, tudo bem?"

Eu estava com minha faca de ostras no short e tirei rapidamente as ostras das conchas. Dei algumas para o Grady e engoli outras.

Enquanto tomávamos grandes goles de cerveja, procuramos mais ostras. Contei a Grady que peguei minha mãe remexendo na minha gaveta e que eu queria entrar em contato com o meu irmão. Eu não havia contado a ninguém o que a sra. Verlow havia dito sobre eu ir embora e não sabia como e nem quando poderia contar ao Grady.

Perguntei a ele: "Está vendo Betelgeuse?".

Ele era impossível. Nunca conseguia ver o que eu via no céu.

"Não. Sua mãe não tem o endereço, o número do telefone, nada?"

Fiz que não.

"Então você nem sabe onde ele está?"

"Não, senhor."

"Você está me chamando de senhor?", debochou Grady.

Ele queria dar uns amassos na praia. Nós tínhamos nosso cantinho. Pareceu uma boa ideia, então peguei a mão dele, fomos até a praia e encontramos nosso cantinho. Grady não estava mais tão magrelo quanto antes, estava começando a encorpar. Era bom ficar perto dele e sentir seus braços em volta de mim.

"Você tem alguma ideia?", perguntou ele. "Senhora."

Respondi, também com deboche. "Ei, cuidado aí!" Eu me deitei nos braços dele. "Não, eu não tenho nenhuma ideia."

O silêncio entre nós se prolongou agradavelmente, e, depois de um tempo, percebi que Grady tinha cochilado. Eu o cutuquei nas costelas.

Ele estalou os lábios. "Droga."

"Eu preciso de dinheiro", falei.

"Eu também. Quer roubar um banco?"

"Você pode tentar, se quiser. Eu vou ter que tirar da minha Conta de Moedas o suficiente para uma passagem de ida e volta de ônibus até Tallassee. Sei que posso descobrir onde o Ford está, se eu for lá. Vou direto até o dr. Evarts e exigir ver o meu irmão."

Grady coçou a cabeça. "Eu queria ir, mas tenho que trabalhar."

"Não agora", expliquei. "Mas logo, logo, quando eu tiver alguns dias de folga."

Eu não havia pedido alguns dias de folga nem havia considerado se devia contar à sra. Verlow o que eu queria fazer durante esse período.

"Você não vai precisar de passagem", disse Grady. "A gente não pode ir no meu carro, que está péssimo, mas a gente pode pedir emprestada a perua, ou até o Edsel do pai do Roger, que era da sua mãe."

"Você é um gênio", exclamei para Grady. "Senhor."

"Sim, senhora", replicou ele. "Veste a calça, vamos buscar mais cerveja."

Enquanto Grady pegava o resto da cerveja no Dodge, eu entrei e encontrei a sra. Verlow preparando uma xícara de chá na cozinha, então supliquei para usar a perua para fazer uma coisa.

"Comprar cerveja?"

"Sim, senhora."

Ela inclinou o queixo na direção do gancho, onde a chave da perua ficava. "O carro daquele garoto é um perigo. Você dirige. Você é mais forte do que ele pra bebida."

Tive vontade de beijá-la, mas, quando comecei a ficar na ponta dos pés descalços, ela me olhou com perplexidade.

"Calce o sapato, Calley", mandou ela. "Você não pode dirigir descalça."

Eu nunca entendi qual é o problema de dirigir descalça.

"Sra. Verlow", falei quando comecei a pegar uns restos de comida para lancharmos, "lembra quando a mãe da minha mãe falou com a gente quando eu era pequena, mesmo já estando morta?"

Ela me encarou durante um longo tempo. "Então você lembra."

"Sim, senhora."

"Lembra que eu te perguntei logo depois se você ouvia os mortos?"

Assenti.

"Você me disse que sim. Mas que não os entendia."

"Isso mesmo, senhora. Eu não entendia. A maioria. Quer dizer, eu entendi o que a Mamadee disse." Outra lembrança voltou. "Cosima", falei, "a avó da minha mãe falou comigo duas vezes. Em uma véspera de Natal. E depois." Senti como se pulasse de um penhasco. "E Tallulah Jordan apareceu na porta."

A sra. Verlow me olhou, perplexa, ao ouvir o nome Tallulah Jordan.

"Quem é Tallulah Jordan?", perguntou ela, com certo deboche na voz.

"Um fantasma, como Mamadee e minha bisavó Cosima."

A sra. Verlow continuou com a mesma expressão.

"Quero conversar com você no meu quarto", disse ela. "Diga para o Grady ir para o lugar que ele chama de casa."

"Não, senhora", falei. "Vou sair com o Grady agora."

A sra. Verlow apertou os lábios de raiva. Seus olhos brilharam na minha direção, furiosos. Encarei o gesto com uma arrogante satisfação adolescente. Não passou pela minha cabeça que esse era outro momento como aquele em que a sra. Mank havia se oferecido para me contar um segredo e eu recusei. Naquela ocasião, eu recusei por medo. Mas agora eu exercitava a minha independência.

A sra. Verlow pegou a xícara de chá e saiu da cozinha sem dizer nada.

Peguei minhas sandálias na varanda. Grady já estava reclinado no banco do passageiro da perua. Ele pegou o isqueiro e acendeu um Camel que não tinha dinheiro para comprar. Era bem verdade que ele não tinha dinheiro nem para um biscoito ou para um requeijão para passar em cima.

Botei o saco de papel com as sobras no colo dele.

"Comestíveis", falei.

Ele remexeu o saco.

"Comes-tíveis", repetiu ele. "Gostei dessa palavra."

Compramos mais cerveja na cidade e estacionamos na praia de Pensacola. Grady ficou com os dedos engordurados comendo os restos de costela, e depois com os dedos melados com a torta de pecã.

Tomou meia garrafa de cerveja em seguida e arrotou.

Dei risada.

Ele levantou a mão esquerda e lambeu os dedos. Depois se virou para que eu lambesse a outra.

"Caramba", exclamou ele. "Que tesão."

Enchi a boca com a cerveja que estava entre as minhas pernas e cuspi nele. Ele só riu.

Eu e o Grady passamos ótimos momentos juntos. Eu não ficaria surpresa se descobrisse que ele tinha algum parentesco com os Dakin.

KING & McDOWELL
CHAMAS VIVAS

55

Minha mãe deu boa-noite ao coronel Beddoes.

Olhei pela janela de trás da perua e vi os dois se beijarem antes da minha mãe entrar em casa. Eu estava com a mão na boca do Grady para ele não rir e nem me fazer rir. Nós dois estávamos emaranhados, pois tínhamos cochilado juntos na parte de trás da perua. Eu tirei a mão da boca do Grady e me deitei ao lado dele.

Grady fez cócegas nas minhas costelas. "Sua mãe precisa de massagem nos pés", provocou ele.

Fiz cócegas na barriga dele, e ele, na parte sensível embaixo do meu queixo. A perua se balançou com a nossa movimentação e ouvi o cascalho debaixo dos passos do coronel Beddoes.

Era tarde demais para sair, então me sentei, e Tom Beddoes flexionou os joelhos para nos olhar.

Ele abriu a porta traseira da perua.

"Não vou perguntar o que vocês estão fazendo", ele falou. "Mas acho que a sra. Verlow não vai gostar de vocês usarem a traseira da perua dela pra festinha de vocês."

Eu saí, e Grady saiu atrás de mim.

"Até mais, senhora", disse ele, batendo continência para o coronel Beddoes e andando na direção do Nash velho dele.

Eu o vi se afastar e tentei não rir dele, ajustando a calça velha na virilha.

O coronel Beddoes balançou a cabeça. "Sua mãe ficaria decepcionada com você, Calley. Esse garoto é um lixo."

"A minha mãe fica decepcionada comigo desde que eu nasci. Mudar isso talvez lhe cause um choque grande demais."

O coronel Beddoes franziu a testa. "Isso não é jeito de falar da sua mãe, mocinha."

"Ela é a *minha* mãe. Você não é nem o meu padrasto."

Ele balançou um dedo para mim e forçou um sorriso. "Mas eu posso ser, eu posso ser."

"Não se precipite, Tom Beddoes."

Corri para a porta da cozinha.

Minha mãe estava no quarto, tirando os sapatos.

"Deixe-me ver suas mãos", pediu ela, indo tirar os brincos.

Mostrei as mãos para ela. Ela se encolheu.

Fui lavá-las, cortar as unhas e passar creme para as mãos, depois voltei para o quarto da minha mãe.

Ela estava de camisola, cuidando do rosto.

Pendurei o vestido dela, botei os sapatos de lado para serem engraxados e separei sua roupa delicada para lavar à mão.

"Você está com bafo de cerveja", afirmou ela.

Não respondi, só mostrei as mãos.

Ela se deitou na cama. Eu me sentei ao pé e abri o pote de creme.

"Estou tentando ser a melhor mãe que posso, mas você está dificultando muito."

Olhei para ela com olhos vesgos.

"Você passa tempo demais com aquele garoto. Eu o vejo pescar com Roger Huggins. E nunca o vejo com outros garotos brancos. Qualquer garoto branco que ande com garotos negros vai se meter em confusão."

"Você está certa sobre isso", concordei. "Já leu *As Aventuras de Huckleberry Finn*?"

Minha mãe ignorou a pergunta, mas não importava, porque eu sabia a resposta.

"E qualquer garota que ande com um garoto que anda com os negros vai se meter em confusão", continuou ela. "Eu já vi muitas garotas estragarem a vida por um lixo branco pobre."

Como meu pai.

"Calley, você vai ter que se virar com o que a vida te dá. Você precisa de todas as vantagens que puder."

O pé direito dela estava nas minhas mãos. As unhas dos pés estavam prateadas, combinando com as da mão. Naquela noite, ela fora jantar com o coronel Beddoes e tinha passado batom rosa-pálido. O cabelo estava todo armado e na manhã seguinte estaria um ninho de ratos. Quando uma mulher usa um penteado e um batom que são jovens demais para ela, sempre acaba parecendo mais velha do que realmente é, ou era o que ela me dizia antes de começar a fazer exatamente isso.

Ela acendeu um cigarro. "Se prepare para um choque, querida. Tom e eu estamos noivos."

"Jesus seja louvado." Apertei o pé dela mais um pouco antes de colocá-lo de lado e pegar o outro.

"Não acho blasfêmia uma coisa divertida, Calley. Amanhã vamos comprar uma aliança."

Não respondi.

Ela fumou por um tempo.

"Depois vou tirar umas férias curtas. Vou ficar um mês e meio fora."

"Lua de mel?"

Ela riu. "Não, não. Nós só vamos nos casar no outono."

"Então?"

"Preciso de um tempo pra mim. Vou viajar no primeiro dia da semana que vem."

As aulas já teriam terminado até lá.

"A sra. Verlow sabe?"

"Ela vai saber. Faça o que ela mandar enquanto eu estiver fora."

E apagou o cigarro.

"O Tom quer ser seu amigo, Calley. Ele me fez entender que você já é quase uma adulta." Ela suspirou. "Você sempre vai ser um bebê pra mim. Mas quero que você saiba que pode me perguntar qualquer coisa. *Qualquer coisa*."

Bati no pé dela e o coloquei de lado. Em seguida tampei o pote de creme.

"*Qualquer coisa*", repetiu minha mãe.

"Mãe, você tem fotos da minha bisavó?"

Ela se sentou, surpresa. "Da minha avó?"

"Cosima", falei. "Era esse o nome dela, não era?"

Minha mãe suspirou. "Não, amor, não tenho nenhuma."

"Me conta como ela era."

O rosto da minha mãe se transformou com o prazer da pergunta.

"Ela era uma senhora quando a conheci, é claro", disse minha mãe, "mas vi algumas fotos de quando ela era jovem. Ela era parecida comigo, Calley. Mamadee dizia que eu era uma cópia idêntica da mãe dela."

• • •

"Boa noite, mãe." Fechei a porta do quarto dela com delicadeza.

Eu me perguntei quem pagaria as "férias" da minha mãe e para onde ela iria. Eu sabia onde ela escondia dinheiro e as joias que restavam. Ela conseguira manter quase todas as joias que estavam com ela quando saímos do Alabama, mas algumas haviam sido vendidas junto com as joias que ela havia roubado de Mamadee. Talvez ela ainda tivesse um pouco do dinheiro de Gus O'Hare. Ela devia ter o suficiente para pagar uma viagem de "férias" razoavelmente cara. Ou uma faculdade para mim.

Talvez ela fosse visitar Ford. Talvez acabássemos nos encontrando em Tallassee. O pensamento me fez sorrir. Seria uma surpresa para todo mundo.

Pela janela, olhei para a lua crescente que havia atravessado boa parte do céu agora.

Eu vejo a lua.
A lua me vê.
E a lua vê a pessoa
que eu desejo ver.

Eu quase nunca via a lua sem pensar nos dois primeiros versos, mas os outros dois, eu só usava quando cantava a música toda.

Eu desejava ver Ford? Acho que não era exatamente desejo. Talvez fosse só curiosidade.

Minha mãe era idêntica a Cosima. A imagem na minha cabeça era tão distinta quanto o retrato do medalhão oval, aquele medalhão oval na coleira do pássaro que eu havia encontrado no sótão. Tanto a coleira quanto o medalhão estavam escondidos no meu esconderijo.

KING &
McDOWELL
CHAMAS VIVAS

56

Parecia que as aulas não acabavam e minha mãe não viajava nunca.

Ela não usava mais a aliança de casamento que meu pai tinha colocado no dedo dela, mas quando se sentava à mesa, em uma ou outra sala, ou mesmo na varanda, exibia um anel de diamante exagerado, como se todos os nossos hóspedes fossem um namorado que deu errado ou um ex-marido a ser provocado. Se isso já não fosse nauseante o suficiente, sempre que Tom Beddoes estava por perto, ela segurava o braço dele como se tivesse medo de ele escapar. Os dois ficavam se agarrando com ostentação.

Enquanto isso, o atlas da enciclopédia ficava embaixo da minha cama, para eu consultar o mapa do Alabama; e meu caderno lunar estava ficando cheio de planos e perguntas.

1. Assistência à lista telefônica do Alabama
    a. Billy Cane Dakin (Birmingham? Condado de Jefferson)
    b. Concessionária Ford, Birmingham
    c. Jimmy Cane Dakin (Montgomery? Condado de Montgomery)
    d. Concessionária Ford, Montgomery
    e. Lonny Cane Dakin, Dickie Cane Dakin (Mobile? Condado de Mobile)
    f. Concessionária Ford, Mobile
    g. Dr. L. Evarts, Tallassee (Condado de Elmore), consultório e residência
    h. Winston Weems, Tallassee (Condado de Elmore), escritório e residência
    i. Adele Starret (Montgomery? Ou Tallassee?) (Condado de Elmore)
    j. Fennie Verlow (Montgomery? Tallassee?)

Eu aproveitava qualquer oportunidade em que ficava sozinha com um telefone. A sra. Verlow acabaria vendo as ligações interurbanas na conta, mas eu planejava admitir sem hesitar e me oferecer para pagar.

Como punição pelo meu pequeno delito, qualquer esperança de contato rápido com um ou outro tio, que pudesse saber onde Ford estava, já nasceu morta; nenhum deles estava listado em Birmingham, Montgomery ou Mobile, nem nos condados dessas cidades. E, naquelas cidades, as concessionárias Ford — que não eram mais a Ford-Lincoln-Mercury de Joe Cane Dakin — não tinham funcionários chamados Dakin, nem ninguém que pudesse verificar registros que poderiam ter existido com a mudança de seus donos, mas alguém "talvez algum dia fizesse contato".

Não havia Adele Starret nem Fennie Verlow listadas em Montgomery ou Tallassee. O dr. Evarts também não estava listado em Tallassee, nem como consultório nem como residência, e não havia número de escritório para nenhum sr. Weems, só um número residencial. Eu achava que o dr. Evarts podia ter tirado o número residencial da lista e talvez passado a atender em um consultório com outros médicos, mas a assistência à lista não sabia me dizer se era isso mesmo. O advogado Weems, como já era bem velho quando o vi pela última vez, podia muito bem ter se aposentado.

As aulas acabaram e, alguns dias depois, o coronel Beddoes levou a minha mãe para o aeroporto. Cinco minutos depois que vi a traseira do MG dele seguir pela estrada, eu me tranquei no quarto da minha mãe e revirei cada centímetro do espaço dela e todos os esconderijos. Havia um tempo que eu não fazia uma busca completa nas coisas dela. Eu achava que conhecia tudo tão bem e que tudo era chato.

O único caderno de telefones que encontrei no fundo de uma gaveta era o que eu tinha dado para ela no Natal de 1962: ainda em branco, e não havia nem o nome dela escrito na frente. Na cômoda do penico forrada de metal, ao lado da cama, estavam todos os papéis relacionados à contestação que Adele Starret fez do testamento de Mamadee, inclusive uma cópia do documento. Quando li tudo, ficou claro para mim que o verdadeiro propósito foi enganar minha mãe para que ela pensasse que alguma coisa estava acontecendo. Copiei o endereço do remetente e o número do escritório de uma das cartas com empolgação. Quando li o testamento, o fato de Mamadee se chamar Deirdre Carroll me pareceu estranho de uma forma que não era quando eu era pequena. Ela não nasceu Carroll. Devia ter um nome de solteira no meio. A não ser que fosse uma prima Carroll, distante o suficiente para evitar incesto. Ou não. Talvez o incesto não se aplicasse aos Carroll, como não se aplicava aos faraós egípcios. A continuação da busca revelou a certidão de casamento da minha mãe e do meu pai e a minha certidão de nascimento. Mas não a do Ford. Minha mãe a teria destruído em um ataque de frustração? Era mais provável que estivesse arquivada com os papéis relacionados à custódia dele.

Sobre o meu pai não havia mais nada — nem certidão de óbito, cópias do obituário, papéis pessoais ou cartas de amor. E também não havia evidência da existência de nenhum outro Dakin.

As únicas fotografias eram as duas que minha mãe levou de Ramparts: uma foto escolar do Ford aos 11 anos e uma dela, sentada na amurada, de short. Nada de fotos de casamento, de bebê ou de família.

Depois que percebi que não descobriria mais nada no quarto da minha mãe, arrumei tudo, mas sem tentar fazer com que parecesse intocado. Minha mãe acharia que Cleonie tinha feito uma limpeza. Se reparasse em alguma coisa fora do lugar, botaria a culpa em Cleonie. Qualquer culpa que eu sentisse por Cleonie ser responsabilizada foi aliviada pela probabilidade de que, no caos de pertences em que minha mãe vivia, ela acabasse nem reparando.

Cleonie sabia muito bem se defender. Minha mãe a culpava por alguma coisa quase todos os dias da nossa vida em Merrymeeting. Cleonie encarava minha mãe sem hesitar, com uma calma imperturbável, deixando a acusação do dia insustentável. A maior vingança dela, que pude identificar como tal, era me servir as melhores porções do que estivesse no cardápio e me tratar melhor do que minha mãe me tratava.

Roger me contou que a mãe dele via a minha mãe como uma espécie diferente, e os insultos e idiotices da minha mãe, como maldade natural da espécie dela. Um gato *sempre* arranha uma cadeira de vime. Fora um borrifo rápido de água para afastá-lo temporariamente da maldade, pouco se podia fazer além de aceitar a cadeira de vime arranhada pelo gato. A comparação da minha mãe com gatos era uma das formas misteriosas com que o Deus cristão da Igreja Metodista Episcopal Africana de Cleonie trabalhava. Eu ficava feliz em pensar que Cleonie não deixava que minha mãe fosse mais do que uma irritação sem importância na vida dela.

Certa tarde, a sra. Verlow foi ao dentista em Pensacola para um tratamento de canal. Eu peguei a chave do sótão no escritório dela.

Eu ainda tinha esperança de achar um caderno de telefones antigo, uma Bíblia da família, um álbum de fotografias, uma caixa de sapatos cheia de fotos ou uma caixa com papéis pessoais. O pôster. Enquanto abria caminho pelo amontoado de objetos, muitos deles cobertos, eu pensei em como seria improvável que eu conseguisse achar qualquer coisa que minha mãe tivesse levado quando chegamos em Merrymeeting.

Uma coisa tremeu. Parei brevemente e o movimento surgiu de novo na escuridão, uma parte mais densa e emplumada da escuridão assumiu a forma de um corvo e pousou delicadamente em um objeto próximo. Eu fiquei imóvel, tanto para não assustar a ave quanto por uma cautela instintiva com animais em qualquer situação nova.

O corvo ficou pousado, piscando para mim. Nós nos observamos por um momento e ele começou a se coçar e enfiar o bico afiado nas próprias penas, procurando o que o incomodava. Foi uma decepção tê-lo entediado tão rápido.

De repente, de modo tão abrupto quanto havia pousado, o corvo levantou voo, crocitando alto. Roçou em uma das lâmpadas ao passar e, por um momento, a luz ficou agitada e confusa, mostrando uma coisa ou outra. Vi uma coleção de suportes de guarda-chuva: os cabos e hastes saindo da parte aberta, como se alguém tivesse enfiado dezenas de flamingos, garças e íbis de cabeça para baixo.

Em outra direção, a luz em movimento bateu nas gotas e pingentes empoeirados de um candelabro pendurado torto em uma viga sobre a forma rudimentar de um piano de cauda. A mortalha transformava o piano em um fantasma de si mesmo. Atrás, havia uma coleção de castiçais, candelabros e lampiões, alguns ainda com os cotocos de velas, derretidos não só por fogo, mas pelo calor do sótão.

Em outra movimentação de luz, vi uma confusão de mostradores de relógio. Todos parados, eu sabia pelo silêncio, mesmo que tivesse me encolhido e agachado para desviar da lâmpada que balançava e podia bater em mim ou me iluminar, permitindo que eu ficasse visível.

A luz parou, ainda fraca e suja. Estiquei a mão para me levantar e toquei em rebites e metal. Com o susto, perdi o equilíbrio e caí de costas nas tábuas secas e cheias de farpas do piso do sótão.

Eu havia tocado em um baú de metal. Quando meus olhos se ajustaram à penumbra, tive quase certeza de que era preto e verde. Minha garganta se fechou de pânico. Eu me arrastei para trás, as mãos e os calcanhares no chão, as costas erguidas o suficiente para evitar que fossem arranhadas pelas tábuas. Da escuridão, soou um *uuuhhk* debochado.

Se minha garganta não estivesse tão seca, talvez eu tivesse gritado, mas não havia saliva na minha boca.

Consegui me levantar um pouco e ficar agachada. Abracei meu corpo e olhei para o baú. O aro aparecia no vão do fecho, mas estava sem cadeado. Fiquei hipnotizada pela língua de metal solta pendurada, perfurada pelo aro; parecia um emblema de tortura, de tortura desumana. Fiquei um pouco tonta: tortura. Tortura desumana. Desumana, não; que besteira seria falar em tortura humana. Os gritos seriam de risadas. Desumanas. Um gato brincando com um pássaro, um garoto malvado enfiando uma bombinha no ânus de um sapo.

Foi outro *uhhk* e uma movimentação de asas que quebraram meu transe. Eu não via o corvo na escuridão, mas sabia que ele estava lá, debochado, com os olhos grudados em mim. Eu não podia fugir do sótão enquanto não abrisse o baú.

Engatinhando, eu me aproximei do baú lenta e penosamente, desejando sentir aquele desconforto como uma maneira de afastar um pouco o medo e o terror do que eu estava prestes a fazer. Rapidamente, eu estava ajoelhada ao lado do baú. Toquei na língua pendurada com cuidado. Estava fria — não, estava gelada — ao toque, sob as telhas daquele forno que era o sótão no mês de maio na Flórida. As dobradiças gemeram quando o abri, a relutância parecendo um nó no meu estômago. A tampa subiu, chiando.

O baú era um poço de escuridão e profundidade. Talvez não fosse um baú, mas um alçapão que levasse para algum lugar. Tive a impressão de que havia manchas nas paredes de dentro e de que ele emanava um cheiro velho de carne apodrecida. O primeiro caixão do meu pai, que tínhamos deixado no Hotel Osceola, em Elba, Alabama — agora ele estava aqui, havia estado durante todos aqueles anos em que havíamos morado sob aquele teto, naquele sótão. Ele havia ficado ali, acima de nós, esperando que eu o encontrasse.

Devagar, enfiei a mão no baú aberto. Lentamente, tateei o vazio lá dentro. Minha mão pareceu escurecer e desaparecer na escuridão glacial que emanava de dentro do baú. Tentei puxar a mão de volta, mas ela não respondeu. O pânico subiu pela minha garganta e meus batimentos cardíacos aumentaram para um galope violento.

Desequilibrada, caí para trás novamente, com a minha mão direita segurando algo. Por um instante, pareceu que meu braço se alongava, mas foi só uma impressão, e meus dedos estavam fechados em volta de uma coisa nojenta, que joguei na direção do baú. Com a força do impacto, a tampa do baú caiu como uma boca cheia de dentes.

Caída no chão, olhei por entre os joelhos para o objeto que eu havia arremessado. Era do tamanho de uma boneca, não das pequenas, como minha Betsy Cane McCall, mas do tamanho de um bebê, grande o suficiente para uma garotinha embalar. *Ida Mae, a boneca bebê que eu nunca tive*. Estava enrolada frouxamente em trapos amarelos, seu rosto era de cera e parecia se desmanchar em uma pasta amarela e pálida. Em volta do crânio deformado havia um emaranhado de cabelos desbotados, presos em marias-chiquinhas, sobre caroços de parafina que pareciam asas e que poderiam ter sido orelhas enormes antes de a cera derreter. Atrás dos óculos de armação de plástico cor-de-rosa, colados no meio com fita adesiva, os olhos eram botões de metal.

Tremendo, eu me sentei e cutuquei o objeto com a ponta da sandália. Era macio. Com enchimento. Uma boneca de pano esquisita, que tinha o corpo e os membros feitos de retalhos de algodão. Eu reconheci os retalhos; eu tinha um macacão e uma camiseta bem parecidos. Cutuquei a boneca de pano de novo e ela caiu. A cabeça balançou, como se a boneca estivesse em pânico, e caiu. O seu rosto parou em seus pés caroçudos de cera e ficou olhando para as telhas. Os óculos não caíram; pareciam grudados no nariz.

Como se um fio tivesse sido puxado para desfazê-la, os braços da boneca caíram do tronco. As pernas se retorceram de uma só vez, abrindo-se enquanto o tronco caía entre elas. À medida que a boneca de pano se desfazia, os trapos amarelos também caíam, formando um ninho. Mas o mais estranho estava entre as pernas abertas da boneca: Betsy Cane McCall. Quase nua, careca e parecendo, bem... escaldada. A nudez dela foi enfatizada pelas tiras no tronco, que se assemelhavam a um cinto de seda trançada com suspensório — bem parecidas com a coleira de pássaro que encontrei na gaveta aquele dia no sótão com Roger e Grady, mas sem o medalhão oval. E, mais estranho ainda, ela estava toda encolhida, a cabeça para a frente, os braços e mãos cruzados sobre o peito, as pernas puxadas na frente da barriga. Como um desenho que eu vira em uma enciclopédia da biblioteca pública, ela parecia um feto.

**KING &
McDOWELL**
CHAMAS VIVAS

57

A água se aproximou lentamente até ficar bem perto de mim. Minha bochecha estava apoiada na areia úmida. Uma maria-farinha dançava a centímetros do meu rosto. A grama balançava e tremia no ar leve sobre a superfície da água. Aos poucos, minha respiração e meus batimentos cardíacos adquiriram o mesmo ritmo das ondas, que batiam na areia. Uma grande maré de sussurros caiu sobre mim, me acariciando, me puxando; implacável, me soltando só para me erguer de novo, me puxar, me erguer, me sacudir, os raios de sol batiam na água e iluminavam incontáveis pontos de chama fria. O brilho lambeu meus olhos, queimando-os com fogo dentro de cada cristal de sal.

Escutaescutaescutaescutaescuta

Uma pessoa parou ao meu lado.
Um ventiladorzinho bambo girava no ar. O cheiro do mar entrou por uma janela aberta.
Eu estava na cama, no meu quartinho. A pessoa era Cleonie. A mão dela se fechou na minha, em cima do lençol.
Eu ainda não queria abrir os olhos. Queria fazer um inventário de mim mesma, ver se eu estava inteira, se não sangrava, se não tinha nenhum osso quebrado, se não estava esquartejada. Eu queria ter certeza do que eu veria: Cleonie, meu quarto.
Uma gota fria, e então duas, caíram nos meus lábios, do calor da outra mão de Cleonie, que estava perto do meu rosto. Mais duas gotas d'água, e meus lábios se desgrudaram. A mão dela soltou a minha e foi até a minha nuca, para levantar um pouco a minha cabeça, e logo havia uma borda fria e mineral de um copo, um gole de água gelada.

Ela me deitou de volta. Espiei rapidamente, por olhos semicerrados. A tranquilidade nos olhos dela me aliviou; eu respirei fundo e permiti que meus olhos se abrissem. Cleonie estava sentada ao meu lado, à beira da cama, com um copo d'água na mão. *Whump whump whump*: assim fazia o ventiladorzinho elétrico na minha cômoda.

Ela balançou a cabeça, espantada. "Jesus seja louvado."

A sra. Verlow se aproximava pelo corredor. Fechei os olhos, com medo de vê-la. Ela bateu de leve na porta e a abriu para espiar.

"Ela está descansando", falou Cleonie.

Eu parei de gemer. Por que Cleonie não dissera para a sra. Verlow que eu estava dormindo de novo?

Cleonie se levantou e a sra. Verlow se sentou no lugar dela. A mão fria da sra. Verlow pousou delicadamente sobre a minha cabeça.

"A Perdita disse que o Roger a encontrou na praia?"

"A gente tinha certeza de que ela havia sofrido com uma insolação, se afogado e morrido."

"Mas você ainda está neste mundo, não está, Calley?" A sra. Verlow levantou a mão. "Abra os olhos. Quero ver suas pupilas." Para Cleonie, ela perguntou: "Você olhou as pupilas dela?".

"Sim, senhora, sra. Verlow."

Olhei fixamente para a sra. Verlow na esperança de que a única coisa que ela veria nos meus olhos fosse o estado das minhas pupilas.

"Eu fico com ela, Cleonie", disse a sra. Verlow.

Cleonie saiu.

O rosto da sra. Verlow estava estranhamente rígido de um lado e seu olhar estava fundo. Ela fizera aquele tratamento de canal. Toda a parte de baixo do seu rosto estava anestesiada, protegida da dor.

"Você pegou no sono na praia ou teve câimbra nadando?"

"Não lembro."

"Que conveniente. Alguém esteve no sótão. A porta estava aberta. É a chave que está nessa corrente em volta do seu pescoço?"

As palavras dela pareceram conjurar a existência da corrente e da chave; eu não senti nenhuma das duas antes, mas agora sentia, quase me sufocando.

Ela passou um dedo entre a corrente e a pele do meu pescoço e puxou. A corrente me machucou, mas se soltou e ficou pendurada na mão dela.

Parecia que era a corrente que vinha da luz do sótão, passada pelo buraco no alto da chave.

"Eu estava procurando uma mala de mão para pegar emprestada. Vou para Tallassee", menti. "Quero procurar o Ford. Ou um dos meus tios. É uma boa época pra ir, com a minha mãe fora de casa."

A sra. Verlow assentiu. "E como você foi parar quase desmaiada na praia?"

"Não lembro. Talvez eu tenha desmaiado mesmo."

A sra. Verlow olhou em volta, viu o copo d'água e o entregou para mim.

Tomei um gole e depois outro, impressionada porque a água ainda estava fria e a minha garganta, muito seca.

A sra. Verlow fez uma observação cuidadosamente neutra. "O calor do sótão é intenso, nem chega perto de como é fácil ter uma insolação na praia."

Pensei em todas as vezes que a minha mãe, a sra. Verlow e os hóspedes comentaram sobre o calor, o frio, o vento, a chuva, a seca e tudo o mais, e segurei uma risadinha.

Um brilho curioso surgiu no olhar da sra. Verlow. "Calley, você tem tomado suas vitaminas, não tem?"

Minhas vitaminas. Claro que eu estava tomando as minhas vitaminas. Eu não conseguia imaginar como tomá-las impediria um desmaio em virtude do calor do sótão.

Como se em resposta, ela disse: "Você pode estar anêmica".

Não achei que precisava responder.

"Calley, você me diria se achasse que está grávida, não é?"

Nem consegui acreditar no que ouvi — é clichê, mas a sensação foi essa.

"Você é nova demais pra ter um bebê. E Grady Driver é só uma experiência e mais nada."

"O Grady é meu amigo e não é 'mais nada' além disso."

"Claro", concordou a sra. Verlow. "E que jovem útil ele é, totalmente apropriado pra trepar."

Meu rosto ficou quente até as orelhas. Ela queria me chocar, claro, me mostrar que ela não se chocava. E que eu não podia esconder segredos dela.

"O baú onde tentaram enfiar meu pai está no sótão e ainda está com sangue", falei de repente. "Minha mãe e eu o deixamos em Elba, mas ele está no sótão, bem acima da nossa cabeça. Esteve lá esse tempo todo. E eu encontrei uma coisa nele."

A mão da sra. Verlow foi rapidamente até a minha testa. Eu havia me sentado ereta em minha agitação.

"Deite-se de novo, Calley."

As palavras continuaram saindo da minha boca sem que eu soubesse o que ia dizer. "Tinha uma *coisa* lá dentro."

A sra. Verlow me fez me calar. "Shhh." Ela enrolou um cobertor em mim. "Você está tremendo. Agora fique quieta, Calley. Vou pegar uma coisa pra te ajudar a dormir."

Cleonie devia estar do lado de fora, pois entrou assim que a sra. Verlow saiu. Ela se sentou e segurou minha mão de novo. Após alguns minutos, a sra. Verlow estava de volta, com a tampa de plástico de um pote pequeno na mão. Nele, havia duas pílulas caseiras. Pela primeira vez, e sem saber por quê, tive medo delas. Uma confusão que eu nunca havia sentido antes na vida me invadiu.

Mas meus lábios se afastaram, a sra. Verlow colocou as pílulas na minha língua e Cleonie segurou o copo d'água, para eu poder beber. As pílulas desceram como ervilhas secas e duras. No mesmo instante, tremi incontrolavelmente e, de repente, uma calma tomou conta de mim. Não me lembro de ter fechado os olhos nem de ter dormido. Quando acordei de manhã, lembrei que sonhei que estava dormindo com os olhos abertos. Deitada no meu quarto, enquanto Cleonie cantava para mim e a lua descia em direção ao mar.

KING & McDOWELL
CHAMAS VIVAS

58

Alguns dias depois, pouco antes do sol nascer, soltei o aro da lâmpada no meu armário torto e procurei minha lata lá dentro.

Meus dedos me revelaram poeira e sujeira, e então, um brilho, meu braço ficou rígido com o choque, e pontinhos intensos explodiram nos meus olhos. A eletricidade me atingiu com tanta força que me jogou no canto do armário, e, ao fazer isso, o contato entre a minha mão e o fio desencapado foi rompido.

Por um momento, fiquei atordoada. Minha cabeça parecia que ia explodir. Minha primeira reação coerente foi medo de que as partículas que haviam me acertado fossem vidro. Mas eu conseguia enxergar. Levantei a mão esquerda para limpar o rosto. Poeira e sujeira. Acima de mim, ouvi um chiado de fogo, que parecia os dentes de um ratinho roendo alguma coisa.

A articulação do meu braço direito doía, inerte sobre o tronco. Eu não conseguia levantá-lo. Todos os outros músculos estavam fracos como poeira. Eu havia me molhado. O armário não apenas estava escuro porque a lâmpada havia queimado; havia fumaça também. Tossi.

Com um grande esforço, consegui me levantar e sair do armário. Minha emoção mais forte foi de ódio pela minha própria burrice; se aquilo não provava que ninguém no mundo podia ser mais burro do que Calley Dakin, eu não sabia o que provaria. Uma nuvenzinha de fumaça pairava abaixo do teto do meu quarto. A janela estava aberta; eu liguei meu ventiladorzinho para fazer circular a fumaça e melhorar a qualidade do ar.

Peguei a lanterna na última gaveta e cambaleei de volta até o armário. Fiquei aliviada por não ver nenhuma chama. Eu não ouvia mais o barulho de fogo; aparentemente, ele havia se apagado.

Funguei. Que maravilha. Que belo buquê de fragrâncias: urina, cinzas e ozônio. A lanterna me mostrou o fio e a instalação da lâmpada. No ponto em que o fio tocava na instalação da lâmpada, ele estava mesmo desencapado. Eu soube na mesma hora que tinha tocado em um fio elétrico, e a lanterna me mostrou onde. A latinha estava aberta, cheia de cinzas e pedaços de cédulas queimadas.

Era o fim do meu tesouro. Eu me deitei na cama, cobri o rosto com um travesseiro e ri até a minha barriga doer.

Eu precisava limpar a sujeira e me limpar. Eu tinha uma pilha pequena de sacos de sanduíche de papel encerado para descartar absorventes internos usados. Com dois desses na mão e tomando cuidado com o fio exposto, peguei a caixinha de metal, repleta de cinzas. Acendi a lanterna de novo para ter certeza de que tinha recolhido tudo que podia ser inflamável. A luz mostrou um canto escuro de alguma coisa. Usei a lanterna como gancho para puxar o objeto mais para perto. Era um livro.

Antes mesmo de virar a lanterna para ele, reconheci o tamanho e a forma comuns de um guia de observação de pássaros. Um pensamento estranho invadiu minha mente: *Não estou vendo nada. Isso não está aí.* Mas estava, com certeza. Pronto. Com extremo cuidado, como se o livro estivesse eletrificado, encostei o indicador nele.

É só um guia. Esquece.

Uma coisa macia estava sobre o livro, e uma saliência dourada encostava na beira da página. A coleira de pássaro, o medalhão oval.

Puxei o livro e peguei os fios de seda e o medalhão oval.

O livro se encaixou perfeitamente na minha mão — era o tipo de livro *planejado exatamente* para caber nas mãos. Ainda assim, senti uma empolgação inexplicável e irresistível crescer dentro de mim. Uma pontada. Uma explosão. Foi o que senti quando ouvi Haydn pela primeira vez, e também Little Richard.

Então me lembrei: eu havia posto o livro lá quando fui para o quartinho. *Eu não precisava dele. Tinha outros guias mais recentes. Minha mãe, alguém, poderia reparar que era roubado, que o nome do meu tio, Robert Junior, estava escrito na folha de rosto.*

Mas eu não tinha escondido os outros livros que havia tirado de Ramparts, e, na verdade, minha mãe nunca havia visto nenhum deles. Todos os livros que eu possuía tinham o nome de outra pessoa escrito na folha de rosto.

Escute o livro.

Parecia que meu coração estava preso na ponta de um daqueles cordões que puxamos para acender a luz. Alguma coisa puxou o cordão e a impressão que tive foi de que todo o meu ser se acendeu dentro de mim. A ponta de um dos meus dedos ardeu, como se tivesse sido queimada. A que tinha a cicatriz.

E sonhos, que eram lembranças, se abriram como um livro na minha mente.

Muito tempo atrás, o fantasma da minha bisavó Cosima falou comigo, me preparando para conhecer um fantasma chamado Tallulah Jordan, que sumiu antes que qualquer pessoa a visse. E Tallulah Jordan me instruiu a escutar o livro. A queimação na ponta do meu dedo identificou o livro como sendo aquele, meu primeiro guia de pássaros, que fora roubado de um tio já falecido.

O medalhão de ouro oval e frio que estava na minha mão exibia meu nome ao lado da foto da mulher que eu achava que era minha bisavó. Eu não a conheci em vida. Por que meu nome estava escrito dentro daquele medalhão?

A casa começou a acordar. O Mercedes esportivo da sra. Mank estava parado ao lado do Lincoln da sra. Verlow, perto de onde ficava a cozinha. Ela estava sendo esperada; eu ajudei Roger e Cleonie a arrumarem a suíte e a ouvi chegar pouco depois que fui para a cama. Eu saí da casa descalça, com as pernas do macacão enroladas até os joelhos. Meu chapéu guardado em um bolso do macacão. Eu precisava de luz, de sol, e mesmo a tênue luminosidade do amanhecer era revigorante. Como costumava fazer desde pequena, corri descalça pela areia molhada, para longe de Merrymeeting.

Os pássaros seguiam sua vida, assim como as criaturas que viviam na areia e na vegetação que crescia para além da primeira duna. Os ratos de praia se escondiam para dormir durante o dia. Nenhum ser humano era visível na ampla vastidão de areia branca.

A batida do livro no bolso do meu macacão aumentava à medida em que eu corria mais rápido, me esporeando como se eu fosse um cavalo que precisava ser estimulado em uma corrida furiosa. Mas os outros cavalos da corrida eram invisíveis para mim, e eu não conseguia ver a linha de chegada. Corri mais devagar e passei a andar, atravessando a praia na direção das dunas. Parecia que a linha de chegada era meu ninho na grama alta, e lá estava ele.

Ainda respirando pesadamente por causa da corrida, tirei o livro do bolso e me afundei no capim-mombaça e na aveia beira-mar, no local em que meu traseiro deixara bem marcado. A vegetação alta e áspera abria espaço para dois quando Grady estava comigo, mas, quando eu estava sozinha, parecia se fechar agradavelmente à minha volta.

O guia de pássaros era familiar nas minhas mãos. Bastante grosso para um livro pequeno, o papel das páginas era tão fino quanto a impressão de cada uma delas. A maior parte da poeira caiu do livro enquanto ele estava no meu bolso, mas a capa ainda estava meio suja. Limpei a capa da frente e de trás, e depois a lombada, na coxa coberta pelo macacão.

Minha visão ficou borrada, como se tivesse caído poeira nos meus olhos. Pisquei rapidamente e senti algumas lágrimas escorrerem. Elas brilharam nos meus cílios quando eu pisquei, e então sumiram.

Na lombada do livro, onde devia estar escrito

>National Audubon Society:
>Guia de Campo de
>Aves do Leste,

havia as palavras

>*O Aviário Inesperado Atrevido Desconjuntado*

Mais uma vez, pisquei rápido para tentar limpar os olhos, mas o texto continuou igual. O absurdo me fez rir. Eu não me lembrava de tê-lo alterado e não imaginava como isso podia ter sido feito. Precisei me esforçar para virar a lombada de lado na palma da mão esquerda, para olhar a capa vazia. Virei o livro e olhei a lombada de novo, como se quisesse pegá-lo mudando de volta para a antiga forma. Mas o título continuava

>*O Aviário Inesperado Atrevido Desconjuntado*

Virei uma página de cada vez: a primeira página em branco, a segunda página também, a folha de rosto e, em vez de *Bobby Carroll*, a inscrição era

>*Hope Carroll*

E a folha com o título dizia

O Aviário Inesperado Atrevido Desconjuntado

Quando novos, a encadernação dos guias é tão firme que eles nunca se abrem do nada; mas a encadernação daquele, no espaço seco e poeirento acima do armário, havia ficado frouxa. O livro se abriu nas ilustrações coloridas. Havia o desenho de um pica-pau maluco — maluco não só na expressão, mas na coloração: preto e branco, da cor de um mergulhão, mas com uma crista vermelha (não que mergulhões tenham cristas, mas pica-paus têm). Como muitas aves, os olhos dos mergulhões são vermelhos. O pica-pau estava agarrado a um desenho de tronco de árvore. Estava identificado como

>Bico-de-marfim, o Pica-pau!
>*picapaus quasextintus*

O pica-pau piscou para mim, bicou duas vezes o tronco da árvore e riu.

>*Haha — hahaha! Haha — hahaha!*

Larguei o livro como se pegasse fogo. A risada do pica-pau parou abruptamente em um grito ofendido. Os sons se pareciam muito com os do Pica-pau do desenho animado, mas mais áspero e triste.

>*Escute o livro.*

Com cuidado, eu o peguei de novo e permiti que ele se abrisse.

Um papagaio de desenho animado me olhava da página. O desenhista havia transformado as penas amarelas da coroa do papagaio em um lenço amarrado na cabeça dele e colocado em seu rosto um tapa-olho de pirata. As penas verdes das pernas se avolumavam em uma calça de pirata, amarrada na cintura com um barbante. Estava identificado como

>Papagaio Papaia
>*conuropsis naoseachus*

O papagaio gritou

>*Kee-hoo! Keck-keck-kee!*

Fechei o livro novamente. Assim como com o pica-pau, o grito da ave acabou em um berro insultado, em um tom bem mais agudo.

Eu ouvia o livro, mas era tão bizarro que eu não conseguia expressar o que ouvia.

Deixei-o se abrir sozinho uma terceira vez. Agora, o desenho era de um pombo em um fraque puído e com uma trouxinha pendurada em um pedaço de madeira debaixo da asa. O nome era dado como

Pombo Nestor
ectopistes tchautchau

A ave não exatamente cantou, mas berrou

Ondeondeondeonde?

Mostrei a língua para o pombo desenhado. Ele repuxou o bico — uma ave de desenho animado pode fazer isso — e soprou com a língua no meio.

Fechei o livro e o abri rapidamente, tentando pegar o conteúdo enquanto ele mudava.

O desenho que agora me olhava era de uma araracanga. Tinha pedaços de uma coleira.

Calley, a Araracanga

ara macao calliope

Cosima, disse ela. *Cosima, Calley quer biscoito. Calley quer biscoito.*

A voz daquela ave era uma voz real de ave. Fechei o livro delicadamente, como se cobrisse uma gaiola de pássaros.

O livro ficou fechado nas minhas mãos suadas e frustradas. Se tinha mais alguma coisa a dizer, eu não sabia se queria ouvir. Depois de um momento de agitação, deixei que o livro se abrisse mais uma vez.

O desenho na página me retratava, com minhas orelhas exageradas, formando asas. Dizia:

Calliope Carroll Dakin
calliope clairaudientius

Calliope — Kalliope — é uma palavra grega; *clairaudient* é meio francesa e meio latina, que significa "clarividente". Foi fácil entender. Eu havia estudado latim, tanto para usar na taxonomia quanto para aprender todas as outras línguas românicas, e inglês, e pretendia estudar grego assim que pudesse. Mas eu não precisava de um falso título grego-franco-latino para me nomear, nem à minha natureza.

Esperei. O bico da ave se abriu de leve e o som saiu, um sussurro com a voz do meu pai:

You are my sunshine

Lágrimas escorreram pelo meu rosto e eu sufoquei um soluço.

Fechei o livro de novo, segurei a lombada com força entre o polegar e os dedos da mão esquerda e folheei as páginas. Eu esperava o sopro leve das páginas no meu rosto, mas o que saiu foi um acorde de órgão.

E, do livro fechado, nas vozes dos pássaros de desenho animado que estavam dentro, veio um hino funerário.

Nesse doce porvir,
Vamos nos encontrar nesse lindo lugar;
Nesse doce porvir,
Vamos nos encontrar nesse lindo lugar;
Vamos cantar nesse lindo lugar
As canções melodiosas dos benditos,
E nossos espíritos não vão agonizar,
Nem um suspiro pelo descanso infinito.
Na escuridão da lua
Vamos ascender nesse lindo lugar
Das cinzas e ruína
Nas grandes asas de fogo vamos voar.
Squaaaack!

E assim terminou a leitura, ou melhor, a cantoria.

Era tudo tão maluco que precisei me segurar para não pular e jogar o livro no mar.

Mas as peças do quebra-cabeça agora estavam na minha mente, e era inevitável não mexer nelas.

Hope Carroll era o nome de uma das irmãs da minha mãe, das minhas tias, as que Mamadee entregara para a minha bisavó. A única coisa que eu sabia dela era que ela tinha uma irmã chamada Faith.

O que era para eu extrair de todo aquele atrevimento desconjuntado? Os pássaros desenhados — caricaturas do pica-pau-bico-de-marfim, do periquito-da-carolina, do pombo-correio — eram espécies extintas ou em risco de extinção. A letra alterada do hino primeiro desencorajava esperança, mas depois insinuava a ressurreição ou o renascimento. A fênix, surgindo das próprias cinzas. O que me dizia o quê, exatamente? Nada que meu cérebro de *passarinho* conseguisse entender. Que eu era uma das últimas da espécie? As araracangas não estavam quase extintas. E também não eram aves norte-americanas.

Desesperada por não conseguir entender, guardei o livro no bolso do macacão e bati com o dedo no medalhão oval que estava no fundo.

"Estou ficando maluca", falei em voz alta para mim mesma. "Esquizofrênica. Melhor me internarem."

Calley, a Araracanga
ara macao calliope

O nome da araracanga era Calliope, seu apelido era Calley. Ela era a ave da minha bisavó. Minha mãe me batizou em homenagem à arara de estimação da avó dela.

Eu teria rido se não estivesse limpando lágrimas do rosto.

Pelo menos Cosima amou a Calliope dela, senão não teria prendido o medalhão oval em sua coleira.

Ao deixar o capim-mombaça, uma escuridão ao longe se materializou em uma figura humana. Escorreguei pela duna até a praia. Alguns passos confirmaram minha desconfiança imediata: a sra. Mank caminhava pela areia. Ainda que a praia fosse extensa, nós éramos as únicas pessoas ali e não havia como eu evitá-la.

Depois de anos não compreendendo bem o que sentia, agora eu sabia que não gostava da sra. Mank, mas desejava obter a ajuda com os estudos que ela estava me oferecendo, pois eu não sabia como obtê-los sozinha.

A sra. Mank estava vestida da forma mais informal que eu já a tinha visto (até ela estar morrendo): de sandálias, calças curtas e uma blusa estilo marinheiro. Em uma esplêndida contradição de seu propósito, a calça tinha vinco. Cada pedaço de pano que ela usava era visivelmente feito sob medida. Eu não sabia dizer que animal tinha sido sacrificado para fazer o frágil couro das sandálias, mas era provável que tivesse sido o último de sua espécie. Ela usava óculos escuros, mas não estava de chapéu, e o sol iluminava seu cabelo, que não estava nem mais nem menos grisalho do que de costume.

Quando chegou perto de mim, sua mão pousou no meu antebraço, que ainda estava um pouco dormente do choque elétrico. O sol baixo formava uma coroa atrás dela, tão forte que me fez apertar os olhos.

"Calley, venha caminhar comigo."

Minhas pernas eram mais longas do que as dela, e eu era alguns centímetros mais alta, o que me obrigou a diminuir o passo para acompanhá-la.

"Você vai chegar a 1,80 m", disse ela, como se eu fosse uma figueira premiada. Ela me olhou com sobrancelhas arqueadas. "Se você ficar aqui por mais tempo, tenho medo de que acabe fixando raízes."

"Isso seria uma metáfora."

"Então a escola daqui te ensinou alguma coisa."

"Espero que sim, senhora."

"O que é esse volume aí no seu bolso? Um livro?"

"Um guia de pássaros."

"Qual? Deixe-me ver."

Com relutância, estendi-lhe o livro.

A lombada dizia:

> National Audubon Society:
> Guia de Campo de
> Aves do Leste

"É bem antigo", declarou ela. "Você não tem uma edição mais recente?"

"Tenho sim, senhora. Se eu molhar ou sujar este, não vou perder nada."

O ceticismo não sumiu do rosto dela. As unhas elegantemente feitas puxaram a capa, que pareceu resistir. Surpresa, ela ergueu as sobrancelhas.

"Já se molhou tantas vezes", falei, tentando não demonstrar meu medo de que ela conseguisse abri-lo ou que o jogasse no mar, "que as páginas grudam."

"Realmente, posso jurar que estão grudadas", comentou a sra. Mank, com um toque de raiva na voz. "Não consigo separar uma página da outra sem destruir as duas."

Peguei minha faca de ostras e ela a olhou com desprezo, fazendo um ruído de desdém. Jogou o livro de volta para mim, e eu o fiz desaparecer de novo no bolso.

"Merry Verlow me informou onde você vai fazer faculdade e que você vai morar comigo", contou ela, retomando o assunto dos comentários anteriores. "Sei que você quer terminar o ensino médio aqui, mas isso é impossível. Para ter sucesso na faculdade do calibre para a qual você vai, você precisa passar um ano em uma escola preparatória de primeira classe."

A ideia de ir embora de Merrymeeting e da ilha de Santa Rosa gerou um tremor de pânico. Eu não estava tão pronta quanto acreditava.

A sra. Mank apertou meu antebraço com insistência.

"É a hora certa, Calley. Sua mãe está noiva e vai se casar com o coronel Beddoes. Ela vai começar uma vida nova. Você não quer que ela viva o resto da vida sozinha, não é?"

"Claro que não. Não estou insegura por causa da minha mãe, sra. Mank. Eu estava me preparando para ir, só que não tão cedo."

Ela não disse nada por um tempo e seguimos andando. Meus pensamentos correram, minhas emoções passando do pânico à excitação. Meu corpo todo tremeu com um arrepio.

"Quando?", perguntei.

"Não vai demorar", respondeu ela placidamente. "Não vai demorar nadinha."

Merrymeeting surgiu à vista.

"Não tem nada como o mar para despertar o apetite", comentou a sra. Mank. "Estou *com fome da* salsicha da Perdita no café da manhã. Não diga para Roberta Dakin quando ela voltar, Calliope. Vamos deixar que ela tenha o prazer de planejar o casamento."

Nós nos separamos no saguão, a sra. Mank na direção da sala de jantar, e eu, na da cozinha.

Não vou contar para a minha mãe, pensei. *Não vou contar para ninguém, nem para o Grady. E não só sobre ir embora.*

KING & McDOWELL
CHAMAS VIVAS

59

No dia em que partimos, Grady e eu chegamos a Tallassee na hora do jantar, mas claramente não seguimos a rota maluca da minha mãe, passando por Elba. Eu não falei para ninguém que estava indo. Grady sempre foi bom em ficar de boca fechada, então nós marcamos o dia, pegamos o Edsel emprestado com o Roger e saímos assim que ficou claro o suficiente para enxergar.

Tallassee estava bem menor aos meus olhos. Era o que eu sentia, apesar de saber que era Calley Dakin que tinha ficado maior.

A primeira coisa que fizemos foi procurar uma lanchonete que servia café da manhã 24 horas. Depois de nos fartarmos, fomos procurar um posto de gasolina para encher o tanque do Edsel. A visão de uma placa Pegasus vermelha enferrujada fez minha pulsação acelerar. Encarei como um golpe de sorte, e foi mesmo: o posto possuía uma cabine para ligações com uma lista telefônica presa por uma corrente.

Verifiquei o número do telefone do sr. Weems na lista do meu caderno lunar e copiei o endereço da casa. Os nomes na lista telefônica pularam de "Ethroe" para "Everlake", sem nenhum "Evarts" no meio. Observei com cuidado a página que listava médicos e descobri que Tallassee tinha mais médicos do que quando eu era criança, mas o dr. Evarts não parecia estar entre eles.

A lista de advogados não registrou nenhuma "Adele Starret", nem mesmo "A. Starret".

"Vou anotar o número da ordem de advogados do Alabama", falei para Grady. "Adele Starret vai estar listada lá."

"Isso se ela for real."

Quando Grady falou isso, por um instante senti que ele decidira que eu tinha inventado tudo. Uma certa obstinação cresceu em mim.

Procurei "Verlow" e "Dakin" na lista, para o caso de haver entradas novas ou de ter ocorrido erro do auxílio à lista. Nada. Eu não esperava encontrar o nome de Fennie Verlow, mas pareceu estranho que um clã tão grande quanto os Dakin não estivesse na lista. Alguns deles deviam dividir a linha telefônica com alguém.

Grady se ocupou olhando Tallassee. Ele nunca havia saído de um raio de cinquenta quilômetros de Pensacola, e ficou maravilhado com o quão estranho era estar tão ao norte. Ele não sabia se gostava de estar tão longe do golfo e da água salgada, fora que não conseguia entender metade do que as pessoas lhe diziam.

Sem mapa e dependendo das lembranças de uma criança pequena, tive mais dificuldade de encontrar Ramparts do que eu imaginava. Nós ficávamos sempre dando voltas pelo mesmo quarteirão de casas recentes.

Grady foi em direção ao centro e eu entrei na antiga farmácia. Para o meu alívio, a sra. Boyer estava atrás da caixa registradora e o sr. Boyer estava nos fundos da loja, preparando receitas. Os dois estavam mais velhos do que eu lembrava, mas não tão velhos quanto eu esperava que estivessem.

"Sra. Boyer", falei.

Por um segundo, houve uma interrogação nos olhos dela, porque ela não me reconheceu.

"Sou Calley Dakin", falei.

"Calley Dakin", repetiu a sra. Boyer. "Ora, quem diria."

O sr. Boyer levantou a cabeça e olhou para mim.

Acenei para ele.

"Como você cresceu", comentou a sra. Boyer, maravilhada.

"Sim, senhora", concordei e dei risada, como se o fato de crescer fosse meu pedido de Natal. "Tem tanto tempo que não venho aqui, sra. Boyer, que nem consigo encontrar Ramparts!"

"Ah, querida." O sorriso da sra. Boyer sumiu na mesma hora e ela fez uma expressão infeliz.

O sr. Boyer foi para a frente da loja.

"Calley Dakin", falou ele, balançando a cabeça. "Querida, Ramparts pegou fogo, ah... bem, anos atrás... e deu lugar a umas construções novas. Todos aqueles carvalhos foram serrados."

Saber que Ramparts não existia mais foi um alívio inesperado, apesar de eu lamentar um pouco pelas árvores.

"Ah." Botei o chapéu e amarrei as pontas, sem apertar. "Ah, ora..."

"Ela não sabia", disse a sra. Boyer para o marido, com voz de pena.

Ele balançou a cabeça. "Não sabia."

"Obrigada", agradeci e saí, meio desorientada, na direção do Edsel.

Os Boyer ficaram me olhando enquanto eu me sentava no banco do passageiro.

"Ramparts não existe mais", contei para Grady. "Pegou fogo."

Grady olhou para os Boyer, que olhavam para nós por trás da vitrine da farmácia. Ele girou a chave na ignição.

"Merda", exclamou ele, com notável alegria. "Que pena. Eu queria muito ver os guarda-chuvas."

A casa dos Weems ainda existia, pelo menos, apesar de ter sido necessário darmos três voltas no bairro para a encontrarmos.

Desta vez, Grady foi até a porta comigo.

Uma mulher negra atendeu a campainha.

Eu abri a boca, pretendendo perguntar educadamente se o sr. Weems estava em casa, mas o que saiu foi "Tansy?"

Ela me olhou através de óculos de lentes grossas e cruzou os braços sobre a barriga. Seu cabelo estava todo branco.

Tirei o chapéu.

Ela piscou rapidamente.

"É a Calley Dakin", afirmou, em um tom impressionado de deboche.

"Sim." Puxei Grady para ficar ao meu lado. "Este é meu amigo Grady Driver."

Ela o olhou de cima a baixo, o que deixou claro que não havia aprovado minha escolha de amigos.

Consegui perguntar se o sr. Weems estava em casa.

"O sinhô Weems tá sempre em casa", disse Tansy. "Ele teve um derrame três anos atrás, no Natal." Com considerável satisfação, acrescentou: "Ele não fala, não anda, não sai da cama. Uma tristeza".

"Bem, talvez eu possa falar com a sra. Weems."

Tansy abriu um sorriso triste. "A sra. Weems faleceu. Ela ficou meio doida, o dr. Evarts deu uns comprimidos pra ela melhorar, mas ela tomou tudo de uma vez."

"E o dr. Evarts?"

"Ele não mora mais aqui", contou ela, novamente com aparente prazer. "Ele se divorciou da sra. Evarts e foi embora. Ela se casou de novo com um sujeito em Montgomery."

"Bem, onde está meu irmão Ford?"

"O dr. Evarts o levou."

Apesar de Tansy me contar o que eu queria saber, parecia que eu estava suplicando por biscoitos e ela me dava um de cada vez.

"Pra onde, Tansy?"

Ela esticou a mão e tocou na ponta do meu nariz. "O que você fez com seu cabelo, garota?" Então começou a fechar a porta na minha cara. Quando estava quase totalmente fechada, ela disse: "New Orleans. Ouvi falar que foram para o Quarter".

E então a porta se fechou.

"Por acaso você não tem o endereço, né?", gritou Grady.

A voz dela soou de trás da porta, indicando que ela ainda estava lá. "O branquelo quer saber? Só sei pra onde ele vai um dia", falou ela. "Pro mesmo lugar que o resto dos Carroll, para o inferno, pro próprio Satanás cuidar."

Bati na porta. "Tansy, eu não acabei de falar com você. Abre a porta."

Surpreendentemente, ela abriu um pouco a porta para me olhar.

"Qual é o sobrenome da Rosetta? Onde ela está?"

"Ela está no cemitério dos pretos. As filhas dela compraram uma cruz grande de pedra que diz *Rosetta Branch Shaw* e as datas. E *mãe*. Muito lindo."

Grady e eu só nos falamos de novo quando voltamos para o carro.

"Beco sem saída", afirmou Grady.

"O túmulo da Tansy vai ter uma placa de beco sem saída", brinquei com ele.

Ele riu e falou com seriedade: "Não posso tirar mais um dia, mesmo que ela não tenha mentido e que a gente possa encontrar eles num lugar grande como New Orleans".

"Eu quero ver o túmulo do meu pai e da Mamadee. A gente ainda teria tempo de ir pra Montgomery e talvez encontrar a irmã da sra. Verlow, a Fennie."

Ele deu de ombros.

"Depois disso, vamos voltar pra Pensacola, tá? Até lá, já terei visto tanto do Alabama quanto eu esperava", disse ele.

"Vamos olhar aquela lista telefônica de novo."

"Por quê?"

"Pra verificar as funerárias. Os agentes funerários devem conhecer todos os cemitérios daqui."

"Que inteligente."

"Não sou tão inteligente. Se eu tivesse pensado nisso antes, poderia já ter ligado."

Grady sorriu. "Sacode o esqueleto, srta. Calley."

Parecia importante deixar o Pegasus vermelho à vista da cabine telefônica quando liguei para a funerária com o maior anúncio.

Uma voz idosa e sem fôlego atendeu. Tive de repetir a pergunta duas vezes e pedir que repetissem para mim para assegurar que a pessoa havia entendido.

Em seguida, esperei enquanto o telefone transmitia sons do idoso se deslocando no que parecia ser um escritório pequeno, tentando abrir uma gaveta de arquivo e conseguindo; depois, remexendo na papelada, o tempo todo cantarolando e falando... sozinho, pelo que concluí.

Quando pegou o fone, o idoso limpou a garganta, um processo que levou uns três minutos e fez Grady rir quando levei o telefone ao ouvido dele.

"Isso é apenas parcial", avisou o homem com severidade quando conseguiu falar. "O pessoal aqui do interior enterra gente em qualquer lugar, sabe, e chama de cemitério." Ele leu a lista, hesitante, sendo repetitivo quando eu pedia que ele soletrasse e ensinasse o caminho, e também porque ele perdia e reencontrava seu lugar na lista.

Eu esperava lembrar o nome do cemitério onde meu pai estava enterrado se o ouvisse, mas, quando ele terminou de falar, nada despertou minha memória. A única coisa que eu sabia, apesar de não ter certeza de qual poderia ser o uso disso, era como chegar ao Cemitério da Igreja dos Últimos Tempos Sobre Nós, onde Mamadee supostamente havia sido enterrada. E eu nem sabia se queria ir lá.

"Você acha que o velho morreu engasgado?", perguntou Grady. "Vamos ligar de novo e ver se a gente consegue fazer ele cuspir alguma coisa."

Pelo menos ele estava se divertindo. Ele olhou as instruções que eu tinha anotado. "Você se lembra de alguma coisa daqui?"

Balancei a cabeça em negativa. "Nunca fui lá, até onde eu sei."

Paramos um policial, mas conseguimos encontrar.

Mamadee tinha decaído na vida, sem dúvida. O Cemitério da Igreja dos Últimos Tempos Sobre Nós me lembrava o cemitério onde meu pai fora enterrado; na verdade, parecia ainda mais sujo. Uma espécie de cristal mineral piscava na terra suja e entre os dentes-de-leão e o mato, que pareciam ser as únicas coisas verdes que conseguiam crescer lá. Na maioria dos cemitérios, alguém separa os lotes. Ninguém tinha feito isso no cemitério dos Últimos Tempos. Era uma maluquice, os retângulos dos túmulos dispostos de qualquer jeito, encaixados sem o menor sentido uns nos outros. Era um contraste estranho com o bosque de pinheiros altos atrás do cemitério, os quais, abrindo espaço e acidificando o solo com suas folhas mortas, eram espaçados de forma organizada.

Grady e eu andamos pelo cemitério caótico por uns quarenta minutos até encontrarmos o túmulo. A lápide nem era de mármore. Era um bloco de cimento áspero, já rachando, posicionado torto no chão.

DEIRDRE DEXTER CAROLL
1899 — 1958

Grady fez uma careta e tremeu. "Que frio. Brrr. Ela não ganha nem uma frase da Bíblia, nem um 'descanse em paz'?"

"Caroll é com dois erres", comentei. "Não sei como ela não saiu do túmulo pra consertar."

"Não vai botar ideias na cabeça da velha que morreu, hein?" Grady não estava totalmente de brincadeira. "Não sei como isso vai ajudar a encontrar seu irmão Ford."

"Nem eu. Vamos pular fora. Quero ir a Banks."

"Bancos? Você decidiu roubar um, afinal?"

"Banks, Alabama. Fica no caminho de volta pra Pensacola."

"O que tem em Banks? Você me disse que a casa da sua bisavó pegou fogo anos atrás."

"Pode ter um cemitério lá."

Grady voltou para o carro, entrou atrás do volante e abriu o mapa velho que tinha conseguido com um conhecido que trabalhava em um posto de gasolina na ilha de Santa Rosa.

Eu me agachei rapidamente, molhei a ponta do dedo e toquei na terra do túmulo de Mamadee. Provei. Tinha gosto de sal.

"Banks", disse ele. E, depois de alguns segundos: "Na mosca. Aqui está. Não é o que eu chamaria de um caminho direto".

"Fica a umas duas horas de Pensacola."

Ele viu isso, claro.

"Não tem nada lá, Calley. Só uns trilhos de trem e duas ruas. Não deve ter nada além de cemitérios, porque todo mundo que já morou lá deve ter morrido. É provável que quem passe a noite na cidade caia morto por não ter nada em Banks, Alabama. Nem ar."

Ele tinha razão. Encontrar uma casa que havia pegado fogo há uma ou mais décadas daria trabalho, sem contar o túmulo da minha bisavó materna, só com a esperança de aprender alguma coisa.

"Você está certo", concordei. "Vamos pra casa."

Ele fez carinho embaixo do meu queixo. "Sinto muito, Calley. Queria que a gente tivesse encontrado seu irmão."

KING & McDOWELL
CHAMAS VIVAS

60

Esperando ajudar a servir e limpar as coisas do jantar, entrei na casa pela porta da cozinha.

Perdita me olhou enquanto arrumava as porções nos pratos. "A sra. Verlow está te esperando na varanda."

Quando atravessei a cozinha, Cleonie chegou da sala de jantar com uma bandeja vazia.

Ela segurou a porta para mim e fez um ruído baixinho quando passei. Um ruído de aviso.

Os hóspedes na sala de jantar comiam, entusiasmados.

Parei à porta de entrada para ouvir a sra. Verlow e ouvi não só ela, mas também a sra. Mank. Elas estavam no cômodo onde Adele Starret havia lido o testamento de Mamadee para a minha mãe.

As duas fumavam. A bebida escolhida, pelo que eu vi, era uísque, em taças de cristal grosso. O decantador estava próximo a elas, na mesinha. Uma vela tremeluzia ao lado, oferecendo a única luz do lugar. O líquido âmbar do decantador cintilava com o reflexo da luz da vela, como se tivesse um pequeno pilar de fogo no centro.

O rosto de ambas estava nas sombras. Tive de puxar uma cadeira para enfrentá-las e me sentar para conseguir vê-las claramente.

"O que você descobriu?", perguntou a sra. Mank, com uma voz seca.

Relatei as descobertas que considerei menos úteis. "O nome de solteira da Mamadee era Dexter."

Claro que era. O mesmo de Dexter Bros., o nome do pôster do circo. O pai dela foi o Dexter que se casou com Cosima, a moça que andava de elefante e tinha um pássaro.

A sra. Verlow levou a taça aos lábios.

A sra. Mank não disse nada por um longo momento. Tragou fundo o cigarro.

"E?", perguntou ela.

Avaliações. Quantas avaliações? Eu ia deixar aquelas mulheres mandarem na minha vida? E por que elas queriam isso?

"Mamadee devia ter vergonha, e, se tinha, minha mãe também tem, e foi por isso que nunca me contou."

A sra. Verlow relaxou.

"O pai de Deirdre era um zé-ninguém", contou a sra. Mank com grande satisfação. "Ela tentou se tornar alguém se casando com um Carroll, mas lá está, gravado em cimento."

A sra. Verlow deu uma risadinha.

"Eu a conheci", explicou a sra. Mank. "Ela arruinou sua mãe e teria arruinado você. Fiquei muito feliz de saber que sua mãe se refugiou com uma pessoa em quem eu confiava plenamente."

A sra. Mank esticou a mão para acariciar a mão da sra. Verlow. A sra. Verlow lhe ofereceu um sorriso caloroso.

"Talvez", disse a sra. Mank, "uma de nós devesse ter contado essas coisas pra você antes. Mas você era só uma criança. Cresceu rapidamente e não estávamos preparadas." Ela abriu um sorriso caloroso para mim. "Nós temos que fazer alguma coisa com o seu cabelo e você precisa aprender a se vestir direito, Calley. Em breve vai conhecer o mundo que lhe espera lá fora!"

Não consegui segurar a explosão de empolgação na barriga.

"Bem." A sra. Mank se levantou. "Pelo menos você chegou a tempo do jantar. Estou com fome, Merry, e o jantar está com um cheiro delicioso."

Eu não estava com fome, mas também comi, e depois ajudei na limpeza. Levei para a sra. Mank o seu chocolate quente.

Tomei banho e fui para a cama. Apesar de cansada, o sono não veio.

A sra. Mank havia conhecido Mamadee. Ela achava Mamadee e minha mãe pessoas insignificantes. Não tinha me escolhido do nada ou por causa de alguma coisa que Fennie ou Merry Verlow tivessem dito. Ela chegou quase a admitir que tinha tentado interferir antes que a minha mãe me arruinasse, o que quer que "arruinar" significasse para a sra. Mank.

Quando? Quando ela observou isso e tirou essas conclusões? Antes de o meu pai ser assassinado? Antes de Fennie Verlow nos enviar para Merrymeeting e para a irmã dela, Merry?

Será que isso importava?

E onde? Eu não me lembrava da sra. Mank na minha primeira infância em Montgomery ou Tallassee. Considerando que eu era muito jovem, a falta de lembrança provavelmente não significava nada. A sra. Mank podia ter conhecido Mamadee por muitos anos, mas não estar presente quando eu era uma garotinha, na casa do meu pai.

A sra. Mank falou sobre Mamadee com um desdém distinto e pessoal. Talvez elas tivessem se conhecido na infância e foi assim que a sra. Mank soube que o pai de Mamadee era um "zé-ninguém". O que esse termo significava para a sra. Mank? O esnobismo natural da palavra me irritou. Grady Driver era um zé-ninguém, e eu também era.

Se o pai de Mamadee era um zé-ninguém, isso queria dizer que a mãe dela, minha bisavó Cosima, *também* era?

Como eu chegaria a New Orleans e encontraria meu irmão? E antes que a minha mãe voltasse. Antes que eu pudesse planejar essa viagem, eu tinha que saber mais sobre onde Ford poderia estar em New Orleans, se é que ele ainda estava lá. Fazia sentido localizar o dr. Evarts. Se Ford estivesse em alguma faculdade, o dr. Evarts saberia. Ele me contaria se eu perguntasse. Eu era irmã do Ford, que era só uma garotinha quando ele se tornou seu tutor. Não era possível que o dr. Evarts acreditasse que eu era agente da minha mãe ou que tinha planos para o dinheiro do Ford. Não era possível. Ah, droga — era, sim. O dr. Evarts poderia pensar exatamente essas coisas de mim.

Tudo o que eu podia fazer era procurar o sujeito. Devia haver alguma chance de que, se eu o encontrasse, mesmo que o dr. Evarts não me contasse onde Ford estava, eu pudesse descobrir alguma pista. Ora, Ford podia estar de férias na faculdade, visitando o dr. Evarts, e abrir a porta quando eu batesse. Isso era esperança, não apenas desejo, e esperança era bom, esperança era necessário. Fé em mim mesma e esperança de obter um bom resultado. "Faith", fé em inglês, e "Hope", esperança em inglês, eram as minhas tias. Eu precisava pensar em Ford.

Eu tinha muitas expectativas em relação às consequências de encontrá-lo. Era provável que minhas buscas não dessem em nada. Se Ford fosse uma pessoa odiosa, disse a mim mesma com o que achava que era uma racionalidade adulta, eu estaria livre para abandonar a minha infância e a desgraça que era a minha família. Isso mostra quão jovem eu era.

KING & McDOWELL
CHAMAS VIVAS

61

Os planos que a sra. Mank fizera para mim me deixaram mais determinada a não me desviar do propósito de procurar Ford ou qualquer informação sobre a minha família que eu conseguisse descobrir. A viagem a Tallassee foi uma enorme decepção. Foi aqui, na ilha de Santa Rosa, que lembrei de todas as coisas que haviam acontecido durante meus primeiros meses aqui em Merrymeeting, coisas que, depois de lembrar, nunca mais me esqueci.

Na prateleira acima da minha cama, o alucinatório livro de pássaros tinha voltado a ser uma edição antiga do *National Audubon Society: Guia de Campo de Aves do Leste*. Coloquei-o no bolso do macacão de novo, junto com a faca de ostras, e peguei uma chave do sótão no cofre de chaves da sra. Verlow. Apesar de ela estar na cozinha com Perdita e de que era grande a chance de ela surgir a qualquer momento, não tive medo de ser surpreendida nem de seu ataque de raiva quando ela descobrisse que eu tinha me apossado da chave.

Mas, quando girei a maçaneta do sótão, a porta se abriu com facilidade: estava destrancada. Coloquei a chave de volta no bolso do macacão. Assim que entrei, fechei a porta sem fazer barulho.

Fiquei parada no escuro, esperando a visão se ajustar. Os sussurros e ruídos das pequenas vidas sombrias das criaturas que moravam no sótão me tranquilizaram. Eu me sentia um pouco como elas, só que tentando sobreviver em um mundo predatório. E no escuro. O guia de pássaros, a minha faca de ostras e o medalhão oval pesavam em um dos meus bolsos. Se as criaturas não me assustavam, aquela coisa no baú havia me apavorado. Se uma faca de ostra, um guia de pássaros ou um medalhão oval me protegeriam de qualquer perigo, eu não sabia, mas era isso que eu tinha.

Quando consegui ver o suficiente da escada, subi com cuidado até encontrar a corrente da lâmpada e a bolota fria de cerâmica, que parecia estar pendurada lá, à minha espera. Um puxão espalhou a luz suja da fileira de lâmpadas acima das formas cobertas, secretas e ilegíveis que ocupavam o espaço quase todo lotado.

O ruído de uma chave sendo enfiada na fechadura da porta no pé da escada do sótão chegou aos meus ouvidos. Não ouvi ninguém. A sra. Mank conseguia se mexer sem que eu a ouvisse, mas mais ninguém fazia isso. E ela não estava em casa. Que pessoa ou coisa silenciosa havia trancado a porta?

Fosse qual fosse a resposta àquele misteriozinho esquisito, eu estava com uma chave no bolso.

Lentamente, voltei a explorar o sótão. Não havia como fazer isso de forma sistemática. Apesar de todos os esforços que Roger e eu tínhamos feito ao longo dos anos para arrumá-lo do nosso jeito e deixar tudo acessível, era quase como se alguém subisse lá e desorganizasse tudo que a gente fazia — ou talvez fosse aquela miscelânea que se movesse sozinha.

As luzes se apagaram. Fiquei imóvel e rígida na escuridão. Para todas as luzes se apagarem, alguém ou alguma coisa deveria ter puxado a corrente ou retirado o fusível, mas eu não tinha ouvido nenhum barulho. Eu não tinha um fusível sobressalente no bolso, ainda que a caixa de fusíveis ficasse na despensa. Mais uma vez, minha visão se ajustou, e eu não fiquei totalmente cega, pois a luz do dia entrava pelas escotilhas.

Tateei para chegar até a escotilha, onde a lona que Roger, Grady e eu tínhamos usado ainda estava aberta. Os cotocos de velas que tínhamos abandonado já haviam derretido no calor e virado uma poça amorfa, manchando a lona sob eles. Os pavios pareciam hifens pretos na cera amarelada. Eu não tinha isqueiro nem fósforos, nem tinha me planejado tão bem a ponto de levar uma lanterna. Eu me agachei por cima da cera derretida e a amassei da melhor forma que pude com a palma da mão. Depois a enrolei em um cilindro rudimentar em volta do pavio mais comprido. Isso teria que servir de vela. A cera só ficou de pé porque não era grande o suficiente para desmoronar.

Levei a vela improvisada comigo na esperança de encontrar um jeito de acendê-la e continuei minha exploração. Tê-la comigo me consolou.

Talvez eu pudesse usá-la, talvez não. Mas eu a tinha. Talvez até desse para acendê-la, se eu conseguisse encontrar um isqueiro ou uma caixa de fósforos. Então parti em busca deles e do velho e assustador baú.

Bati o dedão do pé com força na base de ferro de uma máquina de costura velha e cambaleei. Ela era tão pesada que nem se mexeu, e ainda suportou o meu peso, me ajudando a não cair de cara no chão. Minha aparência não ficaria melhor com um desenho de costura Singer no rosto, sem contar com a possibilidade de ter um olho arrancado pelo ferro do pé da máquina. *Não corra com um pé de ferro de máquina de costura na mão, Calley; você pode acabar arrancando um olho.* O pensamento absurdo me fez rir.

Com o equilíbrio recuperado, deslizei junto a cômodas e mesas, me apoiei em cadeiras e fui parar perto de outra escotilha. Ela estava fabulosamente imunda e cheia de teias, mas eu também não estava muito mais limpa do que isso, então bati delicadamente na tela da escotilha para soltar um pouco da sujeira acumulada. Um ar mais limpo entrou, e eu respirei com alegria, ainda que o ar estivesse denso e sujo.

Descansei ali por um momento, saboreando a interrupção quase imperceptível de calor e o acesso ao ar salgado do mar. Com relutância, segui em frente e logo bati com o tornozelo em uma caixa. Usei um abajur alto para me firmar e fui tropeçando até ficar cara a cara com a face totêmica do gaveteiro antigo. Finalmente uma coisa que eu reconhecia. Lembrei que eu não tinha mexido em todas as gavetas, então comecei a abri-las, começando pelas de baixo. Estavam cheias de porcarias, que iam de joias maçônicas a uma boa seleção de shorts de seda — calcinhas, percebi enquanto mexia com dedos sujos, dos anos 1920. Perdita as chamava de "calcinhas de entrar". Coloquei-as de volta na gaveta e remexi atrás. A ponta rígida dos meus dedos bateu em uma caixinha enferrujada de metal, que tinha dentro uma carteira de fósforos.

Fogo! Meu coração pulou como se eu fosse um homem das cavernas que tivesse encontrado um mamute atingido por um relâmpago, expondo-me sua carne rara e seus miúdos quentes.

Em pouco tempo, minha vela improvisada estava acesa. Eu a segurei com cuidado enquanto olhava ao redor em busca de alguma coisa onde pudesse colocá-la. Era frustrante não ver nada, nem mesmo um cinzeiro velho que fosse útil, quando eu tinha visto tantos castiçais e candelabros em visitas anteriores. Pensei na caixinha de metal, mas era frágil, estava enferrujada e poderia ficar quente ao toque. Eu podia arrumar coisa melhor.

E arrumei. Ao girar lentamente, segurando a vela no alto para iluminar a área maior, vi um vidro roxo-azulado em uma prateleira de uma cristaleira velha, que estava com o vidro da porta quebrado. Enfiei a mão com cuidado pelos estilhaços que ainda se prendiam à porta e peguei o castiçal de vidro azul-cobalto que minha mãe comprou em New Orleans, na loja de antiguidades que tiquetaqueava. *Adereços: o sr. Rideaux. O sino da porta tocando. A mulher que me olhou. Uma parede de relógios que não diziam a hora certa. A bolsa Kelly da Hermès perdida da minha mãe que, na verdade, não tinha sido perdida.*

Apesar do diâmetro incomum da minha vela, o castiçal se encaixou nela como se os dois objetos tivessem sido feitos um para o outro.

Segurando-a no alto de novo e me movendo com cuidado para não esbarrar em mais nada e não botar fogo em alguma coisa inflamável sem querer, segui mais rápido em minha exploração. Eu estava transpirando tanto como se, em vez da vela acesa, fosse eu quem derretesse. O macacão e a regata masculina que eu usava por baixo estavam grudados no meu corpo como páginas molhadas grudam umas nas outras.

O pensamento me fez lembrar do guia de pássaros. Toquei nele para me tranquilizar. Passou pela minha cabeça que eu devia olhar para ele, para ver em que estado estava — se continuava o *National Audubon Society: Guia de Campo* ou se tinha virado aquela maluquice esquisita.

Eu o peguei, escolhi uma arca coberta por um tapete que estava próxima e tinha uma mesinha ao lado e me sentei. Botei o castiçal na mesa. O livro estava seguro em minhas duas mãos, e sua lombada dizia

O Guia de Campo Desconjuntado de Calley Dakin

Eu esperava que ele se abrisse sozinho, mas nada aconteceu. Quando tentei abri-lo, pareceu firmemente fechado, da mesma forma que havia acontecido com a sra. Mank.

Uma voz insubstancial e meio impaciente disse, enunciando cada palavra claramente:

Escute o livro.

Nesse momento, parei de tentar abri-lo. Eu conhecia aquela voz. Era de Ida Mae Oakes. Lágrimas surgiram sobre meus cílios inferiores e choraminguei.

"Sou toda ouvidos", falei em um sussurro. "Ida Mae, eu te ouvi. É você. Queria que não estivesse morta."

Eu também, disse Ida Mae. *Se não fosse a Paz que Ultrapassa Toda Compreensão, eu preferiria estar viva. Pare de chorar agora. Eu tive uma passagem boa e fácil, o que é mais do que a maioria das pessoas tem. Fechei os olhos por um minuto durante o culto do segundo domingo e acordei pairando sobre a minha carcaça, sem ninguém reparar, porque todos cochilavam. O dia estava quente e o irmão Truman falava sem parar, por mais que o canto do amém tentasse arrumar um jeito de interromper. E eu era tão nova, tinha só 56 anos. Minha mãe ainda está viva, com diabetes, catarata, nenhum dente na boca e sem saber o próprio nome na maioria dos dias. Ela se casou com o terceiro marido quando tinha 56 e criou os três filhos dele que tinham ficado loucos depois que a mãe deles falecera de repente. Ela ganhou um troféu fazendo isso, tenho certeza, mas não está com a menor pressa de pegar. Ela pergunta por mim o tempo todo, achando que ainda estou viva. Eu a escuto:* "Onde está minha Ida Mae? Por que ela não vem ver a mãe?".

"Eu senti saudades", contei para ela. "Muitas."

Eu sei, respondeu ela com aquele jeito gentil de sempre. *Eu segurei minha língua esse tempo todo como castigo por ter me irritado com a passagem repentina, mas teria falado, se precisasse. Eu fico de olho em você, querida. Você não sabe quantas almas estão de olho em você. Bem, pode ser que saiba.*

"Papai?"

Você sabe, querida.

"Me conta por que ele morreu..."

Shhh... Era a hora dele...

"Não era não!", exclamei.

A vela tremeu, como se eu tivesse batido nela.

"A vingança é minha, disse..."

"É, pode apostar", retorqui.

Olha os modos, avisou Ida Mae rispidamente. *Não quero saber de blasfêmia de uma criança que ainda tem ar nos pulmões para sentir gratidão.*

"Eu quero respostas", falei. Não, eu não falei. Eu gritei.

Ida Mae soltou uma gargalhada bem estranha. *As pessoas do inferno querem chá gelado, Calley Dakin.*

"Eu acredito que eu *estou* no inferno", retorqui.

Você tem que ser bem pior do que tem sido pra ir parar lá. Ida Mae murmurou brevemente, como se estivesse prestes a cantar. *Escute o livro*, ela cantarolou a melodia de "Eu vejo a lua". *Escute o livro.*

O livro se abriu no meu colo, na folha de rosto. Nela, estava escrito *Calley Dakin* com a minha caligrafia.

Destranque o baú, disse o livro com a minha voz, com um tremor das páginas finas.

"Eu não sei onde ele está."

A voz da Ida Mae soou no nada de novo. *Você está sentada nele.*

KING & McDOWELL
CHAMAS VIVAS

62

Dei um pulo e me virei, me atrapalhei com o livro e, pior, quase derrubei a vela. Larguei o livro e usei as duas mãos para segurar a vela. Um suor repleto de medo escorria do meu cabelo em filetes e, pelo que parecia, de cada poro. Eu estava sem fôlego e sentia que estava com um nó no estômago, como se tivesse levado um soco.

Com a vela segura e firme na mesa lateral, puxei o tapete de cima do baú e, realmente, não era uma arca, mas um baú militar. Verde e preto. Fechado com cadeado. Sem chave por perto. Farejei o ar, mas não senti cheiro de sangue.

O guia estava caído no chão de madeira empoeirado. Eu o peguei e o guardei no bolso. Quando fiz isso, as pontas dos meus dedos encontraram a chave do sótão.

Eu a peguei e observei. Era uma chave de porta, do tipo antigo com haste comprida, não uma chave pequena, comum a um cadeado. Peguei minha faca de ostra. Uma das duas coisas teria que abrir o cadeado, senão... Eu não sabia o que era o senão, mas sabia que estava falando sério.

Fiz uma tentativa com a chave da porta, e, claro, deu certo. Ela entrou no cadeado como água descendo pela minha garganta sedenta. E eu estava pensando em água; estava com sede àquela altura. Girei a chave e o cadeado se abriu.

Se eu não conseguisse abrir o baú, Ida Mae falaria algo ou usaria o guia como megafone — ah, como eu fui burra; é claro que o guia era exatamente isso, um megafone de fantasmas.

Flexionei os joelhos, soltei o cadeado da língua de metal do baú e me esforcei para levantar a tampa. Não houve resistência, só o gemido infeliz das dobradiças sem uso enquanto a tampa subia e caía para trás com meu empurrão. Olhei lá dentro. O interior estava cheio de maços de notas de dinheiro arrumadas. Em cima das cédulas havia um dólar de prata. Eu tive certeza que nenhuma cédula teria data posterior a 1958: era o resgate que não havia salvado a vida do meu pai, e o dólar de prata parecia ser mesmo o meu.

Botei o dólar de prata no bolso. Vi uma cesta de vime não muito longe, levei até o baú e botei todo o dinheiro nela. A cesta era menos volumosa, menos pesada, e eu podia empurrá-la na direção da escada, onde havia malas por perto. Depois que fiz isso, voltei para buscar a vela, a faca de ostras e meu guia.

À luz da vela, enchi uma mala de lona de bom tamanho e bem gasta com o dinheiro. Fiz isso sem empolgação ou ansiedade. Um milhão de dólares era muito dinheiro em 1968. Encontrar o dólar de prata em cima pareceu um sinal de que o dinheiro era meu e que eu podia usá-lo como quisesse. Era a minha liberdade: eu poderia pagar pelos meus estudos e deixar a sra. Mank, a sra. Verlow e a minha mãe para trás, todas de uma vez.

Fechei a mala, *clique-clique*, e segurei uma risada. A parte de mim que tinha sangue Carroll estava, pela primeira vez na vida, profundamente satisfeita. Procurei a chave da porta. Não estava comigo, claro, pois estava no chão, ao lado do baú, ainda no cadeado aberto.

Peguei a vela, que derretia rapidamente, me virei e fui até o baú.

O calor era tão intenso que comecei a passar mal. Havia suor no meu lábio superior e minha língua não dava conta de lamber. Mas o lambi mesmo assim, para molhar a boca e a garganta. Nos poucos passos que consegui dar, duvidei da minha direção. Cheguei a pensar que eu podia morrer ali no sótão, de sede, fome ou calor. Mas claro que antes disso acontecer, eu gritaria e seria ouvida. Era só a tensão por causa do calor que fazia isso parecer possível. *Para o inferno com a chave*, falei para mim mesma, uma vez que eu ainda estava com a minha faca de ostra e encontraria o caminho até a escada e a mala.

Após um longo tempo, eu ainda não tinha encontrado o caminho para sair dali. Eu me agachei perto de uma das escotilhas, inspirei o ar que entrava pela tela e me repreendi por não ter levado uma garrafa d'água. E migalhas de pão ou pedras brancas, qualquer coisa que pudesse usar para marcar o caminho.

A pequena chama da vela aumentou. Em pouco tempo, se apagaria na cera derretida.

"Eu escutei o livro", falei em um murmúrio. "E olha onde eu vim parar."

Eu me forcei a respirar devagar e me concentrar, mas Ida Mae não disse nada. Prestei tanta atenção que ouvi a barulheira sob a água do mar, mas nenhuma voz conhecida veio de lá. Enfiei os dedos no bolso do macacão para tocar no medalhão de Calliope, à espera de alguma magia. Mas não houve nenhuma, só a superfície lisa do ouro na ponta dos meus dedos.

O calor se intensificou. Por mais quente que estivesse no chão, não estava tão quente quanto quando eu ficava pé. Engatinhei, desajeitada, tendo que segurar a vela com uma das mãos. O livro bateu no meu quadril como se tentasse me lembrar que estava lá.

Agachada, botei a vela no chão e peguei o livro.

Enquanto o segurava, ele disse, falando de novo com a minha própria voz: *Aponte e o siga.*

Meu indicador, pensei, *o que queimei em uma chama de vela na manhã de Natal de quando eu tinha 7 anos.*

Eu me levantei, enfiei o livro no bolso, peguei o castiçal com a mão esquerda e apontei com o indicador. Ele não ardeu nem ficou vermelho. Eu me virei devagar, até ele parar. Então ele parou. Senti como se o enfiasse na chama da minha vela improvisada no castiçal azul-cobalto. Uma campainha tocou ao longe. O som veio do meu bolso e eu soube que vinha do livro.

Fui na direção que meu dedo apontava. O caminho não estava livre. Tive que passar por muitos obstáculos e apontar de novo até a dor da queimadura confirmar a direção.

As vigas perto das cornijas me obrigaram a me curvar e me agachar. Senti cheiro de carniça de novo. Eu me ajoelhei e o baú ficou visível, próximo à parede baixa. *Não é o mesmo baú*, falei para mim mesma. O que continha o resgate estava com muito espaço livre em cima. Havia um cadeado aberto no chão, sem chave por perto.

Quanto mais eu me aproximava do baú, mais o fedor me sufocava. A língua do baú estava solta. Com um movimento rápido, levantei a tampa e a empurrei. Caí para trás em reação à minha força, abrindo um espaço entre mim e o baú.

A vela estava à mão. A chama praticamente flutuava na cera derretida transparente. Eu a levantei lentamente para não apagá-la, cheguei mais perto do baú, perto o bastante para segurar a vela em cima do interior aberto. O fundo parecia bem distante. A efígie de Calley estava caída lá, com Betsy Cane McCall obscenamente posicionada entre as suas pernas.

De repente, um pensamento surgiu na minha mente: eu devia botar fogo na boneca e usá-la como uma tocha, para incendiar todos os cantos do sótão. Quando a casa estivesse em chamas, alguém destrancaria a porta do sótão. A boneca ficou me olhando com olhos pétreos. A chama da vela criou uma luz em cada um deles e um pequeno reflexo meu. Seus olhos me suplicavam; ela queria ser queimada.

Inclinada sobre o baú, baixei o castiçal. Um tremor na minha mão derramou uma gota quente e transparente de cera na cara da boneca, que se tornou uma lágrima borrada.

Aproximei a chama do cabelo dela, que pegou fogo na mesma hora. A chama repentina queimou minha mão como um chicote. Larguei o castiçal dentro do baú. A cera quente derretida se espalhou na boneca de pano, que ficava preta, alimentando o fogo. Uma fumaça escura e cheia de fuligem surgiu das chamas. A boneca de pano se remexeu. Parecia um melro em chamas. A pobre Betsy Cane McCall ficou preta e também soltou fumaça; enquanto derretia, sua boca de polivinil se abriu, os olhos se arregalaram, até que parecesse que ela estava gritando.

Eu me sentei nos calcanhares, pulei e chutei o baú com o pé descalço. Parecia que eu havia quebrado todos os dedos. Mas a força do meu chute empurrou o baú até a parede e a tampa se fechou, soprando fumaça na minha cara. Uma fumaça preta e fedorenta, que entrou na minha boca, me fazendo tossir e ficar nauseada.

Eu me agachei ali perto e fiquei olhando o baú para ver se ele pegaria fogo. Parecia que pelo menos uma hora tinha se passado, apesar de eu saber que tinham sido só uns dez minutos, então eu me arrisquei a abrir o baú de novo. Claro que, ao fazer isso, liberei outra nuvem da fumaça fedorenta na minha cara. Tossi e fiquei nauseada de novo, até lágrimas escorrerem pelo meu rosto. Limpei as lágrimas dos olhos e espalhei fuligem molhada por toda a minha cara.

Depois de um momento, vi o baú. O fogo se apagou, desprovido de oxigênio. O castiçal azul-cobalto estava na sujeira preta do fundo, como uma pedra preciosa bruta em um poço de piche. Como meu coração, duro e cheio de fuligem, mas sem derreter. Eu não estava mais com medo da boneca nem do baú. E fechei a tampa novamente.

Quando me levantei, olhei para cima, procurando a viga central do sótão. Quando fiquei embaixo dela e pude olhar nas duas direções, eu a segui até a escada. Tossi muito no caminho.

Em um impulso, dei um puxão na correntinha que acendia as lâmpadas, e todas se acenderam. Eu poderia ter feito isso antes, quando levei o dinheiro do resgate até a mala, mas não fiz porque me lembrei que deixara a chave da porta no cadeado. Talvez eu tivesse uma visão clara do lugar se ao menos tivesse feito a coisa simples e óbvia: tentado a correntinha de novo.

Só havia uma forma de acender as luzes, que era puxando a corrente. Eu não ouvi esse barulho, nem o de ninguém que pudesse tê-la acionado. Saber que não tinha sido o fusível continuava me deixando sem as respostas que importavam.

Desci a escada com a mala de lona batendo em cada degrau atrás de mim. Quando tentei a porta, ela continuava trancada. Usei minha faca. Funcionou, e jurei nunca ficar sem ela.

Quando saí no corredor, me dei conta de que era só meio-dia. Ouvi o som das louças na sala de jantar. Decidi que o melhor lugar para guardar temporariamente o dinheiro era no armário de lençóis e toalhas. A prateleira mais alta, onde os enfeites de Natal ficavam guardados e ninguém costumava olhar, era o lugar certo. Em pouco tempo, o resgate estava escondido e eu estava trancada no banheiro com roupas limpas.

A minha imagem no espelho me fez chorar de rir de novo. Eu parecia uma coruja queimada. Pulei no chuveiro para disfarçar o barulho que eu não conseguia parar de fazer.

Quando desci pela escada dos fundos até a cozinha, Perdita arrumava os pratos de sobremesa.

"Eu faço isso", ofereci.

Ela me observou preparar um para ver se eu estava fazendo direito e franziu o nariz.

"Que cheiro de queimado! Estou sentindo há pelo menos quinze minutos. Mas não tem nada fervendo nem queimando." A raiva na voz dela deixou claro que Perdita não permitia que nada queimasse.

Farejei o ar e balancei a cabeça, intrigada.

"Talvez alguém na praia tenha acendido uma fogueira."

"Se for isso, Deus salve quem tiver que comer essa coisa!", disse Perdita.

A sra. Verlow não pareceu reparar, talvez porque muitos dos hóspedes que estavam em Merrymeeting no momento eram fumantes, fazendo com que sempre houvesse fumaça na varanda. Ela me olhou com uma expressão confusa várias vezes, como se não conseguisse se lembrar de quem eu era.

Eu a ouvi no sótão naquela noite. Ela foi lá em cima e ficou parada por muito tempo.

Então, falou claramente: "É tarde demais, Calliope Dakin".

**KING &
McDOWELL**
CHAMAS VIVAS

63

Minha mãe voltou para casa com peitos novos. A mandíbula estava dez anos mais firme. Os olhos tinham adquirido uma leve inclinação sensual, como a da Barbara Eden, enquanto as sombras embaixo deles haviam desaparecido. A sugestão de Barbara Eden foi deliberada; minha mãe usava uma calça azul bufante de harém e uma jaquetinha curta que oferecia o decote como se fosse uma bandeja de merengue.

Ela entrou desfilando em Merrymeeting ainda de óculos de sol, para poder tirá-los casualmente. Precisou verificar o efeito no espelho do saguão e em qualquer um que estivesse por perto olhando. Todo mundo realmente estava olhando, pois ela planejara a chegada para a hora do coquetel, quando os hóspedes se reuniam para tomar uns drinques antes do jantar.

Vários eram hóspedes recorrentes que conheciam a minha mãe. Eles sabiam que ela estava diferente, mas só algumas das mulheres sabiam dizer como. Alguns eram novos, e minha mãe teve um efeito maior sobre eles. Um dos homens mais jovens até soltou um assobio baixo — bem baixo e curto, terminando em um gritinho estranho, pois a esposa pisou em um dos seus dedos do pé, exposto em uma sandália.

O coronel Beddoes carregava as malas da minha mãe e perdeu o show. Ele entregou a bagagem da minha mãe para mim, para que eu levasse para o quarto dela, e ficou livre para passar um braço pela cintura dela e encostar o nariz na sua orelha.

A sra. Verlow estava absorta na sua rotina de prestar tanta atenção em um hóspede, que só reparou na minha mãe quando ela se virou para saber a causa da agitação e viu o coronel Beddoes chupando a orelha dela. Minha mãe precisou dar um tapa nele de brincadeira, para manter a dignidade na frente da sra. Verlow.

Minha mãe saiu de novo com o coronel Beddoes depois do jantar e voltou tarde, mas eu ainda estava acordada. Quando a ouvi, fui até a porta e bati.

Ela deixara a porta entreaberta, o que queria dizer que eu podia entrar. Ela me olhou no espelho, onde tirava a maquiagem.

"Meus pés estão me matando", exclamou ela. "Mostre-me suas mãos."

Eu as levantei para que ficassem visíveis no espelho. Em seguida, peguei um frasco de creme de mãos dela e usei. Minhas unhas estavam boas, mas a pele estava seca.

"Isso é caro", avisou ela. "Não desperdice."

Ela estava com um cigarro aceso em um cinzeiro na penteadeira e um copo de uísque que cheirava bem. Peguei o cigarro e traguei.

"Compre o seu", disse ela com rispidez.

Também tomei um gole do copo dela.

"Calley!"

Eu me sentei em sua cama, tirei as sandálias e me deitei.

Minha mãe parou para dar uma tragada e tomar um gole de uísque. "Não sei o que eu fiz pra te merecer."

Fiquei quieta. Ela terminou de cuidar do rosto, amarrou o cinto do robe, pegou o cigarro e o uísque e ficou no banheiro por uns quinze minutos. Usei o tempo para abrir a carteira dela e pegar uma nota de vinte, depois puxei a coberta da cama para ela.

Minha mãe voltou com o copo vazio. A guimba de cigarro sem dúvida havia sido jogada na privada.

Ela me entregou o copo e se posicionou na cama. Quando eu abri o pote de creme para os pés, ela soltou um suspiro melodramático.

"Foi um inferno", disse ela. "Você nem pode imaginar."

Peguei os pés dela no colo. Os peitos novos empurravam o robe com orgulho. Suas pálpebras estavam com cicatrizes vermelhas bem finas, mas ainda visíveis, e havia outras atrás das orelhas, que ficaram expostas porque ela havia prendido o cabelo para cuidar do rosto.

Massageei seus pés devagar.

"Mas", continuou minha mãe, pegando o maço de cigarros e o isqueiro na mesa de cabeceira, "valeu cada centavo e cada segundo de sofrimento."

Ela delhalou os ditos momentos de sofrimento, que foram piores para ela do que para qualquer outra pessoa que os tivesse vivido. Quando terminei a massagem, ela ainda não tinha parado de falar. Fechei o pote.

Ela parou para dar uma tragada no cigarro.

"Boa noite, mãe", falei, deixando-a boquiaberta, com as palavras prontas para sair, mas sem ninguém para ouvi-las.

Fechei a porta do quarto delicadamente.

Era costume da sra. Verlow separar a correspondência quando chegava, normalmente logo depois do café da manhã. Ela entregava tudo para mim, para que eu as distribuísse. Geralmente, os hóspedes recebiam bem pouca correspondência; afinal, a estadia deles ali era breve.

Nos anos em que vivemos em Merrymeeting, minha mãe só recebeu cartas de Adele Starret, um cartão-postal ou um bilhete ocasional de algum hóspede com quem fez amizade ou, mais raramente, uma carta de amor de algum namorado. Era mais comum que eu recebesse cartas, pois eu compartilhava interesses com muitos de nossos antigos hóspedes. Não só bilhetes e cartões-postais chegavam endereçados a mim, mas também livros, discos, fitas e até uma pena, uma flor seca ou um pacote de sementes, de vez em quando.

No dia seguinte ao retorno da minha mãe, a sra. Verlow me entregou uma carta para ela. Ela me estendeu o envelope com uma secura com a qual eu já estava familiarizada. Desde minha última visita ao sótão, a sra. Verlow me ignorava na maior parte do tempo, mas às vezes ficava óbvio que ela estava extremamente insatisfeita comigo. Decidi ignorar qualquer reação dela e me mantive nesse propósito.

O envelope era de um papel bem grosso, com um selo de Paris e sem menção ao remetente.

Minha mãe tomava café e fazia as unhas na varanda. Antigamente, ela jamais faria as unhas em público, nem à vista de ninguém. A sra. Verlow franziu a testa na direção dela quando me entregou a carta. Ela não disse nada, mas vi que estava com raiva porque minha mãe estava fazendo as unhas na varanda.

Levei o envelope até a minha mãe, que me olhou e balançou a mão para secar as unhas enquanto o observava.

"Paris", leu ela em voz alta, para o caso de haver outros hóspedes por perto. "Bem, nem imagino de quem seja."

Minha mãe franziu o nariz. Ela não queria estragar as unhas. "Abra pra mim, Calley."

Eu me sentei na amurada e abri o envelope com a faca de ostra. Havia uma única folha do mesmo papel grosso, encaixada firme no envelope. Quando o abri, uma fotografia caiu. Eu a peguei com a mão livre. Era um retrato em preto e branco de um jovem bonito em um veleiro, uma das mãos no cordame.
Ford. Eu o reconheci na mesma hora. Adulto, ou quase, mas ainda Ford. Com a foto em uma das mãos, li a carta em voz alta:

Querida mãe,
Demorei muito tempo até começar a procurá-la. Obviamente, quando criança, não pude fazer isso. Assim que pude, comecei a busca. Agora que sei que você ainda está viva e onde está, mal posso esperar para vê-la de novo. Voltarei em breve do meu terceiro ano estudando fora. Não quero me intrometer em sua vida atual. Por favor, encontre-se comigo na concessionária Ford de Mobile, às 15h, do dia 17 de agosto.

Seu amado filho,
Ford

P.S.
Garanto que, se você se sentir envergonhada por ter me abandonado, eu sei por que você fez isso, entendo e te perdoo.

Lágrimas escorreram pelo rosto imóvel da minha mãe. Entreguei-lhe a foto. Ela a pegou com os dedos trêmulos. Depois de limpar os olhos freneticamente, como uma criança, ela olhou para a foto do Ford.
"Ford", sussurrou ela, "meu bebê."
Então fechou os olhos e beijou a fotografia.
Deixei o envelope cair no chão da varanda e me afastei.
O jovem da foto era da idade que Ford teria agora. Era uma fotografia nova e brilhante. Minha primeira impressão de que o jovem era mesmo Ford pareceu uma evidência convincente de que a foto era mesmo autêntica.
Toda a minha procura por Ford foi perda de tempo.
Ele nem tocou no meu nome.
Claro que a mamãe *seria* mais importante para ele.
Eu estava curiosa para encontrá-lo novamente agora que ele estava crescido, mas agora não havia uma urgência específica. Minha mãe

teria o que achava que merecia, Ford e o acesso à fortuna que ela achava que deveria ter sido dela. Ela podia muito bem acabar não se casando com Tom Beddoes, *se* Ford fosse contrário a isso.

Minha mãe ficou mergulhada na realização dos seus sonhos e desejos, o que era compreensível. Tanta coisa estava acontecendo de uma vez só — desde que meu pai morreu, nunca houve tanta coisa a favor dela assim.

Senti como se um nó tivesse se desfeito. Talvez o último nó. Que maravilha. Perguntas não respondidas sopradas como um dente-de-leão em um sopro de ar.

Eu tinha um milhão de dólares mais o meu dólar de prata em um lugar seguro. Não no armário de lençóis. Aquele foi um esconderijo temporário. Ir embora seria mais fácil do que eu achava.

KING & McDOWELL
CHAMAS VIVAS

64

A lua crescente pairava no céu como uma cimitarra erguida para o golpe fatal. A noite estava abafada demais para dormir dentro de casa. Mesmo na praia, não consegui dormir. Em vez disso, fiquei deitada no cobertor, olhando para o céu. O Mercedes da sra. Mank zumbiu ao longe, na estrada para Merrymeeting.

Eu me sentei, abracei os joelhos e esperei. Ouvi um rato enrolar grãos de areia sob as patas enquanto pulava de um lugar protegido a outro.

A sra. Mank subiu a duna e andou pela praia na minha direção.

"Está na hora de ir", avisou ela.

Assenti. "Antes de irmos, quero fazer uma pergunta."

A irritação apurou as feições dela.

"Por que meu pai foi assassinado?"

"Eu não faço ideia", disse ela. "Que coisa peculiar para me perguntar."

"Você devia ter dito que foi porque ele teve o azar de cair nas mãos de duas mulheres criminalmente loucas."

Ela respirou fundo.

"Você está me acusando de ser cúmplice?" A voz dela soou carregada de ódio e incredulidade.

Olhei para além dela, para as águas do golfo pontilhadas de luar. Não respondi.

Só perguntei: "Você não quer me fazer uma pergunta?".

A expressão dela se tornou passiva.

"Eu preciso pensar", falou ela com sarcasmo. "Tudo bem. Qual foi a última palavra dos mortos?"

Sorri para ela. "Justiça."

Ela se encolheu como se eu tivesse lhe dado um tapa.

"E quem é você?", questionou ela. "Juíza e júri?"

"Não. Eu sou Calley Dakin, e meu pai foi assassinado em New Orleans em 1958."

"Isso é passado", afirmou a sra. Mank. "A vida dele terminou. A sua, não. Você tem que continuar vivendo."

"Por que você se importa com isso?", perguntei, quase sussurrando.

Ela abriu um sorriso torto. "Eu não me *importo*. Eu quero saber o que você ouve."

"Por quê?"

"Não aja como se você fosse burra, Calley Dakin. Você ouve o que ninguém mais escuta. Isso poderia ter te enlouquecido. Eu tive um trabalhão para te proteger durante a sua infância. Vou te contar um segredo, tá? Mas só quando estivermos em Brookline."

Desta vez, eu não recusaria, mesmo se, para isso, tivesse que ir para Brookline, Massachusetts.

Eu me levantei devagar e peguei o cobertor. Dobrei-o com cuidado. A sra. Mank ficou me olhando.

Merry Verlow estava parada ao lado do Mercedes. Passei por ela sem falar nada, entrei na casa e subi pela escada dos fundos. A porta do quarto da minha mãe estava fechada, claro. Eu entrei no meu quarto de teto inclinado.

Na prateleira acima da cama, peguei o antigo guia de pássaros. Na lombada, estava escrito:

National Audubon Society:
Guia de Campo de
Aves do Leste

Assim como estava quando o tirei do bolso do macacão depois de escutá-lo na praia. Eu estava certa de que a folha de rosto mostraria o nome "Bobby Carroll". Escutei com atenção, mas o livro ficou em silêncio. Botei-o de lado, tirei a fronha de um travesseiro e joguei umas roupas dentro, junto com meu caderno lunar, o antigo guia de pássaros e o medalhão oval. Olhei pela minha janelinha, para a paisagem que eu tinha visto quando cheguei em Merrymeeting. Cada gota d'água do golfo, cada grão de areia na praia e cada molécula de ar estava ao mesmo tempo diferente e igual. As coisas mudam, mas só em si mesmas.

Desci a escada, saí de casa, fui até o lado do passageiro do Mercedes e abri a porta. A sra. Verlow e a sra. Mank se beijaram no rosto.

Tentei olhar a casa toda de uma vez. Estava mais velha. Estalava mais no vento e o piso da varanda começava a lascar.

A sra. Mank entrou atrás do volante quando fechei a porta do lado do passageiro.

A sra. Verlow se inclinou para acenar para mim, um aceno curto com um sorrisinho rápido. Havia algo de constrangido naquele sorriso. Merry Verlow sabia que o segredo que eu descobriria mudaria tudo, e não seria bom para ela. Ela assentiu e se afastou do carro.

"Durma", disse a sra. Mank, "o caminho é longo."
Dormir? Não mesmo.

Eu me acomodei para olhar o golfo enquanto passávamos ao lado dele. Pouco depois da meia-noite, quando a escuridão é tão insubstancial quanto a sombra, havia chegado aquela hora da madrugada que sempre me passara menos a sensação de que era noite: nem noite nem dia, mas uma suspensão total do tempo. Água e céu se misturavam em uma cadência líquida escura, o brilho da lua parecendo o piscar do olho dourado de um pássaro.

Quando atingimos a rotatória que nos levava para longe do golfo, na direção de Pensacola, olhei para trás. As águas escuras do golfo já não passavam de um brilho escuro e distante no horizonte.

A luz artificial foi aumentando conforme saímos da ilha. Pensacola dormia de janelas abertas no calor. As luzes plácidas dos postes definiam as folhas das árvores e brilhavam no asfalto. Quando a Scenic Highway subiu pelo lado ocidental da Escambia Bay, olhei novamente para trás. A Causeway se arqueava no amontoado de escuridão quadriculado de luz que era a Gulf Breeze e, mais além, na forma similar de Pensacola Beach. A ilha de Santa Rosa parecia um raio irregular fantasmagórico, com pontos escassos de luz e de vegetação escura entre o golfo e a baía.

Eu não sabia onde estaria quando o sol nascesse. Só sabia onde não estaria. Também não sabia quanto tempo ficaria longe, mas não esperava que fosse muito. Eu voltaria; havia dinheiro para buscar.

Eu me sentia presa na noite de verão como um inseto em um fragmento de âmbar. No silêncio que se estendeu entre mim e a sra. Mank, o som do relógio no painel do Mercedes ficou notadamente alto.

A sra. Mank começou a subir a serra e o Mercedes acelerou. Meu estômago deu um pulo e o movimento me empurrou no assento. O relógio do painel me repreendeu alto.

klikitpikitlikitrikitklikitstikitlikprikitlikitwikitwikit
vou contar um segredo
segredo do sol
otongotongotongoton
sol segredo segredo segredo
não me faz contar não conta segredo inferno sol
veja a lua fria me vê pega o sol escuro me mar
calliopecalliopecalliopecalliope

Abri os olhos em uma luz ofuscante. Eu estava cega. E vi. A luz passou por mim e estava ao meu redor com um barulho alto que puxava e empurrava cada célula do meu corpo, como o turbilhão das asas de um pássaro enorme. Não havia calor nem frio na luz, só a vibração ressonando no espacinho escuro onde curvei a cabeça sobre os joelhos.

Eu acordei de novo com um sobressalto e a sensação de estar caindo. Minha boca estava aberta e seca, como se eu tivesse comido um fantasma, e os cantos estavam úmidos de saliva. A sra. Mank estava a centímetros de mim, do outro lado da caixa de marchas. Os faróis espalhavam luz suficiente no asfalto a ponto de mostrá-la como uma sombra.

Pensei: *eu sou uma sombra para ela também*.

E falei: "Eu também sei um segredo".

O olhar dela se desviou para a direita.

"Meu pai me contou. Meu pai me contou o que você fez, meu pai me contou por quê!"

A sra. Mank ofegou, como se tivesse corrido muito. Os olhos dela estavam na estrada de novo, o corpo encolhido na frente do volante, como se estivesse prestes a pular pelo para-brisa.

Fechei os olhos.

65

Rolando suavemente pelo cascalho, o Mercedes engasgou e riu, como se achasse graça. Minhas pálpebras pareciam coladas. O esforço necessário para abri-las foi tão grande que eu sentia que que meus cílios estavam sendo arrancados.

A luz era suave na manhã e o mundo reluzia em um tom de verde estonteante. Um bocejo saiu à força de dentro de mim e o sabor de todo aquele frescor entrou na minha boca e nos meus pulmões. Minhas células pareceram absorver tudo. Eu me perguntei se eu também estaria verde quando me olhasse novamente no espelho.

O Mercedes inevitavelmente parou e acomodou seu peso no cascalho. A sra. Mank suspirou como se tivesse feito um grande esforço. Olhei para ela e a encarei. Ela estava calma, confiante e com um ar um pouco arrogante.

Senti vontade de dar um tapa na cara dela.

Um brilho feroz deve ter surgido nos meus olhos, porque ela se encolheu.

"Calley", disse ela. "Estou tentando te dar o mundo."

Era esse o segredo?

"Eu não quero", respondi sem pensar, com uma birra adolescente na voz.

"Você não tem escolha", disse ela. "Foram assumidas dívidas e elas precisam ser pagas."

"Não por mim." Abri a porta do carro e saí.

Inspirei o ar verde, fresco e delicioso, e esbaldei os olhos com o gramado impecável. Em seguida me afastei do carro e encarei a casa. Se algum dia eu me perguntei se a sra. Mank era muito rica, a casa em Brookline respondeu à minha questão. A casa não tinha nome, como uma casa do sul teria, mas a porta dupla de entrada levava a um salão de teto alto, onde havia um piano. Não um piano qualquer, mas um de *cauda*.

Fui direto até ele, abri-o e acariciei reverentemente as teclas, com a ponta dos dedos.

A sra. Mank falou por cima do meu ombro. "O piano não vai a lugar nenhum, Calley."

E eu não ia tocá-lo mesmo, pelo menos naquele momento. Eu queria explorar. A sra. Mank preferiu se comportar como se eu fosse seguir os planos dela, apesar de, instantes atrás, eu tê-la desafiado. Era uma atitude com a qual minha mãe ficaria totalmente à vontade.

O homem, não mais tão jovem, que abriu as portas quando o carro parou, entrou com a minha trouxinha — minha fronha. A sra. Mank o cumprimentou pelo nome Appleyard e lhe comunicou meu nome com um tom casual. Appleyard era um homem feio que usava uma barba bem-cuidada para cobrir marcas de acne, mas seus olhos eram dos mais bonitos que eu já tinha visto, do tom de violeta associado aos olhos de Elizabeth Taylor.

Fui levada ao quarto que seria meu, um quarto com banheiro próprio e uma sacada virada para o leste, com uma mesinha e uma cadeira para um café matinal civilizado. Havia várias roupas penduradas no armário ou dobradas nas gavetas da cômoda. Gostei das roupas que a sra. Mank, ou um de seus empregados, escolheu para mim. Pela primeira vez na vida, não me senti uma órfã em um brechó.

O banheiro também era luxuoso, com a maior banheira que eu já tinha visto e um chuveiro separado. Havia um roupão atoalhado dobrado em um banco, ao lado da banheira. Do sabonete à calcinha, tudo de que eu poderia precisar estava ali.

Então possuir coisas era assim.

A primeira coisa que fiz foi me despir e tomar uma ducha. Depois, quando me sentei à penteadeira e peguei o pente, eu pensei: é assim que minha mãe se sente, como uma mulher adulta. Ao passar o pente pelos nós do cabelo, fiquei surpresa de ver um emaranhado de fios nos dentes. Continuei penteando por curiosidade, e em pouco tempo me vi completamente careca no espelho.

A sra. Mank não se deixou abalar.

"Vai crescer de novo", declarou ela.

Saímos após o café da manhã, e ela comprou uma peruca cor de cobre para mim, de um estilo dramaticamente assimétrico. Para mim, os extremos da moda nos anos 1960 são divididos entre "Comissária da Era Espacial" e "Fantasia de Halloween de Brechó". Minha peruca nova era da primeira categoria. Embora minha mãe tivesse aceitado a variante Jackie Kennedy, "Comissária da Era Espacial Casada com o Presidente da Companhia Aérea", ela teria ficado horrorizada com a cor e o estilo nada feminino da peruca, achando-a exagerada demais, e inapropriada para uma garota ainda em idade escolar. A peruca me divertia quase tanto quanto a sra. Mank e Appleyard.

Appleyard era o faz-tudo da sra. Mank. Ele aparecia em algum momento em todas as casas da sra. Mank, que, na ocasião, eram nove. A casa de Brookline tinha sua própria governanta, uma mulher que só era chamada de Price, e duas empregadas mudas e com deficiência auditiva, Fritzie e Lulu, com quem era necessário se comunicar em língua de sinais. Como aquele era o idioma oficial da casa, aprendi o mais rápido que pude.

Como muito pouco era falado em voz alta, a casa mantinha um silêncio de biblioteca. Era uma casa sem televisão, mas não sem música. Era comum que música clássica enchesse o lugar, tocada no aparelho conectado a caixas de som em todos os aposentos. A coleção de LPs da sra. Mank era enorme e, como eu acabaria descobrindo, imensamente valiosa em número e qualidade de raridades. Encontrei gravações lá sobre as quais não há registro público, que deviam ter sido feitas exclusivamente para ela.

Eu tinha acesso livre ao piano. Sem ter tido um dia de aula, eu sabia tocar exatamente o que ouvia, e o fazia. A sra. Mank não tocava piano — pessoas, dinheiro e informações eram os seus instrumentos. Ela vivia ao telefone e pilhas de jornais descartados mostravam cada lugar onde ela havia se sentado.

Tocar piano não era minha única ocupação. Eu mergulhei em uma montanha de livros que constituíam a lista de leitura de verão da minha nova escola, cujo nome e localização eu não sabia. Eu me divertia tomando o cuidado de não perguntar isso à sra. Mank. Eu não pretendia estudar naquela escola.

E eu escutei. A sra. Mank sabia que eu estava escutando. Ela me levou para a casa dela sabendo que eu faria isso. Talvez fosse por isso que ela se esforçasse tão pouco para esconder seus segredos de mim. Por um tempo, preferi não comentar sobre o que ouvia. Eu esperei. E ouvi.

No fim da primeira semana da nossa chegada em Brookline, eu continuava careca embaixo da peruca, mas alguns fios de cabelo já despontavam na minha cabeça. Eu não tinha certeza, mas achava que meu cabelo nasceria da cor que era antigamente, antes de eu morar na ilha de Santa Rosa, algo como um louro-areia. Quando contei isso para a sra. Mank, ela, mais uma vez, não se deixou perturbar.

"Como você explicaria esse fenômeno?", perguntou ela.

Eu já tinha pensado muito sobre o assunto. "O xampu que a sra. Verlow fez pra mim."

A sra. Mank abriu seu sorriso cheio de segredos.

"Eu marquei uma consulta para você com um ginecologista, minha querida. Você vai precisar de um método contraceptivo confiável agora."

Ah. As vitaminas da sra. Verlow. Valeu por me avisar, sra. Verlow. Poderia ter poupado a mim e ao Grady alguns dias de terrível ansiedade, pensei. Não era nenhuma surpresa a leve expressão de vergonha de Merry Verlow na última vez que a vi.

O tamanho exagerado dos meus pés tornou a compra de sapatos a tarefa mais desafiadora de todas. Um dia, na segunda semana de agosto, a sra. Mank me levou de volta à loja onde ela havia encomendado sapatos feitos sob medida para mim. Enquanto eu esperava que ela pagasse pelos sapatos, uma estação de rádio ressoava ao fundo da loja. Uma mudança na cadência da fala me indicou que se tratava de uma transmissão de noticiário, mas os nomes dos lugares gritaram em meus ouvidos: Golfo do México! Furacão! Costa do Golfo! Língua de terra na Flórida!

"Tem um furacão na Costa do Golfo", exclamei para a sra. Mank.

"Minha nossa", disse ela de forma controlada.

O Mercedes em que Appleyard nos levou ocupava uma vaga a uma curta distância da loja. Appleyard esperava na calçada para nos ajudar com as sacolas quando chegamos no carro. A sra. Mank e eu nos sentamos no banco de trás, Appleyard guardou as sacolas no porta-malas e surgiu ao meu lado para fechar a porta.

Quando ele estava atrás do volante, a sra. Mank lhe pediu para ligar o rádio e sintonizar em uma estação que informasse o clima. Estávamos em Brookline e entrando no caminho da casa da sra. Mank quando ouvimos outra notícia sobre o furacão que se aproximava. Appleyard aumentou o volume do rádio. Sentadas confortavelmente no carro, escutamos a estação noticiar sobre um furacão chamado Camille, que percorria o golfo na direção do litoral do Mississippi. Era esperado que ele virasse na direção da Flórida nas próximas 24 horas. Todos os furacões são perigosos, mas, de acordo com a notícia, aquele era extraordinariamente poderoso.

A sra. Mank tentou fazer contato com a sra. Verlow, mas foi em vão. Os ventos fortes que precediam o furacão já haviam derrubado as linhas telefônicas e isolado Merrymeeting, na ilha de Santa Rosa.

A ameaça do Camille gerou uma tempestade de culpa dentro de mim por ter ido embora sem me despedir de Perdita, Cleonie, Roger e Grady. Eu sentia falta deles. Ainda assim, não mandei um único cartão-postal, quanto mais uma carta. Todas as noites, eu ia dormir pensando que na manhã seguinte eu iria embora, voltaria para a ilha de Santa Rosa, pegaria meu dinheiro e me matricularia na escola que eu quisesse. Todas as manhãs, eu acordava com o pensamento de que finalmente havia chegado o dia em que eu confrontaria a sra. Mank e exigiria que ela me contasse o segredo que ela havia me prometido e que depois eu iria embora. Mas, na presença dela, eu sentia um certo medo que me deixava indecisa. Falei para mim mesma que meu jogo exigia paciência e que tudo que eu aprendesse enquanto esperava valeria a pena. E, caramba, eu teria tanta coisa para contar ao Grady sobre viver uma vida de rica!

Escrever depois do furacão não faria sentido. Ninguém na ilha de Santa Rosa receberia nenhuma correspondência durante algum tempo. Eu me perdia na leitura. Quando o cansaço da vista borrava as palavras e a dor de cabeça obliterava o sentido, eu andava pela casa, tentando me interessar pelos LPs ou prateleiras de livros da sra. Mank, que ficavam em quase todos os aposentos. Minha mãe se encontraria com Ford em Mobile no dia 17. Eu esperava que a destruição causada pelo tempo antes do furacão não a tivesse prendido na ilha de Santa Rosa, impedindo o encontro que ela tanto desejava.

Camille não fez o desvio previsto para a ilha de Santa Rosa e Pensacola. Ficou estacionado na costa do Mississippi até os dias 17 e 18 de agosto. Ele destruiu Mobile, mas foi a cidade de Pass Christian que mais sofreu.

Foi em Pass Christian, e não em Mobile, que o corpo da minha mãe foi encontrado, flutuando com os peitos para cima em uma piscina de hotel. E o hotel do qual a piscina antes fazia parte havia sido destruído.

KING &
McDOWELL
CHAMAS VIVAS

66

Minha mãe não ficou desaparecida por muito tempo. Seria difícil não vê-la flutuando naquela piscina no meio das placas de cimento, sobre as quais, dois dias antes, havia um hotel. Era como se ela fosse um inseto em uma poça no meio de um cemitério.

A sra. Verlow conseguiu fazer contato conosco por um serviço móvel marítimo no dia 19, e eu soube que minha mãe tinha ido para Mobile. Ela contratara Roger para dirigir o Edsel. Por que aquela lata-velha? Eu me perguntei se ela achou que poderia, de alguma forma estranha, agradar o Ford com isso.

Encontrar Roger demorou mais porque ele estava com pneumonia em um abrigo montado em uma igreja para pessoas negras em Mobile. Ele não se lembrava de como tinha ido parar lá nem do que tinha acontecido com o Edsel e com a minha mãe. A última coisa de que ele se lembrava era de estar com a minha mãe fumando cigarros no Edsel, estacionado no asfalto rachado, que era a única coisa que havia sobrado da concessionária Ford que fora do meu pai, e debatendo se eles deveriam procurar um abrigo para se protegerem do furacão. Minha mãe insistiu em esperar o Ford, porque ele havia *prometido* que estaria lá. O Edsel sacudia de um lado para o outro nas rajadas de vento, assustando os dois, mas quando Roger decidiu que ia sair dali e ligou o Edsel, não dava para ver nada lá fora. O Edsel começou a balançar, aparentemente sozinho, com minha mãe gritando no banco de trás. Roger se agarrou ao volante. A natureza se tornou tão indistinguível, uma força devastadora de vento e chuva, que Roger achou que talvez ele tivesse voado dentro do Edsel.

Depois do furacão, o asfalto rachado sumiu e foi substituído pelo telhado de um restaurante chinês. O Edsel apareceu enfiado no casco de um barco de pesca chamado *Katie*, atravessado no East Beach Boulevard, também conhecido como Route 90. Dorothy e Totó não estavam por perto.

A sra. Mank transmitiu a notícia de Merry Verlow para mim no jardim da casa em Brookline, em frente à sala do térreo. De onde eu estava, deitada em uma espreguiçadeira confortável e com um livro na mão, pude ouvir o telefone tocar e a voz de Merry Verlow sair do aparelho. A sra. Mank desligou e saiu pelas portas de vidro que ligavam a sala ao jardim.

"Você sabe", disse ela.

Assenti, atordoada.

"Você ouviu alguma coisa?"

Ela se referia à minha mãe. Fiz que não com a cabeça. Eu não estava mentindo. Ela sabia que eu estava prestando atenção desde que soubemos do desaparecimento da minha mãe. Eu também estava tentando ouvir Roger.

Meu irmão Ford, ou alguém que se identificou assim, foi buscar o corpo da minha mãe. Nenhuma autoridade que respondeu às perguntas da sra. Verlow soube dizer para onde Ford levou os restos mortais de mamãe, mas ela soube que ele mencionou algo como cremação. Onde e quando a cremação ocorreu, se houve alguma espécie de funeral, enterro de urna ou espalhamento de cinzas, ela não conseguiu descobrir. A desolação do coronel Beddoes só aumentou quando ele soube que não receberia o anel da minha mãe de volta, pois o objeto não foi recuperado. Ou o furacão levou ou algum ladrão fez esse trabalho.

Camille passou pela ilha de Santa Rosa também, só que não com a mesma intensidade do que em Mobile e Pass Christian. Ele arrancou boa parte da varanda e perfurou o telhado com sete troncos de pinheiro e uma cadeira Adirondack. O relato dos danos feito pela sra. Verlow e me informado através da sra. Mank acrescentava que um ônibus escolar de Blackwater fora encontrado parcialmente enterrado na duna na frente de Merrymeeting. As janelas estavam fechadas e ele estava cheio de água e cobras d'água.

Dois dias depois que a sra. Verlow contou que Ford foi buscar os restos da minha mãe, chegou uma carta na casa da sra. Mank. A manhã se despedia e eu estava no jardim, tentando ler, mas sem conseguir, porque a vontade de ir embora era muito intensa. A sra. Mank estava no quarto com a massagista. Eu ouvi a van dos correios no cascalho e sabia que era hora da entrega das correspondências, mas foi uma surpresa quando Appleyard saiu da casa com um envelope na mão. Ele o entregou a mim em silêncio.

Era um envelope comum de cartão, endereçado a mim aos cuidados da sra. Mank, com o endereço de Brookline e sem remetente.

Dentro, havia um cartão com bordas pretas anunciando que o enterro de Roberta Ann Carroll Dakin aconteceria em Tallassee, Alabama. A data e a hora eram no dia seguinte, e o local, um cemitério chamado Terra Prometida. Reconheci o local como sendo o mesmo onde meu pai fora enterrado, cujo nome não consegui lembrar quando voltei a Tallassee com Grady. Não havia nenhum número de telefone para comunicar o comparecimento. Ninguém com quem fazer contato.

Mais tarde, quando mostrei o cartão para a sra. Mank, falei: "É claro que isso veio do Ford e eu quero vê-lo".

Ela franziu a testa. "É bem longe. Como você vai?"

"Vou pegar um ônibus", afirmei. É óbvio que eu não tinha dinheiro. Mas eu roubaria, se precisasse, ou pediria dinheiro na rodoviária.

A sra. Mank avaliou minha determinação e deu de ombros. "Nós vamos de avião..."

"Você não foi convidada", disse.

Ela escondeu o choque com uma risadinha fria.

"Sim", corrigi de repente. "Vamos de avião."

A expressão nos olhos dela foi satisfatória. "Não dê trabalho", pediu ela. E cruzou os braços sobre os seios. "Você não está em posição de me dar ordens."

"Deixa pra lá", respondi e me virei para a escada. "Vou pegar um ônibus."

"Não", proferiu ela, dizendo a palavra com rispidez. "Nós vamos de avião."

Sorri por dentro e subi para fazer minha mala novinha.

Nós partiríamos na manhã seguinte, no dia da cerimônia.

Jantamos à luz de velas, só nós duas, como sempre, na sala de jantar da casa de Brookline. A sra. Mank tinha começado a me ensinar sobre vinhos e comidas. Fiquei surpresa ao descobrir que vinho era uma excelente bebida e que saber sobre ele só era importante para o meu paladar, não para impressionar as pessoas. A sra. Mank ficou satisfeita por eu aparentar ter um paladar educável e determinação.

No fim da refeição, Price levou para a mesa as taças de conhaque em seus suportes de prata de lei. A sra. Mank serviu ela mesma o conhaque decantado, e acendeu a chama embaixo do suporte com um fósforo comprido.

O vinho que havíamos ingerido durante a refeição havia nos deixado mais relaxadas e diminuído a tensão ocasionada pelo meu tom desafiador para com a sra. Mank.

"Me conta sobre o circo", pedi, e fiz um som de calíope.

A sra. Mank riu da minha ousadia.

"Você esteve ouvindo", falou ela com um certo orgulho.

Eu tinha ouvido mesmo. Imitei mais um pouco o calíope e ela riu de novo.

"Eu uso o termo de forma genérica", disse ela. "A vida é um circo, não é?"

"Mulheres gordas, acrobatas, leões... caramba."

"De fato", concordou ela.

"Significa mais alguma coisa, não é?"

"Claro." Ela girou a taça de cristal para que a luz de velas pintasse o conteúdo de dourado. "Eu aprecio talento, talento especial. Pessoas com talentos especiais têm necessidades especiais. Os talentos delas precisam de proteção. Pessoas que se destacam em uma multidão, como as orelhas excessivamente grandes na cabeça de uma Calley Dakin, às vezes atraem um ódio assassino de todas as pessoas tristes por não terem talento, que formam uma turba. Existe algum outro comportamento humano mais característico do que queimar bruxas?"

Aquela era uma afirmação que eu não tinha como refutar.

"Meu circo oferece refúgio para certas pessoas com talentos especiais. Agora, o tipo de talento em que estou interessada pode e costuma surgir em famílias. Sua bisavó, por exemplo..."

"Cosima..."

Ela assentiu. "Cosima. Que mulher talentosa ela era. Para dar o devido crédito, a ideia do circo como refúgio foi dela. Não me surpreende que a morte não a tenha silenciado. Personalidades com a força de Cosima não se desfazem facilmente. Ela se casou com o seu bisavô quando ele era um proprietário razoavelmente bem-sucedido do que chamava de "Show Itinerante". E ela o transformou em um circo de verdade. Ela atraía talentos como um ímã. Ela fez dele um homem rico, e ele retribuiu com infidelidade. Ela, por sua vez, se vingou cuidando dele na fase terminal da doença, que era sífilis. Antes que a sífilis o reduzisse a um lunático desdentado sorridente, ele sofreu com a gentileza e a delicadeza extremas dela. O perdão é uma coisa terrível, Calley. Maltrata a culpa mais do que o ódio."

"É um ponto de vista", declarei. Eu não ia me comprometer a perdoar ninguém, principalmente a sra. Mank.

"É a verdade", concordou ela, ajeitando-se na cadeira. "A Cosima era um anjo." O tom dela foi sarcástico. "Ela perdoava *tudo*."

O conhaque havia afrouxado a língua dela e eu não quis interrompê-la.

"Sua avó só herdara a aparência de sua bisavó. As mulheres bonitas são uma coisa tão comum quanto o pecado, é claro. Como o mundo valoriza tanto a beleza na mulher, a mulher bonita muitas vezes se torna uma casca vazia. Eu não sou bonita", acrescentou ela.

Eu me perguntei se ela falava do rosto que usava agora, com forte semelhança ao da atual rainha da Inglaterra, ou o rosto com o qual ela havia nascido. Ela mudou o rosto por motivos estratégicos ou porque odiava o original?

"Eu tenho um talento específico, que é o de conseguir reconhecer e usar os talentos que o restante da população preferiria exterminar na primeira infância." Assentiu na minha direção de forma significativa.

Talvez ela quisesse que eu agradecesse. Mas não agradeci.

Ela tomou um pouco de conhaque e continuou: "Sua mãe só recebeu a inútil beleza de Deirdre e Cosima. Isso só trouxe infelicidade a ela, eu garanto".

"Falando mal dos mortos", falei.

"Quem me dera." Ela repuxou os lábios. "As irmãs da sua mãe tinham talentos. Deirdre tentou matá-las. Ela ficou furiosa com o fardo, pois elas eram o tipo de pessoa de quem ela fugiu no casamento com o *capitão* Carroll." A sra. Mank falou "capitão" de um jeito malicioso, debochando de Mamadee. "Cosima as salvou de sua avó. Aliás, sua mãe desfez os melhores esforços de Cosima. Quando ela era adolescente e Deirdre começou a sentir inveja da aparência dela, ela fugiu para a casa de Cosima."

"É um conto de fadas", comentei. "Espelho, espelho meu, existe alguém mais bela do que eu?"

A sra. Mank abriu um sorriso amargo. "Claro que é. Quando foi para a casa de Cosima, sua mãe não aguentou viver com as próprias irmãs, aquelas jovens feias e talentosas. Ela quis botar fogo na casa e em todo mundo, menos nela mesma. Pergunte a Cosima qualquer hora, por favor. Ou à sua mãe, se puder. Não importa muito. Faith e Hope estão mortas, assim como Cosima."

Por um momento, ela ficou em silêncio, pensativa. "Eu queria odiar Cosima. Mas nunca consegui. Eu tinha minha inveja, porque não possuía a beleza de Deirdre nem o tipo de talento que Cosima e suas tias tinham. Os meus talentos são bem mais comuns no mundo. Os talentos de Jack Dexter."

As feições dela se contraíram de insatisfação.

"Sim, eu sou irmã de Deirdre. Sua tia-avó." Subitamente, ela olhou para mim com olhos arregalados. "Estou meio bêbada", acrescentou ela.

Eu ri. "Está sendo fascinante."

Ela riu como se tivesse sido inteligente. "Imagino que sim. Olhe, eu fui uma fada madrinha para você. Espero alguma retribuição pelos meus gastos. Estamos entendidas?"

Assenti, como se minha resposta fosse afirmativa. Eu precisava dela para ir a Tallassee, para o enterro da minha mãe.

Tomei o conhaque dela e deixei que ela pensasse que era a mestre de cerimônias.

KING & McDOWELL
CHAMAS VIVAS

67

O voo foi direto, saindo de um terminal particular de Logan para o pequeno aeroporto de Tallassee. Foram várias primeiras vezes para mim: voar, voar em um jatinho, voar em um jatinho fretado — eu me lembrei do trem de New Orleans para Montgomery e me ocorreu que eu teria outras primeiras vezes antes de morrer, e que isso também seria uma primeira vez. A sra. Mank dormiu o caminho todo porque não queria falar comigo, mas também porque estava de ressaca. Ela tomou um comprimido e me ofereceu, mas eu recusei. Os lábios dela se repuxaram quando ela percebeu que minha cabeça era mais forte do que a dela.

O guarda-roupa que ela havia comprado para mim não tinha quase nada preto, então eu estava com um vestido azul-cobalto reto, estilo comissária de bordo de Courreges, que ia só até metade da coxa. Eu estava de pernas de fora, mas meus sapatos eram pretos e sem salto, porque a sra. Mank disse que garotas altas não podiam usar saltos e que ela os escolhera e pagara por eles. Prometi a mim mesma que um dia eu compraria meus próprios sapatos e teria um par preto, com salto agulha. Minha peruca cor de cobre escondia os novos fios de cabelo que estavam nascendo. Minha boina preta e o grampo que a prendia na peruca eram emprestados, oferecidos do próprio guarda-roupa da sra. Mank. A boina tinha uma etiqueta de Elsa Schiaparelli, e somente por isso eu aceitei o empréstimo. A peruca com o chapéu dava a sensação de usar dois chapéus, mas eu não pretendia tornar o uso das duas coisas ao mesmo tempo um hábito.

Um carro com motorista nos esperava. Era um Cadillac preto e o motorista era uma mulher. Ela era uma mulher magra, do tipo sulista cansada, com olhos enormes e a pele maltratada pelo sol, com dentes ruins e dedos manchados de cigarro. Ela não tinha um quilo sobrando no corpo, nem no peito, nem na bunda, e o cabelo era queimado por permanentes e tinturas caseiras.

A primeira coisa que ela fez foi se apresentar como Doris e oferecer condolências pela falecida sra. Dakin. A voz dela era rouca, sussurrada e áspera.

Eu me perguntei como Doris sabia o nome da minha mãe. Ford não devia ter colocado a notícia da morte dela em nenhum dos jornais locais. Talvez a sra. Mank tivesse incluído a informação com o endereço do cemitério, que era o nosso destino.

Os olhos de Doris no retrovisor eram curiosos, mas isso só durou alguns segundos, pois ela dirigiu com habilidade e não hesitou quanto ao nosso caminho.

A sra. Mank olhou para o Rolex no pulso e disse: "Vamos nos atrasar um pouco".

Doris pisou no acelerador. Ela se esforçou, mas não se podia trafegar nas estradas de terra como se fosse em rodovias, não com segurança.

O cemitério Terra Prometida me causou um choque por continuar tão parecido com aquele que eu guardava na lembrança. A semelhança com um ferro-velho era profundamente desanimadora. Alguém havia deixado um Corvette empoeirado no canto da estrada que dava acesso ao cemitério.

"Fique aqui, por favor", pedi à sra. Mank.

Ela abriu a janela e se recostou. "Como você quiser." Da bolsa, tirou uma garrafinha.

Doris abriu a porta para mim.

"Vou esperar com a senhora", declarou ela, desviando o olhar para a sra. Mank, como se não quisesse dizer seu nome.

Não havia grama, só montinhos de ervas-daninhas, que estavam enterradas na areia áspera, em meio a pedrinhas com pontas tão afiadas que eu as sentia através das solas dos sapatos estilo boneca. Concreto rachado marcava os retângulos afundados dos túmulos e todas as lápides estavam inclinadas para a frente, como se quisessem olhar melhor o homem, a mulher, a criança ou o bebê que celebravam. Em quase todos os túmulos havia um vaso de argila rachado ou uma garrafa velha de leite que exibia flores velhas e secas. As poucas árvores do local eram tortas e finas e pareciam meio mortas, como as árvores de papel que cortamos no jardim de infância para fazer a decoração de Halloween, permitindo que os morcegos e fantasmas tivessem alguma coisa no fundo além da lua.

Procurei um corvo. Não só não havia corvos, como não havia nenhum pássaro no céu, coisa que, no Alabama, pelo que eu me lembrava, era algo bem raro de acontecer.

Um caixão esperava em uma estrutura mecânica diante de um túmulo vazio. Não havia flores. Ali perto, havia um rabecão enorme com a porta traseira aberta. Dois homens estavam sentados no rabecão, nos bancos da frente, com as janelas abertas, de onde saíam baforadas de cigarro. Um homem branco de terno preto estava apoiado no carro, fumando. Ele usava um chapéu preto. Não precisou tirar os óculos de sol para que eu o reconhecesse.

Ele jogou a guimba para além do caixão, dentro do túmulo vazio.

"Vamos acabar logo com isso", disse Ford em um tom entediado.

Os dois homens, o agente funerário e o motorista, saíram do banco da frente do rabecão e aquiesceram respeitosamente.

Ford puxou a barra do paletó, que era de seda, feito sob medida, e tirou um livro pequeno e grosso de um bolso de trás. O paletó se ajustou perfeitamente.

Ele empurrou o chapéu preto na testa. Deixou o livro se abrir.

Sem olhar para a página, falou: "Prezados, estamos reunidos aqui hoje para providenciar o descanso dos lamentáveis restos mortais da falecida e não muito amada Roberta Ann Carroll Dakin, que sobreviveu a Joe Cane Dakin, com grande parte dele já apodrecendo à minha esquerda. Se examinarem esta lápide... perdão, não tem lápide, pois Roberta Ann Carroll Dakin nunca mandou colocar uma. Que nenhum de nós duvide que ela tinha necessidades mais urgentes — isso se ela lembrou que ainda tinha que executar esse dever de viúva — talvez de cigarros, meias de seda ou maquiagens naquela semana. Permitam-me substituir as meras palavras:

Aqui está o papai
A alma ainda doendo
Sem lápide
Porque ele era um Dakin
Um Dakin, um Dakin, um Dakin qualquer"

Ford fez uma reverência debochada.

"Ao trabalho."

Ele olhou para o caixão. Abriu as mãos sobre a madeira polida da tampa.

"Mãe", disse ele. "Me culpe. Eu arrastei sua carcaça inchada de Pass Christian até aqui. Comprei este lote ao lado do lote do papai só pra você. Agora, seus lindos ossos Carroll vão passar a eternidade ao lado dos ossos Dakin dele. A maioria deles, pelo menos. Mãe, eu passei os últimos dez anos da minha vida pensando nas coisas que ia dizer pra você, mas agora que estamos aqui, não vou desperdiçar oxigênio."

Ele inclinou o queixo para o alto e fechou os olhos por trás das lentes dos óculos de sol, com reverência.

"Das cinzas às cinzas, do pó ao pó", declarou ele com lamento na voz e riu. "Vamos encher a cara."

"Eu gostaria de cantar um hino", falei.

Ele tirou o chapéu e o jogou no chão.

"Eu sabia", afirmou ele. "Eu sabia que você não ia conseguir ficar com essa boca de caçapa fechada."

Eu o ignorei e cantei com minha voz desafinada.

Eu vejo a lua,
E a lua me vê
E a lua vê a pessoa que eu desejo ver.
Deusbençoe a lua
E Deusbençoe a mim
E Deusbençoe a pessoa que eu desejo ver.

"Pronto", disse Ford. "Agora cala a boca e vamos encher a cara."

KING & McDOWELL
CHAMAS VIVAS

68

"Eu preciso de alguns minutos com o papai."

Ford revirou os olhos. "Ele está mais morto do que ela, Dumbo."

Mas ele esperou. E tirou o chapéu.

Cheguei para o lado, até o lugar mais ao fundo que ele indicou que era o túmulo do meu pai. Não senti nada, nenhuma emanação, certamente, nem sensação de paz.

"Ele não está aqui", informei.

"Foi o que eu falei." Ford ajeitou o cabelo e enfiou o chapéu na cabeça da mesma forma, inclinado para trás. "Melhor contar pra São Pedro."

Ignorei Ford e comecei a andar na direção do Cadillac. Eu ia dizer para a sra. Mank que pretendia tomar uma bebida com Ford, talvez até encher a cara, e que ela podia voltar para Massachusetts, mas não falei nada para ele. Ele já estava todo cheio de si.

Mas ele foi andando atrás de mim.

Doris estava ao lado do sedã, os olhos maiores do que nunca pelo que ela ouvira e testemunhara. Ela abriu a porta do passageiro quando me aproximei.

Ford entrou entre mim e a porta aberta.

"Você", exclamou ele para a sra. Mank em tom debochado.

Ela se encolheu.

"Isso mesmo", disse ele. "Por que você não sai desse Cadillac, se enterra num buraco qualquer e morre, titia? Eu também não vou te ajudar. Não vou jogar terra nessa sua cara, sua velha."

Ela rosnou, mas não conseguiu falar uma palavra.

"Ela quer fazer uma confissão primeiro", falei.

A sra. Mank olhou para mim, para Ford e para mim de novo. O queixo dela tremeu violentamente e quase se deslocou. Finalmente, ela se recuperou.

"A Calley é o que me *devem*. Eu soube assim que a vi pessoalmente naquela loja em New Orleans. A Deirdre me prometeu. A estupidez dela me custou aquelas duas garotas, Faith e Hope. As duas juntas não eram metade do que a Calley é, claro, não que Deirdre fosse admitir. Ela achava que ia ficar com o dinheiro de Joe Cane Dakin, mas Fennie cuidou dela pra mim. Você deveria me agradecer por isso, garoto. Vocês dois não têm o que reclamar de mim. A velha Cosima tinha virado carvão antes mesmo de vocês nascerem. O que ela poderia fazer por vocês, além de interferir?"

Ford bateu a porta com tanta força que o carro tremeu.

Lá dentro, a sra. Mank trancou o automóvel. *Clunk*. As trancas dos Cadillacs sempre foram barulhentas.

"Vamos encher a cara", convidou ele. "Eu já aguentei o tanto que dava."

"E ela?"

"O que tem ela?", perguntou ele com irritação.

Ele andou na direção do Corvette e, com um olhar para o rosto da sra. Mank, que ficava cada vez mais roxo, eu o segui. Eu achava que não precisava dizer nada para ela. Eu não precisava me reportar a ela.

Ford não abriu a porta do carro para mim. Ele pulou por cima da porta do motorista, claro, em vez de abri-la. Eu fiz a mesma coisa do lado do passageiro, sem dúvida exibindo a calcinha para Doris, a sra. Mank, o agente funerário e o ajudante. Os dois caras ainda não tinham começado a descer o caixão. Eles estavam parados, olhando, e quem poderia repreendê-los?

Afundei no assento, soltei a boina e a tirei, enfiando-a embaixo da bunda.

Ford me olhou sem entender.

"É um Schiaparelli", mencionei.

Ele riu. "Ah, mãe, ouviu isso?"

Ele dirigiu exatamente como eu esperava, como um idiota. Foi muito divertido, e eu gritei, berrei e ri junto com ele.

Paramos com estardalhaço em frente a uma taverna de beira de estrada que mais parecia um bloco de cimento. Era baixa de todas as formas, na medida certa, como um bar sulista deve ser, e tudo associado a ela era pecaminoso. O mínimo que um corpo podia fazer era pecar no lugar mais desprezível que pudesse ser encontrado.

Mas não ficamos ali. Ford comprou uma garrafa de Wild Turkey do homem cego atrás do balcão e nós a levamos até o Corvette. Uma limusine preta esperava no estacionamento, não muito longe. Doris acenou para mim por trás do volante. As janelas estavam fechadas, sem dúvida com o ar-condicionado ligado para refrescar a sra. Mank, que não estava visível para nós.

"Isso é contra a lei?", perguntei a Ford.

"Espero que sim", respondeu ele, jogando a tampa fora.

O gesto feito por Ford, de me entregar a garrafa primeiro, foi tão inesperado e cavalheiresco que poderia ter levado lágrimas aos meus olhos, se Ford fosse qualquer outra pessoa.

"Deus", exclamou ele, deixando o sotaque ridiculamente carregado. "Você está com peitos. Não muito, eu não esperava que fosse diferente. Você vai tomar essa garrafa toda sozinha?"

"Você não mudou nada", falei, com leve desprezo.

Ele tomou um gole grande direto da garrafa, bochechou como se fosse enxaguante bucal e engoliu.

"Isso é mentira", disse ele. "Agora que somos órfãos, é melhor você ser mais gentil comigo."

"Você vai ser mais gentil comigo?"

"Talvez." Ele enfiou o dedo no bolso do peito do paletó, tirou um cartão e me deu.

"Fred Hatfield. Caramba", exclamei. "Estou ficando quente e melada." Enfiei o cartão no bolso do vestido.

"O papai fez uma concessionária pra vender Fords pra pessoas negras", explicou meu irmão. "Essa foi a gota d'água pra Mamadee. Não que importe. Quando alguém quer matar outra pessoa, a motivação é uma justificativa, só isso. Quando a titia ofereceu ajuda pra ela se livrar do papai e roubar o dinheiro dele, a Mamadee topou. Ela deve ter percebido que a titia ia aprontar alguma coisa. O Evarts, o Weems e a Mamadee adulteraram a contabilidade do papai. Eles iam roubar tudo que era dele e da mamãe. E roubaram. Mas aquelas malucas que mataram o papai eram só ferramentas. Ferramentas da Isobel Mank, que detestava o papai tanto quanto a Deirdre Carroll, mas que queria mesmo era controlar você. O que você vai fazer com ela, aquela bruxa velha da Isobel?"

Dei de ombros. Eu realmente não sabia.

"O que aconteceu com todos os Dakin?", perguntei do nada.

Ele sorriu e esfregou um dedo no outro. "Eles aceitaram a gentil ajuda do agente da Mamadee, o advogado Weems, para se mudarem para a Califórnia. Vou mandar os endereços de todos que estão vivos."

"Como você a conheceu?", perguntei.

"Da mesma forma que você", disse Ford. "Ela me comprou do Lew Evarts. Ele pegou o dinheiro e fugiu. Ela me contou logo que era irmã da Mamadee e minha parente mais próxima depois da mamãe, que tinha fugido, como a piranha que era. Ela já tinha a sua guarda, ela disse, e você estava em uma instituição pra pessoas com problemas mentais. Ela me botou na Academia Militar Wire Grass. Fica perto de Banks, Alabama, um lugar longe de tudo, que só perde pro inferno. Os diretores são uns amigos dela, os Slater, e aquilo lá mais parece uma prisão do que uma escola. Mas os professores são de primeira. Todos foram expulsos de outras escolas por alguma coisinha, tipo tirar meleca na igreja, serem ex-nazistas ou alguma outra coisa duvidosa."

"Havia outros garotos lá?"

"Setenta e cinco, mais ou menos. Delinquentes juvenis, basicamente." Ford sorriu. "Eu aprendi tanto com meus colegas detentos quanto com os professores."

"Foi você que mandou aquela carta pra mamãe, a de Paris?"

"Foi. Eu fui de Wire Grass pra Academia Phillips Exeter, recuperei o meu dinheiro e fui pra França."

"Como você fez isso? Recuperou o dinheiro?"

"Fiz chantagem com a Mank. Eu pude conectá-la a Fennie Verlow na manhã que vocês deram no pé. Eu ouvi o Edsel se afastando da casa e achei que a mamãe tinha brigado com a Mamadee. Desci a escada e lá estava a Fennie, batendo papo com a Tansy. A Tansy guardou uma grana no bolso rapidinho para eu não ver, mas eu vi. A Mamadee começou a gritar, pedindo café e torrada. Duas horas depois, a Mamadee estava com aquela coisa no pescoço que eu nem conseguia ver no começo, mas ela estava enlouquecida. A Tansy fingiu que estava com um problema e fugiu, e eu fiquei meio desconfiado. Eu remexi na cozinha e encontrei o tablete de manteiga novo no lixo depois de só terem usado um pouco, o suficiente pra torrada da Mamadee. Não tinha cheiro de manteiga. Tinha um cheiro estranho de remédio. Depois, ela correu pela cidade comprando aquele monte de guarda-chuva, voltou, entrou no quarto e não saiu mais de lá. Eu espiei lá dentro e a coisa no pescoço já estava visível. Meu Deus, que nojento. Eu enfiei um ferro de guarda-chuva na fechadura. O dr. Evarts apareceu e abriu a porta. Eu o vi tocar naquela coisa e a coisa estourar. Ela se debateu como um peixe no anzol e morreu. Eu não vi o dr. Evarts fazer nada pra impedir. O sangue. Ele só aparentou estar com nojo."

Ford fez uma pausa e voltou a falar: "Mas essa não é a única coisa que eu tenho contra a madame Mank. Dentre outras coisas, ela mexe com dinheiro, sabe, e boa parte do que ela faz, ela esquece de fazer legalmente. Para o azar dela, sou um ótimo investigador e um ótimo ladrão", esfregou as pontas dos dedos de uma das mãos, "e, embora não consiga ouvir como você, Calley, eu dominei as técnicas mais modernas de grampear telefones na Phillips Exeter. Alguns daqueles garotos ricos são honestamente desonestos. Você já fumou maconha?".

Balancei a cabeça com tristeza.

Ele me olhou. "Você vai gostar da faculdade. Qual é seu próximo passo? Você vai deixar a Mank pagar seus estudos e depois trabalhar pra ela como pagamento?"

Eu estava pensando nisso. "Que liberdade eu tenho agora?"

"Liberdade pra dizer não. Eu pago sua faculdade, Calley. Eu sou ladrão, mas também sou seu irmão. A maior parte do dinheiro que eu tenho era do papai e da Mamadee, e nós dois devíamos ter sido seus herdeiros. Vou te dar a metade. Vou te levar num advogado hoje e transferir a quantia pra você."

A proposta me deixou perplexa.

"Eu estou com o resgate", confessei.

Ford piscou para mim. "Até que você tem um pouco de Carroll dentro de você."

Ele me viu tomar outro gole da garrafa, passar para ele e ficar agitada enquanto repassava tudo na minha cabeça.

"Você acha que consegue vencer a Mank no jogo dela?"

"Você conseguiu", falei. "E talvez você possa me ajudar."

Agora foi a vez dele de beber, se agitar, olhar para a limusine, beber de novo e me passar a garrafa.

"Vou ficar de fora", disse ele com uma tristeza na voz. "Preciso pensar nisso. Estamos falando sobre a sua alma, sabia?"

Em um impulso, dei um beijo na bochecha dele. Enquanto ele ria e limpava o rosto, eu saí do Corvette.

Doris viu quando me aproximei e saiu da limusine para abrir a porta para eu entrar. Olhei para o meu irmão e entrei no banco de trás. Pensei tê-lo visto assentir de leve. Logo depois ele jogou uma moeda de ouro *double eagle* para mim.

KING & McDOWELL
CHAMAS VIVAS

EPÍLOGO

Um dos meus fantasmas evaporou inesperadamente e com uma tranquilidade constrangedora. Em um curso de meteorologia, feito para preencher um pré-requisito da graduação, eu descobri que o fantasma gigante na neblina era eu. Os faróis da sra. Mank haviam jogado minha própria sombra na neblina. Isso se chama espectro de Brocken. Não sofri nenhum tipo de desgosto com isso. Aconteceu quando eu era uma garotinha ignorante, em circunstâncias estranhas. Mas a descoberta me permitiu analisar outras lembranças de esquisitices da minha infância que ocasionalmente retornavam à minha memória, e entender que eram coisas tão fáceis de explicar em termos racionais como aquela.

A minha facilidade para aprender idiomas e ciências, somada a tudo que aprendi trabalhando na emissora de rádio enquanto frequentava as faculdades, resultou em uma carreira como tradutora e produtora de rádio. Estudei em outras instituições, sob o patrocínio da sra. Mank, que não davam diplomas para serem pendurados na parede. Com o pretexto da tradução e da produção de rádio, viajei pelo mundo, recolhendo informações úteis para a sra. Mank e os superiores dela. Fui mais do que uma boa escudeira; fui brilhante, e por mais que eu fosse paga para fazer isso, nunca era excessivo. O que mais me orgulha é o estrago que fiz aos interesses da sra. Mank, sem que ela desconfiasse de nada. Ford e eu fizemos muitas coisas para atrapalhar os seus planos. Perto do final, ela sabia que alguém estava fazendo um jogo lento contra ela, que ela estava enfraquecendo e acabaria perdendo.

Ela acreditava que eu levava mensagens de sua mãe, minha bisavó Cosima, para ela, lhe perdoando e a instruindo. Coisa de tabuleiro Ouija mesmo. *Mãe, eu vou para o inferno? Mãe, devo comprar barato e vender caro? Mãe, devo apostar neste ou naquele político? Mãe, blá-blá-blá, mãe, não foi culpa minha, eu só fiz o que tinha que fazer, mãe, a Deirdre mereceu, mãe, você sabe que sim.* Isobel Mank, que vivia dando golpes no mundo, acabou sofrendo um golpe nas mãos da filha de Joe Cane Dakin, com uma pequena ajuda de Cosima. Para mim, era fácil falar com a voz de Cosima, é claro, mas muitas vezes eu realmente dizia coisas que Cosima me mandava dizer.

Tive o prazer de estar no leito de morte da sra. Mank quando ela morreu, sete anos atrás. O câncer de pulmão invadiu a garganta dela e ela parou de falar. Ela só conseguia grasnar "Uhhk, uhhk!".

"Joe Cane Dakin quer te dizer uma coisa", falei para ela, sentada ao lado da cama.

Ela não estava com boa aparência, mas o som do nome dele saindo da minha boca pela primeira vez desde que ela me tirou da ilha de Santa Rosa a deixou com uma cara bem pior. Era como se houvesse alguma coisa sentada em seu peito ossudo, sugando o ar de seus pulmões destruídos.

"Uhk!", grasnou ela.

"Ele disse que vai acontecer uma festa no inferno e que todos os seus amigos estão lá esperando. Mamadee e o velho Weems; o dr. Evarts; Tansy; Fennie Verlow e a irmã dela, Merry; Adele Starret e as duas pobres loucas que você mandou que ela enganasse para que o matassem. Fennie e Mamadee não sentam uma ao lado uma da outra, claro, por causa daquela situação complicada com o veneno da Merry de fedegoso-gigante que a Fennie misturou moído na manteiga da Mamadee e pagou pra Tansy pra passar na torrada dela. Mas tudo bem. Você vai ser a convidada de honra e o prato principal."

Enquanto ela me olhava, horrorizada, os olhos parecendo ovos cozidos ensanguentados nos buracos inchados, eu fiz uma gentileza que acabou com qualquer "dívida" que ela poderia imaginar que eu ainda tinha: esvaziei uma seringa de morfina em um copo de papel e injetei uma bolha de ar na veia dela. Foi uma morte tão misericordiosa quanto a que qualquer um poderia desejar. A morfina não foi desperdiçada. Eu repassei para uma pessoa com dor que não podia pagar.

A sra. Mank deixou tudo para mim — ela não pretendia, mas não tinha mais ninguém para quem deixar, e não ia levar nada com ela, eu garanti que o testamento no cofre dela me citasse explicitamente.

A casa em Brookline foi a única que mantive. Appleyard mora lá e vai morrer lá; eu prometi isso a ele. Foi Appleyard que cuidou da minha educação sexual. Nós continuamos amigos depois disso. Ao longo da minha vida, o sexo foi servo da amizade, da conveniência e, às vezes, do comércio, e foi bem menos problemático para mim do que foi para a minha mãe. Embora eu me veja como heterossexual, o amor mais carinhoso que conheci foi de uma mulher, e ela não foi a única mulher que eu conheci dessa forma. Meu gosto por homens foi firmemente moldado por Grady Driver: carinhoso e não muito inteligente. Eu nunca me apaixonei, o que quer que isso signifique, e acredito que nunca vá me apaixonar. Nunca me casei, nunca tive filhos, nem vou tê-los.

Meu tempo livre, desde que a sra. Mank faleceu, foi amplamente dedicado à doação dos bens dela para causas beneficentes, bibliotecas, ajuda em casos de desastres, essas coisas. Eu gosto muito de doar para a Carter Foundation por causa da atenção deles dedicada à África. A sra. Mank uma vez comentou comigo que a aids dizimaria a população da África e que, *entre nous*, a diminuição da população daquele continente seria uma coisa boa. Ela abominava a caridade quase tanto quanto abominava quem não fosse branco. Eu me divirto horrores destinando o dinheiro dela exatamente para aquilo que ela mais odiaria.

Eu voltei a ver Grady quando ele me procurou, usando o simples método de perguntar à sra. Verlow onde eu estava. Em um dia de inverno, quando eu voltava para a casa da sra. Mank, em Brookline, no meu primeiro ano em Wellesley, eu o encontrei dormindo na varanda com dois mastins que deveriam proteger a mim e à casa não sei ao certo de quê. Não de Grady, pelo menos. A sra. Mank estava fora, assim como Appleyard. Price e as empregadas haviam tirado o fim de semana de folga.

Com a casa só para nós, Grady e eu tomamos o Moët & Chandon da sra. Mank e fumamos a maconha de qualidade que a generosa mesada da sra. Mank me permitia comprar. A novidade mais interessante de Grady foi que uma outra criança tinha ido morar com a sra. Verlow em Merrymeeting.

Fennie Verlow, que eu nunca tinha visto em Merrymeeting durante o tempo em que passei lá, chegou um dia com um garotinho de 5 anos que ela apresentou como Michael. A criança estava com uma roupinha de marinheiro, o que deixou Cleonie encantada, fazendo-a se referir a ele depois disso como Michael, o Marinheiro. Grady, que tinha sido chamado para desentupir uma pia, não sabia dizer como Michael foi parar em Merrymeeting, mas ele encontrou Michael sentado dentro do armário do banheiro em questão.

Michael tinha cortado quase todo o próprio cabelo, ao que parecia, com uma tesoura que havia encontrado em uma caixa de sapatos velha que havia achado no fundo de um armário torto no quarto dele, aquele que antes fora o meu. Com tantas mechas de cabelo disponíveis, Michael tentou grudar algumas nas bonecas de papel velhas que estavam dentro da mesma caixa. Quando a traquinagem terminou, ele tentou jogar o trabalho pelo ralo da pia, o que a entupiu.

A curiosidade de Michael era insaciável; ele queria ver Grady desentupir a pia.

Enquanto Grady fazia isso, a sra. Verlow, depois de ter sido informada por Cleonie sobre o que Michael havia feito, entrou no banheiro para chamar a atenção do garoto.

"Bonecas de papel", repreendeu a sra. Verlow com desprezo. "Meninas brincam com bonecas de papel. E eu não tolero meninas."

"Você é uma menina", observou Michael.

"Menininhas", esclareceu a sra. Verlow.

"Você é má", disse Michael. "Não ligo se você gosta de meninas ou não. Eu não gosto de você."

Nervosa, a sra. Verlow protestou. "Eu não sou má."

"Parece", replicou Michael. "Quem morreu e te transformou em Deus?"

Grady e eu concordamos que o menino devia ter ouvido a frase de um adulto; ele era pequeno demais para ter pensado naquilo sozinho.

Michael ficou febril naquele mesmo dia, e o que restava do cabelo dele caiu. Depois cresceu, mas não do mesmo jeito, pelo que Grady me disse. O cabelo novo era loiro-avermelhado e denso como pelo.

Foi a última vez que vi Grady, que deixou seus ossos em um arrozal três anos depois.

Relatos do furacão Ivan que se aproximava da ilha de Santa Rosa me trouxeram à mente meu tempo lá, e as lembranças da beleza selvagem da ilha insistiam em tomar conta dos meus pensamentos.

Um e-mail aguardava na caixa de entrada de uma conta que só uso para comunicações muito pessoais.

De: FordDakin@FCD.com
Para: BetsyCaneMcCall@bmc.com

Oi, Dumbo. Estou ficando um velho sentimental.
Vou estar em Merrymeeting na próxima quarta.

Com carinho,
Ford Cane Dakin

Parti para Pensacola na quarta seguinte. O aeroporto estava aberto, mas a área toda ainda estava abalada, mesmo depois de cinco semanas que o furacão Ivan elegeu a ilha de Santa Rosa e Pensacola como alvos. A Route 10 Causeway desmoronou em vários trechos e ainda estava sendo consertada. Maltratada pela tempestade, a Scenic Highway havia sofrido estragos em muitos lugares. Em toda parte, os danos continuavam evidentes — árvores serradas, pilhas de lascas de madeira, equipes trabalhando na estrada, desvios e detritos não tão significativos a ponto de precisarem de remoção imediata. O jeito mais fácil de chegar à ilha de Santa Rosa era de helicóptero. Fiz os arranjos previamente para alugar um. Ele já esperava com a hélice girando e o piloto a bordo quando meu jato tocou as rodas na pista de Pensacola.

Fiz a transferência imediata para o helicóptero.

A viagem, é claro, permitia uma excelente visão dos estragos causados pelo furacão. É particularmente chocante ver uma ponte desmoronada quando você já passou por ela tantas vezes que já havia se tornado parte permanente da paisagem.

Apesar dos danos, olhando de cima, ainda parecia que muita coisa havia mudado desde que eu fora embora, no final dos anos 1960. Embora o furacão tivesse destruído muito desse desenvolvimento, as provas da existência dele estavam claras nos destroços. O piloto do helicóptero falou pelos fones de ouvido, mostrando a praia que o furacão Opal havia criado e alguns outros lugares que haviam sido destruídos por furacões anteriores, reconstituídos por medidas visando à sustentabilidade da praia e com vegetação replantada e destruídos de novo pelo Ivan e outras tempestades. As praias haviam invadido as estradas e, depois do furacão, as obras começaram a atravessar a faixa de areia, e agora, o que existia parecia estradas abertas na neve.

Ao norte da praia de Pensacola, a areia cobria a estrada em algumas partes e a água havia invadido outras. O paredão de dunas que definia a margem da ilha no golfo havia sumido, fazendo do litoral não mais uma linha, mas uma turva ondulação. Uma passagem rasa separava o lado da ilha de Fort Pickens do restante; o próprio Fort Pickens estava alagado. Eu sabia que isso tinha acontecido e onde havia acontecido, é claro, mas foi surpreendente mesmo assim. Anos antes eu havia me perguntado quão diferente a ilha estaria quando eu voltasse.

O telhado de Merrymeeting se erguia na areia, mas a parte de trás estava quebrada, feito a quilha de uma arca. Ela havia sido abandonada tempos atrás. Cada tempestade que havia passado a danificara, maltratara e virara de cabeça para baixo, mas o furacão Ivan a reduziu a um telhado quebrado.

Merry Verlow morreu em um incêndio de hotel em Las Vegas. Ela nunca me contou por que estava lá, mas admite que causou o incêndio com uma vela acesa que deixou perto demais das cortinas.

Como Fennie chorou por Merry. A sra. Mank e eu fomos ao funeral de Merry em Birmingham, onde as irmãs Verlow haviam passado a infância. O cabelo de Fennie ainda tinha aquela cor improvável e ainda era ondulado. Ela cometeu suicídio depois do funeral de Merry, com uma overdose de heroína. "Que atencioso da parte dela", brincou a sra. Mank, considerando que já estávamos na cidade para um funeral.

O helicóptero pousou na área mais próxima de areia firme. O piloto desligou os motores. Eu saltei e me abaixei para me afastar da hélice.

A água corria do golfo até a baía de Pensacola, onde antes as aveias beira-mar e os capins-mombaça seguravam as dunas no lugar e as aves marinhas brincavam à beira d'água. Se aquele pequeno caminho não fosse invadido pela água, a areia se acumularia nos cantos e novas praias seriam criadas. Agora, a areia era um deserto aguado, cheio de detritos de todos os tipos que foram jogados pelo vento e pela água. Aqui, um castiçal azul-cobalto maltratado pela areia; ali, um maço de cigarros encharcado; acolá, uma pena preta. E, aos meus pés, um fragmento de fedegoso-gigante, fonte de tantas poções de Merry Verlow. E de venenos. Deve ser sido tão fácil subornar Tansy para envenenar a manteiga no brioche de Mamadee.

Eu me perguntei sobre os ratos de praia. Eles estavam em risco de extinção antes mesmo daquele desastre. Ainda assim, eles sobreviveram a tantas outras tempestades.

Olhei para cima instintivamente.

Eu vejo a lua.

Mas eu não via. A lua não estava no céu, e só estaria nas primeiras horas do dia seguinte. Como costumo fazer, encostei no medalhão oval de Calliope, que carrego há anos pendurado no meu pescoço em uma correntinha dourada. Foi meu amuleto da sorte, meu consolo, durante todo aquele tempo.

O piloto, meu irmão Ford, parou ao meu lado, com o capacete na mão. Afastou o cabelo da testa. Seu cabelo estava rareando. Havia alguns anos que não nos encontrávamos pessoalmente.

Ele sorriu para mim. "Calley."

Ele exibia um aspecto saudável, exuberante e próspero. Parecia um homem que apreciava cada momento da vida. Sem mau humor, sem tédio.

Fechei os olhos e escutei. Ouvi a respiração de Ford e a minha. A água em suas permutações, bater e lamber, subir e descer, tocar e ir. O vento puxando e empurrando, assobiando e suspirando. Asas batendo no ar, saltos de peixes no mar.

Mais fundo do que isso.

Você me paga. Merry Verlow.

Você também me paga. Fennie Verlow. As irmãs Eco.

Ainda vamos acertar as nossas contas. Isobel Dexter Mank.

Podemos contestar. Adele Starret.

Nada de Mamadee. Ela já tinha dito tudo que tinha para dizer.

Que Coro de Mentirosas fajuto.

Meu Deus, como meus pés estão doendo.

Você usava sapatos pequenos demais, mãe, e o creme que eu passava nos seus pés todas as noites te prendia em Santa Rosa. Pobre mamãe.

Veste a calça e vamos buscar mais cerveja. Grady, rindo.

Foi instantâneo, não foi, Grady? Aquela morte escondida nos brotos macios de arroz?

Longo silêncio.

You are my sunshine. Papai, de muito longe e de muito perto.

"Ela mandou arrancar cada membro dele", comentei, "pra ficar mais difícil de ele ser ouvido."

Os lábios de Ford mal formaram um sorriso.

"Pra eu ter que me esforçar mais pra ouvir", continuei.

Ford balançou a cabeça, incrédulo.

"Ela não ligava pra o que ele tinha pra dizer. Ela queria saber de Cosima."

"E aí?" Ford esfregou as mãos, em expectativa exagerada.

"Talvez um dia eu te conte", falei.

Ele fez uma careta. "Droga, Calley. Isso não é justo."

A água empurrou uma coisa que rolou na direção da areia, de uma ponta a outra, delicadamente; na areia de quartzo que já tinha sido de mármore, mármore do Alabama.

O vento acariciou meu rosto como uma mão carinhosa. Os vivos se intrometeram: Cleonie e Perdita, as duas vivas, embora viúvas, eram mulheres devotas da Igreja Metodista Episcopal Africana; moravam com Roger e a esposa dele e os filhos todos em Ontário. Roger planta lírios-de-um-dia híbridos e premiados. Ele guardou o dinheiro do resgate para mim até ser ameaçado de ser convocado para a guerra. Quando eu soube, mandei que ele pegasse metade do dinheiro e toda a família e se mudasse para o Canadá. Ele guardou o resto em contas que eu podia acessar quando precisasse depois da morte de Isobel Mank. Foi a partida de Cleonie e Perdita que acabou fechando Merrymeeting, pois Merry Verlow nunca conseguiu substituí-las por empregadas adequadas.

Depois de um tempo, abri os olhos de novo e andei lentamente na direção da água da nova passagem. Ford me seguiu.

A margem entre água e areia estava instável como gelatina. A água avançava e recuava, avançava e recuava. A lua estava na água, pensei, mas é claro que não podia estar. Ainda assim, ali estava, como se tivesse caído na água e parado na areia, sua lápide tardia. *Que besteira minha*, pensei. A lua olhava para mim com a órbita ocular inteira.

"Ford", chamei.

Ele chegou mais perto na mesma hora.

Eu apontei para a água. "Está vendo?"

O olhar dele seguiu a linha do meu dedo. Ouvi a inspiração profunda e ele parou para desamarrar e tirar os sapatos. Em seguida ele entrou na água, se inclinou e enfiou as duas mãos abaixo da superfície. Ele levantou a lua fria nas mãos e a água escorreu da face quebrada. Eu achava que conhecia aquele rosto. Estiquei as mãos e ele pousou o crânio nelas. Não tinha mandíbula, é claro; não podia falar. Levei a coisa quebrada aos lábios e beijei a testa que os elementos haviam polido à perfeição.

Ford soltou um gemido. "Quem", ele começou a falar, mas parou, pingando e subjugado. "Papai?"

"*You are my sunshine*", sussurrei. "*You make me happy*."

"É o doce porvir", disse Ford de repente, como se tivesse acabado de lembrar. "Você cantou no cemitério."

Um estalo de asas me sobressaltou. Olhei para cima: um melro voou na frente do sol. Do fogo ofuscante, veio uma gargalhada longa e rude: *uuuuhhhk*.

TABITHA KING nasceu em Old Town, no Maine, em março de 1949. Estudou na St. Mary's Grammar, onde se formou, em 1963, e cursou História na Universidade do Maine. Autora prolífica nas décadas de 1980 e 1990, Tabitha King escreveu nove livros, peças de não ficção e também participou de duas antologias. Personagens cheios de camadas, descrições vivazes e histórias que discorrem sobre a natureza humana são sua marca registrada. Tabitha King atua em diversos conselhos e comitês no estado do Maine e é uma das responsáveis pela administração de duas fundações filantrópicas da família King. É autora de *Pequenas Realidades* (DarkSide® Books, 2019).

MICHAEL MCDOWELL nasceu em Enterprise, no Alabama, em 1950. Formou-se em Harvard e, em 1978, concluiu o doutorado em Língua Inglesa e Literatura Americana da Universidade Brandeis. Deu aulas de roteiro na Universidade de Boston e na Universidade Tufts. Seus trabalhos mais notáveis incluem *Elementais (DarkSide® Books, 2021)*, *Blackwater* e a trilogia Jack & Susan. Também atuou como roteirista de cinema, com *Os Fantasmas se Divertem*, e colaborou no *O Estranho Mundo de Jack*. Para a televisão, roteirizou episódios de *Tales from the Darkside*, *Alfred Hitchcock Presents*, *Tales from the Crypt*, entre outros. Morreu em 1999.

DARKSIDEBOOKS.COM